Lindwurm

Torsten Weitze

NEBULA
Convicto

GRENZGÄNGER
Im Namen des Rates I

lindwurm

Weitze, Torsten: Nebula Convicto. Grenzgänger. Im Namen des Rates I, Hamburg, Lindwurm Verlag 2022

1. Auflage
ISBN: 978-3-948695-96-5

Dieses Buch ist auch als eBook erhältlich und kann über den Handel oder den Verlag bezogen werden.
ePub-eBook: ISBN 978-3-910279-02-5
PDF-eBook: ISBN 978-3-910279-01-8

Lektorat: Janina Klinck, lectoreena
Korrektorat: Janina Klinck und Gillian Verdirk
Satz: Lea Oussalah, Lindwurm Verlag
Umschlagsillustration und -gestaltung: Mi Ha | Guter Punkt München

Bibliografische Information der Deutschen Nationalbibliothek:
Die Deutsche Nationalbibliothek verzeichnet diese Publikation in der Deutschen Nationalbibliografie; detaillierte bibliografische Daten sind im Internet über http://dnb.d-nb.de abrufbar.

Der Lindwurm Verlag ist ein Imprint der Bedey & Thoms Media GmbH, Hermannstal 119k, 22119 Hamburg.

---

https://www.lindwurm-verlag.de
Gedruckt in Europa

Prolog

Grayson starrte mit angespannter Miene auf das Papier herab, das einsam und verlassen auf seinem großen, schwarzlackierten Schreibtisch lag. Ein Beobachter hätte meinen können, dass die unscheinbaren Zeilen, sorgfältig und gewissenhaft zusammengestellt, einen Abgrund darstellten, der den hageren Mann mit dem stechenden Blick zu verschlingen drohte. Und jener fiktive Beobachter hätte wahrscheinlich richtig damit gelegen.

»Ist das hier bestätigt?«, fragte er und begann, sich die Schläfen zu massieren. Der schwere Ring an seiner rechten Hand fühlte sich dabei an wie ein Mühlstein, der auf mehr als nur eine Weise an ihm zerrte, ihn herabzog in eine Dunkelheit voller Gefahren, die er nur allzu gut kannte, seit er der Leiter jenes Geheimdienstes geworden war, den die Lady vom See vor nun mehr zwei Jahren ins Leben gerufen hatte. Zwei Jahre, in denen die *Nebula Convicto* kopfgestanden hatte. Zwei Jahre, in denen die Entdeckungen aus dem da Vinci-Archiv wöchentlich eine neue magische Neuerung hervorgebracht hatten. Und jede von ihnen hatte das Potenzial, die Machtverhältnisse in der magischen Gemeinschaft maßgeblich zu verändern.

Manchmal erinnerten Grayson die letzten Monate an eine Art magischen Kalten Krieg. Alle drei Fraktionen des Rates versuchten ihrerseits durch neuartige Artefakte, rekonstruiert aus den Errungenschaften da Vincis, die Oberhand zu gewinnen und gleichzeitig die Errungenschaften der jeweils anderen zunichtezumachen.

Was ist bloß aus den guten alten Intrigen geworden?, dachte er bei sich.

Sein Blick geisterte erst zu dem kugelrunden schwarzen Stein, der in der Nordwestecke des großen Raumes schwebte, hinüber und dann zu Shaja, die ihn mit verschränkten Armen über ihrem angeschwollenen Bauch gereizt ansah.

»Hör mir gefälligst zu, wenn du mir eine Frage stellst«, fauchte sie ungehalten.

Grayson runzelte die Stirn. »Bloß weil du nicht mehr in dein Leder passt, solltest du deine schlechte Laune nicht an mir auslassen«, grummelte er.

Die Falte auf Shajas Stirn wurde tiefer. »Ach ja?«, fragte sie gereizt, doch eine Sekunde später glättete sich ihre Miene und sie zuckte betont gleichmütig mit den Achseln. »Mein Fehler. Dann hast du meine Antwort ja gehört und ich kann dich wieder allein lassen.« Sie wandte sich um, und Grayson rieb sich mit einer Hand über das Gesicht.

»Bleib«, sagte er. »Bitte.«

Sie drehte sich wieder zu ihm, eine Augenbraue hochgezogen. Er wusste, dass sie wusste, wie sehr ihn das reizte.

»Es tut mir leid«, brachte er widerwillig hervor und schlug mit dem Handrücken leicht auf das Papier auf seinem Tisch. »Jedes Mal, wenn ich so etwas lese, fühle ich mich … gefangen.«

Shaja lachte, ein Laut voll echtem Humor und mehr als einer Prise Bitterkeit. Dann zeigte sie an sich herab. »*Du* willst mir etwas von Gefängnissen erzählen?«, fragte sie mit einem schiefen Lächeln im Gesicht. »Unser Nachwuchs lässt mich viermal die Stunde aufs Klo rennen. Und mit laufen meine ich watscheln!«

Grayson konnte sich ein Grinsen nicht verkneifen und stand auf, um die werdende Mutter ihres gemeinsamen Kindes in die Arme zu nehmen. »Niemand watschelt mit so viel Eleganz wie du«, sagte er mit einem Funkeln in den Augen.

Shaja schnaubte unwillig. »Hör auf, dich einschmeicheln zu wollen, und schenke lieber meiner Antwort Beachtung: Ja, dieser

Bericht ist überprüft.« Wieder ein nachdenkliches Stirnrunzeln. »Jedenfalls so gut es ging. Es gab keine Überlebenden und die Ergebnisse der Suchzauber waren uneindeutig.«

Grayson schloss die Augen und genoss das Gefühl der Wärme, das seine halbdämonische Frau ausstrahlte, während er seine Gedanken sortierte. »Wir müssen unsere Taktik ändern«, sagte er.

Shaja stieß ein zustimmendes Brummen aus. Er fühlte, wie sie ihren Kopf gegen seine Brust legte. »Du denkst an Grenzgänger, oder?«, fragte sie leise.

»Haben wir eine Wahl?« Seine Worte waren fast ein Flüstern. »Der *Obsidian* ist noch immer im Aufbau. Alle unsere Agenten sind zu … sauber, um unsere Nachforschungen voranzubringen.«

»Gib ihnen Zeit …«, begann Shaja, aber da legte Grayson ihr zart eine Hand auf den Bauch.

»Die haben wir nicht«, sagte er und öffnete seine Augen. Er tippte auf den Bericht auf seinem Schreibtisch. »Das Ausmaß dieser Bedrohung könnte jederzeit weiter zunehmen. Was, wenn solch eine Manifestation in eurer Nähe geschieht?«

»Damit werde ich schon fertig, Dankeschön«, sagte Shaja und tätschelte ihre Waffe. In ihre Ledermontur passte die ehemalige Saggitaria vielleicht nicht mehr hinein, aber das bedeutete nicht, dass sie selbst hier, am sichersten Ort der Welt, auch nur auf eine ihrer Waffen verzichtet hätte.

»Und was, wenn die Anzahl der Zwischenfälle wächst?«, fragte er ernst. »Wenn das, was in diesem Bericht steht, nur die Spitze des Eisberges ist?«

Shaja wirkte unentschlossen, die Nase gekräuselt, die Lippen zusammengepresst. »Die Lady hat zugestimmt?«, fragte sie schließlich.

Grayson nickte. »Wir haben grünes Licht, sobald jemand die passenden Parameter erfüllt.«

Shaja tippte ihm spielerisch auf die Brust. »Dann hast du ja deinen Willen bekommen. Und ich bin sicher, du hast schon eine Kandidatenliste.«

Grayson sah wieder auf das einsame Papier auf seinem Schreibtisch. »Wir werden sehen«, murmelte er nur. »Wir werden sehen.«

Leicht verdientes Geld

»Meine Liebe«, kam die elektronische Stimme aus dem kleinen Gerät vor dem elefantengroßen Wesen. »Wie immer schön, dich zu sehen, *rah*.«

Die Modulation des Sprachcomputers war dilettantisch, aber gerade dadurch wurden die Worte ihres Gastgebers auf genau jene Art verzerrt, dass sie die ihnen innewohnende Heuchelei präzise widerspiegelte. Die künstlich hinzugefügten Krächzlaute, die der Greif hatte einprogrammieren lassen, sorgten hingegen dafür, dass jeder, der sich seiner Sache zu sicher war, den Schieber und Kredithai unterschätzte, der es sich auf einem extragroßen, stahlverstärkten Diwan gemütlich gemacht hatte.

Mira antwortete nicht. Was sie noch mehr reizte, als die gönnerhafte Attitüde ihres Gegenübers, war dieser widerliche Geruch, der immer in der Luft lag, wenn sie Megock persönlich aufsuchte.

Eine Mischung aus Hühnerstall und Teergrube, dachte sie.

Ihr Gesicht dagegen verriet mit keiner Regung ihre Abscheu vor jenem Wesen, das ihr und ihrem Team von Grenzgängern schon viel zu lange die Hölle heißmachte. Kühl und mit einer Maske der Überlegenheit musterte sie langsam und abschätzend den Greif, der hier vor ihr saß. Die Erscheinung Megocks hatte wenig mit dem öffentlichen Bild dieser Fabelwesen gemein. Greife gab es, so wie andere Vögel auch, in verschiedenen Arten und dieser hier besaß neben dem obligatorischen Löwenkörper die Vorderkrallen sowie den Kopf und Hals einer riesigen Elster.

Die tückischen Augen Megocks huschten beständig hin und her, so als könnten sie sich nicht an dem Glitzerkram sattsehen, mit denen der Hehler seinen Unterschlupf vollgestellt hatte.

Das unscheinbare Lagerhaus im Osten Prags war bis zum Bersten mit Kunstgegenständen mehr oder weniger hoher Qualität gefüllt und bildete eine Art glitzernden Irrgarten, in dessen Mitte Megock auf seinem Diwan thronte und sich seiner fragwürdigen Schätze ergötzte.

Wofür braucht der übergroße Piepmatz eigentlich so viel Geld?, schoss es Mira durch den Kopf. *Die Hälfte der Gegenstände hier ist derart billig und geschmacklos, sie könnte auch als Dekoration in einem drittklassigen Casino dienen.* Dabei fiel ihr Blick auf einen Plastik-Indianer, der eine Weste aus Strasssteinen trug. Direkt daneben stand eine antike Marmorstatue aus irisierendem Granit. *Prä-Atlantisch*, schätzte Mira reflexhaft.

»Genug mysteriöses Schweigen für heute«, raunte ihr Hank nervös ins Ohr. Der Troll machte sich so klein, wie es ihm seine zweieinhalb Meter große Statur ermöglichte, und warf dem wartenden Greif dabei ängstliche Blicke zu.

Mira seufzte. Sie hatte allein zu dem Treffen gehen wollen, aber das Team hatte darauf bestanden, ihr Rückendeckung zu geben, denn mit Megock war, trotz seines Hangs zu glitzerndem Tand und theatralischer Gesprächsführung, nicht zu spaßen. Links und rechts der Grenzgänger hielten sich, in diesem wahrgewordenen Traum eines Glitzer-Messis, mehr als zehn bewaffnete Schläger des Greifens bereit.

»Wir sind hier, um unser Konto bei dir aufzulösen«, sagte sie zu dem Schieber. »Die letzte Überweisung sollte unsere Schulden endgültig getilgt haben, nicht wahr?« Mira kannte die Antwort spätestens dann, als der Greif seinen Löwenkörper verlagerte und dabei hektisch mit dem Schnabel klapperte. Ihre Ausbildung am Königshof ihres Vaters war sehr umfassend gewesen und die Körpersprache exotischer Wesenheiten zu lesen, war nur eine der vielen Fähigkeiten, die man in sie hineingetrichtert hatte und auf die sie nun, ohne groß nachzudenken, Zugriff hatte …

»*Rah*, die Grundsumme wurde beglichen«, begann der Greif, und Mira wappnete sich für den Rest der Antwort. »Aber ihr habt weder die Restzinsen noch die Abschlussgebühr getilgt, die laut unserem Vertrag noch anfällt.«

»Was soll das heißen …?«, begann Thaum neben Mira hitzig, aber die Elfe hielt ihn mit einer knappen Handbewegung auf, als dieser einen Schritt auf den Greifen zumachte. Sie sah aus den Augenwinkeln verstohlene Bewegungen um sie herum, kaum wahrnehmbare Schatten, die sich für einen Schuss in Stellung brachten und dabei den allgegenwärtigen Glitzerkram als Deckung nutzten.

»Lass Megock ausreden«, sagte Mira in ihrem berühmt kühlen Ton, der ihr den Ruf einer durch und durch professionellen Grenzgängerin eingebracht hatte. Noch ein Andenken an ihre Ausbildung im *Anderswo.* »Ich bin mir sicher, so hoch kann die Summe nicht sein.«

»Achtzehntausendvierhundertundzwölf Euro, *rah*«, sagte der Greif nach einem langen Blick in ein kleines Notizbuch, das neben dem Diwan aufgeschlagen auf einem winzigen Tischchen lag. Mira war sich sicher, dass der Hehler die Aufzeichnungen nicht benötigte und sie nur aus Gründen der Dramatik verwendete. »Zahlbar innerhalb von vierundzwanzig Stunden ab jetzt oder es fallen die nächsten Verzugszinsen an, plus eine weitere Abschlussgebühr.«

Mira verspürte einen gewissen Stolz darauf, dass sie mit keiner Wimper zuckte, als der Greif sie nun bereits zum neunten Mal mit einer überzogenen Abschlussrechnung über den Tisch zog. Seit zwei Jahren rackerten sie sich ab, um endlich den Klauen des Hehlers zu entkommen, aber stets war ihnen die finanzielle Freiheit verwehrt worden. Nachdem der Verhangene Rat sie fürstlich für die Unterstützung Grayson Steels bei seinen Ermittlungen in Rom bezahlt hatte, waren kaum noch Schulden der Grenzgänger bei Megock übriggeblieben und ein unkomplizierter

Personenschutzjob in der Karibik hätte diese unselige Scharade eigentlich beenden sollen. Aber nach dem Ableben ihrer Zielperson durch eine *Verkettung unglücklicher Umstände* war die Bezahlung natürlich ausgeblieben. Philis hatte herausgefunden, dass ihr Schutzbefohlener eine Menge Dreck am Stecken hatte, bei dem Drogen- und Menschenhandel nur die Spitze des Eisbergs gewesen war, und das Team war sich einig gewesen, dass kein Geld der Welt es wert war, diesen Schmierlappen am Leben zu lassen. Also standen sie ohne jenes finanzielle Polster vor dem Greif, das ihnen hier und jetzt die Freiheit erkauft hätte, und sahen sich einem neuen Schuldenberg gegenüber.

»Also schön«, sagte Mira gelassen. »Wir wollen einen Abschlussjob. Keine Nachzahlung, keine Nachgebühren. Wir tun, was du verlangst, und du schließt unser Konto. Endgültig.«

Der Greif legte den Kopf schief, sodass er Mira mit einem seiner Augen genau ins Visier nehmen konnte. Seine gesamte Körpersprache drückte Selbstzufriedenheit aus. Mira ahnte, dass sie ihrem Gegenüber in die Karten gespielt hatte, aber ihre Forderung war unumgänglich gewesen. Der nächste Auftrag musste sie ein für alle Mal von dem gierigen Greifen befreien oder sie würden ihren Ruf als unabhängige Grenzgänger nachhaltig schädigen und nur noch als Handlanger des schmierigen Schiebers angesehen werden. Schon jetzt wurden die Aufträge rarer und drohten bald vollends zu versiegen. Dann würde Megock sie im wahrsten Sinne des Wortes besitzen.

Mira zwang sich dazu, bei dem Gedanken nicht die Fäuste zu ballen. Kein Wesen würde sie je besitzen. Vorher würde sie die Welt niederbrennen.

»Es gibt da tatsächlich eine winzige Kleinigkeit, *rah*«, begann der Greif mit gierig umherhuschenden Augen. »Kaum der Rede wert für eine Gruppe eures Kalibers.« Sein Schnabel klapperte mehrmals. »Leicht verdientes Geld.«

Mira wappnete sich. Eine der ersten Lektionen, die sie als Grenzgängerin gelernt hatte, lautete: So etwas wie leicht verdientes Geld gab es nicht.

Der Greif sah sie auf eine Reaktion lauernd an, aber die Elfe stand äußerlich gelassen da und wartete ab. Demonstrativ musterte sie sich und ihre Freunde in einem mannshohen und ebenso breiten Spiegel, der schräg hinter dem Greifen aufgestellt worden war, zweifellos, um seine Verhandlungspartner abzulenken, indem diese ständig eine Bewegung im Augenwinkel wahrnahmen, wenn sie sich bewegten. Die im Rahmen des Spiegels eingravierten Hieroglyphen kennzeichneten ihn als ein Relikt aus der Zeit der altägyptischen Magierkriege.

Wenn die mundane Welt wüsste, wozu die Pyramiden wirklich erbaut worden waren …

Megocks Federn raschelten ungehalten, als der Hehler bemerkte, dass Mira nicht auf sein kleines Machtspiel einging. »Ich warte auf eine Antwort«, krächzte er ungnädig.

Mit einem gelangweilten Geschichtsausdruck ließ Mira ihre Augen über die Spiegelbilder ihres Teams gleiten, den Greif weiterhin ignorierend. Zuerst war da natürlich Hank, der mit seiner zweieinhalb Meter großen Gestalt sofort ins Auge sprang. Der Dieb trug einen schwarzen Trainingsanzug, welcher die Tatsache betonte, wie schlank und schmächtig der Troll für ein Wesen seiner Gattung war. Die winzige Philis saß auf einer der breiten Schultern des Diebs, kaum mehr als ein undeutlicher Fleck schillernder Flügel. Offensichtlich war die Pixie – so wie eigentlich jeden wachen Moment ihres Lebens – in der Betrachtung ihres Smartphones versunken, ein Umstand, der Fluch und Segen zugleich für ihr Team bedeutete, denn Philis' Talent im Umgang mit technischem Gerät war ebenso groß wie ihre Sucht nach der digitalen Welt.

Eine Bewegung im Spiegelbild erregte Miras Aufmerksamkeit. Sie blickte in das Abbild von Thaums durchdringenden gelben Augen, der den Kopf unter seinem weiten Umhang subtil nach rechts drehte, um mit ihr indirekten Blickkontakt herzustellen. Die wolfsähnlichen Züge des Nachtstreifers waren zu einem Ausdruck tiefer Sorge verzogen, welcher in seiner Intensität durch die drei weißen Klauennarben im blauen Wangenfell noch verstärkt wurde.

Also alles wie immer, dachte sich Mira. *Wenn ich das Oberhaupt unserer ungleichen Familie bin, dann ist Thaum die uns umhegende Mutter.* Beinahe schämte sie sich für diesen Gedanken. Thaums Instinkte waren herausragend und gemeinsam mit seinem scharfen Verstand und seinem Händchen für alchemische Improvisation hatte der Nachtstreifer ihnen schon häufig den Arsch gerettet. Mira nickte ihm kaum merklich zu, als Zeichen, dass sie seine Bedenken teilte, und gönnte sich eine letzte Sekunde, in der sie sich selbst flüchtig musterte, um Megock noch einen Moment länger zappeln zu lassen.

Schwarze, bis zu den Ohrläppchen reichende Haare, auf die rechte Seite des Schädels hinübergekämmt. Dazu spitze Ohren, hellblaue Augen und hohe Wangenknochen, die ihr elfisches Gesicht beinahe dreieckig erscheinen ließen. Außerdem jene verschnörkelte Tätowierung, die sich über ihren Nasenrücken zog: das Mal der Schande. Miras Mundwinkel zuckten leicht nach oben. Wo andere eine Schande sahen, erblickte sie eine durchtrennte Hundeleine.

Sie widerstand dem Griff unter ihre maßgeschneiderte schwarze Lederjacke, in deren Innentasche eine EZigarette darauf wartete, an den Mund der Elfe geführt zu werden. Stattdessen strich sie mit einer Hand den dünnen, dunkelgrauen Rollkragenpullover unter der Jacke glatt und wandte sich dann wieder dem Schieber zu, dessen Schnabel bereits ungehalten klapperte.

»Um was für einen Auftrag handelt es sich?«, fragte Mira beinahe beiläufig und tat dem Greif endlich den Gefallen anzubeißen. Die Dominanz in einem Gespräch an sich zu reißen, war zwar wichtig, aber die Taktik, das Gegenüber bei Laune zu halten, hatte ihre ganz eigenen Vorzüge.

»*Rah*, es handelt sich um die Wiederbeschaffung eines wertvollen Objekts, das einem meiner Klienten abhandengekommen ist«, sagte der Schieber geradezu hastig.

Miras Augenwinkel zuckten kaum merklich. *Also ein Diebstahl*, übersetzte sie den handelsüblichen Code unter Schiebern und Hehlern. »Was und wo?«, fragte sie knapp.

Megock blätterte mit seinem gewaltigen Schnabel ausgesprochen geschickt in seinem kleinen Notizbüchlein herum, und Mira unterdrückte ein Seufzen. Offensichtlich wollte der Hehler ihr die kleine Pause heimzahlen, mit der sie ihn zuvor ausgebremst hatte.

Kleingeistig und wenig originell, urteilte sie und nutzte die Gelegenheit für einen kurzen Schulterblick.

Thaums warnender Gesichtsausdruck hatte sich nicht verändert, Philis betrachtete mit einem seligen Lächeln irgendein Video auf ihrem winzigen Bildschirm und bekam wahrscheinlich kein Wort der Unterhaltung mit, und Hank starrte mit eingezogenem Kopf auf seine Fußspitzen und wollte offenkundig einfach nur hier weg. Wieder schluckte Mira einen Seufzer hinunter. Sie war der Prellbock für diese drei. Der Eisberg, an dem die Gefahren der Realität zerschellen mussten, damit ihr Team überleben konnte.

»Ah, hier ist es, *rah*«, verkündete Megock, und Mira drehte sich wieder zu dem Hehler um. »Es geht um die Probe eines Experiments, welche sich momentan in einem Forschungslabor keine fünfzig Kilometer von hier entfernt befindet.«

Sicher eine Neuentwicklung, schoss es Mira durch den Kopf. Davon gab es viele, seit die da Vinci-Archive gefunden worden waren. Es verging kaum eine Woche, in der nicht der nächste magische Durchbruch verkündet wurde. Alle drei politischen Strömungen der *Nebula* lieferten sich ein Wettrennen darum, wer den meisten Nutzen aus den wiederentdeckten Aufzeichnungen da Vincis ziehen konnte. Gerüchten zufolge hatten die Erben bereits erste Erfolge mit neuartigen Waffen erzielt, die …

»Kann ich auf eure Mithilfe zählen, *rah*?«, drängte der Schieber auf eine Entscheidung, und Mira starrte dem Greif in die schwarzen Augen. Die Frage hing wie ein Damoklesschwert im Raum. Hinter der Elfe zog Hank scharf die Luft ein, und sie sah aus dem Augenwinkel, wie Thaum sich warnend versteifte.

»Opposition?«, fragte die Elfe.

»Mundan«, erklang die überraschende Antwort des Hehlers.

Thaum atmete erleichtert auf und Philis murmelte ein abwesendes »Kinderspiel«.

Mira kniff die Augen zusammen und versuchte im starren Blick ihres Gegenübers Anzeichen für einen Verrat zu finden. Mundane Opposition bedeutete, dass dieses Labor nicht unmittelbar zur *Nebula Convicto* gehörte, sondern Teil der Welt war, die keine Ahnung von den Wesenheiten hatte, die seit Anbeginn der Geschichtsschreibung mithilfe magischer Nebel, geschickter Illusionen und weitreichender Manipulationen ihre eigene Parallelgesellschaft auf Erden etabliert hatten. Sollte der Greif die Wahrheit sagen, dann wäre dieser Job einfacher als einem Kind den sprichwörtlichen Lolli zu klauen. Zumindest wenn es ein menschliches Kind war. Wer schon einmal einem Ogerbaby etwas weggenommen hatte, konnte von Glück reden, wenn er am Ende noch alle Gliedmaßen besaß.

»Zuverlässigkeit der Daten?«, hakte die Elfe nach. Die Hälfte aller Todesfälle unter Grenzgängern war auf fehlerhafte Hintergrundinformationen zurückzuführen.

»Wasserdicht«, sagte Megock mit einem gereizten Schnabelklappern. »Ich bin kein Amateur.«

Mira erkannte an der Körperhaltung und den aufgeplusterten Halsfedern, dass der Greif nicht nur empört tat, und nickte einmal. »Also gut«, entschied sie schließlich. »Philis schaut sich die Daten in Ruhe an. Wenn du in den nächsten vierundzwanzig Stunden nichts von uns hörst, erledigen wir den Auftrag.« Niemals zu schnell zugreifen, lautete eine alte Grenzgängerregel. Die süßesten Früchte hatten meist die giftigsten Dornen.

Megock legte den Kopf schief und fixierte Mira mit einem seiner wie schwarze Perlen glänzenden Augen. »Wenn ihr nicht annehmt, erwarte ich eure nächste Zahlung bis Ende der Woche.«

Mira nickte. Es war Mittwoch. Auch Megock kannte sich in der Kunst der Verhandlung aus.

Zuckerbrot und Peitsche.

Sie hob einen Finger knapp über Schulterhöhe und ließ ihn kreisen, woraufhin sich die vier Grenzgänger ohne ein weiteres Wort aus dem überfüllten Lagerhaus zurückzogen. Die Schläger des Hehlers folgten ihnen leise wie die Läuse im Pelz eines unglücklichen Straßenköters.

Erst als sie das Gebäude verlassen hatten und plötzlich im Regen des nächtlichen Prags standen, gönnte Mira sich ein Minimum an Gelassenheit. »Dieses Treffen hätte deutlich schlechter ausgehen können«, sagte sie und steckte sich ihre EZigarette in den Mund. Der Geschmack von Honig, Sonne und Wendelgras füllte ihre Lungen und ersetzte die nasse Tristesse ihrer unmittelbaren Umgebung durch Erinnerungen an die schönen Seiten des *Anderswo.*

Heimat. Mira begrub den aufkommenden Gedanken hastig.

»Lässt uns Megock wirklich so einfach vom Haken?«, fragte Thaum. Der Nachtstreifer blickte sich misstrauisch auf der menschenleeren Straße um. Es war nach Mitternacht und bei diesem Wetter war keine Menschenseele mehr im Schein der wenigen Straßenlaternen zu sehen, die diesen abgewrackten Teil des Industriegebiets beleuchteten.

»Reden wir nicht hier«, sagte Mira kopfschüttelnd und deutete auf den verbeulten weißen Transporter, den sie gemietet hatten. »Wir fahren lieber erst zurück ins Hotel.«

Während sie und ihr Team einstiegen und Thaum anschließend den Motor startete, konnte sich Mira nicht gegen das nervöse Kribbeln zwischen ihren Schulterblättern wehren. Jeder Auftrag malte aufs Neue unsichtbare Zielscheiben auf ihren Rücken.

Mal sehen, wie groß sie dieses Mal sein wird.

»Alles unauffällig«, murmelte Philis inmitten der unscheinbaren Durchschnittlichkeit, die ihr Hotelzimmer aus jedem Molekül seines lieblos eingerichteten, aus Holzfurnier bestehenden Interieurs mit seinen verschiedenen Abstufungen von Beige ausstrahlte.

Mira liebte Mittelklasse-Businesshotels. Wenn man sich passend anzog, war es, als sei man auf den Fluren dieses Gebäudes unsichtbar. Sie schälte sich aus dem Hosenanzug, den sie im Transporter angelegt hatte, und bediente sich am unterdurchschnittlichen Whiskey aus der Zimmerbar. Drei der vier winzigen Fläschchen waren leer, bevor das blinde Wasserglas in ihrer Hand auch nur halb voll war. Sie nahm einen winzigen Schluck und schüttelte angewidert den Kopf. Dann probierte sie noch einmal.

»Besser als nichts«, murmelte sie. Nach einer Begegnung mit Megock hatte sie immer das Bedürfnis, sich innerlich wie äußerlich grundzureinigen. Hier und heute mussten es eine heiße Dusche und ein schlechter Whiskey tun.

»Erzähl uns, was du an Daten über den Job hast«, sagte die Elfe schließlich in Richtung Philis.

»Können wir die Besprechung bitte nicht in Unterwäsche abhalten?«, fragte Thaum mit einem Blick auf den unordentlichen

Kleiderhaufen, den Mira auf dem Boden zurückgelassen hatte. Der Nachtstreifer und Hank hatten sich im Deckmantel einer kleinen Illusion in das Hotel geschlichen. Kein Anzug der Welt würde die beiden wie gewöhnliche Geschäftsleute aussehen lassen.

Die Elfe schlüpfte unter die Decke eines der beiden nebeneinanderstehenden Einzelbetten. »Zufrieden?«, fragte sie Thaum, der ihre Sachen vom Boden aufhob und ordentlich zusammenlegte. Der Nachtstreifer nickte.

»Es gibt Grenzen, Mira«, sagte er nur. »Solange dir kein Fell wächst, trage bitte Kleidung.«

Grenzen. Mira hasste dieses Wort. Im *Anderswo* hatte ihre gesamte Welt aus einem Labyrinth unsichtbarer Grenzen und Regeln bestanden. Aber Nachtstreifer waren Rudelwesen und Thaum konnte ebenso wenig seiner Vergangenheit entfliehen wie sie der ihren. Ihr Freund benötigte Struktur, einen festen Platz in der kleinen Gemeinschaft ihres Teams und zumindest das Gefühl von Ordnung. Eigentlich war es ein echtes Wunder, dass er und Mira so lange miteinander zurechtgekommen waren.

»Ich fange jetzt einfach mal an«, sagte Philis in die Stille hinein. Ihre Stimme nahm diesen unsäglichen Ton zwischen Langweile und Gereiztheit an, wie sie ihn nur Heranwachsende beherrschten. »Das fragliche Labor, in das wir einsteigen sollen, gehört zur KAB Analiz, einer Tochterfirma von …«

»Überspring bitte das Offensichtliche. Ich will wissen, womit wir es hinter der Fassade zu tun haben«, sagte Hank drängend, der in einer Ecke des Zimmers auf dem Boden saß, die Beine mit seinen Armen eng an den Körper gepresst, so als wollte er sich möglichst klein machen und in eine Art Troll-Paket verwandeln. Die Geste zeigte Mira, wie angespannt ihr Meisterdieb sein musste. Kein gutes Vorzeichen. Normalerweise verfiel Hank immer erst am Vorabend eines Jobs in seine Paketphase.

Philis nickte beiläufig und tippte auf den Bildschirm ihres Smartphones. »Hinter sieben Schichten aus Scheinfirmen und dubiosen Aktienfonds finden wir … die *Nebula Corporation*.«

Mira seufzte. »Kein Wunder, dass Megock ein Grenzgängerteam für diesen Auftrag ausgewählt hat.«

Die *Nebula Corporation* war ein weltweites Unternehmen, das die mundanen Geschäftsinteressen des Verhangenen Rates und der halben *Nebula Convicto* vertrat. Alles, was die magische Gemeinschaft betraf, aber durch und durch mundan war und nicht vor der normalen Welt versteckt werden konnte, wurde über die *Nebula Corporation* abgewickelt. Dabei war der Konzern im Laufe der Jahre derart groß geworden, dass die rechte Hand nicht wusste, was die linke tat. Wenn man genau darüber nachdachte, wussten die einzelnen Finger nicht, was die jeweils anderen gerade trieben.

Miras Team hatte im Laufe der Jahre schon mehrfach für und gegen die *Nebula Corporation* agiert. Einmal sogar beides zur gleichen Zeit, als sie in einen stillen Krieg zwischen zwei Tochterfirmen geraten waren.

»Welcher Zweig des Konzerns?«, fragte Mira.

»Forschung und Entwicklung«, lautete Philis' Antwort.

»Also keine Berührungspunkte mit früheren Aufträgen«, sagte Thaum nach kurzem Nachdenken und nahm sich ebenfalls vom Whiskey. »Aber die Abteilung F & E ist so wichtig, dass wir mit magischen Schutzmaßnahmen rechnen dürften.«

»Das wäre ein Verstoß gegen die Statuten«, widersprach Mira. »Der Verhangene Rat war damals bei der Gründung der *Corporation* sehr eindeutig: keine Magie in den Tochterunternehmen. Der Sinn des ganzen Konzerns ist schließlich, eine logistische Brandmauer zwischen unserer und der mundanen Welt zu erschaffen.«

»Was bedeutet, dass wir selbst so wenig Magie wie möglich verwenden sollten«, warf Hank ein. »Wenn es nach einem normalen Einbruch aussieht, wird die *Nebelwacht* nicht involviert werden.«

»Guter Gedanke«, sagte Mira und schmunzelte, als Thaum an seinem Whiskey roch und ihr sein Glas unangetastet weiterreichte. Nachtstreifer hatten noch bessere Nasen als Elfen. »Und wir hinterlassen besser keine Toten«, fügte sie nach einem Schluck aus Thaums Glas hinzu. »Die *Corporation* ist immer zimperlich, wenn Angestellte sterben.«

»Das gefällt mir. Ich mag doch kein Blut«, murmelte Hank überflüssigerweise.

Mira schloss die Augen. »Leise rein und raus«, flüsterte sie mehr zu sich selbst. »So, wie wir es am liebsten haben.«

»Und so, wie es am seltensten klappt«, schob Thaum warnend hinterher. Dann wandte sich der Nachtstreifer an Philis. »Was genau sollen wir überhaupt stehlen?«

»Du meinst wiederbeschaffen«, korrigierte die Pixie ihn gedankenverloren. Dann tippte sie erneut auf ihrem Smartphone herum, der billige Fernseher im Hotel erwachte zum Leben und zeigte einen metallischen Zylinder, in dem ein Zahlenfeld eingelassen war. »Ein handelsüblicher Probenbehälter … genauer Inhalt unbekannt.«

»Unbekannt? Das ist nicht gut«, flüsterte Hank ängstlich aus seiner Ecke heraus.

Diesmal musste Mira ihm recht geben. »Ich hasse es, wenn ich nicht weiß, was ich stehle.«

»Wiederbeschaffe«, murmelte Philis.

»Der Greif hat uns am Haken«, sagte Thaum grimmig. »Wir dachten uns doch bereits, dass dieser Job kein Spaziergang wird.«

Mira seufzte. »Mir macht der Widerspruch Sorgen, dass dieses Labor mundaner Natur sein soll, aber unser Zielobjekt geradezu nach magischem Experiment schreit. Konntest du sonst nichts herausfinden, Philis?«

Die Pixie zeigte nacheinander einen Haufen Informationen auf dem Fernseher, in einem Tempo, dass Mira nicht mitlesen konnte. Der Verstand des kleinen Wesens arbeitete verdammt schnell. »Die Ausstattung des Labors, in das wir einbrechen sollen, gibt ein wenig Aufschluss. Ich sehe hier einen Haufen Messgeräte, die bei der Analyse von Legierungen zum Einsatz kommen. Aber welcher Art genau diese Probe ist, kann ich nicht mal erahnen.«

Mira runzelte die Stirn. »Alles, was mit Forschung zu tun hat, neigt dazu, verdammt schnell zu eskalieren«, sagte sie. »In einem Moment hat man ein Dokument über die Auswirkungen von Basilisken-Dung auf Mandragor-Wurzeln in den Händen und im nächsten springt man aus einem explodierenden Reihenhaus.«

Hank wimmerte und Thaum sah sie böse an. »Es wird schon nicht so laufen wie in München«, beruhigte er den verängstigten Troll.

Mira schwieg und starrte durch die regennasse Fensterscheibe, hinter der eine altersschwache Straßenlaterne vergeblich gegen die Nacht ankämpfte. Es war Zeit für eine Risikoabwägung. Ihr Ziel befand sich in einer mundanen Einrichtung, das war gut. Die *Nebula Corporation* hatte ihre Finger im Spiel, das war schlecht. Und es handelte sich bei ihrem Auftrag um Forschungsspionage, die stets eine Menge unbekannter Variablen enthielt. Was genau stahlen sie? Wie gefährlich war der Abtransport? Wie weit würde die *Nebula Corporation* gehen, um ihr Eigentum zurückzuerlangen? Miras Gedanken rasten. Waren sie zu gierig, wenn sie diesen Job durchzogen? Die Aussicht, nicht mehr nach Megocks Pfeife tanzen zu müssen, war mehr als verlockend.

»Abstimmung«, sagte sie, ohne ihren Blick vom Fenster abzuwenden. »Ob wir annehmen oder ablehnen entscheide ich nicht allein.«

»Dafür«, sagte Philis monoton. »Ich habe bereits die Zugangscodes ermittelt, den Wachplan heruntergeladen und uns passende Overalls bestellt, damit wir als Wartungsteam eines ansässigen IT-Unternehmens hineinkönnen. Ach, und ich habe einen ihrer Server überlastet. Der schmort morgen Abend durch und dann brauchen sie Netzwerktechniker.« Die Pixie war mal wieder fünf Schritte weiter.

»Haben die keine eigenen Leute für so was?«, fragte Thaum misstrauisch.

»Ihre Administratorin hat gerade ›zufällig‹ im Online-Poker gewonnen«, sagte Philis, noch immer in ihr Smartphone tippend. »Sie bucht in diesem Moment Tickets nach Las Vegas.«

»Spielsucht«, sagte Thaum mit unbewegtem Gesicht. »Wie oft hat uns die schon weitergebracht.« Er deutete auf Philis. »Auch wenn unsere Kleine bereits den kompletten Plan ausgetüftelt hat, bin ich dagegen. Es gibt kein leicht verdientes Geld, erst recht nicht, wenn es um unsere Unabhängigkeit von Megock geht.«

»Dagegen«, sagte Hank kopfschüttelnd.

Mira seufzte. Der Troll war bei einer Abstimmung noch nie für einen Job gewesen. Also blieb es doch wieder an ihr hängen.

»Dafür«, sagte sie. »Gleichstand.«

Die anderen nickten. Bei Gleichstand zählte Miras Stimme doppelt. Sie war nun mal der Kopf des Teams. Gewinn oder Verlust, Mira würde mit der Verantwortung klarkommen müssen.

Kartenhaus

»Schichtwechsel war vor zehn Minuten«, murmelte Philis von Hanks Schulter aus, auf der sich die Pixie gerne niederließ, wenn sie sich auf ihre Arbeit konzentrierte.

Mira widerstand der Versuchung eines Schulterblicks, ob ihr jüngstes Teammitglied irgendeinem Spiel auf ihrem Smartphone mehr Aufmerksamkeit schenkte als den Vorgängen in dem unauffälligen, graugestrichenen Gebäude, auf das ihr Kleintransporter zufuhr. Thaum saß hinter dem Steuer und steckte dabei ebenso wie Mira in einem dunkelblauen Overall mit der Aufschrift eines hiesigen IT-Dienstleisters. Die Dämmerung hatte bereits seit geraumer Zeit eingesetzt und der stete Regen sowie die dichte, dunkle Wolkendecke ließen die Sichtverhältnisse schnell schlechter werden. Wenn Mira sich ein Wetter für den Job hätte wünschen können, es wäre dieses hier gewesen.

Aber warum macht mich genau das so nervös?, fragte sie sich.

Weil Geschenke ihrer Erfahrung nach immer teuer erkauft werden mussten. Die Frage war nicht, ob, sondern wann die Rechnung präsentiert wurde.

»Fahr rechts ran und schalte die Scheinwerfer aus«, sagte sie leise zu dem Nachtstreifer und der reagierte umgehend. »Wir sollten nicht zu schnell dort auftauchen.« Sie drehte sich zu Hank um, der zusammengekauert im hinteren Teil des Transporters saß und wie ein begossener Pudel dreinschaute. »Zeit seit der Fehlfunktion ihrer Server?«

»Achtzehn Minuten, siebzehn Sekunden«, kam die umgehende Antwort des Trolls, dessen Zeitgefühl wie immer herausragend war. Thaum pflegte zu scherzen, dass Hank immer genau wusste, wie lange etwas her war, weil der schreckhafte Troll ständig die Herzschläge seines von Dauerpanik erfassten Herzens zählte.

»Dann warten wir noch sechs Minuten«, entschied Mira.

»Ist das klug?«, warf Philis ungewohnt lebhaft ein. »Laut der Website unseres ›Arbeitgebers‹ erscheinen die Serviceteams binnen zwanzig Minuten.«

Mira lächelte. »Hat hier schon mal jemand erlebt, dass ein solches Versprechen gehalten wurde? Selbst dann nicht, wenn es von einem Pizzalieferanten kam.«

Leises Lachen erfüllte den Innenraum des Wagens. Mira deutete auf die im Regen nur verschwommen erkennbaren Sicherheitsleute in ihrem Wachhäuschen direkt neben dem Schlagbaum, der das knapp sechstausend Quadratmeter große und hoch umzäunte Areal von der schmalen Zufahrtsstraße abgrenzte. Es gab kein Firmenschild und auch kein Logo an der Außenwand des zweigeschossigen Gebäudes, das hier mitten auf einer kilometerweiten Grasfläche stand. Wer nicht wusste, was er vor sich hatte, hätte auch glauben können, ein gewöhnliches, gut gesichertes Bürogebäude vor sich zu haben. Einer geübten Grenzgängerin wie Mira dagegen fielen natürlich die geschickt platzierten Kameras, der subtil verstärkte und mit diskret angebrachten Vibrationssensoren ausgestattete Zaun sowie die verspiegelten Fensterscheiben auf.

Genau wie in Philis' Beschreibung der Sicherheitsanlagen.

Die Anspannung der Elfe sank mit jeder Bestätigung ihrer bei der Planung getätigten Annahmen weiter und weiter. »Alles wie erwartet«, sagte sie. »Selbst die zwei Wachen am Sicherheitsposten stimmen mit unseren Vorabinformationen überein.«

Philis schnaubte nur zur Antwort. Mira wusste, wie sehr die Pixie es hasste, wenn man ihrer Arbeit nicht vertraute.

»Also sollten sich vier weitere Sicherheitsleute im Gebäude befinden«, fasste Thaum zusammen.

»Gehen wir den Plan ein letztes Mal durch«, sagte Mira und überprüfte dabei ihren Overall. »Die beiden am Schlagbaum überzeugen wir mit unserem Wartungsauftrag und parken dann direkt vor dem Eingang. Hank bleibt vorerst mit Philis im Wagen und außer Sicht. Laut Sicherheitsprotokoll begleiten zwei weitere Wachleute Thaum und mich dann zum Serverraum.«

»Die Lüftung für die Server ist direkt an die des Gebäudes gekoppelt«, übernahm Thaum, der stolz auf einen kleinen Druckluftbehälter deutete, der wie ein gewöhnlicher Handfeuerlöscher aussah. »Ich speise meine kleine Mischung aus Kräutern und Gorgonenschweiß in das System, woraufhin sich alle vier Wachen schlafen legen.«

Mira runzelte die Stirn. »Und du bist sicher, dass das Zeug nicht nachweisbar ist? Wenn die *Nebelwacht* wider Erwarten doch hier rumschnüffelt …«

»… wird sie nichts finden«, sagte Thaum entschieden. »Es braucht mehr als einen gewöhnlichen Feld-, Wald- und Wiesenzauberer der *Nebelwacht*, um herauszufinden, was die Wachleute außer Gefecht gesetzt hat.«

»Ich verstehe immer noch nicht, warum wir nicht einfach mundanes Betäubungsgas nehmen«, sagte Hank nervös. »Wir wollten doch so wenig Magie wie möglich einsetzen.«

Mira seufzte tief. »Das haben wir dir doch schon mehrfach erklärt«, sagte sie genervt. »Selbst wenn sich die *Nebelwacht* nicht einmischt, gibt es die örtlichen Behörden, die nach diesem Diebstahl …«

»… Wiederbeschaffung …«, ertönte Philis' abwesende Korrektur.

»… ermitteln werden«, sprach Mira gereizt weiter. »Wenn einer von uns am Tage des Einbruchs über zwielichtige Kanäle Betäubungsgas kauft, hinterlässt das eine viel zu eindeutige Spur.«

»Wir nutzen ausreichend Magie, dass die mundanen Schnüffler uns nicht aufspüren können, aber zu wenig, als dass die *Nebelwacht* aufkreuzt«, fasste Thaum zusammen und tätschelte selbstzufrieden die Feuerlöscherattrappe. Von seiner Skepsis am Vortag war nichts mehr zu spüren. Wenn das Team einen Auftrag annahm, respektierte der Nachtstreifer die Entscheidung stets und kniete sich voll hinein.

»Sobald drinnen alles ruhig ist, sagen Thaum und ich über Funk Bescheid«, fuhr Mira fort. »Dann kommt ihr zwei dazu und wir kümmern uns gemeinsam um die Hochsicherheitstür, hinter der das Zielobjekt liegt.« Sie sah zu Hank hinüber. »Und du bist sicher, dass du sie aufbekommst?«

Der Troll nickte zögerlich und deutete auf Philis. »Wir zwei schaffen das zusammen«, sagte er und versuchte sich an einem Lächeln.

»Kein Schloss ist unüberwindbar«, warf Philis beiläufig ein, mit jenem Unterton voller Selbstsicherheit, der Mira innerlich schaudern ließ. Die Pixie zweifelte nie an sich selbst – und es gab kaum einen gefährlicheren Charakterzug in ihrem Gewerbe.

»Ist der Weg erst mal frei, schnappen wir uns den Probenbehälter und fahren gemütlich vom Hof«, beendete Thaum die Zusammenfassung ihres Plans. »Wir liefern noch in der Nacht die Ware bei Megock ab und sitzen schon am Morgen in einem Flieger nach Frankreich, frei und ohne lästige Schulden.«

Mira konnte regelrecht spüren, wie die Vorfreude im Inneren des Transporters anstieg. Sie musste sich selbst zusammenreißen, um nicht zu grinsen. »Erst die Arbeit, dann das Vergnügen«, sagte sie streng. »Wer träumt, macht Fehler. Also konzentriert euch und wir alle haben morgen früh wieder die Kontrolle über unsere Leben zurück.«

»Dreiundzwanzig Minuten und vierzig Sekunden seit der Störmeldung«, warf Hank ein.

Mira nickte. »Das reicht. Thaum, bring uns mit Vollgas zur Schranke. Die sollen denken, wir sind mit brennenden Reifen hergefahren.«

Der Nachtstreifer grinste und hielt ihr einen hauchdünnen Papierstreifen hin, auf dem winzige verschlungene Linien und Zeichen zu erkennen waren. »Erst ziehen wir uns was Hübsches an«, sagte er augenzwinkernd.

Mira griff mit einem zustimmenden Brummen zu. Das Papier war wenige Millimeter breit, nicht länger als ihr Zeigefinger und fühlte sich schmierig an. Mit einem angewiderten Gesichtsausdruck legte sie sich den Streifen unter die Zunge. Sofort setzte der bekannte Geschmack nach Eisen und Anis ein, diesmal jedoch mit einer fauligen Komponente im Nachgeschmack, der sie würgen ließ.

»Was zum Teufel …?«, fluchte sie.

»Nicht ausspucken. Ich habe das Gegenmittel für mein Betäubungsgas in den Tarnstreifen hineingemischt«, warnte Thaum, der seinen eigenen Streifen in den Mund nahm. Sofort veränderten sich seine Züge und aus dem wolfsartigen Gesicht mit blauem Fell wurde das eines durchschnittlichen Einheimischen.

Mira schüttelte sich und versuchte den Geschmack zu ignorieren. »Als hätte ich eine tote Ratte unter der Zunge liegen«, sagte sie verdrossen.

Thaum fuhr lachend los und die Elfe wurde das Gefühl nicht los, der Nachtstreifer hatte absichtlich nichts gegen den Geschmack unternommen. Sein arkanes Talent war gleich null, aber sein Geschick, wenn es um das Zusammenmischen von magischen Zutaten ging, war außerordentlich. Thaum hatte für jede Lebenslage den richtigen alchemischen Gegenstand parat, ob Trank, Salbe oder Pulver. Leider hatten alle davon ihren ganz eigenen Haken.

»Nicht grinsen«, warnte sie ihren Freund. »Dein falsches Gesicht dehnt sich wie ein Gummiball, weil es deine Lefzen zu verdecken versucht.«

Thaum seufzte melancholisch und schaffte es, in diesem einen Laut seine Sehnsucht nach einer echten magischen Gabe zum Ausdruck zu bringen.

Wir alle wollen immer genau das, was wir nicht haben, dachte Mira sardonisch. *Wie eine Elfenprinzessin, die einfach nur ihre eigenen Entscheidungen treffen will und schlussendlich in der Knechtschaft eines gierigen Greifens feststeckt …*

Der Schlagbaum der Anlage kam in Sicht und Mira verbannte alle Gedanken, die nicht hierhergehörten, aus ihrem Verstand. Es war an der Zeit, sich ihre Freiheit zurückzuverdienen.

Sie warf einen flüchtigen Blick in den Außenspiegel, um ihre Erscheinung zu überprüfen. Ein nichtssagendes, blasses Gesicht mit Sommersprossen und einer kräftigen Nase starrte ihr entgegen. Thaums Zauber hatte ganze Arbeit geleistet. Sie zog die blaue Schirmmütze tiefer in die Stirn und ließ ihre Mundwinkel jenen mürrischen Zug annehmen, den jeder Schichtarbeiter auf der ganzen Welt zur Schau trug, der schon einmal einen komplexen Auftrag fünf Minuten vor Feierabend aufs Auge gedrückt bekommen hatte.

Als ihr Transporter sich der heruntergelassenen Schranke näherte, konzentrierte sie sich auf Körpersprache und Mimik der beiden Wachleute, die aus ihren Häuschen in den Regen traten. Zufrieden sah sie, wie sich deren Wachsamkeit in Erleichterung wandelte, als sie den Schriftzug erkannten, den Thaum und Hank im Laufe des Tages auf den Seiten des Wagens angebracht hatten. Während der Mann draußen im Regen stehen blieb, seine vollautomatische Waffe mit einer Hand gen Boden gerichtet, hastete die Wachfrau ins Innere des kleinen Unterstands und telefonierte. Thaum hielt indessen seinen gefälschten Ausweis und den vom Labor abgefangenen Wartungsauftrag für die Server von innen an die Windschutzscheibe, sodass der Wachmann diese undeutlich lesen konnte.

»So ist gut«, murmelte Mira leise. »Wir sind nur ein paar arme Schweine, die schnell mit ihrer Arbeit fertig werden wollen und keinen Bock auf Regen haben.« Übertriebene Eilfertigkeit hatte schon so manche Tarnung auffliegen lassen.

Der Wachmann kniff die Augen zusammen, um die Informationen auf dem Schreiben zu überfliegen, als seine Kollegin ihm vom Telefon aus etwas zurief und gleichzeitig mit der freien Hand den Transporter durchwinkte. Achselzuckend wiederholte der Wachmann die Geste der Frau und verdrückte sich ins Trockene.

»Ich liebe schlechtes Wetter«, sagte Thaum mit vergnügtem Unterton und fuhr den Wagen vor die Eingangstür des Laborkomplexes. Auf den ersten Blick sahen die beiden Glasflügel einladend und freundlich aus, aber Miras geschultes Auge erkannte die stählerne Rahmenkonstruktion, und von Philis wussten sie, dass überall im Gebäude Hochsicherheitsglas bester Güte verbaut worden war.

Eine hübsch anzusehende Mausefalle, dachte Mira zynisch. Dann nickte sie Thaum zu und die beiden stiegen mit Rucksäcken und einer Werkzeugtasche bewaffnet aus, um geduldig unter dem breiten Vordach darauf zu warten, dass ihre Eskorte eintraf.

Mittlerweile hatte die Dämmerung auch das letzte bisschen Licht verschlungen, und Mira kämpfte gegen den Impuls an, aus der Beleuchtung des Eingangs herauszutreten, um nicht so exponiert dazustehen. Die eigenen Überlebensinstinkte abzuschalten, während man unter dem Deckmantel einer Tarnung agierte, fiel ihr nach all den Jahren als Grenzgängerin noch immer schwer.

Endlich sah sie zwei uniformierte Gestalten ins kleine Foyer treten, welches sich hinter den Eingangstüren erstreckte, dann drückte einer der Sicherheitsleute einen Knopf unter dem Empfangstresen.

»Hast du das gesehen?«, murmelte Thaum leise. »Es sitzt keiner am Empfang. Laut Philis sollte dort immer einer der Wachleute anwesend sein. Also gibt es eine Abweichung im Dienstplan.«

Mira schüttelte warnend den Kopf, als die Türen mit einem leisen Zischen aufglitten. Ab jetzt konnte sie jedes falsche Wort verraten.

»Guten Abend«, sagte sie in halb höflichem, halb gelangweiltem Ton. Ein kleiner, schäbiger Talisman unter dem Overall ließ sie die Landessprache sprechen und verstehen. »Uns wurde eine Serverpanne gemeldet.« Dabei trat sie ein und stellte sich zwischen die beiden Sicherheitsleute. Wenn ab jetzt etwas schieflief, hatten sie immerhin schon mal Zutritt. Die beiden Kerle musterten sie nur beiläufig und wirkten dabei äußerst gestresst.

»Wird aber auch Zeit«, ranzte sie der Größere von beiden an. »Sie sollten längst hier sein!«

»Mach schon«, blaffte der andere Thaum an, der sich beim Eintreten Zeit ließ, um die Aufmerksamkeit auf sich und von Mira abzulenken.

»Zeigt uns den Weg, dann fangen wir sofort an«, sagte der Nachtstreifer in jovialem Ton. Zischend schlossen sich die Türen hinter ihm, und Mira musste erneut an das Zuschnappen einer Mausefalle denken.

Die beiden Wachleute setzten sich im Stechschritt in Bewegung und ihre angespannten Schultern und hektischen Blicke auf die Uhr sprachen Bände.

Diese Server müssen verdammt wichtig sein, dachte die Elfe bei sich. *Zu wichtig.* Idealerweise verschaffte einem eine Tarnung leichten Zutritt, ohne die Routine der Anwesenden zu durchbrechen. Eine erhöhte Alarmbereitschaft war im Regelfall das Letzte, was ein Grenzgänger brauchen konnte, doch genau dies hatten sie anscheinend mit dem Serverausfall erreicht.

Miras Gesicht blieb unbewegt, als sie vier weitere Wachleute erblickte, die mit erschöpften Gesichtern vor einer großen, schweren Eisentür mit elektronischem Sicherheitsschloss und armdicken Bolzen standen.

Und hier haben wir auch schon die Tagschicht, dachte sie grimmig. *Unser ach so genialer Plan hat die Anzahl der Wachen im Gebäude verdoppelt!*

»Na endlich«, brummte eine korpulente Sicherheitsfrau in Miras Richtung, ohne ihren Platz vor der Stahltür zu verlassen. »Es gibt hier Leute, die nach Hause wollen.«

Die Elfe nickte der Frau entschuldigend zu. »Geht uns auch so«, brummte sie zurück.

»Mit ein wenig Glück könnt ihr euch alle in Kürze ausruhen«, schickte Thaum kumpelhaft hinterher.

Mira unterdrückte ein Augenrollen. Der Nachtstreifer liebte diese Art von Insiderwitzen. Dass er jetzt eine solche Anspielung auf sein Schlafgas riskierte, zeigte ihr jedoch, dass der Nachtstreifer sich trotz der zusätzlichen Wachen seiner Sache sicher war. Mira atmete tief durch und entspannte sich. Thaum hatte recht: Ob sie nun vier Wachleute schlafen schickten oder acht, spielte überhaupt keine Rolle.

»Da wären wir«, sagte der Größere ihrer Eskorte, nachdem sie das Nordende des Gebäudes erreicht hatten, und öffnete mit seiner Sicherheitskarte einen kleinen Raum, aus dem umgehend das Summen von Lüftern und die typisch stickig-warme Luft hervorquoll, die einen zu kleinen Raum mit zu viel technischem Gerät darin auszeichnete.

»Danke«, antwortete Mira, trat zusammen mit Thaum ein, dabei in ihrer Werkzeugtasche herumnestelnd. »Wir kommen jetzt alleine klar, falls Sie ihre Kollegen nach Hause schicken wollen.«

»Ich muss bei Ihnen bleiben«, erwiderte der Mann kopfschüttelnd und lehnte sich in den Türrahmen. »Aber das macht mir nichts aus. Ich habe selber eine Weile in der IT gearbeitet, bis mein Rücken das ständige Rumknien zwischen engen Serverschränken nicht mehr mitgemacht hat.« Er grinste Mira vorfreudig an. »Ich bin gespannt, wo das Problem liegt. Ich sage schon lange, dass die Racks einen neuen Überlastschutz brauchen …«

Mira hörte nicht mehr weiter zu, sondern drehte sich zu Thaum um und fing seinen Blick auf. Ihr Plan sah vor, dass sie im Serverraum allein waren, damit der Nachtstreifer seinen Gasmix in die Lüftung speisen konnte. Von ihrem Körper verborgen deutete sie auf sich und auf den Wachmann, dann auf Thaum und die Druckflasche mit dem Gas.

»Bereite du alles vor, während ich mir kurz den Weg zur Toilette zeigen lasse«, sagte sie laut.

Ihr Freund nickte langsam und begann, wahllos Werkzeug auszupacken, während er im Zuge dessen beiläufig seinen gefälschten Feuerlöscher an die Lüftungsschlitze stellte. Mira drehte sich indessen um und sah den Mann im Türrahmen bittend an.

»Wären Sie so freundlich?«, fragte sie mit einem Unterton peinlicher Berührtheit. »Wir sind so schnell losgefahren, dass dafür keine Zeit mehr blieb.« Dabei tänzelte sie unruhig von einem Fuß auf den anderen.

Der Wachmann zögerte, schaute auf Thaum, der auf den Knien in einem Haufen Werkzeug saß, und dann wieder auf Mira. Seine Hand wanderte zu dem Funkgerät an seinem Gürtel, und für einen Moment fürchtete die Elfe, der Mann könnte einen Kollegen rufen, anstatt sie selbst zu eskortieren. Aber dann schüttelte ihr Gegenüber abwesend den Kopf und bedeutete ihr, ihm zu folgen.

»Bin gleich wieder da«, sagte sie in Thaums Richtung.

»Mach schnell. Ich will nicht wieder die halbe Arbeit alleine machen müssen«, brummte er und klang ganz wie ein genervter Kollege.

Der Wachmann grinste, und Mira musste Thaum innerlich gratulieren. Ein bisschen Gemecker unter Arbeitskollegen lenkte die Aufmerksamkeit der Wachleute meist ab. Mira und Thaum hatten sich schon so manch legendäres Streitgespräch inmitten eines Auftrags geliefert, einige von ihnen vorgetäuscht, andere voll authentischer Emotionen und mit Codeworten ausgetragen. So hatte Thaum einmal den Begriff »Munition« gegen »Wischmopp« ersetzt, als sie gerade Reinigungskräfte gemimt hatten. Direkt vor der Nase der Wache hatten sie darüber gestritten, ob sie tödliche oder nicht tödliche Munition gegen den Mafia-Troll einsetzen sollten, der die Tür bewachte, durch die sie damals gelangen mussten. Der tumbe Kerl hatte sich schließlich eingemischt und Thaum zugestimmt, dass Mikrofaserwischmobs die besten wären. Der Nachtstreifer hatte triumphierend gelächelt und den Troll dann mit einigen Betäubungspfeilen außer Gefecht gesetzt.

Der Weg bis zur Toilette dauerte leider nur wenige Sekunden und die offene Tür des Serverraums war von hier gut einsehbar.

Also deswegen hat mich der Kerl selbst hergebracht, dachte Mira ernüchtert. Er kann uns beide vom Flur aus im Blick behalten.

Mira nickte ihrer Eskorte dankbar zu und verschwand im Waschraum. Geschickt fischte sie ein Ohrfunkgerät aus der Tasche ihres Overalls und setzte es sich ein.

»Die Tagschicht ist noch drinnen«, sagte sie ohne Vorrede. »Thaums Zeitfenster ist klein, er muss umgehend handeln. Macht euch bereit.« Dann wartete sie eine Weile, bis ein zaghaftes Klopfen an der Tür ertönte.

»Alles in Ordnung da drinnen?«, fragte der Wachmann. »Brauchen Sie Hilfe? Soll ich vielleicht eine Kollegin holen?«

»Ich komme«, rief Mira und betätigte zur Tarnung die Spülung, während sie innerlich Thaum verfluchte. Was brauchte denn da so lange? Sie wusch sich die Hände und überlegte, ob sie die Wache in den Waschraum hineinlocken und überwältigen sollte, als plötzlich ein leises Plumpsen vor der Tür ertönte. Mira spähte vorsichtig hinaus und sah den schlafenden Sicherheitsmann vor sich auf dem Boden liegen.

»Besser spät als nie«, murmelte sie und huschte zum Serverraum.

Thaum kniete noch immer an der Lüftung und hielt den zitternden Druckluftbehälter fest, den er mit einem riesigen Haufen Klebeband an den Lüftungsschlitzen festgeklebt hatte.

»Der Druck ist zu stark«, sagte er ächzend. »Der Behälter hat sich immer wieder losgerissen. Ich musste improvisieren.«

Mira nickte verstehend. Philis hatte die Hauptlüftung ausfallen lassen, damit Thaums Gas sich von diesem Nebenschacht aus im gesamten Gebäude ausbreiten konnte. Aber trotzdem musste der Nachtstreifer für den nötigen Druck sorgen, damit sein Gemisch sämtliche Gänge und Räume flutete. Dabei hatte Thaum wohl nicht an den Rückstoß gedacht und badete jetzt sein Versäumnis mit schierer Muskelkraft aus.

»Ich schaue nach den restlichen Wachen«, sagte Mira knapp und ließ ihren Freund wieder allein. Leise huschte sie den Korridor entlang, bis sie sich mit einem verstohlenen Blick um die Ecke ein Bild von der Lage vor der Sicherheitstür machen konnte, hinter der das Objekt ihrer Begierde zu finden sein sollte. Zufrieden richtete sie sich vollends auf, als sie dort fünf schlafende Körper am Boden liegen sah. »Sechs von acht gesichert«, sagte sie über Funk. »Ich suche die letzten zwei und lasse dann Hank und Philis hinein.«

Mira zog drei Wurfpfeile aus ihrem Overall, deren Spitzen in eine klebrige Tinktur getaucht worden waren, die Thaums fähigen Händen entsprungen war. Wer davon an der Haut getroffen wurde, verlor nicht nur das Bewusstsein, sondern auch die Erinnerung an die letzten Sekunden vor dem Angriff. Nützlich, wenn man schnell und leise vorging.

Eine weitere schlafende Wachfrau fand Mira im Sicherheitsraum, in dem die Kamerabilder der Anlage zusammenliefen. Fünfzehn kleine Monitore zeigten wechselnde Einstellungen, einer der zwei Blickwinkel der Kameras im Serverraum fiel durch ein seltsam verwaschenes Bild auf. Man konnte Thaum zwar erkennen, aber es sah so aus, als schraube er an einem der Server herum, anstatt das Gas in den Schacht zu pumpen. Was Philis alles mit einem Smartphone anstellen konnte, ließ Mira oft mulmig werden.

»Sieben gesichert«, sagte sie und begann, einen Haufen Kippschalter umzulegen. »Kameraübertragung wird unterbrochen.« Sie brummte erleichtert, als sie auf einem der kleinen Monitore eine uniformierte Gestalt im Foyer liegen sah. »Alle Wachen gesichert«, sagte sie mit einem zufriedenen Aufatmen und beendete die Stilllegung des Sicherheitssystems. »Hank, Philis, ich lasse euch jetzt rein.« Dann sprintete sie zum Eingang und drückte den Knopf, der die Türen öffnen würde.

»Zwei Minuten, siebzehn Sekunden seit deiner ersten Funkmeldung«, sagte Hank zur Begrüßung, als der Troll sich im Sichtschatten des Transporters dem Eingang näherte. Trotz des Lichtes war der selbsternannte Meisterdieb nur ein verschwommener Schemen. Philis flog blitzartig ins Innere und Hank folgte ihr mit einer Vorwärtsrolle, die Mira eine Spur zu dramatisch fand. Aber wenn es dem Troll half, seine Angst zu überwinden, konnte er so viel Theatralik an den Tag legen, wie es ihm beliebte.

»Macht euch an die Arbeit«, sagte die Elfe und schloss die Eingangstür wieder.

Während Hank und Philis sich auf den Weg zur Sicherheitstür machten, zog Mira den bewusstlosen Wachmann hinter den

Tresen der Empfangshalle, damit er nicht von außen gesehen werden konnte. Wer wusste schon, ob einem der beiden Wachleute in ihrem kleinen Häuschen langweilig werden würde? Wenn der Regen nachließ, wollte vielleicht einer von ihnen ein Schwätzchen mit den Kollegen halten. Mira war immer gerne auf alle Eventualitäten vorbereitet, auch wenn sie wusste, dass dies ein Ding der Unmöglichkeit war.

Mira liebte das Unmögliche.

»Das wird hier eine Weile dauern«, ertönte Hanks Einschätzung über Funk. »Die Bolzen der Tür sind mit einem Zeitschloss gesichert, das unabhängig vom Sicherheitscode arbeitet.«

Mira setzte sich in Bewegung und fluchte dabei ausgiebig vor sich hin. Der Strom unflätiger Worte half ihr in Krisensituationen dabei, einen kühlen Kopf zu bewahren. Ihre Lehrmeister im *Anderswo* hatten sie dazu ermutigt, eine Art Anker zu finden, mit dem sie ihre Konzentration fokussieren konnte. Die meisten Elfen wählten dafür ein Lied oder Gedicht, eine elegante Handbewegung oder eine bestimmte Körperhaltung. Mira hatte sich umgehend für ausgiebiges Fluchen entschieden. Selbstverständlich war niemand am Hof ihres Vaters darüber erfreut gewesen. Sie musste trotz ihrer Anspannung bei der Erinnerung lächeln.

»Wie schlimm ist es?«, fragte sie, als sie bei den übrigen Grenzgängern ankam. Die Tür zum Labor war die große Unbekannte gewesen, denn Philis hatte dazu keinerlei Hinweise gefunden.

»Für den Zugangscode brauche ich fünf Minuten«, sagte Philis, und Mira hörte Verärgerung aus der Stimme der Pixie heraus. »Und das Zeitschloss kann ich resetten. Dann blockiert es nicht den Schlossmechanismus, kann aber auch die Bolzen nicht bewegen.« Die Unzufriedenheit auf dem Gesicht der Pixie stand in einem krassen Kontrast zu ihren kindlichen Zügen. »Teile der Verriegelung sind analog und können nicht ferngesteuert werden.« Sie schnaubte. »Wer baut denn heutzutage noch so was?«

»Jemand, der mit Personen wie dir rechnet«, sagte Hank glucksend. Wie immer freute sich der Troll darüber, wenn die Pixie ihm nicht sämtliche Steine aus dem Weg räumen konnte. Dann drehte er sich Mira zu und streichelte dabei über die dicke Stahltür. »Ich werde ein bisschen bohren müssen, aber in einer halben Stunde sollten die Bolzen kein Problem mehr darstellen.«

Mira runzelte die Stirn. »Je länger wir brauchen, umso größer die Gefahr, dass die beiden im Wachhäuschen etwas mitbekommen.«

»Wir könnten die zwei immer noch ausschalten«, sagte Thaum.

»Ein leeres Wachhäuschen erregt möglicherweise schneller unerwünschte Aufmerksamkeit, als uns lieb ist«, widersprach Mira. »Aber wenn einer von ihnen reinkommt, sollten wir vorbereitet sein.«

Thaum nickte und kramte seinen berüchtigten Umhang aus seinem Rucksack. Die Innenseite des Kleidungsstücks war mit allerlei Taschen und Halteriemchen übersät, in denen der Nachtstreifer seine alchemischen Überraschungen aufzubewahren pflegte. »Ich halte hinter dem Tresen im Foyer Wache«, sagte er. »Ruft mich, wenn ihr meine Hilfe braucht.«

»Denk dran: keine magischen Rückstände hinterlassen«, rief Mira ihm hinterher. »Also übertreibe es im Ernstfall nicht.« Dann starrte sie auf die beiden fleißig mit der Tür beschäftigten Teamkollegen und erkannte, dass sie nichts tun konnte, als zu warten. Also zog Mira ihre EZigarette hervor und genoss mit geschlossenen Augen den köstlichen Dampf voll heimatlicher Eindrücke. Da sie sich mitten in einem Job befand, unterdrückte sie die aufsteigende Melancholie ebenso wie die dazugehörigen Erinnerungen und jagte dem Gefühl des Friedens nach, das der Geschmack von Ewigkeitslilien in ihr erzeugte. Ihre mentalen Finger strichen über jene fernen Erinnerungen in den Tiefen ihres Verstandes.

»Fertig«, ertönte Philis' Stimme und riss Mira aus ihrer Trance. Sie öffnete blinzelnd die Augen und erkannte, dass die Pixie keine zwanzig Zentimeter vor ihrem Gesicht schwebte. Ihr winziges Gesicht war vor Sorge verzogen und sie hatte den Kopf schiefgelegt. »Ist alles in Ordnung?«, fragte sie. »Du warst mit deinen Gedanken kilometerweit weg.«

Mira zuckte ertappt mit den Achseln. »Ich habe das Gefühl, als würden wir uns mit diesem Auftrag endgültig befreien … Das ruft alte Erinnerungen wach.«

Die Pixie nickte mitfühlend und deutete dann mit dem Daumen über die Schulter auf das elektronische Paneel an der Tür. »Beide Schlösser sind neutralisiert. Wenn Hank mit seiner Muskelakrobatik fertig ist, können wir rein.«

»Du … könntest … mir auch … mit deiner Magie … helfen«, stöhnte der Troll, der sich mit einem Handbohrer abmühte, durch den Stahl der Tür zu kommen. Die Muskeln ihres Freundes traten unter seinem Trainingsanzug wie sich windende Schlangen hervor, und Mira musste sich daran erinnern, dass selbst ein schmächtiger Troll wie Hank immer noch um ein Vielfaches stärker war als ein Mensch oder Elf.

»Ich dachte, die Bolzen wären deine Aufgabe?«, fragte Philis zuckersüß. »Du wirktest vorhin so *froh*, dass ich dir nicht die ganze Arbeit abnehmen würde.«

»Philis«, sagte Mira in strengem Ton und die Pixie hob ihre winzigen Hände, als würde sie aus der Entfernung nach dem Bohrer greifen. Hank ließ keuchend los und dann drehte Philis ihre geballten Fäuste gegeneinander und der Bohrer folgte ihren Bewegungen. Stahl kreischte und Späne flogen aus dem Loch hervor, als die telekinetische Magie des Feenwesens die diamantbesetzte Spitze des Werkzeugs unbarmherzig in die Tiefen der Tür trieb.

»Dankeschön«, sagte Hank, der sich seine Oberarme massierte. »Ich bin halt kein Troll fürs Grobe.«

»Thaum«, meldete sich Mira indessen bei dem Nachtstreifer über Funk. »Die Tür ist gleich offen.«

»Soll ich hierbleiben oder zu euch kommen?«

Mira zögerte einen Moment. Der Laborraum war ebenso eine Unbekannte wie die Tür, die in ihn hineinführte. Philis hatte keinerlei Bilder aus seinem Inneren auftreiben können. Bis auf die Instrumente, die für dessen Ausstattung bestellt worden waren, gab es keine Hinweise darauf, was sie auf der anderen Seite der Tür erwartete. »Komm lieber her«, sagte sie, einem warnenden Gefühl in ihrem Hinterkopf nachgebend. Die mundane Anlage erklärte trotz ihrer Verbindung zur *Nebula Corporation* noch immer nicht Megocks Entscheidung, Miras Team für diesen Diebstahl anzuheuern und so Tausende von Euros zu verlieren. Es war ihr schleierhaft, warum nicht ein paar gewöhnliche Kriminelle diesen Job hätten erledigen können.

Thaum kam den Korridor hinuntergeschlendert, als der Hauptbolzen der Tür mit einem lauten Klacken seine Position änderte und Philis ihre Bemühungen einstellte. Der Nachtstreifer stellte sich neben Mira, die Arme unter seinem Umhang verschränkt. Die Elfe kannte diese Pose: Thaums Finger nestelten an den magischen Utensilien herum, die er mit sich trug, bereit, sie in Windeseile hervorzuziehen.

»Ich öffne jetzt die Tür«, sagte Hank und griff nach dem schweren Notfallgriff mittig der glänzenden Oberfläche.

Mira schob ihre Nervosität zur Seite und zog ihre Pistolen.

Sicher ist sicher.

Mit einem leisen Knarzen gab die lädierte Labortür nach und schwang unter Hanks Bemühungen ein Stück weit auf, bevor sich die Bolzen verkanteten. Der Troll verbarg mit seinem Körper den Blick ins Innere des Raumes, als er in seiner Bewegung innehielt und leise durch seine Zähne pfiff.

»Das sieht man nicht alle Tage«, staunte er.

Ungehalten trat Mira einen Schritt vorwärts und lugte an dem Troll vorbei in einen großen, lang gezogenen Raum mit hoher Decke, der auf den ersten Blick ganz aus Stahl und weißer Keramik zu bestehen schien. Dutzende Instrumente standen fein aufgereiht wie skurrile Hühner auf einer blank geputzten Stange auf breiten, makellos reinen Arbeitsflächen und schienen ein stummes Spalier für jene Apparatur zu bilden, die das gesamte hintere Drittel des Labors einnahm. Zwei große Roboterarme ragten aus dem Boden eines mit Sicherheitsglas abgetrennten Reinraums, in dem ein langer, schlanker Zylinder auf einem Stahltisch lag. Warnschilder übersäten die schmale Tür, die in die kleine Kammer führte, und Mira stellten sich die Nackenhaare zu Berge.

Radioaktiv. Giftig. Ätzend. Biologisch tödlich, las sie in Gedanken. Was auch immer da drin sein sollte, es ließ jedenfalls keine einzige Gefahrstoffklasse aus.

»Wollen wir diesen Behälter wirklich stehlen?«, fragte Hank ängstlich und deutete auf die Warnsymbole, ohne das Hauptlabor zu betreten. »Ich bin mit meinem Körper eigentlich sehr zufrieden und habe keine Lust, dass mir ein dritter Arm oder Schlimmeres wächst.«

Mira wandte sich Thaum zu. »Hast du irgendetwas dabei, das uns schützen könnte?«, fragte sie.

Der Nachtstreifer spähte kurz in den Raum und zuckte zusammen. »Uh. Das sind … sehr viele Warnungen.« Dann stöberte er in seinem Umhang herum. »Ich kann den Behälter magisch versiegeln«, sagte er schließlich. »Ich habe hier speziell behandelte Basiliskenhaut. Solange sie unbeschädigt bleibt, schützt sie besser als ein Bleibunker.«

»Klingt gut«, sagte die Elfe und deutete in den Raum. »Philis hebt den Behälter an, du wickelst ihn ein und Hank trägt ihn hier raus, während ich Wache halte. Dann verschwinden wir schleunigst und sehen nach dem Morgengrauen einen ganz bestimmten Greif nie wieder.«

Die Erwähnung ihrer bald gewonnenen Freiheit belebte das Team und schnell schlüpften die vier Grenzgänger in den langen Raum. Mira blieb von innen an der Tür stehen, während Philis losflog, um ihre Beute mittels Telekinese anzuheben.

»Das ist komisch«, sagte die Pixie nach mehreren greifenden Gesten mit ihren Händen verblüfft. »Meine Magie gleitet an dem Behälter ab. Ich bekomme ihn nicht richtig zu fassen.« Indessen hatten Thaum und Hank den Reinraum beinahe erreicht.

Miras Alarmglocken schrillten umgehend los. »Hier sollte es nichts Magisches geben …«, begann sie, als sich die Luft im Inneren des Reinraums zu biegen begann und eine verhüllte Gestalt aus einem plötzlich auftauchenden schwarzen Spalt hervortrat. Dampf schien von der dunklen Kleidung aufzusteigen und Mira war sich sicher, Frost auf dem leinenartigen Gewebe zu erkennen, unter dem der menschengroße Eindringling sich verbarg.

»Ist das etwa eine Falte?«, fragte Thaum ungläubig und deutete auf den schwarzen Riss. »Wie kann sich hier denn so mir nichts, dir nichts eine Falte öffnen?«

»Mir egal«, knurrte Mira und deutete auf die Gestalt vor ihnen. »Wichtig ist nur, dass wir drauf und dran sind, den zweiten Platz bei diesem Diebstahl belegen.«

Schon griffen die verhüllten Hände nach dem Behälter, und Mira zögerte keine Sekunde. Im Vorwärtssprint zog sie ihre Waffen und feuerte Kugel um Kugel auf das Sicherheitsglas. Natürlich prallten die Geschosse ab, aber der Lärm war ohrenbetäubend und der Schall musste im Inneren der Kammer um ein Vielfaches lauter sein. Der Eindringling wirbelte herum und Mira erkannte nun, dass es sich unter all dem Stoff um eine Frau handeln musste. Die Elfe konnte aus der Nähe ebenfalls erkennen, dass auf der dunklen Kleidung schwarze Muster eingestickt worden waren, die ihr Gegenüber irgendwie altertümlich wirken ließen. Nur die schwarz geschminkten Augen der Gestalt waren zu erkennen, als sie Mira direkt ansah und einen wütenden Schrei ausstieß. Für einen Moment schenkte ihr die Elfe jenes provokante, kühle Lächeln, mit dem sie schon so manchen Gegner aus der Reserve gelockt hatte, aber die Fremde verstärkte ihren Wutschrei nur und dann verschwand Miras Lächeln abrupt aus ihrem Gesicht, als ihr plötzlich die aus dem Rahmen gerissene Sicherheitsscheibe des Reinraums entgegenflog.

Magierin!, schoss es ihr durch den Kopf, als sie sich rückwärts zu Boden warf und das tödliche Geschoss mit einem lauten Rauschen über sie hinwegzischte.

»Achtung«, brüllte Hank hinter ihr und dann ertönte ein knirschender Aufprall, der Mira den Magen umdrehte. Sie sprang auf die Beine, feuerte blind in Richtung der Fremden und sah sich dabei mit einem raschen Schulterblick um. Hank hatte die gepanzerte Scheibe mit seinem Körper aufgehalten, um Thaum und Philis zu schützen, und sein rechter Arm hing schlaff an seiner knienden Gestalt herab, sein gütiges Gesicht zu einer Grimasse des Schmerzes verzogen.

Die Pixie schwebte mit blitzenden Augen hinter dem Troll hervor und deutete mit bebendem Finger auf die Magierin. »Du!«, zischte sie nur und machte eine Greifbewegung.

Mira sah wieder in Richtung ihrer Gegnerin und beobachtete, wie die beiden Roboterarme die Frau in einen Klammergriff nahmen, der mörderisch wirkte.

Die Frau schrie peinerfüllt auf und warf die Arme in die Luft, dabei Worte in einer Sprache ausspeiend, die Mira nicht verstand, obwohl sie im *Anderswo* während ihrer jahrzehntelangen Ausbildung in allen gängigen Zungen der magischen und mundanen Welt geschult worden war. Schnell zielte die Elfe auf den Kopf ihrer Widersacherin und drückte ab, aber die Kugel prallte gegen ein flirrendes Kraftfeld.

Sie ist stark, wenn sie zeitgleich gegen Philis' Umklammerung ankämpfen, einen Schutz errichten und einen unbekannten Zauber intonieren kann, schätzte Mira die Fremde mit widerwilliger Bewunderung ein.

Das leidenschaftliche Timbre in der Stimme der Magierin ließ darauf schließen, dass sie es mit einer Hexe zu tun hatten, einer weiblichen Magiekundigen, die ihre Kraft aus der Intensität ihrer Gefühle gewann – und ihr Gegenüber war sehr zornig und litt große Schmerzen.

»Thaum!«, rief Mira, während sie ihre Magazine wechselte. »Tu etwas gegen diesen Kraftschirm, damit ich sie ausschalten kann.«

Als Antwort warf der Nachtstreifer eine kleine Phiole in Richtung der Hexe, die unbeirrt lauthals ihren Zauber spann. Das Glas zersprang an dem flirrenden Schirm und die Luft schien dort zu kochen, wo sich die Flüssigkeit aus dem Inneren des Glases langsam durch den Schutzzauber der Hexe brannte. Mira feuerte zweimal probeweise auf die flimmernde Stelle, aber noch hielt der Zauberbann stand.

»Ich … krieg dich«, keuchte Philis, die krampfhaft ihre Fäuste zusammendrückte. Metall knirschte und Knochen brachen, als die Roboterhände den unbarmherzigen Befehl der Pixie Folge leisteten. Die Hexe wand sich und ihre Worte wurden drängender, heiserer. Mira schoss erneut, doch wieder prallten ihre Kugeln ab, wenn auch mit weniger Wucht als zuvor.

Ich hätte nicht nur mundane Munition mitnehmen sollen, schalt sie sich. Sie hatte bei diesem Job mit vielem gerechnet, aber nicht mit magischer Konkurrenz solchen Kalibers.

Thaum holte gerade ein Fläschchen mit blau schimmernder Flüssigkeit unter seinem Umhang hervor, als Hank aufkeuchte und mit seinem gesunden Arm auf die Falte in der Kammer deutete.

»Was ist das?«, fragte er ängstlich.

Mira konzentrierte sich auf den magischen Riss im Gewebe des mundanen Raumgefüges und sah, wie zwei brennende Hände sich an den fransigen Rändern des magischen Tunnels festhielten und sie auseinander drückten. Als wäre der Stoff der Realität nichts weiter als ein störendes Spinngewebe, erweiterte sich die Falte und die brennende Silhouette eines übergroßen Mannes trat daraus hervor, von deren Umrissen immer wieder glühende Tropfen zu Boden fielen und den Stahl in Brand steckten!

Während Mira zu Thaum und den anderen zurückwich, griff die Wesenheit nach den Roboterarmen, die die Hexe umklammert hielten, und schmolz diese mit seinem glühenden Griff einfach durch.

»Verschwinden wir!«, sagte die Elfe. »Nichts hiervon ist es wert, dass wir gegrillt werden.«

Ihr Team stimmte ihr mit heftigem Kopfnicken zu, und während Mira in der Hoffnung auf einen Glückstreffer den Schutzzauber der Hexe mit Kugeln eindeckte, half Thaum dem verletzten Hank dabei, sich aufzurappeln. Philis warf auf telekinetische Weise ein teures Laborgerät nach dem anderen in Richtung der Hexe und des brennenden Wesens, aber die fremde Frau ignorierte die Grenzgänger vollkommen und barg stattdessen den Metallbehälter in ihren Armen und trat damit zu der klaffenden Falte hinüber.

Ihre Augen und die Miras trafen sich über den Raum hinweg und die Elfe las im Ausdruck der Fremden pure Rachsucht.

»Tötet sie, mein Herr«, sagte die Hexe devot zu dem brennenden Geschöpf. »Besser, sie können nicht erzählen, was hier passiert ist.« Dann machte sie einen Schritt in die Falte hinein und der Riss in der Realität schloss sich mit einem leisen saugenden Geräusch.

Die brennende Gestalt, nun allein in den Trümmern des Reinraums, machte einen bedrohlichen Schritt auf die Grenzgänger zu, ein düsteres Lächeln auf dem schemenhaften Gesicht.

»Raus, raus, raus!«, bellte Mira und drängte ihr Team in Richtung Ausgang, als ein Brausen hinter ihr ertönte, dass beinahe wie eine heranrasende Flutwelle klang – nur dass es sich um einen Feuersturm handelte.

»Mira!«, brüllte Hank und schleuderte sie hinter sich. Gleichzeitig warf Thaum panisch mehrere Phiolen an der stürzenden Elfe vorbei. Sie sah hinter sich und erblickte eine Flammenwand, die auf sie zueilte und jedes Geschoss des Nachtstreifers mühelos auslöschte, ohne davon verlangsamt zu werden. Erst als die Flammen auf Hanks großen Körper trafen und ihn innerhalb eines Sekundenbruchteils mit der Wildheit eines Raubtieres einhüllten und verschlangen, fiel die Wand aus Feuer in sich zusammen.

»HANK!«, heulte Philis auf und Mira wollte mit in den Aufschrei einstimmen, aber ihre Kehle verweigerte ihr den Dienst. Sie konnte nur stumm auf den Punkt starren, an dem eben noch ein gütiger, sanfter und manchmal viel zu ängstlicher Troll gestanden hatte, der ein Meisterdieb hatte sein wollen und darüber hinaus ihr Freund geworden war.

Der Geruch von verbranntem Fleisch vermischte sich mit stechenden, stinkenden Dämpfen, die sich rasch in dem großen Raum ausbreiteten, der auf die Elfe noch vor einer Minute steril und leblos gewirkt hatte. Das Feuer leckte nach ihren Beinen, so als wäre ihm sein letztes Opfer nicht genug, aber der körperliche Schmerz der Hitze war nur ein fahles Echo der Qual in ihrem Inneren.

»Mira«, drängte Thaum und zog an ihr, während er mit der anderen Hand die hysterisch weinende Philis unter seinem Umhang verbarg. »Wir müssen hier weg. Sofort!« Er deutete auf die andere Seite des Labors, wo die unwirkliche Gestalt aus roter Glut hin und her wiegte wie eine stoßbereit aufgerichtete Kobra. Das magische Feuer fraß sich, von den nackten Füßen der Wesenheit aus, einen Weg durch den Raum und setzte selbst Stahl in Brand. »Wenn wir überleben wollen, müssen wir hier raus!«, fuhr der Nachtstreifer fort und zog sie mit einem angestrengten Grunzen auf die Beine.

Miras Kopf fühlte sich an, als würde er bersten. Das hätte nicht passieren dürfen. Nicht ihnen. *Nicht ihm.* Ihre Augen zuckten zu dem fremdartigen Wesen hinüber, das mit einem gemeinen Grinsen das Feuer mit weit vorgereckten Händen in ihre Richtung schickte.

»Eure Seelen gehören mir«, sprach es mit einer Stimme, wie ein knisterndes Lagerfeuer.

Seine Seele!, schoss es Mira durch den Kopf. *Es hat Hanks Seele!* Der Gedanke war wie ein Eispickel, der die Verwirrung in ihrem Inneren ebenso durchstieß, wie jegliches logisches Denken. Mit einem Wutschrei zog sie ihre Pistolen und feuerte alles, was sie hatte, auf das Ding ab. Das hohle metallische Klicken ihrer Waffen ernüchterte sie weit genug, dass sie sich wieder erinnerte: alle Munition war verbraucht. Sie hatten bereits ihr Bestes gegeben. Und der schwarz verbrannte Leichnam in der Mitte des Raumes war das Ergebnis gewesen.

»Es tut mir leid«, flüsterte sie in Richtung des Toten und ließ sich dann von Thaum auf die Beine ziehen. Der Nachtstreifer legte ihr die weinende Philis in die Hand und nestelte in seinem Umhang herum, während die Flammen sie rasend schnell umrundeten und in einen Ring aus rotem Feuer einhüllten. Phiolen zersprangen überall im Labor, die Luft schien zu kochen und ein beißender Rauch begann allmählich den Raum zu füllen.

Mira schoss nur ein Gedanke durch den Kopf, während sie mit ihren beiden überlebenden Freunden in der Falle saß: Wie hatte es nur so weit kommen können?

Bis zum Hals in Ogerdung

Die Flammen im Raum schlugen immer höher und rissen Mira aus ihrem Schock. Das Knallen der unter der Hitze explodierenden Gläser ringsum erfüllte den Raum und der ätzende Geruch fremder Chemikalien vermischte sich mit dem Gestank verbrannten Fleisches. Mira unterdrückte ein Würgen und ebenso ihre Trauer, ihre Wut und ihre Hilflosigkeit. Sie zwang sich zu der nüchternen Analyse eines Herrschers, der sich einer Bedrohung für sein Reich gegenübersah. Jener Herangehensweise, die ihr viele Jahre lang im *Anderswo* eingetrichtert worden war.

Die Hexe war fort. Die Falte geschlossen. Sie hatte dieses unbekannte Wesen erst herbeigerufen und dann bei ihnen zurückgelassen. Mira sah zu Hank hinüber. Der erste Angriff hatte ihren Freund umgehend getötet, aber die beiden, die folgten, waren ungenau gewesen und hatten die überlebenden Grenzgänger lediglich eingeschlossen. Mira fragte sich fieberhaft, was sich geändert hatte. Sie besah die flammende Gestalt, die sich näher schleppte und erkannte, dass sie sich schwerfälliger bewegte als noch vor ein paar Sekunden. Dann setzte die Erkenntnis ein: Das Ding war beschworen worden und wurde allmählich schwächer, da sowohl seine Beschwörerin als auch ein Zugang zur Falte und damit zur Heimat dieses Wesens fehlte.

»Thaum, wirf alles, was du hast, auf dieses Ding«, kommandierte sie und nahm ihm die hysterische Pixie ab.

»Aber das wird eine Kettenreaktion auslösen …«, begann der Nachtstreifer.

»Tu es!«, befahl Mira. »Wenn ich schon in einer Explosion sterben muss, dann will ich diesen Mistkerl mitnehmen.«

Thaum schluckte schwer, doch dann begann er in rascher Abfolge Flaschen, Tiegel und Pulver in Richtung ihres Angreifers zu werfen, der unendlich langsam seine Hände zu einem weiteren Angriff hob. Funken, Flämmchen, Rauchwolken und schillernde Gase in allen Farben des Regenbogens stoben von der Gestalt auf, die wenig beeindruckt schien und eine neuerliche Flammenwalze aufbaute. Diesmal war die Wesenheit nahe genug, dass sie Mira, Thaum und Philis nicht verfehlen würde.

»Das war die Vorbereitung«, warnte Thaum. »Jetzt wird es hässlich.« Dann fischte er eine winzige Pipette aus seinem Umhang, in der ein glühendes Körnchen zu sehen war. »Drachenträne«, hauchte er und schleuderte das Behältnis in dem Moment hoch in die Luft, als ihr Widersacher seinen Angriff losschickte. Mira beugte sich schützend über Philis und spürte, wie die Hitze der Flammenwalze ihr bereits auf zwei Meter Entfernung die Haare versenkte, als Thaum eine weitere Phiole hervorzog und vor ihnen auf den Boden warf. Ein weißer Dampf stieg auf, der Mira die Füße gefror und dann die Finger und schließlich auch ihr Gesicht mit dem eisigen Schleier des Erfrierungstodes überzog. Philis wimmerte in ihren Armen, die Libellenflügel von Raureif gezeichnet, das aufplatzende Smartphone in ihren zitternden Fingern gefangen. Dann war die Flammenwelle über ihnen, griff nach ihrer Haut, ihren Augen, ihren Lungen. Mira wollte schreien, war aber steif vor Kälte. Sie schloss geistesgegenwärtig ihre nur träge reagierenden Augenlider und drückte Philis fest an ihre Brust, während ihr gesamtes Blickfeld in einem Inferno aus Feuer verschwand – das eine Sekunde später verging.

»Was …?«, stammelte sie, als ihr Körper weit genug auftaute, dass sie ihren Mund bewegen konnte. Zischender Dampf erfüllte den Raum.

»Es ist noch nicht vorbei«, war alles, was Thaum sagen konnte, dann prallte die Drachenträne nach ihrem hohen Flug auf der Schulter des brennenden Wesens auf. Noch mal wurde Miras Welt von Urgewalten erfasst, aber diesmal war es das Röhren einer Druckwelle, die sie rückwärtsschleuderte, durch den Ring aus am Boden züngelnden Flammen und die halb offen stehende Labortür hinaus gegen die Wand auf der anderen Seite des Korridors. Ihre Schmerzensschreie vermischten sich mit denen von Philis und Thaum. Ihre Rippen brachen. Mira bekam keine Luft. Philis weinte voller Leid. Thaums Husten klang wie das Röcheln eines Sterbenden. Und doch hatte die Elfe kaum etwas Schöneres in ihrem Leben gehört – denn die Laute bedeuteten, dass ihre Freunde noch lebten.

»Kannst du stehen?«, fragte sie Thaum keuchend und quälte sich an der Wand empor, bis sie in einer kauernden Stellung verharrte. Sie konnte nur flach atmen und hatte das Gefühl, nicht genug Luft zu bekommen, aber die Schmerzen in ihren Rippen verhinderten, dass sie sich vollends aufrichten konnte.

Thaum hustete nur weiter und griff erneut unter seinen Umhang. Sofort sah Mira alarmiert zu der Labortür hinüber, in der Annahme, das Wesen würde ihnen nachsetzen, aber außer lodernden rotgoldenen Flammen, die so intensiv wie das Feuer einer Sonne wirkten, war nichts zu sehen. Der Stahlrahmen der Tür glühte kirschrot und für einen Moment dachte Mira, sie würde in das Tor zur Hölle starren.

Thaum entkorkte unterdessen eine Flasche, die er hervorgezogen hatte, und schnupperte an ihr. Sofort entspannte sich sein Gesichtsausdruck und er reichte sie an Mira weiter.

»Nur ein Atemzug«, warnte er keuchend. »Das ist Paradiesdampf, hergestellt aus destillierten Glücksträumen bekiffter Satyrn. Eine Droge, die jeden Schmerz betäubt. Morphium ist ein Kinderbonbon gegen das Zeug.«

Mira hatte davon gehört. Allein der Besitz dieser Flasche würde sie alle für Jahrzehnte unter den Tower von London verbannen, ins härteste Verlies, das die *Nebula Convicto* besaß. Sie tat einen Atemzug, fächelte dann der zusammengekrümmten Philis einen Hauch davon zu und warf die Flasche anschließend ins lodernde Feuer. Thaum wollte protestieren, aber Mira schüttelte grimmig den Kopf. Sie spürte nun keine Schmerzen mehr, sondern nur noch eine Leichtigkeit, von der sie sich beständig einreden musste, dass sie eine Illusion war.

»Wir stecken bis zum Hals in Ogerdung«, sagte sie. »Die *Nebelwacht* ist bestimmt schon auf dem Weg hierher, denn dieses Ding wird auf dem Suchzauber eines jeden Magiers in hundert Kilometern Umkreis aufgetaucht sein. Wenn du noch irgendwas hochgradig Illegales unter deinem Umhang versteckst, wirf es ins Feuer.«

Thaum nickte zögerlich und drei weitere Utensilien verschwanden in den gierigen Flammen.

»Was jetzt?«, fragte er und Mira deutete mit dem Kopf Richtung Ausgang, während sie die ohnmächtig gewordene Philis in ihrer Armbeuge zurechtlegte.

»Wir verschwinden, so schnell wir können, und suchen uns medizinische Hilfe«, sagte sie. »Ich hab keine Lust, innerlich zu verbluten und es nur deshalb nicht zu merken, weil ich auf Droge bin.«

Thaums Augen wurden groß. Dann nickte er und ein entschlossener Ausdruck trat in seine Augen. »Ihr zwei bleibt hinter mir«, sagte er. »Da draußen sind noch immer zwei Sicherheitsleute und die werden sicher nicht mehr in ihrem Wachhäuschen das schlechte Wetter aussitzen.«

Mira widersprach nicht. Sie kannte dieses Funkeln in Thaums Augen nur zu gut. Nachtstreifer waren Rudelwesen. Alles in ihrem Freund schrie danach, jene Mitglieder des Teams zu beschützen, die am Leben waren. Sein Versagen vor so vielen Jahren ließ ihn seitdem nicht mehr anders handeln.

Wir alle haben unsere Dämonen aus der Vergangenheit, dachte Mira traurig.

Thaum schritt rasch voraus, in jeder seiner Hände einen präparierten Wurfpfeil. Auf dem Weg nach draußen holte sie langsam der Rauch ein, der sich nach und nach im Gebäude verteilte, und Mira machte sich ernsthafte Sorgen, dass sie die ölige Substanz einatmen konnten, ohne dass ihre tauben Körper einen Hustenreiz verspürten. Vielleicht waren sie alle drei wandelnde Tote, die nur noch nicht spürten, dass ihre Zeit längst verstrichen war.

»Was ist passiert?«, scholl ihnen ein verwirrter Ausruf entgegen, als sie sich dem Foyer näherten. Die beiden Sicherheitsleute liefen ihnen entgegen, offensichtlich enttäuscht, dass sie nicht ihre Kollegen sahen, sondern die vermeintlichen IT-Fachleute.

»Eine Explosion hinter eurer tollen Sicherheitstür«, sagte Thaum.

Mira hätte an seiner Stelle mehr Verwirrung und Panik in ihre Stimme gelegt, aber sie war trotzdem froh, dass der Nachtstreifer das Reden übernahm, während sie sich hinter dem Rücken ihres Freundes hielt, damit die beiden Wachleute nicht die kleine Pixie auf ihrem Arm zu sehen bekamen.

»Verdammt, da standen doch Jakub und die anderen Wache«, sagte der Mann, und seine Kollegin und er liefen fluchend in den Rauch hinein.

Mira spürte einen Stich der Schuld. Sie hatte keine Sekunde daran gedacht, den schlafenden Wachleuten zu helfen.

Die Zeit für Vorwürfe kommt noch früh genug, dachte sie verbissen. *Falls du sie überhaupt noch erlebst.*

Dann rannte sie in das Dunkel und den Regen hinaus, auf die rettende Silhouette des Transporters zu, der sie von diesem Ort des Schreckens fortbringen würde.

Die Nacht war tintenschwarz und der Regen hatte noch weiter zugenommen, sodass die Scheibenwischer trotz Höchstgeschwindigkeit keine freie Sicht mehr gewährleisten konnten.

Glücklicherweise fuhr Thaum den Wagen, denn Mira sah nur einen verschwommenen Schleier, wenn sie hinaussah.

»Kennst du wen, der uns zusammenflicken könnte?«, fragte sie Thaum keuchend und schaute dabei in den Rückspiegel. Sie waren bereits fünf Kilometer vom Labor entfernt und fuhren so unauffällig wie möglich über die menschenleere Landstraße. Der Schein des brennenden Labors war trotz der Entfernung durch die flache Landschaft ebenso gut zu sehen wie das Blaulicht der allmählich eintreffenden Rettungskräfte.

Hoffentlich holen sie die Schlafenden noch rechtzeitig raus. Ein Teil von ihr schalt sich für den Gedanken. *Ein Herrscher schert sich nicht um Kollateralschäden, wenn sie seinem Zweck dienen*, erinnerte sie sich plötzlich an eine ihrer Lektionen, von der die dachte, sie schon lange aus ihrem Kopf verbannt zu haben. *Halt die Klappe, Mira.* Die Elfe schloss die Augen. Ganz toll. Jetzt begann sie, wieder mit sich selbst zu reden. Diese Nacht brachte mehr hervor als alte Erinnerungen und neue Trauer.

»In dieser Gegend?«, beantwortete Thaum ihre Frage. »Da fällt mir niemand ein.«

Mira fluchte. Normalerweise würden sie jetzt Philis bitten, dass sie einen passenden Kontakt im Netz herstellte, aber erstens war die Pixie noch immer ohnmächtig und zweitens war ihr einzigartiges Miniatursmartphone nur noch ein verkohlter Haufen Schrott, der mit den verkrampften Fingern des heranwachsenden Feenwesens verschmolzen war.

Mir egal, ob ich draufgehe, aber Philis darf nicht für meine Fehler büßen, dachte Mira verbissen, dann ging sie in Windeseile ihre Optionen durch. Es blieb nur eine über. Fluchend griff sie mit ihrer freien Hand unter den verkohlten Overall.

»Dumme, dumme Elfe«, schalt sie sich, als sie mit zitternder Hand ihre Kontakte nach einer Nummer durchsuchte.

»Wen willst du anrufen?«, fragte Thaum verwirrt.

Mira sah den Nachtstreifer mit gequältem Gesicht von der Seite an. »Jemanden, den wir in unserem Leben nie wieder sehen wollten.«

***

Das schrille Klingeln des Smartphones riss Grayson aus seinem Schlaf. Neben ihm knurrte Shaja etwas kaum Verständliches über rücksichtslose Ehemänner und die Nöte einer schwangeren Frau, ein wenig Schlaf zu finden.

»Notfall-Klingelton«, sagte er entschuldigend, bewegte sich hastig aus dem Raum und schloss die Tür hinter sich. Die diffuse nächtliche Beleuchtung Worthington Manors ließ Grayson die Schemen nur erahnen, die sich auf sein Erscheinen hin regten, und er hob seine Hand zu dem verabredeten Zeichen und seine Leibwächter verschmolzen wieder mit den Schatten. Seine neue Arbeit hatte seine Leben nicht gerade unkomplizierter werden lassen. »Ja?«, fragte er knapp, nachdem er den Anruf angenommen hatte.

»Mr Steel?«, erklang eine kühle Frauenstimme, die ihn immer ein wenig an kalten Rauch in einer Jazzbar erinnerte, wenn die Gäste fort und selbst die Echos der Musik lange verstummt waren.

»Ms Sheinfhandril«, sagte er möglichst gelassen. »Wie unerwartet, von Ihnen zu hören.«

»Lassen Sie den Scheiß«, schnappte die Elfe.

Noch immer ganz die Alte, dachte Grayson amüsiert. »Sie wollen Ihren Gefallen einfordern?«, fragte er und tigerte dabei auf dem dicken Teppich auf und ab. Jegliche Schläfrigkeit war aus ihm gewichen und sein Hirn spann die ersten Fäden neuentdeckter Möglichkeiten.

»Und ob«, erklang die Antwort. »Wir benötigen medizinische Hilfe, knapp außerhalb der Stadtgrenzen von Prag. Verdacht auf innere Verletzungen durch die Explosion einer Drachenträne. Schwere Verbrennungen bei einem Mitglied.«

Grayson fröstelte, als er hörte, wie klinisch Mira die Verletzungen aufzählte. Die Frau war ein Profi. *Also genau die Richtige.* Der Gedanke kam und ging wieder. Erst musste er sein Wort halten, das er vor zwei Jahren gegeben hatte.

»Einen Moment«, sagte er und richtete seinen Blick auf die still dastehenden Schatten am Rande der spärlichen Lichtkegel, die den Korridor erleuchteten. »Notfallextraktion«, sagte er knapp. »Lokalisierung über das Smartphone, das mich gerade angerufen hat. Vier Verletzte.«

»Drei Verletzte«, erscholl die Stimme der Elfe in jenem spröden Ton, der nur einen Rückschluss zuließ.

»Das tut mir leid«, sagte Grayson aufrichtig. Er mochte jeden der vier Grenzgänger, die ihm in Rom ausgeholfen hatten. Dann starrte er ins Zwielicht des Korridors, aus dem ihm von einem seiner Leibwächter ein stummes Zeichen gegeben wurde. »Fahren Sie rechts ran«, sagte er. »Und erschrecken Sie bitte nicht.«

»Wieso erschrecken …?«, begann Mira, um dann lauthals loszufluchen.

Grayson hörte im Hintergrund die raue Stimme Thaums, dann wurde die Verbindung unterbrochen. Der Leiter des *Obsidian* lächelte. Wieder eine Schuld getilgt. Sein Verstand erlaubte sich, den nächsten Schritt zu tun.

Und plötzlich war da eine Welt voller Möglichkeiten.

***

Der Helikopter war praktisch aus dem Nichts aufgetaucht und beinahe auf ihrer Motorhaube gelandet, kaum, dass Thaum rechts herangefahren war.

Vermummte Gestalten in schwarzer Tarnkleidung und mit runenverzierten Schusswaffen sprangen aus dem mit Raureif überzogenen Fluggerät, sobald es den Boden berührte, und sicherten mit militärischer Präzision die Umgebung, während sich eine nicht mal kniehohe Gestalt ihrem Fahrzeug näherte und sie mit einem Wink dazu aufforderte, auszusteigen. Mira erkannte einen Gnom, wenn sie einen sah, aber der hier wirkte so wenig wie ein typischer Vertreter seiner Art, wie Mira eine fügsame Thronfolgerin des *Anderswo* war. Der schwarze Rollkragenpullover des Fremden platzte geradezu aus den Nähten vor Muskeln, das von ersten Falten gezeichnete Gesicht war hinter einer Sonnenbrille verborgen, die sicherlich mit allerlei magischem wie technischem Schnickschnack ausgerüstet war, und der gepflegte Kinnbart sollte dem Gnom wohl etwas Hartes, Unnachgiebiges verleihen. Mira musste dagegen an einen kleinen Jungen denken, der auf einer Kostümparty ein Men-in-Black-Kostüm trug.

»Ms Sheinfhandril?«, fragte der Gnom mit einer erstaunlich tiefen Stimme, als sie und der vollkommen überrumpelt wirkende Thaum langsam aus dem Fahrzeug stiegen.

»Wie viele schwer verletzte Elfen sehen Sie denn sonst auf dieser Landstraße«, fragte Mira bissig. Der Paradiesdampf hörte langsam auf zu wirken und die Schmerzen kehrten zurück.

»Mira, reiß dich zusammen. Ausnahmsweise zielt mal niemand auf uns und es wäre schön, wenn das so bleibt«, flüsterte Thaum eindringlich in ihre Richtung. »Also sei verflucht noch mal höflich.«

»Ms Sheinfhandril?«, fragte der Gnom erneut, ohne seinen Tonfall zu ändern.

Wie ein verdammter Roboter.

»Ja«, sagte sie nach einigen Sekunden. Sie wusste, dass ihr Verhalten gerade störrisch war, aber in Anbetracht ihrer Gesamtsituation verhielt sie sich wie ein verdammter Engel!

Der Gnom machte einen winzigen Schritt zur Seite. »Bitte steigen Sie ein.«

Die Elfe machte einen zögernden Schritt auf den mit laufendem Rotor wartenden Helikopter zu und hielt dann inne.

»Mira?«, fragte Thaum verwirrt, der nach anfänglichem Enthusiasmus ebenfalls stehen geblieben war.

Steig schon ein, redete sie auf sich selbst ein. *Nichts ist schlimmer, als auf einer gottverlassenen Landstraße im Nirgendwo deinen Freunden beim Sterben zuzusehen.*

Das Gefühl, in eine weitere Falle zu tappen, war jedoch so groß, dass Mira mehrere Sekunden brauchte, um ihre Beine dazu zu bringen, sich wieder in Bewegung zu setzen und den Helikopter zu besteigen, denn natürlich wusste sie, dass es schlimmere Schicksale gab, als auf dieser verlassenen Landstraße ihr Leben auszuhauchen. Während die Soldaten schweigend einstiegen und die Tür schlossen, starrte sie auf Philis hinunter, die leblos in ihrer Ellenbeuge lag. Mira konnte nur hoffen, dass sie sich und ihre beiden Freunde nicht vom Regen in die Traufe manövriert hatte.

Alles war weiß. Steril.

Fast wie in diesem verfluchten Labor, bevor es explodiert ist.

Mira zupfte missmutig an dem dünnen weißen Bademantel herum, der ihr gegeben worden war, und wartete auf den Arzt, der sie untersuchen würde. Noch im Helikopter hatte ihnen der fremde Gnom drei Flaschen in die Hand gedrückt, die jedes Mitglied der magischen Gemeinschaft als Heiltrank erkannt hätte. Sie hatte die drei Ringe am Hals der Flasche gesehen und musste sich bemühen, ihre Miene nicht zu verziehen. Ein derart starker Heilzauber kostete so viel wie ein kleines Haus an einem idyllischen Bergsee. Sie hatte den Inhalt umgehend ausgetrunken, nachdem sie Philis ein paar Tropfen eingeflößt hatte. Zu Miras Leidwesen hatte die Magie die verbrannten Finger der Pixie nicht von dem zu einem unförmigen Klumpen erstarrten Metall ihres Smartphones lösen können, aber zumindest hatte Philis wieder regelmäßig geatmet, als der Hubschrauber nach einer kleinen Ewigkeit auf einem abgelegenen Bauernhof im Hinterland Tschechiens gelandet war. Miras Überraschung darüber, dass die kleine Kate in Wirklichkeit ein getarntes Feldlazarett der Unendlichen Legion beherbergte, war dagegen recht bescheiden ausgefallen. Sie hatte sich gründlich duschen können, und wären danach ihre Klamotten noch immer vorhanden gewesen, hätte sie sich sogar halbwegs wohlgefühlt. Stattdessen musste sie in diesem Bademantel rumlaufen und war in ein Untersuchungszimmer geführt worden.

Die Tür des kleinen Raumes öffnete sich und sofort stand die Elfe von dem Untersuchungstisch auf.

Niemals unnötig in eine verwundbare Position begeben, raunte eine hart klingende Stimme durch ihren Verstand, die nicht ihre eigene war. Mira glaubte, den Sprecher kennen zu müssen, aber außer einem Gefühl tiefer Beunruhigung konnte sie keine konkreten Erinnerungen mit den aus dem Nichts aufgetauchten Worten verbinden. *Hab mir im Labor wohl übler den Kopf angeschlagen, als ich dachte.*

»Guten Morgen«, sagte eine gut gelaunte Elfe, die in einem weißen Kittel mit dem Zeichen des Speichenrads der *Nebula Convicto* auf dem Revers eintraf. »Wie fühlen Sie sich?«

»Nicht besser, bloß weil man mir eine Elfe schickt«, murrte Mira die Fremde an.

Die tadellosen Augenbrauen der Frau rutschten in ihrem makellosen Gesicht auf die glatte Stirn. Die Augen der Ärztin wurden groß und betonten ihre perfekten Wangenknochen.

Was für ein Klischee! Mira hätte vor Langeweile gähnen können.

»Ich arbeite bereits seit zehn Jahren in dieser Gegend«, sagte die Frau höflich, aber bestimmt. »Und ich bin von denen, die ich heile, bessere Manieren gewohnt.«

Mira brummte und setzte sich auf den Untersuchungstisch. »War eine harte Nacht.«

»Das glaube ich gerne«, sagte die Frau und las von einem Klemmbrett ab, das auf der Ablage des Untersuchungsraumes lag. »Trotz Kategorie-Drei-Heilung diverse Anzeichen für multiple Organschäden, Verbrennungen und Erfrierungen am gesamten Körper. Dazu ein Hirntrauma.«

Hurra, dachte Mira erleichtert. *Und schon ist die komische Stimme in meinem Kopf erklärt.*

»Bitte erst das Hirn richten«, sagte sie zu der Ärztin. Sie quälte sich ein halbherziges Lächeln ab, das ihr Gegenüber offenherzig erwiderte. *Eine Frohnatur beim Militär? Vielleicht sollte* sie *sich mal am Kopf untersuchen lassen.*

Die Elfe murmelte einige Worte und strich Mira sanft mit beiden Händen über die Schläfen. Es war, als würden elektrische Ladungen durch ihren Körper zucken und ihre Finger und Zehenspitzen kribbeln lassen. »So«, sagte die Frau nach einer Weile. »Wieder wie neu.«

»Versprechen Sie nicht zu viel, Doc«, sagte Mira. »Wie geht es Philis?«

»Der Pixie?«, fragte die Ärztin, und Mira nickte. »Leider übersteigen die Verletzungen ihrer Hände meine Fähigkeiten. Die Metallüberreste des Smartphones sind nicht von ihren Fingern zu lösen.«

Mira wurde übel. »Sie verliert ihre Hände?«

Die Ärztin zuckte mit unglücklichem Gesicht die Achseln. »Hier kann ich zumindest nichts für sie tun. Vielleicht, wenn Sie und ihre Freunde in London eingetroffen sind …«

Mira schreckte hoch und war mit einem Satz auf der anderen Seite des Behandlungstisches, außer Reichweite der still dastehenden Ärztin. »London?«, fragte sie alarmiert.

Die Unbekannte nickte. »Der Befehl war eindeutig. Sobald

Sie drei genesen und transportfähig sind, sollen sie unter den Westminster Palast gebracht werden.«

Westminster. Das Herz der *Nebula Convicto*. Dort, wo der Verhangene Rat das Schicksal der magischen Gemeinschaft in Händen hielt.

Und wo angeblich der Obsidian *seinen Sitz hat.*

Mira ballte die Fäuste. »Wir haben einen Gefallen eingelöst«, sagte sie langsam. »Dabei ging es um unsere Heilung. Niemand hat etwas von einer Befragung gesagt.«

Wenn die Elfe schauspielerte, dann tat sie es richtig gut, wie Mira fand. Das Gesicht der Ärztin zeigte eine tiefe Verwirrung und sie schüttelte den Kopf. »Sie missverstehen mich. Der Flug nach London dient der Sicherheit von Ihnen und Ihren Freunden. Die *Nebelwacht* fahndet nach Ihnen im Zusammenhang mit einem Kapitalverbrechen.«

Mira wurde kalt ums Herz. Der Probenbehälter. »Was für ein Verbrechen?«, fragte sie tonlos. Spionage. Schwerer Diebstahl. Verbreitung gefährlicher Substanzen. All das hätte sie erwartet, aber die Worte der Ärztin ließen sie ratlos zurück.

»Die Beschwörung eines Dämons des neunten Kreises«, sagte die Frau.

Mira wurde schwindelig und sie musste sich an der Liege abstützen. Also *das* hatte sie im Labor angegriffen. Plötzlich wusste sie ihr Glück zu schätzen, noch am Leben zu sein. Kaum jemand erlebte einen Zusammenstoß mit einer Naturgewalt und konnte später davon erzählen. Dann fiel ihr ein, welche Strafe für die Anrufung eines solchen Wesens verhängt wurde. Lebenslang unter dem Tower. Mira und ihre Freunde dürften nun zu den meistgesuchten Verbrechern in Osteuropa gehören. Ohne Hilfe säßen sie in wenigen Stunden im Knast.

»Wann geht der Flieger?«, fragte sie nur und das Lächeln kehrte auf das Gesicht der Ärztin zurück.

***

»Das ist doch Wahnsinn«, zischte Thaum ihr zu, während sie nebeneinander in den breiten Sesseln eines Privatfliegers der *Nebula Corporation* saßen und gen London flogen. Es waren keine zwei Stunden seit dem Gespräch mit der Ärztin vergangen. Anscheinend konnte Grayson Steel es nicht erwarten, sie in die Finger zu bekommen. »Keiner von uns hat das Talent und Wissen, einen Dämon des neunten Rings heraufzubeschwören, geschweige denn, ihm Befehle zu erteilen. Dieser Vorwurf ist vollkommen haltlos.«

»Wir sind die Einzigen, die in der Nähe gesehen wurden«, sagte Mira und rieb sich über das Gesicht. »Und ich bin mir sicher, dass ein gewisser Greif uns für unser Versagen nur allzu bereitwillig an die *Nebelwacht* verpfiffen hat.«

»Megock«, sagte Thaum voller Abscheu. »Denkst du, *er* hat diese Hexe geschickt?«

Mira dachte über die Frage nach und betrachtete dabei Philis, die neben Mira in ihrem eigenen Sitz unruhig schlummerte. Die Ärzte hatte die Pixie mit einem Schlafzauber belegt, damit sie nicht aufwachte, solange ihre Finger nicht von ihrem Smartphone getrennt worden waren. Philis war noch immer ein halbes Kind und niemand wollte die Pixie mehr traumatisieren als notwendig.

Sie hätte niemals Teil des Teams sein dürfen, warf Mira sich wie so oft vor, seit sie die Entscheidung getroffen hatte, Philis aufzunehmen. Die Elfe zwang sich, Thaum anzusehen und sich auf seine Frage zu konzentrieren, um die Zweifel in ihrem Inneren zum Schweigen zu bringen.

»Auch wenn es ab und zu vorkommt, dass ein Job doppelt vergeben wird, glaube ich nicht, dass Megock hier auf Nummer sicher gehen wollte. Der Auftrag war brisant, aber einfach.« Die Elfe schüttelte den Kopf. »Nein, ich denke eher, dass Megock wusste, dass wir Konkurrenz bekommen würden. Er wollte diese Probe haben und wusste, dass sie bald von einer anderen Partei gestohlen werden würde.«

Thaum nickte. »Und daraufhin schneien wir in sein Lagerhaus und verlangen nach einem Weg in die Freiheit.« Der Nachtstreifer verzog angewidert das Gesicht. »Die Verlockung, uns auf diese Probe anzusetzen, anstatt uns weiter für ein paar Euros auszupressen, muss zu groß für ihn gewesen sein. Wir waren bereits vor Ort und hoch motiviert.«

»Und wir waren für ihn kaum noch etwas wert«, fügte Mira düster hinzu. »Er wusste, dass er uns nicht ewig hinhalten konnte. Also riskiert er unsere Leben für eine dicke, fette Beute. Entweder wir brächten ihm die Probe und er würde reich …«

»… oder wir würden in diesem Labor sterben und der Hehler könnte jedem, der nicht spurt, damit drohen, dass er oder sie ein ähnliches Ende findet«, beendete Thaum ihren Satz.

»Dieser Teil seines Plans wäre auch beinahe aufgegangen, wenn uns der Leiter des *Obsidian* nicht einen Gefallen geschuldet hätte«, sagte Mira und schaute dabei aus dem Fenster. Federwolken bedeckten hier und da einen blauen Himmel. Von den Ereignissen der letzten Stunden abgestumpft, bemerkte Mira beiläufig den Schemen eines Drachen in einer der Wolken, der ihren Flug diskret eskortierte. Grayson Steel war offensichtlich sehr daran gelegen, dass sie wohlbehalten in London ankamen. *Aber wieso?*, grübelte sie.

»Die Liste unserer Verletzungen war lang«, gab ihr Thaum recht. »Mein Arzt hat fünf Minuten auf mich eingeredet, um herauszufinden, was uns passiert ist. Als ich ihm erklärte, was ich getan hatte, ist er beinahe in Ohnmacht gefallen.«

Mira runzelte die Stirn und sah zum Nachtstreifer hinüber. »Was genau hast du eigentlich getan? Erst war es kalt, dann heiß und dann explodierte der Raum.«

»Eisriesenatem«, sagte Thaum verschwörerisch. »Damit habe ich uns vor den Flammen geschützt.«

Mira blinzelte langsam und starrte den Nachtstreifer an, als hätte der sich in ein wahnsinniges Kaninchen verwandelt. »Der ist tödlich«, sagte sie.

Die Eisriesen, die in den Fjorden Norwegens lebten, waren ausgesprochen grimmige Gesellen, und wenn sie ausatmeten, gefror selbst die Luft. Nur die wenigsten wussten, wie man ihren Hauch in einer Flasche gefangen nehmen konnte.

Thaum zuckte hilflos mit den Achseln. »Die Flammenwand des Dämons war auch tödlich. Meine Hoffnung war, dass die Temperaturen sich gegenseitig aufheben würden. Das Timing war entscheidend.« Der Nachtstreifer wirkte sehr unglücklich, als er auf Philis' Hände deutete. »Ich habe nicht an alle Auswirkungen gedacht.« Er sah Mira bittend an. »Aber es war der einzige Ausweg …«

Mira hob die Hand. »Du hast richtig gehandelt«, beruhigte sie ihn. »Wir wären ohne dein Eingreifen alle tot gewesen. Das war genau die Chance, die wir benötigten, um zu entkommen.« Sie sah ihm in die gelben Augen und sagte die Worte, die er hören musste. »Du hast uns gerettet.« Sie dachte unwillkürlich an Hank. »Zumindest die, die gerettet werden konnten.« Ein Kloß stieg in ihrem Hals auf und erstickte ihre Stimme.

Thaum sackte in sich zusammen und nickte, seine Mimik gefangen zwischen Dankbarkeit und Trauer. Tränen rannen ihm durch sein blaues Fell, und Mira legte ihm eine Hand behutsam auf den Unterarm.

»Schlaf etwas«, sagte sie leise. »Der Flug dauert ein paar Stunden.«

»Du solltest dich ebenfalls ausruhen«, erwiderte Thaum. »Sobald wir in London landen, wirst du uns aus jedwedem Schlamassel rausreden müssen.« Der Nachtstreifer gähnte, wobei er unfreiwillig sein Gebiss voller spitzer Zähne zeigte, und kuschelte sich dann auf seinem Sitz zusammen, indem er die Beine an die Brust zog und sich bis zu den Haarbüscheln auf seinen Ohrspitzen unter seinem Umhang einrollte.

Entweder der niedlichste Waldpirscher oder der hässlichste Welpe der Welt, dachte Mira lächelnd.

Thaum und sie waren waidwunde Seelen, das hatte sie vom ersten Tag an verbunden. Ihre Verletzungen der Vergangenheit waren zwar unterschiedlicher Art, aber das Ergebnis war dieser unglaublich hohe Schutzwall in ihrem Inneren, hinter den sie keinen ließen, es sei denn, er oder sie konnte den Schmerz nachempfinden, der sie ihr Leben lang begleitete. Nach Hanks Tod würde dieser Wall nur noch unüberwindlicher werden.

Mira sah zu Philis hinüber, deren dick bandagierte Hände die Schwere ihrer Verletzung verbargen. Wenn ihr jemand helfen konnte, dann die Heiler des Verhangenen Rates.

Mira blickte aus dem Fenster auf die grazile Gestalt des in der Ferne in den Wolken umhertauchenden Drachen. Dieser Morgen hätte ein Moment der Freiheit sein sollen.

Nur eine falsche Wendung bringt den Tod, dachte sie. Das Sprichwort aus ihrer Heimat tauchte aus den Tiefen ihres Verstandes auf und brachte lebhafte Bilder mit sich. Mira wollte sich dagegen wehren, aber da waren ihr vor Erschöpfung schon die Augen zugefallen und die sorgsame Kontrolle, die sie so makellos zu pflegen suchte, brach in sich zusammen wie ein in die Jahre gekommener Windschutz.

Der Kristallstab traf sie heftig am Oberarm und Mira zuckte zusammen.

»Eine falsche Wendung bringt den Tod, Hoheit«, maßregelte sie Hinaim zum sicherlich dutzendsten Mal an diesem Morgen.

Mira starrte den Waffenmeister böse an und rieb sich über die getroffene Stelle.

»Das war unfair«, schmollte sie. »Du hast mich mit der Geschichte vom blühenden Wasserfall abgelenkt.«

Der getadelte Elf zeigte nur jenes schmallippige, süffisante Lächeln, das Mira besonders verabscheute. Es war wie ein Destillat der Überlegenheit, das Hinaim der Welt zur Schau stellte, wann immer er es für angebracht hielt. »Alle meine Worte waren die reine Wahrheit«, sagte er. »In ihnen waren weder List noch Täuschung. Was kann dieser unwürdige Diener dafür, wenn Ihr Euch in Gedanken an ferne Orte träumt, anstatt Eure Verteidigung aufrechtzuerhalten.«

Mira schürzte die Lippen und suchte nach einer passenden Replik, aber wie so oft hatte Hinaim das Gespräch nach seinen Bedingungen geformt. Der Mann war ein noch besserer Geschichtenerzähler als Kämpfer – und das sollte schon etwas heißen.

Im Turm des Palastes ertönte ein ätherischer Vogelruf und sofort ließ Mira ihren Stock aus lilafarbenem Kristall fallen.

»Die Stunde ist um«, sagte sie triumphierend. »Und wieder einmal hat Mira, die Unglaubliche, einen Sieg errungen.«

»Sieg?«, schmunzelte Hinaim. »Ich habe euch zwanzig Mal und mehr getroffen und Ihr mich kein einziges Mal.«

Mira hob grinsend einen Finger. »Aber darum ging es doch heute gar nicht«, sagte sie selbstbewusst. »Ihr sagtet, Ihr würdet mich heute zu Fall bringen und dass ich dies vermeiden sollte. Das habe ich getan.« Sie war stolz auf sich und wandte dem Waffenmeister den Rücken zu, um den nächsten Lehrer aufzusuchen.

Ihre Tage waren mit Lektionen und Übungen angefüllt, seit sie denken konnte. Tage streckten sich zu Wochen und zu Monaten. Dann zu Jahren und Jahrzehnten. Elfen alterten langsam und mit dreißig war Mira noch immer ein Kind, sowohl körperlich als auch gesellschaftlich. Sie war felsenfest davon überzeugt, dass sich nirgendwo auf der Welt Kinder derart langweilen mussten, wie sie es tat. Daher war dieser kleine Sieg wie Balsam für ihre von Monotonie geplagte Seele.

Stets war sie mit Personen zusammen, die alles besser beherrschten als sie. Die Erfolge dieses Jahres allein konnte Mira an den Fingern einer Hand abzählen – und es war Herbst im Anderswo. *Also genoss sie die gemeisterte Aufgabe in vollen Zügen und schlenderte vom Hof, um vielleicht vor den restlichen Lehrern, die sie heute noch sehen würde, ein bisschen mit ihrer Errungenschaft anzugeben. Da ertönte das langsame, ironische Klatschen Hinaims hinter ihr, das sie zu hassen gelernt hatte.*

»Bravo, Eure Hoheit«, sagte er spöttisch. »Ihr habt Euch also mehrfach besiegen lassen, um einer einzigen Bedingung gerecht zu werden, die Euch Euer Gegner diktiert hat. Welche Freude Ihr jedem Widersacher bereiten werdet, ob im Kampf oder am Verhandlungstisch.«

Mira wirbelte herum, Zorn blitzte in ihren Augen auf und ihr Finger schoss diesmal anklagend gen Waffenmeister. »Du stelltest mir eine Aufgabe und jetzt nörgelst du an mir herum, weil ich sie nicht ignoriert habe?«, schrie sie aufgebracht.

Hinaim stand so gelassen da wie eine Eiche, durch deren Blattwerk ein harmloser Windstoß voller leerer Anschuldigungen strich. »Erstens sagte ich lediglich, dass ich heute eine wertvolle Lektion für Euch hätte und Ihr dazu nicht zu Boden gehen dürftet.« Sein Blick war nun fest und seine Züge ernst. Mira wusste, dass dem Waffenmeister seine Worte wichtig waren, wenn er sie in diesem Tonfall vorbrachte. »Ich sagte nie etwas von Sieg oder Niederlage.«

»Aber …«

»Und zweitens«, fuhr er schneidend fort, »habt Ihr Euch dazu entschlossen, diese Bedingung auf die gemütlichste Weise zu erfüllen, die Euch einfiel. Euch war egal, wie oft Ihr mir unterlagt. Hauptsache, Ihr fielt nicht zu Boden.«

Mira schwieg. Was hätte sie auch sagen sollen. Hinaim war ein Meister der Worte und der Waffen. »Erst legst du die Regeln fest und änderst sie, nachdem das Spiel vorbei ist«, sagte sie schließlich störrisch.

Hinaim starrte sie mit offenem Mund an und kniete dann vor ihr nieder. »Das hier ist kein Spiel, Mira«, sagte er vertraulich und voller Ernst. »Ich bringe dir das Überleben bei, ob nun mit einem Stock, einem Wort oder indem ich dir klarmache, dass die Wahrheit wie ein funkelnder, geschliffener Diamant ist, dessen Facetten je nach Blickwinkel ein völlig anderes Bild der Realität erzeugen –« Der Waffenmeister unterbrach sich, als erneut der Ätherpfau schrie. »Du kommst zu spät zum Unterricht in Arkaner Geschichte«, sagte er in müdem Ton. »Beim nächsten Mal versuche es, besser zu machen. Solltest du irgendwann auf dem Thron deines Vaters sitzen, musst du klüger sein als alle anderen um dich herum. Oder es werden Leute zu Schaden kommen.«

»… oder es werden Leute zu Schaden kommen«, hauchte Mira, als sie in dem bequemen Ledersitz hochschreckte. Sie konnte sich nicht daran erinnern, jemals so klar über eine Begebenheit aus dem *Anderswo* geträumt zu haben. Oder überhaupt von ihrer ehemaligen Heimat zu träumen.

Blinzelnd sah sie sich um, die Benommenheit des Schlafes wegblinzelnd. Sie war in einem Flieger. Ihr gegenüber sah sie Thaum, links von sich Philis. Aber wo war Hank?

Eine grausame Sekunde später rollten die Erinnerungen an die Ereignisse der Nacht über sie hinweg und Mira biss sich auf die Lippe, um nicht vor Kummer über den Tod ihres Freundes aufzustöhnen. Sie war nicht gut genug gewesen. Sie hatte die aussichtslose Anwärterschaft auf ein ganzes Königreich gegen ein Team aus vier Grenzgängern getauscht und war trotzdem nicht gut genug gewesen, all ihre Freunde am Leben zu erhalten. Unschuldige waren zu Schaden gekommen. Schuld schwappte aus einem kalt und fremd wirkenden Teil ihres Verstandes auf sie zu, wie ein blubbernder schwarzer Morast, der sie zu verschlingen versuchte. Sie rang mit dem Gefühl wie mit einem vielarmigen Kraken, drückte es nieder, einen Tentakel aus kondensierten Selbtvorwürfen nach dem anderen, bis sie die Emotion vollkommen unterdrückt hatte und die Schuld dorthin zurück floh, wo sie hergekommen war.

Mira schaute flüchtig auf einen der Bordmonitore, der anzeigte, dass sie den Großteil des Fluges verschlafen hatte. Sie gähnte und griff sich so leise wie möglich ein Glas Wasser vom bereitstehenden Tablett. Seit sie Grenzgängerin war, hatte sie keinen so opulenten Flug mehr erlebt.

Es musste also erst ein Freund sterben, um im Luxus zu schwelgen.

Mira erdrosselte den widerlichen Gedanken mit all ihrer Kraft und war dankbar, als ihr Smartphone vibrierte. Sie fischte es umständlich aus ihrer Jackentasche und vermisste umgehend ihre gewohnten Klamotten. Es hatte sich herausgestellt, dass ein Militärkrankenhaus über sehr wenig Auswahl verfügte, wenn es um Notfallkleidung ging. Niemand hatte ihnen erklärt, warum ihre eigene Kleidung konfisziert worden war, doch Mira hatte den leisen Verdacht, dass das mit den vielen Warnschildern auf dem zerstörten Reinraum zu tun hatte.

Eine Sorge nach der anderen, ermahnte sie sich und öffnete die Nachricht, die sie gerade auf ihrem Smartphone erhalten hatte.

Mira,

das habt ihr aber sauber verbockt.

Ich freue mich schon auf mein Geld,

Megock

Die Elfe starrte einige Sekunden auf den Bildschirm und widerstand nur knapp der Versuchung, das Smartphone auf den Boden zu schleudern. Stumm belegte sie den Greif mit ein paar ausgewählten Flüchen.

Zeit, das Problem auf andere Art zu lösen, dachte sie und ließ sich von jenem Teil ihres Verstandes leiten, der die Lektionen des *Anderswo* verinnerlicht hatte. *Du hast ihn die Regeln bestimmen lassen. Also ändere einfach das verdammte Spiel.* Mira nickte bedächtig vor sich hin. Dann begann sie, in ihrem Gedächtnis zu forschen, welche Substanzen für Greifen giftig waren.

»Wen willst du denn ermorden, so wie du dreinschaust?«, fragte Thaum mit einem verschlafenen Lächeln, während er unter seinem Umhang zu ihr hinüberschielte.

»Megock«, erwiderte Mira trocken.

»Ernsthaft?«, fragte Thaum und setzte sich ruckartig auf.

»Hank geht ebenso auf sein Konto wie auf das der Hexe oder dieses Dämons«, antwortete Mira. Trotz ihrer Worte konnte sie das bohrende Gefühl nicht abschütteln, die Hauptlast der Verantwortung für das Geschehene zu tragen.

»Der Greif war uns schon zu viert eine Nummer zu groß«, sagte der Nachtstreifer drängend. »Und jetzt sind wir nur noch zu zweit …«

»Zu dritt«, unterbrach ihn Mira. »Du vergisst Philis.«

Thaums Blick wanderte vielsagend zu den dick einbandagierten Händen des winzigen Wesens hinüber, das noch immer schlief. Mira kniff die Lippen zusammen und schwieg.

»Hier spricht der Kapitän, bitte schnallen Sie sich an, wir werden in Kürze in Heathrow landen«, durchbrach die knappe Durchsage die Stille der Kabine.

Mira und Thaum kamen der Aufforderung nach und erst jetzt fiel der Elfe auf, dass sie gar kein Bordpersonal auf dem Flug gesehen hatte. Es gab zwar offensichtlich einen Piloten, aber der war schon in seinem verriegelten Cockpit gewesen, als sie eingestiegen waren. Anscheinend waren sie eine verbotene Fracht. Je weniger Personen sie sahen, umso besser würde es für Grayson Steel sein.

Diese Erkenntnis trug nicht gerade zur Verbesserung ihrer Laune bei. Schweigend gab sie eine Suche nach den Schlagwörtern *Brand*, *Labor* und *Prag* in ihr Smartphone ein und wurde umgehend fündig. Bilder eines vollkommen zerstörten und bis auf das Fundament niedergebrannten Komplexes waren zu sehen, umgeben von einer verwüsteten Fläche aus verkohltem Gras. Mira blinzelte ungläubig und zeigte die Aufnahmen dem steif dasitzenden Thaum. Fliegen machte dem Nachtstreifer eigentlich nichts aus, aber Start und Landung zerrten dann doch an seinen Nerven.

»Das Feuer war doch auf das Labor begrenzt, als wir flohen«, sagte Mira angespannt. »Wie kann es danach so gewütet haben?«

»Säuberungsaktion«, antwortete Thaum entschieden. »Da wurden sämtliche Spuren verwischt, was Art und Umfang der Forschung anging.« Der Nachtstreifer kniff die Augen zusammen und drückte seine Nase beinahe gegen das Display. »Die Brandränder sind rund, wie mit einem Zirkel gezogen. Ich tippe auf eine Bombe aus Phönixblut, Glimmstein und …«

Mira zog das Smartphone zurück und überflog den Text, während Thaum sich in halblauten Fachsimpeleien erging. Es wurden im Begleittext keine Toten erwähnt, nur dass es einen bedauerlichen Unfall gab, der Ausrüstung im Wert von achtundfünfzig Millionen Euro vernichtet hat, und so weiter und so fort.

Die Wachleute hatten wohl überlebt, aber es fand sich kein Wort zu Hank. So als hätte er nie existiert. Natürlich hatte Mira nicht erwartet, dass in dem Artikel etwas von einem riesigen, nicht menschlichen Brandopfer stand, aber normalerweise gab es zumindest die Floskel »nicht identifizierte Überreste«. Aber offensichtlich war Hanks Existenz ebenso gründlich ausgelöscht worden wie Miras Hoffnung auf ein Leben ohne Megock, der ihnen gierig im Nacken hockte.

Quid pro quo

Der gepanzerte SUV, der bereits auf dem Rollfeld auf sie wartete, war mit seinen getönten Scheiben in etwa so unauffällig wie ein Wasserspeier auf einer Speeddating-Veranstaltung für Heinzelmännchen.

Auf dem Fahrersitz erkannte Mira einen undeutlichen Schemen, der offensichtlich nicht aussteigen würde, um sie zu begrüßen. Stattdessen sprang die Hintertür des Wagens automatisch auf und offenbarte einen schlicht eingerichteten Fond mit Ledersitzen.

»Letzte Chance, uns zu verziehen«, sagte sie zu Thaum, als dieser neben ihr das Ende der Gangway erreichte.

Der Nachtstreifer schüttelte den Kopf und deutete mit seiner freien Hand auf die schlafende Philis, die er in der anderen Armbeuge geborgen hielt. »Hast du einen Kontakt, der ihre Hände wieder hinbekommt?«, fragte er leise. »Und dies auch ohne sofortige Bezahlung tut? Wir sind pleite, werden gesucht und haben einen angepissten Greif im Nacken, falls du das vergessen hast.«

Mira schüttelte den Kopf, zog ihre EZigarette aus dem Jackett und gönnte sich einige Atemzüge Heimat. Dann runzelte sie die Stirn. Der Geruch erinnerte sie mehr an ihren Traum aus dem Flugzeug als an die Landschaften, die sie so sehr vermisste. Sie schaltete den Verdampfer aus und deutete auf den wartenden Wagen, dessen Fahrer in der Zeit keinen Muskel gerührt hatte. »Los geht's.«

Thaum nickte nur und stieg wortlos ein. Die Loyalität des Nachtstreifers war wie ein Rettungsanker für Miras spröde

Seele. Jedes andere Grenzgängerteam hätte sich nach der Pleite im Labor umgehend getrennt. Thaum dachte dagegen nicht mal daran, sein Glück woanders zu versuchen.

Wir vier waren schon etwas Besonderes, dachte Mira wehmütig, dann wischte sie den Gedanken beiseite und stieg ein.

Der Wagen roch neu und auch die Oberflächen im Inneren glänzten und wirkten unbenutzt, die getönte Trennscheibe zum Vorderteil das Wageninneren war makellos sauber. Mira fragte sich, ob der Obsidian das Ding nach nur einer Fahrt abfackeln würde, um zu verbergen, dass Thaum und sie darin transportiert worden waren. Sie hatte schon größere Verschwendungen gesehen, wenn es um das Verwischen von Spuren ging.

»Wir erhalten wohl die Sonderbehandlung«, brummte Thaum und deutete auf einen stillgelegten Hangar, auf den der Fahrer mit ihrem Wagen zuhielt. Die riesigen Tore öffneten sich gerade weit genug, damit der SUV hineinrollen konnte.

»Ach du Scheiße«, murmelte Mira, als sie einen ersten Blick auf das werfen konnte, was der Bau vor der Außenwelt verbarg. Thaum versteifte sich neben ihr, während sie instinktiv unter ihr Jackett nach der nicht vorhandenen Waffe griff. Das Innere des Hangars war umgebaut worden und sah wie eine kleine Festung aus. Schwarzer Stahl dominierte den Gesamteindruck. Er ragte in Form von meterhohen Schutzwällen, schlanken Wachtürmen voller bewaffneter Soldaten und einem kasernenartigen Gebäude vor ihnen auf. Doch was Mira wirklich den Atem verschlug, war das Viereck aus alles verschluckendem Nichts, dass sich in der Mitte des Hangars zwischen zwei mit Runen bedeckten Pylonen hin und her wand wie ein lebendes Wesen.

»Das … das ist eine Falte«, sagte Thaum angespannt. »Und wir fahren direkt darauf zu.«

Mira brachte in Windeseile ihre Gefühle unter Kontrolle. Panik half ihnen hier auch nicht weiter. »Also sind die Gerüchte wahr«, sagte sie so gelassen wie möglich. »Die Unendliche Legion besitzt portable Falten.«

»Nicht nur die«, antwortete der Nachtstreifer, der sich mehr und mehr auf seinem Sitz verkrampfte, je näher sie dem wabernden Fleck aus absoluter Dunkelheit kamen. »Erinnere dich an diese Hexe im Labor.«

»Verfluchter da Vinci«, stieß Mira zähneknirschend hervor, als der Wagen den Ereignishorizont der Falte passierte und das Innere des SUV schlagartig so kalt wurde, dass sich auf den Scheiben Raureif bildete. Mira war schon ein paarmal per Falte gereist, aber diesmal wirkte der Übergang anders. Gewaltsamer. Sie hatte den Eindruck, als würde etwas an ihrem Verstand zupfen, aber die federleichte Berührung verschwand so schnell, wie sie gekommen war.

»Ich hasse Falten«, stöhnte Thaum inbrünstig und dann waren sie auch schon wieder in der greifbaren Realität angekommen. »Wenigstens hat der Übergang nicht lange angedauert.«

Mira konzentrierte sich auf ihre Umgebung. Kein Licht, keine sichtbaren Wände, nur Schwärze. Als der Fahrer die Scheinwerfer ausschaltete, hätte man glauben können, noch immer in der Falte festzustecken. Nur das Gefühl der Verlorenheit fehlte, das das Durchqueren des Limbus stets erzeugte. Wer sich einer Falte auslieferte, durchtrennte für die Zeit des Übergangs jegliche Verbindungen zu seinem Platz im Kosmos, wie ein Blatt, dass sich dem Sturmwind übergab. Die Elfen des *Anderswo* verachteten Falten als Fehler im Gefüge der Welt, und Miras Haltung stimmte in diesem Punkt durchaus mit den Ansichten ihres einstigen Volkes überein. Und jetzt hatte die *Nebula* anscheinend gelernt, wie man noch mehr Löcher ins Gewebe der Realität stanzte.

Na Bravo. Was soll da schon passieren?

Ein Licht flammte links des Wagens auf und offenbarte mit seinem kalten, sterilen Weiß die Umrisse einer schwarzen

Stahltür. »Scheint, als wäre unsere Fahrt zu Ende«, sagte Mira gefasst.

Thaum öffnete die Tür des SUV und stieg mit Philis auf dem Arm aus. Mira sah, dass sich die Nüstern seiner wölfischen Nase blähten und seine Ohren leicht hin und her zuckten. Ihr Freund versuchte mit all seinen Sinnen aus ihrer Umgebung schlau zu werden.

»Spar dir die Mühe«, sagte sie resigniert. »Hier ist alles darauf ausgelegt, keine Hinweise auf den Ort preiszugeben, an dem wir uns befinden.«

»Und das stört dich nicht?«, fragte der Nachtstreifer angespannt.

Hinter ihnen sprang der Motor des SUV an und das Fahrzeug verschwand im Rückwärtsgang in der Falte, begleitet von einem gierigen und fremdartig wirkenden Geräusch, das Mira schaudern ließ. Dann ertönte ein Ploppen wie von einem Druckausgleich und das leise Rauschen und Wispern der Falte war fort.

»Wenigstens lassen sie den Zugang zum Nimbus nicht dauerhaft offen«, murrte Mira. Dann wandte sie sich Thaum zu. »Mich beruhigt die bisher demonstrierte Professionalität«, beantwortete sie seine Frage. »Der *Obsidian* ist neu, noch nicht mal zwei Jahre alt. Aber wer auch immer diese Anlage entworfen hat, weiß, was er tut. Ohne Falte kommt man hier anscheinend nicht hinein.« Sie zögerte. »Oder wieder hinaus.«

»Ich bin so froh, dass meine Arbeit Ihre Zustimmung findet«, erklang eine trockene Stimme jenseits der Tür, die in diesem Moment mit einem hydraulischen Zischen aufging und ein sanfteres Licht hineinließ.

Mira konnte nur einen Umriss erkennen, aber die kurzen Haare, die hagere Gestalt und die in den Taschen einer Lederjacke steckenden Hände ließen keinen Zweifel zu, dass sie der Leiter des *Obsidian* höchstselbst abholte.

»Kommen sie zu mir ins Licht oder wollen Sie noch eine Weile im Faltenraum bleiben?«, fuhr Grayson Steel in lässigem Ton fort. »Einige meiner Mitarbeiter sagen, dass sie das Wispern des Nimbus dort manchmal selbst dann hören, wenn die Falte geschlossen wurde.«

»Igitt«, sagte Thaum und schritt hastig auf den Ausgang zu. Mira war sich plötzlich bewusst, dass sie gleich die einzige Person in diesem unheimlichen Raum sein würde, und eilte so selbstbewusst wie möglich auf den Ausgang zu. Kaum war sie über die Schwelle in den kleinen Vorraum getreten, der im krassen Kontrast zu den schwarzen Wänden hinter ihr vollkommen weiß war, als die Tür in ihrem Rücken mit einem Zischen zuschwang. Vier mal vier Meter groß mit glatten, konturlosen Wänden und einer weiteren Tür auf der anderen Seite, schrie diese Kammer mit jeder Faser ihres Wesens: »Sicherheitsschleuse«.

»Versiegeln«, rief Grayson über die Schulter und ein leichtes Kribbeln fuhr Miras Nacken entlang. Sie drehte sich um und sah einen seltsamen Lichtreflex auf der Oberfläche des weiß gestrichenen Stahls. Es wirkte beinahe so, als würde ein hauchdünner Wasserfilm konstant die Struktur der Tür *hinauf*laufen.

»Fassen Sie das besser nicht an«, sagte Grayson, als Mira unwillkürlich die Hand nach dem Phänomen ausstreckte. »Es sieht nur aus wie Wasser, ist aber Teil einer arkanen Versiegelung, die das Öffnen von Falten in diesem Komplex unmöglich macht.«

Mira drehte sich wieder um und starrte ihr Gegenüber intensiv an. »Sie wissen von dem Zauber, dem wir im Labor begegnet sind«, stellte sie fest.

Grayson nickte langsam. »Eine krude Weiterentwicklung unserer eigenen Faltenzauber. Instabil, höchst invasiv und daher äußerst schädlich für das Gefüge dessen, was gerne als Realität bezeichnet wird.« Er seufzte. »Sollte es jemals einen Zeitzauber geben, erinnern Sie mich daran, dass ich in die Vergangenheit reise und meinen jetzigen Job dankend ablehne. Als Quaestor musste ich mich immer nur um eine Bedrohung der Welt gleichzeitig kümmern. Mit dem Auftauchen der da-Vinci-Dokumente darf ich jetzt vier bis sechs Brandherde täglich löschen lassen.«

Mira setzte ihre Maske kühler Distanz auf und musterte den Mann, der sie und ihr Team in Tschechien gerettet hatte. Grayson Steel wirkte müder als bei ihrem letzten Zusammentreffen, wenn dies überhaupt möglich war. Die Augenringe im hageren Gesicht mit dem dunklen Goatee um den angespannten Mund waren beinahe schwarz, die Hände in den Taschen der Lederjacke geballt. Nichtsdestotrotz strahlte er eine gefährliche Ruhe aus, wie ein satter Tiger, der gerade ein nettes Nachmittagsschläfchen machte, solange man ihn nicht reizte. Zu Miras Überraschung fand sie in seinen Augen jedoch Spuren eines Ausdrucks, den sie noch nie darin gesehen hatte. War das etwa Zufriedenheit? Oder gar Glück?

»Ein Dankeschön ist wohl angebracht«, sagte sie und holte ihre E-Zigarette hervor. »Ohne Sie würde keiner von uns hier stehen.«

»Oder überhaupt noch stehen«, sagte Thaum mit einem bekräftigenden Nicken.

Grayson zog eine Hand aus der Jacke und winkte ab. »Ohne Sie und Ihr Team wäre die *Nebula* seit zwei Jahren im Krieg mit der mundanen Welt«, sagte er ernst. »Ihre Hilfe in Rom war unbezahlbar.«

Mira gönnte sich ein dünnes Lächeln und zog an ihrer EZigarette. »Bezahlbar war sie schon. Wir haben nur nicht genug verlangt.« Ein Schatten legte sich über ihr Gesicht. Hätte sie damals besser verhandelt, wären die Schulden der Grenzgänger längst Geschichte gewesen und Hank wäre noch am Leben. Aber dass eine mächtige Person wie Grayson Steel in ihrer Schuld stand, war ihr zu der Zeit, wie das bessere Geschäft vorgekommen.

Schon blitzte eine weitere flüchtige Erinnerung in ihr auf. Ein alter Elf, an dessen Namen sie sich nicht erinnerte, hob mahnend einen Finger und sah auf sie herab: Es gibt mehrere Arten von Gier, Hoheit. Ein weiser Herrscher entscheidet sich in jeder Situation für die passende.

»Mein Beileid für den Tod von Hank«, sagte Grayson, der sie eindringlich musterte. Dann deutete er auf die schlafende Philis. »Ich denke, wir sind uns einig, dass wir erst ihre Verletzungen versorgen sollten, nicht wahr?« Dann begann er, sich der unversiegelten Tür zuzudrehen.

Mira hob die Hand, und er hielt in seiner Bewegung inne. »Wie hoch ist der Preis für Philis' Genesung?«, fragte sie misstrauisch. Sie verhandelte nicht gerne aus einer Position der Verzweiflung heraus, aber blind in eine neue Abhängigkeit zu tappen, konnte sie einfach nicht über sich bringen.

Grayson blinzelte und wirkte ernsthaft irritiert. »Nichts«, sagte er. »Meine Hilfe beinhaltete nicht nur Ihre Lebensrettung.« Dann lächelte er dünn. »Mein Wort ist wesentlich mehr wert als das.« Er drehte sich endgültig um und bedeutete Mira und Thaum' ihm zu folgen. »Wenn Ihr Gefallen aufgebraucht ist, teile ich es Ihnen rechtzeitig mit. Und jetzt lassen Sie uns erst mal der kleinen Pixie helfen.«

Mira starrte dem Mann, den sie anscheinend vollkommen falsch eingeschätzt hatte, einen kurzen Moment hinterher. Der Grayson Steel, den sie in Rom kennengelernt hatte, war ein harter Ermittler gewesen, der sämtliche ihm zur Verfügung stehenden Mittel eingesetzt hatte, um sein Ziel zu erreichen. Jetzt jedoch, wo er alle Trümpfe in der Hand hielt, stellte er sich als fair, ja geradezu großzügig heraus. Das war ein selten anzutreffender Charakterzug unter jenen, die wahre Macht besaßen.

Die Tür der Schleusenkammer öffnete sich und offenbarte einen langen Gang von zwei Metern Breite und vier Metern

Höhe mit indirekter Beleuchtung in der Decke und vielen Rillen und Ritzen in Boden, Wänden und Decke. Als Mira hinter Grayson Steel und neben Thaum die kurze Strecke bis zur gegenüberliegenden Tür abschritt, zog der Nachtstreifer zischend die Luft ein.

»Hier strotzt jeder einzelne Quadratmeter vor Abwehrmaßnahmen«, raunte er Mira zu. »Ich sehe Lüftungsschlitze für Gas, Luken, hinter denen sich Verteidigungswaffen verbergen werden, und Glaslinsen, die auf Sperrlaser schließen lassen.«

»Und das sind nur die mundanen Schutzmechanismen«, sagte Grayson leichthin über die Schulter, als würde er über das Wetter reden. »Der Faltenraum ist der einzige offizielle Zugang zum *Obsidian.* Sollte er unbefugt genutzt werden, müssen wir den Eindringling hinterher nur noch von den Wänden waschen.«

Mira konnte eine dunkle Freude aus den Worten des Mannes heraushören.

»Selbstredend wurden die Infiltrationsversuche mit der Zeit immer weniger.«

»Auf jeden Fall machen Sie keine halben Sachen«, kommentierte Mira gelassen die massive Verteidigung des Zugangs. »Aber das wissen Thaum und ich ja schon seit Rom.«

Grayson schenkte ihr jenes halbe Lächeln, das sie schon häufiger an ihm gesehen hatte, und legte dann seine Hand auf die Tür am Ende des Ganges. Diese leuchtete in einem sanften Grün auf, glitt in den Boden hinab, und er trat zügig hindurch. »Bitte folgen Sie mir schnell, das Öffnungsintervall beträgt nur wenige Sekunden, dann würde Ihre bloße Anwesenheit das Sicherungssystem auslösen.«

Mira lag viel an ihrer Würde, aber noch mehr an ihrer körperlichen Unversehrtheit und so machte sie einen großen Schritt aus dem Korridor hinaus, den drängelnden Thaum dicht hinter sich.

Noch während die Tür mit einem leisen Zischen wieder aufwärts glitt und den Korridor versiegelte, sah die Elfe sich neugierig um. Die weitläufige, schwarze Halle, in der sie sich nun befanden, hatte im ersten Moment den Charme eines Großraumbüros, das von einem beliebigen Neunziger-Jahre-Bösewicht eines drittklassigen Actionfilms eingerichtet worden war. Überall standen schwarze Schreibtische in kleinen Inseln aus diffusem Licht, an denen die verschiedensten Wesenheiten auf antiken Schreibmaschinen, mittels Kugelschreiber und Papier, oder unterstützt durch hochmoderne Computeranlagen ihrer Arbeit nachgingen. Auffällig war, dass keine der mehr als achtzig Gestalten einen Laut zu verursachen schien, was Mira sich nur mit Magie erklären konnte, denn sie erblickte allein zwei Halbriesen, die gerade telefonierten. Deren Sprachorgane hätten eigentlich die gesamte Halle zum Beben bringen müssen und doch sah sie nur, wie die beiden stumm ihre Münder bewegten.

»Die Abteilung Analyse und Unterstützung«, sagte Grayson mit einer bescheidenen Geste. »Hier operieren die besten und klügsten Köpfe, die wir finden konnten, abhörsicher und vollkommen isoliert voneinander, sodass sie sich gegenseitig nicht kompromittieren können.«

»Vertrauen wird hier wohl großgeschrieben«, sagte Mira zynisch und Grayson schenkte ihr einen langen, harten Blick, ohne etwas zu erwidern.

»Folgen Sie mir«, forderte er sie und Thaum schließlich auf, und gemeinsam gingen sie zwischen den Lichtinseln mit den darin arbeitenden Wesen vorbei.

Mira packte mehr als einmal die Neugier und so war sie beständig versucht, in den Lichtschein eines der Arbeitsplätze zu treten, um zu lauschen, was dort gesprochen wurde, aber ihr gesunder Elfenverstand sagte ihr, dass das Risiko den Informationsgewinn nicht wert war. Außerdem wurde sie das Gefühl nicht los, dass sie und Thaum gerade getestet wurden. Also folgte sie dem hageren Mann vor ihnen brav und bewunderte im Vorbeigehen die Auswahl an Wesen, die für den *Obsidian* arbeiteten: hier ein Kappa in einem adretten Dreireiher, der das Elementarwesen ausgesprochen smart aussehen ließ, dort ein junger Gorgone, der seinen versteinernden Blick unter einem Hoodie und einer übergroßen Sonnenbrille verbarg, sowie ein Golem, der mit der Geschwindigkeit eines Gletschers auf einer gigantischen Schreibmaschine herumtippte.

Schließlich kamen sie an einer Doppeltür an, hinter der sie eine kurze Holztreppe in ein Büro mit Panoramafenster brachte, von dem aus die Schreibtische überblickt werden konnten.

»Ist das Ihr Büro?«, fragte Mira schmunzelnd. »Fehlt nur noch eine weiße Katze, die Sie streicheln, während Sie auf Ihre Untergebenen herabstarren. Oh, und vielleicht eine startbereite, dampfende Atomrakete im Hintergrund, dann haben Sie alle Klischees erfüllt.«

»Eigentlich ist das *mein* Arbeitsplatz?«, ertönte eine durchaus freundliche Stimme hinter ihr, die genau die richtige Menge Stahl enthielt, um Mira zu beeindrucken.

Die Elfe drehte sich um und erblickte vor sich den Halbsukkubus, der Gerüchten zufolge den Leiter des Geheimdienstes geheiratet hatte und ein Kind von ihm erwartete. Der geschwollene Bauch und die dicken Knöchel der ansonsten athletischen Frau ließen zumindest erahnen, worauf Teile dieser Gerüchte fußten.

»Schön, Sie wiederzusehen, Ms Anar«, sagte Mira und gab der Frau die Hand. »Darf ich fragen, wie weit Sie sind?« Dabei deutete sie auf den Babybauch.

»Noch einen Monat«, sagte Shaja mit einem flüchtigen Seitenblick auf Grayson. »Danach höre ich vielleicht damit auf, bestimmte Anwesende zu verfluchen.«

»Shaja Anar koordiniert sämtliche aktiven Außeneinsätze des *Obsidian*«, sagte Grayson, ohne auf die Frotzelei einzugehen. »Sie ist mit mir zusammen wahrscheinlich die am besten informierte Person weltweit, wenn es um mögliche Bedrohungen der *Nebula Convicto* geht.«

»Hör auf, anzugeben«, sagte Shaja und deutete unwirsch auf die schlafende Pixie. »Wenn ich die Kleine da so verletzt liegen sehe, spielen bei mir sämtliche Hormone verrückt.« Sie verzog das Gesicht und wandte sich direkt an Mira. »Halbdämoninnen eignen sich nur bedingt als Mütter.«

»Sie bekommen das schon hin«, sagte Mira. »Meiner Erfahrung nach sind es vor allem jene Mütter, die ihre eigenen Handlungen niemals hinterfragen, die man als zweifelhaft bezeichnen muss.«

Hör auf, aus dem Nähkästchen zu plaudern!, fuhr sie sich selbst in Gedanken an. *Mutter tat, was sie konnte, bevor sie starb …*

»Gehen wir weiter«, sagte Grayson nur und durchschritt Shajas Büro, um dann einen weiteren, sich direkt anschließenden Arbeitsraum zu betreten, der auf Mira karg und schlicht wirkte. Ein schwarzer Schreibtisch aus einem ihr unbekannten Holz, dazu ein Stuhl, zwei Besuchersessel … und ein in einer Ecke des Raumes schwebender kugelrunder Stein, der das Licht der indirekten Beleuchtung geradezu aufzusaugen schien. Die Wände waren kahl und – wie sollte es anders sein – schwarz gestrichen und nur das mannshohe Gemälde eines idyllischen Waldes an der Wand zwischen Schreibtisch und Kugel durchbrach die spartanische Einrichtung.

»Sie haben es ziemlich düster hier«, sagte Mira. »Auch wenn ihr Geheimdienst *Obsidian* heißt, dürften Sie gerne mal einen Rot- oder Weißtupfer mit einbringen …«

»Die Farbe verbirgt die auf den Wänden angebrachten Schutzrunen«, unterbrach Shaja sie ungeduldig. »Was man nicht entziffern kann, das kann man nicht ausspionieren.« Dann wandte sie sich an Grayson. »Wir haben gleich eine Besprechung mit der Ostflotte der Unendlichen Legion bezüglich des Atlantis-Szenarios.«

Grayson nickte und deutete dann auf das Bild an der Wand. »Sie ist schon auf dem Weg.«

Mira sah neugierig in die angegebene Richtung und staunte nicht schlecht, als sich der Wald auf dem Gemälde zu bewegen begann. Ein sanfter Wind strich durch die Baumkronen und trug den Geruch unberührter Natur in den Raum hinein. Insekten schwirrten im Unterholz umher und das Glitzern eines Teiches blitzte gelegentlich auf, gut versteckt zwischen den Bäumen.

Mira war sich nicht sicher, was für eine Magie sie gerade vor sich sah. Es fehlte das Gefühl der Bedrohung und der Fremdartigkeit, das von einer gewöhnlichen Falte ausging. Dieser Übergang hier wirkte geradezu harmonisch, so als wäre es das Natürlichste auf der Welt, dass dieses Bild Graysons Büro mit einem fernen Wald verband.

Kunst und Magie vereint, dachte Mira sehnsüchtig. *Die ultimative Verschmelzung von Ästhetik und Nutzen.*

»Da kommt jemand durch«, flüsterte Thaum eingeschüchtert und deutete auf die elegante Gestalt, die sich immer klarer aus dem Unterholz herausschälte.

Mira sah eine schlichte braungrüne Tunika, eine schimmernde, an den Farbton von Algen erinnernde Haut und zwei Augen, derart fesselnd, dass die Elfe nicht wegsehen konnte.

Schöne Scheiße, dachte sie vollkommen überrumpelt. *Jetzt kommt doch tatsächlich die Lady vom See hierher!*

Derart hoher Besuch bedeutete für Grenzgänger meist eines von drei möglichen Szenarien: Erstens, man schuldete danach jemand Mächtigem einen obszönen Batzen Geld. Zweitens, man belauschte etwas, das man nicht hören sollte, und wurde entsorgt. Oder drittens, wenn man ganz viel Glück hatte, machte man das

Geschäft seines Lebens. Mira konnte die letzte Option aufgrund ihrer Notsituation ausschließen und ihr gefiel keine der übrig gebliebenen Wahrscheinlichkeiten. Sie tauschte einen Blick mit dem ebenfalls verunsicherten Thaum und dann stand die Vorsitzende des Verhangenen Rates bereits vor ihnen. Sie sah weder Mira noch Thaum an, sondern hatte nur Augen für die verletzte Pixie.

»So jung«, sagte sie und nahm sie Thaum aus dem Arm, der keinen Muskel rührte und steif wirkte wie ein Kaninchen im Fokus eines Habichts. Der Blick der Lady vom See streifte mit einem tadelnden Ausdruck den von Mira. »Zu jung, um als Grenzgängerin zu arbeiten.«

Mira griff auf die gesamte Erfahrung ihrer Ausbildung im *Anderswo* zurück, um dem Blick der Anführerin der magischen Gemeinschaft standzuhalten. »Es war ihre Entscheidung«, sagte sie distanziert. »Ich pflege die Gewohnheit, niemandem vorzuschreiben, wie er oder sie sein Leben führen soll.«

Der Hauch eines Lächelns umspielte den Mund der Dryade. »Gesprochen wie eine echte Grenzgängerin«, sagte sie und drehte sich dann Grayson zu. »Ich war niemals hier«, sagte sie. Der hagere Mann nickte nur, dann wandte sich die Lady vom See wieder dem Bild mit dem lebenden Wald zu und begann hindurchzuschreiten.

»Moment«, sagte Mira da und wunderte sich selbst über die Entschlossenheit in ihrer Stimme. »Wo Philis hingeht, da gehen wir auch hin.«

Thaum bekräftigte ihre Aussage, indem er einen Schritt auf die Lady vom See zutrat, doch keine Sekunde später hatte Shaja ihre beiden abgesägten Schrotflinten gezogen und auf den Nachtstreifer gerichtet.

»Besser, du zuckst nicht«, warnte sie ihn, tiefes Misstrauen in den Augen. »Niemand nähert sich ungefragt der Lady vom See und erst recht nicht dem Zugang zu ihrem Teich.«

Die Lady vom See warf den beiden Grenzgängern einen Blick über ihre Schulter zu. »Philis wird in meinem Teich baden. Dies wird nicht nur ihre Hände, sondern hoffentlich auch ihren Geist heilen.«

Mira hatte das Gefühl, als würde sie nicht nur ein paar beruhigende Worte, sondern einen Richterspruch hören, der in seiner Endgültigkeit unerschütterlich war.

»Ihre Eltern warten bereits darauf, ihre Tochter wieder in ihre Arme zu schließen.« Dann trat die Lady durch das Bild und einige Sekunden später hatte die Szenerie in dem Holzrahmen jegliches Leben verloren und Mira starrte nur noch auf Farbe auf einer Leinwand.

»Hat irgendwer der Lady vom See mitgeteilt, dass Philis und ihre Eltern nicht gut miteinander klarkommen?«, knurrte Mira in Graysons Richtung, während Shaja in Seelenruhe ihre Waffen aus Thaums Gesicht nahm.

»Das war, als ihre Pixie noch ein Smartphone besaß, das sie von ihrem Volk entfremdete«, erwiderte Grayson. Seine stechenden Augen bohrten sich dabei in die ihren. »Nach dem Trauma von Hanks Tod und dem Verlust ihres einzigartigen Werkzeugs wird sie den Beistand ihrer Familie brauchen.« Er kniff verärgert die Lippen zusammen, als Mira sich trotzig auf ein Blickduell mit ihm einließ.

»Es sei denn, Sie planten, Philis weiterhin in illegale Aktivitäten zu verwickeln, und zwar ohne dass sie sich mit ihrem Smartphone nützlich machen kann. Ein traumatisiertes Kind mit eingeschränkter Nützlichkeit, das sich in einer gefährlichen Welt seinem Team zu beweisen versucht?«

Verdammt, fluchte Mira innerlich. So weit hatte sie nicht gedacht. Philis' Smartphone war nicht nur extrem nützlich, sondern auch Gegenstand elementarer Wichtigkeit für die Pixie gewesen, die dem Ding vollkommen verfallen war. Der Entzug würde für ihre kleine Freundin die Hölle werden und in den nächsten Wochen oder Monaten war sie definitiv besser bei ihrer Familie aufgehoben, als bei Mira und Thaum mitten im dicksten Ogerdung.

»Schön, dass das geklärt ist«, sagte Grayson und deutete auf die beiden Besuchersessel. »Jetzt sollten wir über Ihrer beider unmittelbare Zukunft reden.«

Und schon ist die Sorge um andere ein Luxus, schoss es Mira durch den Kopf.

Während sie der Aufforderung langsam nachkam und auch Thaum sich in dem weichen Polster seines Stuhls niederließ, holte Mira ihre EZigarette hervor und nahm ein paar Züge. »Sie sagten, wir wären Ihnen nichts schuldig«, sagte sie lauernd.

Grayson hob eine Hand. »Meine bisherige Hilfe diente der Rückzahlung jenes Gefallens, den wir Ihnen für Ihren Einsatz in Rom schuldeten.«

Shaja stieß hinter Mira ein Schnauben aus, das der Elfe klarmachte, was die Halbdämonin von der Großzügigkeit des ehemaligen Quaestors hielt. Mira war durchaus bewusst, dass die bewaffnete Frau sich so platziert hatte, dass sie beiden Besuchern mit je einer ihrer Waffen den Hinterkopf ummodellieren konnte, sollte das Gespräch eine unerwünschte Wendung nehmen. »Wenn Sie wollen, können wir jedoch über zusätzliche Unterstützung durch den *Obsidian* für Sie beide sprechen.«

»Wir hören?«, sagte Thaum angespannt, der sich kaum regte und wohl dieselben Schlussfolgerungen gezogen hatte wie Mira.

Grayson legte seine Finger aneinander und schien ernsthaft nachzudenken. »Wir haben Sie bereits aus Tschechien rausgeholt und die Fahndung nach Ihnen einfrieren lassen«, sagte er, und Mira konnte ihren Ohren nicht trauen. Sie wusste, dass der *Obsidian* weitreichende Befugnisse hatte, aber die *Nebelwacht* zurückzupfeifen, war bisher einzig dem Verhangenen Rat vorbehalten gewesen. »Wenn Sie es wünschen, dann spazieren Sie in wenigen Minuten durch unsere Falte zurück nach Heathrow und gehen unbehelligt ihrer Wege … zumindest was uns angeht.«

»Da ist noch Megock«, sagte Mira umgehend. »Der Greif wird an uns ein Exempel statuieren wollen. Zum einen um andere Schuldner abzuschrecken, zum anderen damit wir nicht rumerzählen können, dass er uns eiskalt ins Messer hat laufen lassen. Wenn sich das herumspräche, würde er nur noch schwerlich neue Grenzgänger anwerben können.«

»Und wenn doch, dann nur mit gehöriger Gefahrenzulage«, ergänzte Thaum grimmig. Das Funkeln in den Raubtieraugen des Nachtstreifers machte Mira klar, dass er ebenso dachte wie sie: Megock musste sterben, damit sie in Ruhe leben konnten. Und außerdem schuldeten sie es Hank, diesen verlogenen Vogel für immer vom Himmel zu holen.

Grayson zuckte mit den Achseln. »Was Sie tun, wenn Sie nicht mehr in meiner Obhut sind, ist für mich nicht von Belang. Wir haben einander geholfen und was Sie als Nächstes vorhaben, ist allein Ihre Angelegenheit.«

Mira musterte ihr Gegenüber. Grayson wäre ein hervorragender Pokerspieler, denn die Elfe sah ihm trotz ihrer langjährigen Ausbildung in Verhandlungsgeschick nicht an, ob er sich bewusst darüber war, wie schlecht die Chancen der beiden Grenzgänger in einem direkten Kampf mit dem Greif und seinen Schlägern standen.

»Unsere Waffen und Ausrüstung sind fort«, sagte sie. »Wir mussten sie im Labor und im Auto zurücklassen, das Ihre Leute offensichtlich nach unserer Flucht abgefackelt haben.«

»Wir können nichts für Ihre Pechsträhne …«, begann Shaja, aber Grayson sah sie bittend an und schüttelte den Kopf.

Dann wandte er sich wieder Mira zu. »Sie erhalten nicht- rückverfolgbare Waffen und eine bescheidene Grundausstattung aus unseren Beständen«, sagte er, ohne mit der Wimper zu zucken. »Ihr Konflikt mit dem Greifen wird ohnehin schwer genug werden.«

Also daher weht der Wind, dachte Mira bitter. Das hier war die hübsch verpackte sprichwörtliche Peitsche. *Fragen wir also nach dem Zuckerbrot.*

»Und wenn wir beschließen sollten, nicht im Alleingang gegen einen erfolgreichen Hehler und seine bezahlten Söldner vorgehen zu wollen?«

Grayson lehnte sich in seinem schlichten Stuhl zurück und deutete auf die schwebende Kugel in der Ecke des Raumes, die auf einmal viel präsenter zu sein schien. »Dann kümmern wir uns um Megock, statten Sie mit einem kleinen finanziellen Polster aus, gewähren Ihnen Zugang zu hervorragender Ausrüstung und stellen Ihnen fähiges Personal zur Seite – sofern Sie den Schwur auf den *Orb Obsidian* ablegen.«

Einige Sekunden herrschte tiefes Schweigen im Raum, bevor Mira in schallendes Gelächter ausbrach. »Wir sollen für Sie und Ihren Geheimdienst arbeiten?«, stieß sie vor Lachen völlig außer Atem hervor. »Bei allem Respekt, *aber haben Sie ihren verfluchten Verstand verloren?*« Die letzten Worte schrie sie beinahe.

»Mira«, raunte Thaum von der Seite her, dabei einen vielsagenden Blick auf die finster dreinschauende Shaja werfend, die noch immer hinter ihnen stand. »Ein einfaches Nein täte es auch.«

Die Elfe fing sich und zog noch einmal an ihrer EZigarette. »Nein«, sagte sie dann nüchtern. »Aber vielen Dank für das Angebot.«

»Ich sagte dir doch, dass wir hier unsere Zeit verschwenden«, murrte Shaja in Graysons Richtung. »Wir kommen zu spät zu einem Krisenmeeting, weil du dir lieber von ein paar Verbrechern ins Gesicht lachen lässt.«

Jetzt drehte Mira der Halbdämonin den Kopf zu, eine Augenbraue kunstvoll emporgereckt. »Wenn ich mich richtig erinnere, waren Sie in Ihrer Jugend auch so etwas wie eine angehende Grenzgängerin.«

Die schwangere Frau schwieg zur Antwort, aber ihr Blick schwankte zwischen großer Wut und, zu Miras Überraschung, einer tiefen Scham. Plötzlich bereute die Grenzgängerin, die Herkunft des Halbsukkubus ins Spiel gebracht zu haben, deren Fallstricken die schwangere Frau erfolgreich entkommen war. Miras Vergangenheit war schließlich ebenfalls nicht frei von Hindernissen gewesen – die sie nicht eben zimperlich zur Seite geräumt hatte.

Wer im Glashaus sitzt, sollte nicht mit Steinen werfen, Mira, dachte sie bitter.

Grayson hatte den kleinen Schlagabtausch mit ernster Miene verfolgt und erhob sich nun von seinem Stuhl. »Ich habe nicht alle Zeit der Welt, um Sie davon zu überzeugen, dass mein Angebot in unser aller Interesse ist«, sagte er, während er um seinen Schreibtisch herumtrat. »Falls Sie Ihre Meinung ändern.« Dabei drückte er Thaum eine Visitenkarte in die Hände und schritt danach zügig auf den Ausgang seines Büros zu. »Ich bin bereits spät dran und Sie zwei wollen sicherlich umgehend in Ihr altes Leben zurückkehren.« Er hob die Hand zu einem abwesenden Gruß, bevor Mira auf seine Worte reagieren konnte. »Wir sind quitt. Leben Sie wohl.« Dann verschwanden der Leiter des *Obsidian* und seine Stellvertreterin durch die offene Tür, und Mira starrte den beiden ungläubig hinterher.

»Der verhandelt ganz anders, als ich es erwartet hätte«, sagte Thaum leise.

»Das war keine Verhandlung«, antwortete Mira und erhob sich. »Das war ein einmaliges Angebot.« Sie atmete durch. »Und er hat unser Nein, ohne zu zögern, akzeptiert.«

Thaum biss sich auf die Lefzen, was dem Nachtstreifer in Miras Augen immer einen unfreiwillig süßen Gesichtsausdruck gab. »Hätten wir vielleicht darüber nachdenken sollen?«, fragte er zaghaft. »Du weißt, ich vertraue dir, aber …«

Aber. Das Zauberwort, das stets den Anfang vom Ende einer Partnerschaft bedeutet, dachte Mira grimmig.

»Willst du ein Sklavenhalsband gegen ein anderes eintauschen?«, fragte sie ungewohnt heftig. »Unsere Schulden bei Megock gegen einen Schwur auf das da?« Dabei deutete sie auf die langsam um die eigene Achse schwebende schwarze Kugel aus reinstem Vulkangestein. »Du hast doch auch die Geschichten gehört. Der Eid des *Obsidian* ist derart restriktiv, dass seine Agenten reihenweise enttarnt oder gar getötet werden, weil sie ständig an die Grenzen des vom magischen Schwur Erlaubten stoßen und von ihm daran gehindert werden zu tun, was für ihre Tarnung eben getan werden muss.« Sie schüttelte energisch den Kopf. »Wir würden keine drei Tage durchhalten, ohne aufzufliegen, ganz zu schweigen davon, dass wir nur noch Befehlsempfänger wären ohne jede Entscheidungsfreiheit.«

Thaum schwieg, aber Mira konnte sehen, dass sie mit einer leidenschaftlichen Rede über persönliche Freiheit nicht weit bei dem Nachtstreifer kommen würde. Thaum war in seinem tiefsten Inneren ein Rudelwesen und jetzt, wo ihr Team nur noch aus zwei Personen bestand, war die Aussicht auf eine Eingliederung in den *Obsidian* für ihn entsprechend verlockend.

»Wenn du annehmen willst, halte ich dich nicht auf«, sagte sie mit unbewegter Miene, während in ihrem Inneren ein emotionaler Aufruhr herrschte.

Klar, sagte sie in Gedanken zu sich selbst. *Schick Thaum fort! Spiel wieder die Einzelkämpferin! Das hat damals ja, als du aus dem* Anderswo *fortgegangen bist, auch schon gut geklappt!*

Mira ignorierte den tobenden Teil ihres Verstandes und zwang sich zu einem aufrichtigen Lächeln in Richtung des sichtlich mit sich ringenden Nachtstreifers. »Ich kann verstehen, wenn du unser Team auflösen willst.«

Sie sah, wie Thaum mit der Visitenkarte in seinen Händen spielte und nach einer gefühlten Ewigkeit den Kopf schüttelte.

»Du kannst auf mich zählen«, lautete seine Antwort und Mira war über die Erleichterung in ihrem Inneren ausgesprochen überrascht. Wenn sie ehrlich zu sich war, hätte sie den blaufelligen Grenzgänger schmerzlich vermisst. Die Wesen, denen Mira uneingeschränkt vertraute, konnte sie mittlerweile an den Daumen einer Hand abzählen – da war nur Thaum.

»Gut«, sagte sie knapp, ohne ihre Gefühle zu verraten, und starrte ein letztes Mal auf das Bild des Waldes, in dem die Lady vom See mit der verletzten Philis verschwunden war. *Ein Abschied wäre schön gewesen*, ging es ihr durch den Kopf, doch sie wischte diese Sentimentalität energisch beiseite. »Dann komm. Wir haben hier ohnehin schon viel zu viel Zeit verschwendet. Holen wir uns unsere versprochenen Waffen und jagen einen Greif.«

Zufrieden stand Mira mit Thaum am Vordereingang des Heathrow-Terminals und zupfte probeweise an ihrer neuen, modischen Lederjacke herum, unter der sie die beiden Pistolen verborgen trug, die ihr jener mürrische Gnom ausgehändigt hatte, der sie in Tschechien mit dem Helikopter evakuiert hatte. Die kleine Gestalt hatte sie durch die Falte aus dem Hauptquartier des *Obsidian* herausbegleitet und mit einem knappen Nicken und einem schwarzen Koffer voller Klamotten, Waffen und Munition in einem Vorratsraum des Flughafens stehengelassen. Thaum hatte mittels Tarn-Talismanen ihre Identität verborgen und nun standen sie vor dem Flughafen wie zwei durchschnittliche Touristen, die überlegten, welche Attraktion Londons sie wohl als erste besuchen sollten.

»Was nun?«, fasste Thaum ihr momentanes Dilemma zusammen.

Mira kniff nachdenklich die Augen zusammen und winkte einem der wartenden Taxis zu. »Erst mal in die Innenstadt«, sagte sie. »Vielleicht versuchen wir unser Glück im *Traumfänger* oder an einem Treffpunkt für Kopfgeldjäger. Wir brauchen Verstärkung, wenn wir Megock zur Strecke bringen wollen.« Sie dachte an den schmalen Streifen Banknoten, der ebenfalls im Koffer gewesen war. »Wenn wir ein paar gierige Söldner auftun, die wir mit einer kleinen Vorauszahlung und einer Aussicht auf einen hohen Anteil an Megocks Kunstsammlung anlocken können, dann haben wir eine Chance, den Greif kalt zu erwischen, bevor er uns auf die Liste säumiger Zahler setzt und seinerseits jagen lässt.«

Thaum tippte nachdenklich in seinem Smartphone herum. »Es gibt ein kleines Café in Covent Garden, direkt an den Markthallen. Dort habe ich in meiner Zeit als Einzelgänger den einen oder anderen Auftrag angenommen.« Er sah Mira bedeutungsvoll an. »Die Klientel besteht meist aus Nachtstreifern und Cupidae.«

Die Elfe nickte beifällig. Die Mitglieder beider Wesensgattungen hatten den Ruf, einen einmal geschlossenen Kontrakt nicht leichtfertig aufzulösen. Genau das, was sie für einen harten Kampf brauchten. Sie beugte sich durch die Fensterscheibe des heranrollenden Taxis und fragte dann mit breitem amerikanischen Akzent: »Können Sie uns zu der Covent Garden-Mall bringen?«

Mira lächelte innerlich, als der blasse Typ unter seiner Schirmmütze der Versuchung widerstand, die zahlende Kundin zu korrigieren, sondern stattdessen einen deutlich überzogenen Fahrpreis nannte. Mira strahlte ihn übertrieben an und setzte sich mit Thaum auf die Rückbank des Fahrzeugs. Der Fahrer fädelte sich in den Verkehr ein und umgehend begannen die Gedanken der Elfe zu Hank und Philis zu wandern. Auch wenn die Art des Verlustes der beiden unterschiedlich war, kam es Mira trotzdem so vor, als wäre auch die kleine Pixie gestorben, denn die Chance, ihre kindliche Freundin irgendwann wiederzusehen, schien gleich null. Philis würde in ein behütetes Leben zurückkehren, während es für Mira und Thaum nur die Flucht nach vorne gab. Hinein in einen zermürbenden Auftrag nach dem anderen, die vor Kugeln und Blut nur so strotzten, bis irgendwann auch ihrer beider Zeit gekommen sein würde …

Schatten der Vergangenheit

»Mira«, raunte Thaum. »Mira, wach auf.«

Die Elfe schreckte hoch und erkannte blinzelnd, dass sie die Taxifahrt verschlafen hatte. Die wenigen Stunden Ruhe auf dem Flug von Tschechien nach England hatten offensichtlich nicht gereicht, um ihrem müden Körper Erholung zu verschaffen.

»Du hast im Schlaf geweint«, sagte der Nachtstreifer in gedämpftem Ton und reichte ihr ein Taschentuch, wobei er es vermied, sie anzusehen.

Mira war dankbar. Thaum kannte sie gut genug, um zu wissen, wie sehr sie zur Schau gestellte Schwäche hasste. Doch es beunruhigte sie, dass sie sich nicht an ihren Traum erinnern konnte. Normalerweise war die Elfe sogar in der Lage zu kontrollieren, *was* sie träumte.

»Sind wir da?«, fragte sie mit rauer Stimme und wischte sich über die Wangen. Dabei sah sie sich um und erkannte den Trubel und die Hektik der Straßen von Covent Garden. An diesem Ort wimmelte es vor Etablissements, in denen man zwei von Miras Leidenschaften erwerben oder erleben konnte: Essen und Kunst. Ob ein kleines Bistro, ein gemütliches Café oder ein edles Restaurant, in und um Covent Garden wurde man schnellstens fündig. Das gleiche galt für Möbel aus dem viktorianischen England, Aufführungen bizarrer Interpretationen zeitgenössischer Literatur oder das Bild eines neuentdeckten Malers aus der Renaissance. Mira gönnte sich ein Lächeln. Es gab wenige Flecken auf der Welt, von denen sie sich vorstellen konnte, dort alt zu werden. Covent Garden war einer von ihnen.

Thaum deutete zu der rechten Hand aufragenden St. Pauls Church hinüber, deren rote Steinfassade zwischen den Häusern hindurchblitzte. »Es gibt einen begrünten Platz hinter der Kirche, umsäumt von Reihenhäusern. In einem davon befindet sich das getarnte *Miser's Coin.*«

Mira sah Thaum skeptisch an, während sie den Fahrer bezahlte. Dann stiegen sie und der Nachtstreifer aus. »Seltsamer Name für ein Café voller Kopfgeldjäger.«

Thaum zuckte mit den Achseln. »Der Besitzer ist ein komischer Kauz. Aber entgegen dem Namen sind die dort angebotenen Jobs recht gut bezahlt.«

Mira dachte an ihre mageren Geldreserven im Inneren ihrer Jacke. »Dann werden wir wohl die unrühmliche Ausnahme bilden.«

Der Nachtstreifer sagte nichts dazu, aber sein wenig hoffnungsvoller Blick sprach Bände.

Wir sind am Ende, dachte Mira. *Das stille Verglühen eines vergehenden Kometen, der nach einem spektakulären letzten Moment lechzt.* Ihr kam der Gedanke, Thaum fortzuschicken und Megock allein aufzusuchen. Vielleicht konnte sie den Nachtstreifer freikaufen, wenn sie dem Greif lebenslange Gefolgschaft anbot. *Werden wir etwa sentimental, Mira?*, schalt sie sich selbst in ihrem Inneren. *Dann kannst du auch direkt auf den* Obsidian *schwören und für die gute Sache draufgehen.*

»Hier entlang«, erklang Thaums Stimme und unterbrach ihr Zwiegespräch. Er führte sie durch eine schmale Straße auf den Hintereingang der Kirche zu, um kurz vor ihr abzubiegen und auf eines der unzähligen identisch aussehenden Häuser zuzuschlendern, die sich hier aneinander lehnten wie eine Horde Schafe, die beieinander Schutz in der Dunkelheit suchten. Vor einer der schäbigen, heruntergekommenen Holztüren hielt er an und bediente fünfmal den altmodischen Klopfer, der wie aus dem Nichts erschien und wie eine übergroße Pennymünze geformt war.

»Der Klopfer war eben noch nicht da«, raunte Mira verblüfft.

»Das Café ist eine Domäne«, erwiderte Thaum, als die Tür sich öffnete und eine gehörnte Gestalt mit einer Serviette über dem Arm und einer Livree am befellten Körper öffnete.

»Sie haben reserviert?«, fragte der Satyr mit der typisch zittrigen Stimme, die diesen Wesen zu eigen war.

»Lass den Quatsch, Monti«, sagte Thaum und schob sich an dem nun grinsenden Satyr ins Innere. »Die Nacht war zu lang für deine Spielchen.«

Der Satyr zog sich die Serviette vom Arm und legte sie sich über die Schulter, sodass sie mehr wie ein Spültuch aussah. Die vornehme Mimik war wie weggeblasen und wich einem breiten, zahnbewehrten Grinsen, das auch gut in jeden Horrorfilm gepasst hätte.

»War 'ne komische Nacht«, raunte dieser Monti dem Nachtstreifer zu, während Mira sich an ihnen vorbeischob. Ihr fiel auf, dass ihre Tarnung mit Überschreiten der Türschwelle aufgelöst worden war. Hier drinnen trug wohl jeder sein wahres Gesicht zur Schau.

Monti klopfte Thaum freundschaftlich auf die Schulter. »Hätte schwören können, dass ein paarmal dein Name fiel. Angeblich bist du unter die Dämonenbeschwörer gegangen. Hast du also endlich den Bogen rausbekommen, wie du ohne eigene Magie die kleinen Scheißer kontrollieren kannst?«

Mira zog bei diesen Worten die Augenbrauen hoch und sah Thaum durchdringend an.

»So etwas versuche ich schon lange nicht mehr«, sagte der Nachtstreifer mit einem Hüsteln. »Ich war damals jung und dumm und glaubte, dass Macht sämtliche Probleme lösen kann.«

Oh, Macht löst die meisten Probleme, lieber Thaum, dachte Mira bei sich. *Leider schafft sie auch zwei neue Sorgen, sobald sie eine beseitigt hat.* Der Gedanke löste mit einem Mal ein seltsam erdrückendes Gefühl in ihr aus und sie schob ihn hastig beiseite.

Der Satyr wendete sich abrupt Mira zu, ein breites, freundliches Grinsen auf dem Gesicht. »Willkommen in meinem kleinen Café«, sagte der Satyr, und die Elfe verbarg ihre Überraschung. Satyrn waren meist zutiefst sprunghafte, hedonistische Wesen. Dass eines von ihnen genug Selbstbeherrschung für ein eigenes Geschäft aufbrachte, ließ sie neugierig werden. Sie hatte von wenigen Exemplaren dieser Gattung erfahren, die dem ewigen Lied in ihrem Kopf entsagt hatten. Von dem, was sie wusste, waren diese atypischen Satyrn ebenso große Außenseiter wie Thaum.

Vielleicht kommt er deswegen so gerne hier her, mutmaßte sie.

Mira schenkte Monti ein dankbares Nicken, dann besah sie sich den Ort, den sie betreten hatten, während Thaum und Monti wieder die Köpfe zusammensteckten. Antike Holztische aus dem achtzehnten Jahrhundert, Trennwände aus Mahagoni, die das Café in eine Vielzahl an Flüsterecken unterteilten, und eine riesige Schiefertafel über dem langen Tresen gaben dem Ort einen gewissen Charme – zumindest, wenn man sich die Gäste wegdachte. Nachtstreifer und Cupidae bildeten den Großteil der Anwesenden, aber Mira sah auch zwei miteinander diskutierende Wildlinge und einen still in sein Bier starrenden Troll, der noch im Sitzen gut und gerne drei Meter hoch war. Sie sah ausschließlich von Natur aus aufbrausende Spezies hier, die sich jedoch alle manierlich, geradezu gesittet aufführten. Der Elfe war schleierhaft, wie der Satyr dieses Kunststück hinbekam.

»Nehmt den da hinten«, hörte sie Monti sagen, als die zwei Männer fertiggetuschelt hatten, und deutete auf einen schmalen kleinen Tisch zwischen hohen Raumtrennern, an dem kaum zwei Personen Platz finden würden. Ganz in der Ecke des Cafés gelegen, hatte man von dort jedoch eine hervorragende

Übersicht über den gesamten Laden und auf die Eingangstür. Mira nickte zufrieden und schloss sich Thaum auf seinem Weg zu der Flüsterecke an.

»Kann dein Freund uns helfen?«, fragte sie verschwörerisch, kaum dass sie sich gesetzt hatten.

Thaum runzelte die Stirn. »Letzte Nacht ist für die Dauer der der aktiven Fahndung ein Kopfgeld für unsere Ergreifung ausgesetzt worden. Einige der Gäste hier könnten hoffen, dass wir bald wieder auf der Fahndungsliste landen. Andere sehen in dem Fahndungsaufruf nach uns einen Prestigegewinn für unser Team. Monti versucht herauszufinden, wer hier im Raum zu welcher Betrachtungsweise tendiert.«

Mira lächelte sardonisch. Dies waren die Grenzen der *Nebula*, wie sie leibten und lebten. Ein und dieselbe Tatsache konnte einen Grenzgänger gleichzeitig zu einem Ziel und einer Berühmtheit machen, mit der jedermann zusammenarbeiten wollte – zumindest bis es opportun erschien, denjenigen zu verraten. »Reicht unser Budget für ein paar Helfershelfer gegen Megock aus?«, fragte sie leise.

Thaum verzog sein Gesicht zu einer Grimasse und zog dann den nutzlosen Tarnzauber unter seiner Zunge hervor. Er warf den nassen Streifen in das kleine Feuer der Kerze, die auf dem Tisch stand, und eine grüne Stichflamme später war der Tarnzauber Geschichte. Mira hob die Zunge und fischte auch ihren Zauber hervor, der ebenfalls in der feurigen Umarmung der brennenden Kerze verschwand. Währenddessen drehten sich die Köpfe der Anwesenden immer wieder in ihre Richtung um und nach und nach setzte leises Getuschel und Geraune ein. Mira beobachtete, wie Monti hinter seinem Tresen die Grimassen seiner Gäste musterte und nach ein, zwei Minuten Thaum flüchtig den emporgereckten Daumen entgegenhielt. Offensichtlich waren mehr Anwesende an einem Geschäft statt an ihrem Kopfgeld interessiert.

»Ich besorge uns was zu trinken«, sagte Thaum und erhob sich. Dabei flatterte die Visitenkarte Grayson Steels aus dem Umhang des Nachtstreifers und landete auf dem dunklen Holz des kleinen Tisches. Mira und Thaum sahen sich flüchtig in die Augen, dann nahm die Elfe das gestärkte Papier und hielt dessen Ränder in die Flammen der Kerze. Thaum nickte knapp und ging zu Monti hinüber, während Mira Millimeter für Millimeter des geschwärzten Papiers verbrannte, auf dem in hellen Zahlen eine schlichte Telefonnummer zu sehen war. Kunstfertig versengte sie in mühevoller Kleinstarbeit mehr und mehr der Visitenkarte, bis schließlich nur noch ein kläglicher Rest zwischen ihren Fingern übrig war, den sie anschließend ins heiße Kerzenwachs schnippte.

»Wie äußerst melodramatisch«, ertönte eine Stimme, die Mira nie wieder zu hören erwartet hatte. Eine Stimme, die zu einem Leben gehörte, das sie vor langer Zeit hinter sich gelassen hatte. »Es stört Euch doch nicht, wenn ich mich setze, oder?«, fragte Hinaim und Mira konnte nichts weiter tun, als den Waffenmeister ihres Vaters ungläubig anzustarren.

Noch bevor sie reagieren konnte, legte er flink eine Rose aus Kristall auf den Tisch und schlug mit der bloßen Hand darauf, woraufhin sie in winzige Kristallsplitter zerbarst. Die Realität bekam Risse, gleich der Myriaden Splitter des zerstörten Kleinods, und alles außerhalb der Nische, in der Mira mit ihrem alten Lehrer saß, wirkte, als würde man ein starres Gemälde durch ein zerbrochenes Prisma betrachten.

Mira wappnete sich, und griff langsam und bedächtig zu ihrer EZigarette. Sie blickte ihr Gegenüber schweigend an, während sie den Dampf in ihrer Lunge sammelte und ihm anschließend ins Gesicht blies. Ein dünnes Lächeln glitt über Hinaims ebenmäßige Züge.

»Anscheinend habt Ihr uns doch nicht vollkommen vergessen. Rieche ich da das Laub der Ewigkeitseiche heraus?«

Mira widerstand dem Impuls, ihm ihre Zigarette ins Gesicht zu schleudern, und zog ein weiteres Mal an dem Mundstück. Dann deutete sie auf die glitzernden Splitter der Rose, die ganz allmählich vergingen, so als würden sie schmelzen. »Dieser kleine Trick hält mich nicht lange hier mit dir gefangen«, sagte Mira.

Hinaim zuckte beiläufig mit den Achseln. »Ich brauche auch nicht lange.«

»Was willst du?« Jedes der Worte war wie ein stählerner Nagel, den Mira dem Elfen in die Brust zu rammen suchte.

»Dass Ihr heimkommt, Hoheit«, war die wenig überraschende Antwort. »Euer Königreich vermisst Euch.«

Mira wollte lachen oder seufzen oder schreien, aber sie war zu erschöpft. »Mein Königreich kann ohne Probleme auf eine Prinzessin verzichten, die an vierundachtzigster Stelle der Thronfolge steht.«

»Neunundsiebzig«, korrigierte Hinaim sie. »Es gab Unfälle seit Eurem Fortgang.«

Mira schürzte die Lippen. Unfälle gab es häufiger im Königshaus des *Anderswo*. Die Ewigkeit eines elfischen Lebens konnte so manchen Thronfolger in den Wahnsinn treiben, wenn man einzig und allein dazu verdammt war, für einen Königstitel ausgebildet zu werden, den man niemals erlangen würde. Mira war mit ihrer Entscheidung, ins Exil zu gehen, noch die Vernünftigste unter den Verzweifelten gewesen. Kurz überlegte sie, nach den Namen der Toten zu fragen, aber genau genommen waren all ihre Geschwister längst für sie gestorben. Spätestens, seit sie ihr aus purer Gehässigkeit oder machtpolitischem Kalkül jeden Versuch, ein normales Leben in der *Nebula Convicto* zu führen, sabotiert hatten. Nur hier am Rande der magischen Gesellschaft hatte sie Frieden vor ihrer Familie gefunden. Bis jetzt.

»Ich komme nicht mit zurück«, sagte sie und zog eine ihrer Pistolen. »Wenn Ihr mich zwingen wollt, werde ich die hier benutzen.«

»Und noch immer bemerkt Ihr nicht, wenn man Euch die Regeln eines neuen Spiels aufzwingt«, sagte Hinaim tadelnd und deutete mit einem Finger aufwärts.

Mira folgte der Geste mit den Augen und entdeckte einen komplexen Zauberkreis, kunstvoll in die Decke eingelassen.

Ein Friedensbann, erkannte sie seufzend. Selbst wenn sie Hinaim wirklich erschießen wollte, würde sich ihr Finger nicht um den Abzug krümmen können. Wenigstens hatte Mira nun ihre Antwort gefunden, warum dieses Cafés voller reizbarer Gäste nicht zu Kleinholz verarbeitet wurde. Sie steckte die Pistole wieder fort und sah Hinaim herausfordernd an.

»Ihr könnt mich von diesem Ort ebenso wenig verschleppen, wie ich Euch erschießen kann.«

»Verschleppen?«, wiederholte Hinaim und zog eine Grimasse, als hätte gerade eine Chimäre ihre Blase in seinem Mund entleert. »Was für ein grotesker Gedanke«, fuhr er fort. »Ich bringe Euch lediglich heim zu Eurer Familie.«

»Ich bin ausgestoßen«, sagte Mira und deutete auf die Tätowierung auf ihrer Nase. »Selbst mein Vater muss das Mal der Schande respektieren.«

»Der König des *Anderswo* hat Eure Entscheidung niemals anerkannt, selbst wenn einige Eurer Geschwister Euren Status als legitim betrachten und entsprechend handelten, um Euch zu sanktionieren, indem Sie Euch in dieser Welt Steine in den Weg legten«, erklärte der Elf seelenruhig. »Es genügt ein winziger Zauber, und diese Linien in Eurem Gesicht verblassen im Mahlstrom der Vergangenheit.«

Mira beobachtete Hinaim nun genauer. Der Waffenmeister war sich seiner Sache zu sicher, obwohl sich die Risse in der Realität des Cafés mehr und mehr schlossen. Schon jetzt bewegten sich die Gäste um sie herum wie in Zeitlupe. Gleich wäre das Echo des *Anderswo* fort und Mira wieder in ihrem Element.

Warum also lächelte Hinaim noch immer? Ihre Augen schossen hin und her auf der Suche nach dem einen Hinweis, den sie übersah.

»Warum kann Vater mich nicht einfach in Ruhe lassen?«, fragte sie, um Zeit zu gewinnen. »Er hat so viele, die ihm auf den Thron nachfolgen können.«

Hinaim schüttelte den Kopf, seine Augen voller Müdigkeit und Trauer. »Ihr versteht es immer noch nicht? Obwohl Ihr den Ursprung des *Anderswo* kennt?«

Mira erstarrte. Sie hatte das Gefühl, sie müsste wissen, wovon Hinaim redete, aber als sie in ihrem Verstand nach den Informationen tastete, spürte sie nur eine glatte, kühle Schwärze, die verhinderte, dass sie tiefer in jene Kindheitserinnerungen eintauchen konnte. »Warum jetzt?«, fragte sie, um sich nicht die Blöße zu geben, dass sie nicht wusste, wovon Hinaim redete.

Der Waffenmeister zuckte erschöpft mit den Achseln. »Wegen letzter Nacht. Weil die Welt sich ändert.« Er sah sie durchdringend an. »Und weil Eure Seele nicht in der Hand eines Dämons landen darf – um keinen Preis.«

Mira schwindelte. Die Risse in der Realität fügten sich mehr und mehr zusammen und doch war es ihr, als würde ihr eigener kleiner Kosmos auseinanderbrechen. »Nein«, sagte sie entschlossen, sich selbst einen Ruck gebend. »Ich gehe nicht zurück in diesen goldenen Käfig aus Langeweile und sinnlosem Dasein.«

Hinaim nickte bedächtig, rührte sich aber nicht. Die letzten Reste der Kristallrose verflüchtigten sich mit einem ersterbenden Glitzern und plötzlich waren sie wieder vollends in Raum und Zeit der gewöhnlichen Welt angekommen. Um sie herum redeten und tranken die Gäste des Cafés im erzwungenen Frieden des Bannzaubers und gerade kam Thaum mit zwei Tassen Tee auf einem kleinen Tablett zurück an ihren Tisch.

»Sie hatten keine Elfenmischung mehr, also habe ich Ogerlilien für dich bestel–«, begann er und musterte dann den Fremden, der auf seinem Platz saß.

Mira konnte in den Augen ihres Freundes ablesen, dass er blitzschnell eins und eins zusammenzählte. Ein Elf, der die elegante Kleidung eines englischen Adligen des achtzehnten Jahrhunderts, einen schmalen roten Umhang zwischen den Schulterblättern und eine Brosche auf der Brust trug, die einen facettierten Stern zeigte? Hinaim schrie seine Herkunft aus dem *Anderswo* geradezu heraus.

Thaums Hände spannten sich an und Mira wusste, dass der Nachtstreifer sich auf einen Ausbruch roher Gewalt vorbereitete. Er sah eine Gefahr für sein Rudel und jeder Instinkt in seinem Inneren musste an ihm zerren, umgehend über Hinaim herzufallen. Ein Teil von Mira fragte sich, ob der Beschützerinstinkt ihres Freundes dem Friedenszauber an der Decke die Stirn bieten könnte, da öffnete Monti im Hintergrund neuen Gästen die Tür und prallte regelrecht zurück, als sich freundlich, aber bestimmt, neun Elfen in den Raum schoben, die alle ähnlich wie Hinaim gekleidet waren.

Die königliche Garde, schoss es Mira durch den Kopf. Ihr Vater meinte es wirklich ernst.

»Soll mich das einschüchtern?«, fragte sie Hinaim kühl und nahm dann Thaum mit einem dankbaren Lächeln den Tee ab, um ihn auf den Tisch zu stellen. Sie nippte an dem herrlich bitteren Ogerlilientee und hielt demonstrativ sowohl ihre EZigarette als auch die Tasse in je einer Hand. »Hier drinnen könnt Ihr mir nichts tun, Hinaim. Weder mit neun Elfen als Verstärkung noch mit neunzig.« Sie blickte zur Decke empor und seufzte scheinbar zufrieden. »Was für eine schöne Malerei, denkt Ihr nicht auch?«

Hinaim hob einen Finger und die Elfen verteilten sich strategisch vor dem Eingang. »Ihr könnt nicht ewig hier drinbleiben, Eure Hoheit. Wir haben Zeit.« Mittlerweile war es still geworden im Café und die ersten Gäste fragten sich wohl, ob der Auflauf der fremden grimmigen Gestalten ihnen oder jemand anderem galt. Mehr und mehr der Gäste drehten ihre Oberkörper in Richtung Mira und sie stieß diesmal einen echten Seufzer aus. Die Gerüchte über ihrer beider potenziellen Kopfgelder würden nach diesem kleinen Auftritt wieder deutlich zunehmen.

»Mira?«, fragte Thaum mit einem leichten Grollen in der Stimme. Seine Hand wanderte unter seinen Umhang und er zog eine winzige, rauchgefüllte Phiole gerade weit genug hervor, dass sie umgehend die purpurne Färbung der träge umherwallenden Substanz erkannte.

Tollwutrauch. Brachialer geht es kaum.

Wenn Thaum den hier freisetzte, würden alle Anwesenden in einem Blutrausch aufeinander losgehen, Friedensbann hin oder her. Ob irgendwer, geschweige denn die beiden Grenzgänger, dieses Massaker überleben würden, war fraglich. Für einen Moment wurde sie von dem dunklen Abgrund angezogen, ihre immerwährende Flucht vor ihrer Vergangenheit und den andauernden Überlebenskampf seit ihrem Exil mit einem glorreichen, alles verschlingenden Kampf zu beenden …

Thaums Blick machte ihr klar, dass er ihr folgen würde, wohin sie ihn auch führte, selbst in den sicheren Untergang hinein. Diese Geste unverbrüchlicher Loyalität gab den Ausschlag.

Mira atmete tief durch und stellte dabei ihr Teeglas ab. Sie lächelte dem Nachtstreifer beruhigend zu und griff in ihre Jacke. Hinaim starrte abwechselnd mit angespannter Miene zu ihr und zu dem Nachtstreifer mit seiner zerbrechlichen Phiole hinüber. Offensichtlich hatte er deren Inhalt ebenso erkannt wie die möglichen Konsequenzen, sollte der Tollwutrauch freigesetzt werden. Mira umfasste das kühle Metall unter ihrer Jacke und sowohl Thaum als auch Hinaim hingen gebannt mit den Augen an jeder ihrer Bewegungen. Sollte sie ihre Waffe ziehen, würde

Thaum dieses Zeichen entsprechend deuten und *Miser's Coin* die Hölle entfesseln.

Langsam, geradezu genussvoll, glitt Miras Hand wieder unter dem Leder hervor. Verwirrung breitete sich auf dem Gesicht des Waffenmeisters aus und auch Thaums Gesicht war eine einzige Frage. Bevor Mira es sich anders überlegen konnte, entsperrte sie ihr Smartphone und tippte jene Nummer ein, die sie sich vorhin gemerkt hatte. Es gab kein Freizeichen, nur ein Klicken in der Leitung, und dann ertönte eine bekannte Stimme.

»Sie haben es sich also überlegt?«

»Ja«, sagte Mira nur.

»Dann erwarte ich Sie.«

Mira zögerte kaum merklich. »Das wird schwierig.«

Die Stimme bekam einen belustigten Unterton. »Sie brauchen also Hilfe. Schon wieder.«

Mira antwortete nicht, sondern hielt dem verblüfften Hinaim ihr Smartphone hin. »Das ist für Euch.«

»Hallo?«, fragte der Elf misstrauisch in den Hörer. »Wer ist da?«

Es gab eine kleine Pause.

»Hier spricht Sonderbotschafter Hinaim Elmadramoner aus dem *Anderswo*«, fuhr der Elf mit wachsender Nervosität fort. »Meine Mission ist von äußerster Wichtigkeit für …«

Die Stimme am anderen Ende unterbrach den Elfen in scharfem, eiskaltem Ton, der als einschüchterndes Zischen bis zu Miras Ohren reichte. Sie gönnte sich ein zufriedenes Lächeln. Hinaims Schultern fielen herab.

»Ja, Sir«, sagte er mit Grabesstimme und seine Augen durchbohrten Mira geradezu vor Wut. Sie hätte am liebsten auf dem Tisch getanzt. »Ich verstehe.« Dann gab er ihr das Smartphone zurück.

Mira griff nach dem Gerät und der Triumph in ihrem Inneren wich der Erkenntnis über den Preis, den sie soeben bezahlt hatte.

»Einsatzbesprechung um neunzehnhundert«, war alles, was Grayson Steel zu ihr sagte, bevor er auflegte.

Das Klicken der gekappten Telefonleitung klang in ihren Ohren wie das Zuklappen einer Mausefalle.

Der Tee war mittlerweile kalt, die meisten Gäste gegangen. Eine halbe Stunde war es nun her, dass Hinaim schweigend seine Niederlage eingestanden und mit seinem Trupp das Café verlassen hatte, und noch immer starrte Mira auf die Oberfläche ihres Getränks, auf der sich eine kaum sichtbare regenbogenfarbig schillernde Schicht gebildet hatte.

Gefangen, ging es ihr durch den Kopf. *Erneut gefangen.*

»Geht es dir gut?«, fragte Thaum, der ihr geduldig gegenübersaß und dessen Augen schon seit einer Weile ein verräterisches Funkeln der Aufregung versprühten. »Ich kann mir vorstellen, dass dir diese Entscheidung nicht leichtgefallen ist.«

Mira blickte ihn müde an. »Doch«, widersprach sie mit matter Stimme. »Sie ist mir sogar sehr leichtgefallen. Alles ist besser, als mein Leben in Sinnlosigkeit zu verbringen.« Sie ballte ihre Faust um die Tasse, bis sie das Gefühl hatte, die Keramik müsse bersten. »Nur muss mir die Alternative, zu der wir gezwungen wurden, nicht gefallen.«

»Die Ziele des *Obsidian* sind durchaus anerkennenswert«, warf Thaum ein. »Eine stabile *Nebula Convicto* rettet Leben.«

Mira schnaubte. Ihr Freund war im Inneren ein Romantiker. Aber niemand war perfekt, nicht einmal Thaum. »Du vergisst, dass irgendwer an der Spitze des Geheimdienstes – oder schlimmer noch: im Verhangenen Rat – festlegt, was als stabilisierend gilt und was nicht«, sagte sie düster. »Und da reden wir noch nicht über eventuelle Korruption, politische Agenden oder persönliche Vendettas, die deren Entscheidungen beeinflussen könnten. Der *Obsidian* ist noch zu neu, um mehr über ihn zu sagen, als dass er ein Moloch aus überbordenden Befugnissen und Ressourcen ist. Gib ihm genug Zeit, und er wird versagen.«

»Du übertreibst«, widersprach Thaum mit sanfter Stimme.

»Ach ja?«, fragte Mira und gestikulierte Richtung Ausgang. »Du hast doch gerade erlebt, wie der Leiter unseres neuen Geheimdienstes einen Sonderbotschafter telefonisch nach Hause geschickt hat wie einen ungezogenen Schuljungen. So viel Macht hatte bisher nur die Lady vom See.«

»Ob es Philis schon wieder gutgeht?«, fragte sich Thaum nachdenklich, und Mira sandte ihm einen bösen Blick für dessen durchschaubaren Versuch, das Thema zu wechseln.

»Wenn die Lady sie nicht wieder hinbekommt, dann niemand«, entgegnete sie, was dem Nachtstreifer ein zufriedenes Brummen entlockte und woraufhin er selbstzufrieden dreinsah, so als hätte er mit dem Hinweis auf Philis' Heilung die moralischen Grenzen des *Obsidian* hinreichend definiert. Anscheinend wollte Thaum ihr mit seinem kleinen Themenwechsel klarmachen, dass niemand wirklich böse sein konnte, der kleine verwundete Pixiemädchen zusammenflickte. Mira war zu ernüchtert, um Thaum den Wert einer guten Tat zu erklären, wenn er lediglich als Faustpfand für ihre Loyalität diente. Doch wenigstens einer von ihnen sollte an das Gute in der Welt glauben dürfen.

Es dämmerte bereits, als Mira und Thaum sich in ein Taxi setzten, dass sie in Richtung Heathrow bringen sollte. Der Nachtstreifer hatte sie mit einer Tarnung versehen, die sie als Einheimische ausgab, und Miras Gedanken kreisten um das, was nun folgen würde. Winkelzüge, Finten und Gegenstrategien durchdenkend, bereitete die Elfe sich innerlich auf die wichtigste Verhandlung ihres Lebens vor. Wenn der *Obsidian* schon seine gierigen Klauen in Thaums und ihr Leben schlagen musste, dann wollte sie so viele Bedingungen dieser neuen Knechtschaft wie möglich zu ihren Gunsten aushandeln. Gerade feilte sie an einer Formulierung, die ihre Bezahlung regeln würde, als sie bemerkte, dass ihr Taxi in eine Sackgasse einbog.

»Was soll das?«, fragte sie misstrauisch, während ihre Hände zu ihren Achselholstern zuckten. Thaum reagierte ebenfalls, indem er von hinten einen Arm um den Hals des Fahrers legte und energisch zuzog.

»Das ist eine Abkürzung«, ertönte plötzlich die Stimme Shajas aus der Gegensprechanlage des Fahrzeugs. »Und jetzt lassen sie Jamal los, bevor er den Wagen mit einem Haufen Albträumen flutet.« Bei diesen Worten flackerte kurz die Gestalt des Taxifahrers auf: Statt eines untersetzten Mannes aus dem mittleren Norden Englands hielt Thaum einen aus Finsternis und Sand bestehenden Umriss im Würgegriff. Fluchend ließ der Nachtstreifer den Fahrer los, der umgehend wieder menschlich aussah und, ohne sich umzudrehen, weiterfuhr.

»Das ist verflucht noch mal ein Sandmann«, sagte Thaum ungläubig. »Wieso fährt ein Sandmann unser Taxi?«

»Grayson dachte, es wäre sinnvoll, Ihnen zu demonstrieren, dass auch Wesenheiten, die sonst nur am äußersten Rande der Nebula ihr Dasein fristen können, im Dienst des *Obsidian* die Chance auf ein erfülltes Leben bekommen.«

»Also Propaganda«, sagte Mira, die ihren Herzschlag zu beruhigen versuchte. Ihr Puls hätte dem Trommelschlag einer Death Metal-Band Konkurrenz machen können. Sandmänner waren eine Abart der Albs. Im Gegensatz zu diesen Wesen töteten sie ihre Opfer nicht, sondern ernährten sich von den Albträumen und negativen Gedanken aller Lebewesen in ihrer unmittelbaren Umgebung, ganz wie ein Parasit. Dabei verstärkten sie die destruktiven Gefühle einer Person, je länger diese in ihrem Umfeld verweilte. Eine kurze Taxifahrt konnte nicht schaden, aber einen Sandmann als Nachbar zu haben, endete auf kurz oder lang nicht selten im Suizid. Sandmänner wurden daher vertrieben, wo immer sie hinkamen, sie waren erzwungene Nomaden, die aufgrund ihrer Existenz nie irgendwo heimisch werden konnten.

»Nützlichkeit«, widersprach ihr Shaja in gelangweiltem Tonfall. »Jamal und andere seiner Art werden vom *Obsidian* als Taxifahrer auf der ganzen Welt eingesetzt. Die Tagträume und negativen Gedanken, die sie während der Fahrten von ihren Zielpersonen aufschnappen, sind von unschätzbarem Wert.«

Mira verstand. Die wenigsten Verbrecher freuten sich auf ihre Vorhaben, sondern dachten mit einer Verstrickung aus Angst, Gier oder Zwang an den nächsten Schachzug in ihren Plänen. Ein Sandmann filterte diese Visionen und Ängste unverfälscht und unbemerkt aus dem Verstand ihrer Gäste. Dies ergab zwar kein lückenloses, aber dafür ein sehr unauffälliges Verhör.

»Klingt für mich nach dem Ausnutzen der Nöte einer ganzen Spezies.«

Shajas Seufzer ähnelte so sehr jenem, das Mira sich selbst für besonders lästige Idioten aufhob, dass die Elfe sich eine Sekunde lang fragte, ob sie eine Spur zu stur auf ihrer Weltsicht beharrte.

»Als Gegenleistung erhalten die Sandmänner speziell eingerichtete Wohnungen, die ihre Aura von der Außenwelt abschirmen«, erklärte die Halbdämonin genervt. »Im Dienst ernähren sie sich beim Taxifahren und zu Hause angekommen gefährden sie ihre Umwelt nicht.«

»Der beste Deal meines Lebens, Ms«, sagte der Sandmann mit einer Stimme, als würden zwölf verschiedene Personen gleichzeitig reden. Dann hielt er vor einer Stahltür am Ende der Sackgasse, die wie ein mit Graffiti übersäter Zugang zu einem verfallenen Lagerhaus aussah. »Die Fahrt wurde bereits bezahlt«, sagte Jamal. »Sie können aussteigen.«

»Wetten, dass sich hinter dieser Tür eine weitere Falte befindet?«, fragte Thaum mit angewidertem Gesicht. »Ich hasse Falten.«

Mira konnte ihm nur recht geben. Aber mehr als der Übergang durch den Limbus ängstigte sie das, was sie an ihrem Ziel erwarten würde.

Ein beschworenes Problem und ein problematischer Schwur

Noch einen heißen Kaffee?, stand auf dem Schild, das auf dem Tisch aufgetaucht war, während Mira geblinzelt hatte.

»Danke, aber mir wäre ein elfischer Tee lieber«, sagte sie in den Raum hinein und schloss höflich für eine Sekunde die Augen. Sie spürte einen leichten Windzug und als sie die Augen wieder öffnete, stand vor ihr eine dampfende Tasse Tee, die einen Geruch verbreitete, den Mira sonst nur von den blühenden Wiesen des *Anderswo* kannte. »Danke«, hauchte sie und schloss ihre Hände gierig um ihr Getränk.

»Also über eine mangelnde Infrastruktur kann sich unser Mr Steel nicht beklagen«, sagte Thaum, der gerade die Reste eines sehr blutigen Steaks vernichtete. »Welche Regierungsorganisation kennst du, die eine eigene Heinzelmännchenfamilie in ihren Diensten hat? Normalerweise sind die kleinen Kerle viel zu neutral veranlagt.«

Ein Luftzug setzte ein und die Lampen im Raum flackerten für eine Sekunde. Danach lag ein neuer Zettel auf dem Tisch.

Der Obsidian ist neutral. Frieden ist gut für alle.

»Da hast du deine Antwort«, sagte Mira kopfschüttelnd. »Anscheinend kann Grayson sogar Heinzelmännchen aus ihren Hütten quatschen.« Sie schaute auf ihre Armbanduhr. »Aber wo zum Teufel bleibt unser neuer Boss? Sieben Uhr ist seit drei Stunden vorbei. Wir haben seit unserer Ankunft nichts getan, außer uns in diesem schönen, großen Konferenzraum den Arsch platt zu sitzen und vor Langeweile mehr zu essen und zu trinken, als uns guttut.«

Vielleicht eine Art Henkersmahlzeit, blitzte ungewollt ein düsterer Gedanke in ihrem Geist auf. *Dein letztes Essen als freie Frau.*

Mira brummte leise vor sich hin, mehr um ihren Verstand unter Kontrolle zu bringen als aus echtem Groll.

»Er leitet den *Obsidian*«, sagte Thaum schmatzend und legte nach dem letzten Bissen zufrieden seufzend die Gabel auf den leeren Teller. Ein Flackern, ein Luftzug und weg war das Geschirr. »Danke«, sagte er in die Luft hinein.

»Wozu eine Uhrzeit festlegen, wenn man sich nicht daran hält«, maulte Mira vor sich hin, die wusste, dass sie klang wie ein Hund, der auf seinem Knochen herumkaute. »Wenn das hier ein erstes Machtspielchen ist …«

Die Tür des lang gezogenen Konferenzraumes ging auf und Grayson kam mit Shaja und dem ernsten, durchtrainierten Gnom herein, der einen kleinen Koffer mit sich trug.

»Meine Machtspiele sind immer simpel und leicht zu erkennen«, sagte der hagere Mann statt einer Begrüßung und setzte sich an den Kopf des ovalen Besprechungstisches. Er drückte das Display seines Smartphones und die Beleuchtung dimmte auf ein absolutes Minimum hinunter, während die komplette Westwand zum Leben erwachte und einen einzigen riesigen Bildschirm offenbarte. »Zum Beispiel, indem ich rede und erwarte, dass Sie zuhören.« Der Lacunus sagte dies ohne jede Arroganz in der Stimme, die eine solche Aussage, wie eine Herausforderung hätte klingen lassen. »Zuerst einmal entschuldige ich mich, dass Sie warten mussten, aber es gab einige Dinge in die Wege zu leiten, nun, da Sie sich doch dazu entschlossen haben, dem *Obsidian* ihre Dienste anzubieten.«

Mira kniff die Lippen zusammen, um keine patzige Antwort zu geben. *Du bist nicht hier, um dich wie ein aufmüpfiges Kleinkind zu verhalten*, schalt sie sich selbst. *Verkaufe euch gefälligst zum bestmöglichen Wert.*

Also setzte sie ein dünnes, souveränes Lächeln auf, holte ihre EZigarette hervor und zog genüsslich daran, während sie Grayson von der Seite her musterte. »Ich weiß Ihre Hilfe sehr zu schätzen«, sagte sie distanziert. »Auch wenn ich nicht weiß, warum Sie so scharf auf unsere Hilfe sind.«

»Das wüsste ich auch gern«, sagte Shaja mit einem strengen Blick auf Grayson. Der Tonfall, in dem sie die Worte hervorbrachte, ließ Mira schlussfolgern, dass die beiden schon häufiger wegen der Grenzgänger gestritten hatten.

Grayson warf Shaja einen bittend-genervten Blick zu und wandte sich dann an Mira. »Meine Beweggründe werde ich Ihnen mitteilen, sollten Sie das Angebot des *Obsidian* annehmen. Sie sind, wie man so schön sagt, Verschlusssache.«

Interessant.

»Zuerst einmal möchte ich wissen, wie lange wir Ihrem Geheimdienst zur Verfügung stehen müssen …«, begann Mira ihre Verhandlungen.

»Sie dürfen gehen, wann immer Sie wollen«, unterbrach sie Grayson, während er stirnrunzelnd auf seinem Smartphone herumtippte. »Warum bekomme ich den Livefeed nicht auf den Schirm geschaltet?«, knurrte er.

Shaja zog ihr eigenes Telefon hervor und sprach einige Worte hinein. Sofort erschien statt dem weißen Rauschen eine Luftaufnahme eines im Dunkeln liegenden Gebäudes auf dem riesigen Bildschirm. »Du hast Leute für so etwas«, sagte sie grinsend zu dem Leiter des *Obsidian.*

»Ich sollte meinen Besprechungsraum selbst bedienen können«, brummte Grayson kopfschüttelnd.

Mira war von der beiläufigen Antwort des hageren Mannes vollkommen überrumpelt worden. »Was meinen Sie damit, dass wir gehen können?«, fragte sie nach.

Grayson konzentrierte sich auf die Übertragung und wirkte

abwesend. »Zugriff«, sprach er in sein Smartphone und erst danach schenkte er Mira einen flüchtigen Seitenblick. »Dies hier ist kein zwielichtiges Syndikat, das Ihnen ein Gift spritzt und droht, Ihnen erst nach erfolgtem Auftrag das Gegenmittel zu injizieren«, sagte er gereizt. »Solange Sie Mitglied des *Obsidian* sind, wird dieser Sie vor dem Zugriff durch Ihren Vater schützen. Wann immer Sie also gehen möchten, steht es Ihnen frei.«

Also hackt doch eine Krähe der anderen ein Auge aus, dachte Mira grimmig.

»Zu gütig«, sagte sie äußerlich ruhig und zog an ihrer EZigarette. »Da meine persönlichen Probleme mit meiner Familie eine Weile dauern werden, dürfen Sie auf unbestimmte Zeit mit meiner Unterstützung rechnen.«

Verdammter Bastard!

Mira wusste, dass sie unfair über den hageren Mann am Ende des Tisches urteilte, aber einige Verluste waren einfach zu groß, um sie stoisch und unvoreingenommen ertragen zu können. Die Freiheit, eigene Entscheidungen treffen zu dürfen, gehörte definitiv dazu.

Grayson nickte beiläufig, als hätte Mira ihm statt ihrer Kooperation lediglich eine Flasche Wasser angeboten, dann huschte sein Blick zu Thaum hinüber. »Nach unseren Einschätzungen gibt es siebzehn Mitglieder ihres alten Rudels, denen Sie, wann immer es Ihnen möglich ist, finanziell unter die Arme greifen. Ist das richtig?«

Thaum nickte und Mira schaute verblüfft zu ihrem Freund hinüber. Sie wusste, wie wichtig es ihm war, den versprengten Mitgliedern seines ehemaligen Rudels zu helfen, wann immer er konnte, aber deren schiere Anzahl hatte sie unterschätzt.

»Solange Sie für uns tätig sind, erhalten jene Individuen einen bescheidenen monatlichen Betrag, der ihnen helfen wird, wieder auf die Beine zu kommen«, fuhr Grayson fort, und jetzt war es an Thaum, den hageren Mann anzustarren. »Na endlich«, sagte der Leiter des *Obsidians*, ohne auf den Nachtstreifer zu reagieren. Stattdessen deutete er auf den Bildschirm. »Das wollen Sie beide sicher sehen.«

Mira runzelte die Stirn und wollte nach einem flüchtigen Blick auf die Aufnahme weiter die Bedingungen ihrer Zusammenarbeit mit Grayson Steel aushandeln, da erkannte sie zwei Gestalten, die sich auf dem Dach eines Gebäudes nahe dem Lagerhaus positionierten. Eine von ihnen trug einen Umhang, die andere – eine schlanke Elfe – einen tragbaren Raketenwerfer, dessen Rohr mit unheilvoll glimmenden Runen versehen war.

»Das da sind wir!«, sagte sie atemlos. »Und wir haben einen Infernospeer dabei.«

Noch während sie das sagte, löste sich ein greller Lichtblitz aus dem Rohr, das ihre Doppelgängerin geschultert hatte, und keine Sekunde später hob sich unter der in seinem Inneren entfesselten Druckwelle das Dach des Lagerhauses. Der nachfolgende Feuerball war derart grell, dass Mira trotz geschlossener Augen geblendet aufstöhnte. Als sie wieder etwas sehen konnte, starrte sie blinzelnd auf eine brennende, geflügelte Gestalt, die sich aus dem lodernden Trümmerhaufen erhob, der einmal ein Lagerhaus voller Kunstgegenstände mehr oder weniger hoher Qualität gewesen war.

Thaums Double zog eine Phiole unter seinem weiten Umhang hervor und warf sie auf den brennenden Greif, als dieser an den beiden vermeintlichen Grenzgängern vorbeitorkelte. Eine grüne Stichflamme verpuffte dort, wo das Glas zerbrach, und dann fiel Megock, in eine kränklich leuchtende Corona aus grünem Dampf gehüllt, zu Boden und regte sich nicht mehr.

»Ich gratuliere«, sagte Shaja trocken. »Sie haben soeben auf spektakuläre Weise Rache an jenem Wesen genommen, dass Sie verarschen wollte und den Tod Ihres Freundes auf dem Gewissen hat.«

»Was?«, fragte Thaum verwirrt.

»Wieso?«, kam das Echo Miras. Irgendwie fühlte sie sich matt und leer. Dem Tod des Greifs auf diese beinahe beiläufige Weise beizuwohnen, hinterließ nichts als ein hohles Gefühl in ihrer Seele.

»Aus demselben Grund, aus dem der *Obsidian* die meisten solcher Szenarien fingiert«, sagte Grayson ungerührt und schaltete den Bildschirm ab, ohne jedoch das Licht wieder hochzudrehen. Die Silhouette des hageren Mannes sah in dem spärlichen Licht unheimlich und mehr als ein wenig bedrohlich aus. »Plausibilität. Megock hintergeht Ihr Team und Sie räuchern den Greif dafür aus. Wenn wir Sie als Agenten einsetzen wollen, muss Ihr Ruf als Grenzgänger tadellos sein.« Er deutete auf den ausgeschalteten Schirm. »Nach der heutigen Nacht wird Ihre spektakuläre Rache in aller Munde sein und niemand mehr wird in Ihnen leichte Opfer sehen.«

»Moment«, stutzte Mira. »Unser Ruf als Grenzgänger?«

Grayson nickte. »Es gibt ein bestimmtes Phänomen, das sich zu einer ernsten Bedrohung für die *Nebula Convicto* entwickeln könnte«, sagte er und sah dabei von einem seiner neuen Agenten zum anderen. »Wie Sie selbst sagten, sind unsere normalen Einsatzkräfte zu unerfahren, um sich unentdeckt in die halblegalen Gefilde der *Nebula* einfügen zu können.«

»Es ist nicht allein die fehlende Erfahrung, es ist vor allem dieser Schwur«, warf Mira ein. »Er bindet vielen ihrer Spione die Hände. Es gibt Berichte darüber, dass sich Agenten des *Obsidian* durch den Zwang des Eides nicht mal an einem gewöhnlichen Diebstahl beteiligen konnten, weil dabei Zivilisten gefährdet worden wären. Stattdessen fand man ihre ›Spione‹ mit durchgeschnittenen Kehlen auf – wenn sie nicht einfach sang- und klanglos entsorgt wurden.«

»Der Eid ist obligatorisch«, sagte Grayson entschieden. »Der *Obsidian* ist wie ein angekettetes Ungeheuer. Wenn ich es nicht unter Kontrolle halte, zerstört es all das, was es eigentlich beschützten sollte.«

Also daher weht der Wind, dachte sich Mira. *Gute Intentionen, aber dilettantisch umgesetzt.*

»Und wir sollen jetzt Agenten spielen, weil wir bereits eine authentische Vorgeschichte haben«, schlussfolgerte sie.

»Sie *spielen* keine Agenten«, sagte Grayson mit eiserner Stimme. »Sie *sind* Agenten. Wenn Sie für uns arbeiten, dann tun Sie dies im Namen des Rates.«

»Solange wir damit nicht unser Todesurteil herbeibeschwören«, sagte Mira, äußerlich unbeeindruckt.

»Der Schwur ist obligatorisch«, wiederholte Grayson energisch.

Mira schüttelte den Kopf. »Ihr toller Eidbann sorgt dafür, dass Ihre Einsatzkräfte der Reihe nach auffliegen.« Sie deutete auf sich und Thaum. »So, wie ich das verstanden habe, sind wir die ersten Grenzgänger, die Sie anwerben, und zwar weil unsere verbrecherische Lebensgeschichte nicht gefälscht, sondern echt ist. Wenn sie uns jetzt mit einem magisch bindenden Schwur knebeln und wir anfangen, uns seltsam zu verhalten, sind wir schneller tot, als Sie ›Einsatz gescheitert‹ sagen können.« Sie verschränkte demonstrativ die Arme vor der Brust. »Uns den Arsch zu retten, nur um uns dann durch ihren Schwur umbringen zu lassen, ist nicht nur grausam, sondern auch dumm.«

Grayson starrte sie an, während er das Licht wieder auf Normalniveau anhob. »Sie Sie fertig?«

Mira zog an ihrer EZigarette und starrte ein paar Sekunden nachdenklich in die Luft. »Wir brauchen Geld und Ausrüstung«, sagte sie schließlich. »Aber ja, ansonsten bin ich fertig.« Plötzlich war diese Unterhaltung gar nicht mehr so schlecht. Der *Obsidian* brauchte *echte* Grenzgänger. Alle Trümpfe lagen in ihren Händen, wenn sie sich geschickt anstellten.

»Hörst du das?«, murrte Shaja in Graysons Richtung, während sie auf Mira zeigte. »Einen Haufen Waffen und Ausrüstung, aber ohne Schwur für die beiden Herrschaften«, sagte sie sarkastisch. »Ich sage, wir holen die Unendliche Legion ins Boot. Unter deren Spezialstreitkräften gibt es sicher ein paar fähige Rekruten, die –«

»Keine Zeit«, sagte Grayson sanft. »In einigen Jahren haben wir sicher Dutzende Agenten, die sich allmählich eine Vita und einen Ruf in den illegalen Randbereichen der *Nebula Convicto* aufgebaut haben. Aber wir müssen diesen Beschwörungen *jetzt* auf den Grund gehen.«

»Beschwörungen?«, hakte Mira nach. »Geht es um diesen seltsamen Dämon, der Hank getötet hat?«

»Um ihn und um andere«, sagte Shaja mit verkniffenem Gesicht. »Es gibt Berichte, wonach mundane Personen plötzlich mächtigsten Dämonen einen Weg in unsere Welt ebnen konnten. Die meisten dieser Vorfälle sind unbestätigt, da es kaum Überlebende gibt. Sie und Thaum sind eine der wenigen Ausnahmen.«

Grayson schaltete den Bildschirm wieder ein und das Bild des flammenden Wesens tauchte auf, das Mira und ihr Team im Labor angegriffen hatte.

»Ahrmentuk'far, das lebende Seelenfeuer«, erklärte Shaja in neutralem Ton. »Dämon des neunten Kreises und damit eine der mächtigsten außerweltlichen Entitäten, die es gibt. Beschworen von einer gewöhnlichen Feld-, Wald- und Wiesenhexe.«

»Das ergibt keinen Sinn«, sagte Thaum und sprach damit Mira aus dem Herzen. »Dämonen lassen sich ihr Erscheinen teuer bezahlen, denn in unsere Welt zu kommen und in ihr zu bleiben, kostet sie außerhalb einer auf sie eingestimmten Domäne jede Sekunde kostbare Seelenenergie.«

Dämonen waren eigentlich nichts anderes als Dimensionsreisende, nur dass in ihrer Heimat jene Energie, die viele Kulturen als Seele kannten, eine Art Tauschmittel und Nahrung zugleich darstellte. Dämonen waren nicht von Natur aus böse. Es war eher so, dass sie biologisch, kulturell und moralisch inkompatibel mit der Mehrheit aller denkenden Lebewesen waren. Die meisten Dämonen waren bessere Söldner, die ihre Dienste für die Seele des Beschwörers eintauschten, oder – wenn jener Beschwörer clever genug war – illegalerweise die Seelen anderer als Bezahlung annahm. Je mächtiger ein Dämon, desto mehr verlangte er für seine Dienste und je mehr Seelen ein Dämon besaß, umso mächtiger war er auch. Diese Spirale aus Kosten und Macht stieg exponentiell zu den Rängen, in denen diese Wesen unterteilt wurden. Um einen Dämon des neunten Ranges zu bezahlen, hätte die Hexe ihm mindestens eine Hundertschaft an Seelen darbieten müssen.

»Nie und nimmer hat die ihn auf herkömmliche Weise beschworen«, fasste Mira ihre Gedankengänge zusammen. »Vielleicht war es ein gewöhnlicher Seelenraubzug Ahrmentuk'fars?«

»Sie meinen ein ungeplantes Eindringen eines Dämons in diese Welt, um die Seelen von jenen zu verschlingen, die er tötet?«, fragte Grayson. »Das würde ihn in jedem Augenblick seines Hierseins noch mehr Seelenenergie kosten als ohnehin schon. Für einen Dämon seines Ranges wäre ein solches Verhalten ein unglaubliches Minusgeschäft.«

Thaum schüttelte nachdenklich den Kopf. »Er schien nach dem Schließen der Falte schnell an Kraft zu verlieren, so als wäre er nicht gewillt, Seelen für sein Hierbleiben zu opfern.«

Mira beruhigte sich mit einer Lunge voll elfischem Kräuterdampf. »Aber wenn jeder dahergelaufene Idiot plötzlich hochrangige Dämonen rufen kann und wenn auch nur für einige Minuten, dann steht uns bald eine Neuauflage der Magierkriege bevor.«

Grayson nickte. »Ich persönlich habe keine Lust auf ein zweites Atlantis. Ich mag unsere Kontinente genau da, wo sie gerade sind.«

»Und mit jeder dieser Beschwörungen wächst das Risiko, das ein ungebundener Dämon mit in diese Welt gelangt und aus Selbstüberschätzung einen Raubzug startet«, sagte Shaja. »Wenn da nur einer des neunten Kreises drunter ist …«

»… dann annektiert der im Falle eines Erfolgs in nur einer Nacht einen kompletten Stadtstaat und macht ihn zu seiner Domäne«, beendete Thaum schaudernd den Satz des Halbsukkubus.

Jetzt war Mira klar, warum Grayson Steel derart schweres Geschütz auffuhr, um sie und Thaum zu einer Zusammenarbeit zu überreden. Die Elfe musste zugeben, dass sie mehr als ein wenig beunruhigt von der Aussicht war, einen Dämonenkrieg mitzuerleben. Das *Anderswo* hatte panische Angst vor einem Einfall der gierigen Kreaturen, denn es selbst existierte in einer Taschendimension, die aufgrund ihrer Größe nur zu leicht überrannt werden könnte. Wenn genug Dämonen ins *Anderswo* einmarschierten, könnten sie die fragile Struktur der Dimension korrumpieren oder gar zerbrechen. Miras Gesicht verfinsterte sich. Sie konnte ihre Familie vielleicht nicht leiden, aber das galt sicher nicht für ihr ganzes Volk.

»Was sollen wir denn überhaupt für Sie tun?«, fragte Mira. »Oder besser gesagt, was *können* wir tun?«

Grayson tippte auf sein Smartphone und das Bild wechselte weg vom Feuerdämon hin zu einem Mira wohlbekannten Anblick: dem Druckbehälter, den sie in Prag hatten stehlen sollen.

»Vor drei Monaten wurde eine Gruppe Plünderer von Admiralin Evadóttirs Flotte fliegender Holländer dingfest gemacht. Die Grenzgänger hatten illegal in den Trümmern von Atlantis nach Artefakten getaucht und dabei winzige Bruchstücke eines seltsamen Metalls im Inneren einer temporalen Vase entdeckt.«

»So eine haben wir doch auch auf der Auktion in Rom gesehen«, warf Mira ein. Was im Inneren eines solchen Behältnisses verwahrt wurde, überstand jede erdenkliche Zeitspanne vollkommen unbeschadet. Das hieß, dass, ausgehend vom Untergang Atlantis, diese Legierung wahrscheinlich zwei oder drei Jahrtausende auf dem Buckel hatte.

»Also wurde das Metall in jenem Druckbehälter aufbewahrt? Nur, was machte dieser in einem mundanen Forschungslabor?«, fragte Thaum verwirrt.

Graysons Gesicht drückte Verunsicherung aus, eine Miene, die Mira mehr beunruhigte, als sie erwartet hatte. Der hagere Mann zuckte die Achseln und deutete auf das Bild des Probenbehälters. »In den ersten Wochen nach dem Fund wurde das Material im Auftrag des Rates mittels arkaner Methoden und Dutzender Experten auf jede nur erdenkliche Weise getestet. Etwas, das von den Atlantiden derart gut versiegelt wurde, musste unserer Meinung nach hochmagisch und kostbar sein.« Er wechselte wieder das Bild und eine Liste magischer Experimente tauchte auf dem großen Bildschirm auf, die von Visionssuche durch ein Orakel bis hin zum Einbinden in einen Hexencoven reichte. Selbst Rituale und verbotene Formen wie Blutmagie waren versucht worden – allesamt mit negativem Ergebnis.

»Als wir mit unserem Latein am Ende waren, wurde die Probe in ein Labor der *Nebula Corporation* verfrachtet, um dort mittels mundaner Technologie durchleuchtet zu werden«, sagte Shaja. »Der Rat hoffte, dass die Antwort vielleicht in den physikalischen Eigenschaften des Metalls zu finden war.«

»Und?«, fragte Thaum neugierig und Miras Mundwinkel zuckten. Der Alchemist und Tüftler in ihrem Freund war stets Feuer und Flamme für alles, was mit der Beschaffenheit seltener Stoffe zu tun hatte.

»Die ersten Tests ergaben, dass das Material mit dem heutigen Titan vergleichbar ist«, sagte Grayson. »Aber bevor eine Tiefenanalyse vorgenommen werden konnte, kam es zu dem von Ihnen beobachteten Zwischenfall.«

Mira kniff die Augen zusammen. »Also hat jemand darauf gewartet, dass die Probe die magischen Sicherheitsmaßnahmen des Rates verließ, um dann im von nichts ahnenden Wachleuten geschützten Labor zuzuschlagen.«

»Das denken wir auch«, sagte Shaja mit einem knappen Nicken. »Wer auch immer die Probe haben wollte, hat offensichtlich gleich mehrere Schieber mit dem Diebstahl beauftragt. Hätten sich die Raubzüge von Ihnen und dieser unbekannten Hexe nicht überschnitten, dann wäre der Raub vermutlich nicht derart spektakulär aus dem Ruder gelaufen.«

»Das bedeutet, dass Zeit eine Rolle spielt«, sagte Mira. »Wenn ein Kunde mehrgleisig fährt, dann weil etwas zuverlässig und vor allem schnell erledigt werden soll.«

»Es sei denn, die Wege der Grenzgänger kreuzen sich«, warf Thaum mit einem bedeutungsvollen Blick ein. »Deswegen wird dieses Vorgehen ungern gesehen und selten praktiziert.«

Grayson wechselte erneut das Bild und schon prangte eine Aufnahme vom Innenraum eines Museums an der Wand. »Wir wissen von einer mehrgleisigen Auftragserteilung bezüglich des Diebstahls eines Exponats im magisch-historischen Museum von London.« Wieder ein Tippen, wieder ein neues Foto. »Sie sehen hier eine Schriftrolle, die angeblich aus der Zeit der Indus-Kultur stammt, also der frühgeschichtlichen Region des heutigen Indiens. Sie beschreibt im Detail die Beschwörung eines achtarmigen Dämons, der Unglück über die Feinde seines Beschwörers zu bringen vermag.«

Mira konnte eine aufgerollte Schriftrolle in einem Glasbehältnis erkennen, das mit mehreren eingeritzten Zauberzeichen gesichert worden war. »Auch hier wurden nach dem Fund der Schriftrolle im späten neunzehnten Jahrhundert Forschungsanstrengungen unternommen. Es stellte sich heraus, dass die auf ihr beschriebene Beschwörung wirkungslos ist, die zu ihrer

Herstellung verwendeten Materialien vollkommen gewöhnlich sind und auch kein Zauber auf ihr liegt. Beinahe wäre sie Mitte des letzten Jahrhunderts sogar an ein gewöhnliches Museum überstellt worden, aber man entschied sich aufgrund des darin beschriebenen Inhalts dagegen.«

»Also gibt es einen weiteren vollkommen unmagischen Gegenstand, den jemand in die Finger bekommen möchte«, sagte Mira. »Und Sie glauben, dieser Jemand steckt auch hinter dem Diebstahl der Metallprobe.«

»Und hinter den Berichten über ungewöhnliche Beschwörungen von Dämonen«, ergänzte Shaja.

Grayson tippte auf sein Smartphone und Mira erblickte eine Aufnahme, die jedes einzelne Wesen der *Nebula Convicto* in den letzten zwei Jahren mindestens ein Dutzend Mal gesehen haben musste. »Die Archive des Leonardo da Vinci«, sagte Grayson überflüssigerweise. »Fluch und Segen unserer heutigen Zeit. Neun von zehn Bedrohungen, mit denen sich der *Obsidian* herumschlagen muss, haben ihren Ursprung in den wiederentdecken Texten dieses Visionärs. Gut zwanzig Prozent seiner Aufzeichnungen gingen durch Korruption und Diebstahl verloren, bevor der Rat das Archiv schlussendlich verlegen und sichern konnte. Die erste Aufgabe des *Obsidian* bestand darin, so viele der verlorenen Texte wie möglich zu bergen.« Er faltete die Hände und sah Mira und Thaum abwechselnd an. »Knapp zweihundert Seiten der Aufzeichnungen da Vincis sind immer noch da draußen. Unter Umständen bezieht die Person, die diese Dämonen zu kontrollieren vermag, ihre Kenntnisse aus da Vincis Papieren.«

»Dann ergibt der Diebstahl dieser scheinbar harmlosen Gegenstände sicher mehr Sinn, wenn man weiß, was genau in den fehlenden Forschungsaufzeichnungen steht«, sagte Thaum und kratzte sich am Ohr. »Das klingt, als würden wir einer Brotkrumenspur folgen müssen, deren genauer Sinn nur unser Gegenspieler versteht.«

»Was unsere Ermittlungen zusätzlich erschwert«, bestätigte Shaja. »Deswegen sollen Sie ins magisch-historische Museum einbrechen und die Schriftrolle stehlen. Dann veräußern sie ihre Beute an einen der Schieber, die für deren Beschaffung angeheuert wurden.«

»Wichtig ist, dass Sie einer Übergabe nur zustimmen, wenn Sie den Käufer kennenlernen dürfen«, sagte Grayson. »Wir müssen unbedingt an die Personen hinter den Hehlern herankommen.«

»Sie wissen aber schon, wie so ein Schieber arbeitet, oder?«, fragte Mira spöttisch. »Der Sinn eines Mittelsmanns ist, dass man sich selbst *nicht* zu erkennen gibt.«

»Wir hoffen, dass die Schriftrolle wichtig genug ist, um eine Ausnahme erzwingen zu können«, erwiderte Shaja grimmig.

»Da stecken ziemlich viel ›hoffen‹ und ›glauben‹ in Ihrem Plan«, warf Thaum ein.

»Wenn Sie wüssten, wie oft der *Obsidian* auf schieres Glück angewiesen ist, würden Sie nie wieder ruhig schlafen«, sagte Grayson mit einem müden Seufzer. Dann erhob er sich und bedeutete Mira und Thaum, ihm zu folgen. »Das Briefing ist hiermit beendet. Es fehlt nur noch eine Sache, dann können Sie Ihre Arbeit beginnen.«

Mira konnte sich schon denken, was das war. Sie warf Thaum einen bedeutsamen Blick zu und machte sich auf die schwerwiegendste Diskussion ihres Lebens gefasst.

»Auf gar keinen Fall«, sagte Mira und verschränkte die Arme vor der Brust. »Ich fasse das Ding nicht an.« Neben ihr schwebte die große schwarze Kugel aus glattem Vulkangestein, die dem *Obsidian* ihren Namen geliehen hatte.

Grayson spiegelte ihre Haltung mit einem Blick in den Augen, den man nur als mörderisch bezeichnen konnte. »Der Eid ist obligatorisch«, sagte er, als wäre es ein unumstößliches Mantra, auf dessen Rücken all seine Arbeit als Geheimdienstler fußte. »Ohne ihn kann ich Sie nicht ruhigen Gewissens in den Einsatz schicken. Wer garantiert mir, dass Sie nicht mit dem hier erlangten Wissen hausieren gehen, um es höchstmöglich zu veräußern? Oder dass Sie nicht die Seiten wechseln, sobald es Ihnen opportun erscheint.«

»Hat Ihnen schon einmal jemand gesagt, dass Sie ein Vertrauensproblem haben?«, fragte Mira kühl.

»Vertrauen ist der erste Luxus, den man in unserem Metier streicht«, sagte Shaja, die sich vor dem Ausgang von Graysons Büro positioniert hatte. Die Hände des Halbdämons lagen auf den klobigen Waffen, die in ihren Schenkelholstern ruhten. *Noch.*

»Wollen Sie uns etwa erschießen, sollten wir den Eid nicht ablegen?«, fragte Thaum ungläubig.

»Wenn ich muss«, sagte Grayson grollend. »Zumindest aber würde ich Sie wegsperren, bis die Operation rund um die Dämonenbeschwörer abgeschlossen ist.«

Mira erkannte, dass sie den Punkt ohne Wiederkehr bereits im Besprechungsraum hinter sich gelassen hatten. Jede Information, die ihnen mitgeteilt worden war, hatte sie unbemerkt enger und enger an den Obsidian gebunden.

»Legen Sie Ihre Hände auf den *Orb Obsidian* und sprechen Sie mir nach«, sagte Grayson. »Ich schwöre, weder den Verhangenen Rat noch seine Bürger unnötig in Gefahr zu bringen. Ich werde keine sensiblen Informationen an Feinde der *Nebula Convicto* weitergeben und verpflichte mich vorbehaltlos dem Schutz seiner Gesetze im Rahmen meiner Möglichkeiten.«

Mira blinzelte einmal. Dann noch einmal. Dann lachte sie los. »Mit diesem Schwur lassen Sie Ihre armen Teufel auf die Unterwelt der magischen Gemeinschaft los? Warum fesseln Sie ihnen nicht direkt die Hände auf den Rücken, verbinden Ihnen die Augen und hängen Ihnen ein Schild um, auf dem steht: Erschießt mich, ich bin ein gottverdammter Spion!«

»Mira«, sagte Thaum beruhigend, aber die Elfe winkte ab. Dann legte sie ihre Hand auf das Gestein, das sich seltsam warm unter ihren Fingern anfühlte.

»Ich schwöre, diejenigen zu jagen und zur Strecke zu bringen, die für den Tod meines Freundes Hank verantwortlich sind«, sagte sie, während sie Grayson fest in die Augen sah. Der Obsidian summte bei ihren Worten auf und Mira spürte ein Ziehen in ihrer Brust, so als hätte sich ein ätherischer Haken tief in ihre Seele gebohrt. »Ich schwöre, der *Nebula Convicto* und ihren Institutionen niemals langfristig zu schaden.« Wieder ein Summen, wieder ein Haken. »Ich schwöre, die Gesetze der *Nebula Convicto* nicht willkürlich zu brechen und unschuldiges Leben, wo irgend möglich, zu verschonen.« Noch ein Summen und wieder ein Ruck in Miras Seele. Sie spürte, dass die Bindung des *Orb Obsidians* mit jedem Schwur stärker wurde, und nahm daher die Hand fort. »Mehr bekommen Sie nicht von mir«, sagte sie fest. »Also erschießen Sie mich, buchten mich ein oder gehen mir verdammt noch mal aus dem Weg.«

Graysons Blick bohrte sich in den ihren, und Mira hatte das Gefühl, als würde der Lacunus ernsthaft eine umgehende Exekution erwägen. Der Mann war härter geworden, seit er seine neue Stellung angetreten hatte, und Mira musste sich eingestehen, dass sie nicht herauslesen konnte, was in ihm vorging. Aber sie war ihm so weit entgegengekommen, wie es ihr möglich gewesen war, ohne sich selbst und ihren Wunsch nach Freiheit zu verraten. Jeden ihrer Schwüre hatte sie aus tiefster Überzeugung abgelegt. Wenn Grayson Steel dies nicht reichte, dann konnte er ihrer Meinung nach zum Teufel gehen.

Mira hörte hinter sich das Klicken eines gespannten Hahns und für eine Sekunde wallte Panik in ihr auf, aber dann schüttelte der hagere Mann vor ihr den Kopf und nickte knapp. »Das muss reichen«, sagte er, und die Elfe war sich sicher, dass seine Worte ebenso sehr ihm selbst wie auch der Halbdämonin galten, die beinahe Miras Henkerin geworden wäre.

»Ich bin dran«, sagte Thaum in die anschließende Stille hinein und wiederholte Miras Worte Silbe für Silbe, eine Hand auf der schwarzen Kugel. Danach grinste er Grayson und Shaja an. »Jetzt, wo wir Agenten sind, wo finden wir unsere coolen Spielsachen?«

»Gehen Sie ins *Savoy*, da finden Sie alles was Sie brauchen«, äffte Mira den Tonfall Graysons nach, während sie auf die Ausrüstung auf dem schmalen Bett vor sich hinabstarrte. »Und ich falle wirklich auf diesen James Bond-Scheiß rein.«

Thaum hob die beiden zerschlissenen Hausmeisteruniformen an und starrte desillusioniert aufs Bett herab. Dann seufzte er. »Ich hatte gehofft, das sei ein schlechter Scherz und unser echtes Equipment wäre darunter versteckt.«

Mira schnaubte angewidert. »Zwei einfallslose Verkleidungen, dazu passende ID-Karten und fünfhundert Euro! Man könnte denken, wir wären nicht vom einflussreichsten Geheimdienst der Welt angeworben worden, sondern von einer alten Oma, die ihr Sparschwein für zwei abgehalfterte Grenzgänger geopfert hat, damit diese ihr den gestohlenen Rollator wiederbeschaffen.«

Thaum schnüffelte an seiner Uniform. »Definitiv gebraucht«, sagte er und zog eine Grimasse. »Der Overall war letzte Nacht noch im Einsatz.«

Mira schluckte einen bissigen Kommentar hinunter. »Kannst du uns so aussehen lassen wie die beiden auf den Ausweisen?«, fragte sie stattdessen und deutete auf die gelben Plastikkarten, die das Personal des magisch-historischen Museums offensichtlich zur Identifikation benutzte.

»Wenn das Sicherheitssystem vor Ort nicht dem zu erwartenden Standard entspricht, dann ja«, sagte Thaum zweifelnd. Dann deutete er auf das Geld auf dem Bett. »Oder ich kaufe ein paar Zutaten und stelle uns Wandlerpulver her. Damit wäre unsere Tarnung wasserdicht, würde aber nur eine Stunde halten.«

Mira biss die Zähne zusammen. »Mach das. Es ist ja nicht so, als hätten wir eine große Wahl, schließlich bekommen wir vom Obsidian anscheinend nur so viel, wie wir gerade brauchen«, sagte sie schließlich düster. »Vielen Dank auch, Mr Steel.«

»Vielleicht ist das hier eine Art Retourkutsche«, mutmaßte Thaum, während er das Geld an sich nahm. »Wir leisten einen minimalen Schwur, er gibt uns minimale Unterstützung.«

Mira schüttelte den Kopf. »Er braucht uns lebend«, sagte sie. »Ich vermute etwas anderes.« Thaum sah sie fragend an und sie deutete auf das Bett. »Schau dir die Gegenstände an. Was fällt dir auf?«

»Alles stinknormaler Kram«, erwiderte Thaum lustlos. »Nichts, was ich nicht innerhalb eines Nachmittags auf jedem beliebigen Schwarzmarkt der Welt hätte besorgen können …« Sein Kopf ruckte hoch und Mira sah die Erkenntnis in seinen Augen dämmern.

»Genau«, sagte sie. »Unser feiner Mr Steel sichert sich ab. Wenn wir im Museum geschnappt werden, führte keine Spur zu ihm oder dem *Obsidian* zurück. Und weil unser Geständnis, dass der *Obsidian* uns mit dem Einbruch beauftragt hat, der *Nebula Convicto* langfristig schaden würde, könnten wir aufgrund unseres abgelegten Eids noch nicht mal gestehen, um unsere Strafe abzumildern. Zumal wir offiziell die ganze Zeit in Prag waren, um Megock in die Luft zu jagen.«

»Dann ist dieser Raub nur ein Test?«, fragte Thaum.

Mira holte ihre EZigarette hervor und begann, deren Dampf einzuatmen, um in Ruhe nachzudenken. »Ich glaube nicht an einen Test«, sagte sie. »Hier geht es um etwas anderes. Ich weiß nur nicht, um was.«

»Geheimdienste«, sagte der Nachtstreifer achselzuckend. »Alles ist ein Spiel in einem Spiel.« Er bewegte sich in Richtung der Zimmertür des winzigen Raums. Der *Obsidian* hatte für sie das schäbigste Zimmer in dem Nobelhotel reserviert. Selbst ein Bügelbrett hätte in der kleinen Kammer ohne Fenster Platzangst bekommen. Mira war sich nicht einmal sicher, ob diese Art Raum überhaupt offiziell angeboten wurde oder nur unter der Hand vermietet wurde. Thaum war schon an der Tür, als Mira ihn mit einer kurzen, aber eindringlichen Geste ihrer Hand aufhielt.

»Wie fühlst du dich?«, fragte sie den Nachtstreifer mit einem drängenden Unterton. »Jetzt, wo du zu einem großen, sehr elitären Rudel gehörst?«

Thaum versteifte sich und drehte sich nicht um. »So funktioniert das bei uns nicht, Mira«, sagte er tadelnd. »Nachtstreifer wechseln ihr Rudel nicht, solange das alte sich nicht auflöst. Bis du uns aufgibst, werde ich immer zu dir stehen. Zu dir allein.« Dann öffnete er die Tür und war verschwunden, noch bevor die Elfe etwas erwidern konnte.

Ganz toll gemacht, Mira, dachte sie wütend. *All die Jahrzehnte der Ausbildung in angewandter Diplomatie haben sich wirklich gelohnt.*

Sie stemmte sich gegen die Selbstvorwürfe und setzte sich auf das Bett, die streng riechenden Uniformen beiseite fegend. Thaum war eine derart treue Seele, dass sie es als Ungerechtigkeit des Schicksals empfand, dass er mit Mira als Freundin geschlagen war. Der gutmütige Hank und die sarkastische, aber aufgeweckte Philis waren immer für ihn da gewesen, wenn Mira sich in ihr Schneckenhaus verkrochen hatte, um nachzudenken oder der grausamen Welt gedanklich den Mittelfinger zu zeigen. Jetzt mussten sie zu zweit funktionieren, und Mira war sich nicht sicher, ob sie und Thaum eine neue Balance finden würden.

Sie lenkte sich von ihren Zweifeln ab, indem sie darüber nachdachte, was sie über das magisch-historische Museum

Londons wusste. »Es ist die Spiegelversion des naturhistorischen Museums«, sagte sie laut. Die Selbstgespräche waren ebenso wie ihre inneren Diskurse eine Angewohnheit aus dem Jahrzehnt des Schweigens, jener Zeitspanne der inneren Einkehr, in der niemand mit Mira hatte reden dürfen, damit die angehende Herrscherin eins mit sich selbst wurde. Die Erziehungsmethode hatte, wie so viele andere auch, bei ihr völlig versagt. An weite Teile dieser zehn Jahre der Isolation erinnerte sie sich nicht einmal mehr und war darüber ausgesprochen froh. »Das magisch-historische Museum beherbergt über zwanzigtausend Exponate aus allen magischen Kulturen dieser Welt, einschließlich der weltgrößten Abteilung für atlantidische Fundstücke.« Sie stockte. »Warum gibt es keinen Auftrag von unserem mysteriösen Strippenzieher, von dort einen Gegenstand zu stehlen? Die Legierung in dem Probenbehälter war doch atlantidisch. Stattdessen sollen wir eine Schriftrolle aus der prä-indischen Kulturregion klauen? Das passt nicht zusammen.«

Sie schnaubte. Genau deswegen hatte der *Obsidian* sie angeworben. Thaum und Mira sollten die verborgenen Fäden sichtbar machen, die die beschworenen Dämonen, die geheimnisvolle Legierung und diese scheinbar unmagische Schriftrolle miteinander verknüpften.

»Das Museum verfügt über ein eigenes Forschungsteam, das auf der ganzen Welt Ausgrabungen unterhält«, redete Mira weiter, um mehr und mehr Erinnerungen aus ihrer Ausbildung aus ihrem Unterbewusstsein hervorzukramen. Da gab es doch noch eine Verbindung zum Verhangenen Rat, von der sie hörte … »Ach ja«, sagte sie in die Stille des Zimmers hinein, als es ihr wieder einfiel. »Vor zehn Jahren hat der Verhangene Rat einen kleinen Flügel des Museums für experimentelle Versuche freigegeben, bei der neue Erkenntnisse der Magietheorie mit altertümlichen Zaubern kombiniert werden sollten.« Sie lachte vor sich hin. »Es gab in der ersten Woche drei Feuer und eine Explosion. Danach wurde das Projekt auf Eis gelegt, bis …«

Sie runzelte die Stirn, als ein Gerücht aus neuerer Zeit seinen Platz in ihren Gedankengängen fand.

»Bis ein neuerlicher Forschungszyklus mithilfe einiger da Vinci-Papiere unternommen wurde, der bereits gute sechs Monaten anhält.« Sie fluchte wie ein Rohrspatz. »Das bedeutet, dass mindestens ein Teil des Museums hochgradig bewacht sein wird.«

Sie trommelte mit den Fingern einer Hand auf ihrem Bein herum, während sie mit der anderen an ihrer EZigarette sog.

»Wollen wir hoffen, dass Grayson Steel weiß, was er tut«, sagte sie mürrisch und zupfte an einer der müffelnden Uniformen. »Oder das wird die kürzeste Anstellung zweier Agenten in der Geschichte aller Geheimdienste werden.«

Feuertaufe

»Wer diese Uniformen entworfen hat, gehört standrechtlich erschossen«, murrte Mira und versuchte, sich am Rücken zu kratzen. »Die bestehen doch mindestens zu zweihundert Prozent aus Polyester oder anderem Dreck. Als ob die Würde eines hart arbeitenden Angestellten aus dem Niedriglohnsektor nicht mal fünf Euro Aufpreis für anständige Kleidung wert wäre ...«

»Jetzt entdeckst du dein Herz für den kleinen Mann?«, fragte Thaum amüsiert. »Von denen gibt es nicht viele in den erlesenen Kunstgalerien und Weinboutiquen, in denen du deine Freizeit verbringst.«

»Schnauze«, maulte Mira ihn an.

»Dein Vokabular wird blumig«, sagte der Nachtstreifer unbeeindruckt. »Bist du schon jetzt so nervös?«

»Fluchen hilft mir halt beim Denken«, sagte Mira geistesabwesend, während sie auf den Torbogen starrte, der zu den Parkplätzen für die Angestellten des naturwissenschaftlichen Museums führte. Nachdem Thaum mit den passenden Zutaten wieder im Hotel erschienen war, hatten sie in ihren Betten den dringend benötigten Schlaf nachgeholt. Ausgeruht und frisch hatte der Nachtstreifer im Laufe des folgenden Tages das Wandlerpulver zusammengemischt. Mira war indes zum Warten verdammt worden, was ihre Laune nicht eben gehoben hatte.

Während sie aus den Schatten der gegenüberliegenden Häuser das Museum im Blick behielt, ging die Sonne unter und die letzten Touristen verließen an diesem typisch nassen Londoner Abend die Hallen des imposanten Baus, der Mira von außen mehr an einen Palast denn an ein Museum erinnerte.

»Gehen wir zum Personaleingang«, sagte sie und deutete auf das schwarze, schmiedeeiserne Gitter, das in den Torbogen eingelassen war und noch offen stand.

»Wir halten uns besser von anderen Angestellten fern, bis ich das Wandlerpulver benutzt habe«, schlug Thaum vor. »Die jetzigen Tarnstreifen unter unseren Zungen sind billigste Massenware. Der Rat erwägt, sie verbieten zu lassen, weil sich beim letzten Pokalspiel im Wembley Stadion über hundert gleichaussehende Pärchen in der Zuschauermenge befanden.« Dabei deutete er auf sein und ihr Gesicht.

Mira nickte, zog sich die Schirmmütze tiefer ins Gesicht und neigte den Kopf zwischen den angespannten Schultern. »Wenn wir nur für eine Stunde auf die sichere Tarnung zurückgreifen können, müssen wir diese so spät wie möglich nutzen«, raunte sie. »Das bedeutet: kurz vor dem Eingang, gerade außerhalb der ersten Spürzauber.«

Thaum fischte die flache Dose mit dem Pulver aus seiner Hosentasche hervor und beobachtete ebenfalls den Torbogen. »Unsere Ausweise sollten den Übergang zur Spiegelversion des Museums aktivieren, sobald wir den Torbogen durchschreiten«, sagte er nervös. »Am besten nutzen wir das Pulver auf der Schwelle zwischen den beiden Realitäten. Dann kann uns aus der Entfernung weder auf der mundanen Ebene noch aus der Domäne heraus jemand sehen.«

»Es sei denn, er oder sie schreitet gerade selbst durch den Übergang«, warf Mira ein.

»Ganz ohne Risiko geht es nicht«, kam die ernüchternde Antwort Thaums. »Jedenfalls nicht, ohne kostbare Minuten zu verschwenden, indem wir uns in der weiteren Umgebung des Museums ein ruhiges Plätzchen für die Verwandlung suchen.«

»Dann los«, sagte Mira und schritt forsch in Richtung Torbogen. Sie schaute nicht auf und suchte zu keinem der Passanten

Blickkontakt, sondern versuchte, in der sie umgebenden Masse unterzutauchen. Thaum verhielt sich ähnlich und beschleunigte auf den letzten Metern seinen Schritt, bis seine Gestalt in den Schatten des Torbogens zu verschwimmen begann.

Also funktionieren die Ausweise schon mal, dachte Mira und betrat ebenfalls das kühle Zwielicht. Ihre Sicht trübte sich für einen Moment und sie verharrte umgehend. Als sie wieder klar sehen konnte, stand Thaum neben ihr und vor ihnen breitete sich ein altertümlich anmutender Hinterhof aus, während hinter den Grenzgängern das moderne London mit seinen hupenden Autos und telefonierenden Menschen zu hören war.

Gefangen zwischen zwei Welten, dachte sie zynisch. *Die Geschichte meines Lebens.*

Thaum hatte indessen den Deckel von der Dose entfernt, die das Wandlerpulver enthielt. Er drehte sich hastig zu Mira und blies in das Behältnis hinein, dann kippte er sich selbst das restliche durchsichtig schillernde Zeug ins Gesicht.

Miras Gesicht fing wie wild an zu jucken, aber sie widerstand dem Drang, sich zu kratzen, und blickte stattdessen auf das Bild der blonden Frau auf ihrem Ausweis, deren Aussehen sie annehmen wollte. Thaum hielt sich seinen Ausweis sogar dicht vor die wolfartige Nase, um auf Nummer sicher zu gehen. Wandlerpulver war ein diffiziles Werkzeug, denn man nahm die Identität jener Person an, die man nach dem Auftragen als Erstes ansah. Daher hatte es in vielen Liebeskomödien der *Nebula Convicto* ebenso einen festen Stammplatz wie in weniger lustigen Anekdoten über fehlgeschlagene Jobs toter oder gefasster Grenzgänger. Miras Kopf schien vor Hitze regelrecht zu glühen und dann war das Gefühl vorbei.

»Wie sehe ich aus …?«, begann sie, als sie eine Gestalt mit libellenartigen Flügeln auf sich zuschweben sah und für einen Moment glaubte, es wäre Philis, die wieder zu ihnen stieß. Doch diese Pixie kam gerade von ihrer Arbeit im Museum und trug neben einem weißen Forschungskittel eine dicke Hornbrille und einen strengen Gesichtsausdruck zur Schau.

»Kein Herumlungern auf der Schwelle«, sagte sie brüsk, als sie Mira und Thaum erreichte. »Wie oft soll ich Ihnen noch sagen, dass der Aufenthalt hier nicht als Arbeitszeit gewertet wird. Also machen Sie sich gefälligst an die Arbeit. Dr. Plimsmith hat heute einen kleinen Schmorbrand verursacht und sein Büro stinkt wie zwei Dutzend Oger nach einem Moorbad.« Sie wedelte mit ihrer winzigen Hand und durchflog dabei den Torbogen. »Morgen Nacht ist das Museum für jene Besucher geöffnet, die das Sonnenlicht scheuen, also muss das Büro bei Tagesanbruch wieder nutzbar sein!« Dann verschwand die Gestalt hinter einem Tarnzauber und ließ die beiden Grenzgänger zurück.

»Die gute Nachricht ist, dass unsere Tarnung einwandfrei funktioniert«, raunte Thaum nach einigen Sekunden mit einer Stimme, die nicht die seine war. »Die schlechte ist, dass die zwei, deren Gesichter wir gerade tragen, einen echt miesen Job haben.«

»Wir können es uns ohnehin nicht leisten, so zu tun, als würden wir arbeiten«, sagte Mira. »Eine Stunde ist zu wenig Zeit, um es langsam angehen zu lassen. Das Büro muss auf die echten Museumsangestellten warten.«

Thaum nickte. »Und wir sollten uns nicht mit anderen in ein Gespräch unter Kollegen verwickeln lassen«, gab Thaum zu bedenken und spielte damit auf eine weitere große Schwäche des Wandlerpulvers an. Bloß weil man wie jemand Bestimmtes aussah, kannte man noch lange nicht dessen Leben. Normalerweise hätte Mira ihre Zielperson wochenlang observiert, bevor sie auch nur daran gedacht hätte, deren Identität anzunehmen. Aber dieser Job war derart improvisiert, dass sie sich wieder wie ein junger Hüpfer fühlte, der gerade aus dem *Anderswo* entkommen war und glaubte, Vorbereitungen wären etwas für die Langweiligen und Furchtsamen …

Schnell schritt sie aus dem Torbogen und über den Hinterhof, der im mundanen London ein Parkplatz samt Müllcontainern war. In der Spiegelversion befand sich hier ein kleiner Garten, in dem in ordentlichen Reihen verschiedenste Pflanzen gezüchtet wurden, die ohne Magie nicht gedeihen konnten. Thaums verzückte Ausrufe ließen Mira annehmen, dass viele von ihnen in der Alchemie Verwendung fanden.

»Denk dran, dass du ein Hausmeister bist, der diese Beete schon Hunderte Male gesehen hat«, raunte sie ihm zu. »Und ich weiß nicht, ob der Typ, dessen Gesicht du dir geliehen hast, auch eine solche Leidenschaft zum Zusammenpanschen exotischer Reagenzien hegt wie du.«

»Zusammenpanschen?«, fragte Thaum entrüstet und starrte Mira böse an.

Sie seufzte. »Gehen wir rein«, sagte sie nur. Dann steuerte sie auf eine offenstehende Doppeltür aus sorgsam verziertem Eichenholz und dicken Butzenglasscheiben im oberen Drittel zu. Ihr entgingen nicht die eingearbeiteten Schnörkel im Türrahmen, die kurz aufglommen, als sie ins Innere des Gebäudes trat. Mira hielt den Atem an und bereitete sich sicherheitshalber darauf vor, im nächsten Moment umzudrehen und Fersengeld zu geben, aber der Suchzauber erkannte sie nicht als Eindringling.

So weit, so gut, dachte sie bei sich.

Thaum trat ebenfalls durch den Eingang und auch bei ihm wurde der Alarm nicht ausgelöst.

»Suchen wir diese Rolle …«, begann Mira, als Thaum hektisch den Kopf schüttelte und dann ein ausdrucksloses Gesicht aufsetzte.

»Guten Abend«, ertönte eine Stimme hinter ihr wie ein sanfter Luftzug. »Es ist neunzehn Uhr elf und Samra Mackbrist sowie Paul Smark erscheinen zu ihrer Schicht.«

Mira drehte sich alarmiert um die eigene Achse. Vor ihnen schwebte das schemenhaft sichtbare Antlitz eines Luftelementars. Dieses spezielle Exemplar manifestierte seine Züge in Form eines altmodischen Dieners mit viktorianischer Perücke und einem herabschauenden Blick über eine leicht emporgereckte, scharfkantige Nase. Offensichtlich war dieser Elementar ein großer Freund kitschiger Epochenfilme oder liebte seinen Job einfach viel zu sehr. Mira zwang sich zu einem Lächeln und einem »Guten Abend«.

»Ihre Anwesenheit wird dringend in Dr. Plimsmith' Büro erbeten«, sagte der Luftelementar höflich, aber bestimmt. »Die Reinigungsarbeiten haben Vorrang vor Ihren üblichen Tätigkeiten.«

»Wir kümmern uns gleich darum«, sagte Thaum und wollte sich schon von dem Luftelementar entfernen, als dieser vehement den Kopf schüttelte.

»Ich muss darauf bestehen, dass Sie die Arbeit der Tagschicht umgehend fortführen«, sagte die Erscheinung. »Es ist von größter Dringlichkeit, dass das Büro bis morgen früh wieder instandgesetzt ist.«

Mira ballte die Fäuste hinter dem Rücken, um nicht zu fluchen. Was für ein verdammtes Pech! Ein wichtigtuerischer Luftelementar und ein verwüsteter Raum, der offensichtlich zu relevant war, um ignoriert zu werden. »Wir kümmern uns drum«, sagte sie in neutralem Ton, und umgehend setzte sich der Wolkenfetzen, in dem das altertümliche Gesicht prangte, in Bewegung.

Sie folgten ihm durch den langen, holzvertäfelten Korridor voller Butzenglastüren, von dem immer wieder Quergänge abgingen, die in große, luftige Exponatshallen führten, während der dienstbeflissene Elementar sie tiefer und tiefer in die kleinen Räume und stickigen Kammern der Verwaltung hineinführte.

»Wir können uns diesen Umweg nicht leisten«, flüsterte Thaum ihr eindringlich zu, als der Elementar gerade einen weiteren genervt aussehenden Angestellten zurechtwies, der die unnatürliche Blässe und den verwirrten Blick eines Jungvampirs aufwies.

Mira fragte sich, wer den armen Kerl wohl erschaffen hatte, dass der Junge sich hier als Reinigungskraft herumtreiben musste, anstatt von seiner Sippe zu lernen, mit seiner neuen Existenz umzugehen, wie es üblich war.

Nicht mein Problem, erinnerte sie sich. *Nur eine weitere groteske Geschichte, die die* Nebula Convicto *jeden Abend zu Dutzenden erschafft.*

»Du weißt, wie Elementare sind«, antwortete sie auf Thaums Bedenken. »Die Beharrlichkeit eines Wachhundes gepaart mit nur wenig mehr Intelligenz. Wenn wir nicht mitspielen, wird das Ding Zeter und Mordio schreien.«

Thaum wollte antworten, als seine Augen vor Schock unnatürlich groß wurden und er Mira in ein leeres Büro stieß, dessen Tür offenstand.

»Was zum …«, begann sie, aber Thaum legte ihr eine Hand auf den Mund und deutete in den Gang hinaus, während er vorsichtig um den Türrahmen spähte.

Mira kniete sich hin und streckte den Kopf gerade weit genug in den Korridor, um in die Richtung zu sehen, in die ihr Freund deutete. Dann zog sie scharf die Luft ein und verharrte wie ein Kaninchen, das den Falken über sich erblickt hatte.

Keine zwanzig Meter von ihnen entfernt plauderte der Luftelementar in unterwürfigem Ton mit zwei Gestalten, die geradezu nach Ärger schrien. Eine von ihnen war ein massiger Yeti mit einer Sonnenbrille und einem Schulterhalfter, die andere eine Frau in einem roten Hosenanzug, den Mira widerwillig als modisch und für die schlanke Figur der Fremden extrem gut gewählt anerkannte. Mira sah Tätowierungen auf den Fingern und Handrücken der kurzhaarigen blonden Frau – und eine Erinnerung regte sich in ihr. Sie hatte mal einen Kurierauftrag in Paris erledigt, bei dem sie einen Koffer unbekannten Inhalts in einem Beichtstuhl Notre-Dames hatte abliefern sollen. Die einzige Warnung, die sie damals mit auf den Weg bekommen hatte, war die Beschreibung dieser Frau dort gewesen.

Mira schaute flüchtig auf die rechte Hand der Fremden, um ihren Verdacht zu bestätigen. Innerlich fluchend erkannte sie den Quaestorenring. Dort vorne stand die Pariser Quaestorin Makavia Drusnik, ihres Zeichens eine herausragende Hexe. Den Yeti erkannte Mira zwar nicht, aber bestimmt gehörte er zur Quadriga der ernst dreinblickenden Frau, die dem plappernden Luftelementar gerade herrisch das Wort abschnitt.

Das bedeutet, dass sich hier noch zwei weitere Mitglieder ihrer Quadriga herumtreiben müssen, dachte Mira und unterdrückte mäßig erfolgreich die in ihr aufsteigende Panik. Sie zog Thaum an seiner Schulter tiefer in das Büro und deutete dann den Gang hinunter. »Das da ist eine verdammte *Quaestorin*«, raunte sie erbost. »Was hat die hier verloren? Soweit ich weiß, sind wir in London und nicht in Paris. Hat sie ihren Zuständigkeitsbereich gewechselt?«

Das Gesicht seiner Tarnung wurde so blass wie der Jungvampir, den Mira eben gesehen hatte. »Verschwinden wir hier und kommen morgen wieder«, sagte er drängend. »Lassen wir es darauf ankommen, dass niemand anderes heute Nacht die Schriftrolle stehlen wird …«

Mira ballte frustriert die Fäuste. Sie hatte noch gar keinen Gedanken daran verschwendet, dass bei diesem Job mehr als ein Schieber versuchte, mittels Grenzgängern die Schriftrolle in die Finger zu bekommen. *Zeit ist daher bei der Beschaffung der Rolle ein wesentlicher Faktor*, erinnerte sie sich. Konnten sie es sich wirklich leisten, jetzt abzubrechen? Und konnten sie es sich andererseits leisten, die Anwesenheit einer Quaestorin zu ignorieren? Hin- und hergerissen zwischen Wagemut und Vorsicht leckte sich Mira nervös über die Lippen.

»Kannst du hören, was sie da besprechen?«, fragte sie den Nachtstreifer.

Der nickte. »Auch wenn ich gerade menschliche Ohren habe, funktionieren sie dafür noch gut genug.«

Mira verfiel in Schweigen und lauschte ebenfalls, konnte aber die selbstsicher klingende Stimme der Quaestorin nur als undeutliches Murmeln wahrnehmen. Dann aber redete der Yeti und seine Worte konnte man wahrscheinlich noch in Westminster Abbey hören.

»Unangekündigte Sicherheitsinspektionen machen nur dann Sinn, wenn man vorher *keinen* Termin in der betreffenden Einrichtung vereinbart«, röhrte die weißbepelzte Gestalt launig. »Wir wurden gebeten, in London auszuhelfen, um dem Verdacht lokaler Korruption entgegenzuwirken.«

Thaum drehte sich zu Mira um und öffnete den Mund, aber die Elfe winkte ab. Der Yeti hatte genug verraten, damit Mira sich einen Reim aus der Anwesenheit der beiden hoch spezialisierten Ermittler machen konnte. »Verfluchtes Pech«, murmelte sie.

»Oder es ist ein Test«, warf Thaum leise ein. »Wenn Grayson Steel von dieser Inspektion wusste …«

Er ließ den Satz ins Leere laufen, während Mira wispernd vor sich hin fluchte. Weder die Eltern des Yetis noch die der Quaestorin oder des Lacunus kamen dabei besonders gut weg.

»Bist du jetzt fertig?«, fragte Thaum, nachdem er gute zehn Sekunden geduldig gewartet hatte.

Mira nickte. »Alles in Ordnung«, sagte sie konzentriert. »Der Frust ist raus.«

»Und unser Plan?«, raunte der Nachtstreifer.

»Bleibt unverändert«, antwortete die Elfe. »Solange die beiden Störenfriede nicht unmittelbar vor der Schriftrolle Wache halten, sind sie nur zwei weitere Hindernisse, denen wir ausweichen müssen.« Sie lugte flüchtig um den Türrahmen herum in Richtung der beiden Gestalten und des devoten Luftelementars. »Wenn wir uns beeilen, könnten uns die ungeladenen Besucher sogar nützlich sein«, überlegte sie laut. »Schaffen wir es, uns ungesehen zu verdrücken, schütteln wir im selben Atemzug unseren windigen Aufpasser ab.«

Thaum starrte einige Augenblicke mit einem grübelnden Gesichtsausdruck zur Decke. »Luftelementare haben *in puncto* Aufmerksamkeit nicht die beste Disziplin. Das könnte klappen.«

Mira nickte und sah sich um. Sie befanden sich in einem kleinen, rechteckigen Raum mit Regalen an den Wänden und einem breiten Holztisch in dessen Mitte. Es gab hier weder weitere Türen noch Fenster. Jeder Quadratzentimeter Stellfläche war mit beigen Kartons vollgestopft worden, auf denen in einer akkuraten, geradezu winzigen Handschrift Notizen über den Inhalt der Behälter zu finden waren. Die Elfe überflog ein paar davon und musste sofort an die strenge Pixie denken, der sie auf dem Weg hinein begegnet waren. Sie hatte auf die Elfe wie jemand gewirkt, der Dinge schrieb wie: *Statue, lateinamerikanisch, linker Fuß, 34 Splitter von mutmaßlichen 57.*

»Hier werden wir kaum etwas finden, das uns nützen kann«, murmelte sie enttäuscht. »Uns bleibt nur der Flur.«

Thaum verzog unglücklich das Gesicht. »Die nächste Abzweigung ist fünf Meter den Gang hinunter. Das sind fünf Meter mehr, als mir lieb sind.«

Mira zuckte die Achseln und richtete sich auf. »Hier zu hocken, bringt nichts«, sagte sie. »Uns läuft die Zeit davon und wer weiß, wie lange der Luftelementar abgelenkt bleibt. Wenn er uns suchen kommt, dürfen wir ihm erklären, warum wir in diesem Archiv Verstecken gespielt haben. Das wäre dann das Gegenteil von unauffällig.«

Thaum ließ die Mundwinkel hängen und Mira ertappte sich bei dem Gedanken, dass sie das Wolfsgesicht ihres Freundes vermisste. Seiner geliehenen Identität fehlte die emotionale Tiefe, die der Nachtstreifer stets ungewollt zur Schau stellte.

»Denk dran«, sagte sie mit einem selbstbewussten Lächeln. »Wir sind nur zwei Reinigungskräfte, die hier hingehören und genau wissen, was sie tun.« Dann richtete sie ihre Schirmmütze, schnappte sich den nächstbesten Karton und trat mit ihrer Last auf den Armen hinaus in den Gang, den Rücken den beiden unerwartet aufgetauchten Ermittlern zugewandt. Mit einem halben Ohr hörte sie, dass die Quaestorin gerade die mit dem Luftelementar geführte Diskussion bezüglich ihrer Anwesenheit mit ein paar derben Worten beendete, dann war Mira an der gewünschten Abzweigung angekommen und verschwand mit einem Seufzer außer Sichtweite der Hexe und des Yetis. Sie hörte Thaums Schritte auf dem steinernen Fußboden, als er ihr nachfolgte, und dann einen Ausruf, der sie zusammenzucken ließ.

»Heh, Sie da!«, röhrte der Yeti. »Kommen Sie bitte her.«

Mira biss sich auf die Lippe, und dann erklang Thaums geliehene Stimme, dessen Schritte stoppten. »Wer? Ich?«

»Nein, ich rede mit einem der vielen anderen Torfköpfe, die gerade kistenschleppend über den Gang schlurfen«, kam die sarkastische, aber kumpelhaft vorgetragene Antwort des großen Wesens. »Schwing deine Hufe her.«

Mira fluchte eine Sekunde vor sich hin, dann sog sie die Luft in ihre Lungen. »Paul, mach, dass du herkommst!«, rief sie aus ihrer Deckung heraus. »Wenn ich wieder sämtliche der schweren Exponate alleine schleppen muss, setzt es was.«

Einen flüchtigen Moment hörte Mira daraufhin keine Reaktion und sie hielt angespannt den Atem an. Dann setzen die

Schritte Thaums erneut ein und er kam in Sicht, seinen Kopf dem fernen Yeti zugewandt.

»Tut mir leid«, rief er mit gequältem Gesicht. »Die Chefin ruft. Ich bring das hier weg und komme dann sofort.« Noch während der Yeti ein unleidiges Brummen ausstieß, war Thaum um die Ecke getreten und blies seine Wangen auf. »Das war knapp«, wisperte er.

Mira ging im Stechschritt den Gang entlang, der sie in die Haupthalle des magisch-historischen Museums führen würde. »Hab immer etwas auf dem Arm«, sagte sie triumphierend. »Die Leute halten viel seltener jemanden auf, der gerade schwer trägt.«

»Dann ist meine Tarnung perfekt«, sagte Thaum schnaufend. »Ich habe anscheinend einen Karton voller Bleimünzen erwischt.«

Mira trat in die Haupthalle des Museums und stellte ihren Karton außer Sicht ab, dicht hinter einer hölzern gerahmten Vitrine voll präparierter Chimären-Augen. Sie selbst hatte in ihrer Ausbildung gelernt, dass es nur sechsundzwanzig Arten der Mischwesen aus verschiedenen Tierkörpern gab, und stutzte daher, als sie eine siebenundzwanzigste Variante sah, die man laut des Exponatschildes vor einigen Jahren am Amazonas entdeckt hatte. Diese bestand zu einem Großteil aus einer gefräßigen Riesenschlange – wie ein Drittel der Forschungsexpedition am eigenen Leib hatte erfahren müssen.

Es gibt also noch schlimmere Jobs als meinen, dachte Mira zynisch und nahm Thaum dann seinen Karton ab, um ihn ebenfalls notdürftig zu verstecken. »Schnell, zu den indischen Exponaten«, drängte Mira. »Wenn ich mir den Ausstellungsplan richtig eingeprägt habe, müssen wir von hier aus an *Colminantes* vorbei und dann ist es die dritte Abteilung auf der rechten Seite.«

Thaum setzte sich in Bewegung und hielt auf das riesige Skelett des Zyklopen zu, welches die kathedralenartige Haupthalle dominierte. Wo die mundane Version des naturhistorischen Museums von London ein Blauwalskelett von der Decke hängen ließ, hatte das magisch-historische Museum dem Drängen der zyklopischen Gemeinschaft nachgegeben und die Gebeine des größten Anführers ihrer Spezies ausgestellt, der je gelebt hatte: *Colminantes*, der Dreisichtige, Bezwinger des dritten Leviathans von Atlantis. Mira fühlte sich immer klein und unbedeutend, wenn sie an der gut und gerne fünfzehn Meter hohen Gestalt aus baumdicken Knochen vorbeischritt, die jenen mächtigen Dreizack in Händen hielt, mit dem der Zyklop einst eine Bestie aufgehalten hatte, die den Wirren der Magierkriege entsprungen war.

Damals wurden noch Taten vollbracht, die etwas bedeuteten, schoss es ihr durch den Kopf. Dann dachte sie an das übergeordnete Ziel ihres heutigen Einbruchs. *Wenigstens machen wir mit diesem Diebstahl die Welt hoffentlich ein Stück sicherer.* Sie stutzte für einen flüchtigen Moment. Wo war denn *dieser* lächerlich altruistische Gedanke plötzlich hergekommen?

Sicher, sie und ihr Team hatten auch früher schon das eine oder andere Unrecht begradigt, meist mit einer Kugel – oder wenn nötig auch zwei Dutzend. Aber das war immer im Vorbeigehen gewesen, auf dem Weg zur nächsten fetten Bezahlung. *Wahrscheinlich rede ich mir nur die Rahmenbedingungen meiner neuen Anstellung schön*, dachte sie sich und der Gedanke beruhigte sie ungemein. Dann erinnerte sie sich an das Schicksal von *Colminantes*, der schlussendlich beim Kampf gegen eine Kreuzung aus einem Riesenkraken und einer Muräne den Tod gefunden hatte. Helden starben meist schnell und dreckig.

So wie Hank.

»Da vorne«, flüsterte Thaum ihr zu, und Mira begrub alle weiteren Grübeleien unter dem stetig wachsenden Berg unmittelbarer Notwendigkeiten. Der Nachtstreifer deutete einen der von der Haupthalle abgehenden, lang gezogenen Seitenflügel entlang und auf eine bestimmte quadratische Glasvitrine. Die dort ruhende Schriftrolle sah genauso aus wie auf der Aufnahme, die Grayson ihnen gezeigt hatte. Thaum hatte ihre Beute erspäht.

»Kannst du den Alarm umgehen?«, fragte Mira und deutete auf die ins Sicherheitsglas der Vitrine geätzte Rune.

Thaum grinste siegessicher und griff unter seinen Overall. »Dafür habe ich genau das Richtige.« Er zog die Hand hervor, und jetzt grinste auch Mira.

»Hallo, Karl«, sagte sie. »Du bist aber groß geworden.«

Thaum öffnete das Plastikröhrchen, in dem der Glasfresser träge vor sich hinschlummerte. Das Wesen, das in seinem Äußeren einem schlanken Hirschkäfer mit weißer, kristallartiger Haut ähnelte, hatte ihnen schon oft gute Dienste geleistet, und als der Nachtstreifer die daumengroße Kreatur auf die Vitrine setzte, erwachte sie aus ihrer Lethargie. Das knarzende Schaben kräftiger Beißwerkzeuge setzte ein, und Thaum holte ein Tütchen mit Zucker aus der Tasche, das den Schriftzug des *Miser's Coin* trug.

»Dann lotsen wir Karl mal in die richtige Richtung. Gut, dass er ein Feinschmecker ist.« Er streute den Zucker als weiten Ring über den Deckel der Vitrine und der Glasfresser folgte der Spur, den Zucker und das Sicherheitsglas gleichermaßen verschlingend. »Gib ihm ein, zwei Minuten, dann können wir uns mit der Rolle aus dem Staub machen.«

Mira sah sich nervös um und stellte sich dann so vor die Vitrine, dass sie von der Haupthalle aus den Blick auf den fressenden Käfer verbarg. »Ich kann nicht glauben, dass dieser Trick noch immer funktioniert.«

Thaum gesellte sich neben sie und half so mit der Abschirmung des Exponats. »Du weißt, wie schwierig es ist, die Schwachstellen eines Zaubers zu finden«, sagte er voller Stolz. »Mein kleiner Winkelzug, ein natürlich vorkommendes Wesen zu verwenden, dessen Nahrungsinstinkt vom magischen Alarm als nicht bedrohlich wahrgenommen wird, ist bei aller Bescheidenheit äußerst raffiniert.« Er zuckte die Achseln. »Wenn du ein Betreiber eines Museums wärst, und dir zu Ohren käme, dass es ein exotisches und sehr seltenes Wesen gäbe, dass einen von vielen Schutzzaubern umgehen könnte, würdest du Tausende Vitrinen nachrüsten lassen, nur um dich gegen diesen speziellen Fall zu schützen?«

Die gute alte Trägheit des Alltags, dachte Mira. *Der Freund eines jeden Grenzgängers.* Dann sah sie in der Entfernung eine Bewegung unter der hohen, aus Glas und Holz bestehenden Decke, die an ein Kirchenschiff erinnerte. »Wenn ich hier Sicherheitschefin wäre«, sagte sie trocken und deutete auf den kleinen, sich schnell nähernden Vogel, der zielsicher in ihre Richtung flog, »dann würde ich statt einer teuren Nachrüstung einfach nachts einen Flammraben Wache halten lassen, der Glasfresser kilometerweit hören kann und in ihnen eine Delikatesse sieht.«

Jetzt fluchte Thaum ungehalten vor sich hin und versuchte, den Käfer von der Vitrine zu nehmen, was ihm jedoch nicht gelang. Hatte dieses magische Insekt erst mal angefangen zu fressen, verschmolzen seine Kiefer so lange mit dem Glas, bis es satt war und wieder in seinen winterschlafartigen Dämmerzustand fiel. »Wenn ich noch kräftiger an ihm ziehe, löse ich den Alarm aus«, ächzte Thaum, der sich redlich abmühte. »Wie kann ein so kleiner Kerl nur so widerborstig sein?«

»Das frage ich mich auch immer wieder«, sagte Mira mit einem listigen Seitenblick auf den untersetzten Nachtstreifer.

»Haha. Mach dich lieber nützlich und kümmere dich um den Raben«, maulte Thaum.

Mira hatte bereits ihre Pistole gezogen und starrte zu dem herabsegelnden Wesen hinüber. »Bei unserer Ausrüstung waren keine Schalldämpfer dabei«, sagte sie zögerlich. »Und ich hasse es, auf Tiere zu schießen. Die folgen schließlich nur ihrer Natur.«

»Das wird Karl sicher sehr zu schätzen wissen«, konterte Thaum bissig.

Mira runzelte nachdenklich die Stirn und riss sich schließlich die Schirmmütze vom Kopf, um sie über den fressenden Käfer zu werfen, der den Zuckerkreis mittlerweile zur Hälfte abgegrast hatte. Thaum legte seine eigene Kopfbedeckung ebenfalls über das kleine Wesen, das stur weiterfraß und die beiden Kappen dabei einfach vorwärtsschob.

Der Rabe krächzte aufgeregt und kreiste in der Nähe der beiden Grenzgänger unter der hohen Decke, stets ein neugieriges Auge auf die sich bewegenden Mützen gerichtet.

»Als hätten wir in eine Fanfare gestoßen«, stöhnte Mira. »Wenn uns nicht gleich ein Sicherheitsmann …«

»Nabend zusammen«, meldete sich eine gutmütige Stimme, die zu einer dicklichen Menschenfrau in Uniform gehörte. Sie trug einen freundlichen Ausdruck in ihren verträumt dreinschauenden Augen zur Schau und kam zu Mira und Thaum herangeschlendert. »Was macht ihr beiden denn hier?«, fragte sie mit einem verschwörerischen Zwinkern, als sie noch gute zehn Meter entfernt war. »Drückt ihr euch vor der Arbeit? Der alte Plimsmith hat sein Labor heute beinahe in die Luft gejagt und der Gestank …« Sie unterbrach sich, als der Flammrabe probeweise auf die wandernden Kappen auf dem Tisch herabstieß und sich mit einem verärgerten Krächzen wieder in die Luft erhob. »Ist hier alles in Ordnung?«, fragte die Wachfrau, und die Gutmütigkeit in ihrer Stimme wich jenem Maß an Beunruhigung, das ein Grenzgänger hasste wie die Pest. Es war der Klang eines Jobs, der geradewegs in die Binsen ging.

»Alles prima, wir ärgern den kleinen Kerl nur ein bisschen«, sagte Mira so jovial, wie sie konnte, während sie auf die Fremde zuging und dabei weiter mit ihrem Körper den Blick auf die Vitrine versperrte. »Wir haben ihm ein paar Leckerbissen mitgebracht und sie unter unseren Mützen versteckt. Wenn er es schafft, sie wegzuschubsen, bekommt er eine feine Belohnung.« Sie legte dabei so viel Wärme in ihre Worte, wie sie nur konnte. »Der arme Knabe sieht nachts immer so hungrig aus.«

»Ach so«, sagte die Frau und ihr Lächeln kehrte in ihr Gesicht zurück. »Das will ich mir nicht entgehen lassen!« Sie trat an Mira vorbei und erstarrte in der Bewegung, als sie das beinahe vollendete Loch in der Vitrinendecke erblickte. »Was …?«

Weiter kam sie nicht. Mira griff der Frau von hinten mit einem Arm um den Hals. Dann drückte sie vorsichtig, aber bestimmt zu.

Eins, zählte sie und wehrte mit der anderen Hand den Versuch ihrer Kontrahentin ab, nach der Waffe zu greifen.

Zwei. Jetzt flogen die Arme der Frau nach hinten, um Miras Gesicht zu erreichen, und die Elfe ging kontrolliert in die Hocke, um ihr Opfer zu Boden zu ziehen und mit der anderen Hand im Nacken der Frau den Würgegriff zu verstärken.

Drei. Die Gegenwehr erschlaffte, als das Gehirn der Wachfrau aufgrund der unterbrochenen Blutzufuhr in den Notfallmodus schaltete.

»Schlaf gut«, murmelte Mira und bettete die Fremde sanft auf den Boden zwischen zwei Vitrinen, sodass sie von der Haupthalle aus nicht umgehend gesehen werden konnte.

»Sauber reagiert«, sagte Thaum. »Und keinen Tropfen Blut vergossen.«

»Vor allem nicht unseres«, sagte Mira rau und richtete sich auf. »Wie ich Jobs in öffentlichen Einrichtungen hasse. Wenn man bei einem Haufen Dreckssäcken einsteigt, muss man wenigstens beim Ausschalten der Wachen nicht zimperlich sein.«

»Hier hört dich niemand außer mir«, sagte Thaum, der gedankenverloren mit einer Hand den Flammraben fortwedelte. »Also tu nicht so blutrünstig.«

Mira schaute demonstrativ am Nachtstreifer vorbei auf die Vitrine, wo gerade mit einem leisen Knirschen die Glasdecke nachgab, als der Käfer sein gefräßiges Werk vollendete und genüsslich an dem geschaffenen Loch im Sicherheitsglas weiterfraß. »Schnapp dir Karl und die Schriftrolle«, sagte sie grimmig.

Thaum griff ins Innere der Vitrine und holte das Exponat vorsichtig unter dem herabgefallenen Kreis aus Glas hervor, um es dann in einer Kunstlederhülle zu verstauen, die er unter seinem Overall verborgen gehalten hatte und anschließend wieder dort verschwinden ließ. »Dann komm, mein Kleiner«, murmelte der Nachtstreifer und griff nach dem Käfer, während Mira viele sich hastig nähernde Schritte vernahm.

»Taras Notzauber kommt von hier drüben«, hörte die Elfe einen besorgten Ruf und wusste umgehend, was los war. Sie packte Thaum am Kragen und zog ihn von der Vitrine fort, zurück in Richtung Haupthalle.

»Die Sicherheit hat anscheinend die Lebenszeichen ihrer Mitarbeiter mit Magie im Blick«, sagte sie drängend.

»Aber Karl …«, begann Thaum.

»Der ist unter den Mützen sicher«, sagte Mira. »Was man von uns nicht gerade behaupten kann. Und jetzt komm!« Dann trat sie aus dem Bereich für früh-indische Exponate und winkte den fünf heraneilenden Wachleuten zu, denen auch noch die Quaestorin und der Yeti folgten.

Na toll, dachte sie missmutig. *Jetzt wird es eine verdammte Party.*

»Hier drüben!«, rief sie in alarmiertem Ton. »Tara ist einfach zusammengebrochen.«

Die Schritte der Wachleute beschleunigten sich, und Mira las Sorge um die Kollegin in ihren Zügen.

»Wir holen einen Arzt«, fügte Mira hinzu und bedeutete Thaum, loszulaufen. Jetzt zeigte sich die erste Verwirrung auf den Gesichtern der Wachleute, aber es würde kostbare Sekunden dauern, bis aus der Verwunderung über die mit einer dümmlichen Ausrede fortlaufenden Reinigungskräfte ein Verdacht und schließlich die unweigerliche Schlussfolgerung werden würde. Sie waren gute zwanzig Meter weit gekommen, als die ersten alarmierten Ausrufe ertönten.

»Zum Vorderausgang?«, fragte Thaum mitten im Sturmlauf und Mira nickte heftig. Die breiten Eingangstüren, die sich sonst den Besuchern öffneten, erschienen Mira wie der sprichwörtliche rettende Hafen. Zumindest, bis sich davor zwei schattenhafte Gestalten materialisierten, die aus Rauch und Dunkelheit zu bestehen schienen.

Kein Durchgang, raunte die eine in Miras Verstand.

Ergeben Sie sich, hauchte die andere ihren Befehl direkt ins Unterbewusstsein der Elfe.

»Schattengolems«, lallte Mira erstaunt, deren Zunge sich unter dem mentalen Befehl der beiden Wesenheiten wie eine träge Schnecke bewegte. Sofort änderte sie die Richtung, fort von den zwei bewegungslos dastehenden Schemen.

»Das nenne ich mal eine ungemütliche Überraschung«, murrte Thaum, der Mira am Arm packte und mit sich auf den Flügel des Museums zuzog, durch den sie das Gebäude betreten hatten. »Anscheinend hat die örtliche Sicherheit zwei sehr fähige Beschwörer auf ihrer Lohnliste stehen.«

Miras Erleichterung über die geistige Resilienz des Nachtstreifers war in diesem Moment grenzenlos. Als Elementarwesen war sein Verstand gegen Magie ohnehin deutlich wiederstandfähiger und Thaum war dazu ein sehr sturer Vertreter seiner Spezies – wie sie häufig genug am eigenen Leib hatte erfahren müssen. Hank hatte seinen Freund häufig damit aufgezogen, dass irgendwo in Thaums Ahnenreihe ein Zwerg zu finden sein müsste …

Als hätte der Gedanken an ihren toten Teamkameraden eine Tür in Miras Verstand geöffnet, brandete eine weitere Welle mentaler Befehle über sie hinweg.

Stehenbleiben! Leisten Sie keinen Widerstand!

Die Elfe schüttelte den Kopf und knurrte unwillig vor sich hin. »Ich hasse Schattengolems. Diese unstofflichen Mistviecher.«

»Es sind nur bessere Projektionen, Mira«, sagte Thaum, der sie noch immer am Arm durch die Gänge des Museums führte und sich dabei suchend umsah. »Manifestationen des Willens eines Magiers.«

»Ich weiß«, sagte die Grenzgängerin, deren Gedanken mit wachsender Distanz zum Haupteingang aufklarten wie ein Himmel nach einem Wolkenbruch. »Wenigstens können sie ihren Beschwörungskreis nicht verlassen«, sagte sie erleichtert und sah sich zum ersten Mal seit dem Erscheinen der Golems mit vollem Bewusstsein um. Hinter sich hörte sie lautes Rufen, und das Geräusch rennender Schritte schien von überall her um sie herum gleichzeitig zu ertönen. »Wo sind wir?«

»Irgendwo in der Nähe des Nebeneingangs« sagte Thaum und schüttelte dann den Kopf. »Zumindest dachte ich das. Die Räume hier sind entweder alle mit Kartons vollgestopft oder sehen wie die Büros von magischen Forschern aus – also mit Kartons *und Büchern* vollgestopft.«

»Wir müssen irgendwo eine Abzweigung verpasst haben«, sagte Mira und sah sich hektisch um. Die Geräusche der nach ihnen suchenden Sicherheitsleute wurden stetig lauter, was bedeutete, dass sich die Schlinge um ihren Hals immer weiter zuzog. Die Elfe sah sich schon in einem der an Ketten schwebenden Käfige unter dem Tower von London sitzen, den enttäuscht aussehenden Grayson Steel vor sich auf der Besucherbrücke stehend.

Nein, Sir, wir sind normalerweise erfolgreicher, Sir. Bitte holen Sie uns doch hier raus, Sir … Ihre kleine Vision der Selbstzerfleischung endete damit, dass man sie in dem Gefängnis der *Nebula Convicto* verrotten ließ. Wer brauchte schon eine inkompetente Agentin?

»Da vorne«, sagte Thaum und deutete auf eine Tür, die auffallend anders aussah. Ein grünes Notausgangsschild hing in dessen Nähe an der Decke.

Gepriesen seien bürokratische Sicherheitsbestimmungen, dachte Mira inbrünstig und stürmte mit Thaum auf die schwarze Tür zu, die sich beim Näherkommen als Feuerschutztür entpuppte.

»Gleich sind wir hier raus«, sagte die Elfe und warf sich mit der Schulter gegen den dunklen Edelstahl, die Waffen sicherheitshalber in der Hand, den treuen Thaum rechts von sich … und hielt stocksteif inne, kaum dass sie über die Schwelle der wild aufschwingenden Tür gestolpert war.

»Äh«, machte der Nachtstreifer neben ihr passenderweise, als sie sich einem Trupp Wildlinge in Panzerwesten gegenübersahen, die, mit einer Mischung aus archaischen Waffen und Schnellfeuergewehren bewaffnet, die beiden Grenzgänger verblüfft anstarrten. Hinter den acht Sicherheitsleuten erkannte Mira mehrere Labore mit gläsernen Wänden, in denen exotische Ausgrabungsstücke herumstanden und -lagen, umgeben von magischen Bannkreisen, Whiteboards voller arkaner Gleichungen und den obligatorischen Stapeln alter Bücher auf Aluminiumtischen. Über der Sicherheitsschleuse, die den einzigen Zugang zu dem Laborkomplex darstellte und den die Wildlinge offenkundig mit ihrem Leben bewachten, hing ein schlichtes weißes Schild, auf dem in schwarzen Buchstaben stand: *da Vinci-Experimentallabor.*

Oh, Scheiße!

Mira riss ihre Waffen hinter den Rücken und deutete dann mit ihrem Kinn und ihrem gewinnendsten Lächeln auf den Lippen in Richtung der Ausstellungsräume. »Es gibt da drinnen ein gehöriges Sicherheitsleck«, sagte sie leichthin. »Vielleicht könntet ihr unseren weniger gut gerüsteten Kollegen beistehen?«

»Fünf schwer bewaffnete Trolle räumen gerade die ägyptische Abteilung aus«, half Thaum ihr aus. Mira hörte, wie er die wachsende Panik in seiner Stimme nutzte, um seinen Worten mehr Glaubwürdigkeit zu verleihen. »Wir sind geflohen wie die Heinzelmännchen. Jede Sekunde könnte es mit uns vorbei sein.«

Oh, wie recht du hast, dachte Mira. Die Doppeldeutigkeiten des Nachtstreifers hatten soeben ihren Höhepunkt erreicht. Wenn sie diese Situation überlebten, würden sie über die Erinnerung an den jetzigen Moment noch lange und ausgiebig lachen …

»Hände hoch, ihr Komödianten!«, sagte ein Wildling mit verwittertem Gesicht und einem simplen Abzeichen auf der Weste, das ihn wohl als Vorgesetzten der anwesenden Sicherheitsleute auswies. Er legte geradezu lässig sein Sturmgewehr auf Mira und Thaum an. »Vor zweihundert Jahren wäre ich vielleicht auf diese Art Täuschung reingefallen, aber seitdem mich derartige Tricks zweimal umgebracht haben, erkenne ich einen Bluff, wenn ich ihn sehe.«

Klar, Mira, schalt sich die Elfe selbst, während sie die Hände und damit auch ihre Waffen in die Höhe reckte. *Versuch nur weiter, eine Rasse von Wesen zu übertölpeln, die quasi unsterblich sind und aus ihren früheren Toden dazulernen.*

»Hast du noch eine Idee?«, fragte sie Thaum aus dem Mundwinkel, während der sich ebenfalls ergab.

»Gegen acht Wildlinge?«, kam die erwartete Antwort. »Wenn ich derart gut wäre, hätte ich schon lange eine Anstellung bei irgendeinem superreichen Milliardär und würde dort mit meinem alten Rudel die Security stellen.«

Während Mira noch über Thaums beunruhigend präzise Vision seines alternativen Ichs nachdachte, flog hinter ihnen die Sicherheitstür auf und die Quaestorin mit ihrem Yeti im Schlepptau platzten in den Raum.

Aus, dachte die Grenzgängerin nur. *Aus und vorbei.*

Neuanfang

Mira spielte die pflichtbewusste Salzsäule, während die Hexe und ihr Leibwächter sich strategisch im Vorraum platzierten, die beiden Grenzgänger in die Zange nehmend. Mit einem leisen Stöhnen erkannte die Elfe zu ihrer Rechten einen kleinen, leicht zu übersehenden Notausgang, direkt hinter drei breit grinsenden Wildlingen.

Auf den hatte das Schild im Flur offenbar verwiesen! So nah, und doch so fern.

»Die Waffen runter«, kommandierte der Yeti die Wildlinge herum. »Wir stehen mit in eurem Schussfeld, ihr Dödel.«

»Tun Sie, was er sagt«, schob die Hexe hinterher, als die acht Sicherheitsleute die weißbepelzte Gestalt nur böse anfunkelten. »Jetzt!«, fügte sie nach einer weiteren Sekunde hinzu und hielt dabei vielsagend ihre Hand mit dem Quaestorenring in die Höhe. Der Vorgesetzte der Wildlinge brummte kurz, und beinahe synchron senkten sich die Waffen.

»So ist es brav«, kommentierte der Yeti munter und lehnte sich zu einem besonders breitschultrigen Sicherheitsmann hinüber. »Tolle Axt«, lobte er das klobige Mordwerkzeug in den breiten Händen des Wildlings und zwinkert ihm dann zu. »Nur etwas unpraktisch bei einer Schießerei.«

»Yorgen, lass die Leute in Frieden«, sagte die Quaestorin mit einem Seufzen. »Du weißt, dass die Hälfte aller magischen Wesenheiten sich über Schusswaffen lustig macht, wenn sich gewöhnliche Munition im Magazin befindet. Wildlinge sind immer gerne auf alle Eventualitäten vorbereitet.«

Zustimmendes Gemurmel setzte unter den erfahrenen Kämpfern ein.

Mira hörte, wie sich weitere Wachen der Tür in ihrem Rücken näherten, und fragte sich, wie viel Personal es wohl brauchte, um sie festzunehmen.

Bringen wir es endlich hinter uns.

Yorgen hörte die Verstärkung ebenfalls und Mira sah, wie er der Quaestorin einen merkwürdig wehmütigen Blick zuwarf. »Es wird Zeit, Nik«, sagte er seufzend.

Miras Augen zuckten in Richtung der Hexe, die ihren Leibwächter eindringlich ansah. »Du bist dir sicher?«, fragte sie.

»Was muss, das muss«, erklang die lakonische Antwort. Dann schlenderte die riesenhafte Gestalt zu der Tür hinüber, holte aus und ließ seine Pranke einmal auf die Scharniere niedergehen. Ein ohrenbetäubendes Quietschen erfüllte den Raum und dann hing die verbeulte Tür verkantet in ihrem Rahmen fest.

Mira vermutete, dass man ein Schweißgerät oder eben einen Yeti bräuchte, um die Tür wieder zu öffnen, und starrte das pelzige Wesen perplex an.

Mit ihrer Verwunderung war sie nicht allein, denn auch Thaum und acht Wildlinge schauten den gequält lachenden Yorgen verblüfft an.

»Fragt nicht mich, fragt sie«, sagte er achselzuckend und deutete auf die Quaestorin.

Kaum hatten die Wildlinge ihre Köpfe in Richtung der Hexe umgedreht, als diese die Arme hob und flüsternd intonierte: »Schlaf, vertraut, doch ungewollt, hüllt euch ein und trägt euch fort.«

Für einen Moment fielen Mira die Augen zu, bevor sie vom lauten Klappern zu Boden fallender Waffen und Körper wieder hochschreckte. Neben ihr schüttelte Thaum benommen den Kopf und Yorgen hielt sich eine Faust vor den Mund und gähnte herzhaft.

»Du musst besser zielen, Nik«, sagte er träge. »Wenn du mich schlafen schickst, hast du an meinem pelzigen Hintern schwer zu schleppen.«

»Wer sagt, dass ich dich mitnehme?«, sagte die Frau mit den tätowierten Händen augenzwinkernd und deutete dann auf die verkeilte Tür. »Wir beeilen uns besser, bevor die hiesigen Blitzmerker feststellen, was hier gespielt wird. Zumal mein Fluch keine Auflösebedingung besitzt. Diese Wildlinge lassen sich mit einem kräftigen Rüttler jederzeit wieder aufwecken.«

Mira hatte zwar einen Verdacht, aber sie fragte sicherheitshalber trotzdem: »Was genau wird hier gespielt? Hatten Sie in letzter Zeit zufällig ein Gespräch mit einem mürrischen Geheimdienstleiter?«

Die Quaestorin nickte. »Wir sind die Verstärkung«, sagte sie, und ihr gezwungenes Lächeln sowie ihr zweifelbehafteter Blick zeugten von einer gewissen inneren Zerrissenheit.

Mira hatte beinahe das Gefühl, in den Spiegel zu schauen, und senkte probeweise die Arme. Niemand bedrohte sie. *So weit, so gut.* »Thaum und ich haben nicht wirklich eine Wahl, aber warum helfen Sie dem *Obsidian*? Quaestoren sind im Geheimdienst nicht erlaubt, wenn ich mich nicht irre.«

Während Thaum ebenfalls die Hände runternahm, zog die Hexe ihren Siegelring vom Finger und betrachtete ihn nachdenklich. Dann ließ sie ihn zu Boden fallen, wo er mit einem lauten Klingen liegen blieb. »Er stand mir ohnehin nicht«, murmelte sie, ohne die Trauer in ihrer Stimme vollkommen verbergen zu können.

»Wir zwei sind wegen etwas an Bord, das ihr Grenzgänger nicht verstehen könnt«, sagte der Yeti mit belegter Stimme, während er unverwandt seine, nun wohl ehemalige, Quaestorin anstarrte. »Loyalität. Ehre. Pflichtgefühl.«

»Du wandelnder Riesenaffe willst einem Nachtstreifer etwas über Loyalität beibringen …?«, begann Thaum, aber Mira legte ihm eine Hand auf den Arm.

»Spar dir das für später auf«, sagte sie leise. »Wir müssen hier weg und sollten dem geschenkten Gaul nicht ins Maul schauen, zumindest vorerst.«

Kaum hatte sie sich in Richtung des Notausgangs bewegt, als sie hinter sich die befehlsgewohnte Stimme der Hexe hörte.

»Wir sollten den anderen Ausgang nehmen«, sagte sie, deutete auf eine Tür am nördlichen Ende des Experimentallabors. »Wenn Yorgen und ich schon unsere Stellung innerhalb der *Nebula Convicto* aufgeben, um Grenzgänger zu mimen, können wir vorher ebenso gut ein paar Spielzeuge mitnehmen.«

»Oh ja«, sagte Yorgen und rieb sich die mächtigen Pranken. »Gesucht zu werden, sollte sich wenigstens lohnen.«

»Hast du auch den Eindruck, dass wir den beiden in die Arme laufen *sollten*?«, fragte Thaum, der den zwei ehemaligen Ordnungshütern verwundert hinterherstarrte, wie sie die Sicherheitsschleuse entlang ins Innere des Labors gingen.

Mira nickte mit zusammengekniffenen Lippen. »Die mangelnde Ausrüstung, die uns zur Verfügung gestellt wurde, und die fehlenden Infos über die Sicherheitsvorkehrungen sprechen dafür.« Sie runzelte verwirrt die Stirn. »Nur das Warum will mir noch nicht so recht einleuchten.«

»Sieh dir die an«, rief Yorgen gerade und hob mit seinen Pranken eine Armbrust auf, wie sie früher auf Dreibeinen montiert bei Belagerungen eingesetzt worden war. Der gesamte Schaft der Waffe war mit leuchtenden Runen übersät. »Kann ich die behalten?«

»Die gehen wirklich gerade shoppen«, sagte Thaum kopfschüttelnd. »Sollten *wir* nicht eigentlich die kaltblütigen Profis sein, die sich alles unter den Nagel reißen, was wertvoll aussieht?«

Mira setzte sich in Bewegung, hinein in die Labore mit ihren Statuen, Gemälden, Möbeln – und Waffen. Thaums Kommentar hatte sie an ihrer Gaunerehre gepackt und sie wollte verdammt sein, wenn sie nicht so viel Diebesgut mitnahm, wie sie tragen konnte.

»Schnapp dir lieber etwas, das Bob, Brad oder Yang ebenfalls benutzen können«, sagte die Hexe zum Yeti, und Mira verstand nur Bahnhof. Anscheinend gab es noch weitere Komplizen bei diesem überraschenden Raubzug.

Yorgen verzog sein Gesicht, sodass er wie ein zwei Meter vierzig großes Kleinkind mit einem massiven Behaarungsproblem aussah. »Du gönnst mir auch gar nichts …«, begann er und warf die Armbrust zurück auf den Tisch. Die Sehne der gespannten Waffe löste sich und der eingelegte Bolzen raste, in ein rötliches Licht eingehüllt, auf eine Marmorstatue zu, die einen Troll in einer Toga zeigte. Es gab einen Knall, anschließend ein dumpfes Plopp und das Kunstwerk war einfach fort, wenn man von einem feinen weißen Nebel aus Steinmehl absah, der sich im Labor verteilte. »Hast du das gesehen?«, fragte Yorgen mit breitem Grinsen.

»Die Antwort ist Nein, Yorgen«, sagte die Hexe streng. »Grayson war äußerst konkret, was mitgenommen werden darf und was hierbleiben soll.«

»Och menno.«

»Ich bin offiziell verrückt geworden«, sagte Thaum neben Mira. »Hier ergibt nichts mehr einen Sinn.«

»Grayson will, dass wir unsere Operation gut ausgestattet angehen, aber die Spuren sollen nicht zum *Obsidian* zurückzuführen sein«, erklärte die – nun offenbar ehemalige – Quaestorin mit einem Augenrollen. »Stattdessen begehen wir alle einen spektakulären Raub im Experimentallabor des magisch-historischen Museums, der plausibel erklärt, wie wir an einige der begehrtesten Spielsachen gekommen sind, die es offiziell noch gar nicht gibt.«

Mira nickte verstehend und sah sich fieberhaft um. »Such dir was Schönes aus«, sagte sie Thaum. »Möglichst klein und leicht zu transportieren.«

»Da, hörst du das?«, sagte die Hexe zu Yorgen, der gerade nach einem Morgenstern griff, der fast so groß war wie der Yeti selbst. »Die Elfe hat es sofort begriffen.«

»Schon gut, schon gut«, maulte die massige Gestalt und deutete dann demonstrativ an seinem Körper herab. »Von einer Sonnenbrille und einem Schulterhalter abgesehen trage ich nichts. Was soll ich denn überhaupt mitnehmen, dass ich leicht verstauen kann?«, fragte er vorwurfsvoll.

»Vielleicht eine magische Hose?«, fragte Thaum bissig. »Du weißt doch, wie man eine Hose anzieht, oder?«

»Ich ramm dich gleich ungespitzt in den Boden«, murrte der Yeti und machte einen Schritt in Richtung des Nachtstreifers.

»Wer trödelt, bekommt gar nichts«, sagte Mira und deutete mit den Daumen auf die verbeulte Tür. »Die alarmierten Rufe haben aufgehört. Anscheinend sind die Sicherheitsleute auf die Idee gekommen, außen rumzulaufen.«

»Scheiße«, fasste die Hexe ihre Situation folgerichtig zusammen. »Es wäre lustiger gewesen, wenn wir uns in Ruhe hätten umsehen können, aber dann greife ich eben zur Holzhammermethode.« Sie gestikulierte in verschiedene Richtungen. »Yorgen, sieh in der Schraubzwinge da drüben nach. Thaum, Sie finden in der mittelalterlichen Truhe an der Ostwand etwas, das sie interessieren könnte, und Sie, Mira, suchen bitte nach einem schwarzen Koffer, der den *Orb Obsidian* auf seiner Seite eingeprägt hat. Zusätzlich können wir noch ein paar der wertvolleren Materialien mitnehmen, die hier rumliegen.«

»Wie unfair«, maulte der Yeti. »Du wusstest ja schon vorher, was wir stehlen sollen.«

Die ehemalige Quaestorin nickte. »Grayson wollte auf Nummer sicher gehen, dass wir nichts mitgehen lassen, womit wir versehentlich einen Städteblock oder uns selbst einäschern könnten.«

Mira blickte sich angespannt um, beständig auf das Geräusch sich nähernder Wachleute lauschend. Schließlich fand sie besagten Koffer, der groß und schwer genug war, um einige kostbare Gegenstände zu beinhalten. »Ich bin so weit«, sagte sie und wirbelte herum, als sie Thaums verzücktes Aufheulen hörte. Diesen wölfischen Laut stieß ihr Freund nur selten aus und hinterher war es ihm jedes Mal peinlich, aber hier und jetzt strahlte er Mira an und hielt dabei einen mausgrauen Umhang in die Höhe, der aussah, als hätte der Nachtstreifer soeben einen äußerst fragwürdigen Flohmarkt besucht und dieses Kleidungsstück dort vom Wühltisch des schäbigsten Standes gefischt, den er hatte finden können.

»Schön«, sagte sie spröde und beschloss, sich später erklären zu lassen, was daran ihren Freund grinsen ließ wie einen Oger in einer Lebendfleischerei.

»Hallo, Hübsche«, röhrte Yorgen in einem dermaßen anzüglichen Ton, dass Mira ihm, stellvertretend für jedes weibliche Geschöpf auf diesem Planeten, reflexhaft eine scheuern wollte. Als sie sich jedoch umdrehte, erkannte sie, dass er mit einer Waffe sprach, deren metallisches Schimmern eine Fertigung aus Titan verriet. Der Lauf war kurz und dick, das Kaliber erinnerte sie eher an einen Granatwerfer denn an eine Pistole, und dem Anschwellen von Yorgens Bizeps zufolge hätte sie das Ungetüm nicht mal vom Boden aufheben können.

»Grayson hat mir dazu eine Warnung mitgegeben«, sagte Makavia eindringlich. »Den *Leviathan* bitte nur beidhändig abfeuern.«

»Der Name gefällt mir, aber ich bin mir sicher, ich kann das Ding auch nur mit der Rechten halten«, sagte Yorgen zuversichtlich. »Ich such besser noch nach Munition für die Schönheit.«

Die Hexe hatte in der Zwischenzeit ein seltsames Geschmeide aus Goldfäden über ihre Handrücken gezogen, die auf harmonische Weise die unterschiedlichen Tätowierungen auf der Haut der Frau miteinander verbanden, bis sie je ein komplexes Muster bildeten, das über die gesamten Finger bis zum Handgelenk reichte.

»Eine Spezialanfertigung nur für sie?«, fragte Mira nach.

Die andere Frau antwortete in entrücktem Ton. »Nicht so, wie Sie denken. Das hier sind Fluchfänger aus dem Zeitalter der Großen Hexen Ägyptens. Meine Tätowierungen wurden auf der Grundlage uralter Riten angefertigt, die auf jene Zirkel großer Zauberwirkerinnen zurückgehen. So gesehen sind meine Hände Maßanfertigungen für die Fluchfänger.«

Thaums Kopf ruckte in Richtung Ausgang. »Die Sicherheitskräfte kommen«, sagte er. »Wir müssen weg hier.«

»Ich hör nix«, sagte Yorgen, der noch immer die große Pistole in seiner Hand hin und her drehte.

»Thaums Sinne sind außerordentlich gut, besser noch als die der meisten Nachtstreifer«, warf Mira ein, während ihr Freund den Yeti böse anstarrte. Dann tippte sie ihm gegen den Arm. »Abmarsch.«

Sofort setzten sich die beiden in Richtung der Nordtür in Bewegung und Mira hörte einige Augenblicke später, wie die Hexe und Yorgen ihnen hastig folgten. *So ist es richtig. Wo wir zwei sind, ist immer vorne.* Wenn die beiden ihnen von nun an helfen würden, schadete es nicht, umgehend klarzumachen, wer ab jetzt das Sagen hatte. Sie griff nach der Klinke der Tür, prallte jedoch schmerzhaft dagegen, als sie sich nicht öffnen ließ. »Autsch. Wer sperrt denn einen Notausgang ab?«

»Eine Grenzgängerin, die sich über gebrochene Gesetze beschwert?«, fragte die ehemalige Quaestorin spöttisch. »Jetzt habe ich wirklich alles gehört.« Sie drehte den Kopf zu ihrem Leibwächter. »Yorgen?«

Der Yeti hob freudestrahlend seine Waffe und Mira wich hastig zur Seite. »Darf ich …?«, begann er.

»Nein.«

»Aber, Nik …«, schmollte die weißbepelzte Gestalt.

»Nein«, wiederholte die Hexe energisch. »Das Ding testest du später.«

»Na gut.« Beinahe beiläufig hob Yorgen sein Bein und führte einen präzisen Fußstoß aus, der die Tür aus den Angeln riss und durch die Luft segeln ließ – direkt in ein parkendes Auto hinein, dessen Alarmanlage losging.

»Upps«, machte der Yeti. »Wir laufen besser los.«

Mira musste ihrem improvisierten Team zugutehalten, dass keiner auch nur eine Sekunde mit Vorhaltungen gegenüber dem Muskelprotz im Fellanzug verschwendete.

Gemeinsam gaben sie Fersengeld und überquerten im beginnenden Zwielicht den kleinen Angestelltenparkplatz, der sich, versteckt zwischen den hohen Häusern des Viertels, an die Spiegelversion des Museums schmiegte.

»Wir schlagen uns am besten zur Cromwell Road durch und tauchen zwischen den Touristen unter«, sagte Mira, als neben ihr plötzlich ein unscheinbarer weißer Transporter zum Leben erwachte und jenes Piepen von sich gab, das auf die Aktivierung einer Fernbedienung schließen ließ.

»Oder wir nehmen das bereitstehende Fluchtfahrzeug«, sagte die Hexe. »Wir haben es heute Morgen unter falschem Namen gemietet. Ein, zwei Stunden sollten wir den Wagen nutzen können, bevor die *Nebelwacht* die Transaktion zurückverfolgen kann.«

»Thaum«, sagte Mira und deutete auf den Fahrersitz. Dann riss sie die Seitentür des Transportes auf und sprang ins Innere, gefolgt von den beiden Neuzugängen. Während Yorgen die Schiebetür zuzog, hockte sie sich unter das Heckfenster und lugte vorsichtig auf den ramponierten Ausgang, aus dem soeben die ersten Sicherheitskräfte hervorquollen und sich fragend umsahen. Hinter sich hörte sie die Hexe etwas murmeln und sah dann überrascht, wie magische Abbilder ihres Teams auf der anderen

Seite des Parkplatzes hinter einem großen SUV hervorsprinteten und mit Höchstgeschwindigkeit in Richtung Queen's Gate flüchteten. Sofort nahm das Sicherheitspersonal die Verfolgung auf und Thaum nutzte die Gunst der Stunde, um den Motor zu starten und den Wagen ganz gemächlich in die entgegengesetzte Richtung zu steuern. Keine zwei Minuten später waren sie nur noch eines von vielen Fahrzeugen im Verkehrsfluss Londons.

»Geschafft«, sagte Yorgen grinsend. »Das hat mehr Spaß gemacht, als ich dachte.«

»Warte, bis du darüber nachdenken konntest, wie deine Tage und Nächte ab jetzt aussehen werden«, erwiderte die ehemalige Quaestorin bitter. »Es gibt Preise, die entrichtet man nur einmal, und andere, die zahlt man ein Leben lang.« Sie wandte ihren Kopf in Miras Richtung. »Ist es nicht so, Hoheit?«

Mira zuckte zusammen und hob dann mahnend einen Finger. »Wenn Sie Thaum und mir wirklich helfen wollen, merken Sie sich eins: Niemand nennt mich Hoheit!« Dann legte sie den Kopf schief. »Wo wir gerade dabei sind: Wie soll ich Sie nennen?«

»Ich heiße eigentlich Makavia Drusnik«, sagte die Hexe. »Im Einsatz – oder für Freunde – nur Nik.«

Mira nickte. Sie hatte mal mit einem Satyr namens Patromanulov zusammengearbeitet, der darauf bestanden hatte, dass man ihn immer bei seinem vollen Namen ansprach. Seine Karriere endete abrupt und blutig. Eine Silbe mehr oder weniger konnte den Unterschied zwischen einer rechtzeitigen Warnung und einer Kugel im Kopf bedeuten. »Danke für die Hilfe«, sagte sie höflich. »Ich nehme an, dies war eine Art Test?«

Drusnik nickte knapp. »Yorgen und ich haben mit unserer Komplizenschaft am Raub im Museum alles weggeworfen, was wir uns in unserem Leben aufgebaut haben«, sagte sie. »Da wollte ich vorher wissen, mit wem wir arbeiten werden und wie diese Personen sich unter Druck verhalten.«

Mira widerstand dem Impuls, der Frau zu sagen, wo sie sich ihre Bewertung hinstecken konnte. Weder Thaum noch sie waren Versuchskaninchen in einem beschissenen Labor! »Und? Wie haben wir abgeschnitten?«, fragte sie stattdessen zuckersüß.

»Keine Toten, keine exzessive Gewaltanwendung«, fasste Yorgen zusammen. »Alles in allem also etwas enttäuschend.«

Mira sah den Yeti blinzelnd an, bis der sein breites Gesicht zu einer grinsenden Fratze verzog, sodass man die vielen spitzen Zähne in seinem Mund sah.

»Yorgen hält sich für einen Spaßvogel«, sagte die Hexe entschuldigend. »Und für ein Geschenk des Himmels an diese Welt.«

»Hast du diesen Körper gesehen?«, fragte der Yeti noch immer grinsend und mit übertriebener Empörung in der Stimme, während er an sich hinauf- und hinunterdeutete. »Unter diesem Fell findest du nichts als stahlharte, perfekt definierte Muskeln.«

Mira zog eine Augenbraue hoch und sah zu Drusnik hinüber. Sie zuckte mit den Achseln. »Sie sehen, was ich meine.«

»Mira«, rief Thaum vom Fahrersitz. »Wenn ihr damit fertig seid, diesen selbstverliebten Yeti anzuhimmeln, wäre es echt super, wenn mir jemand einen Tarnstreifen reichen könnte. Das Wandlerpulver lässt bald nach und ein blauer Wolfsmensch am Steuer erregt selbst im einundzwanzigsten Jahrhundert noch Aufmerksamkeit.«

»Tarnstreifen?«, wiederholte Makavia entsetzt. »Wenn das Ihr bisheriger Standard an magischer Unterstützung war, ist es ein Wunder, dass Sie so lange als Grenzgänger überleben konnten.« Sie murmelte etwas in einer osteuropäischen Sprache, die Mira nicht kannte, und tippte einmal gegen die Innenseite des Transporters. Sämtliche Scheiben kräuselten sich, als würde Wasser darüberlaufen, dann war der Effekt vorbei. »Bis ich aussteige, verfügt dieser Wagen von nun an über subtil reflektierende Scheiben, die das Sonnenlicht stets so brechen, dass wir von außen nicht genau zu erkennen sind«, sagte die Hexe beiläufig.

»Das ist nützlich«, gab Thaum zu. »Auf den pappigen Geschmack eines Tarnstreifens unter der Zunge kann ich sehr gut verzichten.«

»Wo fahren wir eigentlich hin?«, fragte Yorgen in Richtung des Nachtstreifers. »Ich habe ganz schönen Hunger. Yetis haben einen mordsmäßigen Stoffwechsel.«

»Mira?«, fragte Thaum mit einem Blick in den Rückspiegel.

»Canary Wharf«, sagte die Elfe und starrte dabei aus dem Fenster. »Dort gibt es eine sichere Wohnung.« Ihre Hände umkrampften noch immer den schwarzen Koffer, den sie aus dem Labor hatte mitgehen lassen.

Sie war gespannt, welche Überraschungen Grayson Steel noch für sie parat hielt.

Die Fahrstuhltüren öffneten sich und der hinter Mira stehende Yorgen stieß einen anerkennenden Pfiff aus. »Das nenne ich mal ein gediegenes Versteck«, sagte er überschwänglich.

Die Elfe trat in das Penthouse hinein und hob dabei mahnend einen Finger. »Diese Wohnung ist Eigentum des Calmanic-Clans. Jeglicher Schaden wird uns teuer berechnet und kann in einem umgehenden Hausverbot in allen Appartements weltweit resultieren.«

»Sie haben ein Konto bei den Calmanics?«, fragte Makavia verdutzt. »Dieser Vampirclan stellt die sichersten und teuersten Unterschlüpfe weltweit zur Verfügung. Ich dachte, Sie und Ihr altes Team wären pleite.«

»Sind wir auch«, sagte Mira schmallippig. »Ich habe einen Zehn-Jahres-Vertrag als Bonus eines Auftrags erhalten, den ich für sie durchgeführt habe. Der ist unveräußerlich.« Sie sah sich seufzend um. »Wann immer ich ihn nutze, laufe ich Gefahr, ein Glas zu zerbrechen und plötzlich vor einer Rechnung zu stehen, die ich nur mit Blut bezahlen kann.« Sie blickte den Yeti streng an, der sich gerade mit Schwung auf eine breite elegante Couch vor dem opulenten Kamin werfen wollte. »Deswegen bringe ich normalerweise niemanden mit hierher. Diese Wohnungen sind wie ein goldener Käfig, in dem man sich mit einer unbedachten Handbewegung um Kopf und Kragen bringt, wenn man nicht liquide ist.«

Thaum lief zu der Glasfront, von der aus man die Themse in der Ferne bewundern konnte, die sich als glitzerndes Band durch London zog. »Also mich hättest du ruhig mal hierhin mitnehmen können«, sagte er mit beleidigtem Unterton. »Kein Wunder, dass du uns so gerne Aufträge in London besorgt hast. Dieses Penthouse ist ein Traum.«

»Du solltest erst das in New York sehen«, murmelte Mira vor sich hin. Dann sagte sie lauter: »Es gibt fünf Schlafzimmer, also ist mehr als genug Platz vorhanden. Der Kühlschrank ist immer voll«, Yorgen drehte sofort ab und näherte sich dem mahagoniverkleideten Ungetüm, »und die Hausbar gut bestückt.«

»Das wird nicht berechnet?«, fragte Makavia amüsiert, einen vielsagenden Blick auf den Yeti werfend, der sich alles, was er im Kühlschrank finden konnte, auf die riesigen Arme schaufelte.

Mira schüttelte den Kopf. »Thaum ist übrigens unser Koch«, sagte sie in Richtung des seine Beute begutachtenden Yorgen.

»Ich komme schon klar«, sagte der Yeti geistesabwesend. »Hier sind alle Zutaten, die ich für einen Pot-au-feu brauche. Wer auch immer diese Kühlschränke bestückt, ist ein Feinschmecker.« Er runzelte besorgt die Stirn. »Hoffentlich haben sie hier einen passenden Wein.«

Mira starrte den Yeti an, der sie daraufhin angrinste.

»Was?«, fragte er provokativ. »Dachten Sie, ich schaufele mir den Kram roh in den Mund, am besten noch inklusive Verpackung? Weil wir Yetis ja den gängigen Vorurteilen zufolge auch vorbeikommende Bergsteiger in unsere Höhlen zerren und fressen, wenn uns danach ist?«

»Beim Essen ist er sehr empfindlich«, warf die Hexe ein und setzte sich auf die Couch vor dem Kamin. »Am besten lassen Sie ihn einfach in Ruhe, bis er mit der Kocherei fertig ist.«

Thaum trat unruhig von einem Fuß auf den anderen und sah dabei immer wieder zu Yorgen hinüber. »Ich helfe ihm besser«, sagte er schließlich, und Mira unterdrückte ein Lächeln. Der Nachtstreifer war nicht nur gut darin, verschiedenste magische Stoffe zu mischen, sondern nutzte seine Intuition ebenso für ausgefallene improvisierte Gerichte.

Während ihr Freund sich zu dem Yeti in die große Wohnküche gesellte, setzte sich die Elfe zu der frisch gebackenen Grenzgängerin. »Wenn die beiden es schaffen, ohne Blutvergießen gemeinsam etwas zu kochen, besteht Hoffnung auf eine Zusammenarbeit«, scherzte Mira.

»Ich höre aus Ihrer Aussage heraus, dass Sie noch immer Zweifel hegen«, sagte Makavia rundheraus. »Ich gebe zu, auch ich habe noch Bedenken, was diese Operation angeht.«

Sie ist aufmerksam und direkt, schoss es Mira durch den Kopf. *Eine Mischung, die viel Zeit spart.*

»Thaum und ich sind schon sehr lange als Grenzgänger tätig«, sagte sie daher ebenso offen. »Wir sind Profis, die wissen, wie das Spiel läuft. Sie und Yorgen hingegen kennen nur die Privilegien beinahe uneingeschränkter Befugnisse mit der geballten Macht des Verhangenen Rates in Ihrem Rücken.«

Drusnik lachte herzhaft auf. »Sie haben noch nie für eine Behörde gearbeitet, meine Liebe. Wissen Sie eigentlich, wie oft mein Schatten mich zurückgepfiffen hat? Vor allem an einem Ort internationaler Diplomatie wie Paris. Ein Viertel meiner Fälle musste ich auf Geheiß des Rates ruhen lassen, obwohl ich wusste, wer Täter oder Täterin war.«

Mira schürzte die Lippen. Paris war das diplomatische Zentrum der *Nebula Convicto*. Nirgendwo sonst auf der Welt kamen mehr unterschiedliche Delegationen teils verfeindeter Wesenheiten zusammen. Die Hexe und ihr Yeti mussten schon einiges erlebt haben, was der Rat nicht an die große Glocke gehängt hatte.

»Sie haben also die Nase voll davon, nach deren Regeln zu spielen«, sagte Mira ihrer Intuition folgend. Als die Hexe sich versteifte, erkannte die Elfe, dass sie ins Schwarze getroffen hatte. Dann kniff sie die Augen zusammen und schaute abwechselnd den am Küchentresen mit Thaum um ein Fleischmesser streitenden Yeti und Makavia an. »Wo ist der Rest Ihrer Quadriga?«, fragte sie leise. »Sie erwähnten einen Schatten. Hat er diese Aktion abgesegnet?«

Makavia schloss die Augen. »Es gab einen Anschlag«, sagte sie. »Ein Botschafter wurde auf einem Empfang getötet, während wir dort als Eskorte Dienst taten.« Sie schluckte. »Nur Yorgen und ich haben überlebt. Wir wussten, wer die arkane Bombe gelegt hat, aber …«

»Die Politik kam Ihnen in die Quere«, sagte Mira, als die andere Frau nicht weitersprach.

Makavia nickte stumm.

Manchmal waren Quaestoren also auch nur schlecht bezahlte Ordnungshüter mit miesen Vorgesetzten. Und anscheinend hatten diese beiden die Schnauze voll davon, vor unsichtbare Wände zu laufen. Mira musste zugeben, dass Grayson ein echtes Händchen dafür hatte, potenzielle Rekruten zu erkennen.

Mira sah den beiden Köchen eine Weile zu, während sie schweigend neben der Hexe saß und die letzten Stunden zu rekapitulieren versuchte. Offensichtlich hatte Grayson Steel es sich nicht nehmen lassen, Miras geschrumpftes Team ungefragt mit seinen eigenen Leuten aufzufüllen. Aber auch wenn die Opferbereitschaft der Hexe und des Yetis ihr unfreiwillig imponierten, wollte sie sicher nicht ihr und Thaums Leben gefährden, nur weil sie die Babysitter für zwei Grünschnäbel spielen mussten.

»Wissen Sie eigentlich, worauf Sie sich da eingelassen haben?«, fragte sie Makavia unwirsch. »Die Existenz eines Grenzgängers ist für neunzig Prozent der Neulinge das Ticket in den Tod oder unter den Tower von London – zumindest, wenn man das Glück hat und im zivilisierten Teil der Welt geschnappt wird. In irgendwelchen abgelegenen Domänen in die Hände jener zu fallen, denen man auf die Zehen gestiegen ist, kann einem auch schnell Folter, Versklavung oder die Teilnahme an magischen Experimenten und Ritualen einbringen, bei denen man meist die Rolle der Opfergabe einnehmen darf.«

Die Hexe sah sie belustigt von der Seite an. »Sind Sie fertig mit der Schauerstunde?«, fragte sie in provokantem Ton. »Oder kommt jetzt noch eine Belehrung darüber, dass Sie uns jederzeit zurücklassen werden, sofern wir zum Ballast werden und Sie Ihre Haut retten müssen?«

Mira verzog gereizt ihr Gesicht. »Sehen Sie diesen Nachtstreifer da?«, fragte sie leise und deutete dabei diskret in Richtung Thaum. »Wenn er beschließt, mit Ihnen einen Auftrag zu erledigen, sind Sie Teil seines Rudels. Das hat Thaum vor langer Zeit so für sich entschieden.« Sie sah der Hexe streng in die Augen. »Das bedeutet, dass er Sie niemals wissentlich zurücklassen würde. Eher würde er sterben.« Sie machte eine kleine, bedeutungsschwangere Pause. »Wissen Sie, wie selten ein Grenzgänger wie er ist? Jemand, auf den man sich in unserem Gewerbe hundertprozentig verlassen kann? Ich habe siebenunddreißig Grenzgänger sterben sehen, bevor ich Thaum traf. Ich war die Neue in seinem Team und bemerkte schnell, dass seine Art, die Welt zu sehen, von den anderen Mitgliedern ausgenutzt wurde. Thaum musste stets die gefährlichsten Aufgaben während eines Jobs übernehmen, was er auch bereitwillig tat. Einer im Team, ein besonders rücksichtsloser Drecksack von einem Oger, benutzte Thaum sogar als lebender Schutzschild, indem er in einem Feuergefecht seine Deckung verließ und darauf vertraute, dass ›der dumme Nachtstreifer‹ sich schon dazwischenwerfen würde.« Mira stieg allein bei der Erinnerung an den Vorfall die Galle hoch. »Thaum fing sich an dem Tag drei Kugeln aus einem Golemtöter ein. Er wäre beinahe verblutet.«

»Lassen Sie mich raten«, warf Makavia mit interessierter Miene ein. »Sie spielten seinen Ritter in strahlender Rüstung und holten ihn aus dem Team raus.«

Miras Augen verengten sich kaum merklich. »Ich übernahm beim nächsten Auftrag die Ausarbeitung der Fluchtroute. Leider ging eine der Sprengladungen, die hinter uns den Fluchtweg versperren sollten, früher los als geplant.« Sie ließ die Worte einen Moment nachhallen, während Thaum und Yorgen die Stille mit den Geräuschen lebhaften Hantierens in der Küche vertrieben. »Als der Rauch sich legte, waren zwei Mitglieder unserer Gruppe tot. Nur Thaum und ich blieben übrig.«

Makavia nickte. »Nachricht verstanden«, sagte sie mit unbewegtem Gesicht. »Solange wir aufeinander aufpassen, sprengt niemand den anderen in die Luft.«

Mira musste gegen ihren Willen schmunzeln. Sie hatte neue Partnerschaften an den Grenzen der Nebula schon mit deutlich spärlicheren Zusagen begonnen.

»Was für ein kulinarischer Barbar schneidet das Fleisch denn in diesem Winkel?«, empörte sich Yorgen lautstark hinter der Arbeitsplatte, und die beiden Frauen sahen sich überrascht um. Mira beobachtete fassungslos, wie der Yeti mit dem Nachtstreifer um ein äußerst langes, extrem scharf aussehendes Küchenmesser rang.

»Man muss nicht immer alles nach dem Standard durchexerzieren. Meine besten Gerichte waren improvisierte Meisterwerke«, schnaufte Thaum, der der Körperkraft des großen Wesens mit den riesigen Pranken eine durchaus präzise

Hebeltechnik entgegensetzen konnte. Mira gab ihrem Freund noch gute fünf Sekunden, bis er die Waffe hergeben musste, ohne dass seine Finger unter dem Griff des Yetis brachen.

»Wir haben hier drüben soeben eine Basis zur Zusammenarbeit gefunden«, sagte sie laut, um die Aufmerksamkeit der beiden Streithähne zu erlangen. »Es wäre schön, wenn ihr zwei diese nicht wegen eines halb fertigen Mittagessens sogleich wieder zerbrecht.«

»Halb fertig?«, fragte Thaum ungläubig keuchend. »Wir haben gerade erst angefangen!«

»Ein gutes Essen braucht seine Zeit«, pflichtete Yorgen dem Nachtstreifer bei.« Das Messer lag nun vergessen zwischen den beiden auf der Arbeitsplatte.

»Ist doch schön, wenn sich alle einig sind«, sagte Makavia mit einem Augenzwinkern in Richtung Mira. »Keiner sticht sich gegenseitig ab, keiner sprengt wen in die Luft.«

»Häh?«, machte Yorgen nur und schaute die Hexe verwirrt an.

»Erzähle ich dir später«, sagte die tätowierte Frau. »Vielleicht nach dem Essen? Falls es irgendwann fertig wird?«

Thaum und der Yeti steckten die Köpfe zusammen und tuschelten grummelnd miteinander. Mira war sich sicher, dass es dabei um Personen ging, die von der Couch aus schlaue Kommentare abgaben, ohne sich an den Vorbereitungen des Mahls zu beteiligen.

»Wir machen uns besser nützlich«, sagte sie halblaut.

»Dann schlage ich vor, Sie öffnen den da«, sagte Makavia mit einer sanften Geste in Richtung des Gegenstandes, den Mira beim Betreten der Wohnung auf dem Wohnzimmertisch abgestellt hatte. »Grayson bestand vehement darauf, dass wir ihn mit uns nehmen.«

Mira schluckte. Das Öffnen des schwarzen Koffers mit dem Logo des *Orb Obsidian* schien ihr wie eine letzte Grenze, die sie auf dem Weg von ihrem alten in ihr neues Leben überqueren musste. Mira war klar, dass der Punkt ohne Wiederkehr bereits mit ihrem Einbruch ins magisch-historische Museum überschritten worden war, aber was auch immer Grayson Steel noch an Überraschungen für sie und Thaum *in petto* hatte, der Inhalt des Koffers würde sicher dazugehören. Sie hatte an diesem Tag ohne eigenes Mitspracherecht neue Teammitglieder zugewiesen bekommen. Was würde sie in diesem Koffer finden?

»Bringen wir es hinter uns«, murmelte sie leise und bediente die goldfarbenen Schnappverschlüsse. »Er war nicht gesichert«, sagte sie verdutzt, als die winzigen Riegel mit einem charakteristischen Klicken aufsprangen.

Langsam hob sie den Deckel des Koffers und blinzelte verblüfft, als sie dessen Inhalt erblickte.

Oberliga

»Sind das … Bruckenbrenner?«, fragte sie unsicher.

Ein Scheppern ertönte aus Richtung der Kochinsel, als Thaum und Yorgen ihre Utensilien fallen ließen und zur Couch eilten.

»Wahnsinn!«, sagte der Yeti. »Die sehen jedenfalls genauso aus, wie die, die ich im Museum für frühindustrielle Magie in Paris gesehen habe.«

»Nicht ganz«, warf Thaum ein, der sein Gesicht dicht über eine der beiden im schwarzen Futteral des Koffers geborgen liegenden Waffen hielt und diese aus nächster Nähe betrachtete. »Ich sehe Zauberzeichen auf den Griffen und dem Lauf, die die Originale nicht aufweisen. Und das gesamte Design ist viel moderner.«

»Vielleicht lesen wir einfach die Notiz?«, fragte Makavia, die als Einzige im Angesicht der sagenumwobenen Pistolen vollkommen ungerührt blieb und einen gefalteten Brief aus einem schmalen Schlitz des Futterals zog. »Ich lese den hier, während ihr anderen die Schießeisen angafft, in Ordnung?« Anscheinend war die Hexe alles andere als eine Waffennärrin.

»Nik«, sagte Yorgen mit einem qualvoll verzogenen Gesichtsausdruck und deutete auf die Pistolen, die wie elegante, schlanke Versionen einer geschwärzten Magnum 44 in den Futteralen darauf warteten, dass jemand sich traute, sie in die Hand zu nehmen. »Das sind echte Bruckenbrenner. Die sind so selten, dass viele sie für Legenden halten.«

»Ja, ja«, machte die Hexe geistesabwesend, während sie den Zettel in ihrer Hand überflog. »Gefertigt im Jahre 1896, auf Geheiß des Rates modernisiert im Jahr 2005, woraufhin sie jedoch einen Großteil ihrer einzigartigen Eigenschaften verloren. Nach fehlgeschlagenen Versuchen der Wiederherstellung, die die Nachbildung ihrer ursprünglichen mago-mechanischen Funktionsweise zum Ziel hatte, wurden sie als defekt deklariert und ans magisch-historische Museum überstellt.« Mira sah aus den Augenwinkeln, wie sich Makavia versteifte, als sie weiterlas. »Mittels der da Vinci-Papiere vor zwei Monaten restauriert, sollen sie in der Hand eines magisch begabten Trägers nun voll funktionsfähig sein.«

»Also sind die Wummen für dich, Nik«, sagte Yorgen begeistert. »Komm, schnapp sie dir, und dann sehen wir, was die Babys so können.«

Mira war nicht überrascht, als die Hexe den Kopf schüttelte. »Keine Waffen für mich, das weißt du doch«, sagte sie und drehte dann ihren Kopf, sodass ihr Blick zwischen Mira und Thaum hin und her wandern konnte. »Ich mag keine Waffen, wie so viele, die sich voll und ganz der Magie verschrieben haben.« Sie hob für einen Augenblick ihre Hände, die mit dem filigranen Geschmeide geschmückt waren, das die tätowierte Frau aus dem Museum hatte mitgehen lassen. »Erstens brauche ich beide Hände, wenn ich die Macht der Fluchfänger nutzen will, und zweitens will ich keinen Finger am Abzug haben, wenn mich meine Gefühle übermannen.«

Thaum kniff die Augen zusammen. »Sie reden vom *Schleier*?«

Miras Puls schoss in die Höhe, als Makavia nickte. Als *Schleier* – manchmal auch *Wutschleier* oder *Gefühlsschleier* genannt – bezeichnete man das Phänomen, wenn Hexen die Kontrolle über ihre Emotionen verloren. Da sie ihre Macht aus jenen Gefühlen zogen, die sie im Moment ihres Zauberwirkens durchlebten, tanzten die meisten Hexen auf einem dünnen Drahtseil zwischen großer Macht und der Gefahr, sich und ihre Verbündeten mit ihrer wilden Magie zu gefährden.

»Ich dachte, gut ausgebildete Hexen haben den *Schleier* im Griff?«, fragte Mira besorgt. »Nichts für ungut, aber ich laufe bestimmt nicht mit einer magischen Zeitbombe im Team die Grenzen der Nebula entlang.«

»Mal schön sachte …«, begehrte Yorgen auf, aber Thaum schob sich zwischen ihn und Mira.

»Die Frage ist berechtigt«, sagte er ruhig. »Wir alle müssen wissen, woran wir sind.«

Der Yeti wirkte nicht überzeugt, schwieg aber mit tief heruntergezogenen Augenbrauen, was seinem pelzigen Gesicht eine ungeheuer finstere Note verlieh. Erst jetzt fiel Mira auf, dass die riesige Gestalt sonst eigentlich immer lächelte.

Nur kein Neid, schoss es ihr ungewollt durch den Kopf.

Makavia schloss mit einem Seufzen die Augen. »Es ist ein Irrglaube, dass man den *Schleier* jemals vollends beherrschen kann.« Sie machte eine kurze Pause. »Zumindest dann, wenn man sich nicht mit der Stagnation der eigenen Möglichkeiten zufriedengeben will. Wann immer eine Hexe oder ein Hexer die Grenzen seiner magischen Fähigkeiten erweitert, kehrt mit dem Machtzuwachs auch die Gefahr zurück, dass sich im falschen Moment der *Schleier* über ihn oder sie legt, bis erneut die Kontrolle der eigenen Gefühle gemeistert wird und die Spirale von Neuem beginnt.« Sie hob beide Hände wie die Schalen einer Waage. »Macht auf der einen Seite, Kontrolle über den *Schleier* auf der anderen. Die Kunst ist es, diese beiden Faktoren stets im Gleichgewicht zu halten.« Nun drehte sie ihre Hände, woraufhin die Fluchfänger das Sonnenlicht einfingen und ein verspieltes Glitzern die goldenen Fäden entlanglief. »Mit Erhalt dieses Fokus werde ich mein Gleichgewicht neu finden müssen. Und das für eine sehr lange Zeit.«

»Dann lassen Sie die Dinger eben in der Hosentasche, wenn es ernst wird«, sagte Mira entschieden. »Und wann immer wir in

Sicherheit sind, können Sie deren Macht meistern …« Die Elfe brach ab, als ihr Gegenüber müde den Kopf schüttelte.

»Sie wissen offensichtlich nichts über Fluchfänger«, sagte die Hexe resigniert. »Ihre Macht entfalten diese Geschmeide durch die Besonderheit, dass sie die negativen Emotionen, die uns in einer Situation entgegengebracht werden, meinen eigenen hinzufügen und so die Macht meiner Zauber verstärken. Sie … saugen sie auf, könnte man sagen, und stellen mir jene Gefühle des Gegners zur Verfügung, als wären es meine eigenen.«

»Cooool«, sagte Yorgen langgezogen. »Wenn die Kacke am Dampfen ist, kannst du also so richtig loslegen.«

»Solange es mir gelingt, all diese Gefühle zu kontrollieren«, sagte Makavia mahnend. »Meine Fähigkeiten im Umgang mit dem Schleier werden um ein Vielfaches wachsen müssen.«

»Also können Sie nur üben, wenn es für uns gefährlich wird und je gefährlicher es wird, umso eher gefährden Sie uns als Gruppe«, fasste Mira zusammen. »Ich denke nicht, dass das Risiko den Nutzen aufwiegt.«

Das Nicken Thaums war ebenso energisch wie sein Gesichtsausdruck.

Die Hexe ballte besitzergreifend ihre Fäuste. »Das ist nicht Ihre Entscheidung«, sagte sie kühl. »Ich werde von Fall zu Fall abwägen, ob ich die Fluchfänger trage oder nicht.« Yorgen stellte sich hinter die tätowierte Frau und schon waren die Fronten klar.

Na toll, dachte Mira. *Ein Patt.* Nichts brachte Grenzgänger schneller um als widersprüchliche Standpunkte.

»Also, ich hab schon eine Knarre. Kann einer von euch zweien mit den Bruckenbrennern etwas anfangen?«, fragte der Yeti und Mira war überrascht, dass Yorgen versuchte, das Thema zu wechseln. Anscheinend war es nicht im Interesse der großen Gestalt, jeden Konflikt umgehend auszutragen.

»Ich bin nicht magisch begabt«, sagte Thaum, und die Traurigkeit in seiner Stimme ließ Mira innerlich zusammenzucken. Der Nachtstreifer hatte sich genau deswegen so auf das Mischen magischer Ingredienzien versteift. Um die Fähigkeiten eines Magiers zumindest nachahmen zu können.

»Bleibt nur noch unsere Königliche Hoheit«, sagte der Yeti leichthin.

»Mira besitzt auch keine nennenswerte Magie …«, begann Thaum, und die Elfe wandte den Blick ab, um ihren Freund nicht ansehen zu müssen.

»Wie mächtig sind diese Waffen?«, fragte sie leise in den Raum.

Blöde Idee, Mira, schalt sie sich selbst. *Manche Brunnen sollten verschüttet bleiben, manche Quellen besser verborgen.*

Makavias Augen wurden schmal, während sie die Elfe musterte, und Mira konnte den Unglauben in Thaums Blick kaum ertragen, als er begriff, was ihre Frage implizierte. »Ich habe in Ihrer Akte über eine magische Grundausbildung gelesen, aber keinerlei Einzelheiten dazu in dem Dossier entdecken können«, sagte sie nachdenklich. »Besitzen Sie Fähigkeiten, die über eine simple Verneblung hinausgehen?«

»Es gibt eine vage Möglichkeit, dass diese Waffen bei mir funktionieren könnten«, sagte sie ausweichend, einem diffusen Gefühl in ihrem Inneren folgend. Doch sie kam nicht weit. Reflexartig baute sich ein Widerstand in ihrem Geist auf, der ihre Neugier abblockte und sie verwirrt und zögerlich zurückließ, so als hätte ihr ein Türsteher den Zutritt zu ihrer Erinnerung verweigert. Und dennoch wurde sie das Gefühl nicht los, dass da mehr war, etwas, das sie beunruhigte. »Aber es wäre ein ebenso großes Wagnis wie mit Ihren Fluchfängern … denke ich«, fügte sie daher unsicher hinzu.

»Unser geschätzter Grayson scheint von ihrem Dilemma gewusst zu haben«, sagte Makavia, die ihr den Zettel in die

Hand drückte. »Ich denke, die nächsten Worte sind allein für Sie bestimmt.«

Mira nahm den Brief entgegen und las die wenigen Worte, die in Elfisch unter der Zusammenfassung über die Bruckenbrenner standen.

Niemand kann ewig davonlaufen.

Mira runzelte verwirrt die Stirn.

Davonlaufen?, dachte sie. *Was meint Grayson nur damit?*

Sie beschloss, nicht weiter darüber nachzudenken, da der geschriebene Satz eine tiefsitzende Unruhe in ihr auslöste, die direkt aus ihrem Unterbewusstsein hervorzukriechen schien.

Reiß dich zusammen, Mira!, spornte sie sich an und blickte dann zu den anderen hinüber.

»Hier steht nichts darüber, wie die Bruckenbrenner bedient werden«, sagte sie mit einem Kopfschütteln. »Ich fasse diese Dinger nicht an, bevor ich nicht mehr über sie weiß.« Ihr war klar, dass jeder im Raum ihre billige Ausrede durchschaute, aber zumindest ließen alle Anwesenden sie damit davonkommen.

»Auf dem Zettel steht noch etwas«, sagte Makavia in die darauffolgende Stille. »Wenn wir so weit sind, sollen wir in den schwarzen Beutel im Koffer schauen.«

Mira blinzelte überrascht und sah noch einmal genauer hin. Tatsächlich, dort, oberhalb der beiden Bruckenbrenner, befand sich ein schmaler Beutel aus Samt, kaum länger als ihre Hand und gerade einmal fünf Zentimeter dick. Sie griff an den Waffen vorbei und zog den Behälter hervor, in dessen Inneren sich mehrere schlanke Gegenstände ertasten ließen. Sie gab den Beutel an Thaum weiter, schon allein, um den Nachtstreifer auf andere Gedanken zu bringen, da ihr Freund sie noch immer nachdenklich ansah.

»Mach du weiter«, sagte sie. »Dann kannst du uns auch direkt erzählen, was du da für einen Flickenteppich im Museum mitgenommen hast.«

Thaums Augen glänzten, als er dem unscheinbaren Umhang einen Blick zuwarf, der über einem der Stühle an der Kochinsel hing. »Das ist ein klassischer Tarnumhang«, sagte der Nachtstreifer. »Einfach überwerfen, die Kapuze über den Kopf ziehen und schon ist man unsichtbar.«

»Wie langweilig«, sagte Yorgen. »Aber irre praktisch«, fügte er unter dem bösen Blick des Nachtstreifers umgehend hinzu.

»Es sind mir unbekannte Runen in das Innenfutter des Mantels eingenäht worden«, fuhr Thaum fort, der dabei den schwarzen Beutel gedankenverloren in seiner Hand drehte. »Offensichtlich wurde an ihm ebenfalls experimentiert. Zu welchem Zweck kann ich nicht sagen.«

»Toll«, sagte Mira mit einem Augenrollen. »Noch mehr Unwägbarkeiten. Ich wäre wirklich dankbar für ein paar verlässliche Antworten.«

»Mach endlich den Beutel auf«, forderte Yorgen den Nachtstreifer in jovialem Ton auf. »Ich will weiterkochen.« Dann legte er sich die Pranken auf den felligen Bauch. »Dieser Yeti ist am Verhungern.«

Thaum zog an der kleinen Schnur, die den Beutel verschlossen hielt, und schüttete seinen Inhalt auf den Couchtisch. »Smartwatches«, sagte er verdutzt.

»Vier Stück«, ergänzte Makavia. »Zwei Damen- und zwei Herrenuhren.«

»Das wird wohl meine sein«, sagte Yorgen und griff nach der größten Uhr, die komplett goldfarben war und ein massives metallisches Armband in derselben Farbe aufwies. Er legte sich die Uhr an und ein lautes Schnappen ertönte, gefolgt von einem leisen Zischen. »Autsch«, machte der Yeti. »Das Ding hat mich gestochen!«

Ein Laut ging von der Uhr aus, der an die Glocke einer Fahrstuhltür erinnerte. »Biologisches Profil erkannt. Willkommen, ehemaliger Custos Yorgen.«

»Das war wohl richtig erraten«, sagte Thaum und griff nach der anderen großen Smartwatch, die eine schlankere, silberne Version derer war, die am Handgelenk des Yetis prangte. Ein Schnappen, ein Zischen, ein Glockenton. »Willkommen, Thaum, Sohn der Ravenaka.«

»Zwei von vier«, sagte Mira und schob der Hexe eine elegante, in Schwarz und Gold gefasste Uhr hinüber, die gut zu deren Fluchfängern passte.

»Willkommen, Makavia Drusnik«, begrüßte die Uhr die tätowierte Frau einige Sekunden später.

»Jetzt fehle nur noch ich«, sagte Mira und legte sich die übrig gebliebene schwarz-silberne Smartwatch um ihr eigenes Handgelenk. Sie spürte einen kleinen Stich, als eine Nadel aus der Rückseite des Gehäuses hervorschoss und ihre Haut durchstach.

Ein schriller Alarmton gellte aus der Uhr hervor, während sich das Armband wie eine Fessel um Miras Handgelenk legte.

»Alarm! Alarm! Falscher Nutzer identifiziert«, plärrte es aus der Smartwatch.

»Was zum …«, begann Yorgen und sah Mira mit ebenso großen Augen an wie die beiden anderen Grenzgänger.

»Sicherheitsbruch der Stufe drei festgestellt«, ertönte es aus der Uhr. »Leite Selbstzerstörung ein.«

Mira sprang auf und sah auf ihr Handgelenk hinab, als hätte sich soeben eine giftige Schlange darumgewickelt. »Verfluchte Scheiße!«, war alles, was ihr auf die Schnelle einfiel.

»Mach sie ab, mach sie ab!«, drängte sie Thaum, aber Mira schüttelte nur hilflos den Kopf. Sie musste gar nicht erst an dem Armband zerren, das ihr regelrecht das Blut abschnürte. Diese Uhr würde sie nicht freigeben.

Der Nachtstreifer hechtete in Richtung seines Umhangs. »Vielleicht habe ich noch Säure in einer der Flaschen …«, begann er.

»Fünf«, leierte die Computerstimme einen Countdown hinunter, und Miras Augen wurden größer und größer.

»Nik, tu was …«, röhrte Yorgen und zog seine riesige Dienstwaffe aus dem Holster.

»Vier.«

»… oder ich versuche, die Uhr abzuschießen!«

»Drei.«

»Das würde mir den Arm abreißen«, sagte Mira ungläubig.

Besser amputiert als zerfetzt. Der düstere Gedanke stieg aus den Tiefen ihrer Ausbildung zur Herrscherin hervor. *Rette, was zu retten ist. Opfere den Rest.*

»Zwei.«

Kleine Stränge aus fließendem Licht, die mittels gemurmelter Worte und komplizierter Gesten erschaffen worden waren, lösten sich von den Fingern Makavias und griffen nach der Uhr. Funken flogen in alle Richtungen, als sie das Gehäuse berührten.

»Abgeschirmt«, sagte die Hexe entsetzt.

»Eins.«

Mira stolperte von den anderen fort und reckte den Arm in die Luft. »Tu es«, rief sie Yorgen zu, und der Yeti legte an. Das Klicken des Hahns seiner Waffe erschien Mira wie das Lauteste, das sie je gehört hatte.

»Bumm!«, sagte die Uhr in einer gar nicht mehr weiblichen künstlichen Stimme, sondern mit dem raspelnden Timbre eines bestimmten Zwerges, den Mira irgendwann töten würde, so wahr sie hier stand.

Sie riss ihren Arm in dem Moment hinunter, als Yorgen abdrückte. Die Kugel stanzte mit einem lauten Knall eine Kerbe in die elegante Westwand.

»Scheiße«, kommentierte der Yeti folgerichtig. »Das war knapp.«

»Auf wen ballert ihr denn da?«, fragte Mack mit einem breiten Grinsen. Das Gesicht des Zwerges füllte das Display jeder der Smartwatches aus.

»Auf meine Hand, du Vollidiot!«, fauchte Mira das Technikgenie an, das in den letzten Jahren stets als Schatten für die Quadriga Grayson Steels fungiert hatte.

»Ich hätte sie beinahe abgeschossen«, stammelte Yorgen mit untertellergroßen Augen. Offensichtlich gingen dem Yeti mehr Dinge zu Herzen, als seine unbekümmerte Art vermuten ließ.

Wie zum Beispiel, meine Hand zwangszuamputieren.

»Deine Idee von einem Scherz ging beinahe nach hinten los«, schäumte Mira, deren Puls sich langsam senkte.

Nichts passiert, beruhigte sie sich. Irgendwann würde sie darüber lachen. Vorzugsweise, während sie auf Macks Grab tanzte.

»Was seid ihr so nervös?«, beschwerte sich der Zwerg und lehnte sich vor seiner Kamera zurück. Ein blauer Himmel, über den Möwen entlangschwebten, wurde ebenso sichtbar wie das knallbunte Hawaii-Hemd, das Mack trug und aus dem dessen dichte Brustbehaarung hervorquoll wie eine tote rothaarige Ratte. »Was denkt ihr denn, was so eine Uhr im Ernstfall macht?« Er schnaubte. »Als ob da genug Sprengstoff reinpasst, um Schaden anzurichten. Das Ding überhitzt sich nur und schmilzt alles, was sich darin befindet.«

»Und das sich verschließende Armband?«, fragte Mira, die bereits zum neunten Mal prüfte, ob die Smartwatch sich wieder abnehmen ließ.

Neun von neun Versuchen erfolgreich, dachte sie sich und betätigte die Schließe ein weiteres Mal. *Sicher ist sicher.*

»Soll es dem Dieb schwer machen, seine Tat zu verstecken«, sagte Mack mit einem Augenrollen. »Die Uhr gibt dem mit ihr verbundenen Schatten – also mir – ihren Standort durch und ich lasse dann die Hunde los.«

»Sie wissen, dass ich Sie für diesen kleinen Streich vor den Rat zerren könnte, oder?«, fragte Makavia eisig.

»Nicht mehr«, sagte Mack und Schuldbewusstsein huschte für eine Sekunde über sein bärtiges Gesicht. »Sie sind seit heute keine Quaestorin mehr.«

»Mach nur so weiter«, grollte Yorgen finster. »Dann hast du halbe Portion hier bald keine Freunde mehr.«

Mack riss die Arme entschuldigend in die Höhe. »Schon gut, schon gut, tut mir leid«, sagte er, und Mira hörte die Aufrichtigkeit in seiner Stimme. »Ich hätte daran denken müssen, was für einen Tag ihr hinter euch habt. Heute keine dummen Scherze mehr, versprochen.« Er nahm die Hände wieder herunter und rieb sie dann gegeneinander. »Ich mache es wieder gut, in Ordnung?«

Mira ließ sich auf die Couch fallen und starrte auf ihre Uhr. »Ich höre …«

»Zuerst mal: Ich bin eure digitale Verstärkung«, verkündete der Zwerg in einem Tonfall, als hätte er gerade eine neue Religion ins Leben gerufen. »Mittels eurer Uhren habe ich euch immer im Blick. Vitalwerte, magische Aura, taktische Position zueinander … Was immer das Herz begehrt.«

»Wir haben also eine Leine um den Hals«, sagte Thaum feindselig und nahm demonstrativ seine Uhr ab. »Darauf kann ich gut verzichten.«

»Ich denke, wir alle sind auf dem falschen Fuß gestartet«, sagte Mack so versöhnlich, dass Mira fast übel wurde. Sie kannte den Zwerg gut genug, um zu wissen, dass Diplomatie nicht seine Stärke war.

»Lasst mich kurz meine Arme und Beine recken, dann können wir besser reden.« Die Kamera des Zwerges zoomte heraus, als er sich theatralisch streckte, wobei sich der irritierten Mira ein Liegestuhl an einem Stand vor einer Villa offenbarte, wie sie die Reichen und Schönen in den karibischen Steuerparadiesen der mundanen Welt zu besitzen pflegten. Gleichzeitig erwachte der riesige Fernseher an der Ostwand des Wohnzimmers zum Leben und spiegelte den Livefeed auf den Uhrendisplays.

»*Mack Import und Export*, eine Tochter der *Dwarven Unlimited Bank* mit Sitz in Aruba, die einer Briefkastenfirma auf den Cayman Isles gehört, ist stolz, ankündigen zu dürfen, dass –«, er unterbrach sich räuspernd, als Mira demonstrativ zur Fernbedienung griff, um den Bildschirm abzuschalten. »Darf ein Zwerg jetzt nicht mal mehr stolz auf seine Arbeit sein?«, beschwerte er sich.

»Ich geh kochen«, warf Yorgen ein und Thaum folgte ihm wortlos.

»Dann eben die Kurzversion«, schmollte Mack. »Ich habe mir in den letzten beiden Jahren ein nettes Nebengeschäft als Schieber von mehr oder weniger legalen Waren und Dienstleistungen aufgebaut, um die laufenden Kosten meines neuen Domizils decken zu können. Ihr glaubt gar nicht, was die Traumfeen des *Somnium* für einfachste Extrawünsche berechnen! Hätte ich gewusst, dass der Deal, den Grayson mit ihnen ausgehandelt hat, nicht die einfachsten Freuden des Lebens umfasst …«

»Das ist die Kurzversion?«, blaffte Makavia. »Kein Wunder, dass Grayson Sie aus seiner täglichen Arbeit ausgeschlossen hat.«

»Ich berichte direkt an Shaja«, erwiderte der Zwerg in pikiertem Ton. »Und damit auch an Grayson. Es ist nur so, dass meine Nebentätigkeit die perfekte Tarnung für meine Zusammenarbeit mit euch darstellt. Offiziell bin ich ab jetzt euer Schieber.«

Mira rollte mit den Augen. »Danke für nichts«, sagte sie trocken.

»Mein Ruf ist ausgezeichnet!«, verteidigte Mack sich gekränkt. »Hier eine Auswahl der Jobs, die ich vermittelt habe.« Eine lange Liste an Verbrechen glitt über den Bildschirm.

Thaum stieß in der Küche einen Pfiff aus. »Der Einbruch in Peking, das hast du angeleiert? Die Belohnung, die die Ältesten der Naga für die Rückkehr der Opferschale ausgelobt haben, ist fast so hoch wie das Kopfgeld der Diebe.«

Mack blickte ausgesprochen selbstzufrieden drein. »Ich kenne da ein paar gelenkige Nixenzwillinge, die überall reinkommen. Ihr würdet euch wundern, wie sie den Einbruch durchgezogen haben, sie –«

»Kurzversion!«, schnarrte Makavia mit schmalen Augen.

»Ja doch«, murrte Mack.

Mira genoss den Anblick des sich windenden Zwergs. »Du bist also unser Schieber und gleichzeitig unser Kontakt zum *Obsidian*«, half sie dem Schatten zurück in die Spur.

Der übermäßig gepiercte Schädel Macks ruckte heftig auf und ab. »Offiziell – oder sollte ich besser sagen, inoffiziell – habt ihr mich kontaktiert, nachdem ihr einen Riesenraubzug im magischhistorischen Museum hingelegt habt. Dabei habt ihr zwei sowie die abtrünnige Quaestorin und ihr Custos experimentelle magische Gegenstände und Materialien im Wert mehrerer Millionen Euro erbeutet.« Das Grinsen kehrte bei den letzten Worten wieder in sein struppiges Gesicht zurück. »Ihr seid in den entsprechenden Kreisen in aller Munde und steht in den Top Ten der Fahndungsliste der *Nebelwacht.* Ich gratuliere: Ihr spielt jetzt in der Oberliga der Grenzgänger.«

Oberliga. Das Wort hallte noch immer in Miras Verstand wider, als sie mit den anderen Mitgliedern ihres neuen Teams beim Essen saß. Mack hatte minutiös wiedergegeben, wie er ihren mörderischen Ausflug nach Prag, den Einbruch ins Museum und die Abtrünnigkeit Makavias und Yorgens für die einflussreichsten Plappermäuler, die die Unterwelt der Nebula zu bieten hatte, zu einer einzigen Odyssee der Rache und Gier umgedichtet hatte.

Laut dem, was Mack als vermeintliche Wahrheit verbreitet hatte, waren Mira und Thaum so erbost über den Verrat Megocks gewesen, dass sie ihn und sein Lagerhaus in die Luft gejagt hatten, um anschließend mit einem Jahrhundertraub ihren Ruf wiederherzustellen. Makavia und Yorgens Unzufriedenheit mit den politischen Spielchen des Rates in Paris waren bereits lange zuvor von Graysons Spionen bekannt gemacht worden, und durch Macks Gerüchte schien es der anrüchigen Welt entlang der Grenzen der Nebula so, als wäre es für Mira und Thaum ein Leichtes gewesen, die beiden mit den Verlockungen des großen Geldes zu korrumpieren.

Die Gegenstände, die sie »zufällig« im Labor des Museums erbeutet hatten, würden den Rummel um Mira und ihr Team zusätzlich befeuern und gleichzeitig ihre Chancen erhöhen, dieses Himmelfahrtskommando zu überleben, auf das Grayson Steel sie geschickt hatte. Denn auch wenn sie jetzt zu den erfolgreichsten Grenzgängern gehörten, die die Nebula zu bieten hatte, waren sie in ein gefährliches Doppelspiel verstrickt, das komplexeren Regeln unterlag als denen von illegalem Angebot und Nachfrage.

Ein Klopfen riss Mira aus ihren Gedanken. Sie zog ihre Waffen aus den Schulterholstern, ohne weiter darüber nachzudenken, und richtete sie auf die Eingangstür. Eine Sekunde später kam sie sich wegen ihrer Vorsicht nur deswegen nicht vollkommen dämlich vor, weil Yorgen und Thaum ebenso überreagiert hatten wie sie. Der Nachtstreifer hielt ein Fläschchen voll brodelnder Flüssigkeit in der Hand, der Yeti seine frisch gestohlene übergroße Feuerwaffe.

»Ach ja, ich erwarte übrigens einen Kurier, der die Hehlerware entgegennimmt, die ich in eurem Namen veräußert habe«, sagte Mack gleichmütig. »Gegen einen geringen Anteil des Kaufpreises, den ich einbehalte, versteht sich.«

»Können wir das Risiko eingehen, diese Materialien in die falschen Hände geraten zu lassen?«, fragte Makavia, die als Einzige in Anbetracht des Klopfens ruhig geblieben war und dabei auf den Rucksack voller kleinerer Beutestücke deutete, den sie im Labor des Museums gefüllt hatten. »Ich wäre ungern für ein Unglück oder einen Anschlag verantwortlich, der damit verübt wird.«

»Bitte sagen Sie mir, dass Sie nicht diesen blödsinnigen Schwur auf den *Orb Obsidian* abgelegt haben«, sagte Mira stöhnend.

»Nur die Variante, die Sie kreiert haben«, erwiderte Yorgen leichthin. »Glücklicherweise haben Nik und ich uns erst nach eurem Schwur dazu durchgerungen, unsere bisherigen Leben über den Haufen zu werfen, oder uns wären vom ursprünglichen Eid ernsthaft die Hände gebunden gewesen. Eure Version ist da so viel … großzügiger, was den Spielraum für illegale Handlungen angeht.«

»Was uns nicht von unserem Gewissen befreit«, fügte die Hexe in spitzem Ton hinzu.

»Kein Grund zur Aufregung. Das meiste, was ihr habt mitgehen lassen, waren lediglich unbrauchbare Materialproben. Aber der Markt für alles, was mit da Vinci zu tun hat, ist dermaßen überteuert, dass ich sie allein aufgrund ihrer Herkunft für sechsstellige Beträge pro Stück veräußern konnte.« Er kicherte hämisch. »Das meiste davon landet in irgendwelchen Privatlaboren oder Kultstätten, wo verzweifelte Torfköpfe versuchen werden, aus dem Müll schlau zu werden, den wir ihnen verkauft haben.«

»Ist das nicht schlecht für deinen … unseren Ruf?«, korrigierte sich Thaum.

Mack winkte ab. »Ich habe einen fünfzigprozentigen Nachlass gewährt mit dem Hinweis, dass die Funktionsweise der erworbenen Beutestücke unbekannt ist. Wenn hinterher ein Käufer trotz dieser Warnung rumheult, weil die Ware seine Hoffnungen nicht erfüllt, wird derjenige sein Gesicht verlieren.«

»Erinnere mich daran, nie mit dir Geschäfte zu machen«, sagte Yorgen. Dann klopfte es wieder, diesmal drängend und schnell hintereinander.

»Ihr solltet euch beeilen«, sagte Mack unruhig. »Der *Schwarze Wichtel* klopft nie dreimal.«

»Der was?«, fragte Yorgen.

»Der *Schwarze Wichtel*«, sagte Mira. »Offiziell existiert er nicht, aber vor gut einem Jahrhundert hat sich angeblich ein Clan aus Heinzelmännchen auf Dienstleistungen für … anrüchige Lieferungen spezialisiert. Sie sind den Gerüchten zufolge sehr teuer, unglaublich diskret und noch nie erwischt worden. Bis zu diesem Zeitpunkt war ich nicht von ihrer Existenz überzeugt.«

»Ich bringe das besser zu ihnen«, sagte Thaum und schnappte sich den Rucksack voll wahllosem Plündergut. Dann hastete er zur Tür und riss sie auf. Das Licht im Flur flackerte kurz. Mira reckte den Hals und sah einen schwarzen Zettel mit seltsam glimmenden Buchstaben darauf auf der Fußmatte liegen. »Die Ware bitte auf den Zettel legen«, las Thaum laut vor. Er stellte den Rucksack auf die Botschaft und wieder flackerte das Licht. Sowohl das Diebesgut als auch der Zettel waren verschwunden.

»Wird noch wem ganz anders, wenn man bedenkt, was diese kleinen Kerlchen alles anrichten könnten, sollten sie sich als Auftragsmörder anbieten?«, fragte Yorgen in die Runde, während der Nachtstreifer die Tür schloss und an den Esstisch zurückkehrte.

»Das würde der Rat nicht zulassen«, sagte Makavia in rigidem Ton. »Sie mögen vielleicht einen Ring anrüchiger Kuriere dulden, aber blitzschnelle Mörder wären eine Gefahr für die Nebula als Ganzes.«

Mack räusperte sich. »Die anderen Heinzelmännchen haben bereits vor langer Zeit interveniert«, sagte er mit wackelnden

Augenbrauen. »Der *Schwarze Wichtel* wird so lange von ihnen geduldet, wie er bestimmte Linien nicht überschreitet. Gerüchten zufolge, die nicht mal der Rat überprüfen konnte, setzt sich dieser abtrünnige Clan aus in Ungnade gefallenen Heinzelmännchen zusammen, die die Regeln der Gastfreundschaft verletzten. Das würde zumindest erklären, warum es den *Schwarzen Wichtel* noch immer gibt. Ihr Nachschub an Abtrünnigen hält ewig.« Er klatschte laut in die Hände. »Wer will seinen Kontostand wissen?« Sofort leuchtete auf jeder der Smartwatches eine Kontonummer und eine absurd hohe Zahl auf, die Mira aufkeuchen ließ.

Und wir haben vor ein paar Tagen unser Leben für ein paar Tausend Euro riskiert, ging es ihr durch den Kopf.

»Das heißt, einige unserer früheren Sorgen sind vom Tisch«, murmelte Thaum nachdenklich und wandte sich dann an Mack. »Kann jeder von uns auf das Geld zugreifen?«

»Werd bloß nicht gierig, Freundchen«, sagte Yorgen und hob drohend einen Finger.

»Wedel nur weiter damit in meine Richtung, du bleicher Bettvorleger …«

»*Ich* verwalte das Konto«, sagte Mack. »Anweisung von Grayson.«

»Oh«, machte Thaum enttäuscht.

»Na, na«, sagte Mack in väterlichem Ton. »Wer eine Anschaffung benötigt, kommt einfach zu mir. Ich bin wirklich nicht der knauserige Typ.« Bei diesen Worten legte er seine Beine so hoch, dass sie im Bild zu sehen waren, und offenbarte ein Paar sehr haarige Füße, die in etwas steckten, das wie goldene Strandsandalen aussah.

»Ich hätte da ein privates Anliegen …«, begann Thaum in diskretem Ton.

»Diese Ressourcen sind für unseren Auftrag vorgesehen und nicht für Privatvergnügungen«, sagte Makavia biestig.

Mira seufzte. »Thaum will seinem ursprünglichen Rudel helfen«, sagte sie in müdem Ton. »Er hat schon immer alles, was er verdiente um den ganzen Globus gesandt, um seinen früheren Rudelmitgliedern unter die Arme zu greifen.«

Der Nachtstreifer zog den Kopf ein und begann, sich seine Portion von dem herrlich duftenden Pot-au-feu in den Mund zu schaufeln, ohne sie oder die anderen anzusehen.

»Oh, ähm«, hüstelte Yorgen. »Dagegen ist nichts einzuwenden«, sagte er linkisch und tätschelte übertrieben vorsichtig die Schulter Thaums. »Guter Mann«, murmelte er schließlich und stürzte sich dann mit verlegenem Blick auf seinen Teller.

»Entschuldigung«, sagte Makavia höflich in Richtung des Grenzgängers. »Offensichtlich werden wir vier noch an unseren Vorurteilen arbeiten müssen.«

Sie macht aus ihrem eigenen Fehler einen allgemeinen, dachte Mira halb bewundernd, halb verachtend. *Vater wäre stolz auf sie.*

»Um Thaums altes Rudel wird sich gekümmert, ganz so, wie Grayson versprochen hat. Also mach dir um sie keine Sorgen mehr, in Ordnung?«, beruhigte Mack den Nachtstreifer, der mit einem dankbaren Nicken reagierte, ohne aufzusehen. Dann kehrte die joviale Art des Zwergs mit Macht zurück und er blickte herausfordernd in die Runde »Warum esst ihr vier Hübschen nicht in Ruhe, während Onkel Mack euch erzählt, was ihr da Schönes aus dem Museum habt mitgehen lassen, bevor wir zum Geschäftlichen kommen?«, fragte er.

»Ist unsere Antwort auf die Frage von Belang?«, fragte Makavia grimmig.

»Also«, sagte Mack laut, um die Stimme der Hexe zu übertönen. »Fangen wir doch mit dem Offensichtlichen an.« Das Bild des Zwerges verschwand und wurde von einer sich drehenden Nahaufnahme der Fluchfänger abgelöst, die in einer unbekannten steinernen Grabkammer lagen. »Das Grabgeschmeide einer

Hexenpriesterin von Ra, gefunden im Jahre 1812 bei Ausgrabungen in der arabischen Wüste. Sie stammt aus den Zeiten vor den Magierkriegen, eine genaue Datierung ist unmöglich, da der Fluchfänger mindestens zweitausend Jahre oder länger in der Grabkammer inmitten eines Nexus aus drei Kraftlinien schlummerte.«

Mira sah, wie Makavia beunruhigt auf den Schmuck an ihrer Hand hinabsah. *Oh toll.* Die Hexe wurde also nervös. *Das ist ja so gar nicht beunruhigend.*

»Grayson hofft, dass Sie die Macht dieses Fokus meistern werden«, fuhr Mack mit dem emphatischen Gespür einer Steinlawine fort. »Und ich soll Ihnen ausrichten, dass es besser wäre, keinerlei Artefakte zu tragen, während Sie die Fluchfänger nutzen. Niemand möchte eine Kaskade riskieren, nicht wahr?«

Die Hexe nickte nur stumm.

»Thaum«, sagte Mack lächelnd in Richtung des Nachtstreifers. »Der Tarnumhang ist ein Standardmodell aus der Puk-Serie, also billigste Massenware aus Norwegen.«

»Oh«, machte der Nachtstreifer und lächelte dann höflich. »Trotzdem ein guter Fang«, fügte er hinzu.

Mack zog ein übertrieben enttäuschtes Gesicht. »Du bist zu lieb für einen Grenzgänger«, sagte er ungnädig. »Es macht keinen Spaß, dich aufzuziehen, wenn du nicht mitspielst.«

»Mack«, sagte Mira warnend, und der Zwerg hob abwehrend die Hände.

»Schon gut«, sagte er spitz und tippte auf der Tastatur auf seinem Schoß herum. Das Bild im Fernseher änderte sich und zeigte eine elegante Elfe, die den grauen Umhang trug. »Mittels da Vincis Aufzeichnungen wurde ein Dämpfer in die magische Formel eingewoben, der ihn vielseitiger macht«, sagte Mack, und Thaums Kopf ruckte von seinem Teller in Richtung Bildschirm. »Die drei Runen am Kragen des Mantels steuern die Aura des

Umhangs«, fuhr der Schatten fort. »Vollständige Tarnung«, die Elfe drückte die unterste Rune und war nur noch ein kaum zu sehender wabernder Umriss, gleich einem Fleck flirrender Hitze. »Keine Tarnung.« Die Elfe wurde wieder sichtbar, und Mira konnte noch erkennen, wie die Frau ihre Finger von der obersten Rune entfernte.

»Und jetzt kommt mein Liebling«, sagte Mack grinsend. »Kontrollierte Tarnung.« Die Frau auf dem Schirm tippte auf die mittlere Rune und nur der Umhang verschwand und war nicht mehr zu sehen.

Yorgen pfiff anerkennend aus. »Ich erkenne nicht mal einen Umriss«, sagte er.

Thaum hingegen sprang auf und ging so nahe an den Fernseher, dass Mira glaubte, er wolle gleich die Oberfläche berühren.

»In diesem Zustand wird die Magie des Umhangs derart gebündelt, dass er sich und alles, was sich in seinen Taschen befindet, vollkommen unsichtbar macht – sowohl für mundane als auch für magische Sinne.«

»Deswegen die vielen Taschen in seinem Innenfutter«, sagte Thaum und dann legte sich ein jungenhaftes Lächeln auf seine wölfischen Züge, das Mira das Herz wärmte. Der Enthusiasmus des Nachtstreifers, wenn es um magisches Spielzeug ging, war immer eine willkommene Abwechslung von der Tristesse eines weiteren Tages als Grenzgängerin gewesen. »Mira, ich kann ab jetzt unbemerkt mein gesamtes Arsenal mitnehmen, wohin wir auch gehen!«

»Und meine neue Waffe kannst du dann auch für mich schmuggeln«, sagte Yorgen begeistert.

Der Blick des Nachtstreifers geisterte zu dem monströsen Ding aus Stahl hinüber, das ein Uneingeweihter eher für eine Gefechtswaffe gehalten hätte, wie sie in Kampfhubschraubern oder auf Panzern montiert wurden. »Wir werden sehen«, sagte er ausweichend.

»Dann machen wir doch direkt mit dem *Leviathan* weiter«, sagte Mack und seine Augen blitzten vor lauter Vorfreude auf. Mira wurde sofort mulmig. »Eine komplette Neuanfertigung basierend auf neuesten Forschungen, bei der die Fusion elementarer Magie unter Zuhilfenahme des Akkumulierungsgesetzes laut da Vinci …«

»Weniger technisch, bitte«, sagte Mira und deutete auf den Yeti, der bereits aufgestanden war und nach der Waffe griff. »Am besten springst du zu dem Punkt, an dem du Yorgen davor warnst, das Ding probeweise abzufeuern, und erklärst ihm dann erst, wie es funktioniert.«

»Gute Idee«, sagte der Zwerg, ohne echte Überzeugung an den Tag zu legen. »Der *Leviathan* kann wie folgt abgefeuert werden.« Wieder änderte sich das Bild und zeigte einen Wildling, der die schwere Waffe mit vor Anstrengung zitternden Armen hob. »Er wird durch elementare Kraftkerne aufgeladen, von der ihr sechs oder sieben Stück erbeutet haben solltet.«

»Hier sind nur drei«, sagte Yorgen enttäuscht und hob eine der stählern aussehenden Kugeln von der Größe eines prachtvollen Apfels in die Höhe, in die komplizierte Zeichen eingraviert worden waren.

»Diese sogenannten Kraftkerne können komprimierte elementare Macht in sich aufnehmen«, sagte Mack, und der Wildling auf dem Bildschirm drückte den Abzug.

Mira verzog das Gesicht, da sie zum einen sah, wie sich aus dem Lauf der Waffe ein kleiner Ball flüssigen Feuers löste, der auf eine zehn Meter entfernte Stahlplatte traf und diese in Sekundenschnelle schmolz, und zum anderen, wie die Arme des unglücklichen Wildlings durch den Rückstoß nach oben und hinten gerissen wurden und dabei brachen wie zwei dürre Zweige.

»Die Forscher haben den Rückstoß noch nicht in den Griff bekommen«, sagte Mack trocken. »Nur Golems und einer von fünf Yetis war in der Lage, die Waffe ohne schwere Verletzungen abzufeuern, wenn sie auf die schlagartige Entladung des Kraftkerns eingestellt wurde. Spezies von geringerer Körperkraft sollten dies nicht versuchen.«

Mit einem lauten Klappern legte Yorgen die Waffe wieder auf den Tisch. »Ich probiere das hier später aus«, sagte er mit irrlichterndem Blick. »Mira, weißt du, ob sie hier im Haus einen Kraftraum haben?«

Die Elfe lächelte.

»Eine alternative Methode, den *Leviathan* abzufeuern, ist, die stoßweise Freigebung der elementaren Kraft in kleinen Mengen, was den Rückstoß deutlich mildert«, sagte Mack. »Die Kraftkerne des *Leviathan* verschlingen alles, was man ihm anbietet.«

Das Bild wechselte und zeigte die großen Kugeln, wie sie in einer handelsüblichen Kühlkammer lagen. Dann folgte ein schneller Schnitt und ein Golem feuerte die Waffe auf eine Stahlplatte wie die, die eben zu sehen gewesen war. Ein kleiner Ball aus Eis schien sich aus dem Lauf zu lösen und legte sich mit einer feinen Frostschicht über das Ziel.

»Der Kraftkern lädt sich gemäß dem vorherrschenden Element auf und kann dann im passenden Schussmodus, je nach Intensität und Länge der Exposition mit einem möglichst reinen Element, eine begrenzte Anzahl von weniger zerstörerischen Projektilen erzeugen.«

Wieder wechselte das Bild und zeigte eine der Kraftkugeln, wie sie durch einen Bunsenbrenner erhitzt wurde.

»Die bisher erfolgreichen Tests umfassen Feuer und Kälte. Weitere Experimente waren angesetzt, aber die heutige Operation hatte Vorrang.«

»Wir werden sicher zurechtkommen«, sagte Thaum grinsend. »Oh, mir fällt da jetzt schon ein Haufen Testreihen ein …« Er und der Yeti sahen sich an und tauschten ein Nicken aus, wie es nur kleine Jungs zustande brachten, denen gerade ein ganzer Berg verbotenes Feuerwerk in die Hände gefallen war.

Mira seufzte.

»Und nun zum Glanzstück eures Raubzuges«, sagte Mack, der Elfe in die Augen sehend. »Die beiden modernisierten Bruckenbrenner …«

»Wir haben den Zettel gelesen«, ging Mira dazwischen, die wieder diesen ominösen Widerstand in sich aufsteigen spürte. »Grayson glaubt, ich kann diese Waffen nutzen?«

Mack kniff eine Sekunde die Augen zusammen und nickte dann. »Deine … Herkunft sollte ausreichen, um die Bruckenbrenner bedienen zu können. Du bist in einer Taschendimension geboren und aufgewachsen. Damit bist du per Definition ein magisches Wesen und deine … sagen wir arkane Hintergrundstrahlung … wird laut den Experten genügen, um die Waffen an dich binden zu können. Den Rest machen die Bruckenbrenner ganz von allein.«

Mira spürte, dass der Zwerg in Bezug auf die Waffen nur die halbe Wahrheit sagte.

Was weiß er? Zur Hölle, was weiß Grayson über mich, das ich nicht weiß?, überlegte sie fieberhaft. Ihr Kopf begann zu schmerzen, als sie zu begreifen versuchte, was Mack mit seiner Antwort andeuten wollte, aber ihr Verstand war nur eine schwarze Leere.

»Unser Team ist bereits bestens gerüstet«, sagte sie abwehrend und deutete mit der Hand auf die unangetasteten Waffen. »Vielleicht sollten wir die Bruckenbrenner lieber verkaufen …«

»Auf gar keinen Fall«, sagten Mack, Thaum und Yorgen praktisch mit einer Stimme.

»Da haben Sie die Jungs ganz schön gegen sich aufgebracht«, sagte Makavia schmunzelnd.

»Grayson war eindeutig«, sagte Mack in ungewöhnlich ernstem Ton. »Die Bruckenbrenner übernehmen die Magie ihres

Trägers. Was in deinem Fall heißt, dass sie mit ihren Patronen winzige Mengen Essenz des *Anderswo* verschießen – dies bedeutet Dimensionsmagie, die ideal ist, um gegen außerweltliche Entitäten eingesetzt zu werden.«

»Mit anderen Worten: gegen Dämonen«, sagte Thaum und es wurde still im Raum, während der Nachtstreifer Mira intensiv ansah.

Die Elfe versuchte das Bild vom armen Hank abzuschütteln, wie er von dem Feuerdämon verbrannt worden war. Die schreckliche Erinnerung ging jedoch nicht fort, sondern erzeugte in ihr ein Gefühl, den Tod ihres Freundes rächen zu wollen. Die Wut, die in ihr aufstieg, ließ Miras bisherigen Widerstand gegen die Bruckenbrenner schmelzen, und so nickte sie den anderen halbherzig zu.

»Also schön«, sagte sie spröde. Dann stand sie auf, bevor sie es sich anders überlegen konnte, ging hinüber zu dem offenstehenden Koffer und griff nach den beiden Waffen.

Ihre Welt versank im selben Moment in tiefster Schwärze.

Von Mauern und Anführern

»Unser Blut ist etwas ganz Besonderes.« Wie immer sah Vater sie nicht an, wenn er mit ihr redete, sondern starrte über sie hinweg, so als würde er am Horizont etwas Interessanteres als seine vierundachtzigste Tochter erblicken.

Wahrscheinlich findet er vieles interessanter als mich, *dachte sie schmollend. Mira hasste es, wenn sie zu ihrem Vater, dem König, zitiert wurde. Jedes Mal hoffte sie, ihn außerhalb des Thronsaals des* Anderswo *anzutreffen und jedes Mal wurde sie enttäuscht. Sie hatte den Mann, dem sie ihre Existenz verdankte, so gut wie nie an einer anderen Stelle gesehen als auf dem Thron, der aus einem hohen wohlriechenden Gewirr aus Schlingpflanzen bestand, die bei jeder Bewegung raschelten. Mira war sich mit ihren fünfzehn Jahren nicht sicher, ob der Thron lebte, ein magisches Kunstgebilde war oder eine meisterhaft zurechtgestutzte Pflanze natürlichen Ursprungs. Hier im* Anderswo *waren viele Dinge vollkommen … anders, als sie schienen.*

»Du wirst mir zuhören«, sagte ihr Vater, ohne die Stimme zu erheben und ohne sie anzusehen. Dann ertönte seine Stimme direkt in ihrem Kopf: Mir und nur mir. Nicht einmal dir selbst und deinen aufsässigen Gedanken.

Mira schauderte. Die telepathischen Fähigkeiten ihres Vaters machten ihr Angst und sie war nicht stark genug, sich gegen sie zu wehren.

Noch nicht, *blitze ein Gedanke auf, der nicht in diese Erinnerung gehörte und den Traum durchschnitt wie ein blutiges Messer.* Bald wirst du die mentale Stärke haben, um ihn auszuschließen, *tröstete Mira ihr jüngeres Ich.* Das wird der Anfang vom Ende sein.

Natürlich reagierte ihr Erinnerungs-Ich nicht auf den Gedanken, sondern machte sich, während sie vor dem Thron ihres Vaters stand und auf dessen Lektion wartete, in dem opulenten Thronsaal voller Höflinge so klein, wie sie nur konnte.

»Lasst uns allein«, sagte der Herrscher des Anderswo *und der Thronsaal leerte sich in einem Atemzug, die Höflinge und Speichellecker verblassten mit einer Geschwindigkeit, die nur ein Traum erlaubte. »Mira«, sagte der Mann, der ihr Vater war, den Blick gen Horizont gerichtet. »Unsere Familie dient dem* Anderswo *seit seiner Erschaffung.« Die Worte waren seltsam eindringlich, nicht so wie die oberflächlichen, beiläufigen Belehrungen, mit denen er sie bei seinen seltenen Audienzen überschüttete. »Jedes Mitglied unserer Familie ist dem* Anderswo *verpflichtet. Ob wir nun auf dem Thron sitzen oder uns nur darauf vorbereiten. Bis wir eines Tages in die Erde dieses, unseres, Reiches zurückkehren, sind wir an dessen Wohlergehen gebunden.«*

»Ja, Vater«, sagte ihr Traum-Ich.

Fall tot um, Vater, *dachte Mira.*

»Es ist mir zu Ohren gekommen, dass du deine Pflichten und Studien vernachlässigst. Dass du von einem Lebensweg jenseits des Throns träumst«, fuhr der Monarch fort. »Diese Gedanken sind verständlich.« Beinahe lag so etwas wie Wärme in den Worten des abwesend erscheinenden Mannes. »Aber sie sind verboten.«

»Ja, Vater.«

Halt dein Maul, Vater.

»Ich bin froh, dass wir reden konnten«, sagte der König des Anderswo. *»Und nun zurück mit dir zu deinen Lehrern.«*

Der Traum verblasste und nur Schwärze blieb in Miras Geist zurück. Schwärze und der Nachhall von Bitterkeit, Enttäuschung und einem bohrenden Willen zur Rebellion. Sie versuchte, sich zu orientieren, einen Weg aus ihrem Traumzustand zu finden, aber die Schwärze in ihrem Verstand schien sich unendlich weit zu erstrecken, ohne ersichtlichen Anfang oder Ende. Doch anstatt dass dieser dunkle Ort Mira Angst machte, kam er ihr vertraut vor, so als wäre sie schon Tausende Male hier gewesen, könnte sich aber nicht daran erinnern. Ein dumpfer Instinkt sagte ihr, dass sie nicht hier sein dürfte …

Dann tauchte plötzlich eine Präsenz auf, die sich wie ein Fremdkörper in ihren Verstand bohrte. Es war etwas Kaltes, Metallisches. Mira wehrte sich gegen dieses Gefühl einer plötzlichen Invasion, aber es war, als würde man mit bloßen Händen gegen eine sich schließende Panzertür drücken.

»Unser Blut ist etwas ganz Besonderes.«

Die Worte ihres Vaters wurden von der emotionslosen Präsenz aus ihrem Verstand hervorgezogen und begutachtet. Es war, als würde ein Wirbelsturm durch ein seit Jahren penibel gepflegtes Beet pflügen und nur Chaos hinter sich zurücklassen. Mira sperrte sich gegen dieses Herumwühlen in ihrem Kopf, aber was auch immer in ihren Geist eingedrungen war, beachtete sie ebenso wenig, wie die Flutwelle sich von einer panischen Krabbe beeinflussen ließ.

»Unsere Familie dient dem Anderswo seit seiner Erschaffung.«

Miras Geist verkrampfte sich. Es gab Dinge, über die sie nicht nachdenken wollte, die nur als verschwommenes, unterbewusstes Wissen existierte.

Sie nahm allen Mut zusammen und tastete mit ihrem Verstand nach dem Eindringling. Zu ihrer Überraschung und ihrem Entsetzen stieß sie umgehend auf etwas Kaltes, Hartes, das sich direkt vor ihr auftürmte und sie bei ihrer Suche aufhielt. Miras Verstand krümmte sich vor Furcht wie ein Kleinkind, das zum ersten Mal ein Monster unter seinem Bett zu wissen glaubte. Diese allumfassende Schwärze, die sie sah, das war eine Mauer. Mitten in ihrem Verstand!

Plötzlich war Mira die fremdartige Präsenz für einen kurzen Moment vollkommen egal, sie wollte nur noch raus aus dem Gefängnis ihrer Psyche, fort von dem, was hinter der Mauer lauern mochte und zurück in die wache Welt, wo sie alles kontrollieren oder im Notfall drauf schießen konnte. Verzweifelt wühlte sich Mira durch den Irrgarten ihres Verstandes, der sie sicherer einschloss, als es jeder weltliche Kerker jemals könnte. Bei ihrer verzweifelten Suche nach einem Ausweg fand sie jedoch, was sie ursprünglich gesucht hatte: Die seltsame Präsenz, die sie gespürt hatte, manifestierte sich in ihrem Verstand als ein Paar dicker, metallisch glänzender Röhren, die in der alles umspannenden, furchteinflößenden Mauer verschwanden. In jenem Bereich von Miras Verstand, den sie um keinen Preis der Welt aufsuchen wollte.

Dann wachte sie auf.

Miras Kontrolle über ihren Körper kehrte nur langsam zurück. »Die Runen am Griff leuchten«, hörte sie Macks zufriedene Stimme, ohne mit einer Wimper zucken zu können. »Das bedeutet, sie hat sich mit den Bruckenbrennern verbinden können.«

»Scheiß Waffen«, murmelte Mira undeutlich, als ihr Mund endlich ihren Befehlen folgte. »Scheiß Grayson, scheiß *Obsidian* und verfluchter scheiß Schatten von einem scheiß Zwerg.«

»Es geht ihr offensichtlich gut«, sagte Thaum beiläufig.

Mira spürte die Hand des Nachtstreifers, die ihren Kopf im Nacken hielt. Sicher und geborgen.

»Entzückende Ausdrucksweise«, ertönte die Stimme Makavias. »Jetzt, da wir alle unsere neuen Besitztümer kennengelernt haben, sollten wir uns vielleicht jener Sache zuwenden, wegen der Yorgen und ich unser Leben weggeworfen haben.«

Endlich schaffte es Mira, die Augen zu öffnen, deren Lider noch immer schwer wie Mühlsteine waren, und blinzelte im Licht des eleganten Deckenstrahlers, der die Nacht aussperrte. »Wie lange war ich weg?«, fragte sie Thaum, der ihr auf die Beine half.

»Vielleicht fünf Minuten.« Er deutete auf die Waffen, die Mira noch immer umklammerte, ohne dies bemerkt zu haben. »Es sah so aus, als würdest du mit den beiden Pistolen kämpfen. Schön, dass du gewonnen hast.«

Mira lächelte den Nachtstreifers gequält an. Die Erlebnisse in ihrem Verstand hatten sich eher wie eine Niederlage angefühlt. Sie wollte die Waffen zu Boden werfen, aber ihre Hände reagierten nicht. Was hatten ihr diese Artefakte angetan? Mit einem Stirnrunzeln konzentrierte sie sich auf die bewusste Bewegung, die beiden Bruckenbrenner auf den Wohnzimmertisch zu legen. Das funktionierte.

Seltsam.

Die Runen auf den mattschwarzen Pistolen glommen in einem sanften Goldgelb, und Mira fühlte eine Verbundenheit mit den beiden Waffen, so als wären sie lange gehegte Gegenstände von großem sentimentalem Wert. Ihr kam ein furchtbarer Gedanke und sie musste an die zwei Röhren in ihrem Verstand denken, die sich in jene Mauer gegraben hatten, von deren Existenz sie bisher nichts geahnt hatte.

»Leben diese Dinger?«, fragte sie Mack mit angewidertem Gesicht.

Der Zwerg schüttelte den Kopf. »Nein. Dann wäre ihre Erschaffung unter den Akt zum Schutze magischen Lebens gefallen.« Er zögerte und kaute nachdenklich auf seiner Unterlippe. »Es ist aber erwiesen, dass sie über eine Art schwaches Unterbewusstsein verfügen, um sich mit der Magie ihres Trägers zu verbinden.«

»Also eine Art symbiotische Beziehung?«, fragte Thaum fasziniert, und der Schatten nickte mit dankbarer Miene.

»Was hat sich Grayson nur dabei gedacht?«, murmelte Mira und hätte die zwei Waffen am liebsten zurück in die Dunkelheit des schwarzen Koffers gesperrt. Stattdessen holte sie ihre alten Pistolen hervor, reichte sie Thaum und nahm die Bruckenbrenner vom Tisch. Mira bemerkte, dass sich die Griffe der neuen Waffen perfekt an ihre Hände angepasst hatten, und schauderte. Dann steckte sie die Waffen in ihre beiden Schulterholster und fühlte sich umgehend besser. Vollständiger.

»Er wollte, dass ihr alle bestmöglich – und zugegebenermaßen ziemlich spektakulär – ausgestattet seid, sobald ihr eure

Mission beginnt«, sagte Mack in ernstem Ton. »Dieser fingierte Raubzug im Museum war die einzige Gelegenheit des *Obsidian*, euch auf nicht zurückverfolgbare Weise mit derart hochwertiger Ausrüstung zu versorgen. Von jetzt an wird jegliche Hilfe äußerst diskret erfolgen müssen.«

Ein tiefes Schweigen legte sich über den Raum.

»Was ist mit denen hier?«, fragte Thaum schließlich und tippte auf seine Smartwatch. »Kann man das Signal der Uhren nicht zum *Obsidian* zurückverfolgen?«

»Nur bis zu mir, eurem fürsorglichen Schieber«, sagte Mack grinsend. »Und selbst dafür müsste der- oder diejenige an *Mutter* vorbei.«

»Mutter?«, fragte Yorgen verwirrt.

»Dass du dich wie ein kleiner Junge benimmst, war mir klar, aber dass deine Mutter noch immer ein Auge auf dich haben muss …«, begann Makavia, und Mira musste grinsen.

Macks Miene verfinsterte sich. »Nicht *meine* Mutter. Einfach nur *Mutter*«, grollte er und tippte auf seiner Tastatur herum. »Schaut aus dem Fenster. Und versucht, euch nicht zu erschrecken.«

»Wir sind alle erwachsen«, sagte Yorgen spöttisch. »So schnell erschreckt mich nich– ACH DU SCHEISSE!«

Mira zuckte ebenso zusammen wie der Rest des Teams, als sich dicht vor dem Fenster ein derart schwarzer Schatten aus dem Himmel herabsenkte, dass die Elfe dachte, sie sehe ein Stück manifestierter Dunkelheit vor sich. Die Fenster begannen leicht zu vibrieren, als das Objekt sich noch näher an das Haus heranschob, woraufhin das Licht aus dem Inneren ausreichte, um den Eindruck zu mindern, sie würden in ein schwarzes Loch starren. Nichtreflektierendes Metall wurde sichtbar, ebenso wie vier Rotoren, die den sicherlich zehn Schritt durchmessenden Quadkopter in der Luft hielten.

Mack tippte etwas auf seiner Tastatur und der massige Schatten verschwand genauso schnell wieder gen Himmel, wie er erschienen war.

»Was. War. Das?«, fragte die Elfe konsterniert.

»Das war *Mutter*«, sagte Macks voller Stolz. »Und bitte erwartet jetzt kein schlaues Akronym. Diese Drohne wird ebenso gut auf euch aufpassen, wie es eure Mutter tun würde, daher der Name.«

»So etwas habe ich noch nie gesehen«, sagte Thaum ehrfürchtig.

»Gut«, brummte Mack. »*Mutter* soll man auch nicht sehen. Sie schwebt normalerweise in zwei bis drei Kilometern Höhe über dem Einsatzteam und meldet mir mit ihren Sensoren alles, was ich wissen muss.«

»Luftüberwachung«, sagte Makavia, die wie schon bei der Präsentation der Waffen wenig beeindruckt schien. »Das ist nützlich.«

Mack neigte in einer spöttischen Geste den Kopf. »Stets zu Diensten, werte Nicht-mehr-Quaestorin. Da meine Unterstützung subtiler erfolgen muss, als es bei Graysons Quadriga der Fall war, durfte ich *Mutter* vom *Obsidian* ausleihen. Ihre Existenz ist neben euch nur noch einem guten Dutzend fühlender Wesen bekannt. Betrachtet es als Vertrauensvorschuss, dass ich sie euch gezeigt habe.«

Mira wusste nicht, ob sie sich darüber freuen sollte, dass der Zwerg ein derart präzises Auge auf sie alle haben würde. Überwachung war immer ein zweischneidiges Schwert.

Die Frage der Fragen ist: Vertraust du ihm?

Zu ihrer Überraschung konnte sie darauf mit Ja antworten. Mack hatte einen windigen Charakter und eine zweifelhafte Moral, aber das könnte Mira von jedem der Anwesenden behaupten, außer vielleicht von Makavia. Aber der Zwerg genoss einen

Ruf absoluter Hingabe für die ihm gestellten Aufgaben. Wenn er ihr Team beschützen sollte, dann würde er genau dies tun.

Und dabei wahrscheinlich keine Gelegenheit auslassen, für sich selbst den einen oder anderen Vorteil rauszuschlagen, fügte der zynische Teil von ihr hinzu.

»Also gut«, sagte Makavia in geschäftigem Ton. »Wir haben alle Spielzeuge kennengelernt und ein Abendessen hinter uns gebracht, ohne uns gegenseitig an die Gurgel zu gehen.« Bei diesen Worten sah sie Thaum und Yorgen an, die jedoch vollkommen in Gedanken versunken über die Beschaffenheit des zum Nachtisch gereichten Ricotta-Puddings diskutierten. Offensichtlich lagen bei den zweien Freund- und Feindschaft extrem dicht beisammen. »Wie geht es jetzt weiter?«, fuhr die Hexe an Mack gerichtet fort.

Der Zwerg zuckte mit den Achseln. »Ihr geht schlafen und lasst die Magie der Gerüchteküche wirken«, sagte er unbekümmert. »Sowohl der Skandal einer abtrünnigen Quaestorin als auch euer Beutezug im historisch-magischen Museum haben große Wellen in der *Nebula Convicto* geschlagen, vor allem in den anrüchigeren Kreisen.« Er hob einen sandigen Tabletcomputer auf, der neben seiner Liege gelegen hatte, und warf einen flüchtigen Blick darauf. »Ich habe bereits jetzt erste Anfragen für eure Dienste erhalten.« Der Zwerg wackelte grinsend mit seinen gepiercten Augenbrauen. »Und ich muss sagen, die angebotenen Summen sind nicht zu verachten. Hat irgendwer Lust«, er überflog ein paar Zeilen, »ins Hauptquartier der *Nebula Corporation* einzudringen? Oder in die Botschaft der Kappa in Paris?«

Makavia zuckte zusammen. »Von wem kommt diese Bitte?«, fragte sie. »Die Kappa befinden sich mitten in Friedensverhandlungen …«

Yorgen ging zu ihr hinüber und legte ihr sanft eine Hand auf den Arm. »Dafür sind wir nicht mehr zuständig, Nik.« Die

Augen des großen Wesens waren derart voller Mitgefühl, dass selbst Mira schluckte. An dem pelzigen Großmaul war mehr zu entdecken, als man auf den ersten Blick sah.

»Ich filtere alle peripheren Informationen, die ich während der Arbeit mit euch zusammentrage«, sagte Mack beruhigend. »Wie zum Beispiel den Hinweis auf den bevorstehenden Anschlag auf die Kappa. Und dann sorge ich auf indirekten Kanälen dafür, dass der *Obsidian* sie erhält.« Er hob einen Finger, als Mira protestierend den Mund öffnete. »Nur jene Informationen, die mich – und damit uns – nicht kompromittieren könnten«, sagte er schnaubend. »Ich bin doch kein blutiger Anfänger, verdammt.«

»Ich denke, wir folgen besser Macks Vorschlag und schlafen uns aus«, warf Thaum in die Runde. »Ein müder Kopf macht Fehler. Und unser Tag war lang und voller Überraschungen.«

Mira beherrschte sich, bei den Worten des Nachtstreifers nicht zur Hexe und dem Yeti hinüberzusehen.

Überraschungen, in der Tat, dachte sie grimmig. *Und ich bin mir immer noch nicht sicher, ob mir die Wendungen der Ereignisse gefallen oder nicht.*

»Ich habe die Schriftrolle, um die es uns bei dem Raubzug eigentlich ging, übrigens nur beiläufig zum Verkauf angeboten«, sagte Mack. »Sie ist ja deutlich weniger wert als die Rohstoffe, die ihr im Labor entwendet habt. Soll die Welt ruhig glauben, dass das Öffnen der Sicherheitsvitrine mit dem Glasfresser nur ein geschicktes Ablenkungsmanöver gewesen ist, um Wachkräfte am anderen Ende des Museums zu bündeln.« Er schaute auf sein Tablet. »Bisher noch kein Angebot für das gute Stück. Sollte unser ominöser Käufer, der die Rolle so unbedingt haben will, anbeißen, sage ich euch Bescheid.«

»Wir müssen in jedem Fall eine persönliche Übergabe vereinbaren …«, begann Mira, brach aber ab, als Mack sie mit einer gereizten Grimasse und Feuer in den Augen ansah. »Schon gut, schon gut«, gab die Grenzgängerin klein bei. »Du weißt, was du tust.« Dann deutete sie vage in den südlichen Teil des Penthouses. »Es gibt genug Gästezimmer für alle«, sagte sie. »Sucht euch einfach eins aus.«

Die kleine Gruppe zerstreute sich, Mack trennte die Verbindung und Mira blieb noch eine Weile im leeren Wohnzimmer stehen. Vor wenigen Tagen hatte sie noch geglaubt, Megock wäre ihr größtes Problem gewesen und nun … Sie seufzte und löschte das Licht, während sie in Richtung Schlafzimmer ging.

Der Vergangenheit nachzuweinen, bedeutet, die Zukunft zu verspielen, überfiel sie eine der Lektionen aus ihrer Zeit als Thronanwärterin. Mira blieb einen Moment stehen und nickte still vor sich hin. *Wir werden dich rächen, Hank*, dachte sie erschöpft. *Und dann finden wir einen Weg aus dem Dienst des* Obsidian *heraus, bevor er uns umbringt.*

Die Wand war an dieser Stelle glatt, schwarz und fugenlos. Sie trennte Miras Bewusstsein sauber in zwei Bereiche. Auf ihrer Seite der Mauer herrschte ein Gefühl von Sicherheit, Stabilität und Geborgenheit, während sie hinter dem Gebilde nur die Bedrohung durch Chaos, Schmerz und potenziellen Wahnsinn spürte. Mit morbider Neugier, die dem brennenden Wunsch nach Kontrolle entsprang, strich sie mit ihren Fingern vorsichtig über das unbekannte Gebilde und wanderte daran entlang …

Mira versteifte sich. Ihre Hand auf der Mauer verharrte, formte sich zu einer Klaue, dann zu einer Faust. Dort, in der Ferne, bohrten sich zwei dünne, röhrenförmige Stränge in die Wand und verschwanden in den schwarzen Tiefen von Miras Verstand. Die Elfe lief los und erreichte in Windeseile die beiden Phänomene, die in jene Bereiche eindrangen, die Miras Herz wie wild pochen ließen, wenn sie nur an sie dachte.

Mira griff nach einem der Stränge und versuchte, ihn aus der Wand zu ziehen, hielt jedoch nach einer weiteren Schrecksekunde wieder inne. Was, wenn sie auf diese Weise die Mauer beschädigte?

Eisiger Schrecken durchflutete sie. Was, wenn die Wand bereits beschädigt war und das, was hinter ihr lauerte, die Mauer überwand?

Zitternd richtete sie ihren Blick auf die Eintrittsstellen der beiden Stränge, die sich sauber durch das Konstrukt gebohrt hatten wie zwei seltsame Blutegel auf der Suche nach Nahrung. Mira sah keine undichten Stellen um die kreisrunden Durchbrüche, die die Stränge mit ihrer metallenen Substanz makellos ausfüllten. Der Schrecken wich einer müden Erleichterung. Die Mauer hielt. Mira war sicher.

Während sie noch darüber nachzudenken begann, was es mit den beiden Strängen, die offensichtlich die Bruckenbrenner darstellten, auf sich hatte, bemerkte sie ein winziges Glitzern an einem der Durchbrüche. Das schwache Echo eines Kinderlachens drang an ihr Ohr und der Geruch von frischem Nebelgras kitzelte ihre Nase.

Miras Verstand drohte vor Panik zu zerbrechen. War das, was sie da sah, etwa ein haarfeiner Riss in der Wand?

Mit einem Ruck setzte Mira sich zitternd und keuchend in ihrem schweißnassen Bett auf.

»Oh Nein!«, hauchte sie in die gleichgültige Dunkelheit hinaus.

***

Grayson starrte übermüdet auf den Monitor, dessen bleiches Licht die einzige Beleuchtung im dunklen Raum darstellte. »Und du bist sicher, dass die Bruckenbrenner sich mit ihr verbunden haben?«

Mack nickte selbstsicher. »Klar, Boss. Auch wenn es die arme Mira ganz schön ausgeknockt hat, als sie die Waffen das erste Mal berührt hat.«

Grayson rieb sich gedankenverloren über sein Kinn. »Diese Reaktion war laut Morgan möglich«, sagte er. »Unerwünscht, aber möglich.«

»Sollten wir Mira nicht einfach einweihen?«, fragte Mack, der auf seinem Liegestuhl herumrutschte, im Hintergrund seine beleuchtete Villa und ein perfekter karibischer Sternenhimmel. »Ich habe das Gefühl, ich hintergehe sie.«

Grayson schüttelte den Kopf. »Du *beschützt* sie«, betonte er. »Einige Wahrheiten müssen häppchenweise ans Licht gezerrt werden oder sie können überwältigend wirken. Du weißt, wie es um ihren Verstand steht. Er soll und darf nicht zerbrechen. Um ihret- wie um unseretwillen.«

»Du bist der Boss«, sagte Mack achselzuckend. »Gibt es sonst noch etwas, das du vorab wissen willst?«

»Nein. Shaja wird mich auf dem Laufenden halten. Sie erwartet übrigens seit zwei Stunden deinen ersten Bericht.«

Mack verzog das Gesicht. »Die Schwangerschaft macht sie noch zu einer Paragrafenreiterin.«

Graysons Gesicht verzog sich zu einem bösen Grinsen. »Ich richte es ihr aus.«

»Bloß nicht«, sagte Mack alarmiert. »Der Bericht ist schon so gut wie getippt!«

»Kluger Mann«, erwiderte Grayson mit einem Augenzwinkern.

Mack schenkte ihm noch ein aufrichtiges Lächeln und unterbrach dann die Verbindung. Das Licht des Monitors erlosch und ließ Grayson in völliger Dunkelheit zurück.

Ein Spiel in einem Spiel in einem Spiel, dachte der Leiter des *Obsidian* zynisch. *Was tut man nicht alles, damit die Welt sich auch morgen noch weiterdreht.* Er zückte sein Smartphone, gab eine Nummer ein und wartete geduldig, dass die Leitung aufgebaut wurde.

»Euer Hoheit?«, fragte er, als die Verbindung stand. »Es hat begonnen …«

***

Das Geräusch von möglichst leise durchgeführter Hausarbeit geisterte wie das klappernde Wispern eines guten Geistes durch die ansonsten totenstille Wohnung. Mira hatte aufgrund ihres Traumes fluchtartig das Bett verlassen und steuerte nun die Geräusche an, die den kommenden Morgen zu begrüßen schienen, der seine ersten schwachen Lichtstrahlen über die Themse warf.

»Kannst du auch nicht schlafen?«, fragte Thaum sie mit einem gequälten Lächeln, als sie zu ihm an die Kochinsel trat. Der Nachtstreifer hatte eine Schürze um und spülte gerade das Geschirr des opulenten Abendessens, das sie am Vorabend genossen hatten.

»So etwas in der Art«, sagte Mira ausweichend. Die Wahrheit war zu komplex für ein Gespräch am frühen Morgen, noch dazu in vollkommen nüchternem Zustand. Über die seltsame Mauer in ihrem Kopf würde Mira vorerst mit niemanden sprechen – auch wenn Thaum wohl derjenige wäre, dem sie sich am ehesten anvertrauen würde. »Dafür gibt es Spülmaschinen«, sagte Mira mit einem versöhnlichen Grinsen. »Und für Traditionalisten gibt es im Gebäude einen Hausgeist, der das feine Porzellan für einen spült.«

Thaum drehte gedankenverloren den gesäuberten Teller in seinen Händen. »Es geht um die Beschäftigung der Hände«, sagte er bedächtig. »Sie hilft mir, meine Gedanken zu ordnen.«

Mira setzte sich auf einen der modernen Barhocker, die vor der Kochinsel standen. »Was hältst du von den beiden Neuen?«, fragte sie leise.

Der Nachtstreifer hielt in der Spülbewegung inne. Dann setzte er schweigend und vorsichtig den Teller ab, so als wolle er seine Worte mit derselben Sorgfalt wählen, mit der er mit dem teuren Geschirr umging. »Yorgen ist in Ordnung«, sagte Thaum schließlich und kratzte sich dabei über die Narben im Gesicht. Mira wusste, dass ihr Freund dies immer dann tat, wenn er darüber nachdachte, ob er jemanden in sein Rudel einschloss oder nicht. »Seine große Klappe übertönt ein ebenso großes Herz … denke ich zumindest.« Er schmunzelte. »Und wer das Kochen ebenso sehr liebt wie ich, bekommt von mir natürlich einen Vertrauensbonus.« Thaum runzelte für eine Sekunde die Stirn, als er hinzufügte: »Er ist Makavia gegenüber höchst loyal und so etwas schätze ich natürlich sehr.« Dann folgte ein leises, selbstironisches Lachen. »Auch wenn ich es mittlerweile besser wissen müsste, als Loyalität zum absoluten Maßstab eines fühlenden Wesens zu erklären.«

Mira griff nach der Hand des Nachtstreifers und drückte sie. Die ledrige Haut seiner in kurzen Krallen endenden Finger war als rauer, subtiler Unterton durch das weiche, blaue Fell zu spüren. »Gib deine Überzeugungen bloß nicht auf«, sagte sie drängend. »Sind sie erst mal fort, bleibt dir nichts mehr, hier an den Grenzen der Nebula.« Dann ließ sie ihn los, als hätte sie sich verbrannt. Sie hatte ihn noch nie ohne Grund berührt.

»Was war das denn?«, fragte Thaum belustigt.

»Ein Anflug von Moral«, sagte Mira kühl. »Kommt nicht wieder vor.«

»Hmm«, machte der Nachtstreifer mit einem unlesbaren Gesichtsausdruck. »Schade.«

»Und unsere abtrünnige Quaestorin?«, fragte Mira, um das Thema zu wechseln.

Thaum seufzte mit einer Miene, die Unschlüssigkeit ausdrückte. »Schwierig zu sagen«, meinte er. »Ich habe meine Zweifel, dass sie den Übergang von einem respektierten Mitglied der magischen Gemeinschaft zu einem Leben an dessen Grenzen schnell genug meistert. Es steckt noch zu viel von einer Gesetzeshüterin in ihr. Yorgen hat eine chaotische Ader, die ihm helfen wird, sich anzupassen, aber Makavia …«, er ließ den Satz ausklingen, und Mira nickte wissend.

»Makavia hat ihr gesamtes Leben damit verbracht, ihre Gefühle zu meistern, um den *Schleier* im Zaum zu halten«, führte sie den Gedanken des Nachtstreifers weiter. »Kontrolle ist ihr wichtig. Und gestern hat sie einen Großteil derer über ihr Leben aufgeben müssen.«

»Die Entscheidung der beiden ist bewundernswert«, sagte Thaum und starrte dabei aus dem Fenster. »Sie haben genau das aufgegeben, für das wir zwei alles geben würden: ein freies Leben inmitten der *Nebula*.«

Mira tätschelte dem Nachtstreifer tröstend die Schulter und unterdrückte ein Schmunzeln, als sie mit ihren Fingern spürte, dass ihr Freund bereits seinen neuen Tarnumhang trug. »Verlass dich darauf: Wenn ich mit Grayson Steel und seinem Geheimdienst fertig bin, werden wir beide das Leben haben, das wir schon immer führen wollten.«

Der reichlich gedeckte Frühstückstisch stand unbeachtet zwischen ihnen, während Mira und die ehemalige Quaestorin sich ein erbittertes Blickduell lieferten. Die Elfe wusste nicht einmal, wie genau das Thema der Führung ihres Teams aufgekommen war, aber Makavias Antwort darauf war ebenso kategorisch wie unhaltbar gewesen.

»Natürlich obliegt mir die Leitung dieser Gruppe«, hatte sie gesagt. »Schließlich arbeiten wir trotz unserer Tarnung für den *Obsidian* und damit für eine Behörde des Rates. Also sollte jemand federführend sein, der das Gesetz und die Regeln der *Nebula Convicto* zumindest ansatzweise respektiert.«

Noch war Mira der Frau eine Antwort schuldig geblieben, schon allein weil sie erst mal all die Flüche heruntergeschluckt hatte, die ihr umgehend auf der Zunge gelegen hatten. Danach hatte Mira alle unflätigen und zutiefst beleidigenden Antworten ausgeschlossen und war mittlerweile auf dem Niveau von *Sie träumen ja wohl* oder *Nur über meine Leiche* angekommen.

»Darüber sollten wir reden«, brachte sie schließlich nach einigen weiteren qualvollen Sekunden der Selbstbeherrschung heraus und war ob dieses Kraftaktes ausgesprochen stolz auf sich.

»Da gibt es nichts zu bereden«, sagte die Hexe mit blitzenden Augen.

Yorgen lehnte sich zu der tätowierten Frau hinüber, bevor Mira etwas sagen konnte. »Du kannst das nicht allein entscheiden, Nik. Führerschaft kann man sich nicht überwerfen wie einen Mantel.«

»If kann daf machen«, warf Mack dazwischen, der über den Bildschirm an ihrem späten Frühstück teilnahm und gerade seinen Mund mit einem übergroßen Baguette vollgestopft hatte, um das er nun herumzusprechen versuchte. »Schlieflich armeite if am e'esten dire't füh dön *Obsidian*.«

Mira sah den Zwerg durchdringend an und bemerkte mit Zufriedenheit, wie es ihr die anderen Anwesenden gleichtaten, bis vier vernichtende Blicke auf dem vermeintlichen Schieber ruhten. »Körperliche Präsenz sollte Pflicht sein«, sagte die Elfe schließlich. »Ich will sicher nicht Däumchen drehen und auf Befehle warten müssen, wann immer *Mutter* in ein Funkloch fliegt.«

Mack verschluckte sich und hustete mit großen Augen, in denen fassungsloser Unglaube stand. »*Mutter* und ein Funkloch?«, fragte er keuchend. »Was für eine Beleidigung!«

»Also, *ich* wollte schon immer mal ein Team leiten«, sagte Yorgen grinsend – und schaute zutiefst beleidigt, als Makavia neben ihm in tränenreiches Gelächter ausbrach. »Das ist nicht sehr nett«, murrte er und verschränkte die Arme vor der Brust. »Mit mir als Kopf der Gruppe hättet ihr jede Menge Spaß.«

»So kurz er auch sein würde«, warf Mira mit einem entwaffnenden Lächeln in Richtung des Yetis ein. »Aber ich denke, wir sollten jemanden auswählen, der schon reichlich Erfahrung im Befehligen einer Einheit hat.«

»Meine Tage als Anführer sind endgültig vorbei«, warf Thaum ein und strich dabei vielsagend über seine vernarbte Wange. »Soll lieber jemand anderes die Verantwortung für uns alle tragen.«

Mira musste umgehend an Hank denken und ihr Entschluss, sich Makavia in den Weg zu stellen, wankte für einige Augenblicke.

Du willst das Sagen haben, um eure Überlebenschancen zu erhöhen, und nicht aus falschem Stolz oder Machtgier, erinnerte sie sich.

»Meine Ausbildung am Hofe des *Anderswo* befasste sich größtenteils mit der wohldosierten Ausübung von Autorität, dem Erwerb eines Höchstmaßes an Verhandlungsgeschick und der Disziplinierung meines Verstandes«, sagte sie und erkannte, dass Makavia bei Nennung des letzten Punktes durchaus begann, zuzuhören. »Ich behandle alle Grenzgänger meines Teams gleich und stelle nie meine Meinung über die der anderen, es sei denn, schnelle Entscheidungen sind gefragt.« Sie fixierte den Blick der Hexe mit dem ihren. »Und vor allen Dingen habe ich jahrelange Erfahrung mit dem Leben an den Grenzen der *Nebula Convicto.* Ich kenne die Spielregeln, die hier gelten.«

Zumindest bevor ihr als Geheimagenten in der Oberliga gelandet seid, züngelten ihre Zweifel ihr heimtückisch zu, und Mira mühte sich, diese nicht in ihren Augen erkennbar werden zu lassen.

»Ich kann Grayson fragen, wen er vorschlägt ...«, begann Mack und erntete umgehend heftigen Protest.

»Wir müssen uns untereinander einig sein«, sagte Makavia, und Mira nickte zustimmend. Es war wichtig, dass das gesamte Team hinter der Entscheidung, wer es anführte, stand. Der größte Fehler, den sie machen konnten, wäre, einen Außenstehenden darüber entscheiden zu lassen, egal, wie viel Macht und Autorität derjenige auch haben mochte.

Die Elfe und die Hexe starrten sich lange Zeit an und keiner sagte ein Wort, bis Yorgen das Patt durchbrach und quer über den Tisch griff, um Croissants, Marmelade und Obst auf seinen Teller zu häufen. »Da Thaum und ich aus dem Rennen sind, fangen wir schon mal an zu essen«, sagte er und forderte den Nachtstreifer mit einer ausladenden Geste auf, ebenfalls zuzugreifen. »Wenn ich diesem gierigen Zwerg noch länger dabei zusehen muss, wie er sich vollstopft, falle ich noch in ein Hungerkoma.«

Thaum bediente sich an den Köstlichkeiten auf dem Tisch und warf in unregelmäßigen Abständen ein »Köstlich« oder »Lecker« in den Raum. Der Yeti sprang ihm umgehend bei, und schon bald überboten sich die zwei pelzigen Gestalten dabei, das Essen zu loben, während Mira und die Hexe weiterhin in ihrem stummen Duell feststeckten.

»Dieser Käse ist ein Gedicht!«, rief Thaum schließlich mit derart übertriebener Stimme, dass Mira nicht mehr anders konnte, als zu grinsen.

»Wir stehen hier wie die Salzsäulen, während die beiden Kerle uns den ganzen guten Kram wegfuttern«, sagte sie in Richtung der Hexe. »Sollen wir vielleicht einfach eine Münze werfen?«

Die ehemalige Quaestorin zog eine Augenbraue hoch und schüttelte dann beinahe unmerklich den Kopf. »Glück sollte nicht den Königsmacher in dieser Gruppe spielen«, sagte sie schließlich. Dann zuckten ihren Mundwinkel, als Yorgen ihr ein hauchdünn geschnittenes Mandelweißbrot unter die Nase hielt, auf dem er Honig aus dem Schwarzwald verstrichen hatte. Sie griff danach und biss herzhaft hinein. »Ich habe zu viel Hunger für eine weitere Diskussion«, sagte sie mit einem vielsagenden Seitenblick auf Mira, der ihre Worte Lügen strafte. »Sie haben die Leitung des Teams – aber ich werde Ihnen ständig auf die Finger schauen und wenn Sie ihre Aufgabe versauen, bin ich zur Stelle, um Sie abzulösen.«

»Wir sind Grenzgänger«, sagte Mira, die anerkennend in Richtung der Hexe nickte. »Wenn ich es versaue, stehen die Chancen gut, dass ich, oder wir alle, zu tot sind, um einen neuen Anführer zu bestimmen.«

»An deinen Motivationsreden musst du noch arbeiten«, sagte Yorgen, der umgehend ins vertrauliche Du wechselte.

»Ich hoffe, ich bereue meine Entscheidung nicht«, sagte Makavia leise zu Mira, als der Yeti und der Nachtstreifer begannen, um das letzte Stück Salami zu streiten.

»Das hoffe ich auch«, sagte Mira ehrlich.

Die Hexe nickte ernst. »In dem Fall: Nenn mich Nik.«

»Oooh«, machte Mack mit einem Kussmund und flatterte dabei mit seinen Wimpern wie ein elfisches Model, das gerade getasert worden war. »Haben wir uns jetzt alle lieb?«

»Wir schon«, sagte Thaum in trockenem Ton. »Nur dich kann hier keiner leiden.«

Der Zwerg lachte dreckig. »Dann ist ja gut.«

»Nachdem wir hoffentlich alles Notwendige geklärt haben«, sagte Mira und begann, sich ordentlich den Teller zu befüllen, »schlage ich vor, dass wir essen, während unser Schieber redet.«

»Warum gefällt mir diese Arbeitsteilung nicht?«, sagte Mack grinsend und griff neben den Liegestuhl, auf dem er an seinem erträumten Sandstrand lag. Als seine Hand wieder ins Bild kam, hielt sie eine silberne, sehr große Dose Bier in der Hand. »Ich werde euch mit einem flüssigen Morgengruß Gesellschaft leisten.«

»Ich will sicher keinen besoffenen Schatten«, sagte Nik mit versteinertem Gesicht.

»Entspann dich«, wiegelte Mack mit einem müden Handwedeln ab und öffnete dann zischend die Dose. »Ich habe eine königliche Summe Euros dafür bezahlt, dass ich in diesem Traum einen bestimmten Pegel nicht überschreiten kann.« Sein Lächeln hätte einen Hai neidisch machen können. »Ich nenne diesen Zustand: kreativ-beschwingt.«

»Also, jetzt habe ich wirklich Angst«, sagte Yorgen und erntete ein paar Lacher. »Und bin ein kleines bisschen neidisch.«

»Sei es nicht«, sagte der Zwerg, aus dessen jovialem Ton Mira einen Hauch von Ernsthaftigkeit heraushörte. »Ich verbringe meine Tage am ewig gleichen Strand mit dem ewig gleichen Wetter in der ewig gleichen Villa …«

»Armer, reicher Mack«, unterbrach ihn Thaum. »Dann wünsch dir doch einen anderen Traum.«

»Eine solche Änderung ist echt teuer«, sagte der Schatten mit einem Augenrollen. »Zumal die Traumfeen des *Somnium* bei jeder Anpassung darauf achten müssen, dass hier der richtige Druck herrscht, sonst –« Er deutete mit seinen Händen eine Explosion an und untermalte diese mit einem platzenden Geräusch. »Zwergenragout.«

»Niemand hat dich gezwungen, das Innere der Erde zu verlassen«, sagte Mira ungerührt. »Wie man sich bettet, so liegt man.«

»Was für ein schöner Übergang zu eurer gegenwärtigen Situation«, konterte der Zwerg mit einem gemeinen Grinsen. »Die *Nebelwacht* hat ein mittelschweres Kopfgeld auf euch ausgesetzt und ein paar Möchtegerns haben bereits angenommen. Die ernst zu nehmende Hälfte jener, die die Grenzen der *Nebula* entlangschlendern, ist jedoch neugierig darauf, mehr von meinem Team zu sehen, also …«

»Deinem Team?«, fragte Nik protestierend.

»Ich bin offiziell euer Schieber, schon vergessen?«, fuhr Mack ungerührt fort. »Jedenfalls habe ich unter all den Anfragen nach euren Diensten eine Offerte erhalten, die uns interessiert.«

»Die Schriftrolle?«, fragte Thaum angespannt.

»Bingo«, antwortete Mack, dessen Grinsen zurückgekehrt war. »Ein in Marokko ansässiger Hehler will explizit jenes kleine Beutestück eures Raubzuges in die Finger bekommen.«

Mira verzog unbeeindruckt das Gesicht. »Nur ein Mittelsmann.«

»Was hast du erwartet?«, fragte Yorgen, der sein zehntes Brötchen in sich reinstopfte und anscheinend nicht daran dachte, mit dem Essen aufzuhören. Bei dem Anblick war Mira froh, dass sie sich vorerst keine Sorgen mehr um Geld machen mussten, oder der Yeti würde bei jedem Auftrag die Hälfte ihres üblichen Budgets im Alleingang wegfuttern. »Dass der ominöse Sammler jener unscheinbaren Stücke magischer Kultur sich mit einem Schild um den Hals zu erkennen gibt, auf dem steht: *Verhaftet mich, ich liebe ungewöhnliche Dämonenbeschwörungen*?«

»Wäre zumindest mal was Neues«, murmelte Thaum.

Mack tippte auf seiner Tastatur und das Überwachungsfoto eines Cupidos tauchte auf der rechten Bildschirmhälfte auf. »Darf ich euch vorstellen: Ignatio Congerallis, seines Zeichens ein ausgesprochen durchschnittlicher Hehler und Schieber von Gütern verschiedenster Art. Seit sieben Jahren im Geschäft, nachdem er bei einem Job als Kopfgeldjäger so richtig in die Scheiße gegriffen hat und die anderen Cupidos nichts mehr mit ihm zu tun haben wollten.« Die Miene des Zwergs verfinsterte sich. »Anscheinend wurden mehrere Zivilisten getötet, als Ignatio einen wildgewordenen Zentauren durch Mailand gejagt hat. Die anschließend notwendige Verneblung hat die Cupido-Gemeinde Unsummen an Einfluss und Magie gekostet. Congerallis flog noch am selben Abend aus dem Familiengeschäft der kleinen Engelchen.«

Mira besah sich das Foto. Die an ein pummeliges Kleinkind erinnernde Gestalt trug mehrere Goldketten über der nackten Brust, einen diamantbesetzten Nasenring und ein Totenkopftattoo auf dem rechten Handrücken. Die Beinchen steckten in Krokodillederhosen und die Sonnenbrille schrie geradezu danach, dass sie zurück in die achtziger Jahre wollte. »Warum muss jeder Cupido aussehen wie ein Konglomerat aus einem halben Dutzend Klischees?«, fragte sie kopfschüttelnd.

»Die Racker haben alle was zu kompensieren«, sagte Yorgen grinsend zwischen Brötchen elf und zwölf.

»Cupidos sind nicht zu unterschätzen«, sagte Thaum mit ruhiger Stimme und nachdenklich dreinblickenden Augen. »Er ist vielleicht kein Kopfgeldjäger mehr wie seine Artgenossen, aber deswegen hat er seine angeborenen Fähigkeiten sicher nicht eingebüßt.«

»Und er stellt gern jene in seine Dienste, die nirgendwo sonst an den Grenzen der *Nebula* einen Platz finden«, sagte Mack. »Sein Leibwächter soll beispielsweise ein echter Boukhencha sein.«

Yorgen schluckte hastig sein Brötchen hinunter und wischte sich die Krümel aus dem Fell. »Sind das nicht diese extra dummen Oger?«

Nik rollte mit den Augen. »Sei nicht so herablassend«, rügte sie den Yeti. »Boukhenchas sind eine Abart des herkömmlichen Ogers mit mentalen Defiziten.«

»Also dumm und gemein«, fasste Mack grinsend zusammen.

Nik schnaubte kopfschüttelnd und schwieg.

»Einen Boukhencha zu kontrollieren, ist schwer«, sagte Mira gedankenverloren. »Sein Appetit auf Menschenfleisch, vor allem das von Kindern, ist groß, sein Verstand eher klein. Wenn Congerallis es geschafft hat, einen davon als seinen Leibwächter einzuspannen, ohne ihm selbst zum Opfer zu fallen, zeigt das in jedem Fall, dass wir den Schieber nicht unterschätzen sollten.«

»Wurde ein persönliches Treffen vereinbart?«, fragte Nik.

Mack nickte, aber Mira entging sein kurzes Zögern nicht. »Wo liegt das Problem?«, fragte sie.

»Ignatio bat um eine formelle Übergabe«, sagte der Zwerg ernst.

»Eine Falle«, sprach Thaum den Gedanken aus, der auch Mira umgehend gekommen war. Es gab nur wenige Gründe, warum ein Schieber das Risiko eines persönlichen Zusammentreffens mit Grenzgängern einging. Das Bezahlen der Rechnung in Blut stand ganz oben auf der Liste.

»Eine *mögliche* Falle«, korrigierte Yorgen. »In der Hälfte der Fälle ist ein persönliches Treffen durchaus konstruktiv, vor allem wenn es um das Etablieren einer dauerhafteren Partnerschaft geht.«

»Du meinst, Congerallis will uns von Mack abwerben?«, fragte Nik.

Der Yeti zuckte mit den Achseln. »Möglich wäre es. Unser Team ist schließlich der neue heiße Scheiß.«

»Also ein Hinterhalt oder ein Stellenangebot?«, fragte Thaum. »Bei dem Typen gefällt mir beides nicht.«

»Wo findet das Treffen statt?«, fragte Mira.

Mack sah noch immer so aus, als hätten die Traumfeen sein Lieblingsbier gegen warme Weinschorle mit Sprudel ausgetauscht. »In einer kleinen Domäne westlich der Grenze zu Algerien. Sie besteht aus einem ehemaligen illegalen Schrottplatz. Berge von Altmetall, umgeben von Wüste.«

Thaum stöhnte. »Also ein wahres Labyrinth aus Autowracks, in dem sich ein skrupelloser Cupido mit einem Boukhencha als Leibwächter und was weiß ich für Abschaum als Handlanger sein kleines Stück Hölle erschaffen hat, über das er in Ruhe vor sich hin herrscht.« Er sah Mack an. »Und dorthin sollen wir reisen, um diese vermeintlich wertlose Schriftrolle zu übergeben?«

Der Zwerg nickte.

»Als Schieber taugst du nichts«, sagte Yorgen daraufhin lachend. »Wer schickt denn sein Team auf die offensichtliche Schlachtbank?«

»Jemand, der Hintergrundinformationen möchte«, grollte Mack, die Augenbrauen finster herabgezogen. »Schließlich haben wir einen Auftrag zu erledigen.«

Mira ignorierte die miese Stimmung am Tisch und dachte nach. »Haben wir eine Möglichkeit, der Schriftrolle weiter zu folgen, nachdem wir sie übergeben haben?«

Der Zwerg schüttelte den Kopf. »Sie werden die Rolle überprüfen wollen. Da heißt, sowohl ein Sender als auch ein Spürzauber würden umgehend auffallen. Und ich wette, sie wechseln den Behälter, in dem wir das gute Stück transportieren, gegen einen eigenen. Also fällt der auch aus.«

»Was ist dann unser Ansatz«, fragte Mira konzentriert. »Wir fragen Ignatio nach seinem Auftraggeber und hoffen, dass er einen Hinweis fallen lässt?«

»Eher unwahrscheinlich«, sagte Nik entschieden. »Mit solch einer Indiskretion wäre er als Schieber sofort erledigt. Keiner würde mehr Geschäfte mit ihm machen.«

Mack rieb sich über seinen Bart. »Ich dachte eher daran, dass sich Thaum vielleicht mit seinem tollen neuen Mantel in Congerallis' Geschäftsräumen umsieht, während der Rest von euch die Übergabe so sehr in die Länge zieht, bis unser blaubepelzter Freund herausgefunden hat, wer Ignatio für die Beschaffung der Schriftrolle bezahlt«, gab der Schatten mit entschuldigendem Blick in Richtung des Nachtstreifers zu.

Der schnaubte spöttisch. »Kinderspiel.«

»Das hieße, bei einem potenziellen Hinterhalt nur zu dritt zu sein«, sagte Nik aufgebracht. »Und selbst wenn die Übergabe friedlich über die Bühne geht: Sollte Thaum erwischt werden, wäre es mit dem Austausch von Höflichkeiten schnell vorbei.«

»Ich habe nicht gesagt, dass es ein guter Plan ist«, warf Mack entschuldigend ein. »Ihr könnt auch die Vordertür eintreten – die sie nicht haben –, sämtliche Helfershelfer und den Bodyguard ausschalten – was nicht einfach wird –, und Ignatio einem klassischen Verhör unterziehen – was eure Tarnung schneller auffliegen lässt, als ihr *Obsidian* sagen könnt.«

Mira kniff sich in den Nasenrücken und murmelte einen leisen Schwall Flüche vor sich hin. Sie sah aus den Augenwinkeln, wie Nik zweifelnd zu ihr und dann zu Thaum hinübersah, der gelassen mit den Achseln zuckte.

»Fluchen ist gut«, sagte er mit einem schwachen Lächeln. »Das bedeutet, dass sie nachdenkt. Erst, wenn sie nur still dasteht und nichts mehr sagt, beginne ich, mir Sorgen zu machen.«

»Die Grenzgängerei ist schon schwer genug, wenn man nicht zusätzlich noch eine geheime Agenda verfolgen muss«, sagte Mira unwirsch und wandte sich an Thaum. »Wärst du bereit, Macks Plan umzusetzen?«

Der Nachtstreifer klopfte sich mit zwei Fingern an den Hals und wurde von einem auf den anderen Moment unsichtbar. Nur sein Umriss war noch als schwaches Hitzeflimmern zu erkennen. »Ich und mein neuer Umhang werden das Kind schon schaukeln.«

»Werde nicht übermütig«, sagte Yorgen zu Miras Überraschung warnend. »Das ist schließlich mein Job.«

»Selbsterkenntnis ist der erste Schritt zur Besserung«, erwiderte Thaum, als er grinsend wieder sichtbar wurde.

Mira starrte angespannt zur Decke. »Luftüberwachung?«, fragte sie nur.

»Wird möglich sein«, erwiderte Mack. »*Mutter* behält euch alle im Auge, wenn auch aus sehr großer Höhe. Es gibt in der Gegend unfreundliche Berggeister, die ein hohes Magiegespür besitzen, und ich will, dass *Mutters* Existenz weiterhin ein Geheimnis bleibt.«

»Wir versuchen es erst mit guter Miene zum bösen Spiel«, sagte Mira nach nochmaligem Durchdenken ihrer Optionen. »Wir reden, bleiben höflich und übergeben die Schriftrolle, in der Hoffnung, dass uns Ignatio wirklich abwerben will oder nur zu bequem war, seine Domäne zu verlassen. Währenddessen spürt Thaum hoffentlich die Informationen auf, die wir benötigen.«

»Und sobald einer seiner Leute auch nur falsch zuckt, schießen wir uns den Weg frei?«, fragte Yorgen und hob erwartungsvoll den *Leviathan*. Als Mira nickte, grinste der Yeti viel zu freudig für ihren Geschmack.

»Wir treffen besser ein paar Vorbereitungen«, sagte Nik seufzend. »Ich bin mir sicher, Mr Steel wäre äußerst enttäuscht, wenn wir vier bei unserem ersten gemeinsamen Einsatz in einem Feuerhagel mitten in der marokkanischen Einöde verglühen.«

***

»Die tägliche Lageeinschätzung«, sagte Shaja mit einigen Blatt Papier wedelnd und riss Grayson damit aus seiner Betrachtung einer Nachricht, die er soeben von Mack erhalten hatte.

»Hmm, danke«, murmelte er grüblerisch.

»Die Grenzgänger?«, fragte seine Frau, die beunruhigend gut in ihm lesen konnte.

»Allerdings«, sagte er und warf der Halbdämonin sein Smartphone zu, nachdem diese ihre Papiere auf dem Schreibtisch abgelegt und sich dann schnaufend gesetzt hatte, um ihren Rücken zu entlasten. »Ich war so frei, Macks Zusammenfassung vor seiner Erstellung des offiziellen Missionsberichts zu lesen.«

Sie pflückte das Gerät mühelos aus der Luft und las die wenigen Zeilen, die der Schatten Grayson zugesandt hatte. »Die erwarteten Startschwierigkeiten«, sagte sie schließlich und legte das Telefon auf Graysons schwarzen Schreibtisch. »Willst du, dass ich eine verdeckte Einheit der Unendlichen Legion in Stellung bringe, um sie im Notfall aus Ignatios Domäne rauszuholen, falls die Übergabe schiefgeht?«

Grayson schüttelte den Kopf. »Das würde Aufsehen erregen. Außerdem müssen die vier lernen, alleine klarzukommen.« Er schloss müde die Augen. »Sie haben ja immer noch Mack.«

»Gnade ihnen Gott«, sagte Shaja. »Egal, welcher gerade zuhört.«

Grayson lächelte. Die Schwärze tat seinen erschöpften Augen gut und Shajas Nähe seinem ausgelaugten Inneren. »Wie reagiert der Rat auf Makavias Verrat?«, fragte er schließlich.

»Lies die Lageeinschätzung«, erfolgte Shajas Antwort.

Grayson nickte müde.

»Ernsthaft«, drängte sie. »Lies endlich die Lageeinschätzung. Ich will mit dir darüber reden.« Nach einigen Sekunden der Stille schnaubte sie. »Na schön«, gab sie nach. »Aber das kostet dich eine Fußmassage, sobald wir heute nach Hause kommen.«

Grayson lächelte vor sich hin. »Abgemacht.«

»Die Mehrzahl ist geschockt, allen voran die Lady vom See. Ich bin mir immer noch nicht sicher, ob wir sie nicht hätten einweihen sollen.«

»Sie wird schon dahinterkommen, nachdem sie ihren ersten Schock überwunden hat«, sagte der ehemalige Quaestor selbstsicher. »Und dann wird sie mir für diese Scharade gehörig die Ohren lang ziehen.«

»Ich freue mich schon darauf«, neckte ihn Shaja, bevor sie fortfuhr. »Morgaine wirkte laut Morgan ernsthaft überrascht – ebenso wie er selbst.« Es folgte eine anklagende Pause. »Ihn hätten wir wirklich einweihen müssen, Grayson.«

Jetzt öffnete er die Augen und sah Shaja eindringlich an. »Er *sagt* zwar, dass er seine Gedanken mittlerweile besser vor ihr abschirmen kann, aber wir wissen nicht, ob seine gedankliche Autonomie nur eine bequeme Illusion Morgaines ist«, erinnerte er sie. »Und im Gegenzug wissen wir nicht, inwieweit sie Morgan von ihren wahren Intentionen fernhalten kann. Die beiden teilen sich ja praktisch einen Verstand, in dem die Grenzen zwischen ihm und ihr eher einem Grenzkrieg gleichen.«

Shajas Miene sah weder überzeugt noch zufrieden aus. »Die *Nebelwacht* hat Fahndungsbefehle ausgegeben, ganz wie erwartet«, fuhr sie fort. »Bis auf dich, mich und Mack weiß keiner, dass die vier etwas anderes sind als ganz gewöhnliche Grenzgänger.«

»Gut.«

Shaja legte den Kopf schief. »Und die Sache mit Mira …?«

»Hat begonnen. Der Ausgang ist ungewiss.«

»Oh.«

Grayson tat es beinahe körperlich weh, hier in seinem Büro herumzusitzen und anderen die Drecksarbeit zu überlassen, aber er hatte seine neue Rolle ebenso zu spielen wie Makavia, Mira, Yorgen, Thaum und Mack. Er gönnte sich noch einige Sekunden, in denen er ihnen stumm das Beste für ihren Einsatz wünschte, dann zogen seine Gedanken weiter.

»Wo stehen wir, was die zusammengebrochene Kraftlinie in Norwegen angeht?«

Die freundliche Warnung

»Warum muss ich schon wieder Bob sein?«, maulte Yorgen bereits zum siebten Mal.

Mira sah zu dem Yeti hinüber, während sie in einem der vielen Privathangars des Heathrow Airport darauf warteten, dass ihre kleine Chartermaschine zum Abflug bereitstand. Das Licht des frühen Nachmittags erhellte durch die geöffneten Tore der Halle den Innenraum, der bis auf eine kleine Propellermaschine leer war, die dadurch noch unscheinbarer und fragwürdiger aussah.

»Weil der am unauffälligsten ist«, raunte Nik. »Und jetzt hör auf, dich wie ein Kleinkind zu benehmen!«

»Ich bin immer noch beeindruckt von ihren Fähigkeiten«, raunte Thaum in Richtung Mira, während er die Hexe ansah und gleichzeitig über seine glatten, unbehaarten Hände strich. »Das ist nicht nur ein Tarnzauber, ich *fühle* mich auch wie ein Mensch – denke ich.« Er lachte hilflos. »Denn ich war noch nie einer.«

»Aber Yang ist so viel cooler«, beschwerte sich Yorgen weiter. »Oder Brad. Ich nehme auch gerne Brad.«

»Das darf doch nicht wahr sein!«, zischte die Hexe halblaut. »Ich hätte nie damit anfangen dürfen, deine Tarnungen zu personalisieren. Du verinnerlichst ihre Persönlichkeiten viel zu sehr.«

»Also, ich bin sehr zufrieden«, beeilte Thaum sich zu sagen. »Wenn ich bedenke, mit welchen Zaubern wir bisher unser Äußeres verschleiern mussten, ist das hier«, er strich sich wieder über seine Hände, »geradezu perfekt.«

»Oh, es ist perfekt«, erwiderte Nik ohne jede Arroganz in der Stimme. »Noch nie ist eine Hexe auf die Idee gekommen, einen Fluch zu Tarnungszwecken auf ein Individuum zu legen. Dies ist ein ganz persönlicher Trick von mir, mit dem ich Yorgen schon so manches Mal vor einer Entdeckung bewahrt habe.«

»Trotzdem wäre es schön, wenn ich ein Mitspracherecht hätte«, schmollte der Yeti, der in diesem Moment wie ein breitschultriger, hochgewachsener Mitteleuropäer aussah, der glattrasiert und mit kurzem, dunkelblondem Haar in einem schwarzen Anzug dastand und wie der Prototyp eines Personenschützers wirkte. »Bob ist einfach so *langweilig*. Ich spüre regelrecht, wie jegliche Kreativität mein Hirn verlässt.«

»Versprochen?«, konterte Nik kühl.

Yorgen schnaubte und zog eine Grimasse, die in seiner sonst so seriösen Tarnung einfach nur lächerlich aussah, sodass Mira kichern musste.

»Da der Pilot noch auf sich warten lässt, würde ich gerne mehr über diesen Fluch erfahren, den du nutzt«, sagte Mira interessiert.

Die Hexe blickte sich noch einmal um, sich vergewissernd, dass die Luft rein war, bevor sie redete. »Kennst du die Märchen, in denen eine böse Hexe einen Prinzen in einen Frosch verwandelt?«

»Klar.«

»Dieser Fluch hier ist die reale Grundlage für jene Sagen. Ich verfluche Yorgen dazu, ein Mensch zu sein, und das ist er dann auch größtenteils.«

»Größtenteils?«, fragte Thaum neugierig.

»Jeder Fluch hat einen Haken, das liegt in seiner Natur. Je mächtiger der Fluch, desto größer … das Haar in der Suppe, könnte man sagen. Bei Yorgen ist es seine Masse, die in den Rahmen seiner neuen Gestalt gepresst wird. Er ist immer noch dreihundert Kilo schwer und raufen sollte man besser nicht mit ihm.«

»Und bei mir?«, fragte der Nachtstreifer neugierig. »Ich kann keine Diskrepanz feststellen.«

Nik zog einen Mundwinkel nach unten. »Grins doch mal breit.«

»Ok.«

»Pfui, sieht das gemein aus!«, rief Yorgen begeistert. »So was will ich auch.«

Mira besah sich das Gebiss des verfluchten Nachtstreifers noch einen Moment schaudernd. »Seine Zähne sehen an Thaum sonst nicht so gefährlich aus«, sagte sie.

Die Hände des Nachtstreifers flogen vor seinen Mund und sein breites Grinsen verschwand.

»Weil sie zu seiner wahren Gestalt passen und du an deren Anblick gewöhnt bist. Jetzt blecken sie dich aus einem menschlichen Mund an. Dieser Widerspruch löst den Schrecken aus.«

»Wenn du jemandem Angst machen willst, einfach grinsen«, sagte Yorgen stichelnd.

»Nicht witzig«, sagte Thaum kleinlaut.

»Solange du kein breites Grinsen aufsetzt, ist deine Tarnung perfekt«, beruhigte ihn Mira. Dann deutete sie auf den verfluchten Yeti. »Und warum nennt er seine Tarnung Bob?«

Nik seufzte. »Das ist mein Fehler. Ich sagte ihm damals, er solle seine Rolle verinnerlichen, als ich ihn das erste Mal verflucht habe. Damit er die physischen Veränderungen besser verarbeiten könne. Das hat er sehr wörtlich genommen.«

»Bob liebt es, zu stricken«, sagte Yorgen voller Inbrunst. »Es ist seine geheime Leidenschaft.«

»Im Laufe der Zeit habe ich ihm drei Tarnungen erschaffen, die er Bob, Brad und Yang nennt. In jeder von ihnen verhält er sich leicht anders.«

»Ich bleibe nur in der Rolle«, sagte Yorgen verschnupft.

»Warum dieses Äußere?«, fragte Mira. »Ein Personenschützer

ist zwar am Flughafen nichts Ungewöhnliches, in einem Supermarkt wird er trotzdem auffallen.«

Nik lächelte gequält. »Bob ist bereits der beste Kompromiss. Ich habe Yorgen mal in einen Rentner mit Schmerbauch und Glatze verwandelt, damit er unauffälliger wirkt. Aber das Großmaul hat sich natürlich trotzdem in eine Schlägerei verwickeln lassen und plötzlich beobachteten unbeteiligte Zivilisten, wie ein alter Mann einen Biker quer durch den Raum warf.«

»Er war aber auch unverschämt«, verteidigte sich Yorgen. »Keinen Respekt vorm Alter.«

»Meine Theorie ist, dass Yorgens Verstand die menschliche Form am ehesten verarbeitet, wenn sie weitmöglichst seinem Charakter entspricht«, fuhr Nik fort. »Dieser Fluch ist ja ursprünglich als Bestrafung ersonnen worden. Es ist nur natürlich, dass eine Zweckentfremdung auch Nebenwirkungen mit sich bringt.«

Mira nickte verstehend. »Trotz der kleinen Schönheitsfehler ist die Tarnung der beiden das Beste, was ich je gesehen habe«, sagte die Elfe wahrheitsgemäß. »Solange Thaum nicht grinst und Yorgen sich auf keine Waage stellt, werden sie bei jedwedem Check als Menschen durchgehen.«

»Selbst die meisten magischen Überwachungssysteme können durch den Zauber überlistet werden«, fügte Nik selbstzufrieden hinzu. »Denn ein Fluch gilt als etwas Nachteiliges und darauf sind die meisten Bannkreise, die standardmäßig zum Einsatz kommen, nicht ausgerichtet.«

»Achtung«, sagte Thaum warnend. »Jemand nähert sich.«

Mira drehte sich zum Hangartor um und sah, wie ein untersetzter Mann mittleren Alters in einem fleckigen Overall eintrat, einen Stapel Papiere in der einen Hand und einen Becher mit dampfendem Kaffee in der anderen.

»Willkommen bei *Sanders Survival Adventures*«, rief er ihnen zu und kam dabei zügigen Schrittes näher. »Ich bin Tom Sanders und heute Ihr Pilot.« Er musterte die vier vor ihm stehenden Gäste mit einem leichten Zögern und lachte dann unsicher. »Die beiden Damen und ihre Begleiter möchten sich vielleicht umziehen«, sagte er mit höflicher Miene. »Laut meinen Unterlagen haben Sie das Marokko-Desert-Adventure gebucht. Im Flugzeug wird es zu eng sein, um sich anständig auf den Absprung vorzubereiten.«

Mira blinzelte einmal ganz langsam. »Absprung?«, fragte sie in gefährlich ruhigem Ton.

Sanders lachte. »Anscheinend sollten Sie sich noch mal durchlesen, was genau Sie erwartet«, sagte er und drückte ihr einen Flyer in die Hand. »Ich hole dann mal die Fallschirme.«

»Hat der gerade Fallschirme gesagt«, raunte Yorgen, in dessen Stimme echte Panik mitschwang.

Mira betrachtete die Informationen auf dem Flyer und knirschte dabei mit den Zähnen. »Ich bringe ihn um«, zischte sie wütend. »Wenn ich jemals ins *Somnium* gelange, reiße ich Mack jedes seiner Piercings einzeln aus und erwürge ihn dann mit seinem dämlichen Klappstuhl.«

»Noch fünfzehn Minuten bis zum Absprung«, rief Sanders vom Pilotensitz aus in Richtung der Passagiere, und Mira zwang sich zu einem ruhigen Gesicht.

Mack hatte eintragen lassen, dass jeder von ihnen ein erfahrener Fallschirmspringer war, aber zumindest im Falle der Elfe war die Wahrheit deutlich unschmeichelhafter.

Sie war mal vor Jahren bei einem Auftrag aus einem Flugzeug gesprungen, aber nur, weil es brannte und noch zwei wütende Elfen mit Schusswaffen an Bord gewesen waren. Zu der Zeit, als ihre Geschwister das selbst gewählte Exil Miras für eine Finte gehalten hatten. Damals kursierte im *Anderswo* das Gerücht, dass Mira ihren Aufenthalt auf der Erde nur als Sprungbrett für einen

Putsch in ihrer Heimat nutzen würde. Die Reihe der Attentate auf sie war lang gewesen. Die Opferzahlen unter den ausgesandten Elfen noch länger.

Schluss damit, herrschte sie sich selbst an. *Diese Ereignisse hat es offiziell nie gegeben.*

Sie selbst hatte seit langer Zeit nicht mehr mit derart detaillierter Klarheit an die Fehde mit ihren Geschwistern gedacht.

Warum eigentlich nicht?, schoss es ihr durch den Kopf. Dann lugte ein weiterer vorwitziger Verdacht aus Miras Unterbewusstsein hervor. *Haben diese Erinnerungen etwa all die Jahre hinter der Mauer verborgen gelegen? Und was lauert dort noch, an das ich mich nicht erinnern kann? Oder erinnern will …*

Plötzlich war der Gedanke an einen Fallschirmsprung nicht mehr das Beunruhigendste in ihrem Kopf.

»Kennt sich denn wirklich jeder von euch mit Fallschirmen aus?«, fragte Nik leise in die Runde. Die Hexe wirkte so gelassen, dass Mira ihr am liebsten den Fallschirm weggenommen hätte.

»Ich weiß, an welcher Leine man ziehen muss und wie man nach links oder rechts lenkt«, sagte Mira. »Beim Rest muss ich improvisieren.«

»Da unten ist sehr viel Wüste«, sagte Thaum beruhigend. »Steuer einfach von Hindernissen auf dem Boden weg, damit du auf Sand landest. Dann schnell raus aus dem Harnisch, damit dich der Fallschirm nicht mitreißen kann.« Sein ruhiger Blick schenkte ihr ein wenig Selbstvertrauen.

»Ihr habt alle leicht reden«, sagte Yorgen, dessen menschliches Gesicht pures Elend ausdrückte. »Ihr habt keinen Fallschirm für hundertzwanzig Kilogramm Lebendgewicht, während ihr in Wirklichkeit mehr als das Doppelte wiegt.« Die Haut um die menschliche Nase des Yetis sah grünlich aus. »Ich werde zu Boden fallen wie ein Stein, an dem ein Cocktailschirmchen festgebunden wurde.«

»Oh«, machte Nik besorgt. »Oje.«

»Nutz zusätzlich den Hilfsschirm«, sagte Thaum gelassen. »Damit solltest du heil am Boden ankommen.«

Der Yeti sah den Nachtstreifer zweifelnd an, dann seufzte Thaum und griff unter den getarnten Umhang, den er auch jetzt trug und holte eine dünne Phiole hervor. Mira bezweifelte, dass Thaum das Kleidungsstück je wieder ausziehen würde. Bald könnte sie ihren Freund am Geruch des stinkenden Mantels orten, ob unsichtbar oder nicht. Sie würde mit ihm darüber reden müssen.

»Trink davon drei Schlucke, bevor du springst«, sagte Thaum und drückte Yorgen das Glasröhrchen in die Hand. »Damit wirst du so leicht, wie du gerade aussiehst.«

Der Yeti leckte sich nervös die Lippen. »Drei Schlucke«, echote er. »Danke, Kumpel.«

»Nur drei«, warnte der Nachtstreifer ihn energisch. »Mehr und du wirst zu leicht. Trinkst du die ganze Phiole, bewegst du dich in die falsche Richtung.« Dabei deutete er vielsagend nach oben.

Mira tippte auf ihre Smartwatch, sah jedoch weiterhin nur die Uhrzeit auf dem Display. »*Mutter* ist noch nicht in Reichweite«, sagte sie leise. »Noch kein Kontakt zu Mack.«

»Hoffentlich ist sie rechtzeitig in Position«, raunte Nik. »Unsere Chancen stehen schlecht genug, auch ohne dass uns die Luftaufklärung fehlt.«

Mira nickte stumm. Die Hexe machte keinen Hehl daraus, dass sie felsenfest von einem Hinterhalt auf das Team ausging. Der Blick der Elfe glitt daher unweigerlich zu dem Kasten mit der Aufschrift *Überlebensausrüstung*, den Sanders im Flugzeug verstaut hatte und der offensichtlich auf Geheiß von Mack mit an Bord war. Es brannte Mira in den Fingern, in den schwarzen Militärbehälter zu schauen, aber sie hatte das Gefühl, dass ihr Pilot besser nicht mitbekam, was sich darin befand.

»Noch zehn Minuten bis zum Absprung«, ertönte Sanders' fröhliche Stimme aus dem Cockpit. »Hat jeder von Ihnen den Rucksack mit seinem Namen darauf? Und sind Sie alle bereit für ein unvergessliches Abenteuer in der Wüste, das Sie bis an Ihre Grenzen bringen wird?«

»Wenn der wüsste, wie recht er hat«, unkte Yorgen.

»Zumindest sind unsere Spuren perfekt verwischt«, sagte Nik. »Die *Nebelwacht* sucht uns noch immer in London und sicher nicht an Bord eines mundanen, semiseriösen Flugunternehmens, das sich auf haarsträubende Survivalabenteuer für die Reichen und Blöden spezialisiert hat.«

Mira nickte. »Mack ist vielleicht gewöhnungsbedürftig, aber er weiß, was er tut.«

Thaum begann zu lachen, und als die Elfe ihn ansah, zuckte er belustigt mit den Schultern. »Damit hast du gerade jeden Einzelnen von uns beschrieben.«

Alle begannen zu lachen, vor allem als Yorgen mit fester Stimme hinzufügte: »Auf mich triff das nicht zu. Ich weiß so gut wie nie, was ich tue.«

Mira konzentrierte sich auf ihre Atmung und ordnete in den nächsten Minuten ihren elfischen Verstand, so wie es ihr im *Anderswo* gelehrt worden war. Bald war ihr Geist eine leere Fläche, auf der nur die wichtigsten Informationen zu ihrem Auftrag wie Leuchtfeuer brannten. Wie lange hatte sie diese Geistesübung nicht mehr eingesetzt? War selbst das Wissen darüber irgendwann unbemerkt auf der anderen Seite der schwarzen Mauer verschwunden, hinter der anscheinend Teile von Miras Leben lagen, die sie verdrängt hatte? Und wenn ja, warum war das Wissen darum plötzlich zurück? Das Bild eines Haarrisses um einen schwarzen Strang zuckte durch Miras Verstand.

Nicht jetzt, ermahnte sie sich selbst. *Dass du gleich aus einem Flugzeug springst, hat höhere Priorität.*

»Bitte öffnen Sie die Seitentür des Flugzeugs«, ertönte Sanders' Anweisung. »Springen Sie möglichst innerhalb der nächsten Minute. Ihr Ziel sind die Dünen nördlich des kleinen Flusses, den Sie sehen.«

Mira blickte hinaus und hinab. Ein hauchdünnes, silbern glitzerndes Band schlängelte sich verspielt unter einem wolkenlosen Himmel durch die Wüste. Hier und da sah die Elfe in der Entfernung kleinere Dörfer, jeweils kaum mehr als eine Ansammlung von simplen Häusern mit Flachdächern um einen Brunnen herum. Weit in der Ferne im Westen sah Mira einen weiteren, breiteren Fluss, an dessen Ufern begrünte Felder und kleine Städte zu erkennen waren.

»Wir sind mindestens fünfzig Kilometer von der nächsten Siedlung entfernt, die nicht nur aus ein paar Hütten und einem halb verschütteten Brunnen besteht«, murmelte sie den anderen zu. »Hier gibt es weit und breit keine mundanen Zeugen. Also erwartet keine Zurückhaltung von Ignatio, sollte die Übergabe schieflaufen.«

»Zurückhaltung war sowieso nie meine Stärke«, sagte Yorgen und tätschelte den Rucksack, den er sich im nächsten Moment umschnallte. »Es gibt da einen Gegenstand, der zwölf Stunden im Eisfach unseres Kühlschranks war.«

Mira wusste, dass der Yeti den Kraftkern des *Leviathan* meinte. Die Runen auf dem Lauf der Waffe hatten nach dem Einsetzen des gekühlten Kraftkerns in einem tiefen, zornigen Blau geglommen. »Wer will zuerst?«, fragte sie nervös, als Thaum die Flugzeugtür öffnete und ihre Ausrüstungskiste hinausschob, damit diese an einem eigenen Fallschirm zur Erde schweben konnte.

»Ich«, sagte Nik und war einen Moment später bereits gesprungen.

Mira sah der Frau eine Sekunde lang mit einer Mischung aus Bewunderung, Neid und Entschlossenheit hinterher. *Du kannst das, Mira*, feuerte sie sich an.

»Ich bin der Nächste«, sagte Yorgen und trank die halbe Phiole aus, bevor er sie Thaum überreichte. »Wünscht mir Glück«, sagte er und warf sich aus dem Flugzeug.

»Das waren eher vier Schluck«, sagte Thaum kritisch und steckte die Glasröhre mit der Flüssigkeit wieder fort. Dann schaute er dem Yeti hinterher. »Zumindest fällt er in die richtige Richtung.«

»Ich als Nächstes«, sagte Mira und stellte sich an die offene Tür. Der kalte Fahrtwind zerrte an ihrem weiten Overall, und sie setzte sich schnell die Schutzbrille auf, als ihre Augen zu tränen anfingen.

»Denk dran: Einfach fallen lassen. Die Gravitation erledigt den Rest.«

»Genau das befürchte ich ja«, raunte Mira, dann warf sie sich ohne zu zögern durch die offene Tür, bevor sie weiter darüber nachdenken konnte.

Sie fiel. Der Luftstrom außerhalb des Flugzeugs traf sie wie ein Faustschlag und die Welt drehte sich um sich selbst.

»Nicht trudeln!«, hörte sie Thaums Stimme in ihrem Ohr. Solange Mack nicht bei ihnen war, hatten sie sich für die Verwendung gewöhnlicher Funkgeräte entschlossen. »Breite die Arme und Beine aus. Stabilisiere dich.«

Mira spannte ihren Körper an und streckte die leicht angewinkelten Extremitäten von sich. Das Trudeln hörte auf, die Welt ordnete sich. Der Himmel über ihr – die schnell näherkommende Wüste unter ihr. Drei geöffnete Fallschirme mit dem knallbunten Logo von *Sanders Survival Adventures* schwebten einen Kilometer entfernt bereits in Richtung Boden.

»Soll ich die Reißleine ziehen?«, fragte sie über Funk.

»Warte«, kam die Anweisung des Nachtstreifers.

Klar. Weil warten ja so leichtfällt, während man auf den Erdboden zurast. Mira verbannte den Gedanken. Angst führte zu Fehlern. *Vertraue Thaum.*

»Ich bin draußen«, sagte ihr Freund in dem Moment. »Gib mir eine Sekunde …«

Mach schon, mach schon, mach schon!, schrie Mira ihn in Gedanken an.

»Jetzt«, sagte Thaum, und Mira zog so kräftig an der weißen Schnur in ihrer verkrampften Hand, dass sie dachte, das Gewebe müsse zerreißen . Stattdessen geschah: nichts. Kein Ruck an ihrem Rücken, kein lautes Flattern, das ankündigte, dass sich der Schirm öffnete.

Mira brach der Schweiß aus, welcher umgehend im Fahrtwind abkühlte. Ihre Blase behielt sie unter Kontrolle. Noch. Sie versuchte es erneut. Wieder keine Reaktion.

»Mira, hast du mich gehört?«, fragte Thaum mit ruhiger Stimme. »Du kannst den Fallschirm jetzt –«

»Er entfaltet sich nicht!«, brüllte die Elfe dazwischen. »Ich ziehe an dieser verfluchten Leine, aber das Drecksding von einem beschissenen Fallschirm GEHT NICHT AUF!«

So ist es richtig, raunte ihr Verstand ihr zu. *Raus mit der Panik. Fluche sie fort. Und jetzt: DENK NACH!*

»Der Ersatzschirm«, sagte Thaum in dem Moment, in dem Miras Angst dem rationalen Denken wich. »Öffne ihn.«

Sie nestelte an ihrem Rucksack herum, die zitternden Finger glitten auf der Suche nach der zweiten Schnur über das raue Textil. Die Erde kam indessen beharrlich näher. Nik war mittlerweile gelandet und streifte ihren Fallschirm ab. Yorgen setzte zur Landung an.

Ich tue das auch gleich. Nur eben viel schneller.

Endlich ergriffen ihre Finger die gesuchte Schnur. Ein Freudenschrei, ein Ruck … dann das ersehnte Flattern sich öffnenden Stoffes. Mira lachte, als ein Zerren durch ihren Körper ging – das mit einem lauten Knall endete. Sie fiel noch immer.

»Was zum …?«, fragte sie benommen und hörte Thaum über Funk fluchen.

»Dein Zusatzschirm hat sich losgerissen.«

Losgerissen? Das Wort geisterte durch Miras Verstand, ohne dass sie es zuordnen konnte.

Losgerissen …

Dann setzte die Erkenntnis ein. Der Schock ließ nicht lange auf sich warten. Das *Anderswo* tauchte vor ihrem geistigen Auge auf. Ihr Vater, wie er im Tal der Grüfte an einem offenen Grab stand. *Hier ruht Mira Sheinfhandril, vierundachtzigste Tochter des Herrschers Kantalgar …*

»Bleib ruhig«, hörte sie Thaums Stimme wie aus großer Entfernung. »Ich komme dich holen.«

… sie starb, wie sie lebte. Dumm und unüberlegt. Ein lächerlich tragischer Unfall über einer gottverlassenen Wüste war ihr Ende …

Ein Knacken in der Funkleitung ertönte. »Was ist bei euch los?«, hörte Mira Yorgens Stimme.

»Probleme«, antwortete Thaum knapp. »Ich arbeite daran.«

»Mira ist schon verdammt tief über dem Boden.«

Ach, echt? Der Zorn über den Yeti löste Mira aus ihrer Schockstarre. »Was denkst du, was hier oben wohl das Problem ist?«, giftete sie los.

»Gut, du bist wach«, sagte Thaum erleichtert. »Eine Ohnmacht hätte alles nur schwieriger gemacht.«

Mira schnaubte. »Da habe ich schon ganz andere Schocks überstanden.« Ihre Stimme wurde rau, geradezu heiser, als sie wieder abwärts blickte. »Thaum …«, begann sie.

»Ich bin gleich da«, versicherte er ihr. »Wenn du kannst, schnall deinen Rucksack ab.«

»Den mit dem Fallschirm darin?«, fragte Mira ungläubig.

»Mit dem *defekten* Fallschirm«, erinnerte sie der Nachtstreifer. Mittlerweile waren die ersten Details am Boden zu erkennen: Verwerfungen in den Dünen, vereinzelte Kakteen, die Gestalten von Yorgen und Nik, die zu ihr hochsahen.

Mira löste die Sicherheitsschnallen und wand sich in Windeseile aus dem Rucksack. Eine wildgewordene Katze, die einen Kragenverband loswerden wollte, wäre beeindruckt gewesen. »Und jetzt?«, fragte sie, als der schwere Stoff vom Wind davongerissen wurde.

»Jetzt atmest du bitte aus.«

»Wieso?«

Ein Ruck ging durch ihren Körper, als plötzlich von oben ein schweres Gewicht gegen sie prallte und ihr die Luft aus den Lungen drückte. Sie hustete.

»Deswegen«, sagte Thaum und schlang von hinten seine Arme und Beine um sie. »Dreh dich um«, kommandierte er. »Und mach schnell. Wir verlieren mehr und mehr an Höhe.«

Mira wand sich erneut, diesmal, um sich in der Umarmung des Nachtstreifers mit dem Gesicht gen Himmel zu drehen. »Wieso ziehst du die Reißleine nicht?«, fragte sie ungläubig.

»Wir sind zu schwer«, antwortete Thaum. »Nimm die Phiole. Sie steckt in meiner vorderen Brusttasche.«

Mira nickte und nestelte an dem Reißverschluss herum. *Ruhig und gelassen*, schoss es ihr durch den Kopf. *Zu schnell ergibt oft zu langsam.*

Die Elfe verbannte den nahenden Wüstenboden aus ihrem Verstand und zog konzentriert gleichmäßig an dem Reißverschluss, während sie mit der anderen Hand hineingriff und die Phiole hervorzog. Der Fahrtwind riss an dem fragilen Röhrchen, und Mira hätte sie beinahe mit ihrem festen Griff zerbrochen.

»Schnell«, rief Thaum. »Jeder einen Schluck.«

Mira nahm die Phiole in den Mund und lockerte den Korken vorsichtig mit den Zähnen, sodass die bitter schmeckende Flüssigkeit am Stopfen entlang in ihren Rachen lief. Ihr Kopf fühlte sich plötzlich leicht an und der Wind schien an Stärke zuzunehmen, als er heftig an ihr zerrte. Zittrig verschloss sie das Glasröhrchen wieder, damit der Luftzug ihres Sturzes die Flüssigkeit nicht aus dem Inneren der Phiole reißen konnte, und schob sie in Thaums Mund. Sie wollte ihm helfen, den Korken zu entfernen, aber der Nachtstreifer bewegte die Lippen und beförderte gleich die ganze Phiole in seinen Mund. Dann biss er zu. Noch während Mira überrascht aufkeuchte, riss Thaum an der Reißleine, und mit einem erlösenden Ruck wurden sie und der Nachtstreifer vom geöffneten Fallschirm in die Höhe gerissen.

Thaum drehte den Kopf zur Seite und spuckte das zerbrochene Röhrchen mit einem feinen Sprühnebel aus Blut in den pfeifenden Wind hinaus. »Das wird eng«, sagte er.

Mira riskierte einen Schulterblick und sah, dass der Boden für ihren Geschmack immer noch viel zu schnell näher kam.

»Thaum …«

»Festhalten.«

»Thaum!«

»Ausatmen!«

»THAUM!«

Mira konnte gerade eben noch den Rat des Nachtstreifers umsetzen, als ihre Welt sich mit Wucht in einen überschlagenden Albtraum aus einem umherwirbelnden Himmel und allgegenwärtigem Sand verwandelte. Sie hielt den Atem an und kugelte über den weichen Boden, als Thaum sie freigab. Mit einem Gefühl seltsamer Leichtigkeit rollte sie durch die Wüste, bis sie schließlich unsanft von einem massigen Körper aufgehalten wurde, der auf ihr landete und sie tief in den Sand drückte.

»Hab sie«, tönte Yorgen.

»GehvonmeinemGesichtrunter«, nuschelte Mira, die versuchte, das weiße Fell in ihrem Mund zu ignorieren. Offensichtlich hatte Nik seinen Fluch aufgehoben, kaum dass sie und Thaum am Boden angekommen waren.

Der Yeti stand auf und hob sie dann mühelos aus dem Sand. »Du wiegst keine vierzig Kilo mehr«, sagte er grinsend mit der Elfe am ausgestreckten Arm.

»Stell mich ab«, sagte Mira mit einem bösen Augenfunkeln.

Der Yeti leistete umgehend Folge.

»Alles in Ordnung?«, rief Nik zu ihr hinüber, die Thaum aus seinem Rucksack befreite, bevor eine Windbö den Fallschirm samt des viel zu leichten Nachtstreifers mit sich reißen konnte.

»Du kennst doch all die Wesen in der *Nebula Convicto*, deren Körper unglaubliche Selbstheilungskräfte haben, oder?«, fragte Mira und bog den Rücken durch.

»Ja, klar«, sagte Nik und deutete dabei auf Yorgen. »Yetis zum Beispiel.«

Mira verzog leidig das Gesicht. »Elfen gehören leider nicht dazu.«

»Danke«, sagte Mira zu Thaum, nachdem sie sich alle aus den Overalls geschält, Nik auch den Nachtstreifer von seinem Fluch befreit und sie die Fallschirme in einer auf der Zieldüne bereitstehenden Box von *Sanders Survival Adventures* deponiert hatten. Sollten ihre Nachforschungen während der Übergabe glatt verlaufen, wäre es durchaus möglich, dass sie ihren *Urlaub* wie in der Broschüre geplant fortführten und von Sanders aus dem Land geflogen wurden. Dann wäre es praktisch unmöglich, ihrer Spur bis nach Marokko und wieder zurück zu folgen. Es gäbe auf dem Papier nur vier Touristen auf der Suche nach dem ultimativen Kick.

»Keine Ursache«, erwiderte der Nachtstreifer. »Jeder tut, was er kann. Nur so überlebt ein Rudel.« Dabei strich er geistesabwesend über die Narben auf seiner Wange. »Zumindest, wenn die Fähigkeiten ausreichen«, fügte er nachdenklich hinzu.

»Augen aufs Ziel«, sagte Mira leise. »Schiebe alles andere beiseite.«

Thaum nickte nur.

»Dann sehen wir doch mal, was Mack uns eingepackt hat«, sagte Yorgen, der dabei war, die militärische Kiste zu öffnen, die zuerst das Flugzeug verlassen hatte. Es sprach für die Kenntnisse Thaums, dass die Ausrüstung nahe der geplanten Landezone zu Boden gegangen war.

»Wasser und Essen«, sagte der Yeti und wühlte weiter in der Kiste herum. »Sonnenschutz, Kopfbedeckungen und vier Zelte, eines davon schön groß und geräumig.« Er grinste. »Und dann noch das hier.« Er fischte etwas heraus, das auf Mira im ersten Moment wie schwarze Unterwäsche aussah. Der Yeti zog den dünnen Stoff zwischen seinen Fingern auseinander und ein Logo wurde sichtbar, das einen simplen grauen Eisenschild zeigte, auf dem ein stilisiertes Herz prangte.

»Das ist Unterpanzerung«, sagte Nik beeindruckt. »Und zwar von *Prinz Eisenherz*.«

Mira pfiff leise durch ihre Zähne. »Das Zeug ist sauteuer. Nur die Elite der *Nebula* trägt so etwas, Gildenmeister oder der Vorstand der *Nebula Corporation*. Solche Leute eben.«

»Hier liegt ein Zettel bei«, sagte Yorgen. »Viel Spaß damit«, las er laut vor. »Euer Kontostand hat sich halbiert.«

Thaum seufzte. »Wie gewonnen, so zerronnen.«

»Ich sage, das ist gut angelegtes Geld«, erwiderte Nik. »Heilmagie ist nämlich nicht meine Stärke.«

»Schön, dass du das in dem Moment sagst, in dem ich feststelle, dass ich leer ausgehe«, sagte Yorgen mit einem schiefen Grinsen. »Yetigröße war wohl nicht lieferbar.«

»Doch bestimmt«, sagte die Hexe mit einem gehässigen Pikser in den Bauch ihres Freundes. »Aber es war wohl kein Unterpanzer für *fette* Yetis mehr da.«

»Das sind alles …«

»… Muskeln«, beendete Mira Yorgens Satz. »Wir wissen das.«

Dann grinste auch sie. »Aber die Panzerung weiß das anscheinend nicht.«

»Ziehen wir uns um«, sagte Thaum und deutete gen Himmel. »Die Dämmerung ist nicht mehr fern.«

Mira nickte und tippte auf ihre Uhr. Noch immer kein Signal zu Mack. »Wir gehen los, sobald alle angezogen sind«, sagte sie. »Bis wir an Ignatios Schrottplatz sind, ist *Mutter* hoffentlich in Position.«

»Kennt jemand die genaue Richtung?«, fragte Thaum, der sich die Panzerung einfach über sein Fell zog, während Mira und Nik die Ausrüstungskiste als Deckung nutzten, um sich umzuziehen, und Yorgen immer wieder mit strengen Blicken dazu anhielten, in die Wüste hinauszuschauen.

»Nord-Nordwest«, antwortete der Yeti selbstsicher. »Knappe dreieinhalb Kilometer.«

»Wenn es um Orientierung geht, sind Yetis unschlagbar«, sagte Nik und warf sich soeben die letzten Kleidungsstücke über.

»Der Evolution sei Dank«, sagte Yorgen grinsend. »Wenn man in natürlichen Höhlensystemen in den Bergen lebt, verirrt man sich besser nicht.«

Mira schlüpfte in die Unterpanzerung und war überrascht, wie weich und anschmiegsam das gepanzerte Gewebe war. Es wärmte und kühlte zugleich. Nun wusste sie, warum die Firma *Prinz Eisenherz* Marktführer auf dem Gebiet magisch hergestellter Panzerungen war. Angeblich besaß das Gewebe dank der da Vinci-Archive seit Neuestem sogar ein Formgedächtnis, sodass es Löcher und Risse selbstständig reparieren konnte. Mira war allerdings nicht scharf darauf, das auszuprobieren.

»Gehen wir direkt los oder reden wir noch über das, was vorhin passiert ist?«, fragte Nik in die Runde und starrte dabei Mira an. »Wie wahrscheinlich ist es, dass sich der Hauptschirm nicht öffnet und der Hilfsschirm sauber abreißt?«

Leb wohl, gnädige Verdrängung, dachte Mira. *Es war schön mit dir.*

»Also war das kein Unfall?«, fragte sie voll falscher Hoffnung in Richtung Thaum.

Der schüttelte den Kopf. »Auf keinen Fall. Dass sowohl der Fall- als auch der Reserveschirm defekt sind, deutet auf Sabotage hin.«

»Bist du sicher?«, versuchte sich Mira an einem Scherz. »Du kennst doch mein Pech.«

Das Schweigen des Nachtstreifers sprach Bände.

»Aber warum nur ein einziger sabotierter Fallschirm?«, fragte Yorgen. »Warum nicht die von uns allen präparieren?«

»Und wenn jemand unsere Reisepläne kannte, warum hat er oder sie uns dann nicht an die *Nebelwacht* verpfiffen?«, hakte Thaum nach. »Wir sind allesamt lebendig mehr wert als tot.«

Mira seufzte. »Das war etwas Persönliches«, sagte sie schließlich. »Es galt mir und nur mir allein. Ich schätze, es war eine Warnung meiner Familie.«

»Wenn ihr euch auf diese Weise gegenseitig warnt, dann will ich keinen Mordversuch unter Elfen miterleben«, sagte Yorgen mit hochgezogenen Augenbrauen.

»Wer genau wollte dich warnen und wovor?«, fragte Nik angespannt, den Yeti ignorierend.

»Das ist eine gute Frage«, sagte Mira mit einem gequälten Gesichtsausdruck. »Entweder einer der Handlanger meines Vaters, der mich dazu bringen will, ins *Anderswo* zurückzukehren.« Sie holte tief Luft. »Oder eines meiner Geschwister, das mir klar machen will, was mich erwartet, sollte ich je wieder einen Fuß ins *Anderswo* setzen.«

»Und ich dachte, *mein* Leben wäre kompliziert«, murmelte Yorgen.

»Hat sich der *Obsidian* nicht um diese Angelegenheit gekümmert?«, fragte Nik mit zusammengekniffenen Augen.

»Das dachte ich auch«, sagte Mira. »Aber anscheinend hat die offizielle Vereinbarung zwischen dem *Anderswo* und dem *Obsidian* Grenzen. Und ebenso offensichtlich hat sie schlafende Hunde geweckt, die ich schon vor Jahren erfolgreich eingelullt hatte. Ich werde mich vorsehen müssen.«

»*Wir* müssen uns vorsehen«, korrigierte Thaum sie. »Wer weiß, ob die nächste *Warnung* ähnlich zielgerichtet sein wird.«

»Laufen wir los«, sagte Mira müde. »Wenn wir, wie von Thaum vorgeschlagen, den Schrottplatz im Zwielicht erreichen wollen, dann bleibt uns nicht mehr viel Zeit.«

»Hoffentlich macht das schwache Licht die Infiltration wirklich einfacher für ihn«, sagte Yorgen.

»Hauptsache, wir sind da, bevor in der Domäne die Lampen angehen«, sagte der Nachtstreifer. »Dann wäre das Flimmern meines Umhangs deutlich besser zu sehen.«

»Dann hängt es nun an Mack«, sagte Mira. »Sobald wir wissen, was uns erwartet, können wir entscheiden, wie es weitergeht.«

Ein überschlauer Cupido

Die Sonne war ein feuriger Ball am Horizont, der Mira und ihr Team bereits nach und nach aus seinen gierigen Klauen entließ, als die Smartwatches der vier Grenzgänger zum Leben erwachten.

»*Mutter* ist online«, sagte Mack zur Begrüßung. »Und ihr vier seht aus wie panierte Hotdogs.«

»Leck mich«, grollte Yorgen und strich sich überflüssigerweise den Sand aus dem Fell. Mira, Nik und Thaum nickten inbrünstig.

»Da haben meine Lieblingsgrenzgänger aber schlechte Laune.« Der Zwerg griente vor sich hin.

»Warum hat das so lange gedauert?«, motzte Mira den Schatten an. »*Mutter* sollte doch wohl schneller sein als so ein altes Propellermaschinchen, oder nicht?«

»Ein temporär gesperrter Luftraum, nur für mundane Flugobjekte zugelassen«, sagte Mack achselzuckend. »Lag mitten auf dem Weg. Ich wollte nicht riskieren, dass *Mutter* eine Suchpatrouille zerstörungswütiger Jungdrachen aufschreckt.«

»Was gab es denn so Besonderes über dem Meer zu sehen?«, fragte Thaum neugierig.

»Irgendwas mit Erzdrachen«, sagte der Zwerg unbeeindruckt. »Seit meinem Zusammentreffen mit Eisenschuppe frage ich bei denen nicht mehr nach, sondern tue, was mir gesagt wird.«

»Von den uralten Echsen hört man häufiger, seit die da Vinci-Schriften aufgetaucht sind«, warf Nik beunruhigt ein. »Die *Nebula* ist überall auf der Welt in Aufruhr.«

»Das bedeutet fettere Aufträge für uns Grenzgänger«, sagte Mira lässig.

»Mack, überprüfst du bitte, ob dem *Obsidian* Berichte über

Bewegungen einzelner Elfen aus dem *Anderswo* vorliegen?«, fragte Thaum, und Mira schüttelte grimmig den Kopf, während sie böse in seine Richtung sah. »Es gab einen Zwischenfall mit ihrem Fallschirm. Sie sagt, dieser Mordanschlag könnte eine freundliche Warnung gewesen sein.«

»Zurückzukommen oder fernzubleiben?«, fragte der Zwerg stirnrunzelnd.

»Ja.«

»Okay, ich verstehe.«

»Können wir da bitte keine große Sache draus machen«, sagte Mira gereizt. »Bei einem ernst gemeinten Attentat auf mich hätte sich keiner unserer Fallschirme geöffnet, um sicherzugehen, dass mir niemand helfen kann. Wer auch immer das getan hat, war sich ziemlich sicher, dass ihr mich retten würdet.«

»Also fallen wir beim nächsten Mal alle wie die Steine vom Himmel?«, fragte Yorgen, ohne sein sonst so sonniges Gemüt. Er sah auf sein Display. »Priorisiere die Suche nach Informationen über diese Elfen.«

Mack tippte bereits auf seiner Tastatur herum und kaute dabei auf seiner Lippe. »Mal sehen … da ist ein Vermerk über einen Waffenmeister, der in London gesichtet wurde und der der Grund ist, warum die Hälfte von euch gerade in der Wüste steht. Dann gab es noch fünf formelle Anfragen aus dem Königshaus des *Anderswo* über den Aufenthaltsort von Mira und zwei, nein drei, Auslieferungsanträge an den Rat – alle blieben unbeantwortet.« Der Zwerg sah auf und blickte die Elfe beeindruckt hat. »In einem wird dir Hochverrat vorgeworfen, in den anderen aufrührerische Tendenzen.«

»Meine Familie kennt mich eben am besten.« Mira zog ihre EZigarette aus der Kleidung. Wenn sie schon hier rumstanden, konnte sie auch den Duft der Heimat genießen. »Was du da liest, sind die üblichen Anschuldigungen gegen mich.«

»Ich dachte, deine Tattoos schützen dich?«, fragte Nik und deutete einen Strich auf dem Nasenrücken an.

»Das Mal der Schande muss von allen Seiten anerkannt werden. Vater hat das dazugehörige Edikt nie unterzeichnet.« Sie atmete den nach Wäldern schmeckenden Rauch tief ein und spie ihn in die unbeeindruckte Wüstenluft hinaus. »Wahrscheinlich, um mich zu ärgern und um meine Geschwister auf Trab zu halten. Meine Flucht ist ein Dorn im Auge des gesamten Königshauses und mein ungeklärter Status eine Warnung an jene, die mir nacheifern könnten.«

»Der *Obsidian* soll das in den Griff bekommen«, blaffte Thaum in sein Display. »Wenn Grayson seinen Job nicht macht, dann machen wir unseren eben auch nicht.«

»All diese Anträge und Anfragen liefen ins Leere, oder nicht?«, maulte Mack zurück. »Die offiziellen Kanäle des Rates stellen sich auf Graysons Bitten hin tot, sobald es um Mira geht. Aber gegen inoffizielle Handlungen kann er wenig unternehmen. Wenn der *Obsidian* derart mächtig wäre, würden wir euch Pfeifenköpfe nicht brauchen.«

»Das reicht mir nicht«, sagte Thaum verbissen, und Mira musste unwillkürlich lächeln. Der Nachtstreifer kämpfte gerade für die Sicherheit eines Rudelmitglieds. Mack hatte keine Chance. »Lass den *Obsidian* ein paar Agenten darauf ansetzen, Störaktionen des *Anderswo,* wie die mit Miras Fallschirm, zu unterbinden. Und zwar umgehend.«

Mack sah aus, als wolle er dem Nachtstreifer widersprechen, nickte dann aber abrupt. »Keine schlechte Idee. Ich frage Shaja, was sie da machen kann.«

»Dann wenden wir uns besser wieder der aktuellen Lage vor Ort zu«, sagte Mira und steckte ihre EZigarette weg.

»Wo wir gerade davon reden«, sagte Yorgen, dessen Grinsen auf seine Züge zurückgekehrt war. »Wie ist denn die aktuelle Lage vor Ort?«

»Mindestens zwanzig bewaffnete Söldner, die meisten Halb-Satyrn. Dazu der Boukhencha und natürlich der Herr der Halde: Ignatio.«

»Halb-Satyrn«, sagte Nik und verzog das Gesicht. »Die haben sich noch weniger unter Kontrolle als ihre genusssüchtigen Väter.«

Mira gefiel auch nicht, was sie da hörte. »Zweiundzwanzig gegen vier ist kein gutes Verhältnis, wenn die Kacke zu dampfen anfängt«, sagte sie grimmig. »Ungeachtet dessen, welche Spielzeuge Grayson uns hat klauen lassen.«

»Blasen wir die Sache ab?«, fragte Thaum.

»Wir könnten auch versuchen, uns den kleinen Scheißer zu schnappen, während alles schläft, und ihn hier in der Wüste ausquetschen«, schlug Yorgen vor.

Mira sah Yorgen nach dessen Vorschlag ebenso kritisch an wie Thaum.

»Ich meinte damit, ihn zu verhören. Ganz ehrlich. Yeti-Pfadfinder-Ehrenwort«, fügte die große Gestalt grinsend hinzu.

»Also eine simple Entführung und Befragung des Schiebers, statt einer Übergabe der Rolle, bei der wir die nötigen Informationen über seinen Auftraggeber diskret beschaffen müssen und wir in einen potenziellen Hinterhalt des Cupido geraten könnten?«, sagte Mira und blickte in die Runde. »Meinungen dazu?«

»Wenn der Cupido an einer Übergabe interessiert ist, vertun wir mit einer voreiligen Aktion unsere Chance, diskret etwas über seinen Auftraggeber herauszufinden«, gab Nik zu bedenken.

Mira runzelte nachdenklich die Stirn. »Und unser Ruf als verlässliche und authentische Grenzgänger würde ebenfalls leiden, wenn wir statt einer Übergabe plötzlich unseren Auftraggeber entführen und ihn mit komischen Fragen löchern.«

»Ich bezweifle ohnehin, dass wir Ignatio lautlos entführen könnten«, sagte Thaum. »Ich bin für die Übergabe, während ich reinschleiche und mich unauffällig umsehe.«

»Ich schieße lieber zuerst, als darauf zu warten, dass die bösen Jungs damit anfangen«, meldete sich Yorgen zu Wort. »Keiner hat gesagt, dass die Entführung lautlos ablaufen muss. Sie muss uns nur gelingen.«

»Das ist deine Lösung?«, zischte der Nachtstreifer. »Ein großes Loch in das Eingangstor schießen und dann kleinere große Löcher in alles, was auf dich zuläuft?«

»Klappt meistens prima«, sagte der Yeti unbeeindruckt.

»Das reicht, ihr beiden«, warf Mira ein.

»Ich bin immer noch für die Übergabe«, bekräftigte Nik ihren Standpunkt in der darauffolgenden Stille. »Selbst wenn der Cupido uns hereinlegen will, wird er sich vielleicht umstimmen lassen, wenn wir mit dem Preis runtergehen.«

»Das denke ich nicht«, sagte Mira kopfschüttelnd. »Und schlecht für unseren Ruf wäre ein Rabatt bei vorgehaltener Waffe auch. Dann denkt jeder, mit dem wir zukünftig arbeiten, er kann uns abzocken.«

»Ist das nicht egal?«, fragte die Hexe aufgebracht. »Wir sind nicht hier, um unseren Gewinn zu maximieren.«

»Unsere Tarnidentitäten allerdings schon«, sagte Mira geduldig. »Und wenn uns der Cupido aufs Kreuz legt, wird er jedem erzählen, wie er uns übervorteilte, und wir werden bei unseren Ermittlungen ständig in solche Situationen wie jetzt geraten. Das wäre genauso schädlich für unseren Ruf wie eine Entführung des kleinen Scheißers.«

»Klingt, als würden alle Argumente für die Übergabe sprechen«, fasste Thaum zusammen.

»Unser Ruf als Grenzgänger macht diesen Schritt unumgänglich«, sagte Mira. »Wir erscheinen wie vereinbart und übergeben die Rolle. Spielt der Cupido nicht mit, ist es seine Schuld und nicht unsere. Wir schießen uns den Weg frei und Mack erzählt unsere Version der Geschichte herum, unterstützt von ein paar

Luftaufnahmen. Im besten Falle kann Thaum mittels seines Tarnumhangs unbemerkt herumschnüffeln und die Käufer hinter dem Cupido identifizieren, während wir dem Schieber die Schriftrolle verkaufen. Im schlimmsten Fall müssen die Käufer an uns herantreten, weil wir den Cupido aus dem Spiel nehmen werden, sollte er uns verraten.« Sie vollführte eine vielsagende Geste an ihrer Kehle.

»Effizient mit einem Höchstmaß an Kaltblütigkeit und einem Schuss Blutdurst«, sagte Yorgen. »Gefällt mir.«

»Ihr solltet eure Optionen besprechen, falls die Übergabe in die Hose geht«, sagte Mack, der sich bisher pflichtschuldig zurückgehalten hatte. »Dann steht ihr nämlich mitten in einem Haufen feindseliger Kombattanten und Thaum schnüffelt währenddessen wer weiß wo im gegnerischen Lager auf der Suche nach nützlichen Informationen umher.«

»Ich kann mich zur Not mit drei Wolken aus Mitternachtstau verteidigen«, sagte er. »Größe und Verlässlichkeit wie bei einer Gasgranate.«

»Da hatte ich mir etwas Originelleres erhofft«, sagte Yorgen grinsend. »Bei deinem Ruf …«

»Das sollte zu deinem Schutz reichen«, ging Mira mit einem bestätigenden Nicken in Thaums Richtung dazwischen.

Nik sah nachdenklich auf ihre Hände herab, an denen die Geschmeide in der Wüstensonne funkelten. »Ich könnte einen Fluch über den Schrottplatz legen«, sagte sie. »Dann würde sich jeder, der sich zum Zeitpunkt des Zaubers in seinen Mauern aufhält, rettungslos in ihm verlaufen.«

Yorgen grinste. »Das klingt doch toll. Jede Menge verwirrte Halb-Satyrn, die uns nicht einkesseln können und darum betteln, einzeln über den Haufen geschossen zu werden.«

»Dein Fluch würde uns aber ebenfalls treffen, oder?«, fragte Mira Nik. »Wir würden dann ja ebenfalls auf dem Schrottplatz stehen.«

Die Hexe wiegte den Kopf hin und her. »Nicht unbedingt«, sagte sie und zog ihren Rucksack vom Rücken. »Nicht, wenn ihr die hier tragt.« Dabei holte sie ein faustgroßes Bündel aus Jute hervor, auf dem hier und da kleine Kunstperlen und Federn angebracht worden waren.

»Hexenbeutel«, sagte Yorgen und rümpfte die Nase. »Was immer ihr tut: Schaut da niemals rein. Ich habe noch heute manchmal Albträume von dem Anblick.«

Nik zuckte die Achseln. »Ich habe dich damals gewarnt.«

»Sie schützen vor deinen Flüchen?«, fragte Mira, die sich undeutlich an eine Lektion im *Anderswo* erinnerte. »Aber nicht vor jedem von ihnen, oder?«

Nik schüttelte den Kopf. »Vor genau einem«, sagte sie. »Danach sind sie wirkungslos und müssen erst von mir gereinigt werden und das dauert eine Weile.«

»Also würde uns jeder weitere Massenfluch ebenfalls beeinflussen«, sagte Mira mit einem verständnisvollen Nicken. »Das heißt, wir sollten es nach Möglichkeit bei dem einen belassen. Trotzdem ist eine gute Ouvertüre meist der Schlüssel zum Erfolg. Wenn der Cupido nicht spurt, verwirre seine Truppe.«

Die Hexe nickte und verteilte stumm die Hexenbeutel. Yorgen nahm seinen mit spitzen Fingern an und knotete ihn widerwillig an seinem Brustgurt fest.

»Ein Fluch braucht jedoch immer ein Schlupfloch«, erinnerte sie Nik anschließend. »Etwas, das ihn auflöst.«

»Wie wäre es mit der Sonne?«, sagte Mira achselzuckend. »Sie verlaufen sich, bis sie die Sonne aufgehen sehen. Wenn wir bis zum Morgengrauen immer noch auf dem Schrottplatz sind, haben wir ein ganz anderes Problem.«

»Schwer, aber machbar«, sagte die Hexe und neigte den Kopf. »Nachdem ich diesen Spruch gewirkt habe, wird der *Schleier* jedoch dünn sein.«

»Ein Haufen Leute, der sich auf der Suche nach uns verirrt, klingt zu nützlich, um darauf zu verzichten«, sagte Mira nachdenklich.

»Mack, wie unübersichtlich ist der Schrottplatz? Wäre Niks Fluch überhaupt effektiv?«

»Seht selbst.« Eine stilisierte Grafik erschien auf ihren Smartwatches, die ein Labyrinth aus aufeinander und nebeneinander gestapelten, zu Würfeln gepressten Autos zeigte, dessen Außenkanten ein halbwegs quadratisches Areal bildeten.

»Hat ein bisschen was von einer mittelalterlichen Festung«, sagte Thaum augenblicklich. »Wer sich nicht darin auskennt, kann sich schnell in eine Sackgasse manövrieren.«

»Mein Fluch würde ihren Heimvorteil gegen sie wenden«, ließ Nik sich vernehmen. »Ihre Selbstsicherheit wird in Verwirrung umschlagen.«

»Mack, kannst du uns im Ernstfall aus diesem verworrenen Labyrinth herauslotsen?«, fragte Mira. »Ich würde da ungern länger drin herumtapsen als nötig.«

»Selbstverständlich.«

»Gut, dann steht unser Plan«, verkündete die Elfe. »Thaum schleicht sich rein, wir anderen reden mit dem Cupido. Wird es ungemütlich, schießen Yorgen und ich uns den Weg frei, während Nik die Opposition in die Irre führt, und Thaum macht, dass er da rauskommt.«

»Klingt schön einfach«, sagte der Yeti. »Ich liebe einfache Pläne.«

»Das kann ich mir denken«, stichelte Thaum.

»Der Schrottplatz kommt hinter der nächsten Düne in Sicht«, sagte Mack. »Habt ihr die überquert, seid ihr in Sichtweite.«

»Alle bereit?«, fragte Mira und ringsum wurde genickt. »Dann statten wir diesem Cupido mal einen Besuch ab, den er so schnell nicht vergessen wird.«

***

Der Eindruck einer Festung in der Wüste verfestigte sich, je näher Mira und die anderen dem Schrottplatz kamen, der sich wie ein Schandfleck der Moderne in die natürliche Umgebung fraß gleich einer metallisch schimmernden Krankheit. Fünf Meter hohe Außenmauern aus gepressten und aufeinandergestapelten Autos schirmten die Domäne des Cupidos vor neugierigen Blicken ab. Links und rechts der vier Meter breiten Lücke, die als Eingang diente, waren außerdem zwei simple Türme aus weiteren Autowracks erbaut worden, auf denen je eine Gestalt mit einem Schnellfeuergewehr stand.

»Die beiden werden sich nicht verirren können«, raunte Nik in die Runde.

»Ziel eins und zwei«, sagte Mira daraufhin in Richtung Yeti. Der nickte nur. »Ohrhörer rein«, kommandierte die Elfe und folgte ihrem eigenen Befehl.

»Wenn ihr euch fragt, warum sie so leistungsfähig sind«, ertönte Macks selbstzufriedene Stimme so klar, als stünde er neben ihnen. »Das liegt an der Zwergentechnologie. Sie sind auf eure Stimmfrequenz kalibriert und übertragen daher ohne Störgeräusche.«

»Jetzt keine Angeberei mit irgendwelchem Schnickschnack«, sagte Mira sofort. »Wir begeben uns in potenzielle Lebensgefahr. Ich will jeden von euch hoch konzentriert bei der Sache haben.«

»Bin in Position«, hörte sie Thaums Meldung. »Zwanzig Meter von der Nordseite entfernt.«

Mira brummte zufrieden. Der Eingang war auf der Südseite. Wenn der Cupido was von Kriegsführung verstand, würde er sein Zimmer am anderen Ende seiner Domäne errichtet haben. »Wir betreten gleich den Schrottplatz. Halte dich bereit.«

Ein Pfiff, in dem genug Schmierigkeit mitschwang, dass die Elfe sich umgehend waschen wollte, ertönte von einem der Wachtürme, gefolgt von der typisch schrillen Stimme eines

Satyr-Halbbluts. »Der Boss hat uns Frischfleisch besorgt. Dabei ist noch gar nicht Montag.«

»Aber was will dann der hässliche Yeti hier?«, rief sein Kumpan lachend. »Bess steht zwar auf Kerle, aber doch nicht auf fellige.«

»Wir sind geschäftlich hier«, rief Mira gelangweilt. Sie musste das Gefühl noch nicht einmal vortäuschen. Maulhelden wie diese kannte sie zu Genüge. Die meisten von ihnen bellten nur und bissen nicht. Und jene, die bissen, taten das in Miras Gegenwart nur ein einziges Mal und dann nie wieder. »Holt Ignatio, wir haben etwas, das er will.«

»Darauf wette ich«, sagte der erste Halb-Satyr und stieß ein anzügliches Lachen aus.

Mira sah zu dem Wesen hinauf, das sich in weite braune Wüstenkleidung gehüllt hatte. Der struppige, buschige Bart und die wulstigen Augenbrauen konnten die asymmetrischen Züge nicht verbergen, die gerade unmenschlich genug aussahen, um wahrhaft abstoßend zu wirken. Eine Welle des Mitleids stieg in der Elfe auf. Nicht jedes Wesen der *Nebula* war von ansprechendem Äußeren.

»Holt Ignatio«, wiederholte sie, als würde sie zu einem Idioten sprechen, was ihrer Meinung nach nah an der Wahrheit war. »Oder erklärt ihm, warum wir mit seiner kostbaren Schriftrolle wieder abgezogen sind.«

»Erst mal die Waffen weg«, sagte der andere Halb-Satyr. »Vorher passiert hier gar nichts.«

»Das wird nicht geschehen«, sagte Yorgen entschieden.

Mira sah von einer der Wachen zur anderen. »Ihr habt den Yeti gehört. Sagt ihr nun Ignatio Bescheid oder wollt ihr noch länger unsere Zeit verschwenden?«

Die zwei schauten sich an – und eine Sekunde später hatten sie ihre Waffen im Anschlag und auf Mira gerichtet.

»Die Waffen weg«, kommandierte der eine.

»Und die Klamotten am besten auch«, sagte der andere mit gierigem Unterton. »Damit wir sehen, dass ihr keine Messer oder so was versteckt.«

»Läuft ja prima«, murmelte Nik eisig.

»Was auch immer ihr da vorne tut, es wirkt«, meldete sich Thaum. »Ich bin jetzt auf der Nordmauer und kann sehen, wie sich die Wachen aus meinem Bereich in Richtung Eingang in Bewegung setzen. Macht weiter so.«

Zeit, für eine Visitenkarte, dachte Mira. »Yorgen, bekomme ich eine kleine Ablenkung?«, murmelte sie.

»Ihr stinkenden Abfallhaufen auf zwei Beinen richtet eure Waffen auf uns?«, brüllte der Yeti so laut, dass selbst die Elfe zusammenzuckte. Umgehend ruckten die Läufe der Gewehre herum und zielten auf Yorgen.

Mira reagierte blitzschnell und zog ihre Waffen. Die Bruckenbrenner flogen regelrecht aus den Holstern und schmiegten sich sanft wie zwei Geliebte in ihre Hände. Ein federleichtes Ziehen, mehr ein fragendes Zupfen, regte sich im Inneren der Elfe, aber sie schenkte dem Gefühl keine Beachtung. Stattdessen richtete sie je eine der Pistolen auf einen der Satyrn und drückte ab. Zwei Kugeln verließen zwei Läufe. Eine verursachte ein metallisches Geräusch, als sie auftraf, die andere einen gequälten Schrei.

»Hol Ignatio«, sagte Mira erneut zu dem linken Satyr, dem sie das Gewehr aus der Hand geschossen hatte. »Auf dem Rückweg kannst du deinem Kumpel direkt einen Heiltrank mitbringen«, fügte sie hinzu und deutete auf die andere Wache, die sich beide Hände in den blutenden Schritt gepresst hatte und als wimmerndes Häufchen Elend auf seinem Wachturm lag.

Eine Sekunde später war der linke Satyr verschwunden.

»Extrem, aber effektiv«, kommentierte Nik die Aktion der Elfe. Am unterschwelligen Zittern in der Stimme der Frau erkannte Mira, dass Nik von der jähen Brutalität des plötzlichen Gewaltausbruchs überrascht und schockiert war.

»Willkommen an den Grenzen der Nebula«, sagte Mira leise. »Stärke und Willenskraft sind das Einzige, was hier zählt.«

»Alle Wachen sind auf dem Weg zu euch«, meldete Thaum. »Ich klettere jetzt über die Nordwand.«

»Eine Ablenkung und ein Mistsack ohne Gehänge zum Preis zweier Kugeln«, sagte Yorgen. »Mir gefällt mein neuer Job.«

»Hol die Schriftrolle raus«, wies Mira Nik an, als die ersten Wachen mit ihren Waffen im Anschlag auf sie zustürmten. »Erinnere die Typen daran, dass es hier ums Geschäft geht.«

Die Hexe blickte zweifelnd drein, aber fischte das Lederetui aus ihrem Rucksack. Yorgen hatte sich indessen zwischen die beiden Frauen geschoben und den *Leviathan* gezogen.

»Wenn die Kugeln fliegen, stellt ihr beiden euch hinter mich«, sagte er eindringlich und ohne jeden Klamauk. »Dieser Yeti hat schon ganz andere Kaliber ausgehalten.«

»Keine Heldentaten«, ermahnte ihn Nik und wedelte mit der Schriftrolle herum, damit sie gut zu sehen war, dann rief sie den Wachen entgegen: »Wer auf uns schießt, trifft besser nicht das hier, oder euer Boss dürfte äußerst stinkig werden.«

»Stinkig?«, fragte Mack amüsiert. »Im Ernst? Das ist ja süß.«

»Ich übe noch«, murrte Nik beleidigt.

»Wenigstens hat noch keiner von denen geschossen«, sagte Mira leise. »Das ist ein gutes Zeichen.«

Mehr und mehr Halb-Satyrn sammelten sich am Eingang und bedeuteten ihnen stumm mittels ihrer Gewehrläufe, dass die drei Grenzgänger eintreten sollten.

»Anscheinend hat sich herumgesprochen, dass ein dummer Kommentar schlecht für die Chancen auf Nachwuchs ist«, raunte Yorgen mit einem Grinsen.

Mira sah den Yeti nachdenklich an, der sich pudelwohl zu

fühlen schien. »Ist er wahnsinnig?«, fragte sie Nik in todernstem Ton.

Die Hexe zuckte mit den Achseln. »Laut seinem psychologischen Profil hat er einen Hang zur Selbstüberschätzung, der durch Extremsituationen noch verstärkt wird. Je mehr Gefahr, umso leichtsinniger wird er.«

»Das sagt einem vorher natürlich keiner«, mischte sich Thaum ein. »Ich beginne nun meine Suche nach den Privaträumen des Cupidos.«

Mira antwortete nicht, sondern konzentrierte sich auf ihre Umgebung. Links und rechts von ihnen stapelten sich die Autowracks zu massiven Mauern empor und immer wieder offenbarten sich Öffnungen, Kreuzungen oder Windungen in dem Pfad, den sie entlang gingen. Sie bogen scheinbar wahllos nach rechts oder links ab, und schon nach wenigen Dutzend Metern hatte die Elfe die Orientierung verloren.

»Weiß irgendeiner noch genau, wo, zum Teufel, wir auf diesem Schrottplatz sind?«

»Ich nicht«, kam die ernüchterte Antwort des Yetis. »Laut meinem Bauchgefühl hätten wir schon längst das Lager durchquert haben müssen.«

»Schlechte Nachrichten«, meldete sich Mack zu Wort. »*Mutter* registriert eine räumliche Verzerrung. Die Domäne, in der ihr euch befindet, ist größer, als es von außen den Anschein hat.«

»Und *Mutter* konnte das nicht vorher erkennen?«, zischte Mira wütend.

»Die Verzerrung wird nur sichtbar, wenn jemand hinein oder herausgeht«, sagte Mack zerknirscht. »Ich kalibriere die Sensoren, um die Messungen anzupassen. In ein paar Minuten habe ich eine aussagekräftige Karte samt Fluchtroute zusammengestellt.«

Mira hoffte, dass sie ein paar Minuten haben würden. *Zeit, für dein breitestes Lächeln.*

Der Pfad machte eine weitere Biegung und öffnete sich dann auf einen viereckigen Platz, von dem mehrere von Wracks eingegrenzte Pfade abgingen und an dessen gegenüberliegendem Ende eine kaputte Autopresse stand. Ihr oberer Teil war nach hinten gebogen worden und bildete nun eine Rückenlehne, während der untere Teil als Sitzbank diente, und das Ganze somit eine Art grotesken Thron darstellte.

Das Herz des Labyrinthes.

Ignatio hockte in der Mitte der großen Konstruktion auf einem Haufen Kissen, neben ihm eine grobschlächtige, um die drei Meter große Gestalt, die bis auf einen Lendenschurz und einem Sack über dem Kopf vollkommen nackt war. Die warzige, graue Haut und die dicken, überproportionierten Muskeln wirkten umso beunruhigender, da man das Gesicht der Kreatur durch den Sack nicht erkennen konnte. Das schwere Atmen des Boukhencha war deutlich zu hören und das grobe Gewebe vor seinen Zügen bewegte sich mit jedem Schnaufen vor und zurück.

Vor und zurück.

»Eigentlich würde ich Sie drei ja willkommen heißen«, begann der Cupido von seinem Berg aus Kissen zu ihnen zu sprechen, während die Grenzgänger immer näher kamen. »Aber Sie haben einen meiner Männer angeschossen und daher bin ich nicht in der Stimmung für Höflichkeiten.«

»Das war er auch nicht«, sagte Mira trocken. Der falsche Akzent des Cupidos nervte sie, da er wie eine Mischung aus schlechtem Spanisch und unterdrücktem Italienisch klang und einfach nur billig und künstlich wirkte und das stereotype Äußere des Goldkettchen tragenden Schiebers mit seinen Krokodilshosen unnötig verstärkte.

Die kleine Gestalt lachte unaufrichtig. »Sie gefallen mir, Ms Sheinfhandril.«

Mira verdrehte die Augen. Dieser Kerl war wirklich eine beschissene Ansammlung von Klischees. Sie fragte sich ernsthaft, ob er zu viele schlechte Gangster-Filme gesehen hatte. Mira lächelte ebenso oberflächlich zurück, die Bruckenbrenner noch immer zwischen den Fingern.

Mitspielen, ermahnte sie sich. *Wenn er sich als Held einer drittklassigen Telenovela sieht, tu ihm so lange den Gefallen, bis Thaum findet, was ihr braucht.*

»Wir haben im magisch-historischen Museum von London etwas mitgehen lassen, das Sie offensichtlich interessiert«, sagte Mira und deutete mit einem der Bruckenbrenner auf die Schriftrolle in Niks Händen. »Laut Mack wurde der Kaufpreis bereits verhandelt.«

Der Cupido schnippte mit den Fingern und ein Lakai mit einem schwarzen Koffer in der Hand trat vor. »Die vereinbarte Summe«, sagte er und schnippte erneut. Der Lakai öffnete den Koffer.

Mira sah eine hübsche Stange Geld, gerade genug, dass sie sie vor wenigen Tagen noch zu Dummheiten verleitet hätte. Doch jetzt wären die Scheine nicht mehr als ein nettes Zubrot für ihr üppiges Konto.

»Ich würde die Ware gerne begutachten«, sagte Ignatio und bedeutete Nik, zu ihm zu treten.

Mira versteifte sich unweigerlich. Es nahte der Moment der Wahrheit. In der Sekunde, in der die Hexe die Schriftrolle hergab, könnte der Schieber in Seelenruhe das Feuer eröffnen lassen. »Ich bin neugierig. Wozu dieses persönliche Treffen?«, fragte Mira. Nik verstand den Wink und blieb stehen. »Ein Kurierdienst wie der *Schwarze Wichtel* hätte es doch sicherlich auch getan.«

»Eine Bitte seitens meines Kunden«, sagte Ignatio gelangweilt. »Er glaubt daran, dass nur ein Geschäft von Angesicht zu Angesicht wahrhaft ehrenhaft ist. Mein Vertrag mit ihm verlangt, dass ich ihm die Rolle persönlich geben werde. Und ebenso, dass ich die Ware persönlich entgegennehmen. Diese Klausel hat Sie drei zu mir in die Wüste geführt.« Er stutzte. »Sollten sie nicht zu viert sein?«, fragte er, und Mira entdeckte zu ihrer Überraschung einen Ausdruck scharfer Intelligenz hinter dem klischeehaften Gehabe.

Er will, dass man ihn unterschätzt, schoss es Mira durch den Kopf. *Und ich tue ihm den Gefallen auch noch.* »Ein Unfall mit dem Fallschirm. Tragisch.«

»Ah ja.« Ignatio sagte anschließend etwas auf Marokkanisch, woraufhin die Hälfte der Wachen im Lager ausschwärmte. Offensichtlich vertraute der Schieber ihr genauso sehr wie sie ihm.

Nik hatte indessen die Schriftrolle aus dem Etui geholt und sie so weit ausgerollt, dass Ignatio sie auf die Entfernung einsehen konnte. Gleichzeitig fungierte das gute Stück als Schutzschild gegen eventuelle Kugeln, wie Mira anerkennend feststellte. Zumindest solange der Cupido die Ware nicht beschädigen wollte.

»Wie Sie sehen, ist der vereinbarte Gegenstand unversehrt und authentisch«, sagte Mira gelassen und zog ihre EZigarette hervor. Eine Person, deren Hände voll waren, wirkte weniger bedrohlich als eine, die jederzeit ihre Waffe ziehen konnte. Die Elfe genoss den Duft des Waldes in ihrer Nase, während Ignatio, von seinem Thron aus die Ware begutachtete, indem er den Hals reckte und die Augen zusammenkniff. Dabei ließ er sich auffällig viel Zeit, und Mira erkannte, dass sie nicht die Einzige war, die diese Übergabe in die Länge zog.

»Sollte die Situation eskalieren, brauchen wir schleunigst Deckung«, flüsterte sie in Richtung Yorgen und Nik. »Es stehen genug Halb-Satyrn um uns rum, die uns in Sekunden durchlöchern könnten.«

»Die Amateure treffen sich gegenseitig, sollten sie anfangen zu feuern«, erwiderte der Yeti so leise, dass nur der Funk seine Worte zu ihr trug. »Also werden sie sich erst umpositionieren müssen. Das verschafft uns wertvolle Sekunden.«

»Endlich ein Lichtblick«, murmelte Nik, die noch immer die Schriftrolle hochhielt.

»Den muss ich direkt dämpfen«, erklang Thaums Stimme. »Eine der Wachen hat meine Spuren im Sand entdeckt. Dieser Umhang macht nur unsichtbar, aber nicht fährtenlos.«

Mira unterdrückte ein Fluchen. »Können wir den Handel jetzt bitte abschließen?«, fragte sie den Cupido, um dieser Zwickmühle zu entkommen, bevor …

Das Funkgerät einer der Wachen nahe Ignatios knackte und eine hektische Stimme drang auf Marokkanisch daraus hervor. Die Achtsamkeit der Halb-Satyrn nahm mit jedem Wort zu, die Miene des Cupidos wurde im selben Maße frostiger.

»Es scheint, als hätte ihr vierter Mann seine Fallschirmprobleme überwunden«, sagte er mit einem derart falschen Lächeln, dass sogar die Bedienung eines Fünf-Sterne-Restaurants neidisch geworden wäre.

»Ich weiß nicht, was sie meinen«, sagte Mira und machte dabei einen halben Schritt rückwärts in Richtung des Pfades, auf dem sie hergekommen waren. »Wollen Sie die Schriftrolle nun kaufen oder nicht?« Dabei steckte sie ihre EZigarette schön langsam ein.

»Oh, ich will die Schriftrolle«, sagte Ignatio mit einem öligen Grinsen. »Nur kaufen werde ich sie nicht.« Er hob einen Finger.

Mira reagierte noch vor den Wachen. Die Bruckenbrenner wirkten schon wie zuvor bei den Schüssen auf die Turmwachen regelrecht begierig darauf, genutzt zu werden, und glitten aus den Holstern in ihre Hände wie zwei hungrige Jagdhunde, die endlich den Zwinger verlassen durften. Mira legte auf zwei der

Halb-Satyrn an, die freies Schussfeld hatten, ohne sich bewegen zu müssen, und drückte ab, noch während diese ihre Waffen entsicherten. Yorgen war eine halbe Sekunde langsamer als die Elfe, aber dann dröhnte der *Leviatan*, als der Yeti dessen Abzug betätigte. Der Schuss klang in Miras Ohren beinahe wie ein dumpfes Fauchen, als sich ein Projektil aus in der Abendsonne glitzerndem Frost aus dem großen Lauf der Waffe löste und einen unglücklichen Schergen Ignatios in ein äußerst unappetitliches Eis am Stiel verwandelte.

Für eine Sekunde erstarrten alle Anwesenden und glotzten den Halb-Satyr an, dessen Körper aussah, als hätte er zwei Tage in einem Schockfroster verbracht.

»Ach, du Scheiße …«, begann Yorgen begeistert – und dann brach die Hölle los.

»Knallt sie ab!«, befahl Ignatio überflüssigerweise, während seine Leute sich in Position brachten und das Feuer eröffneten.

Yorgen packte Nik, die sich bisher mit dem Einrollen des Papyrus abgemüht hatte, und schleuderte sie regelrecht hinter sich in den von Wracks umgebenden Korridor, während Mira ganz von selbst die Deckung der großen Gestalt suchte und dabei eine weitere Wache von ihrem Dasein erlöste. Kugeln schlugen auf kurze Distanz in das weiße Fell des Yetis ein und rote Blumen schienen auf dessen Körper zu knospen und in Sekundenbruchteilen zu erblühen.

»So ein Dreck!«, brüllte Yorgen und machte mehrere Schritte rückwärts, so schnell es die hinter ihm Schutz suchenden Grenzgängerinnen ermöglichten. »Ich bin zäh, aber das zwackt ganz ordentlich.« Blut lief überall an der großen, ungepanzerten Gestalt hinab, als Yorgen, Mira und Nik endlich den Eingang des Pfads erreicht hatten. »Ich dekoriere mal ein bisschen um«, grollte Yorgen und riss ein Autowrack aus der rechten Wand, als wäre er ein Kleinkind und der schwere Metallwürfel ein

Schokoriegel an der Supermarktkasse. Der gestauchte Schrott fiel laut klappernd zu Boden und Yorgen drückte erst Mira und Nick dahinter, dann suchte er selbst dort Deckung, so gut es eben ging. »Dein Fluch«, herrschte er die Hexe an.

»Erst muss ich diese blöde Rolle verstauen«, maulte Nik zurück und duckte sich tief hinter das Metall, während sie das nunmehr eingerollte Relikt zurück in den Behälter rammte.

Um die Grenzgänger herum schlugen eine Unmenge an Kugeln ein und Mira betete, dass keiner von ihnen von einem Querschläger am Kopf getroffen wurde. Ihr rechter Oberschenkel schmerzte knapp unter dem Hüftgelenk höllisch, wo sie bei ihrem Rückzug ein Projektil erwischt hatte und an der Panzerung unter der Kleidung hängen geblieben war.

Als hätte mich ein wütender Wildling mit einem Baseballschläger erwischt, dachte sie.

»Ich glaube nicht, dass der Schieber noch Interesse an eurer Rolle hat. Der will nur noch Blut sehen«, mischte Mack sich ein, als die Displays der Uhren zu neuem Leben erwachten. »*Mutter* hat übrigens euren Fluchtweg anhand der bisher empfangenen Daten berechnet. Immer dem roten Pfeil nach, bitte.«

Mira schaute auf die Uhr und fluchte. Die Route war komplizierter und länger, als sie sich gewünscht hätte, ein deutlicher Hinweis auf die Stärke der Magie dieser Domäne. »Nik, wie sieht es mit dem Fluch aus?«, fragte sie und duckte sich, als eine Kugel viel zu nah an ihrem linken Ohr vorbeizischte. Sie gab einige ungezielte Schüsse ab, um die Wachen daran zu hindern, sich aufzufächern, und einer der Satyrn ging mit zertrümmertem Schienbein zu Boden. Yorgen zielte indes auf den Boukhencha, der immer schwerer atmete, so als sauge er die überbordende Gewalt tief in seine Lunge.

»Kommt sofort«, sagte die Hexe, die einige komplizierte Gesten mit ihren schmuckbehangenen Händen ausführte und dann einige

Worte in einer Mira unbekannten Sprache schrie. Dabei wurde ihre Stimme immer lauter und schriller, bis sie vor Wut regelrecht keifte. Die Hexenbeutel zischten und die Elfe spürte, dass ihrer unangenehm warm wurde und dann schlagartig wieder kühl.

»Ach Mist«, sagte Yorgen und wirkte elend. »Der *Schleier* ist gerissen.«

»Was …?«, begann Mira irritiert, aber da drehte sich Nik bereits zu ihr um und deutete mit einem zitternden Finger auf sie und sprach wieder etwas Unidentifizierbares. Die Elfe spürte, wie etwas in ihr sich zusammenzog, und sie geriet in Panik. Die Hexe wandte sich *gegen* sie.

»Tut mir leid«, hörte sie Yorgen wie durch eine dichte Decke sagen und dann hieb der Yeti Nik mit dem Knauf des *Leviathans* beinahe sanft anmutend in den Nacken. Die Frau brach wie vom Blitz getroffen in sich zusammen. »Die werden wir tragen müssen.«

Mira verarbeitete immer noch, was gerade geschehen war, als Ignatio, der sich hinter der Autopresse verschanzt hatte, mit einer schnellen Bewegung den Sack vom Kopf des Boukhencha zog und diesen dann an einem Ohr ziehend in ihre Richtung drehte.

»Spielen«, sagte er nur.

»SPIELEN«, brüllte das primitive Wesen und sprang umgehend auf. Sein Mund war grotesk breit und verlief fast von Ohr zu Ohr. Die darin zum Vorschein kommenden Zähne waren spitz und gebogen. Die grausam dreinblickenden algengrünen Augen waren im Gegensatz zum Rest des Gesichts ausgesprochen klein und wurden von ausgeprägten Knochenwülsten umrahmt, die die fleischige Nase regelrecht zwischen sich einkeilten. Das Wesen machte einen zögernden Schritt in die Richtung der Grenzgänger, so als erwartete es, zurückgepfiffen zu werden.

Als jedoch ein entsprechender Befehl des bösartig grinsenden Ignatios ausblieb, warf das Ungetüm sich mit der Wucht einer Dampframme vorwärts.

Auf dem Zahnfleisch

»Weg hier«, rief Mira. »Das Kerlchen wird sich von einem Würfel aus Altmetall nicht aufhalten lassen.« Sie wollte ein paar Schüsse auf den Boukhencha abgeben, aber Ignatios Wachen belegten sie mit Sperrfeuer, damit sie weder flüchten noch zum Angriff übergehen konnten.

Yorgen packte Nik und legte sie in seine linke Armbeuge, während er weiter mit dem *Leviathan* auf den Boukhencha schoss und sich dabei selbst vier Treffer an Schulter und Schussarm einhandelte. Die Haut der grauwarzigen Gestalt des Boukhencha überzog sich mit Raureif, aber ob es nun die schiere Körpermasse oder die angeborene Zähigkeit des Wesens war, es kam weiterhin unbeeindruckt auf sie zugestampft.

»Das ist enttäuschend«, sagte Yorgen und sah eine Sekunde auf seine neue Waffe hinunter, als hätte sie ihn verraten.

»Weg!«, schrie Mira erneut, und der Yeti hechtete los, die mit beiden Bruckenbrennern auf den Boukhencha feuernde Mira direkt neben sich. Mit jedem Schuss hatte sie das Gefühl, als würde etwas Fremdes an ihrem Innersten zupfen, aber sie sperrte sich gegen die Empfindung und schließlich hörte sie auf.

Der grauhäutige Oger ignorierte die geschlagenen Wunden der Bruckenbrenner ebenso wie Yorgen die Treffer durch die mundanen Projektile der Wachen. Bei beiden Wesen schlossen sich die Einschüsse binnen weniger Augenblicke und ließen nur ein versiegtes Rinnsal aus Blut sowie die verformten Kugeln im Sand zurück, die die Heilungskräfte aus dem sich schließenden Wundkanal schoben.

»Bleib hinter mir oder ich kann dich nicht schützen«, keuchte Yorgen, als Mira zwei Treffer abbekam. Eine Kugel prallte gegen die Panzerung am Bauch, die andere gegen das Gewebe über dem Schlüsselbein. »Ein Schuss in den Kopf und das war's für dich«, grollte er.

»Danke für die Erinnerung«, sagte die Grenzgängerin und huschte vor dem Yeti in Deckung, dessen Rücken und Beine das gesamte Feuer der Wachen abbekam. »Hältst du durch?«

»Ich muss«, kam die wenig beruhigende Antwort. »Ich werde hungrig, was bedeutet, dass mein Körper Energie braucht. Lange werden sich meine Wunden nicht mehr so schnell schließen.«

»Da«, sagte Mira und deutete auf eine heiß ersehnte Biegung im Korridor aus Autowracks. »Noch ein paar Meter und wir sind außer Sicht.«

Yorgen grunzte und beschleunigte noch einmal sein Tempo, sodass Mira sich alle Mühe geben musste, um vor der großen Gestalt zu bleiben. »Endlich«, sagte der Yeti erleichtert, als sie um die Ecke bogen. »Gib mir ein paar Sekunden, um zu verschnaufen.«

»Hinterher!«, brüllte Ignatio. »Schnappt sie euch.«

»War ja klar«, murrte Yorgen und lief weiter.

»Mack, Thaum, Statusbericht«, befahl Mira über Funk. Jetzt, wo die unmittelbare Lebensgefahr für ein paar Augenblicke gebannt war, brauchte sie dringend eine Gesamtübersicht.

»Niks Fluch wirkt«, sagte der Zwerg, und auf dem Display der Smartwatch war eine vereinfachte Version des Schrottplatzes zu sehen, in dem kleine rote Punkte verwirrt hin und her eilten oder gar im Kreis liefen. »So schnell kesselt euch keiner ein.«

»Wenigstens klappt *irgendetwas*«, murrte Mira. »Thaum?«

»Ich bin meinen Häschern ausgewichen, musste aber zwei Phiolen Mitternachtstau verwenden.« Die Stimme des Nachtstreifers stockte.

»Was ist?«, fragte Mira.

»Ich kann das Zimmer von Ignatio nicht finden«, gestand der Grenzgänger. »Ich habe alles abgesucht, aber Fehlanzeige.«

»Der kleine Scheißer kann fliegen«, warf Mack ein. »Hast du das bedacht?«

Thaums Fluchen ersetzte eine beredte Antwort.

Mira wollte ihren Freund beruhigen und auf sein Ziel fokussieren, als sie ein Pfeifen hörte und gleichzeitig Yorgens warnendes Brüllen.

»Weg!«

Eine riesige, fellige Pranke stieß Mira fort, und sie wurde gute drei Meter den Weg entlang geschleudert, bevor ein Würfel aus Altmetall sich plötzlich in hohem Bogen aus dem Himmel herabsenkte und in den Gang krachte. Das gestauchte Auto bohrte sich tief in den Sand wie ein Meteor aus massivem Müll.

»Anscheinend übt unser Boukhencha seine Fähigkeiten im Weitwurf«, sagte Yorgen und zog Mira wieder auf die Beine, als er an ihr vorbeirannte. Schon flog der nächste Würfel heran und schlug krachend gegen die Wand rechts von ihnen.

»Boukhencha verfügen über ein hervorragendes Gehör und noch bessere Nasen«, warf Mack drängend ein. »Niks Fluch desorientiert ihn zwar, aber wo ihr seid, verraten ihm seine Sinne dennoch.«

»Unser Schatten ist so *nützlich*«, sagte Yorgen beißend, als ein weiteres tonnenschweres Geschoss heransauste. »Wie würden wir nur ohne ihn erkennen, was gerade vor unserer Nase vor sich geht?«

»Ich tue, was ich kann«, kam die schmollende Antwort. »Die nächste Abbiegung links und dann rechts«, fügte er nach einer Sekunde hinzu.

»*Mutter* führt uns woanders hin«, widersprach Mira nach einem flüchtigen Blick auf ihr Display. Eine der Wachen kreuzte hinter ihnen ihren Gang und eröffnete das Feuer. Die Elfe wirbelte herum und ließ die Bruckenbrenner sprechen.

»Beachtet ihre Route nicht«, antwortete Mack. »Sie zeigt euch den kürzesten Weg hinaus, aber ich lotse euch über Strecken mit mehr Deckung vor fliegenden Autos.«

Das nächste Wurfgeschoss schlug nur einen halben Meter hinter dem schnaufenden Yorgen ein, und ohne weitere Diskussion bog Mira nach links ab und an der nächsten Kreuzung nach rechts. Dabei liefen sie in eine Wache hinein, die sich verzweifelt die Haare raufte und derart konfus wirkte, dass Yorgen den armen Tropf mühelos mit einem Kinnhaken ins Reich der Träume schicken konnte. Obwohl sich Mira bei der Wucht hinter dem Schlag nicht sicher war, ob der Halb-Satyr je wieder aufstehen würde.

»Ich hab was«, meldete sich Thaum aufgeregt zu Wort. »Im Nordwesten des Schrottplatzes gibt es einen kleinen Turm aus Wracks, ähnlich denen am Eingang. Aber ich glaube, der oberste Würfel ist weniger komprimiert als jene darunter.«

»Cupidos sind kleine Wesen«, sagte Mira. »Vielleicht ist das Ignatios Rückzugsort.«

»Wenn ja, dann komme ich da nicht ohne Weiteres rein«, sagte Thaum. »Aber ich habe eine Idee …«

Mira wollte ihre Zweifel äußern, ob der Nachtstreifer gerade jetzt seine Improvisationskünste austesten sollte, aber da war die Atempause bereits vorbei, die ihnen Macks alternative Route beschert hatte. Ein weiterer Würfel aus Metall krachte über ihnen auf die Oberkante des Ganges, rollte dann darüber hinweg und fiel schnurstracks auf sie herab. Elfe und Yeti warfen sich zur Seite, wobei die bewusstlose Nik aus Yorgens Griff fiel und beinahe vom Autowrack zerquetscht worden wäre.

»Ich drehe diesem Boukhencha den Hals um …«, begann Yorgen wütend, aber Mira schüttelte eindringlich den Kopf.

»Zu gefährlich. Wir sind nicht hier, um Ignatio und seine Leute auszulöschen, sondern um etwas über seine Klienten herauszufinden.« Sie deutete auf die Schriftrolle. »Die Entführung ist somit wieder auf dem Tisch. Schnappen wir uns den Schieber, falls wir ihn erneut zu Gesicht bekommen, und quetschen ihn draußen in der Wüste aus.«

Yorgens Mimik sprach Bände. Dem Yeti schien ein Rückzug ebenso gut zu gefallen wie eine Ganzkörperrasur mit anschließendem Sandsteinpeeling. »Ich glaube, der feige Drecksack wird sich nicht mehr blicken lassen«, sagte er statt eines echten Protestes und barg dabei Nik aus dem Sand. »Eher wird er fliehen.«

Mira sprintete mit Yorgen weiter und folgte dabei entweder dem Pfeil auf ihrer Uhr oder Macks hastig gerufenen Korrekturen ihrer Route. Die magischen Eigenschaften des Schrottplatzes und Macks Umwege ließen sie nur mühsam Richtung Ausgang vorankommen.

Dann bog sie um eine Ecke und lief regelrecht in einen Halb-Satyr hinein, der ebenso überrascht war wie sie und der Elfe vor Schreck mit Wucht den Gewehrkolben ins Gesicht schlug. Ihr rechtes Jochbein gab ein gemeines Knirschen von sich. Miras Welt explodierte in einem Strudel aus tintiger Schwärze und berstender Sterne puren Schmerzes. Sie ging zu Boden und konnte keinerlei Laut von sich geben, während sie wie betäubt darauf wartete, dass ihre Sinne aufhörten, ihr Streiche zu spielen. Über ihr ertönte ein Fauchen und eine Welle der Kühle überrollte sie. Dann schlug etwas Schweres, ungemein Kaltes neben ihr im Sand auf.

»Das war ein Volltreffer«, hörte sie Yorgen sagen und wusste nicht, ob er den Gewehrkolbenschlag oder seinen Schuss mit dem *Leviathan* meinte.

Wahrscheinlich beides.

»Mira, wach auf!«, ertönte die Stimme des Yetis. »Ich kann euch nicht beide tragen *und* die bösen Buben wegballern.«

»Sie ist bei Bewusstsein.« Macks Tonfall war analytisch und ruhig. »Aber ihre Werte deuten auf einen Schock hin. Stell sie auf die Beine oder sie geht so schnell nirgendwo hin.«

»Alles muss man selber machen«, grummelte Yorgen, packte Mira am Rücken, und dann spürte sie, wie sie aufgerichtet wurde. Seltsamerweise klarte das ihre Sicht weit genug auf, dass sie ihn und ihre Umwelt wieder erkennen konnte.

Vor ihr lag ein schockgefrosteter Satyr im Sand, sein Gewehr zu einem kopfzertrümmernden Schlag erhoben, den er nie ausführen würde. »Hat … mich gut erwischt«, nuschelte sie.

»Ich breche ab«, mischte Thaum sich ein. »Ihr braucht mich als Rückendeckung.«

»Nein!«, riefen Yorgen und Mira gleichzeitig. Die Elfe brachte ein gequältes Lächeln zustande.

»Wenn du jetzt aufgibst, stehen wir mit leeren Händen da«, fügte sie hinzu.

»Na schön«, gab der Nachtstreifer klein bei. »Aber wenn ihr noch mehr Prügel einsteckt, komme ich euch helfen.«

»Abgemacht«, schnaufte Mira undeutlich. Die Haut um ihr Jochbein pochte und schwoll zusehends an. Bald würde sie ihre rechte Gesichtshälfte kaum mehr verziehen können.

»Wenigstens scheint uns der Boukhencha nicht mehr wahrnehmen zu können«, sagte Yorgen tröstend. »Also sind wir wohl aus dem Gröbsten raus …«

Ein Zischen ertönte und dann sackte der Yeti in sich zusammen. Ungläubig sah Mira, dass eine Pfeilspitze aus der tonnenförmigen Brust des weißpelzigen Grenzgängers ragte, knapp oberhalb des Kopfes der bewusstlosen Nik.

Cupido!, schoss es Mira durch den Kopf.

Die kleinen Wesen wurden gerne als Schützen mit Pfeil und Bogen abgebildet, die Verliebte mit verzauberten Pfeilen aus purer Romantik ins Herz trafen, um deren Liebe zueinander zu besiegeln. Wenn man den ganzen Schmalz wegließ, dann kam man der Wahrheit sehr nah. Cupidos waren Meisterschützen und die Herzen ihrer Beute verfehlten sie nur selten.

Yorgen spuckte Blut, und Mira handelte instinktiv. Sie riss den Pfeil aus der Brust des Yetis, den Blutschwall ignorierend, den ihre Tat nach sich zog. Sofort begann die Wunde damit, sich zu schließen, und Yorgen nickte ihr dankbar zu. Sperrige Fremdkörper, die die Schließung des Wundkanals verhindern konnten, waren der Feind einer jeden magischen Wundheilung. Deswegen gab es mehr Armbrust- und Bogenschützen in der *Nebula*, als ein Außenstehender denken mochte.

»Noch so einen Pfeil verkraftet mein Körper nicht«, sagte der Yeti, in dessen Augen Mira ein beunruhigtes Flackern sah, und drückte sich eng an die linke Wand des Korridors.

»Der Schuss kam von dort«, sagte Mira und deutete nach Nordosten. »Von schräg oben.«

»Der kleine fliegende Drecksack«, fluchte Yorgen. »Während wir hier durch eine übergroße Mausefalle stolpern, kann er uns aus der Luft unter Beschuss nehmen. Und ich wette, Niks Fluch schadet ihm da oben, außerhalb der Grenzen des Schrottplatzes, kaum.«

Mira sah eine huschende Bewegung am Rande ihres Augenwinkels. »Runter!«, rief sie und warf sich in den Sand.

Yorgen ließ sich auf den Rücken fallen, um Nik nicht unter sich zu begraben, und im nächsten Moment ragte ein zitternder Pfeil dort aus dem Altmetall, wo sich Miras Kopf eine Sekunde zuvor befunden hatte.

»Den Luftzug habe ich gespürt«, sagte sie grimmig. »Wir müssen hier weg oder wir sind tot. Mack, wie weit ist es noch bis zum Ausgang?«

»Mehr als drei Viertel der Strecke sind geschafft.«

»Dann los«, sagte Mira, stand auf und sprintete los, wobei sie wilde Haken schlug. Hinter sich hörte sie die schweren Schritte

Yorgens und das Zischen eines heransausenden Pfeils. Mira hechtete in einem lang gezogenen Sprung vorwärts und wirbelte dabei herum, die Bruckenbrenner im Anschlag. Den Pfeil, der auf sie zukam, ignorierend, sah sie die kleine Gestalt des Cupidos knapp oberhalb einer der Altmetallwände außer Sicht fliegen. Sie zielte im Flug und drückte ab. Diesmal wehrte sie sich nicht, als sie den ermüdenden Sog der Waffen in ihrem Inneren spürte, die aus einer unbekannten Quelle jenseits der schwarzen Mauer Kraft zu schöpfen versuchten.

Die Kugeln verließen den Lauf der Bruckenbrenner, noch bevor sie schlitternd im Sand landete, und Mira glaubte, ein sanftes Nachleuchten in ihrer Flugbahn zu erkennen, als die beiden Projektile in den Abendhimmel schossen – ohne den Cupido zu treffen. Ein kaltes, leeres Gefühl regte sich in ihrer Brust, so als hätte sie soeben ihre Willenskraft verschossen. Noch bevor sie darüber nachdenken konnte, was gerade geschehen war, zog Yorgen sie erneut auf die Füße und deutete auf den Pfeil, der dicht neben ihr aus dem Sand ragte.

»Das war ein gewagtes Manöver«, sagte er und schob sie weiter vor sich her.

»Wenigstens haben wir mal zurückgeschossen«, sagte Mira erschöpft. »Vielleicht macht das Ignatio vorsichtiger.«

»Solange ihr ihn ablenkt, kann ich seinen Unterschlupf in Ruhe durchstöbern«, sagte Thaum über Funk. »Der Begriff Männerhöhle gewinnt eine völlig neue Qualität, wenn man im umgebauten Inneren eines halb zerquetschten Autos steht. Das alles hier erinnert mich an eine Junggesellenbude im Miniaturformat.«

Mira drückte sich an die Wand, als ein neuer Pfeil herangeflogen kam, diesmal jedoch ungenauer gezielt, da der Cupido seiner eigenen Deckung mehr Aufmerksamkeit schenkte. »Wie bist du da reingekommen?«, fragte Mack den Nachtstreifer.

»Gnomenpilze«, erwiderte Thaum. »Zwei Bissen und ich hatte Cupido-Größe. Aber in fünf Minuten muss ich wieder draußen sein, dann lässt die Wirkung nach. Außerdem ist mir speiübel. Die Pilze sind nämlich unbekömmlich und waren nur für Notfälle gedacht.«

»Wir servieren hier unseren Arsch auf dem Silbertablett«, grollte Yorgen, der gerade einen überraschten Halb-Satyr dank des *Leviathans* in die vereisten Jagdgründe schickte. »Wenn das nicht als Notfall gilt, weiß ich auch nicht.«

»*Mutter* registriert eine Bewegung westlich von euch«, warnte Mack über Funk. »Ich glaube, Ignatio versucht, den Boukhencha zu euch zu lotsen.«

»Der kleine Feigling will nicht länger seinen Kopf riskieren«, sagte Yorgen grinsend zu Mira. »Anscheinend hast du ihm mit deinen Schüssen einen gehörigen Schrecken eingejagt.«

Mira runzelte die Stirn. »Wenn Ignatio keine Jagd mehr auf uns macht, laufen wir Gefahr, dass er Thaum entdeckt. Mack, wie weit ist es noch bis zum Ausgang?«

»Ihr seid gleich da«, kam die ermutigende Antwort. »Und so wie ich das über *Mutters* Anzeigen sehe, befindet sich der Boukhencha in einer Sackgasse westlich von euch.«

Mira bog um eine Ecke und erblickte den Ausgang mit den beiden Wachtürmen gute zwanzig Meter voraus. Wieder schoss sie auf deren Wachen, die im selben Moment auf die Grenzgänger anlegen wollten. Diesmal beließ es die Elfe nicht bei Schüssen in die Weichteile oder auf die Waffen. Im fahlen Mondlicht fielen zwei Körper zu Boden.

»Endlich sind wir da«, murmelte sie und dann etwas lauter: »Thaum, wir machen uns jetzt vom Acker. Sieh zu, dass du ebenfalls verschwindest.«

»Ich habe Ignatios Laptop gefunden«, sagte der Nachtstreifer zur Antwort. »Soll ich ihn hochfahren oder lieber mitnehmen?

Ich habe mich bemüht, hier keine Spuren zu hinterlassen, aber wenn sein Rechner fehlt, wird er wissen, dass wir hier herumgeschnüffelt haben, und könnte all seine Klienten warnen. Außerdem dürfte unsere Tarnung als Grenzgänger auffliegen, wenn wir uns wie Spione benehmen.«

Mira seufzte tief. Was war ihr Leben vor einer Woche doch noch herrlich unkompliziert gewesen! »Hochfahren und durchstöbern dauert zu lange …«, begann sie.

»Schalte ihn ein«, ging Mack überraschend dazwischen. »Dann warte, bis du einen tanzenden Zwerg auf dem Bildschirm siehst. Das bedeutet, dass *Mutter* sich über die Netzwerkschnittstelle eingeloggt hat und den Rest erledigen wird. Du kannst den Laptop dann getrost wieder zuklappen.«

»Also das ist zur Abwechslung mal wirklich nützlich«, sagte Yorgen. Er trabte neben Mira auf den Ausgang zu und die beiden tauschten einen erleichterten Blick aus. Sie hatten es fast geschafft, zu entkommen und mit einem Quäntchen Glück würde der Laptop ihnen verraten, was sie wissen mussten. »Schön, dass dein Spielzeug mehr kann, als rote Pfeile auf Uhren anzuzeigen«, zog der Grenzgänger den Zwerg weiter auf.

»Ohne *Mutter* würdet ihr noch immer über den Schrottplatz irren«, protestierte Mack, als plötzlich die westliche Wand des Korridors auseinander barst und tonnenschwere Altmetallwürfel auseinanderstoben. Brüllend und mit Schaum vor dem Maul trat der Boukhencha durch die so geschaffene Lücke. Seine Unterarme und Fäuste waren blutig und zwei der Finger so geschwollen, dass sie gebrochen sein mussten, aber das Wesen hatte nur Augen für die Grenzgänger.

Mira glaubte nicht, dass der Boukhencha momentan irgendetwas anderes spürte außer rasender Wut. Sie wollte auf den grauhäutigen Oger anlegen, als sie schräg hinter ihm eine huschende Bewegung wahrnahm und instinktiv das Ziel wechselte, um

Ignatio aufs Korn zu nehmen, sollte er sich aus seiner Deckung wagen. Diesmal verwehrte sie sich dem Ziehen in ihrem Inneren, bei dem sie mittlerweile davon ausging, dass die Bruckenbrenner es waren, die irgendwelche Kraftreserven in ihr anzuzapfen versuchten. Die Elfe war am Ende ihrer Kräfte und hatte keine Ahnung, wofür diese Kopplung an die magischen Waffen überhaupt gut sein sollte. Zwei Kugeln allein hatten Mira vorhin bereits mehr geschwächt, als ihr lieb war, und da sie nicht wusste, wie schädlich der Sog der Waffen langfristig für sie sein könnte, beschloss Mira, sich lieber auf die mundane Wirkung der Waffen zu verlassen. Denn sie hatte vor, definitiv mehr als zwei Schüsse abzugeben.

»Du den Großen, ich den Kleinen«, sagte sie zu Yorgen.

Der Yeti hatte die wenigen Sekunden, die der Boukhencha für das Klettern durch das Loch in der Wand gebraucht hatte, genutzt, um Nik sanft zu Boden gleiten zu lassen und den *Leviathan* auf den rasenden Boukhencha leer zu schießen.

»Laut dem Video muss das Ding doch was Größeres als diese kleinen Eisprojektile abschießen können«, murrte Yorgen und halfterte die Waffe. »Wenn wir hier raus sind, suche ich mir einen schönen abgelegenen Steinbruch und dann finde ich heraus, wie das Baby richtig funktioniert.«

Mira drückte statt einer Antwort sechsmal ab, als sie glaubte, Ignatios Schemen in der zunehmenden Dunkelheit zu erkennen. Sie hörte zwar keinen Aufschrei, der auf einen Treffer hindeutete, aber zumindest flogen keine Pfeile in ihre Richtung. »Dein Tanzpartner wartet«, sagte sie mit einem grimmigen Lächeln, als der Boukhencha seinen Blick auf Yorgen heftete und sich stampfenden Schrittes in Richtung des Yetis in Bewegung setzte.

»Sieh zu und lerne«, sagte Yorgen und dehnte seinen Nacken, dass die Wirbel nur so knackten. Dann stürmte er wie ein Tier brüllend und mit weit auseinandergerissenen Armen auf seinen gut zwanzig Meter entfernten Gegner zu, die Zähne gefletscht und die Augen wie im Wahnsinn verdreht. Mira behielt die Umgebung im Auge, wohl wissend, dass der Yeti im folgenden Zweikampf unterliegen würde, sollte es Ignatio gelingen, einen Pfeil gegen Yorgen ins Ziel zu bringen.

Sie schoss auf Verdacht auf die kleinsten Regungen, die sie erahnte, ob sie nun eingebildet waren oder auch nicht. »Mack kannst du mit *Mutter* Ignatios Wärmesignatur isolieren?«

»Hier in der Wüste?«, fragte der Zwerg ungläubig. »Ich bin schon froh, dass ich unseren ungestümen Freund von den anderen Schlägern des Cupidos unterscheiden und so seine Position bestimmen konnte.«

Mira konnte nicht antworten, dafür war sie zu gebannt von dem Anblick, der sich ihr bot. Yorgen und der Boukhencha trafen kurz vor dem Ausgang des Schrottplatzes aufeinander. Die beiden riesigen Gestalten wirkten wie zwei Naturgewalten aus der grauen Vorzeit der Erde. Der Boukhencha ging mit rudernden Armen und bissbereitem Maul auf Yorgen los und dieser – hörte plötzlich auf, sich wie ein Höhlenmensch zu gebärden, packte in einer flüssigen Bewegung die nach ihm schlagenden Arme an den Handgelenken, während er sich nach hinten fallen ließ und mit seinen Füßen das vordere Bein des rasenden Ogers blockierte. Der Boukhencha fiel dadurch nach vorne in Richtung des zu Boden sinkenden Yetis, der den Schwung des massigen Wesens umleitete, sich nach hinten abrollte und den Boukhencha über sich hinweg beförderte. Das Ergebnis war ein elegant ausgeführter Kampfwurf, den Mira bei einer Sportveranstaltung für Mixed Martial Arts erwartet hätte, aber sicher nicht bei einem Ringkampf zwischen einem Boukhencha und einem Yeti.

Der grauhäutige Oger flog mit einem zornigen Aufschrei und wild in der Luft umhergreifenden Händen über die östliche Mauer des Korridors und landete dem wilden Scheppern nach in einem Haufen Altmetall. Die Elfe sah dem Yeti dabei zu, wie er sich aufrappelte und den Sand von seinem Fell klopfte.

»Das … kam unerwartet«, sagte sie.

»Gut«, kam die zufriedene Antwort. »Ich überrasche gern und am liebsten meine Gegner. Jeder glaubt, Wesen wie wir würden sich nur auf unsere natürlichen Fähigkeiten verlassen – ich persönlich bevorzuge es jedoch, diese um passende Nahkampftechniken zu erweitern.« Er kratzte sich verlegen am Kopf. »Außerdem war der Boukhencha stärker und ausgeruhter als ich. Bei einem Kampf auf Leben und Tod hätte er vielleicht gewonnen. Glücklicherweise musste ich ihn nur aus dem Weg schaffen.«

Mira lächelte den Yeti an und sah ihm tief in die Augen. »Dazu habe ich nur eines zu sagen …«, begann sie, hob in einer fließenden Bewegung den rechten Bruckenbrenner und schoss dem Yeti in die Brust, wobei sie dem Drängen der Waffe nachgab. »Hab ich dich!«, fügte sie zufrieden hinzu, während das Gefühl der Kälte in ihrem Inneren sie regelrecht auszehrte.

Yorgen starrte auf das Loch unterhalb seiner Rippen und Unverständnis lag in seinem Blick. »Was …?«, begann er, als hinter ihm ein schwaches Röcheln ertönte. Der Yeti wirbelte herum und gab damit den Blick auf die kleine Gestalt Ignatios frei, der mit einem Loch im Hals zu Boden sackte. Die kraftlosen Flügelchen flatterten noch einmal wild, dann fiel dem Schieber sein winziger Kompositbogen aus der Hand und der Herr dieser Domäne lag für immer still.

»Das Arschloch wollte dir in den Rücken schießen«, sagte Mira mit einem bösen Lächeln. »Leider musste ich durch dich durch, um ihn zu erwischen.«

»Bloß, weil ich schnell heile, kannst du mich nicht einfach anschießen«, maulte Yorgen, der sich eine Hand auf die Brustwunde legte, aus der noch immer eine Menge Blut quoll. »Vor allem nicht mit etwas Magischem. Was haben die Bruckenbrenner nur mit den Bleikugeln angestellt?« Er fluchte herzhaft. »Die Blutung will nicht stoppen. Meine Regeneration setzt nicht ein.«

Miras triumphierendes Lächeln schwand wie das letzte Licht der untergegangenen Sonne. »Ich habe keine Ahnung«, gab sie zu. »Die Bruckenbrenner … forderten Kraft aus meinem Inneren und ich gab nach. Besser kann ich es nicht erklären.«

»Na super«, nölte der Yeti. »Schön, dass du mit einer experimentellen Waffe auf mich schießt, dessen Funktionsweise du nicht begreifst. Darf ich mich dann bei Gelegenheit mit dem *Leviathan* revanchieren?«

Mira nestelte in ihrem Rucksack herum und zog zwei Kompressen hervor, die sie vorne und hinten in die offene Wunde drückte und so den Blutfluss stoppte. Dem Yeti hielt sie zugute, dass er dabei nicht einmal zuckte. Ein zorniges Brüllen aus dem Osten kündete indes davon, dass der Boukhencha erneut nach einem Weg zu ihnen suchte.

»Thaum, Mack, wie ist die Lage?«, rief Mira.

»Ich bin aus dem Lager heraus«, sagte der Nachtstreifer. »Ich laufe jetzt in einem weiten Bogen Richtung Eingang.«

»Mutter analysiert fleißig die Daten, die sie auf Ignatios Laptop fand«, meldete sich Mack zufrieden. »Bisher noch nichts Brauchbares, aber ich habe seine komplette Festplatte gespiegelt und gehe alles, was sich darauf befindet, zur Not mit dem feinen Kamm durch.« Das Display von Miras Uhr wechselte zu einer Kameraaufnahme des Zwergs. »Darf ich vorschlagen, dass ihr in der Wüste verschwindet? Der Tod Ignatios scheint irgendwas mit dem Boukhencha angestellt zu haben. Wenn ich die Bilder von *Mutter* richtig deute, beginnt unser hungriger Freund damit, die Halb-Satyrn zu jagen und zu fressen.« Wie zum Beweis für die Worte des Zwergs hallte ein entsetzter Schmerzensschrei durch die beginnende Nacht.

»Abmarsch«, sagte Mira. »Wir treffen uns auf der Düne, von der aus wir das Lager zuerst beobachtet haben.« Dann schulterte sie die Leiche Ignatios und trat zwischen den beiden Wachtürmen aus dem Schrottplatz hervor. Die Luft war hier draußen ebenso klar und kalt wie in dem Labyrinth des Schrottplatzes, aber für Mira fühlte es sich an, als würde sie eine andere Welt betreten.

Eine, in der keine schießwütigen Handlanger und fresssüchtigen Oger hinter mir her sind. Dann dachte sie an ihre Familie und den defekten Fallschirm. *Okay*, sagte sie sich. *Die mörderischen Handlanger werde ich so schnell nicht los, egal, wohin ich gehe.*

Die Schreie der Halb-Satyrn gellten vereinzelt zu ihnen herüber, als Thaum, Mira und Yorgen mit Mack im Schatten der Düne ihre Lage besprachen und die Elfe dabei den Cupido durchsuchte.

»Fehlanzeige«, sagte sie schließlich und zupfte die Kleidung des Toten wieder zurecht. »Ich hatte gehofft, er würde die vertraulichen Informationen bezüglich seiner Klienten bei sich tragen. Ich kann mir nicht vorstellen, dass er irgendwem im Lager vertraut hat.«

»Hat er auch nicht«, sagte Mack. »Seine Daten sind hochgradig verschlüsselt. Für den Moment komme ich nur an Bruchstücke heran.«

»Du hast Zeit, bis wir aus dieser scheiß Wüste raus sind«, sagte Mira. »Und bitte sag mir jetzt nicht, dass deine ersonnene wasserdichte Tarnung für uns beinhaltet, dass wir uns im Rahmen von *Sanders Survival Adventures* zu Fuß zur nächsten Siedlung durchschlagen. Wir kriechen jetzt schon auf dem Zahnfleisch.«

»Äh …«, begann der Zwerg mit einem Achselzucken und einem entschuldigenden Grinsen.

Mira trennte die Verbindung mit einem Tippen auf das Display. »Gott, was hasse ich diesen Zwerg.«

Die Nacht in der marokkanischen Wüste war friedlich, so viel musste Mira eingestehen, während sie im spartanischen Nachtlager des Teams wach lag. Die Sterne funkelten so klar, wie sie es nur aus dem *Anderswo* kannte, und die Luft war pur und rein. Unverdorben.

Seit dem Beginn ihres Exils hatte sich die Elfe ausschließlich in Städten aufgehalten, meist in Metropolen, wann immer es möglich war. Bewohner des *Anderswo* hassten große unnatürliche Ansammlungen von Lebewesen, und so war Mira stets darauf bedacht gewesen, in der anonymen Masse unterzutauchen, wenn sie gerade keinem Job nachging. Gedankenverloren griff sie nach ihrer EZigarette, entschied sich aber gegen deren Nutzung. Dieser Moment war schön genug, so wie er war. Der Duft der Heimat konnte warten.

Die gleichmäßigen Atemzüge des Teams waren wie Balsam für ihre Nerven, und auch wenn die Prellungen durch die Einschläge der Kugeln auf ihrer Panzerung noch immer schmerzten wie die Hölle und Yorgens Wunde erst vor einer Stunde zu heilen begonnen hatte, war ihre kleine Gruppe doch noch immer am Leben und das war mehr, als Mira von ihrem letzten Auftrag behaupten konnte, bei dem unendlich viel mehr schiefgelaufen war. Sie schloss die Augen und unterdrückte ein Schnauben. Sie vier waren noch weit davon entfernt, ein eingespieltes Team zu sein.

Fünf, korrigierte sie sich. Mack war mit Mutter nun ebenso ein Teil ihrer Truppe, auch wenn er nicht einmal sein technisches Spielzeug riskierte, wo sie ihr Leben in die Waagschale warfen. Mira hätte es niemals zugegeben, aber das Wissen, das *Mutter* kilometerweit über ihnen schwebte und die Umgebung mit ihren Sensoren im Blick behielt, schuf ein Gefühl der Sicherheit.

Thaum murmelte etwas im Schlaf, und Mira musste lächeln. Der Nachtstreifer hatte ihr und Yorgen für den Morgen ein Heilelixier versprochen und daraufhin verschiedene Pulver, Tropfen und etwas, das wie die Zähne eines unbekannten Wesens aussah, zusammen in einer flachen Schale vermischt und zum Gären, wie er es nannte, auf die andere Seite einer nahen Düne gestellt.

Am Morgen sollte sein Werk trinkbar sein, doch Mira war sich noch nicht sicher, ob sie davon kosten würde oder nicht. Sie erinnerte sich, wie die Zähne angefangen hatten, sich blubbernd in der Schüssel aufzulösen … Eigentlich waren die paar Blutergüsse gar nicht so schlimm.

»Du kannst nicht schlafen.«

Die Stimme in ihrem Ohr ließ sie zusammenzucken, und Mira unterdrückte mühsam ein Fluchen. Mack hatte zwar ungewöhnlich sanft und leise zu ihr gesprochen, aber Mira war mit ihren Gedanken weit weg gewesen.

»Woher weißt du das?«, fragte sie unwirsch. »Ist *Mutters* Kamera derart präzise?«

»Klar«, kam die lakonische Antwort. »Aber ich überwache auch eure Vitalwerte, schon vergessen? Und die sagen mir, dass du nicht schläfst, obwohl du es tun solltest.«

»Entschuldige, Onkel Mack«, gab Mira bissig wieder. »Bekomme ich jetzt Hausarrest?«

Mack seufzte. »Ich will nur auf euch aufpassen. Und das ist nicht leicht von hier oben aus.«

»Oben?«

»Na ja, von *Mutter* aus«, erklärte der Zwerg. »Das *Somnium* ist überall und nirgends. Du weißt ja, wie das mit Taschendimensionen so ist.«

»Ja.«

»Schwieriges Thema?«

»Ja.«

»Na gut.« Ein Räuspern ertönte. »Niks Hirnströme normalisieren sich übrigens. Sie sollte gegen Morgen wieder aufwachen.«

Mira nickte. »Yorgen wusste genau, wo er wie hart zuschlagen musste«, sagte sie.

»Er beschützt sie schon sehr lange. Länger als Thaum auf dich aufpasst.«

»Wir zwei passen aufeinander auf«, korrigierte Mira ihn schmallippig.

»Hinter ihm sind aber keine dreihundert Geschwister her.«

Mira musste trotz des Themas lächeln. »Du übertreibst.«

»Ein bisschen.« Wärme lag in der Stimme des Zwergs. »Versuche zu schlafen. *Mutter* analysiert fleißig die Daten auf Ignatios Laptop und am Morgen berichte ich, was wir nun wissen.«

»Sind wir hier sicher?«, fragte Mira nach kurzem Zögern. Sie hasste es, Verletzlichkeit zu zeigen.

»Vollkommen.« Macks Tonfall ließ keinen Zweifel zu. »*Mutter* hat alles in fünf Kilometer Umkreis im Blick. Und von den Schlägern des Cupidos ist nur noch ein sehr vollgefressener, sehr tief schlafender Boukhencha übrig, der wohl der neue Herrscher des Schrottplatzes sein wird.«

»Warne die *Nebelwacht*«, sagte Mira, die ob der Versicherungen des Zwerges langsam müde wurde. »Diese Domäne sollte getilgt oder zum Sperrgebiet ernannt werden.«

»Die Unendliche Legion ist immer auf der Suche nach abgelegenen Zielen für Übungsmanöver ihrer Spezialteams«, sagte Mack. »Bestimmt kümmern die sich um unseren grauhäutigen Freund.«

Mira brummte zustimmend und suchte nach Worten in ihrem dämmrigen Verstand. Doch da war sie bereits unter dem glitzernden Wüstenhimmel eingeschlafen.

Die Mauer ragte erneut vor ihr auf. Schwarz, glatt, bedrohlich.

Hinter Mira rauschten die Erinnerungen des Tages entlang, und mit Beunruhigung sah sie zu, wie sich die Details um ihren Fallschirmsprung mehr und mehr der Mauer näherten, als wäre sie ein Magnet, der reflexhaft alles Schlechte in ihrem Leben an sich riss. Fest entschlossen, sämtliche Informationen um den Sabotageakt im Gedächtnis zu behalten, griff sie nach den umherwirbelnden Bildern und hielt sie eng an sich gepresst, bis der Sog der Mauer abrupt nachließ und sie wieder still und teilnahmslos vor der Elfe aufragte, zufrieden mit den Geheimnissen, die sie im Laufe ihrer Existenz verschlungen haben musste.

Mira verweilte einen Moment bei jener Erinnerung, die sie gerettet hatte, badete in der Erleichterung, die sie durchflutet hatte, als Thaum sie umschlungen gehalten hatte. Selbst im freien Fall konnte sie sich auf ihn verlassen. Sie schwor sich, dass es umgekehrt genauso sein würde.

Dann irrlichterte plötzlich ein Bild vor ihren Augen, dass sie nicht sofort wiedererkannte. Sie und ihre Geschwister standen an einem Grab. Mira schluckte, als Teile der Erinnerung greifbar wurden. Es war das Grab ihrer Mutter.

Weitere Bruchstücke tauchten auf, sickerten durch feine Risse in der Mauer, die plötzlich nicht mehr so undurchdringlich wirkte: Tränen, die verboten waren und verstohlen fortgewischt wurden, bevor Vater oder einer seiner Günstlinge sie sehen konnten. Tagelanges Ausharren im rituellen Andenken an die Königin, ohne Nahrung und ohne Wasser …

Mira riss sich gewaltsam aus den Erinnerungen und war versucht, aufzuwachen. Sie spürte unterbewusst, dass diese Bilder sehr lange Zeit hinter der Mauer gefangen gehalten worden waren. Wieso sah sie sie jetzt derart klar?

Mit wachsender Furcht ging Mira das übermächtige Hindernis entlang und wünschte sich dabei an jene Stelle, von der sie annahm, dass sie die Antwort bereithalten würde. Umgehend kamen die zwei Stränge in Sicht, die sich in die Mauer bohrten und dahinter verschwanden. Nun waren die Risse um die Durchbrüche der runden Gebilde deutlich zu erkennen. Farben, Gerüche und Wortfetzen sickerten aus ihnen hervor gleich feinen Wasserstrahlen aus bedrohlichen Erinnerungen.

»Scheiße«, sagte Mira und wachte auf.

»Guten Morgen, Schlafmütze.«

»Leck mich«, erwiderte Mira dem über sie gebeugten Yeti. »Eine solche Visage am Morgen sehen zu müssen, sollte uns eine Schmerzensgeldzulage sichern.«

»Mira ist kein Morgenmensch«, erklärte Thaum.

»Morgenelfe«, korrigierte Nik.

Mira setzte sich auf und sah die Hexe prüfend an. »Wieder unter den Lebenden?«

Die Frau breitete entschuldigend die tätowierten Hände aus. »Die Fluchfänger haben die immense Fressgier des Boukhencha aufgesogen und durch mich hindurchgeleitet. Entsprechend machtvoll war der Fluch, nehme ich an?«

»Yupp«, meldete sich Mack über die Uhrendisplays. »Alle bösen Buben sind rumgelaufen wie kopflose Hühner. Vom Cupido mal abgesehen, der den Boukhencha steuerte.«

»Der *Schleier* hat sich erschreckend plötzlich über mich gesenkt«, sagte die Hexe und sah auf ihre Hände hinab. »Ich werde noch viel mit den Fluchfängern üben müssen.«

Mira verzog das Gesicht. »Das gilt für uns alle«, sagte sie selbstkritisch. »Thaum ist der Einzige, der seine neue Ausrüstung bereits beherrscht, und unsere Abstimmung in Krisenmomenten verlief alles andere als reibungslos.«

»Hey, ich habe zumindest den Hebel am *Leviathan* gefunden, der zwischen einer teilweisen und einer totalen Nutzung des Kraftkerns unterscheidet«, sagte Yorgen in defensivem Ton.

»Bist du gerade wirklich stolz drauf, dass du einen kleinen Schalter an einer großen Waffe entdeckt hast?«, fragte Nik beißend.

»Er war in einer der Runen versteckt«, verteidigte Yorgen sich. »Macks ach so tolle Lehrvideos haben das nicht gezeigt.«

Der Zwerg stöhnte und murmelte etwas über begriffsstutzige Yetis vor sich hin.

»Mack, hast du Neuigkeiten für uns?«, fragte Mira. Mitten in der Wüste die Fehler des Teams zu sezieren, würde nichts bringen, außer neue Gräben zu schaffen.

Halte deine Truppen bei Laune und sie werden dir folgen.

Die Erinnerung an eine Lehrstunde kam so schnell, wie sie

ging, und ließ die Elfe mit einem modrigen Geschmack im Mund zurück. So berechnend war sie nicht. Oder doch?

»Und ob«, kam die fröhliche Antwort auf ihre Frage. »Ignatios Laptop war zwar keine Goldmine, aber ich weiß, dass er Korrespondenz zum Erwerb der Schriftrolle aus Hongkong erhielt.«

»Mehr nicht?«, fragte Nik enttäuscht und sprach Mira damit aus der Seele.

Mack schüttelte den Kopf. »Ich verstehe es auch nicht ganz. Nirgends habe ich den expliziten Auftrag gefunden. Keine vereinbarte Geldsumme oder einen garantierten Zeitrahmen oder auch nur einen Decknamen des Käufers. Von einem Tag auf den anderen tauchen EMails auf, die nahelegen, dass Ignatio den Auftrag angenommen hat, die Schriftrolle zu beschaffen, und danach geht es nur noch um Details und Hintergrundinfos.« Der Zwerg zuckte ratlos die Achseln.

»Der Job wurde auf altmodische Weise vergeben«, sagte Mira. »Ich erinnere mich an ein Detail aus dem gestrigen Gespräch mit dem Cupido. Er sagte etwas davon, dass sein Käufer auf eine persönliche Übergabe bestanden hätte. Es hätte irgendwas mit Ehre zu tun.«

»Hongkong sagtest du?«, fragte Yorgen, und als Mack nickte, wirkte der Yeti ungewöhnlich missmutig. »Klingt nach einem Oni-Clan.«

»Die östliche Variante eines Yetis, richtig?«, fragte Thaum.

»So sehr wie du ein Werwolf bist«, gab die weißbepelzte Gestalt zurück.

Sofort war Thaum auf den Beinen, die Klauen kampfbereit ausgebreitet.

»Schluss damit«, sagte Mira streng und durchsuchte ihr Gedächtnis nach lange vergrabenem Wissen über Onis. Es fiel ihr ungewöhnlich leicht, sich an ihren Unterricht im *Anderswo* zu erinnern, und wieder musste sie an die Risse in der Mauer denken.

Plötzlich hatte sie eine wahnsinnige Angst davor, dass das Konstrukt in ihrem Geist zusammenbrach und ihren Verstand unter sich zermalmte und lebendig begrub. »Oni und Yeti haben denselben Ursprung, sie stammen aus einer Zeit, als Pangäa, der Urkontinent, noch existierte«, rezitierte sie die Worte des uralten Elfen, der sie in *Nicht-relevante Spezies* unterrichtet hatte. So nannte das Herrscherhaus des *Anderswo* alle Wesen, die nicht in der Taschendimension lebten. »Jene, die sich nach dem Bruch der Kontinentalplatten in Europa aufhielten, entwickelten sich zu Yetis, jene in Amerika zu den braunfelligen Bigfoots, die in Wäldern heimisch sind, während sich die Oni wiederum an die asiatische Flora und Fauna anpassten.«

Yorgen schnaubte abfällig. »Es geht mir nicht um belanglose genetische Abweichungen«, sagte er hitzig. »Sondern um bewusste kulturelle Entscheidungen. Alle Onis sind Verbrecher und damit basta.«

»Genaugenommen bist du jetzt auch ein Verbrecher …«, begann Mack.

Der Yeti sah drein, als wolle er seine Uhr vom Handgelenk reißen und stellvertretend für den taktlosen Zwerg zwischen seinen Klauen zermalmen.

»Das hilft nicht weiter«, unterbrach ihn Mira streng. »Oni haben sich in der stark durch das organisierte Verbrechen geprägten Bevölkerung der östliche *Nebula Convicto* eine Nische erschaffen, in der sie seit Jahrtausenden florieren.«

»Ja«, schnarrte Yorgen. »Als Leibwächter und Erfüllungsgehilfen der reichsten und mächtigsten Organisationen, die die dortige Unterwelt zu bieten hat.« Er hob eine Pranke und zählte an den Fingern ab. »Die Naga-Triaden. Die Jiang Shi-Familien. Der Tempel der tausend Freuden …«

»Ist gut«, sagte Nik beschwichtigend. »Wir haben verstanden.«

»Ehrliche Yetis wie ich haben wegen denen einen schlechten Ruf«, murrte Yorgen beleidigt. »Und die Oni breiten sich aus. Es gibt schon Clans in Europa, die Ablegern der asiatischen Unterwelt dienen.«

»Die Oni-Kultur ist ausgesprochen traditionell geprägt«, sagte Mira. »Ihr persönliches Ehrgefühl überschattet ihr gesamtes Handeln.« Yorgen wollte etwas dazwischen rufen, aber Mira sah ihn streng an und fuhr fort. »Einer ihrer Grundsätze lautet, dass sie einen Handel oder Vertrag nur von Angesicht zu Angesicht schließen.«

»Das passt zu dem, was Ignatio gestern sagte«, pflichtete Mack bei und tippte auf seiner Tastatur herum. »Es gibt acht bekannte Oni-Clans in Hongkong«, sagte er. »Ich streue die Info, dass Ignatio tot ist und wir in Besitz der Schriftrolle sind, gezielt bei den hiesigen Informationshehlern. Das sollte die entsprechenden Oni auf uns aufmerksam machen.«

»Nie und nimmer stecken die Oni hinter den Dämonenbeschwörungen«, sagte Yorgen kategorisch. »Dazu fehlt ihnen das Verständnis für Eigeninitiative.«

»Da hat er recht«, sagte Nik.

»Aber sie gehören stets zum loyalen, inneren Kreis äußerst mächtiger Personen«, warf Thaum ein. »Wenn wir die Oni finden, dann sind wir denen ganz dicht auf den Fersen, die unsere Schriftrolle unbedingt haben wollen.«

»Also ist unser nächstes Ziel klar«, sagte Mira. »Es geht nach Hongkong.«

»Sobald wir aus dieser Wüste raus sind«, sagte Yorgen mit einem finsteren Blick auf Mack. »Und zwar zu Fuß, dank unseres Schattens.«

Der hob in einer Geste der Unschuld die Hände. »Die *Nebelwacht* weiß nicht, wo ihr steckt«, sagte er selbstzufrieden. »Und es war auch kein Kopfgeldjäger hinter euch her. Niemand weiß, wo ihr seid, wenn man von Miras Fangemeinde aus einer gewissen Taschendimension einmal absieht.«

Mira knirschte mit den Zähnen. »Halt die Klappe.«

»Eure Heilbrühe ist fertig«, sagte Thaum, der während der Diskussion hinter der nahen Düne verschwunden war und nun mit einer übel riechenden und lila-grünlich qualmenden Schüssel in den Händen zurückkam. »Wer von euch will zuerst?«

Mira winkte ab. »Es geht auch so. Yorgen kann gerne meine Portion haben.«

Der Yeti zuckte die Achseln und nahm die Schüssel in seine Pranken. »Und das soll mir helfen?«, fragte er Thaum zweifelnd.

»Sei kein feiges Huhn«, provozierte der den Yeti grinsend.

Zwei Sekunden später hatte die weißbepelzte Gestalt die Schüssel geleert.

»Es muss schön sein, so einfach gestrickt zu sein«, sagte Nik kopfschüttelnd.

Yorgen verzog das Gesicht. »Schmeckt so, wie Trollfüße riechen«, urteilte er schließlich.

»Woher weißt du, wie Trollfüße …?«, begann Mack und winkte dann ab. »Ich will das gar nicht wissen.«

»Also es gab da diese hinreißende Trolllady …«

»Er sagte, er will es nicht wissen«, warf Nik gereizt ein. »Verdammt, du sorgst echt dafür, dass ich mich sogar auf einen Wüstenmarsch freue. Der ist erbaulicher, als dir bei deinen Frauengeschichten zuzuhören.«

»Ah«, sagte Yorgen und hob seinen Zeigefinger. »Das Schöne ist doch, dass ihr beides haben könnt.« Der Yeti rappelte sich auf und hob beiläufig seinen Rucksack auf. »Also, ich bin da in dieser kleinen rauchigen Bar in Paris …«

»Mack, hat *Mutter* auch Raketen an Bord?«, fragte Mira den Zwerg. »Wenn ja, sei doch so lieb und feuere eine davon auf uns ab.« Dann setzte sie sich in Bewegung und lauschte notgedrungen den enthusiastischen Worten des ausschweifend und detailreich erzählenden Yorgen.

Ein Yeti fliegt Economy

Die in der Ferne auftauchenden Bauten wirkten auf Mira im ersten Moment wie eine Luftspiegelung. Undeutlich und vom Hitzeflimmern verzerrt, schienen die Häuser ebenso unwirklich wie der Traum von einem friedlichen Leben für Grenzgänger.

»Noch zwei Kilometer, dann habt ihr es geschafft«, sagte Mack über Funk und hauchte den Umrissen am Horizont damit echtes Leben ein.

»Hat ja auch lange genug gedauert«, knurrte Nik. »Sind alle Tarnungen für Grenzgänger so mühsam?«

»Nur die wirklich guten«, sagte Thaum.

»Es geht auch bequemer«, widersprach Mira spröde.

»Ich musste euch aus London rauskriegen und das ist mir gelungen«, sagte Mack, und die Elfe konnte auf ihrem Uhrendisplay sehen, wie der Zwerg kämpferisch das Kinn vorschob. »Die *Nebelwacht* durchsucht noch immer sämtliche Schlupfwinkel in Südengland auch dank dem einen oder anderen manipulierten Video, das undeutlich Personen zeigt, die vier gewisse Individuen sein könnten.«

Mira brummte zustimmend. »Na gut, Schwamm drüber. Aber ab jetzt achte bitte darauf, dass uns unsere Tarnung nach Möglichkeit nicht in unserer Arbeit beeinträchtigt. Unnötige Wüstenmärsche solltest du definitiv von der Liste akzeptabler Strapazen streichen.«

»Keine Angst«, sagte Mack und ein Grinsen legte sich auf sein Gesicht. »Als Nächstes werdet ihr den wasserfestesten Deckmantel von allen kriegen: maximale Durchschnittlichkeit.«

»Ich hasse diesen Zwerg«, sagte Yorgen, als er auf die Flugtickets hinabstarrte, die in der kleinen schäbigen Herberge bereitlagen, zu der Mack sie vom Dorfrand aus gelotst hatte. Die beiden einzigen Zimmer waren bereits für sie durch *Sanders Survival Adventures* gebucht worden, und die Eigentümerin des Hauses, eine verrunzelte, extrem kurzsichtige Marokkanerin hatte Mira und ihre drei Teamkameraden höflich auf ihre Zimmer geleitet. Sie alle lagen unter dem Einfluss einer kleinen kurzlebigen Illusion, die Nik mit kompliziert verschränkten Fingern aufrechterhielt und sie als gewöhnliche versnobte und verschwitzte Touristen zeigte, die gerade den Adrenalin-Kick ihres Lebens hinter sich hatten.

Kaum war die Frau verschwunden und die Verbindungstür zwischen den Zimmern geöffnet, hatte Nik den Zauber aufgehoben und die Bestandsaufnahme der durch Mack auf ihren Betten bereitliegenden Gegenstände hatte begonnen. Touristenkoffer voller sauberer Kleidung, die einem beliebigen Gutverdiener Englands hätten gehören können, dazu vier falsche Pässe, jeweils an die menschlichen Erscheinungsbilder des Teams angepasst und zusätzlich vier Flugtickets von Casablanca über Frankfurt nach Shanghai.

»Economyclass«, sagte der Yeti angewidert. »Und natürlich hat er mein Ticket auf Bob ausgestellt. Dabei ist Yang gute fünf Zentimeter kleiner. Meine Knie tun mir jetzt schon weh.«

Der kleine schäbige Fernseher des Zimmers schaltete sich ein und zeigte Mack, der an seinem Traumstrand lag, eine protzige Sonnenbrille auf der Nase und ein schreigelbes Hawaiihemd am Leib. »Ihr könnt auch nur meckern«, sagte er. »Ihr vier seid jetzt Vertreter einer kleinen internationalen Versicherungsgesellschaft und nehmt auf eigene Kosten an einem Kongress«, er sah auf sein Tablet, dass er danach wieder achtlos in den Sand warf, »über ›Die Optimierung der Risikobewertung im Angesicht der Globalisierung unter Zuhilfenahme computergestützter Wahrscheinlichkeitsalgorithmen‹ teil.«

Thaum stöhnte. »Wer den Quatsch geschrieben hat, ist wohl Meister im Bullshit-Bingo.«

Mack zuckte mit den Achseln. »Der Originaltitel ist in Kantonesisch und klingt sicher viel besser als die Übersetzung.«

Nik starrte auf ihr Passfoto hinab. »Diese Tarnung ist auf jeden Fall unauffällig«, sagte sie. »Mir wird schon ganz langweilig, wenn ich mich nur anschaue.« Sie stutzte. »Und wieso trage ich hier eine Hornbrille?«

»Aus dem gleichen Grund, aus dem du Bob, Brad und Yang als wandelnde Stereotype erschaffen hast«, sagte Yorgen, der noch immer mit den Flugtickets haderte, wenn Mira die zerknitterten Papiere in seiner Hand richtig deutete. »Klischees werden kaum als außergewöhnlich wahrgenommen. Etwas, das das Hirn erwartet, nimmt es viel leichter hin als das Ungewöhnliche.«

Die Hexe seufzte und warf den Pass aufs Bett. »Ich gehe duschen«, sagte sie.

»Gute Idee«, warf Mira ein und marschierte ins Zimmer von Yorgen und Thaum. »Ich nehme das andere Bad.«

»Heh«, beschwerte sich Thaum. »Und was ist mit uns?«

Mira zog eine Augenbraue hoch und deutete auf die zwei Grenzgänger. »Ihr solltet erst mal den gröbsten Dreck aus eurem Fell kämmen oder ihr verstopft die Rohre«, sagte sie mit einem Lächeln. »Oder wollt ihr, dass euch die nette alte Dame aufgrund einer Überschwemmung des Zimmers auf die Straße wirft?«

Der Tag neigte sich dem Ende zu, als Mira und die anderen sich auf dem Flachdach der Herberge zusammensetzten, das ihre Gastgeberin mit ein paar Kissen und einem Sicht- und Sonnenschutz aus an einem Holzrahmen aufgehängten Decken in eine Ruhezone verwandelt hatte. Thaum und Yorgen blieben im Schatten des ausladenden Sonnenschutzes und achteten darauf, dass sie von den wenigen Einwohnern auf der Straße nicht gesehen werden konnten.

Mira schnüffelte demonstrativ in Richtung der beiden Männer. »Ihr stinkt sehr penetrant nach Lavendel«, sagte sie belustigt.

»Bedank dich bei Mack«, sagte Thaum schmallippig. »Er hat uns den übelsten Haarconditioner in die Koffer packen lassen, den ich je zu riechen gezwungen war.«

»Mit so was kenne ich mich nicht aus«, sagte der Zwerg achselzuckend. »Zwergenhaar ist von Natur aus geschmeidig. Wir brauchen so einen Kram nicht.«

»Mack, du hast deine Sonnenbrille nicht auf«, sagte Yorgen kühl.

»Ja und?«

»Wir sehen das verräterische Funkeln in deinen Augen«, fuhr der Yeti fort. »Das war Absicht.«

Mack setzte sich hastig die Brille wieder auf die Nase und räusperte sich. »Wo wir alle gemütlich zusammensitzen, habe ich eine Überraschung für euch«, sagte er. »Na ja, zumindest für zwei von euch.«

Mira ruckte hoch, als sie auf ihrem Display plötzlich Philis sah, die zwischen zwei deutlich älter aussehenden Pixies auf einem abgebrochenen Ast saß. Rechter Hand von ihr eine gütig dreinblickende Frau mit tränengefüllten Augen und einem zittrigen Lächeln, links von ihr ein halbkahler Mann, dessen bläuliche Flügel bereits einen Teil ihres Glanzes verloren hatten und stumpf wirkten. Er trug eine kupferfarbene Nickelbrille auf der Nase und hielt liebevoll Philis' Hand.

»Hallo, ihr beiden«, sagte die junge Pixie, und Mira wollte eben antworten, als sie den Zeitstempel oben rechts in der Ecke des Bildschirms sah. Dies war eine Aufnahme und sie war dreizehn Stunden alt. »Ich wollte mich nur von euch verabschieden und euch sagen, dass es mir gutgeht. Die Lady vom See … Sie hat mich in ihrem Teich baden lassen!«

Die Pixie strahlte bis über beide Ohren. Mira hatte die Kleine noch nie so jung und unschuldig erlebt. Die Augen von Philis hatten jenen stumpfen, gehetzten Ausdruck verloren, mit dem sie in jeder wachen Minute auf ihr Smartphone gestarrt hatte.

»Meinem Arm geht es wieder gut und auch meine Finger sind vollkommen in Ordnung.« Zum Beweis winkte sie mit der rechten Hand in die Kamera, und Mira musste mühsam einen Kloß im Hals hinunterschlucken. »Die Lady sagte mir, dass ich nur wegen euch eine solche Sonderbehandlung erhalten habe und dass meine Strafakte bei der *Nebelwacht* vollständig gelöscht wurde.«

Mira hörte Thaum leise schniefen, aber sah ihn nicht an. Sie hatte genug Mühe, Philis' Gesicht zu erkennen, das vor ihren Augen verschwamm. Die Elfe blinzelte verstohlen.

»Jedenfalls werde ich mit Mum und Dad zu unserem Teich zurückkehren und dabei helfen, Dinge für unser Volk zu miniaturisieren. Dad hat mir einen Computer gebaut, an dem ich arbeiten kann.« Sie sah schüchtern nach links und rechts. »Vorerst ohne Zugang zum Netz. Ich denke, das ist besser so.« Philis legte ihren Kopf an die Schulter ihrer Mutter. »Jedenfalls werde ich euch daher eine Weile nicht kontaktieren können und daher wollte ich auf diesem Weg Danke sagen. Ich hatte mich verirrt und ihr habt in dieser Zeit auf mich aufgepasst.« Tränen traten in die Augen der Pixie. »Ich … und auch Hank … hatten Glück, solche Freunde zu haben.« Sie schluckte und winkte noch einmal in die Kamera. »Lebt wohl«, sagte sie. »Hoffentlich findet ihr auch einen Weg, euer Schicksal zu wenden.«

Der Bildschirm wurde schwarz und ließ Mira mit einer Leere zurück, die sie überraschte. »Das …«, sagte sie und schluckte schwer, »das war überraschend.«

»Grayson hat sein Wort mehr als gehalten«, sagte Thaum mit rauer Stimme. »Das war jede noch so lange Wüstenwanderung wert.«

»Es muss schön sein, zu sehen, wie es eine Kameradin zurück ins normale Leben schafft«, sagte Nik mitfühlend.

Mira glaubte, darin noch etwas anderes zu hören. Sehnsucht. *Wenn sie schon jetzt ihr altes Dasein vermisst, wird sie kein Jahr als Grenzgängerin durchhalten*, dachte Mira alarmiert. Laut sagte sie nur: »Sie hat ihren Platz im Sonnenlicht verdient. Aber wir vier haben noch einen langen Weg vor uns.«

Schweigen war die einzige Antwort auf die Worte der Elfe, und so ging die Sonne über dem kleinen Wüstendorf unter und ließ vier gedankenverlorene Grenzgänger in der Dunkelheit eines kleinen Flachdaches zurück.

»Millionen«, raunte Yorgen missmutig. »Wir haben Millionen auf dem Konto und jetzt das.« Der Yeti rutschte in seiner menschlichen Form auf dem schmalen Flugzeugsitz umher, der bedenklich unter dem wahren Gewicht Yorgens knarzte. Er stieß sich durch die Bewegung die Knie am Vordersitz und fluchte. Dann saß er kerzengerade, um seinen Beinen größtmöglichen Spielraum zu gewähren. Mira konnte sehen, wie sich dadurch das Nackenkissen der Lehne zwischen seine Schulterblätter bohrte.

»Wir alle müssen Opfer bringen«, sagte Mira leise in Richtung des Yetis, während sie sich weitmöglichst von ihrem Sitznachbarn abwandte, der vor dem Flug offensichtlich ein sehr knoblauchlastiges Gericht verspeist hatte. Sie selbst hatte das Glück, dass ihre Knie im Gegensatz zu der muskulösen menschlichen Version Yorgens ganze drei Millimeter Spielraum bis zum Vordersitz hatten. Ihre Finger wanderten dabei wie von selbst zu den neuen Ohrringen, die sie trug.

»Dranlassen«, ertönte Macks Stimme über den Funkhörer, der an einen gewöhnlichen In-Ear-Kopfhörer erinnerte. »Wenn du die Rundringe rausnimmst, war es das mit eurer Tarnung und Yorgen quält sich vollkommen umsonst.«

Mira atmete mit gereizter Miene durch. »Ich verabscheue diese Dinger«, wisperte sie. »Davon jucken mir immer die Ohrspitzen.«

»Die schön *runden* Ohrspitzen«, betonte Mack. »Zehntausende Elfen benutzen diese neuartigen Ohrringe weltweit. Sie sind der Bestseller der diesjährigen Modesaison.«

»Ich bin mir sicher, Leonardo da Vinci hatte genau das im Sinn als er die Mysterien der Magie erforschte«, blaffte Mira im Flüsterton zurück. »Modeschmuck, der Elfenohren wie menschliche erscheinen lässt.«

»Sie haben sich bewährt«, sagte Thaum von seinem Sitz zwischen Nik und Yorgen aus. »Wenn du eine Person mit Ohrringen siehst, die einen stilisierten Baum zeigen, ist sie wahrscheinlich elfischer Herkunft.«

»Sag das meinen Ohren«, knurrte Mira.

»So geht das nicht«, beschwerte sich Yorgen laut genug, dass die ersten Flugpassagiere die Köpfe in seine Richtung drehten. »Der Sechs-Stunden-Flug nach Frankfurt war schon die Hölle, aber jetzt noch mal sechzehn Stunden bis Hongkong in diesem Folterstuhl? Ich werde wahnsinnig.«

»Es sind achtzehn Stunden«, sagte Thaum mit regungsloser Mine. »Wir haben Gegenwind. Das haben sie vorhin durchgegeben.«

»Mira? Nik?«, quengelte der Yeti. »Das halte ich nicht aus.«

Am liebsten hätte die Elfe jetzt von einem Job erzählt, bei dem sie mit ihrem alten Team stundenlang in einer Kloake voller Exkrementen von Äonenwürmern hatte ausharren müssen. Aber es hörten durch Yorgens lauten Protest mittlerweile zu viele fremde Ohren mit und so biss sie sich stattdessen auf die Zunge.

»Hier spricht der Kapitän«, ertönte in dem Moment eine Durchsage. »Bitte haben Sie noch etwas Geduld, es befinden sich noch acht Flugzeuge in der Warteschlange vor uns, wir werden daher erst in einer dreiviertel Stunde abheben können.«

»Mir reicht's«, schnaubte Yorgen und schnallte sich ab. »Zur Not *schwimme* ich nach Hongkong.«

»Setz dich«, zischte Nik ihn an, bevor Mira es tun konnte. »Wegen dir werden wir noch aus dem Flugzeug geworfen.«

»Gibt es hier ein Problem?«, fragte da auch schon eine lächelnde Flugbegleiterin, die Yorgens geöffneten Gurt mit einem tadelnden Blick ahndete. »Sie müssen sich bitte wieder anschnallen.«

»Wozu?«, ranzte Yorgen die arme Frau an. »Sie haben es doch gerade selbst gehört. Wir starten so schnell nicht.«

»Bitte schnallen Sie sich an.« Die Freundlichkeit war nun hörbar mit Eis durchsetzt. »Das ist *Vorschrift*.«

Mira konnte sich ein Schmunzeln nicht verkneifen. Beinahe war sie versucht, dem Schauspiel seinen Lauf zu lassen, aber dann entschied sie, einzugreifen. »Sind vielleicht in der Businessclass noch Plätze verfügbar?«, fragte sie höflich. »Mein Kollege hat wohl Probleme mit seinem Sitz.«

»Leider nein. Aber in der First Class wären noch vier Sitze frei.«

Man lebt nur einmal. »Dann nehmen wir die.«

»Mira …«, begann Mack, aber die Elfe stellte den Zwerg einfach stumm und zückte die Kreditkarte, die ebenfalls zu ihrer Tarnung gehörte. Die Flugbegleiterin lächelte sie an und bedeutete Mira und den anderen, ihr zu folgen.

»Wenn du noch nicht die Anführerin wärst, dann würde ich dich spätestens jetzt dazu küren«, sagte Yorgen dankbar.

»Abteilungsleiterin, meint er«, sagte Thaum erklärend in die Runde der neugierig dreinschauenden Passagiere und holte ihr Handgepäck aus den oberen Fächern. Dann stieß er Yorgen einen Ellbogen in die Rippen und sah ihn eindringlich an.

»Äh ja«, stammelte der. »Dankeschön … Chefin.«

Nik legte sich für einen Moment genervt eine Hand über die Augen und ging dann in Richtung Cockpit. Mira folgte ihr rasch und bestätigte der wartenden Flugbegleiterin eine obszön hohe Summe auf deren Kartenlesegerät.

»Viel besser«, ertönte indessen Yorgens Stimme, der bereits in einem der breiten Sessel Platz genommen hatte, von denen sich je zwei versetzt gegenüberstanden. Thaum und Nik belegten zusammen ein freies Paar und Mira wurde zu einem freien Sitz weiter vorne geführt, auf dessen Gegenstück ein älterer Mann mit sorgsam gepflegtem Schnurr- und Kinnbart saß, dessen graues Haar noch einige Sprenkel tiefen Schwarzes aufwies. Die grünen Augen sahen einmal von dem Roman auf, den der Fluggast las, dann war sein Interesse an ihr auch schon wieder erloschen.

Mira nahm Platz und hatte sofort das Gefühl aus einer Legebatterie in einen Massagesessel versetzt worden zu sein. Yorgen würde dieser neu gewonnene Luxus sicher umgehend zu Kopf steigen. Mira schätzte, dass Mack den Yeti nie wieder in die Holzklasse eines Flugzeugs würde sperren können. Sie erinnerte sich an ihren Ohrhörer und schaltete ihn wieder ein.

»… durchkreuzt ihr eine wohldurchdachte Tarngeschichte«, maulte der Zwerg gerade. Anscheinend hatte er die ganze Zeit durchgeredet.

Mira wollte ihm antworten, aber da spürte sie den Blick des Grauhaarigen auf sich ruhen und schwieg. Personen, die Selbstgespräche führten, wurden allgemein mit Misstrauen begegnet. Sie sah durch das Fenster hinaus auf die Landebahn und lauschte Yorgen, Thaum und Nik, die sich angeregt über die Annehmlichkeiten der ersten Klasse unterhielten. *Eigentlich sind wir alle nur kleine Kinder*, dachte Mira lächelnd. *Gebt uns eine Belohnung und wir …* Der Gedanke gefror in ihrem Schädel zu Eis, als sie ein silbernes Glitzern an den Ohrläppchen des Grauhaarigen entdeckte: Ohrstecker, die das stilisierte Bild einer Eiche auf einem metallenen Rund zeigten.

Der Alte sah auf und sogleich das Erkennen in ihren Augen. Seine Mundwinkel zuckten. »Euer Hoheit«, murmelte er mit einem kaum merklichen Kopfnicken.

Mira brach der Schweiß aus. Das Zeichen auf dem Ohrstecker war das Wappen der Kronsucher. *Vaters handverlesene Truppe von Spionen und … Problemlösern.* Ihre Hand wanderte instinktiv unter ihre Jacke und tastete dort ins Leere, wo eigentlich ihr Schulterhalfter hätte sein sollen, doch der lag zusammen mit den Bruckenbrennern und den anderen Waffen in den Geheimfächern der Koffer ihres Teams. Mira wollte sich erheben, aber der Grauhaarige hob einen Finger und ihr Gurt schlängelte sich um ihre Taille und zog sich zusammen. Fest. Das Klicken der einschnappenden Schnalle klang in ihren Ohren wie das Klirren eiserner Fesseln.

»Ihr müsst Euch anschnallen, Hoheit«, sagte der Kronsucher, noch immer mit jenem höflichen Lächeln auf den Lippen. »Wir können nicht riskieren, dass Ihr Euch verletzt.«

Miras Gedanken rasten. Alle Kronsucher waren meisterliche Magier und sie im Gegenzug unbewaffnet. Ihr Team amüsierte sich knappe zehn Meter entfernt und Mack bekam anscheinend die Worte des Mannes nicht mit.

»Was will ein Kronsucher an Bord eines Linienfluges?«, fragte sie so ruhig wie möglich.

»Also wirklich«, tadelte sie der Grauhaarige. »Natürlich sitze ich hier, um auf Euch aufzupassen. Und vielleicht eine Weile mit Euch zu plaudern.«

Ja klar. »Wie aufmerksam.«

»Eine logische Konsequenz, so wie Ihr den armen Hinaim an der Nase herumgeführt habt. Er musste mit eingezogenem Schwanz den Heimweg antreten. Euer Vater war darüber gar nicht erfreut.«

»Wir stehen noch immer unter dem Schutz von einem gewissen hageren Ex-Quaestor«, sagte Mira kampfeslustiger, als ihr zumute war.

Der Kronsucher hob die Hand. »Oh, ich weiß. Nichts liegt mir ferner, als Euren … illustren Zeitvertreib zu stören. Ich überbringe lediglich eine Botschaft des Königs.« Er sah sie mit intensivem Blick an. »Eine Botschaft, die Hinaim nicht loswerden konnte.«

Mira schnaubte. »Kronsucher sind keine Laufburschen, die Nachrichten überbringen.«

»Wir sind, was immer der König von uns verlangt«, sagte der Alte scharf. »Jeder von uns.«

Wie subtil, dachte sich Mira. »Ich gehöre nicht mehr zum *Anderswo*«, sagte sie und tippte sich auf den überschminkten Nasenrücken. »Das Mal, das dies beweist, trage ich hier.«

Der Kronsucher seufzte. »Mein König – unser König – wollte, dass ich Euch Folgendes ausrichte: Die Verbindung ist heilig. Schützt sie gut.«

Mira blinzelte ihn an. »Häh?«

Der Grauhaarige versteifte sich. »Der Wortlaut ist eindeutig«, sagte er leise. »Und ich werde ihn hier sicher nicht erläutern.«

Mira kniff die Lippen zusammen. Offensichtlich glaubte der Kronsucher, dass sie Spielchen spielte. »Ich versichere Euch, dass ich keine Ahnung habe, wovon Ihr redet.«

Der Grauhaarige schaute ihr forschend in die Augen. Dann stutzte er. »Was habt Ihr Euch nur angetan?«, fragte er misstrauisch. »Erinnert Ihr Euch denn nicht?«

Mira zerrte nun offen an ihrem Gurt. »Erinnern? Woran?« Die Schließe schnappte auf und die Elfe wollte sich erheben.

»Lasst mich nach dem Ursprung suchen«, sagte da der Grauhaarige und hob eine Hand.

Miras Beine wurden weich und ihre Augen schwer.

»Gehen wir dorthin zurück, von wo aus das Übel seinen Lauf nahm …«

Die Sonne des Anderswo *schien freundlich und hell durch das offene Fenster des Studierzimmers hinein. Das weiche Kissen unter Miras Hintern gab ihr gerade genug Halt, um den Lotussitz aufrechterhalten zu können, den sie vor Stunden eingenommen hatte. Ihr gegenüber saß eine alterslos wirkende Elfe mit schlohweißem Haar: die Traumschäferin.*

»Wenn ihr ständig zappelt, werden wir noch eine Woche lang ergebnislos hier sitzen, Eure Hoheit«, sagte die Lehrerin mit brüchiger Stimme.

»Ich versuche es ja«, beklagte sich Mira.

Ein ferner Teil von ihr wunderte sich, wie jung sie klang. Noch ganz wie ein Kind.

»Eine Herrscherin muss ihren Geist kontrollieren können«, lautete die Anweisung, die Mira in der letzten Woche bestimmt zum hundertsten Mal gehört hatte. »Es ist unerlässlich, dass sie die gedankliche Spreu vom Weizen trennt, oder sie versinkt im Chaos der Belanglosigkeiten und vernachlässigt so ihre Pflichten gegenüber ihrem Reich und ihrem Volk.«

Die junge Mira schloss krampfhaft die Augen und verzog ihr Gesicht zu einer Maske intensiven Bemühens.

»Lasst mich etwas versuchen, Eure Hoheit«, sagte die alte Elfin, während sich die vom Kronsucher hervorgezerrte Erinnerung unbarmherzig einen Weg durch Miras Synapsen bahnte. Sie holte eine kleine Schale hervor, in der ein weißbraunes Pulver lag. Ein Fingerschnippen der Traumschäferin und schon schwelte der Inhalt der Schale und ein würziger, beißender Dampf stieg empor und drang in Miras Nase. »Atmet tief ein«, lautete die Anweisung. »Lasst Euch an die Schwelle des Schlafes tragen, aber geht nicht vollends hinüber ins Reich der Träume.«

Die junge Mira tat, wie ihr geheißen, und ihr fiel der Kopf auf die Brust. Allgegenwärtige Schwärze umfing sie. Die ersten Traumfetzen bildeten sich. und Mira wusste instinktiv, dass ihre kindliche Version zu tief in den Schlaf eingetaucht war. So viel Chaos, *dachte sie, als sie das Wirrwarr an Bildern betrachtete, das an ihrem jungen Selbst vorbeizog.*

»Komm zu mir zurück«, durchdrang die Stimme der Schäferin mühelos die Gedankenfetzen der jungen Mira. »Nur einen halben Schritt rückwärts in die wache Welt, mehr ist nicht nötig.«

Ihr junges Ich mühte sich redlich, und gerade als Mira glaubte, sie würden gemeinsam den Kampf gegen die Träume verlieren, lösten sich die

Erinnerungen auf und ließen eine makellose schwarze Ebene zurück, die sich glatt und endlos in alle Richtungen erstreckte.

»Gut gemacht«, lobte die Schäferin. »Dort, wo Ihr nun seid, habt Ihr die Kontrolle über Eure Erinnerungen. Doch bevor wir diese in wichtig und unwichtig unterteilen, stellt Euch eine massive, undurchdringliche Mauer vor. Eine Grenze, die so unüberwindbar ist, dass nichts auf der Welt sie durchbrechen könnte.«

Die junge Mira erschuf eine Wand, vollkommen schwarz, vollkommen fugenlos.

Oh nein, *sagte ihr erwachsener Teil voller Grauen. Hatte sie sich das etwa selbst angetan?*

»Gut. Und nun sucht Euch eine Erinnerung an den heutigen Tag, die für Eure Rolle als Herrscherin des Anderswo *nicht von Belang ist. Was hattet Ihr beispielsweise zum Frühstück?«*

Das Bild eines reich gedeckten Tellers voller Sanbo-Möhren tauchte vor ihren Augen auf. Die beiden Miras waren sich einig in ihrer Abneigung auf das blaue Gemüse, das in den Trauerfällen des Anderswo *angebaut wurde. Es erinnerte sie an das Begräbnis ihrer Mutter.*

»Wenn Ihr die Erinnerung fest unter Kontrolle habt, schickt sie auf die andere Seite der Mauer«, fuhr die Traumschäferin fort.

Miras junges Ich gab dem Bild in ihrem Kopf einen Schubs und fort war es, zusammen mit der Langeweile und Betrübnis, die sie am Morgen empfunden hatte. Sogar ein winziges Fitzelchen ihrer unendlichen Trauer um ihre Mutter war verschwunden.

Miras Grauen wuchs, als die Erinnerung daran, was nun folgen würde, langsam in ihrem Verstand auftauchte wie ein Riff aus dem Nebel vor einem auf Kollisionskurs befindlichen Schiff.

»Nun bewertet alles, was Ihr heute erlebt habt«, sagte die Traumschäferin zufrieden. »Bringt es Euch als Herrscherin weiter oder hindert es Euch an der Erfüllung Eurer Pflichten? So entscheidet Ihr, auf welcher Seite der Mauer die Erinnerung bleiben darf.«

Mira hätte aufgeweint, hätte sie die Kontrolle in diesem Traum gehabt.

Ihr junges Selbst hörte schon lange nicht mehr zu. Mit der Gier einer Verhungernden stürzte sich das Kind auf jegliche Erinnerungen, die mit dem Tod ihrer Mutter zu tun hatten, und schleuderte sie mit aller Gewalt über die Mauer. Dann folgten die Tadel durch ihre Lehrer. Schikanen durch ihre Brüder und Schwestern. Die einsamsten Momente in der Gegenwart ihres Vaters … Mit jeder unliebsamen Erinnerung, die hinter der Mauer und damit aus ihrem Sinn verschwand, wurde Mira selbstbewusster. Rebellischer.

Mehr und mehr wie ich, *dachte Mira erschüttert.*

»Fühlt ihr euch jetzt besser?«, fragte die Traumschäferin nichtsahnend.

Die junge Prinzessin riss die Augen auf und lächelte. »So gut wie noch nie in meinem Leben.«

Mit einem Ruck war Mira wieder im Flugzeug. Sie blinzelte schwer gegen den Schleier des Schlafes und ungeweinte Tränen in ihren Augen an, bevor sie bemerkte, dass sie bereits in der Luft waren und die Sonne untergegangen war. Sie musste stundenlang geschlafen haben. Der Kronsucher saß ihr reglos gegenüber, die Feuchtigkeit in seinen Augen reflektierte das schwache Licht der Nachtbeleuchtung innerhalb des Flugzeugs.

»Ach, Hoheit«, sagte er traurig. »Was habt Ihr Euch nur angetan?«

Mira zuckte unsicher mit den Achseln. »Ich … ich habe mich vom Joch der Gehirnwäsche befreit, mit der mein werter Vater seine unzähligen Nachkommen unter Kontrolle hält.« Das Feuer des Widerstands, das sie über Jahre hinweg kultiviert hatte, brach sich in ihren Worten Bahn. Was kümmerte es sie in diesem Moment, welche Quelle ihm dabei als Nahrung diente, selbst wenn es die eigens erzeugte Ignoranz war. »Was Ihr da gerade gesehen habt, war nur die Spitze des Eisbergs«, höhnte sie, in diesem Moment begreifend, wie wahr ihre Worte wahren. »Unzählige der ach so kostbaren Lektionen, die mich gefügig machen und an den Thron ketten sollten, sind hier oben sicher weggesperrt, wo sie mir nichts anhaben können.« Sie tippte sich gegen die Schläfe, fest entschlossen, den Kronsucher weder die Unsicherheit noch die Angst spüren zu lassen, die sie ob der Offenbarungen über die Mauer empfand. »Ich bin so frei, wie ein Kind des Königs vom *Anderswo* nur sein kann.«

Der Kronsucher erhob sich. »Ich habe gesehen, was Ihr hinter Eurer Mauer aufbewahrt. Ich weiß wahrscheinlich mehr über Euer Leben im *Anderswo* als Ihr selbst, wenn ich den chaotischen Zustand Eures Geistes richtig bewerte. Diese verbotene Zone in Eurem Verstand«, er sah sie eindringlich an und Mira sah echte Sorge in seinem Blick, »sie steht kurz vor dem Kollaps. Wie ein übervoller Stausee, der das gesamte Umland verwüsten wird, wenn er birst.« Er schüttelte den Kopf und erschien Mira plötzlich wie ein gewöhnlicher müder, alter Mann. »Wenigstens kann ich dem König nun Bericht erstatten. Doch ich weiß nicht, wie er reagieren wird, wenn er erfährt, dass Ihr Euren Verstand in ein düsteres Gefängnis Eurer selbst verwandelt habt.«

»Als ob mich kümmert, was er denkt«, sagte Mira schnaubend.

»Ja«, sagte der Kronsucher mitleidig. »Ich kann nun nachvollziehen, warum Ihr so denkt.« Er verbeugte sich leicht und ging dann in Richtung der Bordtoiletten der ersten Klasse davon. Dort angekommen warf er Mira noch einen letzten wehleidigen Blick zu und verschwand in einer der Kabinen. Ein jähes, grünes Leuchten drang durch die Ritzen der Falttür und Mira roch für einen Moment den betörenden Duft der tiefen Wälder des *Anderswo*. Da wusste sie: der Kronsucher war fort.

»Endlich«, murrte sie vor sich hin und atmete tief durch. Sie tat also gut daran, die Mauer zu fürchten. Nicht nur, dass sie Erinnerungen und Erfahrungen, die sie im *Anderswo* zu brechen gedroht hatten, dahinter vor sich selbst verborgen hatte. Mira hatte noch vor etwas anderem Angst. Angst, dass von ihrem jetzigen Selbst nichts übrig blieb, wenn das Konstrukt einstürzte.

Angst, dass eine viel zu zahme, furchtbar schwache Mira aus den Trümmern hervorkriechen würde. Angst, dass sie in Wahrheit gar nicht war, wer sie glaubte zu sein.

Denn auch wenn die Mauer ihr Angst machte, weil sie nicht genau wusste, was alles hinter ihr lauerte, so war sie ihr auch ein verlässlicher Schutzschild gewesen, der all die traumatischen Erfahrungen des *Anderswo* von ihr ferngehalten hatte, damit Mira die Grenzgängerin werden konnte, die sie war.

Die Mauer musste bleiben, entschied sie und nickte entschlossen vor sich hin. Dann dachte sie an die Warnung des Kronsuchers und das von ihm heraufbeschworene Bild eines überfüllten Stausees. *Ich darf sie nur nicht mehr unbewusst mit neuen Erinnerungen füttern*, ermahnte sie sich. Sie strich sich mit den Händen über das Gesicht. Das würde leichter gesagt als getan sein, schließlich hatte Mira sogar den Akt des Verdrängens vor sich selbst verdrängt.

Ruckartig stand sie auf, um zu ihrem Team hinüberzugehen und mit ihnen zu reden. Auch wenn sie am liebsten nicht länger über diese verdammte Mauer nachgedacht hätte, war es an der Zeit, den anderen zumindest davon zu erzählen, dass ihr Vater seine persönlichen Wachhunde losschickte, um ihr auf den Zahn zu fühlen. Die Mauer jedoch würde noch eine Weile ihr Geheimnis bleiben. Sie verharrte in ihrem Schritt, als sie im Dämmerlicht der Innenbeleuchtung erkannte, dass Nik, Yorgen und Thaum friedlich in ihren zu Liegen umfunktionierten Sitzen schliefen.

Morgen früh ist früh genug, entschied sie und ging auf ihren Platz zurück. Dort versuchte sie, Mack zu erreichen, aber auf ihrer Smartwatch fand sie eine Nachricht vor: *Selbst im Somnium muss man schlafen. Bin wieder online, sobald ihr landet.*

Mira seufzte. Ihr erzwungener Schlaf hatte viele Stunden angedauert und das Letzte, was sie wollte, war, in ihren Kopf zurückzukehren und sich der Mauer zu stellen, die sie dort geschaffen hatte.

Der Mauer mit den feinen Rissen.

Sie schob den Gedanken zur Seite und starrte aus dem Fenster in die tintenschwarze Nacht hinaus. So verharrte sie reglos, bis endlich die ersten Boten des Tages ihre hauchdünnen Strahlen auf die Wolkendecke herabwarfen und ihr stumm versicherten, dass jeder neue Morgen eine noch so finstere Nacht ablöste.

»Verehrte Gäste, bitte schnallen Sie sich wieder an und stellen Sie die Sitze in eine senkrechte Position. Wir beginnen nun mit der Landung.«

Die Ansage riss Mira aus ihrer Starre. Noch lag die Wolkendecke unter ihnen, aber bereits jetzt sank das Flugzeug langsam auf die pudrige Landschaft hinab, die es in Kürze durchbrechen würde. Die Elfe wandte den Kopf und sah in Richtung ihres Teams. Sie erblickte Yorgen, der in der Gestalt von Bob herzhaft gähnte und dabei anscheinend der ganzen Welt seine Mandeln zeigen wollte. Thaum hielt sich glücklicherweise die Hand vor den Mund, als er sich von dem Yeti anstecken ließ. Mira schauderte bei dem Gedanken, dass jemand das Gebiss des Nachtstreifers erblicken könnte. Nik sah fragend zu Mira hinüber und die Elfe lächelte ihr halbherzig zu. Besser, sie redete mit den anderen, wenn sie ungestört waren.

Oder morgen. Vielleicht auch übermorgen.

Sie drehte sich wieder um und genoss den Ausblick aus ihrem Fenster, als die Wolkendecke sich lichtete und den Blick auf das unter ihnen liegende Hongkong freigab.

Also das ist mal eine Stadt, in der man untertauchen kann, schoss es ihr umgehend durch den Kopf. Unzählige Wolkenkratzer schossen künstlichen Halmen gleich dicht an dicht in den Himmel, so als hätte ein verrückter Gott einen gewaltigen Rasen aus Beton und Glas entlang des Victoria Harbour gesät und diesen dann sich selbst überlassen. Der Moloch aus leblosen Bauten, der an einen Termitenbau aus Asphalt und Beton erinnerte, war der komplette Gegenentwurf zum *Anderswo*. Sie glaubte, den Lärm und die Abgase der Stadt bis ins Flugzeug hinein wahrnehmen zu können, und war sich sicher, dass sie in diesem einbetonierten Chaos jedwedem Häscher entfliehen könnte, den ihre Familie auf sie ansetzen würde.

Die Aussicht darauf, in dieser Metropole einen bestimmten Oni-Clan finden zu müssen, wirkte äußerst ernüchternd auf sie. Und dass der betreffende Clan überdies einem einflussreichen Geldgeber zuarbeitete, welcher weltweit Artefakte stehlen ließ und Dämonen herbeirief, als wären sie bessere Laufburschen, würde ihre Mission nicht eben leichter machen.

Das Flugzeug legte sich in eine Kurve und lenkte Mira von ihren Grübeleien ab. Der Flughafen kam in Sicht, ein annähernd rechteckiges Ungetüm, das auf den Gebeinen einer Insel ruhte, die zu diesem Zweck bis knapp über Meereshöhe abgetragen und ins Meer gekippt worden war, allein um eine ausreichend große Fläche für den Bau des Flughafens zu schaffen. Mira schauderte und plötzlich hatte sie Heimweh nach dem *Anderswo*. Erinnerungen durchzuckten sie an weite Felder, dichte Wälder, klare Seen und hohe Berge, alle unberührt von der kultivierenden Hand denkender Wesen. Sie schüttelte unwillig knurrend den Kopf.

Wo kam denn diese Gefühlsduselei her?, fragte sie sich. Sofort kamen ihr die Risse in der mentalen Mauer in den Sinn. Hatte das Herumwühlen des Kronsuchers in ihren verbannten Erlebnissen den Schaden vielleicht vergrößert? Wieder hatte sie große Angst vor dem Moment, wenn sie das nächste Mal der Schlaf heimsuchen würde.

Unruhe umfing sie, als die Passagiere sich auf die unmittelbar bevorstehende Landung vorbereiteten, und Mira zwang sich, ihre persönlichen Probleme beiseite zu drängen und sich zu fokussieren. Sie würden gleich eine der weltweit gefährlichsten Städte betreten, die die *Nebula Convicto* zu bieten hatte. Hinter jeder der Abermillionen Türen Hongkongs konnte eine Domäne lauern und die wenigsten ihrer Besitzer würden sich über ungebetene Gäste freuen. Die *Nebelwacht* bat regelmäßig um die Erlaubnis, eine Großrazzia in der Metropole durchführen zu dürfen und ebenso so oft stimmte der Verhangene Rat dagegen.

Hier, am Hauptsitz der *Nebula Corporation,* gab es nur eine Stimme, die zählte, und das war die von Zueh Pionug, dem Präfektor von Hongkong und Vorstandsvorsitzenden jenes Wirtschaftsimperiums, das die mundanen Belange der magischen Gemeinschaft zu einem undurchdringlichen Webteppich aus legalen und halblegalen Aktivitäten verflocht. Der Tod kam in Hongkong ebenso unverhofft wie Glück und Erfolg. Sie würden die letzteren beiden Dinge bitter nötig haben, um Ersterem zu entgehen.

Nebelwacht und Narben

Mira und ihr Team gingen auf den verschwitzt aussehenden, schmächtigen Fahrer zu, der mit einem selbst bemalten Schild trotz der sengenden Sonne geduldig auf sie wartete, komplett im schwarzen Anzug samt Kappe. Beinahe wäre Mira an dem Mann vorbeigelaufen, bis sie sich des Namens der Versicherungsgesellschaft erinnerte, für die sie vier angeblich arbeiteten. Sie winkte dem Fahrer nachlässig zu und der führte sie zu einer kleinen Limousine, deren Fond gerade genug Platz für das Team bot.

»Außerordentliche Mittelmäßigkeit«, murrte Yorgen das Credo ihrer Tarnung vor sich hin, während er sich in das Innere des Wagens zwängte. Kurze Zeit später waren sie auf der breiten Ausfallstraße unterwegs und genossen die Aussicht auf das Wasser und die mit niedrigen Bäumen bewachsenen Inseln außerhalb des Betonwaldes, auf den der Wagen unaufhörlich zuhielt.

Miras Smartwatch erwachte nach einer Weile zum Leben und Macks Gesicht erschien darauf.

»Ohrhörer«, sagte er nur, und nachdem die Elfe das Gerät eingesetzt hatte, sprach er weiter. »Bitte höre mir genau zu«, sagte der Schatten angespannt, und Miras Nackenhaare stellten sich umgehend auf. »Ihr kommt gleich an einer kleinen Seitenstraße vorbei. Dort soll der Fahrer anhalten.«

»Was –?«

»Keine Zeit.«

Schon sah Mira die winzige Straße und rief dem Fahrer auf Kantonesisch zu, dass er abbiegen solle.

»Du sprichst Chinesisch?«, fragte Nik überrascht.

»Kantonesisch«, korrigierte Mira geistesabwesend, während der Wagen langsamer wurde. »Ich spreche mehr als dreißig Sprachen. Eine elfische Kindheit dauert jahrzehntelang.«

»Und in der ganzen Zeit musstest du lernen?«, fragte Yorgen mit aufgerissenen Augen. »Wie langweilig!«

»Du hast ja keine Ahnung«, antwortete Mira kühl.

Thaum reckte den Hals. »Warum halten wir?«

»Ärger.«

Das eine Wort wirkte elektrisierend auf ihr gesamtes Team. Die Augen aller begannen zu wandern, Nik spielte nervös mit ihren Fluchfängern und Yorgen griff unter sein menschliches Jackett – und dort fluchend ins Leere. Sie hatten ihre Waffen noch nicht aus dem Geheimfach geholt, da sie bis zum Hotel hatten warten wollen.

»Steckt die Ohrhörer ein«, fügte Mira hinzu, als der Fahrer schließlich anhielt.

»Alle raus«, kommandierte Mack, kaum dass der Wagen stand. »Sag dem Fahrer, dass die Fahrt für euch zu Ende ist.«

Als Mira die Worte des Zwergs übersetzte, öffnete der Fahrer den Mund zum Protest, blieb aber stumm. Stattdessen zuckte er eine Sekunde später mit den Achseln, und nachdem Thaum und Yorgen alle Koffer aus dem Wagen gewuchtet hatten, fuhr er kommentarlos davon. »Unsere Bitte war sicher nicht die ungewöhnlichste, die er im Laufe seiner Arbeit gehört hat«, dachte Mira laut.

»Und jetzt?«, fragte Thaum. »Was sollen wir hier in der Pampa?«

»Ihr seid aufgeflogen«, erwiderte Mack und ein eisiger Klumpen bildete sich in Miras, Magengrube. »Ich habe die Sicherheitsvorkehrungen vor Ort unterschätzt. Die Gesichtserkennung am Flughafen hat Nik und Mira erkannt und bei der *Nebelwacht* Alarm geschlagen. Zwei Minuten später war eure Tarnung dahin. Noch drei weitere Minuten von jetzt an, bis euer Fahrer angehalten wird und die Einsatzkräfte feststellen, dass ihr nicht mehr im Wagen sitzt.«

»Kann uns *Mutter* helfen?«, fragte Mira.

Mack verzog entschuldigend das Gesicht. »Die ist schnell, aber nicht so schnell wie ein Flugzeug. Noch vier Stunden, bis sie im Einsatzgebiet ankommt.«

»Optionen?«, fragte Mira und ließ ihre Gedanken rasen.

»Als Erstes ein neues Fahrzeug«, sagte Nik. »Damit fahren wir zu einer Domäne, in der man keine Fragen stellt und wir untertauchen können.«

Yorgen sah die Nebenstraße entlang, die Augen nachdenklich zusammengekniffen. »Nik, hast du noch den Fluch drauf, mit dem wir uns im Atelier dieses aufdringlichen Wasserspeiers weitergeholfen haben?«

»Sicher doch. Warum?«

»Dann löse jetzt bitte meine Tarnung auf,«, sagte der Yeti und kramte in seinem Koffer herum, bis er schließlich den *Leviathan* in Händen hielt.

Mira wollte nachfragen, was das bringen sollte, aber die Hexe reagierte bereits.

Die vertrauen einander blind, dachte sie. *Besser, ich fange auch damit an.*

Doch sie konnte sich einfach nicht dazu durchringen, ihrem eigenen Rat zu folgen. Es fühlte sich an, als würde sie Hank verraten.

Yorgen wurde indes vor ihren Augen zu seinem üblichen riesigen, weißpelzigen Selbst und dann stampfte er mit erhobener Waffe mitten auf die leere Straße und sah sich langsam und gewissenhaft um. »Nik, halte dich bereit«, sagte er nach einer Weile, als ein einsamer Sportwagen aus einer fernen Einfahrt gefahren kam. Mira erkannte das Fahrzeug als einen weißen Ferrari mit goldenen Felgen und getönten Scheiben.

Zuerst hupte der Fahrer, dann versuchte er, der Fabelgestalt, die mitten auf der Straße stand, auszuweichen, aber Yorgen schoss mit dem *Leviathan* in die Luft und wechselte die Spur, sodass er wieder im Weg des Wagens stand, als dieser näher und näher kam. Dann zielte er grinsend auf die Windschutzscheibe. Die Nerven des Fahrers gaben nach und der Ferrari kam quietschend zum Stehen. Ein Mann im teuren Anzug stieg aus und wollte schreiend vor Yorgen fliehen, aber Nik murmelte etwas und deutete auf den Fremden, worauf dieser wie ein nasser Sack in sich zusammenfiel.

»Alles einsteigen«, sagte der Yeti grinsend. »Am besten, bevor uns jemand sieht.« Dann schleifte er den unglücklichen Besitzer des Ferrari von der Straße und setzte ihn auf eine nahe Parkbank. »Schlaf hat noch niemandem geschadet«, raunte er dem Fremden mit einem Augenzwinkern zu. »Und wenn du aufwachst, wirst du dich an die letzten Minuten nicht mehr erinnern.«

Nik, Thaum und Mira hatten sich in der Zwischenzeit in den Sportwagen gezwängt und die Hexe belegte den Yeti erneut mit ihrem Verwandlungsfluch, nur dass er diesmal die Gestalt eines breitschultrigen Chinesen im weißen Anzug mit einer eleganten Goldkette um den Hals annahm, der geradezu nach Geld stank.

»Hey, cool«, sagte Yorgen begeistert. »Ich *liebe* Yang!«

»In dieser Identität ist er großmäuliger und gleichzeitig ernster als normal«, warnte Nik die anderen beiden Grenzgänger, als Yorgen sich auf den Fahrersitz quetschte. »Aber er passt wenigstens zum Wagen.«

»Die *Nebelwacht* hat sich an eine allgemeine Verkehrskontrolle drangehängt, die alle Wagen stadteinwärts auf der Schnellstraße kontrolliert«, meldete sich Mack zu Wort. »Ich würde es an eurer Stelle nicht riskieren, angehalten zu werden.«

»Haben wir eine Alternative?«, fragte Mira angespannt.

»Die Nordroute«, sagte Mack. »Fahrt am Butterfly Beach vorbei, das dauert zwar doppelt so lange, aber ihr umgeht die Straßensperre.«

»Wird gemacht«, sagte Yorgen grinsend und startete den Motor.

»Ich lotse dich«, sagte Mack. »Und du beeilst dich besser. Gerade wurde der Wagen eures Fahrers überprüft. Die *Nebelwacht* weiß jetzt, dass ihr gewarnt seid. Sie haben einen Fliegenden Holländer zur Luftunterstützung angefordert.«

»Scheiße.« Mira rieb sich frustriert über die Augen. Ein solches Geisterschiff konnte ausgesprochen lästig werden. »Selbst, wenn wir jetzt entkommen, können wir uns kaum noch in Hongkong bewegen. Graysons Tarngeschichte von dem ach so erfolgreichen Grenzgängerteam erweist sich mehr und mehr als Bumerang. Was die *Nebelwacht* betrifft, benötigen wir dringend eine dauerhaftere Lösung.«

»Einen Schritt nach dem anderen«, sagte Yorgen und trat aufs Gas. Mira und die anderen wurden umgehend in die Polster gedrückt, während der Yeti einen ausgelassenen Jubelschrei von sich gab.

»Die *Nebelwacht* wird uns in naher Zukunft vollkommen egal sein«, sagte Thaum trocken. »Yorgen wird uns mit diesem Ding hier sowieso alle um einen Baum wickeln oder ins Meer stürzen.«

»Ein bisschen Vertrauen, ja?«, forderte der Yeti, der den Wagen mit quietschenden Reifen auf die Schnellstraße steuerte. »Ich bin viel zu *gut*, um draufzugehen!«

»Wie gesagt, Yang ist ein Großmaul«, murmelte Nik. »Und nur ein halb so guter Fahrer, wie er glaubt.«

»Das habe ich gehört!«

»Genau darauf baue ich.«

»Demnächst fährt Thaum«, sagte Mira, als der Ferrari am Ende der Kurve zu schlingern begann und Yorgen den Wagen nur mühsam wieder stabilisieren konnte. »Dich und den *Leviathan* brauchen wir auf dem Beifahrersitz.«

»Ballern statt fahren?«, fragte der Yeti und zuckte dann mit den Achseln. »Damit kann ich leben.« Dann drückte er erneut das Gaspedal durch und die Welt schien regelrecht an Mira vorbeizufliegen.

»Also, unauffällig sind wir sicher nicht mehr«, sagte Nik, während sich ihr Wagen mit halsbrecherischen Manövern durch den glücklicherweise moderaten Verkehr schlängelte und massenweise hupende und abgedrängte Verkehrsteilnehmer hinter sich zurückließ.

»Schnelligkeit ist Trumpf«, sagte Mira und deutete zum nahezu wolkenlosen Himmel hinauf. Nur weit im Süden zog eine kleine Gewitterwolke unbeirrt nach Norden. »Der Fliegende Holländer ist schon auf dem Weg.«

»Was wissen wir über die hiesige *Nebelwacht*?«, fragte Nik den angespannt auf seinem Tablet tippenden Mack.

»Meist sind es Menschen«, lautete die Antwort des Zwerges. »Viele von ihnen sind über Generationen hinweg in die Geheimnisse der *Nebula* eingeweiht worden und dienen ihr aufopferungsvoll. Dafür erhalten die Familien seit jeher Zugang zu Heilmagie und minderen Artefakten.«

»Also eine Art Traditionsunternehmen«, sagte Yorgen.

»Dazu sind die verschiedenen Dienstgrade mit einigen Naga verstärkt worden, die sich um solche Fälle kümmern, bei denen die Verdächtigen Menschen eher fressen würden, als mit ihnen zu reden.«

»Entzückend«, sagte Nik.

»Hongkong ist ein wildes Pflaster«, sagte Thaum. »Groben Schätzungen nach finden sich in der Innenstadt zwanzig Domänen pro Quadratkilometer. Und das sind nur die offiziellen.«

»Eine davon würde mir schon reichen«, sagte Mira, die weiter die näherkommende Gewitterwolke im Auge behielt. Hatte sich das Gebilde gerade in ihre Richtung gedreht? »Vorzugsweise eine, die nicht mit der *Nebelwacht* kooperiert.«

»Ihr könntet vielleicht zwei Fliegen mit einer Klappe schlagen«, sagte Mack. »Wenn ich euch bei der Fahndung durch die *Nebelwacht* helfe, weiß morgen der halbe Rat, dass ihr für den *Obsidian* arbeitet. Aber wenn ihr einen Profi in Hongkong engagiert, der eure Datensätze manipuliert, dann würde keine Spur zum Geheimdienst führen.«

»Das klingt verdammt teuer«, warf Yorgen ein. »Haben wir denn so viel Geld?«

Mack zuckte die Achseln. »Wenn ihr feilscht.«

»Adieu, du schönes Vermögen«, sagte Thaum seufzend. »Es hat nicht sollen sein.«

»Dir schwebt doch jemand Bestimmtes vor, nicht wahr?«, warf Mira ein.

»Und ob«, antwortete Mack. »Eine Naga, die auf den Künstlernamen *Seventy-six* hört.«

»Und die ist gut?«, fragte Yorgen, der gerade einen Wagen aus dem Weg hupte, um anschließend wieder auf über zweihundert Stundenkilometer zu beschleunigen.

»Sehr gut«, versicherte Mack. »Nicht so gut wie ich, aber wer ist das schon?«

Mira verdrehte die Augen. »Wo finden wir diese Seventy-six?«

»Fragt in einer bestimmten Domäne nach, in der Dienstleistungen für Grenzgänger feilgeboten werden«, sagte Mack. »Und jetzt kommt der ungemein praktische Teil: Besagte Domäne wurde ohnehin in Ignatios EMails erwähnt und dort die *Vernarbte Tür* genannt. Ich habe mich seitdem mit der Domäne befasst und ein paar Details herausgefunden. Zugang erhält man aus Dutzenden Stellen in Hongkong. Findet eine Tür, die so aussieht wie auf diesem Bild, und ihr seid vorerst in Sicherheit.«

Mira erkannte eine weiße, unscheinbare Tür, auf der einige wahllos angebrachte Kratzer zu sehen waren. Sie starrte hinüber zu dem Moloch aus unzähligen Wolkenkratzern und dann wieder auf das Bild. »Das hilft uns nicht weiter. Wir könnten alt und grau sein, bis wir eine passende Tür finden.«

»Stimmt«, brummte Mack nachdenklich. »Gebt mir einen Moment.«

Nik drehte sich um und starrte durch das Rückfenster des röhrenden Ferrari. »Ich will ja nicht unken, aber ich glaube, der Fliegende Holländer hat uns entdeckt«, sagte Nik. »Die Wolke hält definitiv genau auf uns zu.«

»Mack, wir brauchen eine Lösung«, drängte Mira.

»Ich arbeite daran«, murmelte der Zwerg gedankenverloren.

»Und wenn wir das Auto irgendwo stehenlassen und Nik uns alle in Lebewesen verflucht, die die *Nebelwacht* nicht sucht?«, fragte Thaum in die Runde. »Ich laufe auch gern ein paar Stunden als Straßenköter rum, wenn das hilft.«

»Die sind uns zu dicht auf den Fersen«, sagte die Hexe. »Mittlerweile dürften sie unserer Aura folgen und die kann ich nicht verändern. Egal in welcher Gestalt, du bist immer noch du.«

»So ein Dreck«, fluchte der Nachtstreifer.

»Ich hab's«, krähte Mack triumphierend. »Ich denke, ich habe einen Zugang zur *Vernarbten Tür* gefunden.«

»Du denkst?«, fragte Mira skeptisch.

»Neun Teile Gewissheit, ein Teil Hoffnung«, sagte der Zwerg leichthin. »Alles, was ihr tun müsst, ist den Wagen in zehn Kilometern im Meer zu versenken.«

»Und wo gehen wir dann hin?«, fragte Nik.

»Äh«, sagte Mack zögerlich. »Ihr bleibt dabei im Wagen. Die Tür liegt unter Wasser.«

»Bist du jetzt ganz verblödet?«, röhrte Yorgen. »Ich stürze uns doch nicht absichtlich ins Meer!« Dabei schrammte er aufgrund eines waghalsigen Überholmanövers an der Leitplanke der Schnellstraße vorbei, die schon seit mehreren Kilometern an der Küste entlangführte.

»Beinahe wäre dir dieses Kunststück in den letzten Minuten schon vier Mal passiert«, sagte Nik in spitzem Ton.

»Verlässlichen Quellen zufolge befand sich eine der Zugangstüren auf einer kleinen Charterfähre, die zum Tempel der tausend Freuden gehörte. Als die Fähre vor zwei Jahren irrtümlich ins Gebiet der Naga-Triaden geriet, machten deren Magier kurzen Prozess mit dem Schiff und allen, die sich darauf befanden.« Er deutete mit beiden Händen eine Explosion an. »Da die Tür magisch ist, denke ich, dass sie unversehrt auf dem Meeresgrund vor der Küste liegt. Alles, was ihr tun müsst, ist, sie zu finden und den Knauf zu drehen.«

»Noch zwei Kilometer«, sagte Thaum, der die Distanz bis zur fraglichen Stelle im Auge behielt.

»Ziemlich viele Unwägbarkeiten«, sagte Nik zu Mira und sah dann noch mal durch das Rückfenster des Wagens. »Was sollen wir tun?«

Die Elfe schloss einen Moment die Augen. Eine konventionelle Flucht war gegen den Fliegenden Holländer ausgeschlossen. Das verfluchte Schiff würde sie zwar nicht angreifen, aber andere Einheiten der *Nebelwacht* zu ihnen lotsen. Sich auf eine bewaffnete Konfrontation einzulassen, war erstens zu gefährlich und zweitens nicht ihr Stil. Drecksäcke abzuknallen, die ihnen im Weg standen, war eine Sache, aber Wesen gewissenlos umzulegen, die nur versuchten, die Welt ein Stück sicherer zu machen, ging definitiv zu weit. Also blieb nur das Wagnis. »Wir versuchen es«, sagte sie.

»Aber …«, begann Yorgen.

»Keine Diskussion«, sagte Mira. »Wir vertrauen Mack oder wir werden geschnappt und eingebuchtet.«

»Jetzt!«, brüllte der Zwerg.

»Scheiß drauf«, sagte der Yeti und riss das Steuer herum. Mit einem protestierenden Kreischen brach der Ferrari durch die Leitplanke, flog über eine steile Felskante, Dutzende Meter in die Tiefe und knallte im nächsten Moment auf die Wasseroberfläche. Das Innere des verbeulten Wagens füllte sich rasend schnell mit kühlem Wasser.

»Nik, die Tür ist doch magisch«, sagte Mira, deren Verstand raste. »Kannst du sie aufspüren?«

Die Hexe schloss die Augen. Eine Sekunde verstrich, dann zwei. Mittlerweile reichte ihnen das Wasser bis zur Hüfte.

»Dort entlang«, sagte die Hexe schließlich und deutete schräg nach unten und ein Stück hinaus aufs Meer.

Thaum war bereits aus dem geborstenen Seitenfenster der Beifahrertür geklettert und schwamm zum Kofferraum. »Ich berge unsere Ausrüstung«, sagte er und machte sich an dem Gepäck zu schaffen.

»Nik, du musst mich zurückverwandeln«, sagte Yorgen, dessen Gesicht furchtverzerrt war. »Ein dreihundert Kilo schwerer Chinese kann sicher nicht schwimmen.«

»Erst musst du aus dem Wagen raus«, wies ihn die Hexe an. »Hier drinnen ist kein Platz.« Sie murmelte ein paar Worte und legte ihre Hände auf das Armaturenbrett des verbeulten Wagens. Er vibrierte eine Sekunde lang, dann zerbrachen sämtliche Scheiben in einem Meer aus nach außen davonstiebenden Glassplittern, bevor das Wasser die Fenster erreichen konnte. Mira verlor keine Zeit und zwängte sich durch die Öffnung. Dann trat sie Wasser und versuchte, dem Sog ihrer nassen Kleidung zu widerstehen.

»Die Ausrüstung ist sicher«, rief Thaum, bevor der Kofferraum gurgelnd den Wassermassen anheimfiel. Der Nachtstreifer mühte sich mit den wasserdichten Koffern ab.

»Yorgen, raus da«, rief Nik streng, die ebenfalls dem versinkenden Auto entkommen war.

»Das ist eine ganz blöde Idee«, maulte der Yeti, dem das Wasser schon bis zum Hals stand. Dann zog er sich ins Freie und umkrallte den Holm des Ferraris, der soeben die letzten Luftblasen in die Freiheit entließ, bevor er sich vollends der Umarmung des Ozeans ergab. Der überschwere Yeti in Menschengestalt folgte ihm trotz seiner strampelnden Bemühungen auf dem Fuße. »Nik …«, begann er und versank.

Die Hexe machte eine komplizierte Geste und dann tauchte prustend das vertraute bepelzte Gesicht Yorgens aus den Fluten auf.

»Das war knapp«, sagte er keuchend. »Darf ich darauf hinweisen, dass Yetis nicht die besten Schwimmer sind? Unser Fell saugt sich schnell voll.«

»Gut«, sagte Mira. »Wir müssen ohnehin tauchen.«

Nik bekräftigte noch einmal die Richtung, in der sie die Tür spürte. »Dort entlang. Vielleicht vierzig Meter abwärts und zwanzig nach Nordosten, schätze ich.«

»Macht schnell«, drängelte Mack. »Wenn die ersten Gaffer entgegen der Tatsache, dass das hier eine Autobahn ist, anhalten, haben wir umgehend Zeugen für euer Überleben.«

»Wir brauchen Licht«, sagte Mira.

Der ebenfalls zurückverwandelte Thaum drückte Yorgen die Koffer in die Pranken und zog wassertretend eine kleine Phiole aus seinem unsichtbaren Umhang. Darin befand sich ein kleines gehörntes Wesen, das der Elfe beide Mittelfinger zeigte, als sie es sich genauer ansehen wollte.

»Ein Blitzteufelchen«, sagte Thaum. »Fiese, kleine Biester, die gerne schädliche Streiche spielen. Der hier hat mir übel mitgespielt. Als ich ihn fing, bot er mir einen Dienst für sein Leben an.« Er sah die winzige Gestalt an. »Und den löse ich jetzt ein.«

Auch der Nachtstreifer erhielt dieselbe aussagekräftige Geste, die schon Mira zuteilgeworden war. »Dann eben auf die harte Tour«, murmelte Thaum und schüttelte die Flasche. Das Teufelchen wurde umhergeschleudert und als es von innen gegen den Korken knallte, durchzuckte eine blendende Helligkeit das Innere der Phiole.

»Damit werden wir genug Licht haben«, sagte Mira beifällig.

»Oh, lass mich, lass mich!«, sagte Yorgen begeistert und streckte eine Hand nach dem Behältnis des Nachtstreifers aus, während er sich die Koffer unter die Achsel des anderen Arms klemmte.

Thaum übergab das Teufelchen mit einem Seufzen und Yorgen schüttelte die Phiole derart stark, dass sogar Mira Mitleid mit dem darin eingesperrten Dämon bekam. Das entstehende Blitzgewitter beleuchtete das Meer auf Dutzende Meter, als der Yeti die Phiole unter Wasser drückte. »Alle mir nach«, sagte er grinsend und stellte einfach sämtliche Schwimmbewegungen ein. Sofort versank die große Gestalt wie ein Stein in den Fluten.

»Dann hoffen wir mal, dass Mack sich nicht geirrt hat«, sagte Mira. »Denn ich glaube, Yorgen hat sich keinerlei Gedanken über einen eventuellen Rückweg an die Oberfläche gemacht.« Sie holte tief Luft und tauchte dem Yeti hinterher.

Das Blitzgewitter des winzigen Dämons erhellte stroboskopartig das Wasser, und da Yorgen in der Schüttelbewegung nicht innehielt, empfand Mira den Weg in die Tiefe wie ein Abtauchen in die Ausläufer einer besonders nassen Hölle. Panische Fische flüchteten in alle Richtungen und das grelle, schnelle, harte Licht der Entladungen riss in hektischen Intervallen die Umrisse der tiefen Bucht aus der Umklammerung des Meeresdunkels.

Yorgen sank wie ein mit Fell überzogener Stein stur zu Boden, aber Mira sah in kurzer Entfernung einen mit Algen überwachsenen Umriss, der wie ein überdimensioniertes zerbrochenes Spielzeugboot aussah.

Zumindest wenn ein Dämon mit seinen Blitzen nicht die Knochen sichtbar machen würde, die rings um das Wrack im schlammigen Boden stecken, dachte Mira sardonisch. Plötzlich war die Fähre, auf die sie zutauchten, mehr als nur die Hoffnung auf ein Ticket raus aus ihrer verfahrenen Situation – es war auch eine erste Erinnerung daran, wie hart die hiesigen Unterweltorganisationen der *Nebula Convicto* ihr jeweiliges Stück vom Kuchen verteidigten.

Miras Luft wurde langsam knapp und doch kam sie dem havarierten Schiff scheinbar nicht näher. Die Entfernungen trogen Unterwasser und das unbeständige Licht machte das Abschätzen der Distanzen nicht gerade leichter. Thaum schwamm soeben in ihr Blickfeld und zog mit kräftigen Zügen an ihr vorbei, und Mira hoffte zu ihrer Ehrenrettung, dass sein nasses Fell ihm auf dem Weg hinab einen Vorteil verschaffte. Ihre Lungen zogen sich schmerzhaft zusammen und der Drang, zu atmen, wurde immer stärker, während sie sich weiter und weiter an das immer größer werdende Wrack herankämpfte.

Thaum verschwand soeben unter Zuhilfenahme seiner scharfen Wolfsaugen im vorderen Teil der Fähre und Yorgen durchsuchte den hinteren Abschnitt, indem er langsam über den algenüberzogenen Boden ging. Mit dem Yeti verschwand auch die Phiole, welche das aufgebrachte Blitzteufelchen beinhaltete, unter Deck und plötzlich wurde es stockdunkel um Mira. Nur das aus dem Wrack hervorbrechende Leuchten war in der Schwärze des Wassers zu sehen, und Mira schwamm darauf zu wie auf das sprichwörtliche Licht am Ende des Tunnels. Sie wollte sich nach Nik umsehen, die irgendwo hinter ihr sein musste, aber langsam übernahm der Überlebenswille die Kontrolle – und der peitschte sie vorwärts, denn bis zur Oberfläche würde Mira es nicht mehr schaffen. Entweder sie würden hier fündig werden oder sie würden sterben!

Miras Blick verengte sich und ihre Lungen verkrampften vollends. Der Drang, Luft zu holen, wurde übermächtig und jede

Bewegung zu einem Ringen zwischen Willenskraft und Verzweiflung. Ihre zuckenden Finger ertasteten schleimig überzogenes Holz und der Raserei nahe zog Mira sich daran entlang. Ihr Kopf ruckte von links nach rechts auf der Suche nach einem Hinweis darauf, dass einer der beiden Grenzgänger die Tür gefunden hatte, aber alles, was Mira sah, war eine über ihr zusammenschlagende Schwärze, die nur noch einen Gedanken zuließ: atmen!

Mira öffnete den Mund, Wasser füllte ihre Lungen – und dann erlosch ihr Geist wie eine Kerze im Wind.

Die in weiße zeremonielle Roben gewandete Elfe führte Mira durch die langen Korridore des Palastes. Es hatte keine Erklärung gegeben, als man sie vor drei Tagen in eine Kammer gesperrt und dort mit einem Krug Wasser sich selbst überlassen hatte. Nur ein dünnes Tuch hatte auf dem Holzboden gelegen, wie es bei Meditationen üblich war. Also hatte Mira weniger aus Pflichtgefühl denn aus Mangel einer Alternative die letzten zweiundsiebzig Stunden in einer Trance verbracht und die Zeit genutzt, um ihren Verstand weiter auszumisten.

Zehn Jahre war es nun her, dass ihr die Traumschäferin den Weg zur Freiheit durch Vergessen offenbart hatte, und Mira war eine disziplinierte Schülerin gewesen. Jede Lektion, jede Demütigung und jede Indoktrination, die ihren rebellischen Verstand hätte einlullen sollen, um zu einem weiteren von Vaters Schafen zu werden, hatte sie hinter die Mauer verbannt, wo sie keinen Schaden an ihrer Willenskraft anrichten konnten.

Es war seltsam, wie ihr Geist darauf reagierte. Unterbewusst waren viele der internalisierten Informationen stets präsent. Mira wusste meist noch die Fakten, die man ihr eingetrichtert hatte, aber nicht wann, wie und von wem.

»Tretet ein«, sagte ihre elfische Eskorte mit einer Verbeugung und öffnete die mit Schnitzereien von Bäumen, Bächen und Blumen übersäte Tür, die in den Thronsaal führte. Das Mondlicht schien durch die turmhohen,

offenen Fenster, die sich links und rechts des gut fünfzig Meter langen Raumes aneinanderreihten. Eine ausgewachsene Eiche hätte in dem Thronsaal Platz gefunden, aber kein Baum würde im Schatten des Mannes gedeihen können, der am anderen Ende des Raumes auf dem hölzernen Thron saß.

Der Blick des Königs ruhte auf seiner fernen Tochter, die unwillkürlich zu zittern begann. Er sah sie direkt an!

Die stechenden Augen ihres Vaters waren wie zwei Lichtpunkte in der Ferne, die sie stumm und unbarmherzig zu sich riefen. Miras Schritt war zaghaft, aber stetig, und verkürzte die Distanz zwischen ihnen mit der gleichen Beständigkeit, die auch ein Fisch am Haken erfahren musste, wenn der Fischer seine Leine einholte.

»Mira«, sagte ihr Vater, und in seiner Stimme lag eine Ernsthaftigkeit, die seine sonstige Verbissenheit wie einen Schwank erscheinen ließ. »Heute bist du hier, um etwas über unser Vermächtnis zu erfahren …«

Schmerzen durchfuhren ihre Brust und der Drang zu Husten war übermächtig. Mira quoll das Wasser aus der Lunge und dann tat sie einen ersten quälenden Atemzug.

»Sie ist wieder da«, sagte Thaum und für eine Sekunde überlagerte sich seine sorgenvolle Stimme mit dem Timbre des Königs. Er unterbrach seine Herzdruckmassage und richtete sich über ihr auf. Mira drehte sich auf die Seite und übergab sich lauthals.

»Willkommen zurück«, sagte der Nachtstreifer erleichtert, und Mira konnte nur dankbar nicken.

»Na toll«, hörte sie eine piepsige Männerstimme. »Wieder jemand, der in den Eingangsbereich kotzt. Aber warum zum Teufel habt ihr beim Eintreten einen kleinen Tsunami und eine algenübersäte Tür mitgebracht?«

Mira richtete sich mühsam auf und sah sich um. Ein schummrig mit einer schwachen Neonröhre ausgeleuchteter, knöchelhoch überfluteter Raum offenbarte sich ihr, an dessen schwarz gestrichenen Wänden Dutzende kleine Spiegel hingen, in denen sich wie auf kleinen Displays unterschiedliche Szenen abspielten. Menschen und Wesen aller Art waren vor den unterschiedlichsten Hintergründen zu sehen, aber sämtliche Bilder in den Spiegeln hatten eins gemeinsam: Sie alle wirkten, als würden sie Ausschnitte aus Hongkong zeigen.

Mira wandte ihre Aufmerksamkeit dem Sprecher mit der hohen Stimme zu. Ein in eine viel zu enge Lederhose gequetschter Gnom mit gewaltigen Ohrringen, die seine Ohrläppchen grotesk herabzogen, stand vor einer zerkratzten weißen Tür, hinter der laute Musik hervorschallte. Die Haare der kleinen Gestalt waren kurz und weiß gefärbt, der Oberkörper steckte in einer Jeansweste.

»Wir kommen von da«, sagte Nik ruhig, und Mira drehte sich erleichtert zu der Hexe um. Aus irgendeinem Grund stand sie nackt da und starrte doch selbstischer und provokant auf den Gnom herab. Dabei deutete sie mit ihren schmuckbewehrten Händen auf einen gesprungenen Spiegel, der weit oben in der nordwestlichen Ecke des Raumes hing.

»Pah«, machte der Türsteher. »Durch das Ding sind seit zwei Jahren keine Gäste mehr in den Club gekommen.« Dann begann er zu grinsen. »Viel zu nass.«

»Was du nicht sagst«, grollte Yorgen, der sich beständig das Wasser aus dem Fell zu streifen versuchte.

»Wegen euch muss ich den Vorraum sperren«, beschwerte sich der Gnom und zog einen winzigen Stab von der Größe eines Zahnstochers aus seiner Hosentasche. Dann machte er eine wedelnde Bewegung damit und alle Spiegel wurden plötzlich blind. »Scheiß Touristen«, nölte er und öffnete die Tür hinter sich, aus der das Wummern und stakkatoartige, vielfarbige Leuchten einer Tanzfläche herausdrang. »Ihr bleibt, wo ihr seid, und legt euch trocken. Vorher kommt mir keiner von euch rein.« Dann war er verschwunden und die Tür wieder zu.

»Die *Vernarbte Tür* ist ein Nachtclub?«, fragte Yorgen in die Runde, während Mira sich aufrappelte.

»Offensichtlich«, antwortete Nik. »Bekomme ich vielleicht etwas anzuziehen?«, fragte sie und deutete auf die nassen Koffer, die im Wasser auf dem Boden lagen.

Mira hustete ihre Lunge ein letztes Mal frei und räusperte sich dann lautstark. »Darf ich fragen, was passiert ist?«

»Yorgen hat die Tür gefunden und ins Freie geschafft«, sagte Thaum mit einem dankbaren Blick in Richtung des Yetis. »In der Zwischenzeit habe ich dich eingesammelt, bevor die Strömung dich davontreiben konnte, und dann sind wir alle hierhergelangt.«

»Moment«, unterbrach ihn Mira blinzelnd. »Was heißt: ins Freie geschafft? Hast du die Tür aus den Angeln gerissen?«

Der Yeti schnaubte empört. »Als ob ich ein blutiger Amateur wäre«, sagte er und deutete auf das an der Wand lehnende Gebilde. »Jeder weiß doch, dass eine magische Tür ohne Rahmen nicht funktioniert. Also habe ich den mit rausgerissen.«

»Riskant, aber den Umständen angemessen«, sagte Nik. »Ich schwamm in dem Moment hinterher, als Thaum die Tür aufriss und dich hindurchtrug. Der Wasserdruck erschuf einen Sog in der Öffnung, der die lose schwimmende Tür mit sich riss und den Übergang kollabieren ließ. Ein klassisches magisches Paradoxon.«

»Und wieso warst du nackt?«, fragte Mira die mittlerweile rudimentär bekleidete Hexe.

»Verwandlungszauber«, sagte diese und tippte auf einen kleinen, silbernen Anhänger in Fischgestalt, der an einem Lederband von ihrem Handgelenk baumelte. Ein feiner Riss zog sich durch das Metall. »Schweineteuer und nur einmal nutzbar, aber jeden Euro wert.«

»Mir ist das Herz stehen geblieben, als wir mit der Tür hier im Vorzimmer landeten und du nicht da warst«, sagte Yorgen ungewohnt zahm. Dann wurde seine Stimme wieder lebhaft. »Und erst recht, als der kleine zappelnde Zander, der mit uns und einem großen Schwall Wasser hier landete, sich plötzlich in eine nackte Hexe verwandelte.«

Mira nickte verstehend und bediente sich selbst aus dem Koffer, um aus den nassen Klamotten rauszukommen. »Tut mir leid, dass ich es nicht allein geschafft habe«, sagte sie, ohne jemanden anzusehen.

»Jeder braucht mal Hilfe«, sagte Nik achselzuckend. »Auf dem Schrottplatz war ich das. Und Yorgen übersteht keinen einzigen Tag, ohne dass er um Unterstützung schreien muss.«

»Haha.«

Mira und Nik waren mittlerweile umgezogen und Thaum hatte einfach ein paar Klamotten aus dem Koffer als Handtuch missbraucht, um sein Fell notdürftig zu trocknen.

»Dieser Türsteher lässt sich aber ganz schön viel Zeit«, sagte er und kniff misstrauisch die Augen zusammen. »Ob er uns erkannt hat und in Versuchung gerät, unser Kopfgeld einzustreichen?«

Mira seufzte und streckte bittend die Hände aus. »Verteile besser unsere Waffen.«

Der Nachtstreifer nickte und kurze Zeit später spürte Mira wieder das vertraute Gewicht der Bruckenbrenner unter ihren Achseln. Beunruhigenderweise fühlte sie sich mit den beiden Waffen am Körper deutlich vitaler, ja beinahe vollständiger.

»Kann eigentlich einer von euch Mack erreichen?«, fragte Yorgen und hielt seine Smartwatch hoch, deren Display schwarz blieb, egal, wie oft er darauf tippte.

»Wir stecken hier in einem Übergang fest«, sagte Nik und deutete auf ein Schild über der Tür zum Club. Darauf stand: *Keine Magie! Keine Tarnung!* »Stelle ihn dir wie eine magische Schleuse vor. Kein Wunder, dass die *Nebelwacht* hier nicht einrückt. Die kommen niemals durch die Eingangstür des Clubs, ohne dass sämtliche Gäste vorher gewarnt und vorbereitet wären. Die Bannzauber müssen unglaublich stark sein. Selbst meine Fluchfänger sind hier kaum mehr als ein netter Fingerschmuck.«

Bevor Mira darauf antworten konnte, öffnete sich die Tür und der Gnom kam mit einem mundanen Wischmob, einem kleinen Eimer und einem sauertöpfischen Gesichtsausdruck hineingestapft.

»Raus hier«, knurrte er mit einem Kopfnicken ins Innere der Domäne. »Aber für eure Sauerei erwarte ich später ein ordentliches Trinkgeld oder die Tür, durch die ich euch aus dem Club lasse, wird euch unter Garantie nicht gefallen.«

Mira nickte stumm und betrat die eigentliche Domäne, die an einen fensterlosen Tanzclub erinnerte, der neben lauter Musik, harten Drinks und schlecht ausgeleuchteten Tischen nicht viel zu bieten hatte, wenn man mal von der kunterbunten Klientel absah, die sich teils dicht an dicht aneinanderdrängte. Neben menschlichen Kulturen jeder Couleur sah Mira auf Anhieb Vampire, ihre östlichen Vettern, die Jiang Shi, dann Gnome, Wildlinge, Elfen, einen betrunkenen Riesen auf einem übergroßen Diwan, zwei Teufel, einen lasziv tanzenden Sukkubus und sogar einen betrunkenen Äonenwurm, der die halbe Bar in Beschlag nahm.

Neben sich hörte Mira ein Knurren, das den ohrenbetäubenden Bass der Musik überlagerte, und als sie zur Seite sah, erkannte sie, dass Yorgen seine überaus eindrucksvollen Zähne fletschte. Dabei war sein Blick auf die entgegengesetzte Seite des Raums gerichtet. Mira versuchte herauszufinden, was den Yeti so in Rage versetzte, und brauchte kostbare Sekunden, um die ebenfalls weißbepelzte Gestalt zu erkennen, die in einer schattigen Nische an einem der runden Tische saß. Wären die beiden gekrümmten und gedrehten Hörner an seinem Kopf und die ledrigen Partien um Augen und Mund nicht gewesen, sie hätte denken können, dort einen weiteren Yeti zu erblicken, aber so wusste sie genau, was sie sah: einen Oni.

Die bepelzte Gestalt trug einen altmodisch erscheinenden Lederharnisch und auf ihrem Rücken ragten die Knäufe zweier gekrümmter Schwerter hervor. Der Blick des Wesens wirkte ruhig und gelassen, so als würde es von dem Lärm und der Hektik der anderen Gäste vollkommen unberührt bleiben. Eine Pranke war um einen riesigen Plastikkrug gelegt, die andere ruhte reglos auf der Tischplatte.

Er ist bereit, jederzeit eine Waffe zu ziehen, schoss es Mira durch den Kopf.

Gemeinsam mit Thaum stellte Mira sich Yorgen in den Weg, der sich noch immer aufplusterte und anscheinend mehr und mehr darüber in Rage geriet, dass der Oni ihn nicht einmal zu bemerken schien. »Gewöhn dich an den Anblick«, wies ihn Mira harsch zurecht. »Wir sind hier die Gäste. Sei lieber froh, dass hier keiner ausflippt, weil ein unberechenbarer, zähnefletschender Schneemensch im Club auftaucht.«

»Wie war das gerade?«, fragte Yorgen und sah Mira finster an, während er sich zu ihr herabbeugte.

Mira war sehr stolz auf sich, dass sie nicht zurückwich.

»Sieh dir den Oni doch an«, sagte sie. »Ein Paradebeispiel für Selbstdisziplin. Ihr westlichen Yetis mögt auf die Oni herabsehen, aber was glaubst du, denken sie dann wohl von ihrem lauten, prahlenden Vetter, der hier ohne Grund Stunk macht?«

Yorgens Mund öffnete und schloss sich mehrmals, dann begnügte er sich mit einem leisen Nörgeln, das gnädigerweise von der Musik verschluckt wurde.

»Warum besorgst du uns nicht ein paar Drinks und wir suchen in der Zwischenzeit nach dieser Seventy-six?«, fragte Nik den Yeti und schob ihn dabei in Richtung Bar. Der nickte, und

Thaum bedeutete mit einem Ruck seines Kopfes, dass er auf den großen Grenzgänger aufpassen würde.

»Endlich«, ertönte Macks Stimme in Miras Ohr, die vor Schreck zusammenzuckte. »Mir ging hier echt der Arsch auf Grundeis. Erst taucht ihr in die Bucht hinab und dann verliere ich das Signal des gesamten Teams. Ich dachte schon, ich bekomme einen Schmähpreis als schlechtester Schatten des Jahres.«

»Deine Nominierung ist noch nicht vom Tisch«, sagte Mira, die ihre Erleichterung, von dem Zwerg zu hören, nach außen hin unterdrückte. »Momentan ist deine Bilanz, was unsere Tarnungen angeht, furchtbar durchwachsen.«

»Ich übe hier ebenso wie ihr«, blaffte der Zwerg in zerknirschtem Ton zurück. »Bisher habe ich eine Quadriga unterstützt, die die geballte Macht des Verhangenen Rates im Rücken hatte. Euch hingegen darf ich vor eben jenem Rat, der *Nebelwacht* und der Horde an Kopfgeldjägern abschirmen, die sich bei dem Gedanken an die fette Belohnung für eure Ergreifung den Sabber aus dem Gesicht wischen – und bei einigen von denen meine ich das wortwörtlich.«

»Wir sind für den Moment in relativer Sicherheit«, sagte Mira knapp. »Hast du ein Bild von der Naga, die wir suchen, parat?«

»Moment.« Macks hektisches Tippen war sogar über Funk zu hören. »Hier ist es.«

Mira kniff die Augen zusammen und sah auf das kleine Display ihrer Uhr. Dort erkannte sie ein grüngeschupptes Gesicht mit den Zügen einer asiatischen Frau. Anstatt Haaren hatte das Wesen einen Schuppenkamm gleich eines Leguans auf dem Kopf. Sie trug zudem ein goldenes Piercing in der Nase und eine ihrer vier Hände hielt auf dem Schnappschuss eine glimmende Zigarre. »Schick es auch an die anderen«, sagte sie.

Thaum und Yorgen kamen mit den Drinks zurück, die der Yeti mit verkniffenem Gesicht verteilte, bevor er sein eigenes Glas ansetzte und zügig zu trinken begann.

»Mach halblang«, sagte Nik warnend. »Die servieren hier schließlich nach Körpergröße, also hast du da einen halben Liter Whiskey in deinem Monsterglas.«

»Das will ich doch hoffen«, sagte Yorgen und wollte weitertrinken, aber Thaum zupfte ihn am Fell des Ellenbogens.

»Sollte hier drinnen etwas schieflaufen, muss dein Kopf klar sein«, sagte er beschwörend.

Der Yeti seufzte hörbar. »Na gut. Ich trinke langsam.«

»Sieht irgendwer unsere Naga?«, fragte Mira und reckte den Hals.

Das gesamte Team beteiligte sich an der Suche und schließlich brummte Yorgen zufrieden auf. »Da hinten in der Ecke sitzen welche von den Kaltblütern. Ob Seventy-six dabei ist, kann ich in dem Licht nicht sagen.«

»Versuchen wir es«, entschied Mira und setzte sich in Bewegung. Nach kurzer Zeit hatte sie sich durch die Masse an feiernden Wesen gebahnt, die mitunter Haut an Schuppe an Exoskelett tanzten, ohne sich an den Absonderlichkeiten des jeweils anderen zu stören. Kurz fragte sich Mira, ob die Welt nicht mehr so wie die Gäste dieses schummrigen Clubs sein sollte. Dann fiel nahe dem Ausgang ein Schuss, auf den ebenfalls mit Gleichgültigkeit reagiert wurde, und sie revidierte ihren Gedanken wieder.

Keine der drei Naga, bei denen sie ankam, war ihre gesuchte Datenkünstlerin, erkannte Mira umgehend, denn alle von ihnen trugen kunstvolle Malereien oder vielleicht auch Tattoos auf ihren Schuppen und ihre schlangenartigen Gesichter wirkten maskulin.

Kann man Schuppen überhaupt tätowieren?, schoss es ihr durch den Kopf. Egal. Mira hatte Wichtigeres zu tun.

Die drei Schlangenmenschen sahen sie gelangweilt an und Mira entging weder das kurze Zucken ihrer mit Stahlstachelhülsen besetzten Fingerspitzen noch die geholsterten Pistolen, die sie unter ihren unteren Armpaaren trugen.

Triaden!, schoss es Mira durch den Kopf. Sie versuchte sich an einer angemessenen Verbeugung, die weder zu tief noch zu lang war, und erweckte mit einem Tippen ihre Smartwatch zum Leben.

»Wir suchen diese Naga«, sagte sie auf Kantonesisch, während sie ihrem Team bedeutete, möglichst unauffällig im Hintergrund zu warten. Thaum und Yorgen nahmen daraufhin die klassische Schlägerpose ein, mit vor dem Körper übereinandergelegten Händen. »Ob uns die ehrenwerten Herren wohl weiterhelfen können?« Sie war von sich selbst überrascht, wie leicht ihr die passenden Worte der Ehrbezeugung über die Lippen kamen. Wie ein Rinnsal schienen sie aus einer verbannten Erinnerung in ihren Verstand zu sickern, von deren Existenz sie erst jetzt etwas zu ahnen begann. Sie schob diese beunruhigende Erkenntnis zur Seite und konzentrierte sich auf die Angesprochenen. Die tauschten unlesbare Blicke aus, bevor der mittlere von ihnen antwortete.

»Diese Frau steht unter dem Schutz des Louh-Mak-Nestes. Was wollt ihr von ihr?«

»Nur ihre Dienste in einer bescheidenen Angelegenheit«, versicherte Mira. »Dienste, die Seventy-six sich großzügig von uns entlohnen lassen wird.« Sie verzichtete auf den Hinweis, dass ein gehöriger Anteil dieses Lohns als Schutzgeld bei der Triade landen würde, und erkannte am wohlgefälligen Nicken, dass ihre Diskretion durchaus anerkannt wurde.

»Ihr werdet hier warten und trinken«, sagte der Naga. »Sie wird herkommen und ein Handel wird geschlossen werden.«

Mira kamen die Worte wie ein Richterspruch vor. Vielleicht waren sie das sogar.

Kaum war die letzte Silbe verklungen, drehten die Naga einander die Köpfe zu und begannen, leise miteinander zu reden. Anscheinend war die Audienz beendet.

Die anderen sahen die Elfe fragend an und Mira deutete auf

einen freien Tisch in der Nähe. »Sie schicken Seventy-six zu uns«, erklärte sie knapp. »Wir sollen uns solange amüsieren.«

»Dann hole ich noch mehr Drinks«, sagte Yorgen grinsend und leerte sein Glas. Eine Sekunde später war er bereits auf dem Weg zur Bar.

»Komisch«, sagte Nik und sah ihm nach. »Er ist sonst während einer Ermittlung viel disziplinierter als jetzt.«

Mira warf der Frau ob ihrer Wortwahl einen warnenden Blick zu und die zuckte zusammen. »Die Umstände haben sich geändert«, sagte die Elfe. »Als Grenzgänger ist man immer auf der Hut, immer unter Hochspannung. Das zehrt an den Nerven und manchmal sorgt dieses Gefühl konstanter Bedrohung dafür, dass man sich gehen lässt, wann immer sich die Gelegenheit bietet.«

»Es dauert eine Weile, bis man die Balance gefunden hat«, sagte Thaum, dessen traurig schimmernde Augen in eine düstere Vergangenheit zu blicken schienen. Dann räusperte sich der Nachtstreifer. »Wo Yorgen gerade weg ist: Was haltet ihr davon, wenn ich mal diesem Oni auf den Zahn fühle und versuche herauszufinden, ob der weiß, welcher Clan unsere Schriftrolle in die Finger bekommen will?«

»Du gehst sicher nicht allein«, wandte die Elfe umgehend ein.

»Ich komme mit«, bot sich Nik dem Nachtstreifer an. »Währenddessen kann Mira mit Yorgen auf Seventy-six warten.«

Als ein Widerspruch ausblieb, verschwanden die beiden in Richtung des Onis. Yorgen kam mit einem Tablett voller Getränke an ihren Tisch zurück und sah ihnen wissend hinterher.

»Besser die zwei als ich«, sagte er düster.

»Woher dieser Hass auf Onis?«, fragte Mira.

»Yetis sind sehr freiheitsliebend, Onis unterwerfen sich gerne starren Strukturen«, sagte Yorgen knapp. »Wir sind wie Feuer und Wasser. Dass unwissende Idioten uns alle in einen Topf werfen und dadurch Yetis regelmäßig vorwerfen, für Verbrecher zu arbeiten, macht es schwer, Sympathien für unsere östlichen Vettern aufzubauen.«

»Trotzdem musst du dich zusammenreißen«, sagte Mira stirnrunzelnd. »Wenn wir herausfinden, welcher Clan die Schriftrolle haben will, werden wir diese nach ihrer Tradition von Angesicht zu Angesicht übergeben müssen. Dabei solltest du dann jegliches Schnauben, Fluchen und Zähnefletschen unterlassen.«

Yorgen nickte zu ihrer Überraschung umgehend. »Ich lasse nur Dampf ab«, erklärte er. »Das ist so meine Art. Im Vorfeld mein Pulver zu verschießen, um im Ernstfall cool zu bleiben.«

»Hast du gerade wirklich ›cool‹ gesagt?«, fragte Mira schmunzelnd.

»Was soll ich sagen?«, brummte Yorgen. »Ich bin eben alt.«

Die Elfe fragte nicht nach, wie alt genau. Yetis lebten bis zu hundertfünfzig Jahre und gute neunzig davon blieben sie auf dem Höhepunkt ihrer Leistungsfähigkeit, da ihre natürliche Regeneration sie lange Zeit vor dem Alterungsprozess bewahrte, bis sie schließlich versiegte. »Dann haben wir ja tatsächlich was gemeinsam«, sagte Mira mit einem schiefen Grinsen. »Was für ein niederschmetternder Gedanke.«

»Meinst du die Angewohnheit, Dampf abzulassen, oder das Alter?«

»Beides.«

Die zwei Grenzgänger teilten ein kurzes, grimmiges Lachen.

»Nur damit du es weißt: Ich habe eine neue Kraftkugel in den Leviathan geladen. Wenn uns hier die Scheiße um die Ohren fliegt, verwandle ich den Laden in eine Frosthölle.«

»Solange du den Türsteher nicht in einen Eiszapfen verwandelst«, warf Mira ein. »Sonst wären wir hier drinnen plötzlich gefangen, und meinen Lebensabend in einer schummrigen Disco zu verbringen, steht nicht ganz oben auf meiner Wunschliste erstrebenswerter Abgänge.«

»Hast du gerade wirklich ›Disco‹ gesagt?«

»Ich bin eben alt.«

Wieder ein gemeinsames Lachen. Mira begann, den übergroßen Flohzirkus zu mögen.

Geistesblitz

»Naga auf zwei Uhr«, sagte Mira nach einer Weile behaglichen Schweigens und stieß den Yeti unter dem Tisch mit der Fußspitze an. »Sie passt zu unserem Foto von Seventy-six.«

Der Schneemensch sah sich kurz suchend um und streckte dann vollkommen ungeniert seinen langen Arm aus, um die Schlangenfrau aufzuhalten, die an ihnen vorbeischreiten wollte.

»Der Arm verschwindet oder er ist ab«, sagte sie mit einem kühlen Blick auf Yorgen. Dabei glitten zwei ihrer Hände in die Taschen des langen schwarzen Lackledermantels, den sie trug. Er schien das einzige Kleidungsstück der Frau zu sein, abgesehen von dem Rucksack auf ihrem Rücken. Die dichten Schuppen der Naga machten jedwede Textilien am Körper eigentlich überflüssig, aber gegen einen extravaganten Modegeschmack feite es sie offensichtlich nicht.

»Wir haben ein Anliegen«, sagte Mira rundheraus, bevor die Frau ihre Hände aus den Taschen nehmen konnte, denn die Chancen standen hoch, dass ihre Finger bereits die darin ruhenden Waffen umklammerten. »Und wir zahlen gut. Sehr gut sogar.«

»Immer schön, einem Profi beim Feilschen zuzuhören«, warf Mack bissig ein, der bisher stumm gelauscht hatte. »Du kennst die Preise dieser Hackerin nicht. Wir können uns kein ›sehr gut‹ leisten.«

Seventy-six sah Mira musternd an. Dann blinzelte sie einmal langsam. Auf ihrem linken Augenlid war eine 0 und auf dem rechten eine 1 zu sehen. »Du bist diese Elfe, die dem Verhangenen Rat die Bruckenbrenner unter den faulen Hintern weggeklaut hat«, sagte sie. »Und die reihenweise Schieber umlegt.«

Mira runzelte die Stirn. Anscheinend war auch der Tod Ignatios kein Geheimnis mehr. »Nur solche, die mich verarschen wollen«, sagte sie. »*Noch* lebt unser jetziger Schieber.«

»Jetzt aber mal halblang«, protestierte Mack. Dann ertönte das Zischen einer Dose über Funk. »Auf diese Drohung brauche ich erst mal ein Bier.« Es folgte eine kleine Pause. »Bäh. Da war Sand an der Dose …«

Mira schaltete den Ohrhörer leise. »Ist deine Zeit nicht zu kostbar, um sie mit Geplänkel zu vergeuden?«, fragte sie die Naga mit zusammengekniffenen Augen.

»Meine Zeit ist derart kostbar, dass ich sie so verplempern kann, wie ich will«, konterte Seventy-six. »Außerdem läuft meine Uhr bereits, seit dein Yeti seinen Arm ausgestreckt hat.«

Mira deutete mit dem Kinn auf einen freien Stuhl an ihrem Tisch, und die Schlangenfrau setzte sich mit der Grazilität, die von einem Wesen erwarten werden konnte, das über doppelt so viele Gelenke wie Menschen oder Elfen verfügte.

»Ihr wollt vom Radar der *Nebelwacht* verschwinden«, sagte die Hackerin. »Ich kann das möglich machen.«

Mira verzog keine Miene. »Das sagen viele. Die meisten sitzen irgendwann selbst in einem Käfig unter dem Tower von London.«

Die Naga legte den Kopf schief und sah Mira kritisch an. »Weißt du, woher mein Künstlername kommt?«

»Du wirst es mir gleich sagen.«

»Vielleicht«, kam die provozierende Antwort. »Oder ich lasse euch im Dunkeln, nehme euer Geld und streiche anschließend noch die Belohnung für euer Kopfgeld ein.«

»Ganz schlechte Idee«, sagte Yorgen und tätschelte den *Leviathan.*

»Uuuuh«, macht die Naga und erschauderte übertrieben. »Der große, böse Yeti droht mir mit seiner großen, bösen Knarre.« Sie ließ den Sarkasmus fallen und starrte Yorgen kühl an. »Wenn ich schreie, wirst du von zwei Dutzend Waffen durchsiebt.«

»Wenn du schreist –«, grollte Yorgen, doch Mira unterbrach ihn mit einer Handbewegung und einem warnenden Blick.

»In Ordnung, wir haben verstanden«, sagte die Elfe in Richtung der Naga. »Wenn du unser Geld nicht willst, hau ab.« Dabei wedelte sie, als wollte sie eine Fliege verscheuchen, und zog ihre EZigarette hervor. Drei Sekunden später blies sie der Hackerin nach Märchenwald duftenden Dampf entgegen. »Dann finden wir wen anders, den wir reich machen können.«

Seventy-six stand auf, und Mira drehte sich betont langsam in Richtung der drei Triadenmitglieder um. Dann fuhr sie sich mit der flachen Hand über den Hals, um klarzumachen, dass es keinen Deal geben würde. Die Naga wirkten wenig begeistert und ihre fragenden Blicke bohrten sich in die der Hackerin.

Seventy-six erstarrte in der Bewegung. »Scheiße. Ihr habt mit denen bereits über den Job geredet, stimmt's?«

»Klar«, sagte Mira. »Wenn sie fragen, wo ihr Anteil bleibt, kannst du ihnen sicher glaubhaft verklickern, dass du nicht die Primadonna gespielt und potenzielle Kunden bedroht hast, um dein Ego zu streicheln.«

»Miststück.«

Mira zuckte mit den Achseln. »Das höre ich öfter. In unserem Geschäft bedeutete das, man macht alles richtig.«

Seventy-six setzte sich mit einem Seufzer hin. »Ihr vier wollt bestimmt, dass ich eure Akten aus dem System der *Nebelwacht* lösche, oder?«, fragte sie gereizt.

»Das wäre zu großzügig«, sagte Yorgen mit einem kumpelhaften Grinsen.

»Und ausgesprochen dämlich«, sagte die Hackerin. »Fehlende Datensätze fallen auf. Die werden aus einem Back-up ersetzt oder einfach neu angelegt.«

Jetzt zeigt sie das Grinsen derjenigen, die sich für oberschlau halten, dachte Mira. Die Elfe mochte keine Leute mit übertriebenen Egos. Die machten stets die schlimmsten Fehler. Die Elfe wusste das aus eigener Erfahrung.

»Ich hingegen verändere eure Akten nur«, fuhr Seventy-six fort. »Mein kleiner schlauer Algorithmus gräbt sich in eure Dateien und verfälscht wichtige Informationen, die der durchschnittliche Verstand schwer überprüfen kann. Veränderte Fingerabdrücke, modifizierte biometrische Daten, solches Zeug.«

»Und das fällt nicht auf?«, fragte Yorgen skeptisch. »Selbst ein Laie kann Fingerabdrücke auseinanderhalten.«

»Ah«, sagte die Naga und hob die Zeigefinger ihrer linken Hände. »Und hier kommt meine besondere Magie ins Spiel: Ich verfälsche die Daten nur so weit, dass sie sich nicht mehr vollkommen mit den Originalen decken. Wollt ihr raten, wie hoch die Übereinstimmungsrate zwischen euren wahren Erkennungsmerkmalen und den Fälschungen hinterher noch ist?«

Yorgen rollte mit den Augen. Er mochte neunmalkluge Personen wohl ebenso sehr wie Mira. »Sechsundsiebzig Prozent?«, fragte er gelangweilt.

Die Naga klatschte einmal in alle vier Hände. »Richtig geraten. Gebt dem Yeti einen Keks.«

»Und warum ausgerechnet dieser Wert?«, fragte Mira. »Wären fünfzig oder vierzig Prozent nicht effektiver?«

»Viel hilft nicht unbedingt viel«, sagte Seventy-six, während sie mit einer Hand demonstrativ auf den Yeti deutete und gleichzeitig Mira angrinste. »Gerade du solltest das doch wissen.«

»Mach nur so weiter«, sagte Yorgen und knackte mit den Knöcheln.

»Also, warum sechsundsiebzig Prozent?«, fragte Mira, bevor wieder gegenseitige Bedrohungen ausgetauscht werden konnten.

Die Naga sah gelangweilt auf ihre in eleganten Stahlkappen steckenden Fingerkuppen. »Weil das die Schwelle ist, ab der die Überwachungssysteme der *Nebelwacht* keinen Treffer mehr anzeigen. Die Fehlerquote steigt mit jedem fehlenden Prozent exponentiell, und es würde eine Flut falsch positiver Alarme geben.«

»Clever«, gab Mira zu. »Wie lange schützt uns das?«

»Ewig. Zumindest solange niemand sich die Mühe macht, irgendwelche physikalischen Akten mit euren Datensätzen zu vergleichen«, sagte die Hackerin. »Solange ihr nicht nachweislich an einem bestimmten Ort wart und sie dort beispielsweise eure Fingerabdrücke nehmen, wird die Diskrepanz auch auffallen. Also bleibt schön diskret, und die üblichen Überwachungssysteme werden wegen euch keine Meldung mehr an die *Nebelwacht* rausgeben.«

»Klingt schon fast zu gut, um wahr zu sein«, sagte Yorgen. »Warum macht das nicht jeder, der auf der Fahndungsliste steht?«

»Weil ich meinen Algorithmus nicht wahllos verschwende«, erwiderte die Naga genervt. »Die meisten können sich meine Dienste nicht leisten und die, die es können und bereits gesucht werden, verhaftet die *Nebelwacht* oft genug noch auf dem Weg nach Hongkong. Leider schützt euch mein kleiner Trick nicht vor Ritualmagie. Wenn die *Nebelwacht* euren genauen Aufenthaltsort kennt, kann sie eure Auren aufspüren und verfolgen lassen. Die kann ich natürlich nicht verfälschen.«

Mira hob eine Augenbraue und zog wieder an ihrer EZigarette. »Wie viel?«

»Zwei Millionen Euro für jeden von euch«, sagte sie mit einem zuckersüßen Lächeln. »Aber da ist der Wechselkurs in die hiesige Währung schon mit drin.«

Mira winkte ab. »Vergiss es.«

»Dann nicht«, sagte Seventy-six und deutete zu den Triadenmitgliedern hinüber. »Aber dann erklärst du ihnen, dass sie kein

Geld sehen, weil ein paar knausrige Amateure meine Zeit verschwendet haben.«

Touché, dachte Mira.

»Lass mich unsere Finanzen checken«, sagte sie und drehte ihren Ohrhörer wieder laut.

»Ach, jetzt darf ich wieder mitreden, ja?«, fragte Mack pikiert. Als die Grenzgängerin nicht antwortete, seufzte er und sie hörte ihn tippen. »Danach seid ihr so gut wie pleite«, warnte er. »Aber ich muss zugeben, dass ich sehr neugierig auf ihren fiesen kleinen Code bin. Der würde euch das Leben deutlich erleichtern und das ganz ohne eine Datenspur zum *Obsidian*, der sonst notgedrungen hinter euch aufräumen müsste. Da ich außerdem von der Natur des Fehlers weiß, den sie einschleust, könnte ich sogar falsche Fährten auslegen, indem ich eure verfremdeten Daten woanders auftauchen lasse. An einem Flughafen in Alaska zum Beispiel.«

Mira überlegte nicht lange. Ans Pleitesein war sie gewöhnt, an eine Sondereinheit der *Nebelwacht* im Nacken allerdings nicht. »Deal«, sagte sie nur.

Seventy-six zog eine Augenbraue hoch. »Kein Feilschen?«, fragte sie.

»Kein Feilschen?«, echote Yorgen entsetzt.

Die Elfe schüttelte den Kopf. »Einen Herzchirurgen handelt man vor der Operation am eigenen Herzen auch nicht runter. Stattdessen will man, dass der nicht mit seinen Fingern in deinem Thorax über Geld nachdenkt, sondern sein Bestes gibt.« Sie fixierte den Blick der Naga mit ihrem eigenen. »Also: Gib dein Bestes.«

Die Hackerin nickte. Ein Funken Respekt glomm in den Tiefen ihrer Augen auf und sie holte mit einer geübten Bewegung einen kleinen Laptop aus ihrem Rucksack. »Gebt mir ein paar Minuten.«

»Kein Problem«, sagte Yorgen. »Und während du arbeitest, denke auch daran, dass du uns bei anderen Granzgängern als Referenz für deine geniale Arbeit angeben kannst.« Der Yeti bleckte die Zähne zu einem ausgesprochen feindseligen Lächeln, das selbst Mira an hungrige bengalische Tiger-Chimären denken ließ. »Wir haben noch viel Scheiß, den wir durchziehen wollen, und je länger wir dabei ungestört bleiben, umso mehr wächst dein Ruf als Datenkünstlerin.«

Die Augen der Naga verengten sich nachdenklich, und Mira nickte ihrem Teamkollegen anerkennend zu. Sie dachte an den flüchtigen Zweikampf des massigen Yetis mit dem Boukhencha zurück. Die größte Stärke Yorgens war, dass man ihn leicht unterschätzen konnte.

Die Elfe hob ihren Drink und prostete der weißbefellten Gestalt zu und Yorgen erwiderte die Geste.

Wir gewöhnen uns aneinander, dachte Mira. *Wenn man als Grenzgänger so weit kommt, ohne dass einer aus dem Team gestorben ist, dann ist das ein gutes Zeichen.*

Dann erinnerte sie sich ernüchternd daran, dass sie vorhin faktisch ertrunken war und wiederbelebt werden musste. Die Zeit, sich zu gratulieren, war definitiv noch nicht gekommen.

»Mira«, sagte Yorgen verschwörerisch und deutete vage in Richtung der anderen Seite des Clubs. Ein rascher Blick offenbarte der Elfe, dass Thaum und Nik sich einen Weg in ihre Richtung bahnten. Beide wirkten alles andere als glücklich.

»Ich fange sie ab und frage, was los ist«, sagte Mira mit einem raschen Blick auf die in ihrer Arbeit versunkenen Naga. »Halte du hier die Stellung.«

Am Rande der Tanzfläche traf die Elfe die anderen beiden Grenzgänger und zu dritt steckten sie die Köpfe zusammen. »Es gibt eine gute und eine schlechte Nachricht«, sagte Thaum mit verkniffenem Gesicht.

Mira seufzte. »Raus damit.«

»Der Oni gehört zu jenem Clan, den wir suchen«, sagte Nik. »Er wartet schon seit vier Tagen in Folge in diesem Club auf das Auftauchen Ignatios. Anscheinend hat der kleine Prahlhans eine zügige Lieferung versprochen und nicht eingehalten. Schon allein, weil wir ihm beim Raub der Schriftrolle zuvorgekommen sind.«

»Kein Wunder, dass er auf dem Schrottplatz aufs Ganze gegangen ist«, sagte Mira grimmig. »Er hat seinen guten Ruf aufs Spiel gesetzt und war drauf und dran, ihn zu verlieren.«

»Jetzt die schlechte Nachricht«, sagte Thaum. »Er verlangt, dass wir ihm die Schriftrolle umgehend aushändigen. Er hat unsere Bezahlung dabei und kann die Übergabe daher problemlos abwickeln.«

»Das geht nicht«, protestierte Mack, während Mira vor sich hin fluchte. »Wenn ihr jetzt die Ware übergebt, sind wir genauso schlau wie vor Prag.«

»Wir müssen an dem Oni-Clan vorbeigelangen und herausfinden, für wen sie arbeiten«, sagte die Elfe, nachdem sie sich gefangen hatte. »Die Frage ist: Wie stellen wir das an?«

»Vielleicht, indem *wir* für sie arbeiten?«, fragte Thaum. »Und damit meine ich keine kleinen Jobs, sondern einen echten Söldnervertrag.«

Mira verzog angewidert das Gesicht. Die langfristige Bindung eines Grenzgängerteams an einen Arbeitgeber war ausgesprochen selten und galt gemeinhin als Kapitulation vor den Anforderungen, die dieses Leben stellte. Söldnerverträge endeten meist mit dem Tod der Grenzgänger oder deren Absorption in die Ränge jener Organisation, der sie ihre Dienste dauerhaft angeboten hatten. Öfter mit Ersterem als mit Letzterem.

Du täuschst schon so viel vor, ermunterte sie sich. *Wenn du Grenzgänger spielst, kannst du auch einen Söldnervertrag unterschreiben, den du nicht ernstmeinst.* »Es wäre einen Versuch wert«, sagte sie.

Zu dritt schoben sie sich in Richtung des aufrecht dasitzenden Onis, der ihre Ankunft mit ruhigem Blick und unbewegtem Gesicht verfolgte.

»Wird es einen Handel geben?«, fragte er gelassen, und Mira war überrascht, wie kultiviert und volltönend die Stimme des Wesens klang. Yorgen hatte seine östlichen Vettern als blutgierige Barbaren mit einem Hang zur Knechtschaft unter verbrecherischen Individuen dargestellt. Wenn überhaupt wirkte ihr Gegenüber, als wäre er aus einer Zeit in die Gegenwart gestürzt, als Begriffe wie Ehre und Anstand noch etwas bedeuteten.

Und das ist wirklich verdammt lange her, dachte sie zynisch.

Die Elfe setzte sich dem Oni gegenüber. »Sobald wir uns einig sind, können wir die Ware gerne übergeben«, antwortete sie kühl. Nik und Thaum flankierten sie auf beiden Seiten und dann baute sich auch Yorgen hinter ihr auf. Ein kurzer Seitenblick zu dem Tisch, an dem sie mit Seventy-six gesprochen hatten, offenbarte ihr, dass die Naga sang- und klanglos verschwunden war. Sie tauschte einen Blick mit dem Yeti aus, der nur entspannt nickte und dann wieder seinen östlichen Vetter beäugte. Mira wandte sich ebenfalls wieder nach vorne und fixierte ihr Gegenüber erneut.

Ich muss ausloten, wie dieser Oni tickt, überlegte sie angespannt und zog ihre EZigarette hervor, doch noch betätigte sie nicht den Schalter, der den Dampf in der Kartusche erhitzen würde. »Wie lautet Ihr Angebot?«, fragte sie beinahe beiläufig. »Ich und mein Team sind eher zufällig in den Besitz der Schriftrolle gelangt und hörten im Nachhinein, dass Sie sie erwerben möchten.«

»Auch das selbstverständlich rein zufällig«, sagte der Oni ohne jede Gesichtsregung.

Mira lächelte ihr Haifischlächeln. »Selbstverständlich.«

»Ich unterbreite hiermit im Namen von Regunam-Rem, dem Oberhaupt des Schilfschwert-Clans, dasselbe Angebot, das wir einem Cupido namens Ignatio übermittelten: eine Million Hongkong-Dollar.«

Mira sah überlegend zur Decke. »Das sind um die hunderttausend Euro, je nachdem wen man fragt und wo man umtauscht«, sagte sie beiläufig. »Zu wenig, wenn man bedenkt, dass Ihr Oberhaupt diese Schriftrolle als seltenes Sammlerstück betrachten muss. Ansonsten wäre sie keine zehntausend Euro wert.«

»Wer allem auf der Welt einen finanziellen Wert beimisst, wird nie etwas in seinem Leben vollends besitzen«, sagte der Oni, dessen Brauenwülste sich zusammenzogen.

»Jetzt kommt der uns auch noch mit Glückskeks-Sprüchen«, grollte Yorgen.

»Bloß, weil du dir die Ohren zuhältst, ist die Wahrheit für andere nicht weniger laut«, sagte der Oni gelassen.

»Heißt das jetzt, dass wir nicht nachverhandeln?«, sagte Thaum. »Oder müssen wir erst ein Duell aus schlauen Sprüchen gewinnen, damit wir die Summe nach oben korrigieren können?«

Mira erkannte eine Steilvorlage, wenn sie sie hörte. »Vielleicht sollten wir einfach mit Regunam-Rem persönlich verhandeln.« Sie sah den Oni durchdringend an. »Von Angesicht zu Angesicht.«

Jetzt ballte sich die Miene des Kriegers zusammen wie eine Faust. »Du redest wie ein Kind, das Dinge nachplappert, die es nicht versteht.« Er griff unter den Tisch, und sofort hatten Mira, Yorgen und Thaum ihre Waffen gezückt und so subtil wie möglich auf den Oni gerichtet. Keinen der umstehenden Gäste schien der Anblick zu stören. Wenn überhaupt, wurde getuschelt und unverhohlen auf den *Leviathan* und die Bruckenbrenner gedeutet. Der Oni zog indes einen kleinen, schwarzen Koffer unter dem Tisch hervor und legte ihn dann auf das dunkle Holz zwischen sich und Mira. »Hier drinnen ist das Geld, das ihr Hohlherzen so mögt. Nehmt es, um die Löcher in eurem

Inneren damit zu füllen, oder lasst es. Die Verhandlung ist abgeschlossen.«

Mira widerstand dem Drang, sich auf die Lippe zu beißen. Sie hatten gepokert und verloren. Anscheinend waren sie die Begegnung mit dem Oni vollkommen falsch angegangen.

»So geht das nicht«, flüsterte Mack ihr über Funk zu. »Ein falsches Wort und wir stehen mit unseren Ermittlungen in einer gewaltigen Sackgasse.«

Vielen Dank, oh König der Offensichtlichkeit, dachte Mira und steckte die Bruckenbrenner wieder fort, woraufhin ihr Team ebenfalls die Waffen holsterte. Sie fixierte den Blick des Onis, sah in seinen Augen aber nur tiefe Entschlossenheit gepaart mit einer inneren Ruhe, um die die Elfe den Krieger beneidete. Einem Impuls folgend schaltete sie ihre EZigarette ein und führte sie zum Mund.

Komm schon, Mira, drängte sie sich selbst. *Was weißt du über Onis? Im* Anderswo *wurdest du jahrzehntelang mit langweiligem Mist gequält. Da muss auch Wissen über östliche Bettvorleger beigewesen sein.*

Lange Sekunden verstrichen, in denen sich der Oni und Mira nur abwartend anschwiegen, während die Elfe fieberhaft ihren Verstand durchwühlte wie ein Einbrecher, dem nur ausgesprochen wenig Zeit blieb, bevor die Alarmanlage losgehen würde. Leider brachte ihre Suche nichts von Wert zustande und so schloss sie schließlich die Augen. »Lassen Sie mich über Ihr Angebot nachdenken«, sagte sie so souverän, wie es ihr möglich war, und zog dann den Dampf aus der EZigarette ein weiteres Mal tief in ihre Lungen. Der Geruch des so vertrauten und doch so fernen Waldes aus dem *Anderswo* kitzelte ihren Verstand ebenso, wie er ihre Nase umschmeichelte. Er brachte Erinnerungen an Nachmittage voll frohem Lachen und ausgelassenem Versteckspiel hervor, aus einer Zeit, als Mira noch zu jung gewesen war, um die Grausamkeit der Welt wahrzunehmen.

Ehe sie es sich versah, stand Mira vor der schwarzen Mauer

ihres Verstandes und lugte durch dessen Risse wie ein ungebetener Zaungast auf jene Fetzen fröhlicher Kindheit, die sie von hier aus erhaschen konnte. *Wieso habe ich diese Erinnerung vergraben?*, dachte sie verwirrt. Dann hörte sie sie: die Stimme ihrer Mutter, die die Kleinen nach Hause rief.

Miras Herz verkrampfte sich vor Schmerz. Ihre stumme Frage war beantwortet. Die Elfe wollte vor der Empfindung fliehen, zurück in die Realität, wo sie seit mehreren Sekunden die kalkulierend grübelnde Grenzgängerin spielte, die das Angebot des Onis prüfte.

Stattdessen fällt mein eigener Verstand heimtückisch mit bitter-süßen Erinnerungen über mich her.

Mira wollte angewidert über ihre Schwäche aus den Tiefen ihres Unterbewusstseins emporfliehen, als ihr wieder bewusst wurde, wo sie sich gerade mit ihrem Team befand und warum sie die Mauer überhaupt aufgesucht hatte: Sie stand an den Rissen der schwarzen Mauer und suchte nach einer speziellen Information, die sie wenn, dann im *Anderswo* erhalten haben musste.

Also konzentrierte sie sich und streckte ihre Hand aus.

Bohrte sie in den schwarzen, glatten Stein, wo er bereits aufgesprungen war wie ein zerbrochener Spiegel. Griff auf der anderen Seite nach einem Ding, dass sich wie ein Wolkenfetzen anfühlte, und packte fest zu …

Eine schwere Hand landete auf ihrer Schulter. »Ist alles in Ordnung?«, raunte Yorgen ihr von hinten ins Ohr. »Du warst jetzt eine volle Minute weggetreten. Unser Freund mit den zwei Schwertern, statt einem Stock im Arsch wird ungeduldig.«

Mira blinzelte desorientiert. Dann lächelte sie. »Es könnte nicht besser sein«, sagte sie zu dem Yeti und dann zu ihrem Gegenüber: »Wir lehnen Ihr Angebot ab.«

»Mira …«, begann Thaum.

»Scheiße«, fluchte Nik.

»Bist du noch ganz bei Trost?!«, brüllte Mack. »Du versaust die gesamte Operation.«

»Dann haben wir nichts mehr zu besprechen«, sagte der Oni und stand auf.

Mira bedeutete Nik, ihr die Schriftrolle zu geben, und als die Hexe den Lederbehälter aus ihrem Rucksack hervorkramte, hielt Mira diesen mit gesenktem Kopf und ausgestreckten Armen in Richtung des vor ihr aufragenden Oni. »Hiermit bieten wir Regunam-Rem, Oberhaupt des Schilfschwert-Clans, diesen Gegenstand als Geschenk dar und bitten um die Gunst, es ihm persönlich überreichen zu dürfen.«

»Moment … was?«, fragte Mack.

Der Oni sah für einen Moment so aus, als hätte er soeben ein Schwein mit Messer und Gabel essen sehen, doch im nächsten Augenblick war seine Miene wieder wie versteinert, als er die Hülle mit der Schriftrolle darin ignorierte und statt dessen eine kaum wahrnehmbare Verbeugung in Miras Richtung vollführte. »Dies ist ein würdiges Anliegen«, sagte er. »Ihrer Bitte wird entsprochen.« Dann ging er wortlos auf den Ausgang zu, und Mira stand hastig auf.

»Was zum Teufel war das gerade?«, fragte Thaum verwirrt.

»Ein Geschenk, das persönlich überreicht wird, gilt den Oni als heilig«, erklärte Mira. »Er hatte nur die Wahl, es abzulehnen und mit leeren Händen heimzukehren oder unserem Wunsch zu entsprechen und uns mitzunehmen.«

»Woher weißt du das?«, fragte Yorgen ungläubig.

»Ich habe es in der Schule gelernt«, sagte Mira mit einem schiefen Grinsen. »Irgendwann in der sechsundzwanzigsten oder siebundzwanzigsten Klasse.«

Sie war sich der bohrenden Blicke der anderen durchaus bewusst, die sich sicher fragten, woher das Wissen um die Traditionen der

Oni kamen oder warum Mira es erst so spät eingesetzt hatte, wenn sie schon die ganze Zeit davon gewusst hatte. Selbst Thaum schaute sie an, als würde er Mira zum ersten Mal sehen.

Während der Oni sie alle schweigend und verborgen hinter einer starken Verneblung aus Tagträumen zu Fuß durch die dicht gedrängten Straßen Hongkongs führte, machte sich die Elfe schmerzlich bewusst, dass sie bald einen Haufen Fragen würde beantworten müssen. Fragen, die wahrscheinlich erst endeten, wenn sie von der Mauer erzählt hatte.

Mal sehen, ob ich danach noch immer die Anführerin dieses Teams bin, dachte sie sardonisch.

Der Oni schritt durch die Straßen, als würden sie ihm gehören, und grüßte alle ihm entgegenkommenden Passanten, während diese nur stumm und höflich nickten und vollkommen in ihren durch Magie verursachten Tagträumen feststeckten, die erst enden würden, sobald der Oni außer Sicht war.

Mira mochte diese Art der Verneblung. Sie stellte sich dann gerne vor, dass sie den Menschen dabei half, sich an wichtige oder schöne Dinge zu erinnern, ja vielleicht sogar einen lange verlorenen Lebenstraum wieder zu Tag zu fördern.

Und Kühe können Fahrrad fahren, unterbrach sie sich. *Zeit, aus deinem eigenen Tagtraum aufzuwachen.*

»Sag mal, weißt du irgendwas darüber, ob Onis nur zu Fuß laufen dürfen?«, fragte Yorgen stirnrunzelnd bei ihr nach. »Ich habe keine Lust auf Blasen an den Füßen.«

»Sagt das übergroße Kleinkind, dessen Blasen innerhalb von Minuten abheilen«, warf Nik bissig ein.

»Aber erst, wenn wir aufhören zu laufen«, antwortete Yorgen schnippisch. »Bis dahin wird es trotzdem wehtun.«

Mira sah den Yeti nachdenklich an und glaubte, den Hauch eines Augenzwinkerns bei ihm zu erkennen. Lenkte die große Gestalt etwa gerade das Team ab, damit niemand unbequeme

Fragen in Richtung der Elfe stellen konnte? Ob bewusst oder unbewusst, Yorgen hatte ihr eine kleine Atempause verschafft. »Es gibt da etwas, dass ihr wissen solltet … «, begann sie leise, als plötzlich zwei Elfen aus einer Gasse hervortraten und sich dem Oni in den Weg stellten. Die zwei wirkten, als wären sie einem unglaublich billig produzierten Fantasyfilm entsprungen, bei dem der Regisseur vergessen hatte, den Schauspielern die Jeans unter den weiten Umhängen zu verbieten.

»Die Prinzessin«, sagte einer von ihnen zu dem Oni und deutete auf Mira. »Wir werden sie jetzt mitnehmen.« Dabei zog er eine derart dünne Klinge hervor, dass es Mira erschien, als halte er eine überlange Stricknadel statt eines Rapiers in der Hand.

Herzbohrer, dachte Mira erschrocken. Die elegante Variante von Söldnern im *Anderswo*. Sie wurden von Elfen nur angeheuert, um sich um andere Elfen zu kümmern. Und zwar nicht auf die liebevolle Art und Weise.

»Es gab eine Turbulenz im *Anderswo*, Eure Hoheit«, sagte der andere Herzbohrer in Richtung Mira. »Euer Bruder Haspatil glaubt, dass es an der Zeit für Euch ist, zurückzukehren, bevor ihr alles verschlimmert.« Er ließ seine Waffe durch die Luft zischen. »Ob Eure Heimkehr im Sarg erfolgt, liegt ganz bei Euch.«

Mira runzelte die Stirn. Das Wort *Turbulenz* rührte etwas in ihr an. Etwas Verschüttetes …

»Diese vier Personen sind Gäste des Schilfschwert-Clans«, sagte der Oni gelassen. »Bitte tretet zur Seite, bis ihr Anliegen von unserem Anführer gehört wurde.«

»Hör zu, du primitiver Affe …« Die Klinge des zweiten Elfen hatte sich nur wenige Zentimeter weit gehoben und damit in Richtung des Onis gezeigt, aber das reichte dem Wesen anscheinend aus, um die Geste als Bedrohung zu bewerten.

In einer fließenden Bewegung, die Mira dem Krieger nicht zugetraut hätte, zog er beide Schwerter, ließ sie blitzschnell kreisen und steckte sie wieder fort. Beide Rapierklingen fielen klappernd zu Boden, die Elfen hielten nur noch Griffe mit kurzen Stummeln in den Händen.

»Wenn Ihr Eure Drohungen fortführt, werde ich meine Klingen als Nächstes von Eurem Blut säubern«, sagte der Oni geradezu höflich. »Ich würde es vorziehen, dies zu vermeiden.«

»Können wir vielleicht unseren Yeti eintauschen?«, fragte Mack begeistert. »Ich finde den Kerl klasse.«

»Halt bloß dein kleines Schandmaul«, grollte Yorgen.

Die Elfen standen einen Moment stocksteif da, die Mienen im Unglauben darüber verzogen, dass sie gerade von einer nichtrelevanten Spezies besiegt wurden. Dann gaben sie Fersengeld und flüchteten wie drittklassige Straßenschläger in die nächstgelegene Gasse.

»Der ganze Ärger der letzten Tage war diesen Anblick wert«, sagte Mira voller Genugtuung.

Der Oni warf ihr einen unbeteiligten Schulterblick zu und steckte seine Schwerter weg. »Wir gehen jetzt weiter«, verkündete er und setzte sich erneut in Bewegung.

»Verdammt«, murmelte Yorgen. »Es fällt mir gerade verdammt schwer, ihn nicht zu mögen.«

»Sieh unseren Ausflug als interkulturellen Austausch«, sagte Nik. »Oni und Yeti geben sich die Hand und lernen voneinander.«

»Ja, du hast recht«, sagte der großgewachsene Grenzgänger grinsend. »Unter diesem Gesichtspunkt kann ich die Anwesenheit unseres stoischen Freundes wieder verabscheuen. Danke dir.«

»Sollte unser Team nicht aus den Besten der Besten bestehen?«, fragte Thaum seufzend.

»Da muss ich dich enttäuschen«, sagte Mira schmunzelnd. »Ausschlaggebend war nur, wer gerade verfügbar und entbehrlich war.« Es folgte ein selbstironisches Lachen, das alle vier Grenzgänger teilten und durch Macks volltönenden Bass ergänzt wurde.

»Denkt dran, euer Freund könnte euch hören«, sagte der Zwerg warnend. »Werdet bitte nicht noch expliziter.«

»Thaum blickte sich indessen suchend um. »Wo genau sind wir eigentlich? Ich sehe ringsum nur Hochhäuser.«

»Es ist nicht weit«, sagte der Oni gelassen. »Bis zum Strand. Dort werden wir abgeholt.«

Mira nickte vor sich hin. »Das ergibt Sinn«, flüsterte sie leise. »Onis leben gerne in Enklaven, die sie vollständig kontrollieren können. Da wir zum Strand wollen, tippe ich auf eine Insel, die unter einer permanenten Verneblung liegt.«

»Das wäre nichts Ungewöhnliches«, pflichtete ihr Thaum bei. »So eine Insel zu besitzen und sich dort zur Ruhe zu setzen, ist der Traum jedes zweiten Grenzgängers.«

»Klingt langweilig«, kommentierte Yorgen so laut, dass der Oni dies auch hören musste. »Wer sich abschottet, entwickelt sich nicht weiter.«

Ihr Führer stockte eine halbe Sekunde, dann ging er schweigend weiter.

»Und warum hat das mit dem Weiterentwickeln dann ausgerechnet bei dir nicht geklappt?«, zischte die Hexe ihren Freund an. »Hör endlich auf, unserem *einzigen* Kontakt ans Bein zu pinkeln.«

Yorgen öffnete den Mund, aber Thaum hob den Arm auf Kopfhöhe, die Faust zum militärischen Zeichen für *Stopp!* geballt. Sofort hielt das Team inne. Auch der Oni war stehen geblieben, die Hände lässig zu den Seiten ausgestreckt. Mira sah sich angespannt um, ihre Finger zuckten in Richtung ihrer Waffen, ohne die Bewegungen zu einem Ende zu führen. Irgendetwas ließ ihr die Haare im Nacken zu Berge stehen und dann legte sich eine Dunkelheit über die Gasse, so als wäre der Tag innerhalb eines Wimpernschlags vor der finstren Nacht geflohen. Der

Mond ging rasend schnell auf, viel zu groß und blutrot prangte er plötzlich am Himmel und beleuchtete die Gasse, in der Mira und die anderen standen, mit seinem grellen Schimmer.

Eine Gestalt kam auf sie zu, die einen übermäßig langen Schatten warf und in einen weiten Mantel aus weißem Stoff gehüllt war. Die langen, glatten schwarzen Haare umspielten das scharf geschnittene bleiche Gesicht in einem Wind, der nicht existierte, und Mira kniff ob der ihnen entgegenstarrenden gelben Raubtieraugen die Lippen zusammen.

Ein Jiang Shi, erkannte sie nervös. *Und anscheinend hat er uns in seine Domäne treten lassen.* Mira kannte diese Art Hinterhalt, auch wenn er selten war. Eigentlich dienten jene magischen Areale dazu, sich von der mundanen Welt abzuschirmen, so gut es nur ging. Doch einige Wesen nutzten Domänen wie Mausefallen: Tappte man unbedarft hinein, war man auf immer verloren. Jede urbane Legende über verfluchte Türen, unheimliche Aufzüge, die niemals in einem bestimmten Stockwerk halten durften, Badezimmerspiegel, die tief in der Nacht Dinge zeigten, die nicht da waren, … Sie alle waren Trichter, durch die man in Domänen fallen konnte, in denen jene Raubtiere wohnten, vor denen selbst Albträume sich fürchteten.

»Ihr seid in unserem Gebiet«, sagte die Gestalt mit einer Stimme, die schwer als männlich oder weiblich einzuschätzen war und irgendwo dazwischen lag. Der entrückte Ton der sprechenden Gestalt verstärkte diesen Umstand noch. »Eine Durchquerung war nicht vereinbart. Seid ihr hier als … Beute?« Das Wesen präsentierte ein nachlässiges Grinsen, das dessen Raubfänge fast gelangweilt offenbarte. Wie ein Schlemmer, der bereits satt war, aber überlegte, ob der ihm vorgesetzte Nachtisch köstlich genug war, um ihn doch noch zu verschlingen.

»Ballern wir den Typ weg?«, fragte Yorgen nervös. »Damit er nicht auf die Idee kommt, seine Freunde zum Spielen zu holen.«

»Zu spät«, sagte Nik durch zusammengebissene Zähne und deutete nach oben.

Mira legte den Kopf in den Nacken. »Scheiße«, fasste sie zusammen.

Dutzende der Wesen hingen wie bleiche Spinnen an den Hauswänden links und rechts der Gasse und sahen sie alle unverwandt aus ihren gelben Augen an.

»Ich bitte um Verzeihung«, sagte der Oni höflich und verbeugte sich tief. Mira bewunderte die Ruhe des Kriegers. »Eine Passage war vereinbart worden, aber wurde nicht genutzt. Sie galt für den Tag vor dem gestrigen und nur für zwei Personen.« Er ließ den schwarzen Geldkoffer fallen und schob ihn mit dem Fuß in Richtung des Sprechers. »Dies hier ist ein Zeichen unserer Reue, die Vereinbarung auf so unhöfliche Weise verzerrt zu haben.«

Der Jiang Shi hob den Koffer auf und sah hinein. »Der Schilfschwert-Clan ist ein verlässlicher Geschäftspartner«, sagte er, noch immer gelangweilt wirkend. »Wir akzeptieren die neuen Bedingungen. Wollt ihr auf den Blutwassern fahren?«

»Das wird nicht nötig sein«, erwiderte der Oni, und Mira war für diese Antwort unendlich dankbar, auch wenn sie nicht wusste, wovon genau die beiden sprachen. »Sicheres Geleit bis zum Fährmann reicht vollkommen aus.«

»Ach.« In diesem einen Wort steckte eine Welt des Bedauerns. »Wie schade. Aber ein Handel ist ein Handel.« Der Jiang Shi wedelte mit seiner Hand und sowohl er als auch seine Artgenossen verschwanden innerhalb eines Herzschlags ebenso plötzlich wie die Dunkelheit und der übergroße Mond. Der Oni und Miras Team hatten die Domäne der östlichen Vampire von einem Moment auf den anderen verlassen, ohne sich zu bewegen.

Mira überließ ihren Körper seinem berechtigten Schauer und spürte erst jetzt den kalten Schweiß, der ihre Stirn bedeckte. Ein

Jiang Shi war wie eine Trichterspinne. Außerhalb ihres Baus ein durchaus respekteinflößendes Geschöpf, aber in dessen Inneren absolut tödlich.

»Wozu den Vampiren in die Falle laufen?«, fragte sie mit rauer Stimme. »Wir hätten sie umgehen können.«

»Schutz«, sagte der Oni. »Wir brauchen ihn, sie gewähren ihn.«

»Schutz wovor?«, hakte Thaum beunruhigt nach.

Der Oni schnaubte. »Wovor nicht, wäre die bessere Frage. Hongkong ist voll von Dingen, die verschlingen, zermalmen oder auf sanfte Art töten. Eine Stadt mit Millionen von Einwohnern und nur einer Handvoll Gesetze durch die *Nebula*. Hier lebt alles, was woanders keinen Platz findet.«

»Ich dachte, die großen, bösen Onis wären überall gefürchtet«, spottete Yorgen, der den hektischen Schienbeintritt Niks einfach ignorierte. »Wozu unterwerft ihr euch jedem dahergelaufenen Unterweltschurken, wenn ihr dann doch an jeder Straßenecke Schutzgeld bezahlen müsst?«

»*Sei still.*« Die scharf gezischten Worte Macks waren fast greifbar, aber der Oni sah Yorgen nur an wie ein geduldiger Erwachsener das quengelnde Kleinkind.

»Der Schilfschwert-Clan ist klein und unsere Gönnerin … von diskreter Macht. Also kaufen wir uns die nötige Unterstützung, wo wir sie bekommen.« Er sah die Grenzgänger nacheinander an. »Das Konzept dürfte euch bekannt sein.« Dann drehte er sich um und ging weiter.

Mira hingegen wirbelte zu dem Yeti herum. »Wenn du nicht aufhörst, ihn zu reizen …«, begann sie und stutzte dann.

Yorgen blinzelte ihr verschmitzt zu. »Jetzt wissen wir, dass der Clan für eine Frau arbeitet, die wenig Einfluss in der hiesigen Unterwelt besitzt. Zwei Informationen, die wir vorher nicht hatten.«

Mira kniff die Augen zusammen und taxierte den Yeti nachdenklich. »Gut gespielt«, sagte sie schließlich, als sie entschied, ihm zu glauben, dass er einen Plan gehabt hatte, um den Oni zu einer Indiskretion zu bewegen. »Aber noch mal klappt das sicher nicht, ohne dass er Verdacht schöpft, also halte dich ab jetzt zurück.«

»Pfadfinder-Ehrenwort«, sagte Yorgen grinsend. »Und bei mir zählt das doppelt, ich habe schon mal zwei von denen gegessen.«

»Yetis wird von Menschenfleisch übel«, sagte Nik mit einem Augenrollen. »Das ist wissenschaftlich belegt, also hör auf, die beiden für dumm zu verkaufen.«

»Können wir bitte weitergehen?«, fragte Thaum beißend. »Unser Führer wartet nämlich nicht auf uns.«

Mira fluchte und sie rannten hinter dem Oni her, bis sie wieder zu ihm aufgeschlossen hatten. Der war inzwischen dicht an eine viel befahrene Straße herangetreten und schien auf etwas Bestimmtes zu warten. Dann hob er den Arm, als ein Taxi in Sicht kam, auf dessen Seite die Zeichnung eines traditionellen Rikscha-Fahrers lackiert worden war. Der Wagen hielt trotz der Verneblung des Onis auf den Bordstein zu, und als er dort zum Stehen kam, verblasste die Illusion des Taxis und machte dem Anblick einer echten Rikscha Platz, die von einem eselsgroßen, bläulich schimmernden Wesen gezogen wurde, das Mira auf den ersten Blick als einen östlichen Drachen identifiziert hätte.

»Ein Wyrmling«, sagte Nik entzückt. »Die bekommt man in der westlichen Hemisphäre nie zu sehen.«

»Weil sie sich aus dem Volksglauben manifestieren«, sagte Mira knapp. »Bei uns haben diese simplen Elementargeister andere Namen und Erscheinungsformen.«

»Ihr seid nicht neutral«, meckerte die drachenartige Gestalt in einem hohen, kindlichen Ton. »Euch zu transportieren, ist gefährlich. Unter wessen Schutz steht ihr?«

»Der Karmesinmond wacht über uns«, erwiderte der Oni. »Seine Gunst erstreckt sich bis zum Fährmann.«

»Dieser Schutz ist angemessen«, sagte der Wyrmling erleichtert und beruhigte sich in seinem Ledergespann, mit dem er die Rikscha zog.

»Steigt ein«, sagte der Oni und setzte sich.

Bald war die Rikscha zum Bersten voll, und Mira war drauf und dran, sich auf Yorgens Schoß zu setzen, um Platz zu sparen, als der Wyrmling sich in Bewegung setzte und das Innere des Gefährts sich plötzlich zu dehnen schien, bis alle gemütlich sitzen konnten.

»Ist es immer so kompliziert, wenn man in Hongkong von A nach B will?«, fragte Yorgen missmutig.

»Nur, wenn man auf jenem Weg sicher vor Angriffen sein möchte und nicht zur Herde gehört«, sagte der Oni und deutete auf die ahnungslosen Menschenmassen, die in der großen Rikscha wohl nur ein gewöhnliches Taxi sahen. »Da ihr die Gäste des Schilfschwert-Clans seid, bis ihr euer Geschenk übergeben habt, bin ich solange für euer sicheres Geleit verantwortlich.«

Mira sah nachdenklich auf die überfüllten Straßen und bemerkte auf dem Weg zur Küste so manch seltsamen Anblick. Viele der aktiven Verneblungen, die auf den Straßen Hongkongs angewandt wurden, wirkten bei ihr nicht und so konnte sie drei Nagas erkennen, die gerade von einem alten Satyr Schutzgeld in seinem Talisman-Laden erpressten, einen echten Jungdrachen, der es sich auf dem Dach eines verfallenen Hauses gemütlich gemacht hatte und eine verflucht große Sonnenbrille aus Chrom trug, sowie eine kleine Gruppe halbstarker Wildlinge, die Hasch-Mich mit einem Einsatzwagen der *Nebelwacht* spielten, welcher einem echten Polizeiauto nachempfunden worden war, aber das Zeichen des Rates auf seinen Türen für jeden sichtbar zur Schau trug, der dessen Verneblung durchdringen konnte. Die Parade an eindrucksvollen Bildern überlagerte das gewöhnliche Stadtbild und machte Mira deutlich, wie dicht bevölkert Hongkong mit jenen Wesenheiten war, die die magische Gemeinschaft ausmachten.

»Sie hätten die Stadt einfach spiegeln sollen«, dachte sie laut. »Dann hätte man sich all diese mühsamen Tarnungen sparen können.«

»Der Verhangene Rat hat über genau diesen Vorschlag mehrfach abgestimmt«, warf Mack gut gelaunt ein. »Es wurde bisher abgelehnt, wenn auch mit einer immer geringer werdenden Mehrheit. Erstens gilt die Notwendigkeit einer individuellen Verneblung als Garant dafür, dass sich die magischen Bewohner tagtäglich zusammenreißen und Mühe geben müssen, um nicht entdeckt zu werden, was wiederum zu einem Mindestmaß an Benehmen und Disziplin führt. Zweitens galt die Erstellung der Spiegelversion einer ganzen Stadt als zu kompliziertes und magieraubendes Unterfangen, um sie auch nur theoretisch umzusetzen.«

»Galt?«, fragte Nik nach.

»Die da Vinci-Archive«, sagte Mack jovial. »Anscheinend gibt es dort Aufzeichnungen über Spiegel, mit denen man die Stadt umgeben könnte und –«

»Bitte keine Lektion in Magietheorie«, unterbrach ihn Mira spröde. »Sag uns lieber, ob wir auch so gute Laune haben sollten wie du.«

»Und ob«, verkündete der Zwerg lächelnd. »Ihr seid bei eurem kleinen Spaziergang unter mehr Überwachungskameras durchgelaufen, als eine Stadt haben dürfte, und es gab keinerlei Alarm bei der *Nebelwacht*. Still ruht der See, wie man so schön sagt. Selbst der Fliegende Holländer wurde wieder in Bereitschaft zurückversetzt, weil sich die Spur eurer Auren durch den Abstecher in die *Vernarbte Tür* in Wohlgefallen aufgelöst hat. Der

Code von Seventy-six wirkt und die *Nebelwacht* steht bei ihrer Fahndung nach euch wieder ganz am Anfang.«

Mira war nicht die Einzige, die innerhalb der Rikscha aufatmete, als sie die guten Nachrichten hörte. »Eine Sorge weniger«, sagte sie erleichtert. »Zumindest solange wir ab jetzt den Ball schön flach halten.«

Der Wyrmling bog mit seiner Rikscha um eine Straßenecke und Mira sah das Blau von in der Sonne glitzerndem Wasser. »Mack, ein Standort wäre hilfreich«, sagte sie leise.

»Ihr befindet euch an der Südspitze von Kowloon«, sagte der Zwerg. »Mit Richtung auf den dort befindlichen Park am Wasser.«

»Es wurde ein Fuhrmann erwähnt«, flüsterte Thaum vertraulich. »Irgendeine Ahnung, wer das sein könnte?«

»Der Alte Mann Yu«, erklärte Mack. »Eine feste Größe in den asiatischen Gewässern. Der Theorie nach ist er eine Art Fliegender Holländer, aber niemand ist sich da ganz sicher. Er bringt Personen diskret von einem Ufer an ein anderes. Daher sein Spitzname als Fährmann.«

»Warum werde ich das Gefühl nicht los, wir versuchen jemanden abzuschütteln«, sagte Mira laut genug, dass der Oni sie hören konnte.

»Der Sitz eines Clans ist heilig«, kam die gelassene Antwort. »Ich nutze Wege, die es euch unmöglich machen werden, seinen genauen Standort herauszufinden.«

»Wie gut, dass Mutter mittlerweile vor Ort ist«, sagte Mack glucksend.

Prima, dachte Mira sarkastisch. *Sollten die Oni uns umlegen, weiß der* Obsidian *zumindest, wo unsere Leichen geborgen werden können.*

Ehrengäste

Die Rikscha hielt in einer breiten Sackgasse. Rechter Hand war eine Bucht voller bunt zusammengewürfelter Schiffe zu sehen, von kleinen Nussschalen bis hin zu riesigen rostigen Industriefangschiffen. Links von ihnen befand sich ein pittoresker begrünter Park, der allerdings bereits derart mit Gebäuden vollgebaut worden war, dass er den Namen kaum noch verdiente.

Der Oni stieg schweigend aus, und so verließen auch Mira und die anderen das Fahrzeug. Wenn der Wyrmling eine Bezahlung für seine Dienste verlangte, dann wurde sie auf indirektem Wege ausgetauscht, denn das Wesen setzte sich umgehend wieder in Bewegung und der Oni würdigte es keines weiteren Blickes oder Wortes. Stattdessen stampfte er auf einen aus großen weißen Steinen angelegten Wellenbrecher zu, der sich ins Meer krümmte wie der Schwanz einer gewaltigen Katze. Die Sonne stand schon tief am Himmel, und Mira wunderte sich, wie schnell der Tag verstrichen war. Andererseits hatten sie heute schon mindestens zwei Domänen besucht, und es war kein Geheimnis, dass in einigen von ihnen die Zeit anderen Gesetzen folgte als in der mundanen Welt. Um sie herum starrten die wenigen Touristen und Einheimischen selig lächelnd ins Nichts, gefangen in der Tagtraum-Verneblung des Oni.

»Diese Tarnung, die er benutzt,«, sagte Nik leise und deutete dabei auf ihren Führer, »die ist nicht natürlichen Ursprungs. Er müsste schon ein Magier sein, um sein natürliches Talent derart auszuweiten. Und Onis sind eher für den klassischen verbergenden Nebel bekannt.«

»Wie ein Magier sieht mir unser Freund nicht aus«, sagte Yorgen grinsend.

»Er muss ein Artefakt benutzen«, sagte Nik leise. »Und zwar ein recht mächtiges.«

»Ich weiß nicht«, sagte Thaum. »Er kommt mir eher wie der klassische Befehlsempfänger vor. Maximal in der Kategorie: gehobenes Fußvolk.«

»Was bedeutet, der Clan verfügt über ungewöhnliche materielle Unterstützung«, sagte Mira. »Das passt auch zu der nachlässigen Art, mit der er den Koffer voller Geld geopfert hat. Wem auch immer diese Onis dienen, er scheint eine Menge Ressourcen zu besitzen, auch in Form von Artefakten.«

»Ressourcen, aber keinen Einfluss«, erinnerte Yorgen.

»Klingt nach einer äußerst wohlhabenden Privatperson«, mischte Mack sich ein. »Übrigens meldet *Mutter* eine magische Verzerrung, die sich von See her auf euch zubewegt.«

Mira sah sich um, aber von dem Oni abgesehen, der schweigend am Ende des Wellenbrechers stand und einen winzigen Gegenstand in seiner Hand drehte, war nichts Besonderes auf dem Wasser oder an Land zu erkennen. »Wie stark ist diese Verzerrung?«

»Irgendwo zwischen einem magischen Orkan und dem Auftauchen eines Erzdrachen.«

Mira sah, wie Yorgens Hand zum *Leviathan* wanderte, und schüttelte den Kopf. »Der Oni hat uns bisher beschützt. Was würde es ihm da bringen, uns jetzt zu gefährden?«

»Ein schön lauschiger Platz am Wasser, wo man unsere Leichen diskret verschwinden lassen kann, erscheint mir schon wie eine günstige Gelegenheit, die eigenen Prioritäten zu überdenken«, sagte Thaum grimmig.

Mira sah, dass er mit seiner Hand scheinbar in der Luft dicht vor seiner Brust herumnestelte. Anscheinend suchte der Nachtstreifer in seinem unsichtbaren Umhang bereits nach passenden Defensivmöglichkeiten.

»Seht«, keuchte da Nik, und Miras Kopf fuhr in Richtung Wasser herum. Eine winzige, kaum sichtbare Welle schob sich über die Oberfläche, so als würde eine gigantische Kraft mittels eines kilometerlangen Lineals das Wasser glätten wollen. Vor der Welle bewegte sich der Ozean vollkommen normal, dahinter lag er so glatt wie ein Spiegel. Ein flüchtiger Blick auf die anwesenden Zivilisten offenbarte Mira, dass diese wie in der Zeit eingefroren zu sein schienen und sich nicht mehr regten. Selbst die Möwen und Wolken waren erstarrt und wirkten wie an den Himmel genagelt.

»Habt ihr so eine Verneblung schon einmal gesehen?«, fragte Thaum ehrfürchtig.

»Nur davon gehört«, antwortete die Hexe. »Die Lady vom See soll sie angeblich beherrschen. Und Morgaine – vor ihrer Verbannung.«

Miras Mund wurde trocken, als sie eine altertümlich aussehende einmastige Dschunke in der Ferne auftauchen sah, die mit gespenstischer Ruhe über das Wasser glitt. Das Heck und der Bug waren hochgezogen, der Rest des Schiffes ragte hingegen kaum über die Wasseroberfläche. Es gab nur eine einzige Gestalt und die stand nicht am Steuerrad des Schiffes, sondern hielt sich an der Reling direkt über dem stumpfen Bug der Dschunke fest. Das Holz des Schiffes war dunkel, fast schwarz, und das Segel von einem derart blendenden Weiß, als wäre es vor wenigen Sekunden das erste Mal gehisst worden. Die Dschunke glitt auf dem unnatürlich ruhigen Wasser heran, ohne dass sie auch nur die geringsten Wellen verursachte, so als würde sie die Flüssigkeit zwar teilen, aber nicht in Bewegung versetzen.

Die einsame Gestalt am Bug entpuppte sich bei kürzer werdender Distanz als ein sehr hoch gewachsener, dürrer Mann mit Glatze und einem gürtellangen, schlohweißen Kinnbart, in den kunstvoll mehrere kleine Glocken eingeflochten worden waren, die stumm auf dem weißen Kimono des reglos dastehenden Fremden ruhten.

Der Oni reckte eine Hand hoch, zwischen seinem Daumen und dem Zeigefinger hielt er eine Kupfermünze ins rötliche Abendlicht. Sofort drehte die Dschunke in ihre Richtung und kam mit einem sanften Ruck seitlich des Wellenbrechers zum Stehen.

»Ich suche eine Passage in meine Heimat, Alter Mann Yu«, sagte der Oni in rituellem Ton. »Kannst du mir helfen, jene wiederzusehen, die ich dort zurücklassen musste?«

Der alte Mann hob einladend seinen Arm in Richtung der vollkommen ruhig auf dem Wasser liegenden Dschunke und verharrte in dieser Pose.

»Wir steigen jetzt ein«, sagte der Oni und sprang über die niedrige Reling an der Seite des Schiffes an Bord. Trotz des Gewichtes der großen Gestalt schwankte das Deck keinen Millimeter.

»Auf jeden Fall wird es als Grenzgänger niemals langweilig«, sagte Yorgen. »Normalerweise würde ich ja keinen Fuß auf dieses Ding setzen, aber ich will verdammt sein, wenn ich kneife, wo ein Oni mutig voranschreitet.«

Einige Schritte Anlauf und einen beherzten Sprung später stand Yorgen triumphierend grinsend neben ihrem Führer und sah ihn provozierend an. Die einzige Reaktion des Kriegers bestand in einem kaum wahrnehmbaren Seufzen.

Mira verzichtete auf eine dramatische Geste und kletterte mit bedachten Bewegungen über die Reling. Dabei sah sie ins Wasser hinab, das die Klarheit eines flachen Bergteiches aufwies, und so konnte sie erkennen, dass auch die Fische in ihren Bewegungen verharrten, als wären sie in der Zeit eingefroren.

Thaum und Nik waren die Letzten, die an Bord kamen, und kaum waren alle an Deck, senkte der Greis seinen Arm wieder. Mira fiel auf, dass sie nie seine Augen zu sehen bekam. Egal, wie der Fährmann sich drehte, immer verdeckte der Schatten seiner tief hinabgezogenen Augenbrauen die Partie oberhalb der hohen, hervorstechenden Wangenknochen. Eine eckig wirkende Handbewegung folgte, dann schnippte der Greis gegen eine der Glocken in seinem Bart, die einen durchdringenden klaren Klang ausstieß, welcher kräuselnde Wellen auf dem glatten Wasser und eine Gänsehaut auf Miras Armen auslöste.

»Heimat«, erklang die überraschend hohe, vom Alter gezeichnete Stimme des Alten Mannes Yu, und sofort drehte sich das Schiff um die eigene Achse, als wäre es ein Spielzeug, das von der Kordel eines unsichtbaren Riesen über die Weltmeere gezogen wurde. Als es sich schließlich in Bewegung setzte, war es Mira, als würde das Holz unter ihren Füßen an Ort und Stelle verbleiben und sich die Welt mit verschwommenen Bewegungen um sie herum neu ordnen.

Nur drei Atemzüge später stieß der Bug der Dschunke an einen Sandstrand, der zu einer verlassen wirkenden, bewaldeten Insel gehörte. Die Nacht war hereingebrochen und die Lichter Hongkongs waren lediglich ein blasser Lichtkranz am fernen Horizont. Der Alte Mann Yu hob seinen Arm, die Hand erwartungsvoll ausgestreckt. Mit einer höflichen Verbeugung legte der Oni die Münze hinein und ging von Bord. Mira und die anderen beeilten sich damit, ebenfalls an Land zu gehen, bevor der Fährmann mit ihnen, wer weiß wohin ablegen konnte. Die greise Gestalt hielt die Münze dicht vor ihre überschatteten Augen und seufzte einen Augenblick später schwer. Dann legte die Dschunke ab und war nach wenigen Sekunden nur noch eine Erinnerung, verblasst in den Tiefen der Nacht.

»Was war das gerade mit der Münze?«, fragte Thaum neugierig.

Mira musste lächeln, als sich die Neugier des Nachtstreifer unweigerlich Bahn brach.

»Der Alte Mann Yu betrog seinen Kaiser und ließ sich diese Tat mit einer einzigen Kupfermünze bezahlen. Nun ist es sein

Fluch, die Meere dieser Welt zu befahren, bis er jene Münze wiederfindet, die in den Jahren des auf seinen Verrat folgenden Bürgerkrieges verloren ging.« Der Krieger starrte auf die See hinaus. »Wir Oni versuchen ihm bei seiner Suche nach Erlösung zu unterstützen. Wann immer wir eine Münze aus der Zeit der Tang-Dynastie finden, bezahlen wir ihn damit.«

Nik machte ein trauriges Geräusch. »Es muss Tausende dieser Münzen geben. China war schon damals ein Großreich.«

»Hunderttausende«, sagte der Oni. »Aber eine Pflicht ist eine Pflicht und der Alte Mann Yu erfüllt sie gewissenhaft, eine Münze nach der anderen.« Sein Blick wanderte zu Yorgen hinüber. »Von dieser Einstellung kann so mancher etwas lernen.«

»Er ist *verflucht*«, giftete Yorgen zurück. »Er hat *keine* Wahl, als zu dienen. Darüber sollte so mancher tumbe Befehlsempfänger mal nachdenken.«

»Wir gehen besser weiter«, sagte Mira trocken.

»Das ist richtig«, pflichtete ihr der Oni bei. »Je eher ihr euer Geschenk überreicht habt, umso eher kann Regunam-Rem entscheiden, was mit euch geschehen soll.« Dann schritt er los und ließ das stocksteif dastehende Team zurück.

»Mira?«, fragte Thaum mit entsetztem Blick. »Was sollte das denn gerade heißen?«

»Keine Ahnung«, sagte die Elfe zögerlich und durchwühlte ihren Verstand. Wenn es eine Antwort gab, dann lag sie vielleicht hinter der schwarzen Mauer verschlossen.

»Na toll«, nölte Yorgen und warf die Arme in die Luft. »Wir sind auf einer Insel voller Onis und haben keinen blassen Schimmer, was als Nächstes passieren wird.« Er warf Mira einen vernichtenden Blick zu und stapfte los. »Ich bin ja so froh, dass wir dir das Ruder überlassen haben.«

Mira kniff die Lippen zusammen und war versucht, ihrem Team hier und jetzt alles zu erzählen, was in ihrem Inneren vor sich ging.

Später, ermahnte sie sich selbst. *Wer weiß, welche Ohren in diesem tropischen Wald mithören. Wenn du schon dein Herz ausschüttest, dann nur denen, die von deinem Dilemma wissen sollten.*

Also ging sie schweigend los, die Blicke ihres Teams, so gut es eben ging, ignorierend. Der sanfte Keim des Vertrauens drohte zu ersticken, und Mira hoffte, dass sie bald eine Gelegenheit fand, reinen Tisch zu machen, bevor ein Bruch im Team nicht mehr abzuwenden war.

Der Oni führte sie durch einen üppigen Regenwald voller Banyanbäume, Schlingpflanzen und dichtem Unterholz. Nur wenige Meter, nachdem die Sichtlinie zum Strand unterbrochen worden war, begann ein akkurat angelegter Pfad aus einzelnen Trittsteinen, der sich zwischen den steil hoch emporragenden Bäumen hindurchschlängelte.

Mira kannte diese Form besonnener Landschaftsarchitektur aus dem *Anderswo*. Alle Äste, die auf den Pfad ragen würden, waren sorgsam mittels straff gespannter Seile dazu ermutigt worden, in eine andere Richtung zu wachsen. Das Ergebnis war ein Weg, der vielleicht nicht geradlinig, aber ungeheuer harmonisch durch den Wald führte.

Yorgen tat seine Gedanken auf blumigere Weise kund. »Als ob ein Besoffener durch den Wald torkelnd einen Haufen Steine verloren hätte.« Der Rest des Teams stöhnte nur, und so beließ es der Oni vor ihnen mit einem tadelnden Schulterblick.

»Verdammt, wo wart ihr denn?«, meldete sich nach zwanzig weiteren Minuten Fußmarsch ein wutentbrannter Mack über Funk. »Wie zum Teufel soll ich euch im Auge behalten, wenn ihr hirnverbrannten Idioten ständig von *Mutters* Radar verschwindet? Und warum habe ich euch nur auf ihren Langstreckensensoren?«

»Der Fährmann hat uns mitgenommen«, murmelte Mira. »Es war … eine außerordentliche, wenn auch kurze Erfahrung.«

»Ich kann eure Position nicht genau bestimmen, aber ihr müsst irgendwo auf einer der unkartografierten, permanent verborgenen Inseln südlich von Hongkong sein, die gerne als Phantominseln bezeichnet werden.«

»Ich denke auch«, sagte Mira. »Wenn du unseren genauen Standort herausfinden könntest, hätten wir unter Umständen ein Druckmittel, um hier lebend raus zu kommen, wenn etwas schiefgehen sollte.«

Mack brummte zustimmend. »Frei nach dem Motto: Ihr lasst uns gehen oder wir geben den Sitz eurer Heimat an eure Feinde preis?«

»Eleganter formuliert, aber ja.«

»Ich setze Mutter darauf an«, versicherte der Zwerg ihr. »Bleibt ihr einfach so lange am Leben, in Ordnung?«

»Das ist der Plan«, warf Thaum nervös ein.

Mira unterbrach die Verbindung zu Mack und bedeutete den anderen, sich ein wenig zurückfallen zu lassen, damit sie in Ruhe reden konnten, ohne dass der Oni die Gelegenheit bekam, sie zu belauschen. »Es gibt da etwas, das ihr wissen solltet …«, begann sie und verstummte dann, als der Wald sich vor ihnen teilte und ein kleines Dorf offenbarte, das auf den ersten Blick wie ein Relikt der letzten Jahrhunderte wirkte.

Bambushütten in Oni-Größe, ein Dorfbrunnen, etwas, das wie eine große Versammlungshalle aus Holz aussah … All das war von derart antiquierter Bauweise, dass Mira kaum glauben konnte, dass hier ein modernes Volk lebte. Doch dann sah sie die kleinen verräterischen Anzeichen, dass die Oni nicht völlig in der Vergangenheit versunken lebten. Ein Funkmast war geschickt hinter einem riesigen Baum versteckt worden, durch die offenen Fenster der Hütten sah sie hier und da einen Fernseher oder Laptop und dazugehörige Steckdosen.

Während sie dem Oni folgten, wurde das Glitzern eines Felds

aus Solarpaneelen sichtbar, die auf dem Dach der rückwärtigen Seite des Versammlungshauses angebracht worden war. Onis, die nur in ihrem Fell herumliefen und solche, die traditionelle Kimonos trugen, waren ebenso zu sehen, wie solche, die wie ihr Führer martialischer gekleidet waren. Diese übten meist an Bambuspuppen den Umgang mit ihren Klingen oder modernen Kompositbögen. Hier und da sah Mira in deren großen Pranken auch ein Scharfschützengewehr oder eines jener überschweren Maschinengewehre, die man normalerweise auf einem Dreibein montierte. Die Oni hielten zweifelsohne an vielen ihrer Traditionen fest, ohne jedoch den Realismus ihrem Idealismus zu opfern.

Keine schlechten Voraussetzungen, dachte Mira. *Sie scheinen geistig flexibler zu sein, als Yorgen uns weismachen will.*

»Wieso stören sich die Oni nicht an unserem Hiersein?«, fragte Nik und deutete subtil auf ihre Fluchfänger. »Ich empfange keinerlei negative Gefühle von ihnen.«

»Vielleicht aus Selbstüberschätzung?«, warf Yorgen in die Runde.

»Schließ bloß nicht von dir auf andere«, stichelte Thaum.

»Ich denke, es liegt daran, dass sie sich nicht vorstellen können, dass einer der Ihren eine Bedrohung für den Clan auf die Insel bringen könnte«, sagte die Hexe grüblerisch.

»Oder sie glauben, mühelos mit uns fertig werden zu können«, fügte Mira hinzu. »Und so, wie ich Bewaffnung und Anzahl der hier lebenden Onis bewerte, haben sie damit vollkommen recht.« Sie sah Yorgen mahnend an. »Wir sind nicht hier, um Streit anzufangen, sondern um ihre Verbündeten zu werden. Also benehmen wir uns tadellos und versuchen, uns mit ihnen so gut wie möglich zu stellen.«

»Zumindest so lange, bis wir die wahre Käuferin der Schriftrolle kennen und sicher sind, dass sie nicht auch eine Strohfrau ist«, brachte Mack sich ein.

Der sie führende Oni schritt unterdessen die knarzende Treppe zum Eingang des kreisrunden Versammlungshauses empor, dessen offene Front einen Raum offenbarte, der einem traditionellen Dojo nicht unähnlich war. Die Matte, die das Innere dominierte, war aus moderner Fertigung, aber das restliche Mobiliar aus handgefertigten Sitzkissen, hölzernen Waffenständern, ebensolchen Trink- und Räucherschalen und niedrigen Tischen gab dem Ort eine gewisse Würde, die noch von der mittig hinter der Matte auf einem schlichten weißen Samtkissen sitzenden Gestalt verstärkt wurde.

Ein Oni, dessen weißes Fell den stumpfen Glanz tiefen Alters angenommen hatte, saß mit kunstvoll geflochtenem Haupt und ebenso verziertem Gesichtsfell da und starrte sie aus trüben Augen an, von denen Mira glaubte, dass sie nicht mehr viel von der Welt erkennen konnten. Die Kleidung des Oni war schlicht, vor ihm auf dem Boden lag ein dem Daikatana nachempfundenes Schwert von gut drei Metern Länge, das nur ein Oni oder ein ähnlich großes Wesen führen könnte. Er sagte etwas in einer abgehackt klingenden Sprache, die Mira nicht zuordnen konnte und nur ganz entfernt an Mandarin erinnerte. Der Oni, der sie hergebracht hatte, antwortete mit einer tiefen Verbeugung und zeigte auf Mira und ihr Team.

»Nachmachen«, befahl sie leise und ahmte ihrerseits die Ehrbezeugung nach, die ihr Fürsprecher eingenommen hatte. »Nik, die Schriftrolle«, sagte sie, während sie sich krampfhaft ihr Hirn nach den richtigen Worten für die Übergabe zermarterte. Sie schloss die Augen und flog regelrecht zu ihrer schwarzen Mauer, wo sie fieberhaft die Risse nach etwas absuchte, das ihr helfen konnte. Sie ignorierte die hereinsickernden Visionen langer Streitgespräche mit ihren Lehrern, Geschwistern und ihrem Vater, die endlosen Stunden der Einsamkeit in ihrem Zimmer und das schmerzhafte Aufblitzen des Antlitzes ihrer Mutter, sondern wühlte mit den Händen in den geballten Informationen, derer sie durch die Risse habhaft werden konnte.

Grußformeln für ein Kitsune.

Abschiedsworte für einen Drachen.

Korrekte Dankesreden an Heinzelmännchen.

»Mira«, raunte Yorgen von weit her. »Du solltest jetzt wirklich etwas sagen.«

Scheiß drauf, dachte sie und brach ihre Suche ab. *Dann Plan B.*

Sie richtete sich auf, nahm der gebückt dastehenden Nik das Lederetui ab und zog die Schriftrolle daraus hervor, die sie gefühlt bereits der halben Welt zum Kauf angeboten hatte, um endlich hinter ihr Geheimnis zu kommen. Dann schritt sie mit kerzengeradem Rücken auf den im Schneidersitz verharrenden Oni zu, der ihr geradewegs in die Augen sehen konnte, ohne den Kopf in den Nacken legen zu müssen.

Scheiße, ist der groß! Der könnte Yorgen übers Knie legen, wenn er wollte.

»Geehrter Regunam-Rem«, begann sie. »Wir sind von weit her gereist und haben einem verräterischen Cupido getrotzt, um Euch dieses Geschenk als Zeichen unseres Respekts und unserer Verbundenheit zu überreichen.« Dabei streckte sie die Arme aus und hielt ihm das uralte Pergament entgegen. »Es ist unsere Hoffnung, das Wohlwollen des Schilfschwert-Clans und seiner Gönnerin zu erringen.«

Die trüben Augen des Clanführers zuckten für eine Sekunde zu ihrem Führer hinüber, als das Wort »Gönnerin« fiel. Anscheinend war ihm die Anspielung auf eine bereits erfolgte Indiskretion seines Handlangers nicht entgangen. Dann richtete er seinen Blick auf Mira, ohne die Schriftrolle auch nur einmal anzusehen. »Warum?«, fragte er.

Miras Gedanken rasten ebenso wie ihr Puls. »Wie bitte?«, hakte sie nach, um Zeit zu gewinnen.

»Warum sollten eine verbannte Elfenprinzessin, ein von seinem Rudel entfremdeter Nachtstreifer, ein törichter Yeti und eine abtrünnige Quaestorin um die halbe Welt reisen, nur um einem kleinen Clan von Onis eine gestohlene Schriftrolle zu überreichen und dafür nicht einmal eine Entlohnung zu fordern? Was kann dieser Ort euch bieten, dass die kalten Betonschluchten der Städte voller Geld und Gewalt euch nicht geben können?«

»Zumindest wissen wir jetzt, dass der Typ nicht umsonst der hiesige Anführer ist«, sagte Mack trocken. »Ein scharfer Verstand und ein scharfes Schwert sind eine hervorragende Kombination – zumindest bis jemand mit einer großen Wumme daherkommt.«

»Schnauze«, murrte Mira kaum hörbar, die sich zu konzentrieren versuchte. Ihr kam ein Gedanke, den sie nur eine Sekunde in ihrem Kopf wälzte, bevor sie ihn aussprach. »Wir brauchen Schutz«, sagte sie. »So gut, wie Ihr über uns Bescheid wisst, kennt Ihr auch die Schwierigkeiten, mit denen wir uns nach unserem Raub im historisch-magischen Museum konfrontiert sahen.« Sie deutete auf sich und ihr Team. »Wir vier können es auf Dauer nicht allein mit der *Nebelwacht* und der großen Anzahl Kopfgeldjäger aufnehmen, die bereits ihre Messer wetzen. Irgendwann geht unsere Glückssträhne zu Ende und bis dahin brauchen wir einen Unterschlupf und Verbündete.« Sie streckte eine offene Hand in Richtung Regunam-Rem. »Wir denken, dass wir von Nutzen für Euch sein können. Unsere Talente sind recht speziell und wenn es noch andere Gegenstände wie diesen hier zu erwerben gibt, würden wir dies gerne für Euch tun.« Sie lächelte ihr berühmtes Abzockerlächeln. »Gegen eine Aufwandsentschädigung, selbstverständlich.«

Der Oni hatte geduldig zugehört und atmete einmal hörbar aus. »Wie entschlossen seid ihr, uns eure Dienste darzubieten.«

»Oh, verdammt entschlossen«, warf Yorgen ein, bevor Mira ihn bremsen konnte. Sie unterdrückte ein tiefes Seufzen.

Der Oni richtete seine Augen auf den Yeti. »Wenn ihr für uns arbeiten möchtet, bedeutet das, dass ihr unseren Regeln folgen müsst. Und eine besagt, dass Yetis nicht willkommen sind.«

Miras Gedanken überschlugen sich. Wenn Yorgens Anwesenheit eine Übereinkunft zunichtemachte, konnte sie es sich dann leisten, auf seinen Verbleib zu bestehen? Sie warf einen flüchtigen Blick zu dem Grenzgänger hinüber, der plötzlich aussah wie ein Hundebaby, welches feststellte, dass Herrchen und Frauchen nirgends zu sehen waren. Tat sie ihm nicht sogar einen Gefallen, wenn sie dafür sorgte, dass er von hier zurück aufs Festland verschwand, so sehr wie er Onis und ihre Lebensweise ablehnte? Sie sah zu Thaum hinüber, der nur einmal kaum merklich den Kopf schüttelte. Natürlich würde er kein Teammitglied fortschicken wollen und Nik brauchte Mira erst gar nicht zu fragen.

»Yorgen bleibt«, sagte Mira mit fester Stimme zu dem Clanoberhaupt. »Er gehört zum Team. Würde er alleine gehen, fänden ihn die *Nebelwacht* oder die Kopfgeldjäger in Windeseile.« Sie verkeilte ihren Blick mit dem des alten Oni. »Wir lassen niemanden zurück.«

Etwas zu theatralisch, kritisierte sie sich selbst. *Aber bei einem traditionsbewussten Knacker wie Regunam-Rem …*

»Löblich«, sagte der Oni. »Aber auch potenziell tödlich, so wie jedes Ideal.«

Mira machte schnell den Mund zu, der ihr nach der unerwarteten Antwort des Oni offen gestanden hatte. Sie blinzelte die große Gestalt an und fragte sich, ob Regunam-Rem gerade eine Drohung ausgestoßen hatte.

Wir können ihn vielleicht als Geisel nehmen, dachte sie fieberhaft. *Mit ihm als lebender Schutzschild kommen wir vielleicht von der Insel runter und in Hongkong könnten wir ihn dann befragen …*

Wieder unterbrach der greise Oni ihre Gedankengänge. »Der einzige Weg für den Yeti, bei uns zu bleiben, ist, sich uns ganz traditionell als Rekrut anzuschließen, so wie es ein junger Oni tun würde.« Er heftete seinen Blick auf den ungläubig dreinstarrenden Yorgen. »Wenn sein Geist sich unseren Lehren öffnet, können wir über das Fehlen seiner Hörner hinwegsehen. Es wurde früher schon getan, wenn auch nur sehr selten erfolgreich.«

Mira sah Yorgen an, erkannte an der Spannung seiner Halsmuskeln den Beginn eines Kopfschüttelns. Dann legte ihm Nik eine Hand auf den Unterarm, und zwischen den zweien fand eine rege Unterhaltung statt, einzig ausgetragen über Mimik und Blickkontakt.

»Na schön«, sagte er schließlich, jeden Buchstaben einzeln über seine Lippen quetschend.

»Gut«, sagte der Oni und nahm Mira mit einer fließenden, kraftvollen Bewegung die Schriftrolle aus der Hand. »Der Zweikampf wird im Morgengrauen stattfinden.«

»Moment, der bitte *was*?«, fragte Yorgen alarmiert.

»Eine Prüfung des Willens, des Geistes und des Körpers«, sagte der Oni und stand auf, wobei sein Kopf beinahe gegen die drei Meter hohe Decke stieß. »Jeder Anwärter muss im Zweikampf mit einer Waffe seiner Wahl fünf Minuten gegen mich bestehen. Verlässt er vor Ablauf der Zeit den Ritualkreis, ist er unwürdig. Stirbt er, ist er unwürdig.«

»Und wenn du stirbst?«, fragte Yorgen herausfordernd und tätschelte seinen *Leviathan*.

Mira, Nik und Thaum seufzten im Kollektiv.

»Wir sind keine leicht einzuschüchternden Barbaren«, antwortete der Oni. »Wenn du ein gewöhnliches Aufnahmeritual zum Anlass nimmst, dein zukünftiges Oberhaupt zu töten, reißt dich der Clan anschließend in Stücke.« Regunam-Rem hob seine Waffe auf und deutete mit ihr in Richtung Dorf. »Und jetzt geh und bereite dich vor. Ich bin gespannt, wie du dich schlagen wirst.«

***

»Bekloppte, verbohrte, bornierte Onis«, fluchte Yorgen, nachdem sie in eine leere Bambushütte geführt und dort alleingelassen worden waren. Die Behausung war wohl für Gäste gedacht, da sie ein wenig abseits des Dorfes stand und somit ein Mindestmaß an Diskretion bot. »Ich soll den Tattergreis nicht umbringen, kann nicht vor ihm weglaufen, und mich von ihm in Stücke schneiden zu lassen, wäre auch kontraproduktiv.« Der Yeti warf verzweifelt die Arme in die Luft. »Deren Regeln setzen geradezu voraus, dass man mit einer Nahkampfwaffe umgehen kann«, fuhr er frustriert fort. »Die braven, kleinen Onis vor Ort haben bestimmt, seitdem sie krabbeln können, mit irgendwelchen archaischen Waffen auf Bambuspuppen eingedroschen, bevor sie in den Ring stiegen, aber dieser Yeti hier liebt nun mal eine gute Feuerwaffe.« Dabei deutete er mit beiden Daumen auf seine Brust, die sich angestrengt hob und senkte.

»Vielleicht kannst du ihn mit den kleinen Projektilen des *Leviathan* schwächen?«, schlug Nik vor. »Welche Kraftkerne sind denn noch aufgeladen?«

Yorgen holte die drei Kugeln hervor und zeigte sie auf seiner offenen Handfläche. Eine von ihnen glitzerte schwach und war mit Frost überzogen, eine weitere glomm vor sich hin, als wäre sie einem Lagerfeuer entnommen worden. Die dritte war matt und leblos. »Die ersten beiden sind notdürftig gefüllt«, sagte der Yeti. »Den eisigen habe ich halb leergeschossen, den anderen im heißen Wüstensand aufgeladen, so gut es damals unsere Zeit erlaubte. Der dritte ist leer, den habe ich auf dem Schrottplatz verballert.«

»Also Feuer scheidet aus«, sagte Mira. »Wenn du deren Anführer anzündest, fliegen wir achtkantig aus dem Lager – oder Schlimmeres.«

Yorgen nickte. »Eis fällt ebenfalls weg. Onis sind noch immer Schneemenschen, wenn auch an die hiesigen Verhältnisse angepasst. Ich glaube nicht, dass ich ihn mit Kälte mehr als kitzeln könnte.«

»Und wenn ich Yorgen vor dem Kampf ein paar Mittelchen gebe, die ihn schneller und stärker machen?«, fragte Thaum.

Der Kopf des Yetis ruckte mit hoffnungsvoller Miene zu dem Nachtstreifer herum.

»Ich denke, das würde als Betrug gewertet. Ebenso wie ein Versuch meinerseits, ihm mit Magie zu helfen«, sagte Nik bedauernd. »Nur Yorgens Fähigkeiten und eine Waffe seiner Wahl sind erlaubt.«

»Vielleicht brechen wir besser ab«, ertönte Macks Stimme über Funk. »Sehenden Auges einen Agenten zu verlieren, würde Grayson niemals zulassen.«

Mira dachte ernsthaft über die Option eines Rückzuges nach. »Würden sie uns überhaupt gehen lassen?«

»Keine Ahnung«, kam die wenig hilfreiche Antwort des Zwergs. »Ich finde ja nicht einmal Aufzeichnungen über dieses Aufnahmeritual, geschweige denn über den Schilfschwert-Clan selbst.«

»Wahrscheinlich weil niemand Außenstehendes so blöd war und diese Prüfung je ernsthaft versucht hat«, nörgelte Yorgen mit verschränkten Armen. »Und die, die es doch taten, waren hinterher zu tot, um davon zu berichten, oder wurden zu getreuen kleinen Onisoldaten.« Er sah sich mit wildem Blick unter den Anwesenden um. »Eines kann ich euch sagen, eine Gehirnwäsche lasse ich mir jedenfalls nicht verpassen, wenn ich diesen Kampf irgendwie überstehen sollte.«

»Wir sind nur so lange hier, bis wir diese Gönnerin kennengelernt haben, der sie dienen«, erinnerte ihn Mira. »Mit etwas Glück könnte der Spuk morgen Abend schon vorbei sein.«

»Verarschen kann ich mich selbst«, fauchte Yorgen.

»Dann eben ein paar Tage oder Wochen«, beschwichtigte Nik

den Yeti. »So lange wird ein großer, böser Kerl wie du doch durchhalten, ohne sich in einen Oni zu verwandeln, oder?«

»Schmeichelei nützt hier nichts«, grollte Yorgen bereits sichtlich ruhiger.

»Es bleibt die Frage: Wie übersteht unser großer Freund seine Prüfung?«, kam Mack auf das Hauptthema zurück.

Thaum biss sich nachdenklich auf die Unterlippe, sodass seine Reißzähne weit aus dem Maul hervorragten. »Kann ich mir Yorgen und seinen *Leviathan* für den Rest der Nacht ausleihen?«, fragte er Mira. »Ich habe da eine Idee, die ich gerne mit ihm testen würde.«

»Sollen wir mitkommen?«, bot die Elfe mit einem Nicken an.

»Besser nicht«, sagte der Nachtstreifer. »Wenn du und Nik euch ausschlaft, wäre das hilfreicher. Sollte das Duell morgen nach hinten losgehen, würde ich es vorziehen, wenn wenigstens das halbe Team frisch und ausgeruht ist.«

Mira sah das Glitzern in den Tiefen seiner Augen und sie lächelte milde. Thaum liebte seine Tüfteleien fast ebenso sehr, wie er sich für seine Rückschläge schämte. Daher zog er sich nach Möglichkeit stets zurück, wenn er an einer neuen Idee feilte, die dann meist in Form einer gefüllten Phiole in den Tiefen seines Umhangs verschwand, bis er sie brauchte. Bevor Yorgen protestieren konnte, hatte der Nachtstreifer ihn bereits mit sanfter Gewalt aus der Hütte geschoben und verschwand mit ihm in den Tiefen des Waldes.

Mira überlegte, ob sie den beiden heimlich nachgehen sollte, als sie eine Hand auf ihrer Schulter spürte und sich umsah.

»Zeit, dass du mir alles erzählst, was in deinem elfischen Kopf so vor sich geht«, sagte Nik ernst. »Ich habe dir gesagt, dass ich dich ablöse, wenn mein Vertrauen in dich schwindet.« Sie hob die Hand und hielt Daumen und Zeigefinger hauchdünn auseinander. »Ich bin so kurz davor.«

Mira seufzte und nickte müde. Dann deutete sie auf die bereitliegenden Sitzkissen und zog ihre EZigarette hervor. »Das wird eine Weile dauern …«, sagte sie zögerlich und fragte sich, wo zum Teufel sie nur anfangen sollte.

»Ach, du Scheiße.«

»Das sagtest du schon«, erwiderte Mira gereizt. »Mehrmals.«

»Ach, du *Scheiße*.«

»Ja. Ich weiß«, knurrte die Elfe. Sie wusste, sie war ein Wrack, aber Nik musste nun wirklich nicht so übertreiben.

»Ach, du …«

»Es reicht!«, schnappte Mira, und die Hexe schloss ihren Mund und starrte stattdessen nachdenklich in die Nacht hinaus.

»Da ich Zeuge eurer kleinen Unterhaltung wurde, schließe ich mich Niks Einschätzung vollumfänglich an«, gab Mack seinen Senf dazu. »Und ich leite den Besuch dieses Kronsuchers an Grayson weiter. Das war ein ganz klarer Bruch der Vereinbarung zwischen dem König und dem *Obsidian*.«

»Er wollte mich aufrichtig warnen«, widersprach Mira. »Anscheinend kann Vater spüren, dass etwas mit meinem Verstand nicht stimmt, und der Kronsucher sollte mir auf den Zahn fühlen.«

»Trotzdem«, beharrte Mack. »Sollte dem König nicht gefallen, was er von diesem Kronsucher zu hören bekommt, könnte er die Vereinbarung unterlaufen. Und sei es nur, dass er deine Geschwister ermutigt, ihre Fehde mit dir zu intensivieren. Die Begegnung mit den zwei Elfen in der Gasse am heutigen Nachmittag beweist, wie unruhig der Rest deiner Familie bereits ist.«

»Diese zwei Stränge, die da in deine Mauer führen«, sagte Nik nach einer Weile. »Du weißt, dass dies die Bruckenbrenner sind?«

Mira nickte. »Das habe ich mir schon gedacht. Auch wenn ich nicht weiß, warum sie tun, was sie tun.«

»Die Bruckenbrenner koppeln sich an die natürliche Magie ihres Trägers«, sagte Nik. »Und deine Magie entspringt dem *Anderswo*, wo du geboren wurdest. Und da ein Großteil deines Wissens um die Geheimnisse des *Anderswo* hinter der Mauer liegen, haben sie sich zwei Tunnel dorthin gebohrt.«

Mira zog die Waffen hervor und starrte sie missmutig an. »Wenn ich für den Schaden, den sie angerichtet haben, wenigstens einen Nutzen erhalten würde. Auf dem Schrottplatz waren sie weitestgehend nutzlos. Sie haben sich wie normale Pistolen verhalten, außer das eine Mal, als sie beinahe sämtliche Lebenskraft entzogen haben, nur um ein paar glitzernde Kugeln zu verschießen, die keinen echten Mehrwert besaßen, wenn man davon absieht, dass sie Yorgens Regeneration beeinträchtigt haben.«

»Zu schade, dass ich bewusstlos war«, sagte die Hexe bedauernd. »Ich hätte vielleicht schlau aus dem magischen Effekt der Kugeln werden können, wenn ich ihm meine Sinne hätte öffnen können.«

»Leider warst du vom *Schleier* überwältigt«, sagte Mira mit einem gequälten Lächeln. »Verdammt, was sind wir doch für ein lädierter Haufen.«

Nik lachte herzhaft auf. »Wirf uns bloß nicht mit dir in einen Topf«, sagte sie mit mahnend erhobenem Finger. »Selbst Yorgen ist ein Abbild geistiger Stabilität gegen dich.«

Mira verzog das Gesicht zu einer peinlich berührten Grimasse. »Das schmerzt«, scherzte sie.

Die Hexe wurde ernst. »Wenn du das Chaos in deinem Kopf nicht bald in Ordnung bringst, werde ich die Führung übernehmen müssen«, sagte sie leise. »Das Team kann nicht immer wieder darauf Rücksicht nehmen, dass du in entscheidenden Momenten Aussetzer hast, weil du in deinem Oberstübchen nach Informationen kramst.«

Mira nickte. »Was schlägst du vor, soll ich tun?«

Nik atmete langsam und hörbar aus. »Reiß die Mauer ein«, sagte sie schließlich, und die Elfe zuckte erschrocken zusammen. »Oder flicke sie«, fügte Nik in Anbetracht von Miras Reaktion hinzu. »Aber auf lange Sicht gesehen wirst du die Mauer nicht aufrechterhalten können, solange du die beiden Schätzchen mit dir trägst.« Dabei deutete sie auf die Bruckenbrenner.

»Grayson war ausgesprochen deutlich, dass Mira sie nutzen soll«, mischte sich Mack ein, als hätte er die Gedanken der Elfe gelesen.

»Kannst du mir wenigstens einen Grund für seine Beharrlichkeit nennen?«, fragte sie gereizt. »Wir reden immerhin von meiner geistigen Gesundheit.«

Mack räusperte sich und senkte seine Stimme, obwohl ihn im *Somnium* niemand belauschen konnte, soviel Mira wusste. »Shaja und er sind sich einig, dass ein auf die Bruckenbrenner eingestimmter Träger bedeutend größere Chancen hat, eine Begegnung mit einem machtvollen Dämon zu überleben.«

Das Bild von Hanks lebloser Gestalt, verzehrt von lebendig wirkenden Flammen, tauchte umgehend aus den Tiefen ihres Verstandes hervor. *Warum habe ich* dich *nicht auf die andere Seite der Mauer verbannt, alter Freund?*, fragte sie bitter. Aber allein der Gedanke daran erschien ihr wie ein Verrat. Stattdessen holsterte sie ihre Waffen und stand auf.

»Die Mauer muss fallen«, sagte sie entschlossen. »Aber noch nicht jetzt. Wer weiß, was die geballten Erinnerungen, die hinter ihr lauern, mit mir anstellen werden. Jetzt sollten wir erst mal nach Thaum und Yorgen sehen. Unser Nachtstreifer mag zwar Geheimnisse lieben, aber ich kriege sicher kein Auge zu, bis ich weiß, was die zwei aushecken.«

»Tanzen die da etwa?«, fragte Nik skeptisch und legte den Kopf schief, während sie auf die kleine Felsklippe am Strand hinausstarrte, auf der Thaum und Yorgen ein ausgesprochen seltsames Gebaren an den Tag legten.

Mira zog die Hexe zurück in die schützenden Schatten des Unterholzes. »Besser, sie bemerken uns nicht«, sagte sie schmunzelnd. »Ich kann mir nicht vorstellen, dass sie wollen, dass wir sie so sehen.«

Beide Grenzgänger waren pitschnass vor Schweiß, ihre Felle wirkten, als wären sie gerade dem Meer entstiegen. Sie hatten sich aller Kleidung entledigt und drehten sich abwechselnd um die eigene Achse, während sie einen Arm wild schwingen ließen, sich flüchtig die Hand zu geben schienen und dann den jeweils anderen seine Bewegungen vollführen ließen.

»Ist das eine Art Ritual?«, flüsterte die Elfe. »Etwas, das vielleicht alle felltragenden Wesen gemein haben? Oder hat Thaum Yorgen diesen Tanz erst beigebracht?«

»Wenn das ein Ritual ist, dann kann ich zumindest keine Magie spüren, die von ihm ausgeht.« Nik legte den Kopf erneut schief. »Aber ich muss zugeben, dass ich Yorgens Brustmuskeln unter dem dicken Fell nie wirklich zu schätzen gewusst habe«, fügte sie schmunzelnd hinzu.

Der untergehende Mond beleuchtete Thaum zur Gänze von vorn, als er eine geschmeidige Drehbewegung vollführte, und Mira schaute fort. »Wir lassen sie besser in Ruhe«, sagte die Elfe. »Es fühlt sich nicht richtig an, sie heimlich zu beobachten.« Plötzlich war sie froh, dass Mack sich vorhin für eine Runde dringend benötigten Schlafes verabschiedet hatte.

»Also, ich habe kein Problem damit, mich einfach zu ihnen zu setzen …«, begann Nik grinsend, aber Mira schüttelte den Kopf.

»Auch wenn wir nicht begreifen, was sie da tun, muss es wichtig für den morgigen Zweikampf sein«, widersprach sie leise. »Und ich denke, wir würden die beiden nur ablenken.«

Nik riss sich nur zögerlich von dem Anblick los. »Es sieht *schon* sehr anstrengend aus«, sagte sie schließlich. »Auch wenn ich deinen leckeren Nachtstreifer nie wieder mit denselben Augen sehen werde.«

»Er ist nicht mein Nachtstreifer«, sagte Mira unwirsch und musterte die Hexe. »Und warum bist du auf einmal so anders?«

»Hexen beziehen ihre Magie aus ihren Gefühlen«, sagte Nik lächelnd. »Seit wir uns kennen, bestanden diese bei mir meist aus Angst, Nervosität und Trauer um mein altes Leben. Nichts, was ich offen zur Schau stellen würde.« Sie deutete auf den Wald ringsum und dann hinter sich auf die beiden schweißnassen Grenzgänger im Mondlicht. »Wenn mir das Leben aber ein Bonbon zuwirft, werde ich ihn nicht verschmähen, sondern ausgiebig genießen.«

Mira musste unfreiwillig lachen und hielt sich schnell eine Hand vor den Mund. Die Elfe hatte sich insgeheim Sorgen gemacht, dass die Fluchfänger zu viel für die tätowierte Grenzgängerin wären. Aber anscheinend hatte ihr nur ein emotionaler Ausgleich gefehlt, der ihr half, die mentale Balance zu wahren.

Dieses Team ist definitiv schwerer im Griff zu behalten als mein altes, dachte Mira, und bittersüße Erinnerungen stiegen in ihr hoch: einerseits der gewaltsame Verlust von Hank und andererseits das fröhlich-kindliche Lachen von Philis, die wiedervereint mit ihren Eltern in die Kamera winkte. *Mach es diesmal besser*, sagte sie sich. *Bring sie alle wieder nach Hause.*

Schweigend ging sie mit Nik durch den Wald zurück zu ihrer Hütte und vertraute darauf, dass Thaum und Yorgen wussten, was sie da taten. Denn sonst wäre fraglich, ob sie alle jemals lebend von dieser Insel herunterkommen würden.

Zweikampf

Mira schreckte hoch, als die beiden Grenzgänger im Morgengrauen die Hütte betraten. Die Augen der zwei blickten müde, aber zufrieden drein. Offensichtlich hatten sie im Meer gebadet und ihr Fell in Ordnung gebracht, bevor sie in die Hütte zurückgekehrt waren, denn jeglicher Sand und Filz vom Schweiß war von ihren Körpern verschwunden.

»War es klug, die ganze Nacht wach zu bleiben?«, fragte Mira statt einer Begrüßung.

»Was bist du, meine Mutter?«, brummte Yorgen missmutig.

»Er wird immer sehr unleidig, wenn er nicht genug Schlaf bekommt«, murmelte Nik, die sich gähnend aufsetzte und ihren Rücken mit den Händen durchdrückte. »Diese Matten aus Bambusschilf sind noch unbequemer, als sie aussehen.«

»Die Nachtschicht war notwendig«, beantwortete Thaum Miras Frage. »Meine Idee umzusetzen, war aufwendiger, als ich dachte.«

»Viel aufwendiger«, betonte Yorgen und bleckte seine Zähne, als er ein lautes Gähnen ausstieß und sich suchend in der Hütte umsah. »Nur ein Zimmer, ein paar Bambuspritschen und ein Tisch mit Sitzkissen«, sagte er missmutig. »Was für ein Absturz von dem Appartement in London.«

»Ich habe übrigens per Mail eine Rechnung für das Einschussloch erhalten«, sagte Mira und reckte sie ausgiebig. »Du schuldest mir zweitausend Euro.«

»Für so ein kleines Loch in der Wand?«, empörte sich der Yeti. »Womit haben die das zugespachtelt? Etwa mit Platin?«

»Hat noch jemand Hunger?«, fragte Thaum in die Runde. »Für eine Gästehütte verspüre ich hier sehr wenig Gastfreundschaft.«

»Es gab gestern Abend eine Früchteschale«, sagte Nik und grinste entschuldigend. »Mira und ich haben sie uns schwesterlich geteilt.«

»Und uns habt ihr nichts übrig gelassen?«, maulte Yorgen. »Wie soll ich denn in Bestform sein, wenn ihr zwei Mampfdohlen alles wegfuttert?«

»Ihr wart nicht hier und die Portion war sehr klein«, erklärte Mira. »Wir dachten, die Oni bringen euch auch was. Aber langsam glaube ich, die leben hier sehr spartanisch.«

»Es gibt bestimmt noch Frühstück, bevor –«, begann Thaum in beruhigendem Tom in Richtung Yorgen, doch das war der Moment, als ein lautes Horn ertönte, dessen Klang über die ganze Insel schallte.

»Oder auch nicht«, sagte Mira trocken. »Entweder die Oni blasen jeden Morgen auf sehr theatralische Weise zum Essenfassen oder der Zweikampf soll in Kürze beginnen.«

»Na toll«, grollte Yorgen und stapfte aus der Hütte. »Jetzt starte ich übermüdet *und* hungrig in das Duell.«

»Vielleicht gar nicht so schlecht«, sagte Nik so leise, dass nur Thaum und Mira sie hören konnten. »Yorgen leistet die beste Arbeit, wenn er miese Laune hat. Das treibt ihm die Flausen aus dem Kopf.«

»Gut zu wissen«, antwortete Mira grinsend.

»Allerdings neigt er in dem Zustand noch mehr zu Übertreibungen als sonst«, schob die Hexe hinterher.

Mira seufzte. »Es gibt kein Licht ohne Schatten.«

»Sollen wir ihm folgen?«, fragte Thaum ungeduldig. »Er könnte es falsch auffassen, wenn wir nicht anwesend sind, während Regunam-Rem ihn in Stücke zu schneiden versucht.«

Mira nickte. »Wie gut ist diese Idee eigentlich, an der ihr die ganze Nacht getüftelt habt?«, fragte sie, während die drei dem Yeti folgten. Der Platz vor der Versammlungshalle war von einem weitläufigen Kreis aus Onis umgeben und offensichtlich der Ort, an dem das Duell vonstattengehen würde.

»Ganz ehrlich?«, erwiderte Thaum. »Nicht besonders gut. Aber es war die Einzige, die ich hatte.«

»Bin ich zu spät? Ist Yorgen schon tot?«, erklang die gehetzte Stimme von Mack über Funk, als Mira und die anderen sich einen Weg durch die aufgeregt in ihrer Sprache tuschelnden Onis bahnten. Anscheinend war dieses »Aufnahmeritual«, wie Regunam-Rem den Zweikampf genannt hatte, hier ein Ereignis wie anderswo ein gutes Fußballspiel.

»Ich lebe noch, vielen Dank für dein Vertrauen«, blaffte Yorgen zurück. Mira sah, wie der Yeti zur Versammlungshalle hochblickte und dann schwer schluckte. »Aber ich gebe gerne zu, dass das in fünf Minuten nicht mehr der Fall sein könnte.«

Regunam-Rem trat aus dem Schatten der großen Hütte, bis auf ein traditionell aussehendes, weit fließendes Hemd aus weißem Leinen unbekleidet. Er trug sein riesiges Daikatana bereits blank gezogen und mit der stumpfen Seite nach unten auf seine Schulter gelehnt. Die halb blinden Augen wirkten fröhlich, die gesamte Körpersprache des alten Oni drückte tiefe Gelassenheit aus.

»Heute wird der Schilfschwert-Clan Zeuge eines Ereignisses, das nicht mehr vorkam, seit Merek, der dreifach Verkrüppelte, vor siebenundachtzig Jahren zu uns stieß.«

Freudiges Rufen war die Antwort.

»Ich kann nur hoffen, dass dieser Merek seinen Beinamen bereits vor dem Duell besaß«, sagte Yorgen und verzog das Gesicht, als er den schlichten, in den Boden geritzten Kreis betrat, der einen Durchmesser von gut zwanzig Metern hatte.

Regunam-Rem tänzelte regelrecht auf der gegenüberliegenden Seite in den Ring, ging ein paar Schritte hin und her und ließ dabei sein Daikatana in spielerischen Bewegungen um sich herumkreisen.

»Zusammen mit seiner Armlänge kommt der Oni mit seiner Waffe auf eine Reichweite von fast fünf Metern«, sagte Thaum. »Das heißt, Yorgen hat viel weniger Raum zum Manövrieren, als es ob der Größe des Kreises den Anschein hat.«

Der Yeti zog den *Leviathan* hervor und tätschelte die Waffe liebevoll, während er Regunam-Rem provozierend ansah. »Bringst du öfter ein Messer mit zu einer Schießerei?«, fragte er lässig.

Mira konnte das leichte Zittern in der Stimme des Grenzgängers hören und hoffte, dass es nur jenen auffiel, die ihn gut kannten.

Das amüsierte Lachen des riesigen Oni lieferte die Antwort nur Sekunden später. »So ist es richtig. Zeig deine Zähne, tapsiger Welpe. Überzeuge den Clan, dass du es wert bist, aufgenommen zu werden.« Dann brachte er seine gewaltige Klinge vor sich in Stellung. »Lass uns beginnen.«

Yorgen verlor keine Zeit und schoss mehrfach mit dünnen Kugeln aus Eis auf den Oni, die im Fell seines Gegners festfroren und dort regelrecht verloren aussahen. Der *Leviathan* zischte wütend und eine Dampfwolke stieg von ihm auf, als die Kraftkugel in seinem Inneren versiegte und die Waffe außer dem Klicken eines vergeblich gedrückten Abzugs keinerlei Reaktion mehr von sich gab. Hämisches Gelächter setzte ringsum ein, und Regunam-Rem schritt mit geschmeidigen Schritten auf Yorgen zu, der zurückwich und dabei hastig die Kraftkugel wechselte.

»Wieso hat er das Potenzial der Kugel mit diesen mickrigen Schüssen verschwendet?«, fragte Nik kopfschüttelnd. »Eine solide Ladung Eis, verschossen mit einem Schlag, hätte vielleicht etwas bei Regunam-Rem bewirken können.«

»Abwarten«, raunte Thaum, der seinen Ohrhörer benutzte, um das Team über den Lärm der jubelnden Onis unbemerkt zu kontaktieren.

Mira blinzelte, als das Clanoberhaupt seine Klinge in Richtung Yorgen sausen ließ und der Grenzgänger sich geschmeidig darunter wegrollte. Allein schon der Luftzug, den die Waffe verursachte, ließ die Elfe sanft auf ihren Füßen schaukeln. »Hat jemand eine Idee, wie wir zu Yorgens Vorteil eingreifen könnten?«, flüsterte sie über Funk.

»Vielleicht eine Ablenkung?«, schlug Nik vor. »Etwas, das Regunam-Rem seine Konzentration verlieren lässt?«

Die versammelten Onis grölten auf, als Yorgen beinahe von einem eleganten Schwertstreich erwischt wurde und ein Büschel Fellspitzen durch die Luft segelte, fein säuberlich vom Rücken des Grenzgängers fortgesäbelt.

»Jetzt reicht's«, brüllte der, legte erneut mit dem *Leviathan* an und zog den Abzug in schneller Abfolge durch.

Ein halbes Dutzend Schüsse löste sich aus dem Lauf, feurig glimmend und auf ihrem Weg zum Oni eine Rauchspur hinterlassend. Es roch augenblicklich nach verbranntem Fell, als die glutartigen Projektile Arme und Beine Regunam-Rems an mehreren Stellen in Brand steckten und das Oberhaupt des Schilfschwert-Clans sich wütend auf dem Boden wälzen musste, um sein schwelendes Fell zu löschen.

»Du verlässt dich zu sehr auf Spielzeuge und zu wenig auf dich selbst«, brüllte er und sprang wieder auf die Beine. Seine gute Laune war Opfer der Flammen geworden, ebenso wie einige Stellen seines Fells. Die Brandwunden sahen in Miras Augen übel aus, aber sie wusste um die Zähigkeit eines Yetis – und Oni, als ihre östlichen Vettern, standen den Schneemenschen in der Beziehung in nichts nach.

Noch während Regunam-Rem sein Daikatana anklagend in Richtung des ans andere Ende des Kampfkreises flüchtenden Yorgen reckte, konnte die Elfe erkennen, wie das verbrannte Fleisch verschorfte. In weniger als einer Minute würde der Oni unverletzt im Ring stehen – und Yorgen hatte sein Pulver größtenteils verschossen. Schon jetzt verzog sich das Gesicht des

Yetis zu einer Maske des Zweifels, und Mira fragte sich, ob sie heute erneut ein Teammitglied verlieren würde. Hatten sie vielleicht zu hoch gepokert und verloren?

»Ich brauche Vorschläge«, forderte die Elfe über Funk.

»Ihr steht in einem Haufen grölender Onis, die nur nach einem Grund suchen, euch in Stücke zu reißen«, sagte Mack. »Und Yorgen schafft es, mit einer Knarre bei einer Messerstecherei zu verlieren. Es gibt nichts, was wir gerade tun können. Am besten gibt er einfach auf und verlässt den Kreis.«

Die Bruckenbrenner schienen Mira zuzuflüstern, dass die Elfe sie ziehen sollte. *Vielleicht demoralisiert es den Clan, wenn ich Regunam-Rem zwei Kugeln in den Kopf jage?*, dachte sie hektisch. Dann erinnerte sie sich an die Worte des Oni: »Wir sind keine leicht einzuschüchternden Barbaren.« Sollten sie Regunam-Rem umlegen, würde der Schockmoment, den der Tod ihres Anführers auslösen würde, das Team nicht vor einem gewaltsamen Tod durch den Schilfschwert-Clan retten.

Yorgen hatte indes die Kraftkugel erneut ausgetauscht, den *Leviathan* dann aber mit einer Miene der Hoffnungslosigkeit fortgesteckt und tänzelte nun durch den Kampfring, die Klinge des alten Onis stets auf sichere Distanz haltend. Wann immer sich die Gelegenheit bot, versuchte Yorgen, die Waffe zu unterlaufen, aber die nötigen drei Meter Distanz waren geradezu meilenlang, wenn man dabei darauf achten musste, nicht von einem Meister des bewaffneten Nahkampfes mittels gekonnter Schläge zerteilt zu werden.

»Immerhin hören die Oni auf zu lachen«, sagte Nik mit gequältem Gesichtsausdruck. »Dass Yorgen versucht, Regunam-Rem im Nahkampf zu attackieren, anstatt aufzugeben, scheint ihnen zu imponieren.« Tatsächlich murmelten die Oni verwundert in einem lauten Durcheinander, das wie ein verwirrter Schwarm Hornissen klang.

»Drei Minuten dreißig der erforderlichen fünf Minuten sind rum«, warf Mack wenig später ein. »Vielleicht kann Yorgen sich ja über die Zeit retten.«

Mira sah sich nach einer zeremoniellen Sanduhr oder etwas Ähnlichem um, damit sie selbst das Ende des Zeitlimits im Blick behalten konnte, aber erblickte nur einen jugendlich wirkenden Oni mit einer Stoppuhr in der Hand. Die Mischung aus Tradition und Pragmatismus ihrer Gastgeber verwirrte sie zusehends.

Ein kollektiver Aufschrei ließ sie zusammenzucken, und sofort sah sie den Grund dafür: In Yorgens rechtem Bein klaffte ein gewaltiger Schnitt, der sich langsam wieder schloss. Von der Klinge Regunam-Rems troff Blut zu Boden. Offensichtlich war die Glückssträhne des Yetis endgültig vorbei.

»Du hast dich lange gehalten«, sagte Regunam-Rem. »Verlasse den Ring und ich garantiere freies Geleit für dich und deine Geschäftspartner.«

»Nein, danke«, sagte Yorgen und warf sich in eine Vorwärtsrolle, die ihn nahe genug an den Oni heranbrachte, dass er zu einem Kopfwurf ansetzen konnte. Er packte den Oni an den Handgelenken, ließ sich in der Aufwärtsbewegung seiner Rolle umgehend wieder nach hinten fallen, sperrte die Füße seines Gegners und begann, den Oni über sich hinwegzuziehen, wie er es damals mit dem Boukhencha getan hatte.

Mira wollte bereits ein Jubelschrei über die Lippen kommen, als sie entsetzt erkannte, dass sich Regunam-Rem mit seinem eigenen Gewicht nach hinten fallen ließ, um den Wurf auszukontern. Lachend kam er auf dem Boden auf und rollte sich nach hinten ab, bevor er federnd wieder auf die Beine kam. Yorgen hingegen lag auf der rechten Seite, seine Brust hob und senkte sich keuchend, anscheinend hatte er seine gesamte Kraft in dieses eine Manöver gelegt. Sein rechter Arm war merkwürdig abgewinkelt, und Mira fragte sich, ob der Yeti ihn sich gebrochen hatte, als er darauf gefallen war.

»Steh auf, du blöder Riesenaffe«, murmelte Nik neben ihr besorgt. »Steh auf oder ich versenke diese ganze Insel, wenn es sein muss.« Die Stimme der Hexe klang rau und angespannt, ihre Hände waren verkrümmte Klauen, die Pupillen stecknadelkopfgroß. Mira tauschte einen besorgten Blick mit Thaum und trat an die Hexe heran.

»Ruhig Blut«, sagte sie leise. »Noch hat er nicht verloren ...« Ihre Worte versiegten, als sich Regunam-Rem mit erhobenem Daikatana über Yorgen aufbaute und auf ihn herabsah.

»Kriech aus dem Ring«, sagte der Oni beinahe sanft. »Rette dein Leben, wenn auch nicht deinen Stolz, kleiner Welpe.«

»Warum?«, fragte Yorgen und spuckte zittrig auf den Boden neben sich. »Ich habe dich doch da, wo ich dich haben wollte.«

»Triumphierend und direkt über dir?«, fragte Regunam-Rem, und Mira sah, dass er seinen Körper zu einem finalen Schlag anspannte.

»Wag es nicht«, röchelte Nik neben ihr und begann mit ihren Händen, komplizierte Muster zu formen.

»Nik ...«, begann Mira und wollte nach der Grenzgängerin greifen.

»Direkt über mir, ja«, wiederholte Yorgen indes mit einem schwachen Lachen. »Die Flugbahn muss schließlich stimmen.« Dann drehte er seinen Körper um einen winzigen Bruchteil, wodurch er das Schulterholster weit genug freibekam, dass er dessen Spitze in Richtung des Oni drehen konnte. »Bumm«, sagte er und feuerte den *Leviathan* auf jener Stufe ab, die Mira bisher erst einmal in Macks Demonstrationsvideos gesehen hatte.

Ein dumpfes Dröhnen, als hätte jemand einen stadiontauglichen Subwoofer überlastet, breitete sich in alle Richtungen aus, und dann löste sich eine schimmernde, durchsichtige Kugel aus dem Lauf, schoss durch die offene Holsterspitze und flog schräg hinauf – geradewegs auf Regunam-Rems Brust zu. Der hatte seine Klinge bereits knurrend hinab auf den wehrlosen Yorgen gestoßen, dessen Arm durch den Rückstoß regelrecht in den Boden gerammt wurde und mit einem widerlichen Knirschen mehrfach brach. Aber bevor die Spitze des Daikatanas mehr als zwei Fingerbreit in Yorgens Brustkorb eindringen konnte, prallte das Projektil auf und ein zweites dumpfes Wummern ertönte. Als hätte die Hand eines unsichtbaren und sehr zornigen Gottes Regunam-Rem gepackt und fortgeschleudert, flog die drei Meter große Gestalt in einem hohen Bogen durch die Luft. Der zornig brüllende Oni überschlug sich mehrfach, bis er fünfzig Meter entfernt am Ende des Dorfes wild mit Armen und Beinen rudernd in ein Bambushaus stürzte, das bei dessen Einschlag krachend auseinander barst.

Eine kondensartige Stille breitete sich aus, von jener Qualität, bei der Mira an den Ereignishorizont eines schwarzen Loches denken musste. Jener Punkt ohne Wiederkehr, der das Ende aller Existenz bedeuten mochte. Zumindest, was vier bestimmte Grenzgänger anging.

Die versammelten Oni starrten auf die Trümmer des Hauses, dann auf Yorgen und schließlich ebenso auf den Rest des Teams. Mira wagte weder zu atmen noch irgendeinen Finger zu rühren, aus Angst, jene Schockstarre des Clans zu durchbrechen, die sie vier am Leben erhielt.

»Hab ich dich, du Penner!«, waren daher ausgesprochen klar und deutlich die Worte Yorgens zu verstehen, der blutig grinsend dalag und mit sich und der Welt vollkommen im Reinen wirkte.

Schon griffen die ersten Oni nach ihren Waffen, und Mira tastete nach den Bruckenbrennern, während Thaum plötzlich zwei Phiolen in Händen hielt und Nik ihren Zauber erneut begann. Arme wurden zum Schlag gehoben, Sicherungen klickend umgelegt und Läufe herumgeschwenkt, als plötzlich ein Rumpeln einsetzte, das die Oni in der Bewegung erstarren ließ.

»Halt«, flüsterte Mira mit zittriger Stimme, als sie erkannte, was sie da hörte: Regunam-Rem, der in den Tiefen der zertrümmerten Hütte amüsiert vor sich hin lachte.

Das Geräusch wurde lauter und lauter, zerriss die verbissene Stille und ebenso den Willen zu blindem Mord, der eben noch den Clan beherrscht hatte.

Mira ließ die Bruckenbrenner wieder in ihren Schulterholstern verschwinden und bedeutete Nik und Thaum, innezuhalten.

»Welpe!«, ertönte der hustende Ruf des Clanoberhauptes, und dann kam Regunam-Rem zwischen den Überresten der Hütte in Sicht. »Hast du mich am Ende doch noch mit deinem Spielzeug überlistet?«

»Wer sagt, es kommt nicht auf die Größe an, hat nur noch nicht das richtige Kaliber benutzt«, tönte Yorgen, der sich seit dem Schuss keinen Zentimeter bewegt hatte. »So, wie ich das sehe, steht unser kleines Spielchen Yetis: eins, und alte, besserwisserische Onis: null.«

»Übertreibe es nicht«, sagte Regunam-Rem und seine amüsierte Miene wurde eine Spur finsterer. »Du hast das Recht erworben, Teil des Clans zu sein. Das bedeutet aber auch, dass du mir und allen anderen den entsprechenden Respekt zollen wirst.«

»Ja«, sagte Yorgen lang gezogen. »Respekt ist wirklich nicht meine Stärke.«

»Ich habe den Eindruck, dass vieles nicht Yorgens Stärke ist«, warf Mack gut gelaunt ein. »Auch wenn ich zugeben muss, dass ich diesen Schuss nicht habe kommen sehen.«

»War das deine Idee?«, fragte Nik Thaum leise. »Was auch immer das genau war.«

»Luft«, erwiderte der Nachtstreifer. »Was ihr gesehen habt,

war die Magie einer Kraftkugel, angefüllt mit der elementaren Macht der Luft.«

»Aha«, machte Mira. »Also daher das Drehen im Kreis und das Wirbeln mit einem Arm. Ihr habt abwechselnd die Kugel aufgeladen, indem ihr sie per Fliehkraft mit Wind versorgt habt.«

»Genau«, sagte Thaum stolz und runzelte dann die Stirn. »Moment mal, woher weißt du das?«

Nik umarmte den Nachtstreifer plötzlich stürmisch und gab ihm einen dicken Kuss auf die Wolfsnase. »Danke«, sagte sie aufrichtig. »Danke, dass du diesen dummen Hund von einem Yeti gerettet hast.«

»Wieso wird der geküsst und ich werde beleidigt?«, maulte Yorgen vom Boden aus. »Ich habe hier die ganze Arbeit geleistet und Angst und Schmerzen ertragen.«

»So redet ein wahrer Held«, sagte Mira trocken.

Die Oni hatten inzwischen Regunam-Rem Platz gemacht, der bei Yorgen ankam und auf den Yeti hinabsah, beinahe, wie er es vorhin schon getan hatte. Nur dass diesmal seine große Waffe achtlos auf dem Boden lag. »Steh auf, Yorgen vom Schilfschwert-Clan«, sagte der alte Oni.

Yorgen rührte sich nicht.

»Ich sagte: Steh auf.«

»Nun ja«, kam daraufhin die zögerliche Antwort. »Um der Wahrheit die Ehre zu geben: Das geht gerade nicht. Der Rückstoß hat meinen Arm regelrecht in den Boden getrieben und dabei mehrfach gebrochen. Ohne Hilfe bekomme ich ihn niemals frei.«

Diesmal erfasste die Heiterkeit jeden im Dorf, ob nun Oni oder Grenzgänger, bis auf den beleidigt daliegenden Yorgen, der kopfschüttelnd das vielstimmige Lachen über sich ergehen ließ.

»Ich kann nicht glauben, dass das wirklich geklappt hat«, sagte Thaum zum sicherlich neunten Mal an diesem Abend.

Nach einem Tag voller Feierlichkeiten waren die vier Grenzgänger zurück in ihrer Hütte, die in der Zwischenzeit mit allerlei Annehmlichkeiten versehen worden war. Es gab Ladegeräte mit Sonnenkollektoren, einen modernen Laptop, bequeme Feldbetten und genug Fleisch, Fisch, Obst und Brot, dass sie alle satt wurden.

»Jedes Mal, wenn ich diese Überraschung in deiner Stimme höre, zieht mein Leben wieder an meinen Augen vorbei«, beschwerte sich Yorgen. »Du hättest mir sagen können, dass du glaubtest, meine Chancen stünden derart gering.«

Thaum seufzte. »Das habe ich getan. Dreimal. Aber *du* wolltest ja unbedingt Regunam-Rem besiegen.«

»Aber wozu dieses Schmierentheater?«, fragte Nik den Yeti. »Warum hast du den Oni nicht einfach direkt aus dem Ring gepustet?«

»Wir wussten nicht, wie stark das Projektil sein würde«, beantwortete Thaum die Frage. »Dass die Kraftkugel den Zugwind als Elementarquelle annahm, war bereits mehr als fraglich. Und wie sich diese akkumulierte Macht in Form eines Projektils äußern würde, ebenfalls. Yorgen hätte ebenso gut abdrücken können und der *Leviathan* daraufhin einen gemütlichen Luftstrom verschießen können statt eines geballten Impulses.«

»Außerdem musste Regunam-Rem sich über mir befinden«, sagte Yorgen. »Die Distanz musste zu kurz für ihn sein, um ausweichen zu können, und seine Flugbahn sollte möglichst einer Parabel entsprechen.« Der Yeti zuckte mit den Achseln. »Hätte ich den alten Mann geradewegs vor einen Baum geknallt, wäre vielleicht von seinem Schädel nicht genug zum Regenerieren übrig geblieben. Und den Vorgeschmack auf das, was dann gekommen wäre, habt ihr vorhin erlebt.«

»Ich gratuliere in jedem Fall«, sagte Mack überschwänglich zum Zischen einer frischen Bierdose. Mira glaubte, es war heute bereits seine siebzehnte. »Nach den traditionsreichen Regeln der Onis habt ihr euch genug Vertrauen verdient, dass sie euch nicht fortgeschickt haben, und ich glaube, Regunam-Rem am Nachmittag über einen Auftrag für euch reden gehört zu haben. Ihr könnt übrigens offen über die Mission sprechen. Laut *Mutter* ist kein Oni in Hörweite und sie erkennt auch keine Abhörgeräte in eurer Umgebung.«

»Regunam-Rem will die Gönnerin des Clans kontaktieren«, sagte Mira und zog an ihrer EZigarette. »Sobald sie ihre Freigabe erteilt, sollen wir das nächste Artefakt für ihre Sammlung bergen.«

»Auch wenn ich jetzt die Spielverderberin raushängen lasse«, sagte Nik stirnrunzelnd. »Aber sollten wir nicht die Machenschaften dieser Frau vereiteln, statt sie aktiv zu unterstützen?«

»Eure Aufgabe ist es, herauszufinden, wie diese machtvollen Dämonen derart leicht beschworen werden konnten«, erinnerte sie Mack. »Wenn ihr dafür Mithilfe leisten müsst, dann ist das halt so. Sobald wir erst mal die Regeln kennen, nach denen die Beschwörungen vonstattengehen, kann zur Not die Unendliche Legion hinter euch aufräumen, sobald ihr euch verzogen habt.«

Mira rutschte unruhig auf ihrem Sitzkissen hin und her. »Müssen wir wirklich die Armee da mit reinziehen?«, fragte sie. »Hier auf der Insel leben auch Kinder und die haben nichts mit Dämonenbeschwörungen am Hut.«

»Spionage ist ein schmutziges Geschäft«, sagte Mack bedauernd. »Aber wenn es dich beruhigt, werde ich in meinem Bericht vermerken, dass wir bisher unter den Oni keinerlei Anzeichen von Beschwörungsmagie festgestellt haben.«

»Abgemacht«, sagte Mira. »Aber für heute sollten wir damit zufrieden sein, dass wir bald mit dem Sammeln von handfesten Informationen beginnen können.«

»Endlich«, sagte Yorgen und kratzte sich an seinem verletzten Arm. »Diese Schnitzeljagd ging mir echt auf den Zeiger.« Er knurrte ungehalten. »Verdammt, warum müssen heilende Brüche immer so jucken?«

»Ich denke, wir werden uns noch nach der guten alten Zeit zurücksehnen, als wir nur von einem Mittelsmann zum anderen gehetzt sind«, sagte Nik nachdenklich. »Ab jetzt müssen wir die immer selben Leute täuschen. Das wird viel schwieriger, als von blutiger Nase zu blutiger Nase zu ziehen und verbrannte Erde zurücklassen zu können.«

»Du weißt immer, wie du die Stimmung aufhellen kannst«, sagte Yorgen beißend.

Danach flachte das Gespräch zusehends ab, und Mira beherzigte ihren eigenen Ratschlag und gönnte sich ein Mindestmaß an Zufriedenheit. Ein weiterer Schritt war geschafft und mit ein bisschen Glück hatten sie nun genug Zeit, dass die Elfe sich um das Chaos kümmern konnte, das in ihrem Kopf nur darauf wartete, in einem bunten Reigen aus verbannten Erinnerungen zu explodieren.

»Unsere Situation ist prekärer, als ich dachte«, sagte Yorgen.

»Woher kennst *du* denn das Wort ›prekär‹?«, stichelte Thaum.

»Kam mal in einem Kreuzworträtsel vor, das ich während einer stinklangweiligen Überwachung löste.«

»Ach so.«

Mira blinzelte irritiert und sah die beiden Grenzgänger an, die sich ein Bonmot nach dem anderen hin und her warfen. »Ob sie verstanden haben, was ich ihnen gerade über mich erzählt habe?«, fragte sie Nik leise.

»Es muss an dem vielen Fell liegen«, sagte die Hexe grinsend. »Dadurch verarbeiten ihre Gehirne Informationen anders als wir.«

»Unsere Teamleiterin hat eine magische Mauer in ihrem Kopf und dahinter ihr halbes Leben weggesperrt«, fasste Yorgen achselzuckend zusammen.

»Und ihre wahnsinnig mächtige Verwandtschaft will sie entführen oder umbringen lassen, und zwar entweder wegen dieser Wand oder weil sie nichts von ihr wissen«, fügte Thaum hinzu.

»Außerdem bröckelt dieses Ding in Miras Kopf durch die tollen neuen Wummen, die sich mit ihr verbunden haben«, schloss Yorgen. »Klingt doch nach einem stinknormalen Dienstag als Mitglied der *Nebula Convicto*.«

Thaum nickte nur und ließ Mira mit seinem Blick wissen, dass er verstand, warum sie bisher geschwiegen hatte. Angesichts seiner Treue brachte sie vor Rührung kein Wort heraus.

Nik räusperte sich und sprang für sie ein. »All das macht unsere Aufgabe nicht einfacher, aber wenn man weiß, dass man einen Zwei-Fronten-Krieg führt, kann man sich wenigstens darauf einrichten.«

»Drei Fronten«, korrigierte Mack. »Ihr vergesst die *Nebelwacht*, auch wenn wir dieses Problem für den Moment eingedämmt haben.«

Yorgen sah aus der Hütte und deutete missmutig in den Regen hinaus, der seit drei Tagen die Insel überschwemmte, auf der sie bereits seit mehr als einer Woche festhingen. »Auch wenn ich verstehe, dass du unsere Langeweile mit deiner kleinen Beichte unterbrechen wolltest, wünschte ich mir doch, dass Regunam-Rem langsam mit uns über unseren nächsten Auftrag reden würde.« Seine Stimme wurde leiser. »Nicht, dass er es sich doch anders überlegt hat oder wir aufgeflogen sind.«

»Bei Ersterem wären wir bereits von der Insel geworfen worden, bei Letzterem tot«, widersprach Thaum murmelnd.

Yorgen grinste. »Du sagst immer so schöne Dinge. Du warst bestimmt in eurem alten Team der Motivator der Gruppe, oder?«

Mira wusste nicht, ob sie sich darüber freuen oder beunruhigt sein sollte, dass ihre Offenbarung derart schnell an den Rand der Wahrnehmung geschoben wurde. Nach einigen

Sekunden beschloss sie, in der Reaktion der anderen ein gutes Zeichen dafür zu sehen, dass sie vier endlich zu einer Einheit zusammenwuchsen.

»Hast du denn während deines täglichen Unterrichts bei den Oni nichts herausbekommen?«, fragte Mira Yorgen und unterbrach damit den hitzigen Wortwechsel zwischen Nachtstreifer und Yeti.

»Nur, wie man Bambus flechtet«, sagte er angewidert. »Anscheinend muss jedes Mitglied des Clans ein paar traditionelle Fähigkeiten beherrschen. In ein, zwei Monaten soll ich dann meine eigene Hütte bauen.« Er hob kopfschüttelnd seine großen Pranken. »An denen hier funktioniert nur der Abzugfinger richtig.«

»Der heißt Zeigefinger«, korrigierte ihn Thaum.

»Bei mir nicht«, sagte Yorgen grinsend. »Ich benutze ihn nur für den Abzug.«

»Wenn wir noch weiter hier rumsitzen und der Insel beim Versinken zusehen, bringen die beiden sich noch vor Langeweile gegenseitig um«, sagte Nik. »Oder ich verliere die Geduld und komme ihnen zuvor.«

»Wie läuft dein eigenes Training?«, fragte Mira die Hexe.

»Es geht«, kam die wenig enthusiastische Antwort. »Wie ich damals schon sagte, kann ich den Umgang mit den Fluchfängern nur im Ernstfall effektiv üben. Alles, was ich hier unternehmen kann, sind lediglich meditative Fingerübungen.«

»Jedes bisschen hilft«, antwortete Mira und kam sich dabei wie eine Heuchlerin vor, da sie selbst keinerlei Fortschritte erzielt hatte, weder bei der Instandsetzung der Mauer in ihrem Kopf noch in der Beherrschung der Bruckenbrenner.

Sie alle hatten die erzwungene Wartezeit genutzt, um auszuschlafen, ihre Nerven zu beruhigen und – wo es möglich war – mit ihrer Ausrüstung zu üben. Yorgen machte abends mit dem *Leviathan* Schießübungen am Strand und Thaum experimentierte tagsüber mit den Kraftkugeln der Waffe, so gut es ihm hier auf der Insel möglich war. Sein bisher größter Durchbruch war die Erkenntnis, dass man eine Kraftkugel mit jenem elementaren Windeffekt, der das Duell mit Regunam-Rem entschieden hatte, statt durch schweißtreibendes Umherwirbeln ebenso gut mit einem Föhn aufladen konnte, den man stundenlang auf das stählerne Rund gerichtet liegen ließ.

Mira hatte sich erst gewundert, dass die Oni ein solches Gerät auf der Insel hatten. Dann war ihr die Unmenge an Fell eingefallen, das an diesem Ort getragen wurde. *Ich werde mich nie wieder wegen meiner paar Haare beschweren*, dachte sie.

Die Elfe sah in diesem Moment, dass der Oni, der sie alle auf die Insel gebracht hatte, gemächlichen Schrittes auf ihre Hütte zukam und dem Regen dabei keinerlei Beachtung schenkte. »Yorgen, dein Unterricht geht weiter«, sagte sie.

»Hsu ist jetzt mein Lehrer«, sagte der Yeti und erhob sich augenrollend. »Anscheinend dürfen wir heute mit Bambusstäben aufeinander eindreschen, damit ich die Grundlagen des Schwertkampfes lerne. Als ob ich jemals eine Feuerwaffe gegen ein kurzes Stück Stahl eintauschen würde, damit mein Gegenüber mich gemütlich abknallen kann.« Yorgen stampfte murrend hinaus in den Regen und folgte dem vor der Hütte wartenden Oni in den Wald.

Thaum sah den beiden nach. »Wenn es nicht derart schütten würde, dann käme ich in Versuchung, hinterherzugehen, um mitzuerleben, wie Yorgen die Hucke vollgehauen bekommt.«

»Mack, hast du irgendetwas Neues zu berichten?«, fragte Mira aus purer Langeweile. »Du wolltest doch das Netzwerk der Onis anzapfen.«

»Sechzehn Laptops in einem WLAN nennst du ein Netzwerk?«, murrte der Zwerg. »Ich habe bei Regunam-Rems Daten die Mails gefunden, die mit Ignatio ausgetauscht wurden, aber keinerlei Hinweis auf diese Gönnerin, der sie sich verschrieben haben.«

»Was wissen wir denn über die Vergangenheit des Schilfschwert-Clans?«, fragte Nik. »Wenn man wissen will, wo jemand hingeht, ist es meistens nützlich, herauszufinden, wo derjenige herkommt.«

»Da fällt mir ein, ich muss mal wieder chinesisches Essen beim Personal des *Somnium* bestellen«, sagte Mack bissig. »Aber ohne Glückskekse. Die passenden Sprüche lieferst du ja schon.«

»Hast du jetzt etwas über diese Oni herausgefunden oder nicht?«, fragte Mira nach.

»Regunam-Rem ist seit über hundert Jahren ihr Oberhaupt, und der Clan hat eine lange Tradition als verlängerter Arm einer Naga-Triade. Die wurde jedoch bei einem Machtkampf mit einer anderen Triade vernichtet und der Schilfschwert-Clan während der Kämpfe arg dezimiert. Danach war er zu klein und bedeutungslos, um noch Anstellung zu finden, und lebte die letzten zwanzig Jahre wohl von Erspartem. Ich denke, die Bescheidenheit, die ihr überall auf der Insel seht, ist nicht nur hehren Idealen geschuldet.«

»War das schon alles?«, fragte Thaum enttäuscht nach.

»Nicht so ungeduldig«, beschwerte sich Mack. »Seit einem Jahr wurden wieder vermehrt Oni des Clans in Hongkong gesehen, und einige Erkundigungen ergaben, dass sie plötzlich mit Unmengen Bargeld und – haltet euch fest – bei über zwei Dutzend Gelegenheiten mit magischen Artefakten bezahlten.«

Mira horchte auf. In der Welt der *Nebula Convicto* war Geld zwar durchaus nützlich, aber magische Artefakte waren die Währung, die einem alle Türen und Tore öffnete. »Du denkst an diese Gönnerin.«

»Klar«, sagte Mack. »Es sei denn, Regunam-Rem ist plötzlich über einen vergrabenen Schatz voller kostbarer magischer

Gegenstände gestolpert, die rein zufällig keine Kaskade ausgelöst haben.«

»Versuch besser nicht, witzig zu sein«, konterte Nik. »Das klappt bei dir nie.«

»Er hat aber recht«, sagte Mira. »Wo kommen all diese Artefakte her? Wer ist so mächtig und doch so unbekannt, ein Vermögen in magischen Gegenständen hergeben zu können, ohne aufzufallen?«

»Vielleicht eine Erbschaft«, sagte Nik. »Ein Sammler wertvoller Artefakte stirbt und seine Kollektion wird aufgelöst.«

»Und die Erbin nutzt den plötzlichen Reichtum, um ihre eigene Agenda zu verfolgen, statt die guten Stücke in Vitrinen einzumotten«, fuhr Mack nachdenklich vor. »Klingt plausibel. Ich forsche nach, wer aus der Sammlerszene in den letzten – sagen wir drei – Jahren den Löffel abgegeben hat und ob ich was über die Erben herauskriege.«

»Endlich beginnen wir mal mit etwas, das man Ermittlungen nennen könnte«, sagte Nik erleichtert.

»Mack ermittelt«, korrigierte Mira die Hexe. »Wir sind *nur* Grenzgänger, nichts anderes. Vergiss das nicht.«

»*Mutter* schlägt Alarm«, sagte Mack hastig. »Ihr bekommt Besuch.«

Thaum, Nik und Mira warteten schweigend ab, und wenige Sekunden später tauchte Regunam-Rem vor ihrer Hütte auf, einen Laptop unter dem Arm, der an dem riesigen Wesen wie ein Kinderspielzeug aussah.

»Ich habe soeben die Freigabe erhalten, euch anzuheuern«, sagte er und betrat die schlichte Behausung. Dann setzte er sich auf eines der Kissen und stellte den kleinen Rechner vor sich auf. »Ich gebe euch eine letzte Gelegenheit, diese Insel zu verlassen und nie wieder von uns zu hören«, sagte er. »Ab hier wird es … gefährlich.«

Mira verschränkte die Arme vor der Brust, sofort wieder in der Rolle der harten Verhandlerin versunken. »Da *draußen* ist es gefährlich für uns«, sagte sie. »Hier ist es nur sandig und nass. Damit können wir leben.«

Regunam-Rem nickte bedächtig und klappte den Laptop auf, der sirrend hochfuhr. »Wie ihr wollt«, sagte er gelassen. »Behauptet hinterher nur nicht, dass ihr nicht gewarnt wurdet.«

Eine ganz gewöhnliche Schale

Mira trommelte ungnädig mit ihren Fingern auf dem niedrigen Tisch in ihrer Hütte herum. Um sie versammelt saßen die übrigen Grenzgänger, während Mack sie aus ihrem Laptop heraus ratlos anstarrte.

»Eine Schale«, sagte die Elfe ernüchtert. »Wir sollen eine atlantische Schale stehlen, wie es sie zu Hunderten, nein, Tausenden überall auf der Welt verstreut zu kaufen gibt. Die Schmuggler, die illegalerweise nach den Überresten von Atlantis tauchen, schmeißen diese Dinger mittlerweile zurück ins Meer, derart wertlos sind die Schalen inzwischen.«

»Es soll aber nicht irgendeine Schale sein«, sagte Mack stirnrunzelnd. »Sondern die, die sich im Besitz von …« Er sah auf seinem Tablet nach, »Me Fao befindet, seinerseits ein Mitglied der mundanen Gesellschaft und ein angesehener Investmentfachmann mit einem Edelpenthouse außerhalb Hongkongs.« Ein Bild von einem Hochhaus tauchte auf, das von unberührter Natur umgeben war und auf einem Berghang stand, von dem aus man die Metropole und den Victoria Harbour sehen konnte.

»Hat noch jemand ein Déjà-vu?«, fragte Thaum. »Ein vermeintlich mundanes Ziel und ein harmloser Gegenstand, der gestohlen werden soll …«

»Wenigstens hat uns Regunam-Rem im Gegensatz zu Megock nicht für dumm verkaufen wollen«, sagte Nik. »Er sprach von ›signifikanten Sicherheitsvorkehrungen‹, auf die wir uns einstellen sollen.«

»Aber wie die aussehen, konnte er uns nicht sagen«, murrte Yorgen, der mittlerweile zurück war und schmollte, weil er das kurze Briefing durch den Oni verpasst hatte. Das Clanoberhaupt hatte ihre Aufgabe in wenigen Sätzen zusammengefasst und ihnen drei Millionen Hongkong-Dollar für eine Nacht Arbeit versprochen sowie die Erlaubnis, bis zum nächsten Job auf der Insel bleiben zu dürfen.

»Ich glaube, das wusste er selbst nicht«, sagte Nik.

»Also stammen sämtliche Angaben zu unserem Auftrag von dieser Gönnerin«, schloss Mack und rieb sich mit einer Hand über das stoppelige Haar. »Das gefällt mir ganz und gar nicht. Wer sagt, dass sie euch nicht verheizt, um euch loszuwerden?«

Thaum verzog besorgt das Gesicht. »Du meinst, wir sind das Kanonenfutter, das sich mit den ominösen Sicherheitsvorkehrungen anlegt, und die Oni fegen hinterher zusammen, was von uns übrig ist, und stehlen die Schale?«

Nik kaute auf ihrer Unterlippe herum. »Oder wir sind nur die Ablenkung und sollen die Aufmerksamkeit Me Faos auf uns ziehen, während die Oni was weiß ich anstellen.«

Mira gefiel keine dieser Möglichkeiten. »Wie sicher sind wir, dass die *Nebelwacht* dieses Hochhaus nicht auf dem Schirm hat?«, fragte sie Mack.

»Todsicher«, kam umgehend die Antwort. »Es lebt offiziell niemand dort, der zur *Nebula* gehört.«

Die Elfe musste an das Labor in Tschechien denken. »Und inoffiziell?«

»Ebenso Fehlanzeige«, sagte der Zwerg. »Wenn da nicht diese Schale aus Atlantis wäre, gäbe es nicht den Hauch einer Spur in Richtung der magischen Gemeinschaft.«

»Sie können leicht für gewöhnliche Designerstücke gehalten werden«, sagte Yorgen. »Gut möglich, dass Me Fao nicht weiß, was er da besitzt.«

»Hat das Gebäude offizielles Sicherheitspersonal?«, fragte Mira.

Mack schüttelte den Kopf. »Niemand, der den Namen verdient. Nur drei Personen, die sich Pförtneraufgaben und Nachtwache teilen. Das Jobprofil zeigt keine nennenswerten Grundvoraussetzungen, außer in die Uniform zu passen. Also vernachlässigbar.«

Yorgen kraulte sich mit der Hand das Wangenfell. »Wo genau wohnt unser Finanzjongleur?«

Mack kreiste auf dem Bildschirm ein Appartement ein, das sich im unteren Drittel des Gebäudes befand. »Vierter Stock.«

»Also noch nicht mal ganz oben«, sagte der Yeti enttäuscht. »Damit fällt das Dach als kurzer Zugangsweg aus.«

»Gut so«, sagte Mira mit einem leichten Frösteln. »Wir hätten dort mit Fallschirmen landen müssen und von denen habe ich im Moment genug.«

»Brauchen wir eine Tarnung?«, fragte Nik.

Mira nickte. »Wir werden wohl nicht drum herumkommen.« Sie sah Nik fragend an. »Es sei denn, du kannst dir vielleicht was ausdenken, damit wir ohne Tarnung operieren können? Yorgen kann schließlich den *Leviathan* viel besser mit seinen großen Pranken bedienen …«

»Heh! Ich habe ausgesprochen zarte Hände für einen Yeti.«

Die Hexe rollte mit den Augen und nickte Mira stumm zu.

Die Elfe brumme zufrieden. »Wir gehen nachts rein, da werden wir generell weniger Probleme mit Zivilisten haben. Unser Fokus sollte auf den Sicherheitsmaßnahmen liegen, vor denen wir gewarnt wurden, also gehen wir besser von starker magischer Gegenwehr aus.« Mira hatte sofort wieder den brennenden Hank vor Augen. »Ich will maximalen Schutz für das Team«, sagte sie.

Nik lächelte sie ermutigend an. »Ich fertige uns allen starke Hexenbeutel. Die sollten den einen oder anderen Zauber abwehren können.«

Mira sah die Grenzgängerin skeptisch an. »Helfen die nicht nur gegen deine Magie? Und wo bekommst du die Zutaten her?«

Nik schüttelte den Kopf. »Es kommt darauf an, wie ich sie verzaubere. In diesem Fall werden sie kurzfristig alle Magie von euch wenden, die feindlicher Natur ist.« Dann deutete die Hexe auf Thaum. »Und was deine zweite Frage angeht: Er ist fantastisch, wenn es um das Substituieren von magischen Zutaten geht. Die Hälfte von dem, was ich brauche, fischt er mir aus dem Meer.«

»Und den Rest aus dem Wald«, sagte der Nachtstreifer grinsend. »Ich habe hier eine magische Flechte wachsen sehen, die man hervorragend statt Alraunen verwenden kann und die …«

»Also haben wir magischen Schutz«, sagte die Elfe zufrieden. »Sehr gut.«

»Ich kümmere mich um den *Leviathan*«, sagte Yorgen. »Thaum und ich haben da eine Idee, die vielversprechend klingt.«

Mira runzelte besorgt die Stirn. »Keine Experimente, bitte. Ich will nicht, dass deine Waffe ausfällt, weil eine der Kraftkugeln nicht so funktioniert, wie sie soll.«

»Keine Sorge«, beruhigte sie der Nachtstreifer. »Wir passen auf.«

»Ich übernehme das Sicherheitssystem des Hochhauses«, verkündete Mack und grinste dann. »Also ganze fünf Kameras. Außerdem kann *Mutter* den hiesigen Funkmast blockieren, falls einer der Zivilisten etwas mitbekommt und zum Handy greift.«

»Festnetz?«, fragte Mira.

»Müsst ihr vor Ort ausschalten. Ich markiere euch den Verteilerkasten auf eurer Karte, die auch den genauen Grundriss enthält, sowie alle Daten, die *Mutter* in Echtzeit für euch generieren kann.«

Mira sah auf ihre Smartwatch hinab. »Für den Schrottplatz reichte das kleine Display, aber etwas so Komplexes wie ein Hochhaus werden wir hierdrauf nicht im Blick behalten können.«

»Hm«, sagte Mack und rieb sich das Kinn. »Dann werde ich euch dieses Mal lotsen und mache mir später über eine langfristige Lösung Gedanken.«

»Nicht ideal, aber auch nicht zu ändern«, sagte Mira widerstrebend. »Also haben wir Feuerkraft, eingeschränkten magischen Schutz und Luftaufklärung«, sagte sie. Sie deutete auf die Bruckenbrenner in ihren Holstern. »Die hier werde ich nur im Notfall aktivieren, da ich noch immer nicht weiß, wie ich die Magie der Waffen effektiv einsetzen kann.«

»Hauptsache, dein Verstand spielt mit«, sagte Yorgen und tippte sich grinsend an die Schläfe, während er schielte und die Zunge heraushängen ließ.

»Feinfühlig wie immer«, stöhnte Nik und sah Mira entschuldigend an.

Die Elfe zuckte nur gleichmütig mit den Achseln, während sie sich innerlich krümmte. Sie wusste nicht genau, was sie alle in diesem Hochhaus erwarten würde und ausgerechnet Mira bildete die offensichtliche Schwachstelle des Teams. Wieder musste sie an die verkohlte Gestalt Hanks denken und fragte sich, ob sie diesmal verhindern konnte, dass einer von ihnen für diese Schale sterben musste.

Die Nacht war sternenklar und ein leichter Wind trug die Gerüche des Waldes in Mira Nase, während sie mit den anderen in dem offenen Jeep die serpentinenlastige Straße entlangfuhr, die zu jenem ablegenden Hochhaus führte, dessen vierter Stock ihr Ziel war. Die Oni hatten sie in einem Schnellboot von der Clan-Insel aufs Festland gefahren und an einem Mietpier hatte der Jeep bereits auf sie gewartet. Die Grenzgänger hatten auf Subtilität verzichtet und trugen schwarze Kleidung und darunter ihre flexible Schutzpanzerung. Nur Yorgen war unbekleidet und sein großes, felliges Selbst, während Nik den Jeep mit einem kleinen Zauber aussehen ließ, als würde ein Mann chinesischer Herkunft alleine darin sitzen.

»Noch ein Kilometer bis zum Eintreffen«, sagte Mack. »Der Telekommunikationsverteiler kommt in Sichtweite in fünf, vier, drei …«

Yorgen zog den *Leviathan.* »Ich stelle ihn auf Flüstern«, sagte er. »Das sollte reichen.«

»Flüstern?«, fragte Mira.

Rechts des Weges tauchte ein mannshoher grauer Stahlkasten auf, auf dem ein halbes Dutzend Warnaufkleber prangten.

»Yorgens toller Einfall«, sagte Nik, während der Yeti im Vorbeifahren auf den Verteilerkasten anlegte. »Der schwache Modus des *Leviathan* heißt nun Flüstermodus und den, bei dem der Kraftkern maximal belastet wird, nennt er Schreimodus.«

»Ich finde, das passt«, verteidigte sich Yorgen und drückte ab. Ein blitzartiges Projektil löste sich aus dem Lauf und traf den Stahlkasten, aus dem umgehend Rauch hervorquoll, während elektrische Ladungen über sein Gehäuse tanzten. »Test erfolgreich abgeschlossen«, sagte er grinsend zu Thaum, der ebenfalls triumphierend seine Zähne zeigte.

»War das ein Stromschlag, den du abgefeuert hast?«, fragte Mira.

»Und ob«, freute sich der Yeti. »Thaum hat gestern eine Kraftkugel an die Solarkollektoren angeschlossen und aufgeladen. Mein Baby verschießt jetzt Blitze.«

»Denk daran«, sagte der Nachtstreifer. »Nur ein Kern ist derart aufgeladen. Der zweite ist winderfüllt, den dritten hatte ich in den einzigen Kühlschrank der Oni gelegt. Also setze die drei so zweckmäßig ein, wie du kannst.«

»Ich sollte das Wechseln der Kraftkerne perfektionieren«, sagte der Yeti grüblerisch.

»Aber bitte nicht jetzt«, sagte Mira. »Mack, wie sieht es mit der Kommunikation im Bereich des Hochhauses aus?«

»Funkstille«, sagte der Zwerg mit zufriedener Stimme. »*Mutter* blockiert den Funkmast. Telefon und Internet sind tot. Ihr seid vorerst ungestört.«

»Nik, du bist als Nächstes dran«, sagte Mira.

»Wie besprochen«, kam die ruhige Antwort. »Ein milder Schlaffluch für alle im Gebäude.«

Der Jeep fuhr um eine letzte Kurve und das Hochhaus kam in Sicht. Thaum hielt den Wagen an und schaltete die Scheinwerfer aus. »Wie lange brauchst du?«, fragte er die Hexe.

Nik murmelte etwas in sich hinein, verschränkte die Hände auf komplizierte Art ineinander und machte dann ein beruhigendes Geräusch, wie eine Mutter, die ihr Kind sanft ins Land der Träume geleiten wollte. »Fertig«, sagte sie.

»Bist du sicher?«, fragte Yorgen skeptisch. »Ich sehe keinerlei Veränderung.«

»Nicht jeder von uns liebt es, unnötig Wände einzureißen. Einige gehen deutlich subtiler vor«, sagte die Hexe augenzwinkernd. »Wer in diesem Gebäude bereits schlief, tut es nun deutlich fester. Wer noch wach ist, dem fallen nun allmählich die Augen zu. In fünf Minuten sollte jeder in diesem Hochhaus vor sich hin schnarchen.«

»Auch die Wachen?«, fragte Mira.

»Ich bezweifle, dass ihr Arbeitsethos sie gegen meinen Fluch feit«, sagte Nik achselzuckend.

»Und wenn doch, bin ich zur Stelle mit Plan B«, sagte Thaum und wog eine Phiole Mitternachtstau in den Händen. »Das lässt sie garantiert schlafen.«

Mira ging den schnörkellosen Plan noch einmal durch. »Wachen und Zivilisten sind also versorgt«, sagte sie gedankenverloren. »Technische Spielereien hat Mack unter Kontrolle?«

»Alles gesichert«, verkündete der Zwerg ein weiteres Mal.

»Also bleibt nur die magische Überraschung, die wir alle erwarten«, schloss die Elfe.

»Womit müssen wir rechnen?«, fragte Thaum, bekam jedoch nur ein langes Schweigen als Antwort.

»Die fünf Minuten sind um«, sagte Mack, und Leben kam in Mira und ihr Team. Thaum fuhr den Jeep direkt vor den luxuriösen Eingang, Yorgen sprang umgehend hinaus und einen gewaltigen Tritt später flog die Eingangstür des Hochhauses in hohem Bogen durch die Lobby, bevor sie krachend durch die Glasfront auf der anderen Seite schlug und dann mit einem lauten Platschen im großzügig bemessenen, marmorumrandeten Pool landete.

»Wir hätten ihm nicht sagen dürfen, dass Subtilität keine Priorität hat«, sagte Nik entschuldigend.

»Oh ja«, rief der Yeti begeistert. »Yorgen ist wieder da, ihr Weicheier!«

»Mit wem redet er bloß?«, fragte Thaum, der zum Empfang hinüberschlich und nach den Wachen sah, seine Phiole wurfbereit in der Hand. »Beide schlafen«, sagte er beeindruckt. »Und das trotz des Kraches, den unser wandelnder Flokati veranstaltet.«

»Pack dir ins eigene Fell, du Mondheuler«, sagte Yorgen grinsend. »Ach, ist das schön, endlich mal die Sau rauslassen zu können!«

Mira legte dem Yeti eine Hand auf den Unterarm. »Tritt auf die Bremse«, ermahnte sie ihn. »Es gibt einen Unterschied zwischen mutig und dumm. Du bist gerade beides.«

Yorgen zog den *Leviathan* und wackelte mit den Fellbüscheln, die ihm als Augenbrauen dienten. »Heute Nacht verdienen wir uns die Eintrittskarte, um endlich herauszufinden, wer diese Dämonen beschwört und warum. Also lasst uns loslegen.«

Mira nickte. In einem hatte der Yeti recht: Sie befanden sich kurz vor einem bedeutenden Etappensieg. Sofort tauchten Bilder

der letzten Gelegenheit in ihrem Verstand auf, bei der sie geglaubt hatte, es ginge aufwärts für sie: Das war in Prag gewesen.

Hör auf, an Hanks Tod zu denken, ermahnte sie sich selbst. *Denk an dein jetziges Team und verplempere keine weitere Zeit.*

»Der Fahrstuhl ist rechts von euch«, sagte Mack und ein in diese Richtung deutender Pfeil leuchtete auf ihren Uhren auf.

»Wir nehmen die Treppe«, sagte Mira umgehend. »Weniger störanfällig.«

»Gute Idee«, sagte Thaum. »Enge Kabinen und unbekannte Sicherheitsvorkehrungen sind eine gemeine Kombination.«

Mack brummte zustimmend und der Pfeil auf den Uhren drehte sich von rechts nach links.

»Yorgen ist der Frontmann, Nik in die Mitte, ich übernehme die Nachhut. Thaum, mach du den Kundschafter. Fünf Meter Abstand.«

Der Nachtstreifer nickte und tippte an seinen Kragen. Eine Sekunde später war er nur noch ein Flirren in der Nacht. Eine weitere folgte, dann öffnete sich die Tür zum Treppenhaus wie von selbst. »Niemand hier«, wisperte Thaum über Funk.

»Los geht's«, sagte Mira, und die drei Grenzgänger setzten sich in Bewegung.

»Selbst das Treppenhaus wirkt edel«, raunte Nik, als sie auf der erlesenen teppichbeschlagenen Holztreppe ein Stockwerk nach dem anderen hinter sich brachten. Jeder Zentimeter wurde durch indirekte, dezente Beleuchtung erhellt, die hintere Seite des Treppenhauses bestand aus makellos sauberem Glas, durch das man die Skyline Hongkongs in der Tiefe bewundern konnte.

»Ich erreiche den vierten Stock«, raunte Thaum und fügte nach ein paar Sekunden hinzu: »Bisher ist alles ruhig.«

»Wo genau bist du?«, fragte Mira.

»Im Eingangsbereich vor dem Appartement. Elegante Tür. Noch eleganteres Schloss.«

»Elektronisch?«, fragte Mack. »*Mutter* erkennt keinen Schaltkreis vor Ort.«

»Nein. Klassischer Zylinder, aber der sieht kompliziert aus.« Er zögerte. »Doch mir macht etwas anderes Sorgen.«

In der Zwischenzeit waren die drei Grenzgänger ebenfalls aus dem Treppenhaus getreten und in dem viereckigen Vorraum angekommen, der einige elegante Sitzgelegenheiten und eine protzige, doppelflügelige Tür aufwies, die mit einer Schnitzerei verziert war, die irgendeine mythische Szene zu zeigen schien. Offensichtlich ging es dabei um einen brennenden Mann, der ganze Dörfer in Schutt und Asche legte.

»Kommt dir das bekannt vor?«, fragte Thaum.

Mira begann, leise zu fluchen.

»Worauf warten wir denn?«, motzte Yorgen, der immer ungeduldiger wurde. »Wir stehen hier schon mindestens eine Viertelstunde herum.«

»Ich überlege, ob wir abbrechen«, sagte Mira erneut in gepresstem Ton. »Ihr zwei wart in Tschechien nicht dabei. Wenn dieser Me Fao, ebenso wie die unbekannte Hexe, jenen Dämon beschwören kann, dem wir im Labor begegneten, weiß ich nicht, ob wir hier wieder lebend rauskommen.«

»Ein bisschen Vertrauen wäre nett«, grollte Yorgen und tätschelte seine Waffe. »Erstens sind wir vorgewarnt und zweitens besser ausgerüstet, als ihr vier es damals wart.«

Mira atmete tief durch und verschränkte ihren Blick mit dem von Thaum, der seit ein paar Minuten wieder sichtbar war. Der Nachtstreifer neigte den Kopf fragend zur Seite, in seinen Augen sah sie Entschlossenheit und eine stumme Frage. Er war bereit. Aber war sie es?

»Wenn ihr abbrecht, war es das für diese Mission«, sagte Mack. »Ich will zwar keinen Druck aufbauen, aber niemand sonst vom *Obsidian* steckt so tief im Filz der magischen Unterwelt wie ihr gerade.«

»Kein Druck«, echote Nik. »Na klar.«

»Ich erkläre hier nur die Fakten.« Der Zwerg schwieg einen Moment, bevor er weiterredete. »Aber wenn ihr abhaut, sage ich Grayson, dass ihr richtig gehandelt habt. Ich will auch keine vier Briketts auf meinem Gewissen haben.«

»*Das* war unnötig«, sagte Nik und legte der schwer atmenden Mira eine Hand auf die Schulter. »Du hast das Sagen. Stürmen oder davonstürmen? Was soll es sein?«

Mira schloss die Augen. Der Gedanke, zu kneifen, war unerträglich. *Willst du vor einem Schatten fliehen?*, schalt sie sich selbst. *Vor der Schnitzerei auf einer Tür? Sieht so das Leben aus, das du dem* Anderswo *abgerungen hast? Fürchten und verstecken, wann immer die Erinnerung an Prag dich einholt?*

Die Elfe riss die Augen auf, stieß ein kämpferisches Knurren aus und zog die Bruckenbrenner. Dann zielte sie auf das Schloss und drückte ab. Es gab ein peitschendes Geräusch, als die Kugel wirkungslos an dem Stahl abprallte und der Querschläger im Holz der edlen Decke stecken blieb.

»Scheiße. Diese Geste hatte ich mir dramatischer vorgestellt«, murmelte sie und zeigte den anderen ein schiefes Grinsen.

»Papa macht das schon«, sagte Yorgen in übertrieben großmütigem Ton und trat gegen die hölzerne Doppeltür. Es ertönte ein widerliches Krachen, dann lag der Yeti auf dem Boden und hielt sich seinen gebrochenen Fuß.

»Da befindet sich eine Panzertür unter der Holzschicht«, sagte Thaum erstaunt und deutete auf den schimmernden Stahl unter dem abgesplitterten Furnier.

»Was du nicht sagst«, stöhnte Yorgen, der seinen Fuß mit mehrfachem Knacken richtete und darauf wartete, dass seine

Regeneration seinen Dienst tat. »Wenigstens sind nur kleine Knochen betroffen. Ich bin gleich wieder einsatzbereit.«

»Soll ich mein Glück versuchen?«, bot sich Nik an. »Vielleicht kann ein passender Fluch dieser Tür beikommen.«

»Ich denke, Subtilität wird uns hier weiterbringen«, sagte Thaum, der eine kleine Aluschatulle von der Größe seiner Handfläche hervorzog und öffnete. Eine winzige grüne Raupe kroch umgehend daraus hervor. Thaum drehte den Behälter, damit sie an ihm entlang kroch, anstatt zu Boden zu fallen. »Hier, meine Kleine«, sagte er in sanftem Ton. »Setz dich da hin.« Dann hielt der die Schatulle so, dass die Raupe in das Schlüsselloch kroch und darin verschwand.

»Ist sie ätzend oder so was?«, fragte Yorgen, der mittlerweile wieder stand. »Frisst sie sich jetzt durch das Schloss?«

Thaum schüttelte den Kopf. »Das ist eine Schreckpanzerraupe«, sagte er und zog eine Trillerpfeife hervor.

Mira riss die Augen auf und ging einen Schritt rückwärts, als sie den Namen des magischen Insekts hörte.

»Eine was …?«, fragte der Yeti, aber da hatte der Nachtstreifer schon mit aller Kraft in die Pfeife geblasen.

Aus dem Schlüsselloch ertönte ein Geräusch irgendwo zwischen einem Trällern und einem Zirpen, dann folgte ein Knacken und Knirschen das immer mehr anschwoll und den gesamten Raum zu erfassen drohte. Thaum zog den neugierig dreinblickenden Yeti von der Tür weg und scheuchte alle Grenzgänger in Richtung Treppenhaus, als ein stählernes Kreischen durch Miras Schädel fuhr, als hätten zwei Sattelschlepper beschlossen, sich die Spur auf einer schmalen Einbahnstraße zu teilen.

Das Schloss in der Tür bog sich ebenso auf wie deren Einfassung. Das Holzfurnier splitterte ab, während der Stahl immer weiter verbogen wurde, und schließlich flog die Tür auf, als sie den Weg des geringsten Widerstandes nahm. Dort, wo sich mal der Schlosszylinder befunden hatte, sah Mira ein rundes Gebilde, das an einen grünen, aufgeblähten Kugelfisch erinnerte, der statt Schuppen einen Chitinpanzer trug und in einem Raupenkopf mündete, der sich in diesem Moment in das Innere seines schützenden Exoskeletts zurückzog.

»Die Raupe eines Panzerkäfers«, sagte Thaum triumphierend. »Ihre Verdrängungskraft im Verteidigungsfall ist beinahe so hoch wie bei einem ausgewachsenen Exemplar. Nur dass die vier Meter lang sind und ebenso viele Tonnen wiegen.« Er seufzte traurig. »Nur schade, dass sie nun in das Verpuppungsstadium übergehen wird und den Chitinpanzer so lange als Schutz nutzt.«

»Wie viele Krabbelviecher hast du da noch in deinem Umhang?«, fragte Yorgen skeptisch.

»Ein paar«, gab der Nachtstreifer zu. »Alle sicher vor jeglichem Schaden verstaut und jedes von ihnen in einer Art Winterschlaf, falls du dir Sorgen um sie machst.«

»Ich mache mir eher Sorgen um uns«, korrigierte der Yeti. »Das Bild, wie plötzlich ein halbes Dutzend gefährlicher Wesen unter deinem Umhang hervorkrabbeln, werde ich so schnell nicht wieder los.«

Mira schnippte mit den Fingern und deutete auf die offenstehende Eingangstür. »Sollen wir?«, fragte sie drängend, bevor sie der Mut verlassen konnte. »Wenn irgendetwas die Bewohner aus Niks Schlaffluch befreien konnte, dann war das dieser Höllenlärm.«

Die drei Grenzgänger nickten stumm und Konzentration zeigte sich auf ihren Gesichtern. Thaum machte sich erneut unsichtbar, die drei übrigen Grenzgänger nahmen wieder ihre Formation ein. Yorgen hatte den *Leviathan* im Anschlag, während er das Appartement betrat, Mira umklammerte die Bruckenbrenner. Sie spürte deren Ziehen in ihrem Inneren wie zwei Vollblutpferde, die sich gegen die Zügel wehrten, weil sie galoppieren wollten. Die Elfe konzentrierte sich einzig auf ihre Umgebung und blockte das hartnäckige Zupfen der Waffen ab.

Als Erstes fiel ihr die beinahe vier Meter hohe Decke auf, die mit Holzschnitzereien übersät war. Die Motive erinnerten an jenes auf der Eingangstür, fast immer ging es um einen brennenden Mann, der mal Gebäude, mal große Menschenmengen und einmal gar einen Berg in Brand setzte. Die Wände der großen Wohnung waren weiß, mit handwerklich geschickten schmiedeeisernen Verzierungen, die für den mundanen Besucher nur Schnörkel zeigten, Mira aber als magische Bannzeichen identifizierte. »Nik?«, flüsterte sie.

»Schutzzauber«, kam die leise Antwort. »Auf sehr passive Weise mit der Wohnung verwoben. Sie sind so lange inaktiv, bis sie erweckt werden.«

Mira sah sich suchend um. Das Appartement bestand aus einem einzigen großen Wohnraum, in dem antike Holzmöbel standen, die aus einer frühen chinesischen Epoche stammen mussten. Rechter Hand gab es ein modernes Bad, dessen Tür offen stand, linker Hand einen altertümlichen Raumteiler aus Reispapier, hinter dem Mira den Schlafbereich vermutete. Ost- und Westwand waren Glasfronten, die Nordwand, auf die sie sich zubewegten, bestand aus einer Vitrinenwand, die sicherlich fünfzig Fächer beherbergte. In allen von ihnen standen Kunstgegenstände unterschiedlicher Art.

»Seht ihr einen Fernseher?«, fragte Yorgen leise. »Ich jedenfalls nicht. Und ich traue niemandem, der nicht fernsieht.«

»Yorgen?«, fragte Thaum.

»Ja?«

»Schnauze.«

Miras Gedanken hatten die Schärfe eines Skalpells. Fokussiert, ruhig, entschlossen.

Endlich.

»Thaum, such nach der Schale«, wisperte sie und deutete mit dem Kinn in Richtung Nordwand. »Nik soll dabei nach magischen Fallen Ausschau halten. Wenn es hier welche gibt, dann sicherlich an oder in der Nähe der Vitrine.« Sie deutete auf den Raumteiler aus Reispapier. »Yorgen und ich sehen nach, ob Me Fao hier ist und selig unter Niks Einfluss vor sich hin schlummert.«

Der Yeti glitt an ihre Seite, den *Leviathan* mit beiden Händen umfasst. Zusammen schoben sie sich, einen Fuß langsam vor den anderen setzend, näher an die dünne Abtrennung heran. Mira hatte beide Waffen auf das Reispapier gerichtet und hielt lauschend den Atem an. Eigentlich war es absurd, dass sie nach ihrem überlauten Eintritt noch leisetraten, aber nur so konnte sie darauf horchen, ob sie Atemgeräusche hinter dem Raumteiler wahrnahm. Es trennten sie nur noch wenige Zentimeter von der hauchdünnen Wand. Schon streckte Yorgen eine Hand aus, um die Abtrennung beiseitezuschieben …

»Einen wunderschönen Abend«, ertönte eine gelassene Stimme, in der kultivierte Überlegenheit mitschwang. »Bitte kommen Sie doch herein.«

Mira erstarrte in der Bewegung. Hinter sich hörte sie Thaum und Nik nach Luft schnappen. Yorgen hingegen hieb die Reiswand zur Seite, die sich durch den Schwung noch in der Luft in ihre Bestandteile zerlegte und vielfach knisternd und klappernd zu Boden fiel. Vor ihnen saß Me Fao im Schneidersitz auf seinem niedrigen, aber riesigen Luxusbett. Der Mann sah beinahe so aus wie auf dem Foto, das Mack ihnen beim Briefing gezeigt hatte, nur dass er jetzt keinen Tausend-Euro-Anzug trug, sondern einen seltsamen rötlichen Ledermantel, der voller grober Nähte war und eine grobporige Oberfläche aufwies.

»Puh, wie der Kerl stinkt«, sagte Yorgen und wedelte mit der freien Hand vor seinem Gesicht herum.

Mira bekam nun ebenfalls einen Hauch des widerlichen Geruchs ab, der von dem Mann ausging, und unterdrückte ein Würgen.

»Ein bedauerlicher Nebeneffekt«, sagte Me Fao, der noch immer ruhig blieb. »Jeder von uns, die wir nicht mit außerordentlichen Gaben gesegnet sind, muss Kompromisse eingehen, um Macht zu erlangen.«

»Wieso hat der Typ keine Angst vor mir?«, murmelte Yorgen unsicher in Miras Richtung.

»Weil er über die *Nebula Convicto* Bescheid weiß«, sagte Mira, die Waffen noch immer auf den beunruhigend selbstsicheren Mann gerichtet. Der einzige Grund, warum sie noch nicht abgedrückt hatte, war, dass sie keine unbewaffnete Person erschießen wollte, die sich nicht aggressiv verhielt, obwohl sie in deren Wohnung eingebrochen waren.

»Seit zehn Jahren kenne ich die Geheimnisse der magischen Welt«, bestätigte Me Fao ihren Verdacht. »Und fast ebenso lange diene ich schon Ahrmentuk'far, dem lebenden Seelenfeuer.« Er strich über seinen Mantel. »Von ihm habe ich auch dieses grandiose Geschenk erhalten.«

»Lass mich raten: Der Preis dafür war nichts weiter als deine Seele und ewig währende Knechtschaft«, sagte Nik, die noch immer mit Thaum vor der Vitrine stand. Mira vermutete, dass die beiden während des Gesprächs mit Me Fao diskret weiter nach der Schale suchten. Je nachdem, wie sich die Situation entwickelte, wären ein beherzter Griff nach dem Objekt ihres Hierseins und eine anschließende Flucht die besten aller Optionen.

»Und die meiner Nachkommen bis zur zehnten Generation, sollte ich eine Familie gründen«, sagte der Mann, als rede er über ein besonderes Schnäppchen am letzten Black Friday und nicht über den Verkauf seiner Seele und der seiner Kinder und Kindeskinder.

»Vorsicht«, ermahnte sie Mack über Funk. »Me Fao trägt einen Magiermantel. Und der heißt nicht so, weil Magier ihn tragen, sondern weil er *aus* Magiern gemacht ist. Aus deren Haut, um genau zu sein. Ebenso selten wie illegal, und ich habe keine Ahnung, wie ein Mundaner an ein solches Artefakt geraten konnte. In diesem Ding hat Me Fao jedenfalls nicht unbeträchtliche arkane Macht.«

»Du musst dringend an deinem Verhandlungsgeschick arbeiten«, sagte Yorgen zu dem ruhig dasitzenden Mann und rümpfte die Nase. »Deine Seele konnte gar nicht so schlimm stinken wie dieser Lederfetzen. Dein Sugardaddy-Dämon hätte bei dem Deal wenigstens ein paar Duftbäumchen mit drauflegen können.«

Me Faos Gesicht verzog sich zu einer Fratze der Wut, und Mira erkannte, dass der Yeti den Mann absichtlich provozierte. Anscheinend spielte Yorgen mit dem Mann *böser Grenzgänger* und *richtig böser Grenzgänger.*

»Was immer euch Leona für die Schale bezahlt, ich verdopple den Betrag, wenn ihr geht«, zischte Me Fao mit zu Schlitzen zusammengekniffenen Augen. »Und ich verzehnfache ihn, wenn ihr mir ihre Schale bringt.«

»Moment«, ertönte Macks gedämpfte Stimme über Funk. »Es gibt mehrere besondere Schalen? Und wer ist Leona? Etwa diese Gönnerin der Oni?«

Mira hob ihre Waffen zur Decke und bedeutete Yorgen mit einem Rucken ihres Kinns, Me Fao nicht länger unmittelbar zu bedrohen. Der Yeti senkte den *Leviathan* Richtung Boden, verharrte aber auf der Hälfte der Bewegung, um schnell wieder auf den seltsamen Mann anlegen zu können. »Erzähle uns mehr«, sagte die Elfe und stellte ihr bestes Pokergesicht zur Schau. »Wir sind nur wegen der Kohle hier und zehn ist mehr als eins.«

»Aha«, sagte Me Fao triumphierend. »Käufliche Ratten, wie ich einst eine war. Immer auf der Suche nach dem größten Stück

Käse. Niemals nach dem Ausgang aus dem Labyrinth, das sie gefangen hält.«

»Wie war das?«, brummte Yorgen und hob seine Waffe wieder.

»Wozu dienen diese Schalen?«, fragte Mira ihr Gegenüber, bevor dieser auf den Yeti reagieren konnte. »Und gibt es mehr als zwei?«

Me Fao lachte auf. Ein Laut so voller Arroganz, dass Mira nur mühsam die Bruckenbrenner gen Decke gerichtet hielt. »Leona hat euch also im Dunkeln gelassen«, rief er amüsiert. »Wie blinde Köter, die schnüffelnd auf Befehl ihrer Herrin im Unrat der Welt nach einem Stöckchen suchen.«

»Wenn der uns noch einmal mit einem Tier vergleicht …«, grollte Yorgen, trat einen Schritt vor und drückte den Lauf des *Leviathans* gegen Me Faos Stirn. Mit einem Klicken stellte er den Hebel der Waffe auf den Schreimodus. »Beantworte die Frage der netten Elfe oder von dir bleibt nur dein stinkender Mantel übrig.«

»Mein Freund hier ist leicht reizbar«, sagte Mira mit einem schmallippigen Lächeln. »Du musst uns schon davon überzeugen, dass es die Mühe wert ist, dir nicht einfach den Kopf wegzublasen und mit deiner blöden Schale zu verschwinden.«

Me Fao schloss die Augen und nickte. »Wer einmal bereit ist, Verrat zu begehen, der tut dies wieder. Kein Geld der Welt kann wahre Treue aufwiegen«, sagte er. »Ich war ein Narr, es überhaupt zu versuchen.«

Scheiße, wir verlieren ihn, dachte Mira. »Yorgen …«, begann sie warnend, aber da war es schon zu spät.

»N'thul faha'shm!«, rief Me Fao, und in dem Moment drückte der Yeti ab.

Der *Leviathan* röhrte auf, als er einen Ball aus Blitzen ausspie, die den Mann vollständig einhüllten. Mira und der Yeti mussten vor der Entladung zurückweichen, die sich ausbreitete, das gesamte Bett erfasste und in Brand steckte. Me Fao fiel leblos in sich zusammen und die Flammen verbargen, was der Blitzball mit ihm angerichtet hatte.

»Ein klassischer Grayson«, sagte Nik missbilligend. »Nur dass dein Verhör mit dem Kopfschuss zu Ende war, anstatt es wie bei unserem neuen Arbeitgeber nur einzuleiten.«

»Der wollte irgendwas beschwören, da bin ich mir sicher«, sagte Yorgen verteidigend. Mira erkannte an dessen weit aufgerissenen Augen, dass der Grenzgänger Mühe hatte, vor sich zu rechtfertigen, dass er Me Fao aus einem Verdacht heraus gegrillt hatte.

»Er *hat* etwas beschworen«, sagte Nik und deutete auf die Verzierungen an den Wänden. »Ihr könnt das nicht sehen, aber die Schutzzauber an den Wänden sind jetzt aktiv.«

»*Mutters* Sensoren spielen auch verrückt«, sagte Mack alarmiert. »Die gesamte Etage leuchtet derart stark, dass man glauben könnte, ihr befändet euch auf einem Nexus aus Kraftlinien. Ich bin hier praktisch blind.«

»Weg hier«, sagte Thaum und trat einen Schritt nach links. Dann griff er zielsicher in die Vitrine hinein und holte die gesuchte Schale hervor. »Ich habe, was wir brauchen.«

»Aber könnt ihr es auch behalten?«, ertönte die Stimme Me Faos, die rau und krächzend zugleich klang.

Mira wirbelte zu dem Bett herum und sah mit Entsetzen, wie sich der Mann, noch immer lichterloh brennend, aus den Resten des Bettes erhob und seinen Mantel enger um sich band, als wäre ihm bitterkalt. »Ihr wolltet einen Diener des Ahrmentuk'far also wirklich durch gewöhnliche Flammen zur Strecke bringen?«, höhnte er. »Törichte Grenzgänger. Seht die Macht, die mir geschenkt wurde.«

»Nein danke«, rief Mira und sprintete Richtung Ausgang. »Alle weg hier!« Gleichzeitig testete sie, ob gewöhnliche Kugeln einen befriedigenden Effekt gegen den unheimlichen Mann erzielten, der, noch immer brennend, die Arme hochriss und fremdartige Silben ausstieß.

Sie taten es nicht.

»Muss denn wirklich jeder kugelsicher sein, der uns ans Bein pinkeln will?«, motzte Yorgen, der dicht hinter ihr lief. »Wofür habe ich denn meine tolle Knarre, wenn sie nichts nützt?«

Mira zuckte mit den Achseln, während sie weiterflüchtete. »Ich –« Schmerzhaft prallte sie gegen eine unsichtbare Barriere, die dort entstanden war, wo zuvor die Panzertür für Sicherheit gesorgt hatte. Die Elfe taumelte benommen zurück und wäre ohne die Hilfe Yorgens gestürzt, doch der Yeti drückte ihr eine seiner Pranken in den Rücken und hielt sie so auf den Beinen. »Ein Panikraum«, sagte sie keuchend. »Das Appartement ist ein magischer Panikraum. Und wir sind jetzt mit diesem Irren hier eingeschlossen.«

»Nik, kannst du die Barriere durchbrechen?«, fragte Thaum.

Die Hexe schüttelte den Kopf. »Nicht sofort. Gib mir ein paar Minuten Zeit, dann vollbringe ich ein Ritual, das uns hindurchbringt.«

»Von *mir* bekommst du alle Zeit der Welt«, sagte der Nachtstreifer, »aber unser brabbelnder Freund da hinten könnte das anders sehen.«

Me Fao stand noch immer in den Trümmern des brennenden Schlafzimmers, die Arme gen Decke erhoben, den Kopf weit zurückgelegt und schrie sein Kauderwelsch in einem sich ständig steigernden Crescendo heraus.

»Er beschwört etwas, richtig?«, fragte Yorgen resigniert. »Bitte sag mir jemand, dass ich falschliege und er nur das geheime Kuchenrezept seiner Familie kundtut.« Eine Sekunde herrschte Schweigen unter den Grenzgängern, die sich gegenseitig ansahen.

»Wir können nicht fliehen«, sagte Mira und hob ihre Waffen. »Also kämpfen wir.« Sie zog die Abzüge der Bruckenbrenner durch und Me Fao zuckte unter den Einschlägen, die zwar sein Fleisch zerfetzten, aber sonst keinerlei Eindruck bei ihm zu hinterlassen schienen. Mira hoffte einfach, dass die Einschläge den Mann von seinem Tun ablenkten oder ihn im besten Falle Kraft kosteten.

»Hört ihr mich?«, kam Macks knisternde Stimme über Funk. »*Mutter* verliert die Verbindung zu euch … Riss … dämonisch …«

Thaum warf indes eine Phiole mit blubberndem Inhalt nach Me Fao und plötzlich kam Leben in die rufende Gestalt. Überraschend elegant wich er dem Glasfläschchen aus, das hinter ihm am Panoramaglas zerschellte. Die Flüssigkeit im Inneren reagierte mit einem Zischen und beißendem Dampf, als sie mit Sauerstoff in Berührung kam, und rann zähflüssig das Glas hinab, das zunehmend blind wurde. Me Fao wurde bleich.

»Das ist Panzerglas«, hauchte er. Dann wurde seine Stimme zornig. »Was hast du Ungeziefer da nach mir geworfen?« Er streckte die Hand aus und griff nach einer metallenen Lampe an der Wand. Er brach sie heraus, als wäre sie aus Lebkuchen, und schleuderte sie in Richtung des Nachtstreifers. Dabei verformte sie sich zu einem glühenden Brocken Schlacke, der Thaum nur aufgrund seiner guten Reflexe verfehlte. »Wie gefällt dir das, du Hund?« Dann schleuderte er wahllos jeden Gegenstand auf die Grenzgänger, den er in die Finger bekam. Ausnahmslos alles wurde im Flug zu einem tödlich glühenden Projektil.

Mira und ihr Team verteilten sich im Appartement und erhöhten die Distanz zu dem brennenden Mann. Überall dort, wo die improvisierten Wurfgeschosse aufkamen, brachen kleine Feuer aus.

»Wenn du noch ein paar Fläschchen Säure hast, wirf sie lieber sofort«, sagte Yorgen, der gerade den Kraftkern im *Leviathan* austauschte und dafür hinter einem Sofa in Deckung gegangen war. Mira erkannte das frostige Glitzern, das sich über den Lauf der Waffe legte.

»Ich hatte nur die eine Flasche dabei«, rief Thaum. »Der Mantel hat nicht unendlich viele Taschen und ich will möglichst viele verschiedene Hilfsmittel dabeihaben.« Dann duckte er sich unter einem herumfliegenden Klumpen Schlacke hinweg, der danach glühend hinter ihm die Wand herabrann. Miras Hoffnung, Me Fao könnte durch die Zerstörung seine eigenen Bannzauber schwächen, schwand, als sie sah, dass das glühende Material den schmiedeeisernen Verzierungen nichts anhaben konnte.

»Hat jemand einen Plan?«, schrie Mira durch den Raum, und in dem Moment rannte Nik laut schreiend auf Me Fao zu und streckte die Hände in seine Richtung aus. Die Elfe dachte schon, dass Nik ihren Gegner schubsen wollte, aber stattdessen lösten sich Stränge aus Dunkelheit von ihren Fingern und legten sich über die Augen des brennenden Mannes.

»Erst die aufgehende Sonne soll die Nacht von deiner Sicht nehmen!«, rief Nik im befehlenden Ton.

Me Fao griff daraufhin blind taumelnd nach ihr, aber die Hexe wich zurück und deutete erneut auf ihn. »Die Macht eines Berges soll auf deinen Schultern lasten, bis du wieder auf deinen eigenen Beinen stehst!« Me Fao brach zusammen, als wäre ein Wandschrank auf ihn gefallen, und stemmte sich gegen ein unsichtbares Gewicht, das ihn am Boden hielt.

»Eindrucksvoll«, sagte Thaum. Dann versteifte er sich, als Nik sich umdrehte und ihn zornig anfunkelte. Ihre Augen wirkten unfokussiert, so als würde sie den Nachtstreifer nicht erkennen.

»Nicht ansehen, nicht ansprechen«, warnte Yorgen. »Der *Schleier* ist kurz davor, sich über sie zu legen. Anscheinend waren die mentalen Barrieren Me Faos sehr stark.« Er legte mit dem *Leviathan* auf den doppelt verfluchten Mann an. Mira sah, dass die Hände des Yetis vor Überanstrengung zitterten.

»Drück ab«, sagte sie, als Me Fao seine Inkantationen fortsetzte. »Er wirkt nur hilflos. Wenn er seine Beschwörung abschließt …«

»Ich habe keine Zweifel«, sagte der Yeti. »Aber das Baby hier besitzt einen fiesen Rückschlag. Kann sein, dass ich ihn ein zweites Mal nicht kompensieren kann.«

»Dann nutze den Flüstermodus«, drängte Thaum, der der wutschnaubenden Nik den Rücken zudrehte, um sie nicht zu provozieren.

Die Worte Me Faos steigerten sich in Intensität und Zuversicht.

»Scheiß drauf«, murmelte Yorgen, legte an und drückte ab.

Der Ball aus Eis dampfte für den Bruchteil einer Sekunde, als er aus dem Lauf der Waffe hinab auf die brennende Gestalt schoss. Gleichzeitig ruckten Yorgens Arm hoch, als hätten sie ein Eigenleben, und Mira hörte es deutlich Knacken. Noch während der Yeti schmerzerfüllt zurücktaumelte, legte sich eine feine Eisschicht über Me Faos gesamten Körper und löschte den übernatürlichen Brand an dessen Körper.

So wenig die Flammen Me Fao gestört hatten, so sehr setzte ihm die Kälte zu. Sein Rufen unter dem splitternden Eis auf seinem Gesicht nahm einen schmerzhaften Unterton an, und Mira durchfuhr ein kurzer Stich der Reue, wie er so geknechtet vor ihnen lag. Dann begann der Eispanzer aufzubrechen – und ebenso die Gestalt Me Faos gleich der Puppe einer Raupe, die einem grausigen Schmetterling wich. Pure Hitze elementarer Reinheit gloste plötzlich unter den dampfenden Rissen in seiner Haut, sodass Mira schlagartig erkannte, was sich da durch die zerstörte Hülle seines Dieners in diese Welt schob. Me Faos Stimme verstummte, als er mehr und mehr verging und etwas anderem, Fremdem Platz machte.

»Weg von ihm!«, rief sie und taumelte rückwärts.

Yorgen und Thaum leisteten ihr Folge, aber Nik stand schwer atmend am selben Fleck, wo sie Me Fao mit ihren Flüchen belegt hatte, die Hände zu Klauen verkrampft, die Zähne wuterfüllt entblößt. Mira wollte zu ihr gehen, aber die kleinste Bewegung hätte die Hexe in ihrem unstabilen Zustand zu einer willkürlichen Attacke reizen können.

»Nicht gut«, sagte Thaum aufgebracht, der die Augen nicht von den Überresten Me Faos lösen konnte. »Das ist gar nicht gut.« Er nestelte in den Tiefen seines Umhangs herum, doch seine Miene zeigte dieselbe Ratlosigkeit, die auch die Elfe erfasst hatte.

»Ihr zwei«, schnarrte eine Stimme, die Mira sofort erkannte, suchte sie sie doch regelmäßig in jenen Visionen heim, in denen auch der verkohlte Leichnam Hanks vorkam. »Ich erinnere mich an euch.«

Wie ein Hund, der die letzten Tropfen eines lästigen Regens abschüttelt, entledigte sich Ahrmentuk'far, das lebende Seelenfeuer, der schwindenden Fetzen Me Faos und stand geradezu gemächlich auf. Nik hingegen brach stöhnend auf die Knie, ihre Fluchfänger glühten, als wären sie gerade erst der Schmiede entnommen worden. Der Hass, den der Dämon ausstrahlte, und den die Fluchfänger auf die Hexe übertrugen, musste überwältigend sein.

Mira sah flehend zu der Doppeltür des Appartements, aber der dichter werdende Rauch, der an der unsichtbaren Barriere im Eingang hängen blieb, offenbarte eine simple Wahrheit: Sie saßen in der Falle!

Ein Schritt rückwärts, einer vorwärts

»Ist das der, von dem ich denke, dass er es ist?«, fragte Yorgen, der den *Leviathan* in seinen verkrampften Händen hielt, den Lauf zu Boden gerichtet.

»Ist er«, antwortete Thaum. »Also würdest du bitte, bitte endlich auf ihn schießen?«

»Meine Drecksarme sind gebrochen!«, fauchte der Yeti zurück. »Wirf du doch was Schlaues auf den Kerl.«

»So zerbrechlich«, sagte Ahrmentuk'far höhnisch in Miras Richtung. »So uneins.«

Die Elfe wusste nicht, ob er ihr Team oder ihren Verstand meinte. Im Endeffekt hatte er wohl mit beidem recht.

»Erbärmlich«, fuhr der Dämon mit seiner Einschätzung fort und hob nachlässig einen Arm.

Reflexhaft sprang Mira zur Seite, und keinen Augenblick später fraß sich eine lebendig wirkende Flammenzunge dort durch den Teppich, wo sie gerade noch gestanden hatte.

»Du willst mir ausweichen?«, fragte Ahrmentuk'far belustigt und deutete auf die Wände ringsum. »In diesem goldenen Käfig, in den sich mein Diener aufgrund seiner Angst vor dem Tod selbst eingesperrt hat?« Der Dämon schnippte mit den Fingern und in allen vier Ecken des Appartements brach jenes unheilige Feuer aus, das einen eigenen Willen zu besitzen schien.

Miras Gedanken rasten. Sie war sich der Bruckenbrenner in ihren Händen äußerst bewusst, aber sie hatte keine Ahnung, ob und wie sie die magischen Waffen gegen das übermächtige Wesen vor sich einsetzen sollte.

Zeit schinden, schoss es ihr durch den Kopf.

»Was willst du hier?«, brüllte sie ihm entgegen. »Und warum nimmt ein Fürst wie du von einem Wurm wie Me Fao die Forderung, zu erscheinen, entgegen? Jede Sekunde in dieser Welt kostet dich wertvolle Seelen.«

»Seelen wie diese hier?«, fragte Ahrmentuk'far sadistisch, und mit der Drehung seines Handgelenkes fischte er einen winzigen, sich windenden Funken aus dem Nichts, der über der Hand des Dämons in einer roten Sphäre der Kraft umhertanzte und offensichtlich daraus zu fliehen versuchte, ohne dass es ihm gelang. »Armes, kleines Glühwürmchen«, spottete Ahrmentuk'far. »So schwach, vor allem für einen Troll.«

Mira wusste sofort, was sie da vor sich sah: Es war Hanks Seele, gefangen in den Klauen des feurigen Dämons!

Wut heulte durch ihren Verstand wie ein ungezügelter Wirbelsturm und Mira stellte sich ihr nicht entgegen, oh nein, sie ließ sich von ihr tragen und mitreißen, tief hinein in ihr innerstes Selbst. Bishin zur Mauer und den in ihr verschwindenden Strängen, von denen sie wusste, dass es die beiden Bruckenbrenner waren. Die zwei Gebilde pulsierten vor Hunger, lechzten nach der geheimnisvollen Kraft hinter der schwarzen Wand ebenso sehr, wie es Mira nach Rache für den Tod ihres Freundes dürstete.

Sie nahm allen Mut zusammen und ritt sie auf der Woge ihrer Wut die Stränge der Bruckenbrenner entlang, hinein in die unbekannte Schwärze der Mauer. Sie verschloss sich den verdrängten Eindrücken, die an diesem Ort auf sie einprasselten, und zog sich an den gierigen tastenden Strängen entlang, während ihre Wut unter den widersprüchlichen Emotionen zerfaserte. Gerade als Mira glaubte, hoffnungslos in den Tiefen ihres Unterbewusstseins gestrandet zu sein, erreichte sie die Quelle jener Kraft, zu der sie die Bruckenbrenner geführt hatten.

Dann war da wieder die Stimme ihres Vaters: *»Unser Blut ist etwas ganz Besonderes.«*

Der Erinnerungsfetzen umkreiste jenen Ort der Macht wie eine Motte das Licht. Verwirrt und nicht in der Lage, zu begreifen, was hier vor sich ging, konzentrierte Mira sich auf das Einzige, was gerade zählte: Hank brauchte ihre Hilfe.

Mira streckte sich innerlich, der Qual Tausender schmerzhaft aufblitzender Momente trotzend, und verband die fremdartige Quelle mit den Bruckenbrennern …

Keuchend sah sie wieder die Außenwelt vor Augen. Mira dachte nicht nach. Wie an Fäden gezogen, hob sie ihre Waffen und drückte ab.

Ein Donnern hallte durch ihren Schädel, als die schwarze Mauer von einem Wirrwarr an Rissen durchzogen wurde, bis ihre Oberfläche an eine zertrümmerte Eisfläche erinnerte, die die kleinste Bewegung zum Einbrechen bringen konnte. Dann hallte dieses Donnern in der realen Welt wider, als sich aus beiden Bruckenbrennern je eine zornig grün schimmernde Kugel löste, beide getränkt von der Macht in Miras Innerem, und zielsicher die funkengefüllte Sphäre traf, die noch immer über der Handfläche des Dämons waberte. Es ertönte ein Klirren, als würden tausend Gläser gleichzeitig bersten, und dann zerplatzten die rote Kugel und kurz danach ebenso die beiden Projektile, die wirkungslos von der Brust des Dämons abprallten. Doch entscheidend war der einsame Funke, von dem Mira felsenfest wusste, dass es Hanks Seele sein musste, und der, befreit aus dem Gefängnis der Sphäre, davonstob und schimmernd im Nichts verschwand.

Danke. Das eine Wort umschwirrte ihren Verstand flüchtig, gleich einer Fliege, die kaum hörbar ihre Bahnen zog, von einem unbekannten Ort auf dem Weg zum nächsten.

Tränen schossen Mira in die Augen und ihr Mund wollte ein »Gern geschehen, alter Freund« formen, aber da machte bereits ein unirdischer Wutschrei, mit dem Ahrmentuk'far seiner Empörung Luft machte, jede Handlung unmöglich.

Der lang gezogene Laut hatte eine geradezu physische Qualität und trieb Mira und die anderen Meter um Meter zurück, bis sie durch den Druck des Schreis am Panoramafenster der Ostseite klebten wie die Fliegen im Spinnennetz.

»Nik, Thaum!«, rief Mira über den Lärm hinweg. »Wir brauchen eine Ablenkung. Irgendwas!«

Die beschworenen Flammen Ahrmentuk'fars verschlangen indes mehr und mehr der Wohnung.

»Mögest … du … stumm sein!«, rief Nik in das Chaos hinein und sah dabei den Dämon mit vor Wut brennenden Augen an. »Bis du die Gestade deiner Heimat wiedersiehst.«

Der Schrei des Dämons brach ebenso abrupt ab wie die Hexe in sich zusammen. Blut schoss ihr aus Nase und Ohren, was Yorgen ein besorgtes Stöhnen entlockte. Der Dämon hob mit einer Mischung aus Erstaunen und Empörung die Arme und schleuderte ohne jeden Laut lebendes Feuer in ihre Richtung.

Nicht länger in der Gewalt seines Schreis gefangen, warfen sich die Grenzgänger zu den Seiten davon, wobei Yorgen Nik geistesgegenwärtig aus der Schussbahn der lodernden Flammenschlangen zog. Die Hexenbeutel zischten qualmend an den Gürteln der Grenzgänger und schienen die lebendigen Flammen zögerlicher, ungenauer nach den Teammitgliedern greifen zu lassen.

Ahrmentuk'far funkelte sie böse aus dem konturlosen Gesicht an, das er in dieser Welt zur Schau stellte. Seine brennende Silhouette hob sich vor dem westlichen Panoramafenster ab, hinter ihm die tiefe Nacht und ein ebenso tief stehender Mond.

»Er ist zu mächtig«, sagte Mira frustriert. »Selbst die Bruckenbrenner konnten ihn nicht verletzen, als ich Hanks Seele freischoss. Und ob ich ihre Macht nochmal beschwören kann, ohne vor Schwäche in Ohnmacht zu fallen, kann ich auch nicht garantieren.« Sie verbot sich selbst, der Verzweiflung in ihrem Inneren nachzugeben.

»Einen letzten Trick meinerseits habe ich noch«, sagte Thaum zur Antwort, der ein kleines rundes Tongefäß hervorzog, das unglaublich alt wirkte. »Ihr habt nur ein paar Sekunden, also was ihr tut, tut es schnell.« Dann rollte er das Gefäß über den Boden in Richtung Dämon, mitten hinein in eine der Flammenschlangen, die Ahrmentuk'far in diesem Moment in ihre Richtung aussandte.

Aufgrund des immer dichter werdenden Rauchs hustend, sah Mira, wie das Gefäß unter der sengenden Berührung der Flammen aufbrach und sich ein Nebel erhob, der ebenso lebendig zu sein schien wie das Feuer des Dämons. Mehr und mehr der rauchig-grauen Masse quoll aus dem zerborstenen Ton hervor und legte sich zielsicher über alle Brände in der Wohnung, sodass das Appartement in ein schummriges Glosen gehüllt wurde, das mehr verbarg als enthüllte. Ahrmentuk'far war innerhalb kürzester Zeit vollständig von dem Rauch umgeben, und es hatte auf Mira den Eindruck, als würde der Dämon mit dem Nebel ringen.

»Die Überreste eines Nebelelementars«, sagte Thaum wehmütig. »Sie hassen Feuer wie die Pest. Von dieser Art Wesen gibt es kaum noch welche, da sie nach und nach von den normalen Luftelementaren verdrängt werden.«

Mira verzichtete auf einen Kommentar zu überflüssigen Belehrungen in Krisensituationen und suchte stattdessen Yorgens Blick. »Was machen die Arme?«, fragte sie und hob dabei die Bruckenbrenner.

»Geht schon«, brummte der Yeti, ohne den *Leviathan* zu heben. Seine Hände zitterten noch immer krampfhaft, während eine die schwere Waffe hielt und die andere den entladenen Kraftkern entfernte und gegen den letzten austauschte.

»Was hast du über?«, fragte Mira drängend, als sie sah, wie die Nebelfetzen langsam, aber sicher unter der rohen Gewalt

Ahrmentuk'far vergingen wie Schnee an einer beheizten Windschutzscheibe.

»Wind«, sagte Yorgen entschuldigend. »Blitz und Kälte sind leer.«

Mira sah zu dem sich nun rasend schnell befreienden Dämon hinüber und fasste einen Entschluss. »Auf mein Zeichen«, sagte sie. Dann drückte sie zähnefletschend den Abzug durch und feuerte beide Bruckenbrenner ab, bis deren Hähne auf leere Kammern schlugen. Rings um Ahrmentuk'far schlugen lediglich gewöhnliche Bleikugeln ein, trafen auf das durch Thaums Säure geschwächte Glas und verursachten einen im Mondlicht glitzernden Schauer aus Scherben, der klirrend in sich zusammenfiel.

Der Dämon sah Mira hämisch an. Er bedurfte keiner Stimme, um ihre Schießkünste zu verspotten. Gleichzeitig riss er sich die letzten Nebelfetzen vom Körper und hob die Arme zu einem neuerlichen Angriff. Überall in der Wohnung gewannen seine Flammen den Kampf gegen Thaums letzten Winkelzug.

»Da ging aber jede Kugel voll daneben«, sagte Yorgen enttäuscht und sah Mira fragend an.

Thaum feuerte indes seine normalen Pistolen ab, deren Munition jaulend von der Gestalt des Dämons abprallte und ihm einen stummen Lachanfall entlockte.

»Nein«, sagte die Elfe und fixierte seinen Blick mit dem ihren. Es gab nur diese eine Chance und sie hoffte, dass der Yeti verstand, was sie von ihm wollte. Jedes Wort könnte Ahrmentuk'far warnen. Ihr Überleben hing nun vollständig davon ab, dass Yorgen ihre Absicht erkannte.

»Oh«, machte der Grenzgänger. Und eine quälend lange Sekunde später noch mal: »Ooooh.« Dann stürmte er plötzlich mit einem Brüllen und seinem besten Zähnefletschen auf den Dämon zu, und als er keine zwei Meter mehr von dem Wesen entfernt war, sprang er in die Luft und trat mit beiden Füßen gleichzeitig gegen die Brust Ahrmentuk'fars. Yorgens Fell fing unter der Berührung umgehend Feuer und wieder ertönte das Knirschen von Knochen, aber der Dämon taumelte unter der Wucht des Sprungtritts und der dahinterliegenden Masse des Yetis einen Schritt rückwärts. Dann zwei.

Mira hielt den Atem an.

Kurz vor dem offenen Fenster fing sich Ahrmentuk'far ab und wedelte verneinend mit einem Finger, wie ein Vater, der unartige Kinder tadelte. Er deutete mit beiden Händen auf den am Boden liegenden Yorgen und Flammen lösten sich in dessen Richtung, während die feurige Fratze Ahrmentuk'fars in gieriger Erwartung einer weiteren Seele für seine Sammlung lachte …

»Guten Flug«, raunte der Grenzgänger und drückte ab, bevor die tödliche Hitze ihn erreichen konnte. Der *Leviathan* brüllte auf und der sich von ihm lösende Windstoß traf Ahrmentuk'far in die Brust. Die daraus resultierende, sich kreisförmig ausbreitende Druckwelle warf Mira und Thaum von den Beinen und ließ Yorgen gegen die gegenüberliegende Glaswand schlittern, wo er mit einem neuerlichen Knochenknirschen zum Stillstand kam. Der Dämon jedoch wurde von seinen Füßen gehoben und flog einem feurigen Kometen gleich in die Nacht hinaus und den Berg hinab.

Mira rappelte sich auf und hastete vorwärts, um den Sturz des übermächtigen Wesens besser verfolgen zu können. Der Anblick hatte für sie etwas Erhabenes und beinahe Schönes an sich. Doch besonders gefiel ihr das Verglühen des wild zappelnden Umrisses, kurz bevor er den Boden erreichte. Ahrmentuk'far hatte wohl beschlossen, nicht noch mehr Seelen für seinen Aufenthalt in dieser Dimension zu vergeuden. Allein der Aufprall wäre ihn teuer zu stehen gekommen.

»Das erste Mal sind wir geflüchtet, beim zweiten Mal gab es ein Patt«, flüsterte sie, so als könne Ahrmentuk'far sie hören.

»Wenn wir uns das nächste Mal sehen, wird es für einen von uns das Ende sein.«

»Mir geht es übrigens gut«, hörte sie hinter sich Yorgens schwache Stimme. »Danke der Nachfrage.«

Mira drehte sich schuldbewusst um und erfasste die Gesamtsituation, so als würde sie aus einem Traum aufwachen. Das Appartement brannte immer noch, auch wenn den Flammen nun jenes lebendige Gebaren fehlte, das sie so gefährlich gemacht hatte. Nik lag ohnmächtig auf dem Boden, während Thaum gerade Yorgens brennende Füße mit seinem Tarnumhang umwickelte, um die Flammen zu löschen. Der Yeti selbst sah ziemlich verbeult aus, und Mira konnte erahnen, dass einige der Rippen nicht mehr dort waren, wo sie eigentlich hingehörten.

Ein verdammt teures Patt, ging es ihr durch den Kopf. Sie tippte auf ihren Ohrhörer. »Mack, der Dämon ist fort. Kannst du uns wieder hören?«

»Hochhaus … kein Feueralarm … Tote«, kam die zerstückelte Antwort. In der Ferne hörte die Elfe durch das offene Fenster die ersten Sirenen.

»Unser Schatten hat wohl die Kavallerie gerufen, damit wir keine Zivilisten auf dem Gewissen haben«, sagte die Elfe und half Thaum unter großem Ächzen dabei, den rapide heilenden Yorgen wieder auf die Beine zu stellen. »Ein Hochhausbrand und ein magischer Schlaffluch sind eine potenziell tödliche Kombination.«

»Wenigstens hat er sich doch noch nützlich gemacht«, stichelte der Nachtstreifer mit einem Grinsen.

»Das habe ich gehört!« Macks Stimme war seine Erleichterung deutlich anzuhören.

»*Jetzt* redet die viertel Portion endlich wieder mit uns«, murrte Yorgen und stützte sich an der Glasfront ab. Stöhnend hob er den *Leviathan* auf, steckte ihn in sein Holster und tätschelte ihn.

»Braver Junge«, sagte er zu der Waffe. »Teilst so gut aus, wie du mich einstecken lässt.«

»Ahrmentuk'far ist weg, aber wir verbrennen hier immer noch«, sagte Thaum, der die ohnmächtige Nik aufhob und sich über eine Schulter legte.

»Ist das Fenster eine Option?«, fragte Yorgen. »Ich zumindest könnte den Sturz aus vier Stockwerken Höhe überleben.«

»Ich verschaffe euch Zeit«, sagte Mack und das Klappern seiner Tastatur war deutlich zu hören. Einen Moment später schrillte der Feueralarm los und die Sprinkler in der Wohnung erwachten zu feuchtem Leben.

»Ich war noch nie so froh, nasses Fell zu bekommen«, sagte Thaum erleichtert. »Jetzt müssen wir nur noch hier weg, bevor wir der Feuerwehr und den hiesigen Ordnungshütern erklären müssen, was ein Yeti, eine Elfe, eine Hexe und ein Nachtstreifer im Appartement eines überall an den Wänden klebenden Investmentbankers machen. Wir hätten umgehend die Ritualmagier der *Nebelwacht* auf unseren Fersen.«

»Sieht die Eisenrune da drüben für euch nicht auch ein wenig angeschmolzen aus?«, fragte Yorgen und schleppte sich zu einer der Wohnungsecken, wo die Flammen am heftigsten gewütet hatten und sich nun unter dem Ansturm des Löschwassers langsam zurückzogen.

»Keine Ahnung«, sagte Mira hustend. Langsam füllte sich der Raum mit Rauch und Dampf. »Ich hätte besser ein größeres Loch ins Glas schießen sollen.«

»Lass mich etwas probieren«, murmelte der Yeti. Er griff nach der Verzierung an der Wand, wobei sie ein ohrenbetäubendes metallisches Kreischen von sich gab, bevor sie schließlich unter den Kräften Yorgens nachgab und zu Boden krachte. »Wer ist der Beste?«, fragte der Grenzgänger strahlend in die Runde. »Na, sagt schon: Wer ist der Beste?«

»Fleißkärtchen gibt es später«, sagte Mira knapp und tastete sich durch den Rauch. Ihr Husten wurde immer stärker, je mehr ihre Lungen auf der Suche nach frischer Luft zu protestieren begannen. Sie erreichte den Ausgang aus der Wohnung und ihre tastenden Finger erspürten – nichts.

Seliges, den Geist erfrischendes Nichts.

»Alles raus hier!«, sagte Mira. »Ohne die Rune ist die Barriere fort. Vielleicht kommen wir doch noch um eine Begegnung mit den Einsatzkräften herum.«

Mira und ihr Team liefen stumm auf das Treppenhaus und damit auf den süßen Sirenengesang der Freiheit zu.

Miras Hände krampften sich ums Steuer. Im Rückspiegel waren bereits die Lichter der Einsatzwagen zu sehen, die um das Hochhaus schwärmten wie ein Haufen Ameisen um einen Leckerbissen.

»Sind alle noch am Leben?«, fragte Mira, als der Jeep die serpentinenartige Straße hinunterfuhr, die sie zurück in die unter ihnen lauernde Metropole Hongkongs führen würde. Sie kannte die Antwort zwar schon, aber es war ihr ein dringendes Bedürfnis, die simple Wahrheit des Abends noch einmal zu hören.

»Alle soweit wohlauf«, sagte Thaum vom Rücksitz aus, der wohl spürte, was in der Elfe vorging. »Ich habe Nik ein Kraut verabreicht, das bei magischer Überanstrengung hilft. Die Nachwirkungen der heutigen Nacht wird sie allerdings noch wochenlang spüren. Vorerst sind ihre Flüche nichts weiter denn simple Worte.«

»Bei mir sind die wichtigsten Knochen bereits wieder da, wo sie hingehören,« sagte Yorgen, der immer wieder auf dem Beifahrersitz herumruckte. »Aber diese billigen Tarnzauber fühlen sich an, als würde man einen viel zu engen Anzug tragen, der von innen mit Nieten ausgestatten wurde. Und sie schmecken absolut widerwärtig. Müssen wir diese Papierstreifen echt die ganze Zeit unter der Zunge liegen lassen?«

»Sei froh, dass Thaum noch welche davon dabei hatte«, sagte Mira und konnte sich dabei ein Grinsen nicht verkneifen. Sie hatten es geschafft! Sie waren wirklich diesem flammenden Albtraum begegnet, der Hank auf dem Gewissen hatte, und waren mit dem Leben davongekommen. *Und mit der Schale*, erinnerte sie sich. *Einer Schale, viel mehr Fragen als zuvor und verdammt wenigen Antworten.*

»Ich höre den Funk der Rettungskräfte ab«, sagte Mack, dessen Gestalt auf den Uhrendisplays sichtbar wurde. Mira sah aus den Augenwinkeln sein breites Lächeln und einen hochgereckten Daumen. »Das Feuer wird eingedämmt, die Zivilisten gerettet. Aufgrund von Niks Schlaffluch wird momentan von einem Gasleck ausgegangen oder von einem illegalen Drogenlabor im vierten Stock, das hochgegangen ist und dabei schädliche Dämpfe freigesetzt hat.«

»Ich bin gespannt, für welche der Versionen sich die *Nebelwacht* entscheiden wird«, sagte Yorgen glucksend. »Ihr könnt sagen, was ihr wollt: Solange man nicht erwischt wird, sind die Jungs und Mädels der magischen Ordnungshüter extrem hilfreich. Sie räumen notgedrungen den Dreck weg, den wir hinterlassen haben.«

Mira schaltete einen Gang höher. »Ein Grund mehr, von dieser Straße runterzukommen. Wo lag der Treffpunkt, an dem wir die Schale übergeben sollen?«

»Ein kleiner Schrein, etwas außerhalb der Stadt. Er ist auf keiner Karte verzeichnet und schreit geradezu nach der *Nebula Convicto*«, sagte Mack. »Ich programmiere die Strecke manuell ein.« Ein paar Sekunden später begann das Navigationssystem des Jeeps, Routenangaben anzuzeigen.

»Ich frage mich immer noch, ob es ein gutes oder ein schlechtes Zeichen ist, dass wir die Schale nicht zurück zu den Onis bringen sollen«, sagte Thaum mit gepresster Stimme.

»Wir *wollten* ein Treffen mit dieser Gönnerin«, erinnerte sie Mira. »Da sollten wir uns nicht beschweren, dass wir eins bekommen.«

»Unser kleiner blauer Freund hat aber recht«, sagte Yorgen mit einem frotzelnden Grinsen in Richtung des Nachtstreifers. »Diese mysteriöse Frau wird gewusst haben, dass wir den Raub der Schale nicht hinter uns bringen konnten, ohne dabei ein paar Federn zu lassen. Wir gehen in dieses Treffen, ohne einen einzigen Trumpf im Ärmel.«

»Der Schilfschwert-Clan sieht in dir ein Mitglied«, beruhigte Mira den Yeti. »Ich bin mir sicher, dass sie keinen Hinterhalt zulassen würden, bei dem du auf der falschen Seite der Waffenläufe stehst.«

Danach senkte sich brütendes Schweigen über das Innere des Fahrzeugs und Mira konnte nur beten, dass sie recht mit ihrer Einschätzung hatte. Denn eine Sache war vollkommen klar: Noch einen Kampf würden sie in dieser Nacht nicht überstehen.

»Sieht doch eigentlich ganz schnuckelig aus«, sagte Yorgen, als sie den schmalen, unbefestigten Pfad entlangfuhren, der zu einem Punkt mitten im Nirgendwo führte, fernab aller offiziell im Navigationssystem gekennzeichneten Straßen. Zwischen den hohen Bäumen des Regenwaldes hindurch sah Mira, wie sich eine Lichtung vor ihnen auftat, kreisrund und mit sorgsam gepflegtem weißem Kies belegt. In der Mitte des so geschaffenen Runds erhob sich ein graziler viereckiger Schrein, der an allen Seiten offen war und daher mehr an einen hölzernen Pavillon mit allerlei Verzierungen erinnerte. Dutzende Räucherstäbchen glommen im Zwielicht mehrerer altertümlich aussehender Öllaternen und ein halbes Dutzend Oni des Schwertschilf-Clans hielt rings um den Schrein Wache. Mira jedoch hatte nur Augen für die schlanke, fast schon zierliche Gestalt, die in einen weiten

Umhang gehüllt im Zentrum des Schreins auf einem Sitzkissen saß, die Beine im Lotussitz untereinander geschlagen, die Hände gelassen auf den Knien.

Mira stellte den Jeep am Rande der Lichtung ab und deutete mit dem Kinn auf die fremde Gestalt. »Wenn das nicht unsere Auftraggeberin ist, dann bin ich eine Banshee mit Identitätsstörung.«

»Das würde einiges an deinem Verhalten erklären«, sagte Yorgen schmunzelnd und zog sich den Tarnzauber aus dem Mund, während er ausstieg. »Viel besser«, schob er seufzend hinterher.

»Ich bleibe bei Nik im Jeep«, sagte Thaum von der Rückbank aus. »Wenn es Ärger geben sollte, kann ich schon mal den Motor starten und wenden.«

Mira nickte knapp und stieg ebenfalls aus. Dann nahm sie vom Nachtstreifer die Schale entgegen und ging mit Yorgen auf den Schrein zu, in dem sich die Frau auf dem Sitzkissen keinen Zentimeter rührte. Die Oni hingegen nickten ihnen freundlich zu und wirkten so gelassen, als machten sie einen kleinen Mondspaziergang und hätten nur zufällig ihre Waffen dabei.

Zeit für ein paar Antworten, dachte Mira und betrat den Schrein über die breite Holztreppe vor dessen Eingang. Yorgen blieb bei den anderen Oni stehen, und die Elfe erkannte, dass er ihr von dort im Notfall den Rücken freizuhalten gedachte.

»Ich möchte darauf hinweisen, dass *Mutter* einen natürlichen Kraftknoten erkennt, der sich genau vor der fremden Frau bündelt«, murmelte Mack warnend.

Mira versuchte indessen, Details an ihrem Gegenüber auszumachen, aber die Beleuchtung innerhalb des Schreins und die Kapuze der Frau waren so gewählt, dass ihre Identität verborgen blieb.

Na toll. Noch mehr Mantel-und-Degen-Scheiß.

»Sie waren erfolgreich.« Die in einem kultivierten, präzise akzentuierten Englisch vorgetragenen Worte waren keine Frage, sondern eine simple Feststellung. »Sogar erfolgreicher, als ich erwartet habe, wenn ich die seltsame Sternschnuppe richtig gedeutet habe, die heute Abend am Himmel über Hongkong verglühte.« Die tiefe Genugtuung, die sich in die letzten Worte der Frau geschlichen hatte, sprach Bände. Offensichtlich hatte sie ebenfalls ein Hähnchen mit Ahrmentuk'far zu rupfen. »Mein Vertrauen in Ihren Hass auf einen gemeinsamen Feind hat sich ausgezahlt.«

Mira biss die Zähne zusammen und antwortete nicht sofort. Deswegen hatten sie also ihre Chance erhalten, sich zu beweisen: Sie waren nützliche Idioten mit einem persönlichen Anliegen gewesen. Die Elfe war es plötzlich so leid, dass jeder sie manipulierte und benutzte. Der *Obsidian*, diese Fremde, ja sogar auf indirekte Weise ihr Vater, der Miras Geschwistern ihre seltsame Hatz erlaubte, um sie von ihren Machtspielen untereinander abzulenken. »Sie wollten eine Schale aus Atlantis«, sagte sie kühl, während sie das Beutestück beiläufig in ihrer rechten Hand hielt. »Hier ist sie.«

Eine schlanke Hand wurde grazil ausgestreckt, die manikürten Finger offenbarten die glatte Haut menschlicher Jugend. »Danke«, sagte die Fremde schlicht und ergriff den Gegenstand, als Mira sich vorbeugte, um ihn zu überreichen. Dabei versuchte sie, einen Blick unter die Kapuze zu erhaschen, aber die mysteriöse Frau neigte während ihres Dankes ihr Haupt, und wieder war der erlesene blaue Stoff im Weg, der wie eine edle Version von Samt aussah.

Dann will ich mal sehen, ob ich sie nicht aus der Ruhe bringen kann.

»Hätte uns beinahe unsere Seelen gekostet«, sagte Mira. »Und Me Fao bot uns das Zehnfache für jene Schale an, die sich in *Ihrem* Besitz befindet.«

Die Frau versteifte sich, blieb aber ansonsten ruhig. Miras Achtung vor ihr stieg, wenn auch nur ein wenig. »Versuchen Sie nachzuverhandeln, Ms Sheinfhandril?«

Erfüllen wir also ein paar Klischees, dachte sich die Elfe, zog ihre EZigarette aus der Jacke und begann, den süßen Duft der Heimat einzuatmen. »Ich sage nur, was vorgefallen ist.«

»Ich schätze Loyalität«, sagte die Fremde. Dann zog sie unter ihrem Mantel ein Smartphone hervor und tippte etwas darauf ein.

»Da soll mich doch ein Greif beglücken«, entfuhr es Mack keine fünf Sekunden später aufgeregt. »Es ist gerade die zehnfache Summe der für diesen Job vereinbarten Zahlung auf unserem Konto eingegangen. Wir sind wieder flüssig wie ein Bach aus Bier!«

»Wie Ihnen Ihr Schieber bestimmt gerade mitgeteilt hat, lasse ich meinen Worten stets Taten folgen«, fuhr die verhüllte Frau fort. »Me Fao wusste das und wollte mich daher mit Ihrer Hilfe aus dem Großen Spiel nehmen.«

Mira zog an ihrer EZigarette und stieß dann eine Dampfwolke aus, ihr Gesicht so gelassen, als würde sie nicht jedes Wort ihres Gegenübers aufsaugen. »Dies alles ist für Sie ein Spiel?«, fragte sie in gelangweiltem Ton.

»Nicht für mich«, lautete die rätselhafte Antwort, aus der Mira ein Lächeln heraushörte. Dann hob die Frau im dunkelblauen Umhang die Schale Me Faos an, bis sie auf Höhe ihrer Stirn war und ließ sie los. Doch anstatt zu Boden zu fallen, drehte sich das dunkle Porzellan lediglich träge um die eigene Achse.

Gefangen in den Kraftlinien, dachte Mira. Diese Schale könnte sie sein, und die Linien all jene, die etwas von ihr wollten. Noch war Mira in der Schwebe, in der Balance, aber wenn eine der Mächte in ihrem Leben zu stark an ihr zog oder das Interesse verlor … *Klirr.*

Die Frau im Umhang zog eine beinahe identische Schale hervor, die sie auf den Boden unter die kreisende stellte. Mira sah, dass die Maserung bei dieser Schale etwas anders aussah, irgendwie wilder und gleichzeitig eleganter. Sie glaubte fast, darin ein Muster zu erkennen, einen Umriss …

»Siehe deine Feinde«, intonierte die Fremde und ihre Faust hieb mit einem plötzlichen Ruck gegen Me Faos Schale, die daraufhin in winzige Stücke zerbrach, die als Wolke weiter umeinanderkreisten, noch immer gefangen innerhalb der Kraftlinien. »Sie liegen zertrümmert zu deinen Füßen.«

»Ich wette ein Sixpack Gletscherkrone, dass sie gerade nicht mit dir redet«, kommentierte Mack das Geschehen.

Mira unterdrückte ein Augenrollen und hörte weiter der Fremden zu. Diese hob nun ihre eigene Schale und fing damit die Trümmer der ersten auf. Das geborstene Porzellan zerfiel immer weiter und war bald nur noch Staub, der in hypnotischen Mustern umherwirbelte und sich schließlich in der intakten Schale absetzte, welche nun ebenfalls auf Höhe ihres Gegenübers innerhalb der Kraftlinien schwebte.

»Eine Tür schließt sich, damit eine andere geöffnet wird«, fuhr die Frau im Umhang fort.

Mira sah nun einen deutlicheren Umriss in der Maserung der Schale, so als hätte er das Pulver seines zerstörten Gegenstücks aufgesaugt, um sich selbst zu kräftigen. Die Elfe hatte das Gefühl, als würde sie das Teil eines Puzzles sehen, dem noch zu viele Teile fehlten, um das Motiv erkennen zu können. Sie sah die Andeutung eines raubtierhaften Lächelns. Ein schlankes Schwert, gehalten von einer sechsfingrigen Hand …

»Es ist vollbracht«, sagte die Fremde und fischte die Schale aus der Luft, um sie mit eleganten Bewegungen unter ihrem Umhang verschwinden zu lassen. Sie sah an Mira vorbei und die Elfe drehte sich um. Regunam-Rem trat aus dem Tropenwald, begleitet von zwei weiteren Oni. Sie alle waren blutbefleckt, das Fell teilweise verkohlt, mehrere nässende, sich nur langsam schließende Brandblasen übersäten ihre Körper. Doch was Miras

Aufmerksamkeit mehr fesselte als der lädierte Anblick der Oni, war der Gegenstand, den Regunam-Rem unter einem Arm trug.

Ein Probenbehälter, leicht verbeult, aber ohne Zweifel wiederkennbar.

»Was sein war, ist Eures, Gönnerin«, sagte das Oberhaupt des Schilfschwert-Clans und hielt der Fremden seine Beute auf ausgestreckten Armen hin.

»Sehr schön«, schnurrte die Angesprochene. »Me Faos Pläne sind in sich zusammengefallen wie ein Kartenhaus – ebenso wie er selbst«, fügte sie mit einem Glucksen hinzu, das Mira einen Schauder den Rücken hinuntersandte. Die Unbekannte war offensichtlich nicht zimperlich im Umgang mit ihren Feinden. »Ich besitze seine Schale.« Sie deutete unter ihren Umhang. »Seine atlantische Bronze.« Ihre Finger richteten sich auf den Laborbehälter. »Und seine Grenzgänger.« Nun hob sie den Kopf weit genug, um Mira aus tiefgrünen Augen anzusehen, die als einzige den Schatten der Kapuze durchdrangen, da in ihnen eine Art Glimmen zu ruhen schien wie eine Wolke aus Irrlichtern, gefangen hinter einer Wand aus stahlhartem Glas.

»Wir waren nie Me Faos Grenzgänger«, verteidigte sich Mira.

»Oh doch«, sagte die Fremde. »Sie wussten es nur nicht. Das Labor in Prag, das war sein Auftrag. Nur dass Me Fao gierig und dumm war. Er seine Wünsche in jedes Ohr flüsterte, das sie hören wollte und ihm seine begehrte Beute versprach. Das ist der Grund, warum Sie auf Konkurrenz trafen, als Sie die Bronze stehlen wollten – Konkurrenz, die in der Lage war, Ahrmentuk'far herbeizurufen.« Sie stand in einer derart flüssigen Bewegung auf, die Mira verunsicherte. Die Fremde schien zu viele Gelenke für einen Menschen besitzen. »Me Fao war töricht. Er glaubte, nur er hätte die verborgene Bedeutung der Cuniculus-Passage da Vincis entschlüsselt. Also lauerte ich im Schatten, ließ ihn seine Absichten herausposaunen und nahm mir, was ich brauchte, indem ich die Oni diskret auf dieselben Artefakte ansetzte. Schon, als Sie Ignatio in der Wüste Marokkos die Schriftrolle anboten, hatten Sie unwissender Weise den Auftraggeber gewechselt.

Sie hat uns benutzt, dachte Mira, ohne jedwede Empörung. Grenzgänger existierten schließlich, um benutzt zu werden. Doch was die Elfe zutiefst schockierte, war die Tatsache, dass sie, statt einer Brotkrumenspur hin zum Drahtzieher des Prag-Überfalls zu folgen, die ganze Zeit blind auf jener falschen Fährte herumgetapst waren, die ihnen die Fremde ausgelegt hatte, um sie in ihren Dienst zu locken. »Warum mussten es gerade wir sein, die Me Faos Schale stehlen sollten?«, fragte Mira und nahm noch eine Lunge voll Dampf. Diesmal nicht zur Show. Ihre Nerven benötigten dringend der Beruhigung.

Die Fremde zuckte mit den Achseln. »Sie meinen abgesehen davon, Me Fao zu demütigen?«

Mira nickte hölzern.

»Wenn ich Sie anheuere, können es andere nicht tun. Und Sie sind fähig. Nicht jeder überlebt eine Begegnung mit Ahrmentuk'far oder raubt das historisch-magische Museum aus.« Die Fremde kicherte, ein durch und durch dunkler Laut, der gar nicht zu der Klangfarbe ihrer üblichen Stimme passte. »Und ich wollte Me Fao so viel wie nur möglich wegnehmen. Nicht weniger verlangt nun mal das Große Spiel.« Die Frau im Umhang wandte sich ab. Offensichtlich war das Gespräch vorbei.

Mira räusperte sich und die Fremde blieb stehen. »Wie geht es nun weiter?«, fragte die Elfe.

»Wenn Sie weiterhin für mich arbeiten wollen, kehren Sie mit den Oni zurück auf deren Insel und warten auf weitere Anweisungen durch Regunam-Rem«, sagte die Fremde, ohne sich umzudrehen. »Wenn Ihnen dieser Ausflug in die Welt des Großen Spiels genügt, dann verlassen sie Hongkong noch heute Nacht und niemand wird Ihnen ein Haar krümmen.«

Mira sparte sich die Frage, was passierte, wenn sie trotzdem in der Metropole blieben. »Warum sollten wir Ihnen weiter zur Verfügung stehen wollen?«, fragte sie. »Wir sind sehr gefragte Grenzgänger.«

Die Frau drehte ihren Kopf und Mira sah eines ihrer grünen Augen unter der Kapuze hervorschillern. »Weil Sie alle auf der Gewinnerseite stehen wollen, wenn das Große Spiel erst vorbei ist«, sagte sie kühl. Dann verschwand sie im Dickicht des Regenwaldes, und Mira sah, wie der Umriss der Frau mit dem dunklen Grün des Unterholzes verschwamm und sich schließlich auflöste.

Die Oni verließen schweigend die Lichtung das Schreins und warteten mit geduldigen Mienen am Jeep, in dem der neugierig hinübersehende Thaum saß.

»Mira?«, fragte Yorgen sie leise, indem er dicht neben sie trat. »Was wollen wir tun?«

»Normalerweise würde ich die Kohle nehmen und mir so weit weg wie möglich von dieser durchgeknallten Magierin ein schönes Leben machen und hoffen, dass sie eine Kugel in den Kopf bekommt, bevor sie dieses skurrile ›Große Spiel‹ zu Ende bringen kann.«

»Aber?«, fragte der Yeti.

Mira seufzte. »Aber was ist an unserer Situation schon normal.«

***

Morgan wäre beinahe eingedöst, als ein weiterer langweiliger Antrag in den ach so ehrenhaften Hallen des Verhangenen Rates diskutiert wurde.

»Wer bei allen guten Geistern kommt auf die Idee, über die Reglementierung von Liebestränken sprechen zu wollen?«, fragte er den neben ihm sitzenden Riesen, der jedoch nur geistesabwesend die Achseln zuckte.

»… sind wir Teufel der Meinung, dass die alchemische Darreichung emotionaler Verquickungen schädlich für unser Geschäftsmodell ist«, fuhr die gehörnte Gestalt im Edelanzug in der Mitte der Halle unverdrossen fort. »Das Verlieben einer Person in eine andere ist traditionell das größte wirtschaftliche Standbein unserer Zunft und stellt einen signifikanten Anteil unseres Handels mit Mundanen dar. Daher sollten Liebestränke nur in strikt bemessenen Kontingenten …«

Morgan schreckte auf, als er ein vertrautes Ziehen spürte. Sofort sah er zu der elegant gekleideten Frau hinüber, die dicht neben der Lady vom See saß und sich in Gebaren und Auftreten wie die wahre Vorsitzende des Verhangenen Rates gab. Morgaines sonst so gefasstes Gesicht war bleich, ihre Hände umkrampften einander. Morgan versuchte, in den Geist der Magierin einzutauchen, mit der er auf eine Weise verbunden war, die sich die meisten Wesen nicht einmal vorstellen konnten. Manchmal war es den beiden gänzlich unmöglich, herauszufinden, wo der eine anfing und der andere aufhörte.

Schnüffelst du wieder herum, Morgan?, kam sofort die kühle, wenn auch abwesend klingende Reaktion Morgaines.

Ich war nur besorgt, meine Liebe, sagte der Magier in jenem unverbindlichen jovialen Tonfall der englischen Aristokratie, den die Zauberin so hasste. *Du siehst etwas blass um die Nase aus. Ist etwas vorgefallen?* Gleichzeitig bohrte er tiefer, nutzte die durch seine Worte hervorgerufenen Assoziationen, um Morgaines Verstand Informationen zu entlocken. Er sah die Vision einer zertrümmerten Schale, dann eine weitere, in der sich ein seltsames, undeutliches Bild formte. Morgaines Angst, bei einer Art Rennen abgehängt zu werden, war für Morgan geradezu greifbar.

Raus hier!, fauchte sie, und plötzlich war ihre eiserne Selbstkontrolle zurück. Morgan starrte auf eine glatte, verspiegelte

Wand, die ihm statt Morgaines Geheimnissen nur Zerrbilder der peinlichsten Ereignisse in Morgans Leben zeigte.

Schnell zog sich der Magier in seine Hälfte ihrer gemeinsamen Existenz zurück und konzentrierte sich auf seine eigenen mentalen Barrieren, bevor Morgaine einen Gegenangriff starten konnte. Die Zauberin erhob sich mit einem vernichtenden Blick in seine Richtung und verließ den Ratssaal, jeder Zoll jene Königin, die sie nur zu gerne gewesen wäre.

Morgan sah ihr nach, bis sich die Doppeltüren hinter ihr schlossen und zog dann sein Smartphone hervor. Er drückte eine Zahl und wenige Sekunden später klickte es in der Leitung.

»Ja?«

»Wir müssen reden, Sportsfreund. Es geht um Morgaine.«

Epilog

»Wenigstens sind wir wieder reich«, sagte Yorgen, als das Grenzgängerteam in der Abgeschiedenheit ihrer Hütte beisammen saß. Außerhalb der Behausung ging die Welt in Form eines sintflutartigen Regens unter, aber an den hatten sie sich bereits gewöhnt.

»Vielleicht was unsere Finanzen angeht«, antwortete Nik mit zitteriger Stimme. Die Hexe war zwar wach, aber noch sehr schwach auf den Beinen. »Aber nicht, wenn es um Antworten geht.«

»Wir sind die ganze Zeit der falschen Fährte gefolgt«, sagte Thaum, dem dieser Aspekt ihrer jüngsten Entdeckungen am meisten zusetzte.

»Sagtest du schon. Mehrfach«, schmollte Mack, der vom Display des Laptops aus mitredete. »Wir sind nun mal den Hinweisen nachgegangen, die wir hatten, und die führten hierher. Woher sollten wir wissen, dass diese Gönnerin die Aufträge Me Faos gekapert hatte?«

»Außerdem spielt es keine Rolle«, sagte Mira. »Me Fao und die Unbekannte sind beide Akteure in diesem ominösen Großen Spiel, was auch immer das sein mag.«

»Und wir haben geholfen, einen der Spieler zu entfernen«, sagte Nik. »Das ist doch etwas Gutes, oder?«

»Ich weiß nicht«, sagte Thaum zweifelnd. »Die Akteure des Großen Spiels scheinen sich offensichtlich gegenseitig zu behindern. Und je mehr Mitspieler von der Partie sind, umso länger bleibt uns Zeit, herauszufinden, was dieses Große Spiel überhaupt ist.« Er schauderte sichtlich. »Mir wird angst und bange bei dem Gedanken, was passiert, wenn schließlich jemand das Große Spiel gewinnt.«

»Oder womit es endet«, fügte Yorgen hinzu.

»Ich habe bereits die gesamten Datenbanken des Verhangenen Rates durchforstet, ohne auch nur eine Referenz auf diese Bezeichnung gefunden zu haben«, sagte Mack missmutig. »Ich strecke meine Fühler in Richtung anderer Quellen wie dem Vatikan aus, aber das kann dauern, zumal ich ja keine Datenspur hinterlassen darf, die von mir zum *Obsidian* führt. Also muss ich für jede Anfrage inoffizielle Quellen wie zwielichtige Informanten oder Schwarzmarktinformationen nutzen.«

Mira brummte unwirsch. »Hattest du Glück, was Informationen bezüglich der Frau im Umhang angeht?«

Mack sah aus, als hätte ihm jemand ins Bier gepinkelt. »Fehlanzeige. Klein, zierlich, gebildet und mit grünen Augen schränkt die Suche nicht gerade ein, selbst wenn ich mutmaße, dass Me Fao bei der Nennung des Namens Leona die Gönnerin der Oni gemeint hat. Ich brauche mehr.«

»Was ist mit der Überweisung unseres Honorars auf unser Konto?«, fragte Nik. »Kannst du nicht der Spur des Geldes folgen?«

»Könnt ihr nicht mal Fragen stellen, auf die ich eine positive Antwort habe?«, beschwerte sich der Zwerg. »Das Geld ging über eine Bank, die nur mit Bitcoins handelt. Keine Chance, den Transfer zurückzuverfolgen.«

»Ungewöhnlich für ein Mitglied der *Nebula*«, sagte Yorgen. »Wir tendieren eher zu Magie als zu rein technischen Lösungen.«

»Me Fao war ein Mundaner«, gab Mira zu bedenken. »Er konnte nur mithilfe seines widerlichen Mantels aus Magierhaut zaubern. Vielleicht findet sich diese Gönnerin auch in den Reihen Normalsterblicher, die um die *Nebula* wissen.«

»Oh toll«, sagte Mack ohne echte Begeisterung. »Das erweitert den Pool der Leute, die infrage kommen, ja nur um das Hunderttausendfache.«

»Weniger jammern, mehr analysieren«, sagte Yorgen grinsend. »Wir haben dir jede Menge Hinweise geliefert, jetzt bist du an der Reihe, diese zu durchleuchten.«

»Der Rest von uns hält so lange den Ball flach«, sagte Mira eindringlich. »Keine dummen Fragen, kein Nachhaken unter den Oni. Wir sind nur ein paar hoch bezahlte Grenzgänger, die auf ihren nächsten Job warten.«

»Eine Sache solltest du noch wissen«, sagte Mack zögerlich.

Mira seufzte. »Raus damit.«

»Sieben deiner Geschwister haben das *Anderswo* verlassen. Als Grund für ihr Hiersein gaben sie in der Botschaft an den Rat ›persönliche Gründe‹ an.«

Miras Kiefer mahlten und sie unterdrückte einen zornigen Schrei. »Weißt du, wie sie hießen?«

»Das fällt unter die diplomatische Verschwiegenheitsklausel«, sagte der Zwerg und grinste dann. »Also gib mir zwei Tage, dann hast du eine Liste.«

Mira nickte gedankenverloren. Erst ein bedeutungsvoller Blick Thaums machte sie darauf aufmerksam, dass sie ihre Bruckenbrenner streichelte. Schon wieder. Mira ballte ihre Fäuste und spürte den beiden Waffen nach, was sie umgehend bis zu jener schwarzen Mauer führte, die lange Teil ihres Lebens gewesen war und sich ihr doch erst vor so kurzer Zeit offenbart hatte. Mira hatte über alles, was ihr widerfahren war, nachgedacht und sie wusste nun, wann die Mauer ihren Dienst versagt hatte: Hanks Tod war der erste Tropfen gewesen, der den Damm in ihrem Inneren hatte bersten lassen. Die Bruckenbrenner waren nun zwei Hämmer, die an der bereits vorhandenen Schwachstelle des mentalen Konstrukts wüteten, wann immer die Elfe sie einsetzte. Miras persönliche Aufgabe war somit doppelt so anspruchsvoll wie bisher gedacht. Sie musste einerseits die Bruckenbrenner meistern, jetzt, da sie sie grundlegend einzusetzen verstand, und andererseits die Geschehnisse ihrer Vergangenheit aufdecken und verarbeiten, die die Mauer noch immer verbarg.

Mira seufzte. Wenigstens war Hank nun frei, dorthin zu gehen, wo immer auch herzensgute Trolle ein glückliches Ende fanden. Und nach all der Plackerei hatten sie und ihr Team endlich eine gute Ausgangsposition für ihre weiteren Ermittlungen errungen.

»Ich denke, wir sitzen hier erst mal fest«, sagte Thaum und unterbrach damit Miras Gedankengänge. »Laut Regunam-Rem will uns diese Leona demnächst wieder anheuern, während außerhalb der Domäne der Schilfschwert-Oni die *Nebelwacht*, gierige Kopfgeldjäger und Miras mörderische Verwandten auf uns lauern. Es gibt also vorerst keinen Grund, diese Insel zu verlassen.«

»Ich für meinen Teil sehe die Zeit hier als lange verdienten Urlaub«, sagte Yorgen und rekelte sich in einer gewaltigen Hängematte, die er vor ihrer Rückkehr auf die Insel aus Hongkong mitgebracht hatte. Mira war sich sicher, dass sie früher mal ein Fangnetz für kleinere Wale gewesen war, bevor sie von dem Yeti umfunktioniert worden war.

»Es gibt schlimmere Orte, an denen man seine Zeit verplempern kann«, sagte Nik lächelnd.

Mira starrte hinaus in den Regen und musste wider Willen lächeln. »Dann schlage ich vor, dass sich die *meisten* von uns ausruhen.«

»Die meisten?«, fragte Thaum.

Mira deutete auf den zu ihnen hinübertrottenden Oni, der Flechtwerkzeug unter den Armen hielt. »Einer von uns wird die nächste Zeit wohl mit dem Erlernen traditioneller Handwerkskunst verbringen.«

Yorgens Gesicht war eine einzige Grimasse des Selbstmitleids. »Ach nö.«

Das schadenfrohe Lachen der anderen zeigte Mira eines ebenso gewiss, wie die Tatsache, dass jeder von ihnen noch lebte: So irrsinnig ihre Hetzjagd der letzten Wochen auch gewesen sein mochte, wenigstens waren sie und die anderen nun ein Team. Und das war mehr wert als jeder Euro auf ihrem Bankkonto.

Oder zumindest fast.

Der Autor

Torsten Weitze, Jahrgang 1976, ist in Krefeld geboren und lebt dort auch heute noch. Den gelernten Verlagskaufmann zog es nach jahrelangem Leiten einer Rollenspielrunde auf die künstlerische Seite des Berufsfeldes. Nun verbringt er seine Freizeit damit, sich neue Welten und Charaktere auszudenken und diesen in seinen Fantasy-Romanen Leben einzuhauchen.

Entspannung findet er beim regelmäßigen Jiu-Jitsu-Training und beim Erlernen der Handhabung traditioneller japanischer Waffen.